ANTOLOGIA DE FICÇÃO ESPECULATIVA FEMINISTA

IRMÃS DA REVOLUÇÃO

ORGANIZAÇÃO

Ann VanderMeer
Jeff VanderMeer

TRADUÇÃO
Marcia Men

Aleph

Irmãs da revolução

TÍTULO ORIGINAL:

Sisters of the Revolution: A Feminist Speculative Fiction Anthology

COPIDESQUE:
Isadora Prospero

DIAGRAMAÇÃO:
Desenho Editorial

REVISÃO:
Giovana Bomentre
Karina Novais

COORDENAÇÃO:
Bárbara Prince

CAPA E PROJETO GRÁFICO:
Giovanna Cianelli

DIREÇÃO EXECUTIVA:
Betty Fromer

DIREÇÃO EDITORIAL:
Adriano Fromer Piazzi

PUBLISHER:
Luara França

EDITORIAL:
Andréa Bergamaschi
Caíque Gomes
Débora Dutra Vieira
Juliana Brandt
Luiza Araujo
Tiago Lyra

COMUNICAÇÃO:
Giovanna de Lima Cunha
Júlia Forbes
Maria Clara Villas

COMERCIAL:
Giovani das Graças
Gustavo Mendonça
Lidiana Pessoa
Roberta Saraiva

FINANCEIRO:
Helena Telesca

DADOS INTERNACIONAIS DE CATALOGAÇÃO NA PUBLICAÇÃO (CIP) DE ACORDO COM ISBD

I69   Irmãs da revolução: antologia de ficção especulativa feminista / organizado por Ann VanderMeer, Jeff VanderMeer ; traduzido por Marcia Men. - São Paulo : Aleph, 2023.
536 p. ; 14cm x 21cm.

Tradução de: Sisters of the revolution: a feminist speculative fiction anthology.
ISBN: 978-85-7657-551-1

1. Literatura americana. 2. Ficção. I. VanderMeer, Ann. II. VanderMeer, Jeff. III. Men, Marcia. IV. Título.

	CDD 813
2023-305	CDU 821.111(73)-3

ELABORADO POR ODILIO HILARIO MOREIRA JUNIOR - CRB-8/9949

ÍNDICES PARA CATÁLOGO SISTEMÁTICO:
1. Literatura americana : Ficção 813
2. Literatura americana : Ficção 821.111(73)-3

COPYRIGHT © PM PRESS, 2015
INTRODUÇÃO E NOTAS © VANDERMEER CREATIVE, 2015
COPYRIGHT © EDITORA ALEPH, 2023

TODOS OS DIREITOS RESERVADOS.
PROIBIDA A REPRODUÇÃO, NO TODO OU EM PARTE, ATRAVÉS DE QUAISQUER MEIOS SEM A DEVIDA AUTORIZAÇÃO.

Aleph

Rua Tabapuã, 81 – Conj. 134 – São Paulo/SP
CEP 04533-010 • TEL 11 3743-3202
www.editoraaleph.com.br

SUMÁRIO

Introdução 11

As palavras proibidas de Margaret A.
L. TIMMEL DUCHAMP 15

Minha calcinha de flanela
LEONORA CARRINGTON 41

As mães da ilha Tubarão
KIT REED 47

A bandida da palmeira
NNEDI OKORAFOR 63

As cinco filhas da gramaticista
ELEANOR ARNASON 69

E Salomé dançou
KELLEY ESKRIDGE 83

A casada perfeita
ANGÉLICA GORODISCHER 101

O truque da garrafa de vidro
NALO HOPKINSON 107

As lágrimas da mãe deles: a quarta carta
LEENA KROHN 125

A solução da mosca da bicheira
JAMES TIPTREE JR. 131

Sete perdas de *na Re*
R. B. LEMBERG 159

A tarde e a manhã e a noite
OCTAVIA E. BUTLER 165

O sono das plantas
ANNE RICHTER 201

Os homens que moram em árvores
KELLY BARNHILL 209

Contos do peito
HIROMI GOTO 241

Os assassinatos a machado de Fall River
ANGELA CARTER 253

Amor e sexo entre os invertebrados
PAT MURPHY 281

Quando mudou
JOANNA RUSS 295

A mulher que pensou que era um planeta
VANDANA SINGH 307

Gestella
SUSAN PALWICK 325

Meninos
CAROL EMSHWILLER. 355

Estratégias estáveis para gestão intermediária
EILEEN GUNN 375

Xadrez do norte
TANITH LEE 393

Tias
KARIN TIDBECK. 415

Sur
URSULA K. LE GUIN 425

Medos
PAMELA SARGENT. 447

Atalhos no caminho para o nada
RACHEL SWIRSKY 465

Treze formas de olhar para o espaço-tempo
CATHERYNNE M. VALENTE 471

Casa à beira-mar
ÉLISABETH VONARBURG 489

A mulher que vestiu a montanha
ALINE VALEK 511

Agradecimentos 529

Agradecimentos - Geekradical 531

INTRODUÇÃO

Algumas antologias são definidoras do cânone. Outras são grandes compêndios com amplo conteúdo. Outras ainda, como *Irmãs da revolução,* conversam com uma demanda muito atual. Por décadas, editoras têm publicado antologias que capturam a efervescência da ficção especulativa feminista. Contudo, essa tarefa se mostra cada vez mais difícil, conforme novos materiais aparecem no radar tanto em novas descobertas na língua inglesa (nem sempre devidamente apreciados em seu lançamento) quanto em traduções de outros idiomas. É como se viajássemos no tempo e espaço e um período anterior a nós ficasse mais nítido aos olhos.

Neste livro, nossa contribuição a esse diálogo começa com o grande desabrochar da ficção especulativa feminista no final dos anos 1960 e ao longo dos 1970, que criou a base rica para a diversidade atual. A entrada concomitante de tantas escritoras incríveis transformou a ficção científica e a fantasia para sempre. Os modos como essas mulheres – Sheldon, Russ e tantas outras – começaram a conversar com a comunidade da ficção científica também mudou as percepções dos leitores. Elas ajudaram a inaugurar um espaço criativo onde mais mulheres podiam pensar em escrever ficção científica. Não é surpresa que esse período de desabrochar tenha coincidido, *grosso modo,* com o desabrochar do movimento literário da New Wave, já que a New Wave criou seu próprio espaço defendendo a experimentação literária. A ficção especulativa feminista e a ficção científica da New Wave com frequência compartilharam interesses e, no subgrupo de sua convergência, representaram algo realmente novo e diferente.

Nas duas décadas seguintes, em uma tentativa conservadora e castradora de frear os desenvolvimentos dos anos 1970, vieses contrários buscaram pregar o que a ficção científica deveria ser. A ascensão de um humanismo predominantemente estadunidense foi, talvez, moderada demais para ser considerada progressista ou conservadora, enquanto a infusão do cyberpunk concedeu a algumas escritoras uma liberdade adicional; mas, tirando isso, ao menos de início, não se tinha um espaço propício para a criação de ficção feminista. Essas são contradições interessantes que existem num período anterior tanto à ascensão da terceira onda do feminismo na comunidade de ficção científica quanto ao que nos parece um renascimento contemporâneo da ficção especulativa feminista.

Geralmente, como organizadores de coletâneas, mantemos uma distância de no mínimo uma década ao selecionar histórias já publicadas. Também neste caso, uma robusta antologia em três volumes de vencedoras do prêmio Otherwise (antigo Tiptree), publicações online e outras fontes contribuíram para nos dar a impressão de que o presente está sendo bem mapeado. Por este motivo, embora tenhamos incluído uma amostra de histórias interessantes dos anos 2000, não conduzimos uma pesquisa rigorosa desse período – e, francamente, uma antologia deste tamanho também não poderia acomodar tais resultados. Somado à nossa cautela está o senso de como a ficção especulativa feminista, além de falar para o mundo, também constitui uma conversa interna com as integrantes de seu próprio grupo – onde o material que veio antes é sempre reavaliado e relido, tanto por suas qualidades quanto por seus defeitos.

Na verdade, esse fenômeno – essa discussão – vai além do mundo da ficção especulativa. Uma antologia perfeita de ficção feminista provavelmente consistiria de mais de um milhão de palavras retiradas tanto das fileiras da ficção científica e da fantasia como do realismo tradicional. Uma antologia assim não apenas reconheceria e documentaria plenamente a verdadeira complexidade de influências e afinidades, mas também resultaria em maior interseccionalidade – o que é invisível para um lado ficaria subitamente não apenas visível, como em foco. (Uma noção do que queremos dizer pode ser vista na antologia *Surrealist Women* [*Mulheres surrealistas*], que fica entre ficção de nicho e geral e que reúne um subgrupo radical do surrealismo que dialoga diretamente com o ativismo político.)

Por todos esses motivos, apresentamos esta antologia como algo com características de introdução, cujo diferencial é a tentativa de reconciliar parcialmente escritoras de "nicho" e "gerais", ao mesmo tempo que acrescenta algumas escritoras que não estiveram tipicamente presentes em antologias anteriores desse tipo. Também organizamos o conteúdo de *Irmãs da revolução* com um olhar voltado para como as histórias conversam entre si, em vez de em ordem cronológica.

Pensamos nesta antologia – a pesquisa, a ideia por trás dela e sua publicação de fato – como uma jornada de descoberta que não se completa dentro destas páginas. Cada leitor, assim esperamos, encontrará alguma escritora ou história que não conhecia antes – *e* sentirá profundamente alguma lacuna que precisa ser corrigida no futuro, por alguma outra antologia. Apreciamos discussões e críticas a *Irmãs da revolução* como um meio de tornar ainda mais visível o que é invisível – da mesma forma que continuaremos usando nossas antologias como um meio de catalogar a abundância de ficção feminista publicada no passado e no presente.

Esta antologia, então, é na verdade a primeira numa série de novas explorações – o início de algo maior e ainda mais diverso e rico. Num mundo perfeito, *Irmãs da revolução* seria seguido por vários outros volumes e, assim, cada vez refletiria uma opinião diferente no que tange a qualidade literária, abordagem e perspectiva.

Aqui, contudo, está nossa contribuição atual para a conversa, a qual esperamos que vá deleitar, desafiar e interessar você. Ela já abriu novos horizontes para nós, como organizadores.

Ann e Jeff VanderMeer, janeiro de 2015

L. TIMMEL DUCHAMP

AS PALAVRAS PROIBIDAS DE MARGARET A.

L. Timmel Duchamp é uma escritora e editora estadunidense. Seus contos foram publicados em revistas como *Asimov's Science Fiction*, *Pulphouse* e várias antologias, como a *Full Spectrum*. Além de escrever ficção e ensaios, ela dirige a Aqueduct Press, fornecendo uma plataforma para as vozes de outros escritores. "As palavras proibidas de Margaret A." conta a história de uma mulher aprisionada por erguer a voz. Suas palavras são consideradas tão perigosas que o governo adotou uma emenda constitucional limitando a liberdade de expressão de Margaret A. Esta história foi publicada pela primeira vez na *Pulphouse: The Hardback Magazine*, em 1980.

Nota prévia: O relatório a seguir foi preparado exclusivamente para uso da Associação Nacional de Jornalistas para a Retomada da Liberdade da Imprensa por uma jornalista que visitou Margaret A. em algum momento nos últimos dois anos. A ANJORLI solicita que este relatório não seja reproduzido de forma alguma nem retirado dos escritórios da ANJORLI e que a informação apresentada nele seja utilizada com cuidado e discrição.

Introdução

Apesar das sessões de fotos que o Departamento Prisional promove uma vez por mês, relatos de contato com Margaret A., em primeira mão e sem censura, são raros. O que vem a seguir, embora não chegue a fornecer uma transcrição literal das palavras de Margaret A., tenta oferecer uma reprodução mais completa e fiel do contato de uma jornalista com Margaret A. do que tudo o que havia sido disponibilizado anteriormente. A consciência desta repórter sobre a importância de tal relato para seus colegas, bem como sobre o perigo que sua disseminação para um público mais amplo acarretaria para todos os envolvidos num esforço assim, motivou o depósito deste documento junto à ANJORLI.

Antes de descrever meu contato com Margaret A., eu gostaria de enfatizar as restrições que cercaram meu encontro com ela. Membros da ANJORLI estarão necessariamente familiarizados com as técnicas que o governo utiliza para manipular a percepção pública dos dados. Ao adentrar a sessão de fotos, eu certamente me considerava bem-informada sobre os truques do governo para controlar a contextualização de questões relevantes. Entretanto, posso pessoalmente atestar o insidioso perigo de se esquecer do óbvio por um momento: no que diz respeito a Margaret A., muita coisa escapa de nossa atenção, o que nos impede de pensar de modo claro e objetivo sobre os fatos concretos diante de nossos olhos. Não tenho certeza de *como* isso ocorre, apenas sei que ocorre. As informações que temos sobre Margaret A. de alguma forma não batem. Insto então os leitores a não pular os detalhes que já lhes sejam conhecidos, mas sim considerar minha iteração deles como uma ressalva, um lembrete, um auxílio para pensar sobre uma questão que, apesar de toda sua publicidade, continua consideravelmente turva. Portanto, peço a indulgência dos leitores para adentrar em análises políticas e especulações que podem parecer desnecessárias. Não conheço outro jeito de arrancar o enquadramento de meu próprio contato com Margaret A. das trevas e do atoleiro que tendem a obscurecer qualquer narrativa dos fatos relativos à situação de Margaret A.

A começar pelo mais óbvio: Margaret A. aceita apenas uma sessão de fotos por mês. O Departamento Prisional (naturalmente feliz em divulgar ao público que o governo não pode ser responsabilizado por frustrar o desejo por "notícias" dela) não permite que Margaret A. escolha entre aqueles que se candidatam a essa oportunidade e, assim, efetivamente controla o acesso da mídia a ela. O Departamento de Justiça, é claro, preferiria prescindir totalmente dessas sessões; porém, quando eles negaram todo o acesso da mídia a ela, no início da reclusão de Margaret A., sua tentativa de afundar a existência de Margaret A. no esquecimento provocou, em vez disso, um fluxo constante de especulação e protestos que os ameaçou não apenas com a revogação da Emenda Margaret A.[1], mas, ainda pior, com uma ressurgência do distúrbio civil massivo que motivou a prisão e o silenciamento dela em primeiro lugar. Além de obliterar as palavras de Margaret A., eu argumentaria que o governo coloca como sua segunda maior prioridade a de evitar que o público veja Margaret A. como uma mártir. Apenas essa consideração explica por que as condições de sua detenção especial em um barracão dentro dos limites da Base Aérea Vandenberg são tais que nenhuma pessoa ou organização – nem mesmo a União Americana pelas Liberdades Civis (UALC) ou a Anistia Internacional – podem acusá-los de nada. O jornalista responsável por assumir a cobertura de Margaret A. deve ter em mente esses pontos.

---

1 A emenda é oficialmente intitulada "Ato pela Censura Limitada para a Preservação da Segurança Nacional", mas como o único objetivo que pretende cumprir é a obliteração total das palavras de Margaret A., chamá-la de "Emenda Margaret A." certamente coloca a ênfase no lugar certo. E embora o nome deles para a emenda seja melhor do que o modo como os ativistas contra a liberdade de expressão a chamavam, "Emenda Salvem a América", eu, particularmente, também não concordo com os ativistas a favor da liberdade de expressão, que a chamavam de "Emenda Antiliberdade de Expressão". A Emenda não existiria se não fosse por Margaret A. E tanto os ativistas contrários como os favoráveis à liberdade de expressão parecem se esquecer disso.

Seleção e restrições para a sessão de fotos

Fui fascinada por Margaret A. por toda minha vida adulta. Entrei no jornalismo precisamente para ter a chance de um contato em primeira mão com ela e busquei esse objetivo sistematicamente em cada passo que dei na minha carreira. (Sei que, para a maioria dos membros da ANJORLI, são as implicações da Emenda Margaret A., e não Margaret A. em si, o que mais importa. Contudo, por um breve período, as palavras de Margaret A. transformaram radicalmente o modo como eu via o mundo. Desde que as perdi, nunca parei de ansiar por outro vislumbre daquela perspectiva. Certamente, os membros da ANJORLI podem apreciar melhor do que ninguém o fato de que um objetivo assim não contradiz os ideais da profissão, não?) Por conseguinte, estudei as preferências de seleção do Departamento Prisional, trabalhei até conseguir o emprego adequado, depois esperei quieta e pacientemente. Vivi de maneira cautelosa. Mantive-me tão isenta de contatos suspeitos quanto qualquer jornalista em atividade pode se manter. Quando finalmente fui selecionada para uma das sessões de fotos de Margaret A., me parabenizei: *a circunspecção foi recompensada*. Lendo e relendo a notificação oficial, sentia como se tivesse acabado de receber o visto para a terra prometida.

Entretanto, um convite para me encontrar com Simon Bartkey fora anexado ao visto. Naturalmente, isso me desconcertou: uma triagem em pessoa feita por um oficial do Departamento de Justiça é bem diferente do escrutínio do meu histórico. Mas eu disse a mim mesma que eu fora "boazinha" por tanto tempo que meu profissionalismo me faria superar este último obstáculo. Assim, um mês antes da data marcada para eu conhecer Margaret A., minha produtora e eu voamos até Washington e nos reunimos com esse oficial do Departamento de Justiça designado para o que eles chamam de "Gabinete Margaret A." – um "especialista" que alegremente admitiu para mim jamais ter ouvido ou lido nenhuma das palavras de Margaret A. Não pude evitar ficar impressionada com o espetáculo que eles comandam, pois o DP criou um procedimento elegante, projetado para garantir que tudo flua com a tranquilidade e previsibilidade de uma linha de montagem robótica de alta precisão. Além de fornecer uma oportunidade para um último escrutínio intenso dos jornalistas selecionados, eles consideram que uma visita a Simon Bartkey estabelece tanto o contexto que os jornalistas devem usar como as regras básicas que devem seguir.

Devo observar aqui, como um lembrete, que Simon Bartkey sobreviveu a três gestões diferentes precisamente porque é tido como um "especialista" na "situação Margaret A.". Desde os primeiros dias do fenômeno Margaret A., cada gestão tem se preocupado com o fascínio contínuo do público com ela. Bartkey o expressou para mim nestas palavras: "Esse interesse constante nela desafia toda a lógica. As palavras dela – à exceção de algumas fitas, jornais e *samizdat** guardados – foram completamente obliteradas, e o público em geral não tem acesso a elas, e certamente nenhuma lembrança delas. O público estadunidense nunca foi famoso por ter uma grande capacidade de reter informações, em especial no que diz respeito a alguém que não fornece continuamente grãos novos e cada vez mais empolgantes para o moinho da mídia. Por que, então, as pessoas ainda querem *vê-la*? Por que não se esqueceram dela?". (Como deve incomodar os políticos que Margaret A. tenha, pelos últimos quinze anos, desfrutado de maior reconhecimento do público do que cada um dos presidentes dos Estados Unidos que governaram no mesmo período!)

Embora tenha sido o evento mais importante da minha vida (eu tinha dezenove anos quando aconteceu), não consigo me lembrar de nenhuma das palavras dela. Eu era jovem demais e ingênua demais na época para guardar jornais e as

---

* *Samizdat* era um ato de resistência popular à censura praticado na União Soviética. Indivíduos ou grupos reproduziam, à mão, materiais impressos cuja reprodução e circulação haviam sido proibidas pelo governo. [N. de T.]

lembrancinhas descartáveis que figuras como Margaret A. invariavelmente geram, e, com certeza, nunca sonhei que suas palavras pudessem ser expurgadas da internet. E, como a maioria das pessoas, nunca sonhei que as *palavras* de alguém pudessem se tornar ilegais. A gente ouve rumores, claro, de fitas e jornais antigos cuidadosamente preservados – no entanto, embora eu tenha rastreado com afinco cada rumor que chegou a meus ouvidos, nenhum foi confirmado.

Durante talvez vinte dos cinquenta e cinco minutos que passei com ele, Bartkey se deleitou em me explicar como a passagem do tempo terminará por eclipsar a visibilidade pública de Margaret A. Recostando-se em sua cadeira acolchoada de couro vermelho ele anunciou que, mais do que qualquer outra coisa, a lacuna geracional finalmente isolaria aqueles que persistem em "venerar o altar da memória dela". Enquanto afagava sua gravatinha de seda verde-garrafa com estampa de mandala, ele insistiu que Margaret A. não pode significar nada para a juventude universitária, já que eles eram apenas bebês na época do fenômeno Margaret A. É concebível que um dia vejamos que ele tinha razão, mas não acho que tenha. Os jovens com quem conversei julgam a Emenda Margaret A. uma ofensa tão irracional e flagrante contra o espírito da Primeira Emenda que desconfiam de tudo o que lhes disseram a respeito dela. Se não existem mais registros das palavras de Margaret A., também não existe nenhum relatório do imenso distúrbio civil que os livros de educação cívica usam para justificar a aprovação da emenda. A *existência* da Emenda Margaret A., penso eu, deve enchê-los de suspeitas de um acobertamento. Considerem isto: as únicas imagens que eles conectam com Margaret A. agora são os vídeos e fotos tirados dessa cidadã estadunidense vivendo em exílio interno, uma mulherzinha de meia-idade tolhida pelo conjunto mortal de mísseis e instalações de radar e guardas armados que a cercam. Duvido que os jovens sejam capazes de entender que o uso particular da linguagem de alguém, por si só, possa ter ameaçado a dissolução de toda forma de governo neste país (menos ainda ter provocado a medida inaudita e draconiana de uma emenda constitucional para silenciar esse alguém). Eu vejo o ceticismo cínico no rosto deles quando os mais velhos falam sobre aquela época. Como qualquer organização de palavras em papel, qualquer discurso gravado em fita, pode ser tão perigoso quanto alegam as autoridades governamentais? E por que não banir os discursos de mais ninguém, nem mesmo dos seguidores mais persistentes dela (exceto, claro, quando citam suas palavras)? Os jovens não acreditam que fosse simples assim. Quando ouço as perguntas deles, não tenho dificuldade alguma em deduzir sua crença de que o governo esteja encobrindo a existência de uma força poderosa, armada e revolucionária no passado. Eles consideram que a emenda seja não apenas um acobertamento, mas também uma medida gratuita projetada para cercear a liberdade de expressão e estabelecer um precedente para cerceamentos futuros.

Desnecessário dizer que eu não compartilhei essas observações com Bartkey, assim como não lhe apresentei minha teoria de que a nova geração não apenas desconfia de um acobertamento, como também está morrendo de vontade de provar do fruto proibido. Embora duvidem de sua propalada potência (ou toxicidade, dependendo do ponto de vista), eles anseiam por conhecer o que lhes está sendo negado. Isso soa como um paradoxo, admito; não obstante, já ouvi uma nota de ressentimento em suas expressões de ceticismo. Os perigos das palavras de Margaret A. podem não estar evidentes para eles, mas ao rotular o fruto como proibido – fruto este que *os mais velhos* tiveram o privilégio de provar –, a emenda – que eles consideram um acobertamento, para começo de conversa – provoca ressentimento nessa nova geração que está amadurecendo. Em vez de desenvolver uma amnésia no que concerne a Margaret A., a nova geração pode muito bem se tornar obcecada com ela. Eu não ficaria nem um pouco surpresa se novos cultos bizarros brotassem em torno do fenômeno Margaret A.

Não quero sugerir que aprovaria cultos bizarros e a obsessão com o fruto proibido. O fascínio que eu e outros como eu sentem por Margaret A. é provavelmente tão incompreensível pelos mais jovens quanto o temor do governo em relação às palavras dela. (Nossas reações diversas a Margaret A. parecem marcar um Grande Divisor para a maioria das pessoas neste país.) Mas algo na própria *ideia* dela – independentemente de suas ideias serem lembradas ou não –, a própria *ideia* dessa mulher calada no meio de uma base militar de alta segurança porque suas palavras são tão potentes... Bem, essa *ideia* mexe com praticamente todo mundo neste país, inclusive aqueles que acham o fenômeno Margaret A. assustador (exceto, é claro, os ativistas contra a liberdade de expressão). Se eu fosse Bartkey, ficaria preocupado: é apenas uma questão de tempo antes que a Emenda Margaret A. seja revogada. E se Margaret A. ainda estiver viva quando isso acontecer, as coisas poderiam *explodir*.

A "segurança" de Margaret A.

Tudo o que vimos de fato da base Vandenberg foi a cerca do perímetro e o portão. Mesmo antes de entregarmos nossos documentos ao guarda, três pessoas vestindo uniformes não militares convergiram sobre nós e nos mandaram sair da pista. Uma delas então subiu na van, deu meia-volta com o veículo e a levou para um ponto distante da base; as outras duas nos mandaram entrar num barracão minúsculo à direita. Fiquei confusa e me perguntei se havia ocorrido algum tipo de entrave, ou se a verificação de antecedentes tinha levantado algo sobre algum de nós de que o Departamento de Justiça não gostou. (Até me perguntei – fugazmente – se, por algum emaranhado convoluto de lógica, eles a mantinham ali, *naquele* barracão, fora da cerca de perímetro da base.)

O que se seguiu na barraca tornou minhas especulações absurdas. Bartkey, é claro, nos fizera assinar um acordo de que estaríamos sujeitos a revistas corporais, que usaríamos o equipamento *deles,* que todos os materiais seriam editados por eles, e que nos submeteríamos a um extenso interrogatório depois de tudo. Suportei a revista corporal e a revista íntima sem protesto, é claro, já que jornalistas são comumente obrigados a aguentar tais provações quando entram em prisões para entrevistar pessoas encarceradas. (Tenho certeza de que colegas lendo isso saberão como o sujeito tenta, nessas circunstâncias, levar com bom humor uma situação desconfortável e constrangedora.) Também não protestei contra a condição de que o Departamento Prisional recebesse poder editorial total, pois não fosse isso, obviamente, a Emenda Margaret A. poderia ser desrespeitada. Mas sua insistência para que usássemos o equipamento deles... *isso* me incomodou por algum motivo elusivo, difícil de definir. Bartkey havia explicado que o equipamento deles rodava sem a faixa de áudio, e como ninguém, segundo os termos da Emenda Margaret A., podia legalmente gravar a fala dela, minha reação consciente se concentrou neste ponto óbvio. Porém, enquanto vestia de novo minhas roupas minuciosamente revistadas, descobri que não podia levar minha bolsa comigo e me dei conta de que não apenas não haveria uma fita de áudio, mas também não teríamos caneta e papel, nenhum caderno, nenhuma anotação além daquilo que eu pudesse forçar em minha própria memória destreinada. Naturalmente, protestei. (Sou, afinal de contas, a mulher que depende de seu computador para lhe dizer coisas como quando cortar o cabelo, a que horas almoçar e quanto tempo faz desde que ela escreveu para a mãe.) Não fez diferença alguma, é claro. Disseram-me que, se eu optasse por não seguir as regras, eles levariam a produtora e a equipe lá para dentro sem mim.

Depois de repassar conosco outra vez todas as regras básicas, eles nos conduziram para o interior da traseira sem janelas de uma van do Departamento Prisional e nos levaram por um trajeto longo, cheio de voltas e às vezes esburacado. A van três vezes parou por ao menos um minuto antes de fazer uma breve pausa – como se chegasse a uma placa de PARE ou permitisse a abertura de um portão (deduzo que deve ter sido a segunda opção) – e então se moveu por apenas dois ou três segundos antes de finalmente parar. Só quando o motor foi desligado me ocorreu, num momento de perder o fôlego, que aquilo pelo que eu vinha esperando por quase metade da minha vida estava de fato prestes a acontecer. As palavras de Margaret A. são proibidas. No entanto, por alguns minutos, *eu* teria o privilégio de ouvi-la falar. Apenas "trivialidades", com certeza, eles não permitiriam nada mais – guardas com receptores de rádio no ouvido estariam por perto para se encarregar disso; ainda assim, as palavras seriam de Margaret A., e até sua fala "trivial", eu tinha certeza, seria potente, talvez eletrizante. E eu acreditava que, ao ouvir Margaret A. falar, eu me lembraria de tudo o que havia me esquecido a respeito daqueles dias e compreenderia tudo o que me escapara ao longo de minha vida adulta.

Essa pressuposição pré-contato vinha não de sonhos românticos acalentados desde a adolescência, mas do que eu havia (discretamente) inferido sobre as condições da vida de Margaret A. no exílio. Eu havia descoberto, por exemplo, de uma fonte altamente confiável empregada anteriormente pelo Departamento de Justiça, que o Departamento Prisional designara mais de quinhentos guardas à segurança de Margaret A., todos os quais se demitiram do DP subsequentemente a sua saída do serviço em Vandenberg.[2] O que continua a parecer extraordinário para mim a respeito disso é que os guardas designados para Margaret A. sempre foram – e continuam a ser – retirados exclusivamente de

---

2 Embora a Emenda Margaret A. não impeça a imprensa de reportar fatos disponíveis ao público sobre as condições do confinamento de Margaret A., a grande mídia dos Estados Unidos nunca abordou os espantosos dados sobre a alta taxa de rotatividade no pessoal designado para cuidar da "segurança" de Margaret A. Considerando o quanto o público ficaria fascinado por tais detalhes, o que, então, coíbe a mídia de reportar abertamente esses fatos? Certamente a indústria toda não poderia compartilhar da mesma razão que eu para esconder meu interesse em Margaret A.!

um grupo de guardas com experiência em instalações federais de alta segurança. Cada um, antes de conhecer Margaret A., é alertado de que toda fala expressada dentro dos limites do alojamento da prisioneira será gravada e examinada. Antes de começar o trabalho em Vandenberg, cada guarda recém-designado passa por rigorosas sessões de orientação e, enquanto estiver trabalhando em Vandenberg, apresenta-se para fazer um relatório após cada contato pessoal com Margaret A. Entretanto, nenhum deles saiu dali para uma nova missão após ter contato com Margaret A. Outra estatística curiosa: os guardas designados para a vigilância de áudio das palavras ditas nos alojamentos de Margaret A. inevitavelmente sofrem de "burn out" durante seu segundo ano monitorando Margaret A.[3] Considerem que Margaret A. está proibida de falar, em qualquer ocasião, sobre qualquer coisa remotamente "política". Como, então, ela consegue corromper de maneira tão consistente todo guarda que tem contato com ela e perturbar todo vigia que recebeu a atribuição de ouvir suas conversas (apolíticas, "triviais")?[4] Nunca me ocorreu pensar no que Bartkey quis dizer quando falou que todas as conversas com Margaret A. deveriam ser restritas a "conversa à toa, trivial e apolítica". Ele e outros oficiais esboçaram para mim o tipo de questões que deveria evitar – e que iam desde o seu confinamento, a Emenda Margaret A. e o interesse contínuo do público nela até os pontos específicos sobre os quais, segundo os boatos (já que não existem mais documentos, podemos apenas nos referir a boatos ou pontos difusos da memória),

---

3 É uma questão de registro público que, num dos casos, um vigia incorreu na acusação de um crime por tentar contrabandear uma fita de vigilância de Margaret A. para fora do posto de escuta em Vandenberg.

4 Leitores informados talvez lembrem que o Departamento Prisional inicialmente eliminou toda comunicação verbal entre Margaret A. e outros seres humanos, até que a Suprema Corte determinou que esse tratamento essencialmente equivaleria a uma prisão perpétua na solitária, condição que julgaram desnecessária para obter uma observância razoável da Emenda Margaret A.

ela falou durante o breve período inicial do fenômeno Margaret A. Acho que presumi que a corrupção dos guardas tinha mais a ver com a personalidade de Margaret A. do que com a "conversa à toa" que ela tinha com eles (ainda que isso não explicasse a eventual demissão dos vigias pelo Departamento de Justiça). Assim, enquanto nosso acompanhante abria a porta dos fundos da van, eu disse a mim mesma que me encontraria agora não apenas com a mulher mais notável da história, mas provavelmente com a pessoa mais carismática, encantadora e possivelmente adorável que teria o prazer de conhecer.

Contato com Margaret A.

Enquanto minha produtora e equipe descarregavam o equipamento do DP da van, eu – a pessoa que mais tarde seria interrogada em vídeo sobre minhas observações e impressões de Margaret A. e as condições de seu confinamento – fiquei passeando pelo minúsculo complexo ao redor da barraca Quonset que presumi ser de Margaret A. A princípio, reparei em pouca coisa além do arranjo intimidador de equipamentos e pessoal de vigilância e segurança. A cerca de aço de seis metros de altura, reforçada com espirais de arame farpado e encimada por um posto de vigia envidraçado, visivelmente armado, bloqueava a vista de tudo fora do complexo, exceto o céu quente e seco. (O sol do sul da Califórnia naquele ambiente parecia sufocantemente opressivo.) Vários homens uniformizados e de olhar duro carregavam rifles automáticos. Seria possível que eles pensassem que podíamos tentar fugir com Margaret A.? Estar consciente do olhar de homens tão pesadamente armados vigiando, esperando e antecipando me abalou, fazendo com que me sentisse uma joalheira abrindo um cofre para assaltantes, temerosa de que um movimento em falso (ou seja, um mal-entendido) fizesse de mim uma mulher morta. Como Margaret A. não é uma "criminosa", a gente se esquece do quanto ela é perigosa, segundo o governo decretou.

Contudo, o peso dessa presença oficial exerceu uma impressão sutil sobre mim, da qual fiquei ciente apenas quando falei com Margaret A. Os uniformes, o posto de vigia, a regulação implacável de todos os nossos movimentos e intenções conspiraram para me fazer esquecer que Margaret A. nunca foi indiciada diante de um juiz, menos ainda passou por um julgamento diante de um júri.[5] Portanto, quando avistei as plantinhas desgrenhadas que cresciam num canto da areia seca e bruta do complexo, percebi-as de imediato como um "privilégio extra" generosamente concedido a ela pelo DP, e assim, em vez de entrar nos alojamentos de Margaret A. com uma ideia do quanto seria intoleravelmente opressivo viver emparedada dentro daquela cerca de aço com posto de vigia, vidraças espelhadas reluzentes e armamento ameaçador sempre assomando sobre a pessoa, pensei em como Margaret A. era afortunada por ter a chance de caminhar do lado de fora de seu complexo e em seu "jardim".

Faço essa confissão para ilustrar quão sutilmente a percepção pode ser influenciada. Parece-me contraintuitivo que a presença pesada de vigilância e segurança colaborassem para uma percepção da legitimidade do encarceramento de Margaret A.; porém, aparentemente os especialistas do Departamento de Justiça acreditam nisso, pois essa presença opressiva nunca é

---

5 Tecnicamente, considera-se que Margaret A. esteja em prisão preventiva – já que uma única palavra dita por ela legalmente constituiria uma violação à Emenda Margaret A. Embora estudiosos da Constituição tenham argumentado que a emenda em si viola a letra e o espírito da Constituição, sua composição solidamente reacionária garante a contínua aderência da Suprema Corte dos Estados Unidos a sua decisão anterior contra a interferência judicial nas medidas de segurança tomadas em conjunto pelos ramos Executivo e Legislativo. Para um breve resumo das peculiaridades legais do encarceramento de Margaret A., veja o panfleto da UALC *Quando o Estado de Direito se rompe: a conspiração do Executivo, Legislativo e Judiciário contra Margaret A.*

censurada e retirada de vídeos e fotos, enquanto uma variedade de pequenas concessões que Margaret A. conquistou para si mesma *nunca* sobreviveram à edição do DP.[6]

Assim, quando entrei nos alojamentos de Margaret A. acompanhada por três guardas e uma equipe que resmungava sobre a antiguidade do equipamento do DP, olhei para tudo ao meu redor com olhos peculiarmente tendenciosos. *Não é tão ruim*, pensei, enquanto analisava o primeiro dos dois cômodos de Margaret A. Notei as almofadas suavizando o par de cadeiras de madeira com braços e fiquei espantada com a linda tapeçaria que encobria uma grande parte da feia parede verde-creme-dental. *Não é tão ruim quanto a maioria das celas, e certamente é muito melhor do que as masmorras subterrâneas em que a maioria dos prisioneiros políticos são mantidos*, lembrei a mim mesma. Ocorre-me em retrospecto que eu provavelmente queria acreditar que Margaret A. vivia em circunstâncias toleráveis para que as chances de que ela aguentasse pelo tempo que fosse preciso para conseguir sua soltura se mantivessem razoavelmente altas. Dessa forma, antes que Margaret A. entrasse no recinto, meus olhos se fixaram no pequeno computador numa mesa perto da porta para o exterior, enquanto eu matutava como, graças àquele computador, a habilidade de Margaret A. com as palavras (e talvez até suas próprias palavras) poderia ter uma chance de sobreviver, e me alegrei porque, apesar da Emenda Margaret A., o DP não caía sobre ela de modo tão pesado e opressivo quanto fazem com a maioria dos prisioneiros políticos.

Mas aí Margaret A. surgiu e, por alguns instantes loucos, eu perdi o ar e o tempo pareceu parar. Depois de cumprimentar os

---

6 Ansiosa para preservar um perfil limpo que suportasse o escrutínio do Departamento de Justiça, eu não fiz as investigações que teriam me informado sobre essas concessões antes de observá-las com meus próprios olhos. Para um registro completo das batalhas de Margaret A. por essas concessões, entre em contato com Elissa Muntemba, sua principal advogada, por meio da filial da UALC na Califórnia.

guardas (cujos rostos, notei mecanicamente, ficaram de súbito cobertos de cautela e desconforto), ela simplesmente ficou parada ali, uma figura pequena e robusta usando camisa e calça de algodão cinzento, olhando para nós – como se estivéssemos ali para sua inspeção, não o contrário. Por alguns segundos agoniantes lutei contra o nó na garganta e olhei de esguelha para os guardas, na expectativa de uma apresentação. Então, olhando de volta para Margaret A., dei-me conta de como essa expectativa era absurda e me censurei por ver os guardas como anfitriões numa festa combinada. Embora eu não fizesse ideia disso na época (ainda não entendo muito bem como aconteceu), aquele momento marcou a perda da persona profissional que havia me sustentado até então na minha carreira jornalística.

Minha produtora finalmente tomou a iniciativa:

– Permita que eu me apresente – começou ela, enquanto estendia a mão e avançava na direção de Margaret A.

Margaret A., porém, despedaçou esse momento de retorno à normalidade, pois ignorou a mão oferecida e comentou que criar uma fachada de convenções sociais custaria mais do que ela podia pagar – mesmo que nós mesmas nos sentíssemos capazes de nos dar a esse luxo.[7]

A recusa enfática de apertar as mãos abriu outro gume numa situação já tensa e me empurrou, com um choque, para uma atitude mais aguçadamente crítica em relação a tudo e todos ao nosso redor. Foi naquele instante, por exemplo, que eu

---

7 Minha reconstrução de nossa conversa com Margaret A. não é, infelizmente, ao pé da letra. Nem minha produtora, nem eu, nem ninguém da equipe tem memória eidética (e se qualquer um de nós tivesse, é provável que o Departamento de Justiça teria descoberto este fato e, consequentemente, nos desqualificado de fazer contato com Margaret A.), e, portanto, todas as lembranças das palavras de Margaret A. passaram por um esforço conjunto do grupo para lembrar, embora mesmo isso tenha sido prejudicado por nossa separação uns dos outros durante as primeiras quarenta e oito horas após o contato com Margaret A., seguindo os procedimentos de interrogatório do Departamento de Justiça.

entendi, até o tutano dos ossos, um pouco do que essa detenção devia significar para Margaret A. Previamente, eu sentira um ultraje abstrato ante seu silenciamento e detenção. Entretanto, naquele instante, quando Margaret A. mencionou o custo da farsa social, eu *senti* a realidade de sua situação, pressentindo vagamente como coisas aparentemente pequenas podiam exercer uma pressão imensa até mesmo sobre uma psique forte o bastante para suportar o peso da opressão oficial como a que era constantemente forçada sobre os sentidos de Margaret A.

Tendo aprendido com o embaraço de minha produtora, eu apenas sorri e assenti para Margaret A. quando a produtora me apresentou para ela. Mesmo assim Margaret A. me rejeitou, pois a leve contração de seu lábio (não por diversão, pois seus olhos muito antigos e congelados permaneceram invernais e distantes) me fez sentir tola o bastante para corar (o que me fez sentir ainda mais tola). A recusa e minha reação à recusa por sua vez provocaram em mim primeiro ressentimento – por um momento, fiquei indignada pela falta de modos dela – e então, segundos depois, vergonha, quando me ocorreu que Margaret A. deve me tomar por uma lacaia do sistema que a escolheu como alvo.[8]

A equipe não se deu ao trabalho de se apresentar, simplesmente se instalou e começou a gravar com o equipamento que desprezava. A produtora relembrou a todos para gravarem sem considerar nossa conversa, para capturarem tudo nas duas salas do barracão e para não se esquecerem de filmar o "jardim" de Margaret A. E então ela assentiu para mim, como se para me lembrar de que eu também deveria proceder com a minha parte

---

8 Pela maior parte do tempo do meu contato com Margaret A. eu me perguntei, desiludida, como podia ter passado tantos anos ansiando por uma reunião que estava se provando uma decepção tão grande. Margaret A. não me agitou, nem sequer gerou em mim uma simpatia pessoal quanto a ela; não apenas achei impossível ter pena dela – apesar de, por todo o tempo em que estive em seus alojamentos, vislumbrar pelo canto do olho a cerca de aço confrontando a única janela da sala e constantemente dar olhadas às escondidas para os rifles que os guardas carregavam –, como por diversas vezes senti uma pontada de ressentimento. Margaret A. não tem nem uma gota de carisma em seu corpo.

na coisa toda. Olhei de novo para Margaret A. e tentei freneticamente me lembrar da primeira pergunta que planejara fazer para ela. Mas não veio nada, minha mente tinha dado um branco. Em pânico, soltei a primeira pergunta que apareceu na cabeça:

– Quem corta o seu cabelo para você?

Margaret A. ergueu as sobrancelhas para mim e disparou algo no sentido de que esse era o tipo de informação que o DP me forneceria com todo o prazer. Meu corpo inteiro esquentou de vergonha; olhando ao redor, peguei minha produtora franzindo o cenho e os guardas revirando os olhos. Foi naquele momento que me ocorreu: embora Margaret A. seja negra, todos os guardas que eu vira em Vandenberg eram, sem exceção, brancos. (Suspeito que foi uma combinação de eu reparar no cabelo com aspecto de lã de Margaret A. cortado rente e pensar que não podia imaginar nenhum dos guardas que tinha visto, homens ou mulheres, cortando-o.) Quis então poder lhe perguntar se os guardas sempre tinham sido exclusivamente brancos e, caso sim, como ela se sentia a respeito disso. Mas tirando a preocupação de que uma pergunta dessas me encrencasse com o DP, fiquei desconfortável com o que *ela* acharia disso. Eu não fazia ideia se a identidade racial dos guardas seria relevante para uma pessoa a quem a imposição de qualquer guarda, por si só, já era um ultraje... Felizmente, eu me lembrei de uma das perguntas que havia preparado, uma questão que, pensei, poderia passar como pessoal (e, portanto, "trivial").

– A prisão e a perspectiva de uma vida na prisão mudaram o modo como você se sente a seu próprio respeito como ser humano? – indaguei.

Margaret A. olhou diretamente para o meu rosto, como se para conferir de onde aquela pergunta estava vindo. Inquieta, olhei de esguelha para os guardas; embora não prestassem atenção especial a mim (indicando assim que a pergunta era aceitável, já que, se não fosse, o oficial do DP monitorando a entrevista teria passado ordens através dos receptores que eu podia ver nos ouvidos deles), eu me senti ameaçada pela presença deles como não me sentira antes. *Essa sala,* pensei, *é pequena demais para tanta gente e tantas máquinas.*

Eu queria poder me lembrar das palavras exatas de Margaret A., mas tudo o que posso lhes dar é uma paráfrase. Ela começou com um comentário bem-humorado no sentido de que algo que sua prisão havia feito por ela foi indicar o quanto o mundo oficial a levava a sério, e, por consequência, fazer com que ela se levasse mais a sério do que nunca. Imagine, disse ela com um sorriso seco, mas não exatamente sarcástico, eu era uma zé-ninguém até que gente que eu nunca vi começasse a me dar ouvidos. Imagine só se as pessoas levassem cada palavra que sai da sua boca tão a sério quanto levam cada bala disparada de uma arma. Acho que nunca me levei particularmente a sério até eles me jogarem em confinamento solitário e me proibirem de qualquer contato humano. Eles me disseram que era perigoso para qualquer um ouvir qualquer coisa que saísse da minha boca. Por várias semanas, vivi no tipo de quarentena que se poderia conceber para a doença mais mortal, mais misteriosamente contagiosa. Eu tinha certeza de que ia surtar. Mas você consegue imaginar o que isso faz com o ego? Consegue imaginar suas próprias palavras sendo consideradas tão potentes? Essa reação oficial fez de mim uma pessoa poderosa de um jeito único, possuidora de poderes jamais atribuídos a nenhum outro mortal na história, pelo menos ninguém de que eu tenha ouvido falar. A princípio, eu mesma não conseguia levar isso tão a sério. Depois, tive um pouco de medo. Mas como eu poderia continuar com medo, quando não há uma chance em um milhão de que eu receba permissão para falar livremente outra vez?

Essa resposta me pegou totalmente de surpresa. Eu esperava que ela fosse falar sobre sua amargura ante a injustiça do sistema, negando-lhe um processo justo (o que ela poderia ter feito, acho, sem necessariamente mencionar a questão de forma escancarada), sobre a ruína que o encarceramento causou em sua vida, sobre o horror de seu exílio de amigos e família. Todavia, por causa do ponto de vista que ela me apresentou, compreendi de novo o quanto é extraordinário o aparato de seu silenciamento – que tantos recursos sejam devotados somente para este fim, e quanto crédito, na verdade, eles dão a ela quando julgam isso necessário para se protegerem das palavras de uma mulher que foi uma simples mãe e professora de ginásio sem afiliação nem organização política (pois a formação de uma organização em torno dela veio apenas nos últimos três meses de sua liberdade). O fenômeno Margaret A. raiou com uma visibilidade breve e extasiante, como o primeiro clarão inesperado de um raio estalando pelo céu de verão no final da noite.

Perguntei para ela se sentia saudade da filha (que, como se sabe, mudou-se para a Nova Zelândia após a prisão da mãe) e de outros familiares. Margaret A. levou vários minutos para responder a essa pergunta, e a resposta foi tão complexa e inesperada que receio que não posso prometer precisão na minha paráfrase.[9]

A imprensa e outras instituições em nosso mundo consideram que a privacidade seja um privilégio, começou Margaret A., um luxo, não algo que deva ser respeitado para todas as pessoas. A sociedade humana não seria a mesma se a privacidade não fosse considerada um privilégio. Por consequência, minha filha pagou um preço pela minha franqueza, um preço cobrado pela imprensa e por outras instituições. Imagino que a maioria das pessoas depositaria esse preço a meus pés, trabalhando sob a suposição de que minha franqueza convidou a desconsideração da minha própria privacidade – e, portanto, da de minha filha. Porém, para mim, no que tange à minha filha a questão é se minha autocensura teria ou não valido a manutenção do *status quo* da vida dela, antes que minhas palavras atraíssem a atenção generalizada. Será que eu poderia ter pagado o preço que o silêncio cobraria de mim? É sempre uma questão de determinar o que está em jogo, quanto ao que alguém faz ou deixa de

---

9 Na verdade, nossa tentativa conjunta de reconstituir essa resposta resultou em tamanha acrimônia que, no final, concordamos em não discutir mais essa resposta.

fazer. Sem dúvida, você mesma abriu mão de sua privacidade em nome de participar desta sessão de fotos. Eu me pergunto se avaliou o preço de sua presença aqui hoje.

Fiquei surpresa que os guardas não interromperam esse discurso. Eu mesma ouvi um pouco da subversão em sua resposta ainda enquanto ela falava, pois tinha certeza de que ela estava se referindo não apenas às revistas corporal e íntima a que precisei me submeter, mas aos anos me mantendo "limpa" de contatos suspeitos, anos participando desse jogo tão afetadamente quanto o próprio Simon Bartkey poderia desejar. Suponho que sua menção à imprensa "e outras instituições" e suas referências a "sociedade humana" e "nosso mundo" soassem vagas o bastante para os monitores a ponto de eles não captarem exatamente do que ela estava falando. Mas a expressão da minha produtora indicava que ela não teve problema algum para compreender as palavras de Margaret A., e que, como eu, também as considerava subversivas.

Tínhamos então apenas mais três minutos do tempo designado. Embora a equipe de filmagem tivesse entrado e saído do outro cômodo, Margaret A. e eu havíamos, até então, continuado na mesma sala. Eu perguntei a ela se me mostraria seu outro cômodo enquanto respondia a mais uma ou duas perguntas. Ela levantou e abaixou as sobrancelhas para mim, como se zombasse do meu pedido de permissão enquanto meus colegas apontavam suas câmeras para qualquer ponto que lhes chamasse a atenção, mas então gesticulou para que eu entrasse antes dela pela abertura sem porta na parede. Eu queria perguntar sobre seu jardim, mas quando vi os livros em pilhados no piso de linóleo ao lado do colchão coberto por uma colcha de retalhos perguntei, em vez disso, se ela lia muito e, caso sim, o quê. Ela disse que lia somente poesia. Lancei um rápido olhar para o livro no topo da pilha e captei apenas o nome Audre Lorde. Ciente do tempo se esgotando, dei uma espiada nas instalações da banheira, que ocupavam a maior parte do recinto, e fiquei curiosa sobre a água que se encontrava ali dentro. Perguntei a respeito e ela disse que tinha permissão para tomar um banho por dia e que a água do banho era tudo o que tinha para regar seu jardim. Freneticamente, sabendo que restava apenas meio minuto, perguntei a ela como passava seu tempo. Ela me disse que não fazia sentido tentar responder a essa questão, que sabia que o guarda a impediria antes que pudesse terminar, pois eles já tinham feito isso nas duas outras ocasiões em que ela tentara responder.

Um guarda então nos disse que nosso tempo havia acabado. Esse foi um momento para o qual eu não estava preparada, que não havia sequer começado a imaginar. Toda a minha vida adulta me conduzira para aquele tempo passado com Margaret A. que, de súbito, tinha terminado, para jamais se repetir, e eu nunca mais teria uma chance de ouvir aquela mulher cujas palavras eram proibidas.[10] Fiquei congelada por alguns segundos, encarando Margaret A. como se para memorizar o momento. Olhando para seu rosto impassível e envelhecido, percebi que nosso encontro não significou nada para ela, que nós éramos apenas mais uma equipe de mídia que viera olhá-la boquiaberta, que depois de alguns meses ela provavelmente nem se lembraria de mim, e que, com certeza, considerava todas as pessoas da mídia robôs sem rosto e participantes do jogo que não importavam nem um pouco para ela (exceto, talvez, como uma garantia contra um tratamento excessivamente abusivo por parte de seus captores).

Durante as horas que se seguiram, eu deslizei para um torpor apático, respondendo mecanicamente a perguntas e ouvindo aos comentários dos interrogadores, mal me importando com o que viria depois. Eu havia feito a única coisa a que sempre aspirara e agora estava terminado. A entrevista havia sido uma decepção e o futuro parecia um anticlímax – cinzento, sem vida e sem sentido.

---

10 O DP tem uma regra que proíbe o pessoal da mídia de fazer mais de um contato com Margaret A.

A questão dos padrões profissionais

Após o interrogatório, a caminho da agência em LA que havia nos emprestado a van, gracejamos por dez ou quinze minutos sobre a transparência das técnicas de "desprogramação" do DP. Para mim, pelo menos, havia sido uma provação (e desconfio que para eles também, já que achamos necessário fazer piadas a respeito). Eu tive de não apenas manter o controle para dar aos interrogadores as respostas que eles consideravam corretas como, e tão importante quanto, precisei preservar intacta (tanto quanto possível) a memória das palavras de Margaret A. Todos nós, pelo visto, conseguimos passar pela avaliação sem nenhuma falha, pois nossa produtora garantiu que o oficial encarregado a informara que havia ficado contente com nossos interrogatórios.

Quando finalmente os gracejos haviam nos livrado um pouco do desconforto, a equipe começou a reclamar sobre a falta de sentido de toda a situação de Margaret A. Eles disseram que não viam qual era o grande problema com ela, alegaram que o fenômeno Margaret A. devia ter sido desde sempre um hype da mídia, já que certamente não havia nada de especial em Margaret A., pessoalmente. Também reclamaram sobre o DP deletar suas filmagens do computador, do "jardim", da banheira parcialmente cheia e da panela para baldear: toques que eles haviam esperado que elevassem nossa sessão de fotos acima da mediocridade das que haviam ocorrido até então (em vez disso a nossa pareceria quase idêntica às outras, é claro). Esses cortes em particular deixaram-nos mais perplexos e perturbados do que o fato de o DP ter cortado todas as cenas em que os lábios de Margaret A. estavam se movendo. Eles gracejaram sobre o medo que o DP tinha dos leitores de lábios, e então passaram a uma discussão sobre a paranoia do governo em dar tanta importância a uma mulher que, pensavam eles, era simplesmente entediante.

Após vários minutos ouvindo a discussão em silêncio, nossa produtora discordou.

– Aquela mulher é uma destruidora – declarou ela. – É tão segura de si e de suas opiniões que apenas as pessoas mais confiantes seriam capazes de resistir a suas incursões subversivas.

A equipe deu risadinhas.

– Que subversão? – quiseram saber. – Você quis dizer ela ter se recusado a apertar sua mão?

A produtora ignorou esse golpe baixo.

– Aqueles idiotas que nos monitoravam foram lerdos demais para captar o que ela estava falando. Quando ela usou a palavra "instituições", apenas um idiota não teria entendido a que estava se referindo.

Aquele contra-ataque os calou – e acabou com a conversa sobre Margaret A.

Ninguém pareceu notar meu silêncio. E, de fato, eu consegui conversar com Elissa Muntemba e até mesmo negociar minha própria entrevista em vídeo sem levantar suspeitas a meu próprio respeito.[11] As suspeitas vieram mais tarde, em outros contextos – depois de eu ter começado a me fazer as mesmas perguntas que, acredito, Margaret A. insistiria em fazer no meu lugar. Previsivelmente, foi a produtora da sessão de fotos com Margaret A. quem me descobriu. *Ela* sabia, mesmo que ninguém mais pudesse relacionar aquilo à "influência" de Margaret A.

– Você se converteu a Margaret A. – acusou ela. – Ela realmente te pegou, não foi?

Eu detestei tanto as palavras que ela usou que, sem considerar as consequências, me lancei numa discussão da nossa cumplicidade com o DP. No entanto, ela me interrompeu antes mesmo que eu tivesse terminado a segunda frase.

---

11 Teria sido inútil para mim tentar uma análise séria da entrevista, pois qualquer coisa mais "radical" teria sido cortada ou a entrevista em si destruída. Eu escolhi conscientemente seguir essa linha invisível porque considerava importante divulgar a notícia de que Margaret A. ainda tinha energia, que longe de ter se desencorajado por seu silenciamento, ela o tomava como um sinal de que estava no caminho certo.

– Jornalistas profissionais não podem se dar ao luxo de serem suscetíveis à subversão – fulminou ela.

Será que ela entende minimamente o que está dizendo quando usa a expressão "se dar ao luxo"?, pensei. Claro que não, pois prosseguiu, me repreendendo por ser uma tonta crédula, por trair os padrões profissionais – e então disse que eu estava demitida.

– Não mencionarei isso na sua ficha – disse ela.

Entretanto, mais tarde eu me perguntei o que uma garantia dessas podia significar, já que ela obviamente fez questão de sabotar toda tentativa minha de conseguir outro emprego na indústria da mídia convencional.[12]

Essa questão de padrões profissionais é algo preocupante para os membros da ANJORLI. A posição de jornalistas como a minha produtora equivale a usar as contextualizações do governo para determinar os parâmetros da objetividade. Qualquer consideração dos fatos fora dessas contextualizações se tornam então atos de subversão. Se meu contato com Margaret A. me ensinou alguma coisa, foi que a autocensura exigida dos jornalistas é um preço alto demais para mim. A questão então se torna como o jornalista reconcilia os ideais da profissão com a prática que, como minha produtora insiste, reflete os "padrões profissionais".

Resumo

Primeiro, para aqueles preocupados com Margaret A. em si, posso atestar que sua prisão e silenciamento não a desmoralizaram nem tiraram seu poder. Pelo contrário, os esforços do governo para obliterar suas palavras parecem ter fortalecido a articulação particular e inconfundível que caracteriza a fala

---

12 Como outros jornalistas que cruzaram a linha invisível da autocensura, enfrento agora a escolha entre trocar de profissão ou emigrar, e escolhi a segunda opção.

de Margaret A., em vez de enfraquecê-la. Caso chegue um dia em que o governo não consiga resistir à oposição pública à Emenda Margaret A. (pois, conforme o tempo passa, cada vez mais pessoas considerarão o temor do governo em relação a Margaret A. como paranoia histérica ou uma desculpa cínica para seu rígido controle sobre os meios de comunicação), Margaret A. provavelmente estará preparada.

Segundo, minha experiência na sessão de fotos com Margaret A. sugere que, como jornalistas, precisamos questionar a fusão da contextualização do governo com os parâmetros de objetividade e padrões profissionais, especialmente quando essa contextualização exige a obliteração não apenas de palavras, mas até de fatos. Os jornalistas atualmente trabalham num ambiente em que fazer até uma pergunta tão simples quanto "Que mal haveria em mostrar a banheira?" pode levar a acusações de uma subversiva falta de objetividade. A "censura limitada" das palavras de Margaret A., portanto, alterou claramente a definição de objetividade e padrões profissionais para jornalistas. Os membros da ANJORLI, tenho certeza, desejarão considerar o custo da contínua submissão ao princípio da autocensura claramente gerada pela Emenda Margaret A., para si mesmos e para sua profissão.

Após a sessão de fotos com Margaret A., descobri, ao custo da minha carreira – pensando que, como já atingira meu objetivo de entrevistar Margaret A., eu não precisava mais ser "cautelosa" –, que esse processo de censura se estende muito além da cobertura de Margaret A. e entra em outras áreas. Talvez seja irônico que a trajetória inicial de minha carreira tenha sido ditada pela determinação em alcançar uma única meta, a de entrevistar pessoalmente Margaret A., quando na verdade essa mesma entrevista colocou em questão o preço que paguei para alcançá-la. Esse preço incluiu não apenas uma perda de integridade pessoal e profissional, mas também uma redução parcial de minha habilidade de enxergar o mundo em que vivo. Meu encontro com Margaret A. me despertou para um mundo que pareço nunca ter visto antes, um mundo que é minha missão, como jornalista, expor e explorar. É minha crença que as palavras de Margaret A. foram proibidas por causa de seu poder de nos mostrar o mundo de outra forma, sem antolhos. Posso nunca compartilhar plenamente da visão de Margaret A.; posso jamais ter um registro verdadeiro das palavras de Margaret A. Porém, por causa de Margaret A., agora apalpo em busca dos antolhos que vinham estreitando e diminuindo minha visão, para que possa arrancá-los dos olhos e enxergar um mundo muito mais amplo e brilhante do que eu sonhava existir.

LEONORA CARRINGTON

MINHA CALCINHA DE FLANELA

Leonora Carrington foi uma famosa escritora e pintora surrealista nascida na Inglaterra que morou no México pela maior parte da vida. "Desde muito nova", disse Carrington, "eu tive experiências muito estranhas com todo tipo de fantasmas [e] visões." Embora sua arte tenha obscurecido sua ficção, as histórias estranhas de Carrington foram importantes para muitos escritores, inclusive Angela Carter. Entre suas coletâneas estão *The Seventh Horse* e *The Oval Lady*. "Minha calcinha de flanela" traz à mente como as mulheres, em particular as criativas, são marginalizadas e escondidas; entretanto, em outro contexto, ao mesmo tempo são colocadas em exibição para todos verem. Essa história foi publicada pela primeira vez em *The Seventh Horse*, em 1988.

Milhares de pessoas conhecem minha calcinha de flanela e, embora eu saiba que isso soa coquete, não é. Sou uma santa.

A "Santidade", devo dizer, na verdade me foi imposta. Se alguém quiser evitar a santificação, deve ler imediatamente esta história inteira.

Eu moro numa ilha. Esta ilha me foi agraciada pelo governo quando saí da prisão. Não é uma ilha deserta, é uma ilha de tráfego bem no meio de um calçadão movimentado, e motores passam trovejando por todos os lados, de dia e à noite.

Então...

A calcinha de flanela é bem conhecida. Ela é pendurada ao meio-dia num fio que sai do farol automático com suas luzes vermelha, amarela e verde. Eu a lavo todos os dias, e ela precisa secar ao sol.

Tirando a calcinha de flanela, visto um casaco masculino de tweed para golfe. Ele me foi dado, assim como os tênis. Não uso meias. Muita gente se retrai ante minha aparência nada distinta, mas se essas pessoas ouviram falar de mim (principalmente no *Guia do turista*), elas fazem uma peregrinação, que é bem fácil.

Agora devo retraçar os eventos peculiares que me trouxeram a esta condição. Eu já fui uma grande beldade e frequentei todo tipo de apresentação artística, entrega e recepção de prêmios, ingestão de coquetéis e outras reuniões casualmente arriscadas organizadas com o propósito de fazer algumas pessoas desperdiçarem o tempo de outras. Eu estava sempre em alta demanda e meu lindo rosto ficava em suspensão acima de trajes elegantes, sorrindo ininterruptamente. Um coração ardente, contudo, batia sob os figurinos elegantes, e esse coração muito ardente era como uma torneira aberta, despejando uma profusão de água aquecida sobre qualquer um que pedisse. Esse processo dispendioso logo cobrou seu preço sobre meu lindo rosto sorridente. Meus dentes caíram. A estrutura original do meu rosto se tornou borrada, e então começou a se afastar dos ossos em pequenas dobras que não paravam de se multiplicar. Eu me sentava e observava o processo com uma mistura de vaidade ofendida e depressão aguda. Eu estava, pensei, solidamente instalada em meu plexo lunar, no interior de nuvens de vapor sensível.

Se por acaso sorria para meu rosto no espelho, podia objetivamente observar que me restavam apenas três dentes, os quais estavam começando a apodrecer.

Por consequência, fui ao dentista. Ele não apenas curou os três dentes remanescentes como também me ofereceu um conjunto de dentaduras, montadas com habilidade num chassi de plástico rosa. Quando paguei uma parcela suficientemente grande de minha riqueza minguante, os dentes se tornaram meus e os levei para casa e coloquei-os na boca.

O Rosto pareceu recuperar um pouco de sua atração absolutamente irresistível, embora as dobras, é claro, continuassem ali. Ergui-me do plexo lunar como uma truta faminta e fui pega rapidamente no anzol afiado que paira dentro de todas as faces que já foram muito belas.

Uma tênue cerração magnética formou-se entre eu mesma, o rosto e a percepção clara. Isto é o que eu vi na cerração.

– Ora, ora. Eu realmente estava começando a virar pedra naquele velho plexo lunar. Isto deve ser eu, essa criatura linda, sorridente, cheia de dentes. Ali estava eu, sentada na corrente sanguínea escura como um feto mumificado sem amor algum. Aqui estou eu, de volta ao mundo rico, onde posso palpitar novamente, saltar para cima e para baixo na piscina gostosa e quentinha da emoção escoante. Quanto mais banhistas, melhor. Eu Serei Enriquecida.

Todos esses pensamentos desastrosos foram multiplicados e refletidos na cerração magnética. Entrei vestindo meu rosto, agora de volta ao velho sorriso enigmático que sempre ficava azedo no passado.

Assim que fui capturada, estava terminado.

Sorrindo horrivelmente, retornei à selva de rostos, cada um avidamente tentando devorar o outro.

Aqui eu poderia explicar o processo que ocorre de fato nesse tipo de selva. Cada rosto é provido de bocas, maiores ou menores, armadas com tipos diferentes de dentes, às vezes naturais. (Qualquer um acima de quarenta e desdentado deveria ser sensato o bastante para ficar discretamente tricotando um novo corpo original, em vez de desperdiçar a lã cósmica.) Esses dentes barram a entrada para uma garganta escancarada, que vomita de volta para a atmosfera fétida tudo o que engole.

Os corpos sobre os quais esses rostos estão suspensos servem como lastro para os rostos. Via de regra, são cuidadosamente cobertos de cores e formatos segundo a "Moda" atual. Essa "moda" é uma ideia devoradora lançada por outro rosto estalando com uma fome insaciável por dinheiro e notoriedade. Os corpos, em sofrimento e súplica constantes, são geralmente ignorados e utilizados apenas para a ambulação do rosto. Como eu disse, como lastro.

Contudo, uma vez que coloquei à mostra meus dentes novos, dei-me conta de que algo dera errado. Pois, após um período brevíssimo com o sorriso enigmático, o sorriso se tornou um tanto rígido e fixo, enquanto meu rosto se afastou de seu ancoradouro ósseo, deixando-me desesperadamente agarrada a uma máscara cinzenta e macia sobre um corpo quase sem vida.

A parte estranha da questão se revela agora. Os rostos da selva, em vez de se retraírem, horrorizados, ante o que eu já sabia ser uma triste visão, me abordaram e começaram a me implorar por algo que eu pensava não ter recebido.

Perplexa, consultei meu Amigo, um grego.

Ele disse:

– Eles acham que você teceu um rosto e um corpo completos, e está constantemente em posse de um estoque sobressalente de lã cósmica. Mesmo que não seja assim, o próprio fato de você saber sobre a lã os deixa determinados a roubá-la.

– Eu desperdicei praticamente o velo todo – eu disse a ele. – E se alguém roubar de mim agora, vou morrer e me desintegrar em registro.

– A vida tridimensional – disse o grego – é formada pela atitude. Como, pela atitude deles, esperam que você tenha um estoque de lã, você é tridimensionalmente forçada à "Santidade", o que significa que deve fiar seu corpo e ensinar aos rostos como fiar os deles.

As palavras compassivas do grego me encheram de medo. Eu mesma sou um rosto. O jeito mais rápido de se aposentar da competição social de devoramento de rostos me ocorreu quando ataquei um policial com meu forte guarda-chuva de aço. Fui rapidamente colocada na prisão, onde passei meses em meditação benéfica para a saúde e exercícios compulsórios.

Minha conduta exemplar na prisão levou a Carcereira-
-Chefe a um excesso de generosidade, e foi assim que o governo me presenteou a ilha, após uma cerimônia pequena e
distinta num canto remoto do Cemitério Protestante.

Então aqui estou eu, na ilha, com artefatos mecânicos de
todos os tamanhos zunindo em todas as direções concebíveis,
até mesmo lá no céu.

Aqui permaneço.

KIT REED

AS MÃES DA ILHA TUBARÃO

Kit Reed é uma autora estadunidense de romances e contos e escritora residente na Wesleyan University. Muitas de suas histórias são consideradas ficção científica feminista e foram publicadas em lugares tão variados quanto a *Magazine of Fantasy and Science Fiction*, a *The Yale Review* e a *Kenyon Review*. Ela é bolsista da Guggenheim e suas histórias foram nomeadas para o prêmio James Tiptree Jr. "As mães da Ilha Tubarão" dá uma perspectiva diferente da maternidade, e a publicação do conto em *Weird Women, Wired Women,* em 1998, foi acompanhada de controvérsia.

Na Ilha Tubarão, as prisioneiras são livres para vagar pelo pátio durante o dia; as muralhas são altas e as falésias, vertiginosas. Ninguém foge do Chateau D'If. As poucas mães que tentam nunca mais são vistas – devoradas pelos cardumes de tubarões que nadam no canal ou feitas em pedacinhos pelas rochas ao pé das falésias.

À noite, guardas caminham pelos parapeitos, mas, de um momento para o outro, os rostos de nossas captoras mudam. Seríamos nós, elas? Elas são nós? Às vezes somos nós que entramos marchando com faixas amarelas no braço – prisioneiras de confiança com olhos entreabertos, colaborando com nosso próprio aprisionamento; patrulhamos com cassetetes de couro, mantendo severamente as outras mulheres na linha. A menos que sejamos as prisioneiras aqui, observando as guardas das janelas altas de nossas celas.

Quem são as mantidas e quem são as mantenedoras entre nós aqui?

Quem decidiu que precisávamos ser internadas? Quando começamos a ser um empecilho?

Foram nossos filhos fogosos e ávidos que nos enviaram rio acima – sem nenhuma testemunha remanescente para provar que eles não foram inventados por si mesmos? – *Mamãe, você parece cansada.* Ou seriam nossas imagens, a nova versão aprimorada – nossas filhas com seus sorrisos meigos e críticos? – *Mamãe, deixa que eu faço isso.*

Está em nosso destino que sejamos encarceradas, ou seria algo que fizemos? Ai, Deus, será algo que dissemos que eles não podem perdoar? Este é o terror e o mistério. Por que nos colocaram aqui, depois de tudo o que fizemos por eles.

Anos de botas para a neve e roupas de escola e bolos tortos e aulas de violão e matrícula e tentar não os pressionar – todo esse esforço, e agora nossos pequenos correm livres e consomem a terra, enquanto nós estamos aqui.

Durante o dia, caminhamos e ponderamos. Durante a noite, batucamos mensagens nos canos. *Co-ra-gem-Syl-via. Per--se-ve-ran-ça-Maud. A-Re-vo-lu-ção-se-a-pro-xi-ma. Prisionei-ra-no-va-no-Blo-co-No-ve.*

Ao contrário da pneumonia, a maternidade é uma condição irreversível.

Como Edmond Dantès*, sou próxima da mulher na cela ao lado da minha, embora nunca tenha visto seu rosto. Nós murmuramos pela fresta que eu abri ao longo de meses... não. Ao longo de anos, goivando a rocha com as unhas, engolindo a poeira e movendo o catre para a frente do buraco para esconder qualquer

---

* Vítima de um conluio e preso no Castelo de If, Edmond Dantès é o personagem principal de *O Conde de Monte Cristo* (1844-45), romance de Alexandre Dumas, o pai. [N. de T.]

vestígio. A mãe desconhecida e eu nos mantemos à tona, embo-
ra, como nossas guardas, ela não seja sempre a mesma pessoa.

Quantas mulheres vieram e se foram na cela ao lado da mi-
nha? Nós não trocamos nomes. Mas, à noite, contamos histórias
reconfortantes e enumeramos os detalhes; o que fizemos por eles
em nosso caminho até o Chateau D'If. Como é cruel estarmos aqui.

Mas nossas vidas profissionais terminaram. O que mais eles
fariam conosco? As noites são mais frias do que as pedras sobre
as quais dormimos, e estamos solitárias e tristes aqui, e se pu-
déssemos voltar e mudar o passado para que nossos filhos ainda
precisassem de nós, não o faríamos.

Não saberíamos como. Tivemos de os deixar crescer. Agora
eles nos prendem por crimes de guerra.

Amigas! Nós nunca fomos da cor que nossos filhos nos pin-
tam. Somos inocentes, eu lhes digo. Inocentes!

As prisioneiras falam.

REBA: Eu sou a Deusa Mãe, caramba. O que eu digo é o que vale.

Eu era uma prisioneira em minha própria casa, atrope-
lada pelos três: Gerard, que fez de mim uma mãe em primeiro
lugar. O exigente Gerryzinho. June, a chorona. O dia inteiro
na rua, vocês conhecem a história, ensaios, aulas, caronas,
noites indo dormir tarde após dobrar a roupa lavada e quando eu finalmente rastejava para a cama, as mãos do Gerard
maior em mim, tá, tudo bem, mas então levantar de madrugada para tirar a louça da lava-louça, deixar as crianças na
escola no caminho para o trabalho, onde os homens na minha
firma de advocacia – homens com *esposas* em casa para fazer
essas coisas para eles – pisavam sobre meu corpo exausto em
seu caminho para o topo.

E Gerard! Ele dizia: "Camisas engomadas não seriam um
problema tão grande se você largasse seu emprego". Dizia:
"Esta casa está uma bagunça!".

Depois de um tempo, você simplesmente se cansa. Fica
exausta demais para algum dia chegar a sócia. Larguei meu

emprego. No começo, foi quase bacana. Tempo de sobra para limpar e lavar e dobrar e cozinhar e deixar a casa arrumada e levar as crianças para a escola, as aulas de arte, o treino do time, tempo de sobra para me deitar com Gerard, que dizia: "Aí sim, você está com um cheiro *ótimo*". Eu gostava do nariz dele no meu pescoço.

Mas quando eu me levantava de novo, era eu quem tinha de trocar a roupa de cama e passar os lençóis e levar as crianças para todo canto enquanto o cabelo deles ficava brilhoso e seus dentes brancos e fortes, e eles? O que eles pensavam de mim? Eles diziam: "O que é que você sabe? Você é só uma Mãe".

A vida concebida como um encanamento infinito, ou seria uma faixa de Mobius?* Ele quer menos goma em suas camisas, mais nos colarinhos; as crianças dizem corte meus sanduíches desse jeito, corte *daquele jeito*. Tudo isso e quando você anda pela rua seus filhos ficam mais para trás para que as pessoas pensem que estão andando com outra pessoa; ele coloca o nariz no seu cabelo e diz: "Eu não entendo, antes a gente tinha tanto assunto".

Chorar te deixa feia, então você gasta cem pratas na loja de lingerie, mas ele não está interessado na sua lingerie; em vez de socar seu ombro e montar em você, ele rola para longe e vai dormir, cheirando a outra pessoa.

Certo, eu fiquei deprimida, comia massa congelada de cookies diretamente da geladeira, roendo enquanto passava roupa na frente das novelas. Gerard reclamava – criança brigando, lixo amontoando, porque quanto mais você faz pela casa, mais tem coisa para fazer; imagine uma máquina perpétua de bagunça e ali está o homem que fez de você uma mãe para começo de conversa dizendo: "Isso é tudo o que você tem para fazer com o seu tempo?".

---

* Conhecida como símbolo do infinito, a faixa (ou fita) de Mobius é, em termos matemáticos, um objeto não orientável, ou seja, impossível definir com certeza qual é o lado de dentro e o de fora, a parte de cima e a de baixo. [N. de T.]

Imagine alguém que não podia continuar desse jeito. Imagine alguém que não aguentava mais nem um dia sequer. Ah, eu fiz tudo que eles queriam, direitinho: consertei isso aqui, comprei as roupas das crianças acolá, mas também fiz meus esquemas. Algumas comprinhas e eu estava pronta.

Um dia eu estava arrasada, injuriada.

Eles desceram na manhã seguinte e eu estava usando a capa.

– Eu sou a deusa mãe, caramba, e vocês vão fazer o que eu disser.

June rosnou:

– Eu não queria cereais, eu queria bolinhos.

Apontei meu dedo e saiu um raio.

Gerry choramingou:

– Cadê minha camiseta do Exoesqueleto?

Zap! Ele nunca mais choramingou.

Gerard chegou e se sentou na frente do prato sem nem tirar os olhos do jornal.

– O que tem pra comer?

Eu o golpeei com meu cajado. Ele choramingou.

– Reba, eu te amo. O que foi que eu fiz pra você?

– Não fez o bastante!

Eu me levantei e caí sobre ele feito um trovão. Rangi os dentes e veio o raio. Minha família olhou para mim e tremeu.

– Eu sou a deusa mãe, caramba. Este é o meu reino agora.

Eles se lançaram ao chão e me veneraram.

Eles não ofereceram tributos, então? Presentes para mim, docinhos; Gerard, suplicando, implorou para ver o meu sorriso. Eu capitaneava um navio disciplinado: café da manhã quentinho, roupa lavada e passada antes que Gerard saísse para o trabalho, as crianças passavam o aspirador e lavavam a banheira; cuidando da cozinha à noite: "Nada congelado nem pronto, Gerard, algo francês". Comíamos bem. Quando ele se recusava, eu o bania para a masmorra. Ele tentou mandar uma mensagem em segredo para o abrigo de Homens Maltratados. Eu chamei a polícia. Quem acreditaria que uma coisinha como eu poderia fazer aquelas coisas com um cara grandalhão como Gerard? Ele pegou dez anos.

Depois disso, ficou pacífico o reino: doce, tranquilo, e eu em sedas e joias que meus filhos trabalhavam em dois empregos para pagar. Empatia vinda dos colegas de Gerard: "Ele fez da sua vida um inferno na terra".

Mas qual é a alegria de mandar se o seu vassalo mais servil está na cadeia? Eu me recolhi para meus aposentos numa nuvem de pensamentos.

Quando saí de lá, os vassalos que me restavam já eram adultos. June trabalhando como caixa no supermercado, Gerry na Universidade do Estado. Ela me culpava por não estar disponível para ajudá-la a se sair melhor nas provas. Ele disparava: "Cai fora da manjedoura, Mãe. Eu estou apaixonado".

Eles construíram suas próprias vidas, acho. Eles acham que fui eu que fiz.

Enquanto eu dormia, minha filha crescida, Junie – *minha Juniezinha* – pegou meu cajado e... ZAP, aqui estou eu.

Veja sua mãe entrar pela porta com o casaco verde acolchoado que significa que ela está aqui para outra visita demorada, veja o sorriso dela, aquele sorriso adoravelmente hesitante e terno, e se pergunte por que, se a amamos, e nós A AMAMOS, sim, esses encontros são sempre tão difíceis. Espaço psíquico. Uma mãe que é também uma sogra ocupa tanto espaço psíquico!

Famílias nucleares são construídas com base na privacidade. Se um núcleo pode se despedaçar, o de nossa mãe se fragmentou, deixando-a perdida nas estrelas. Nós formamos o nosso. Somos a nova família aqui.

É culpa dela esses encontros serem tão difíceis? É nossa?

Ela continua voltando. Nós pensamos, toda vez: Dessa vez vamos fazer tudo diferente, e descobrimos que, apesar de nossos maiores esforços, nunca é. Mães, filhas. O que são esses padrões que determinam nosso futuro mútuo? Quando e como eles são definidos? Esse distanciamento amoroso é realmente culpa dela?

Minha? A despeito de nossos maiores esforços, ela e eu trazemos toda a carga antiga para esses encontros. O que ela nos disse quando éramos pequenos, o que deixamos de dizer para ela.

E nos mimamos pensando nos padrões antigos que é tarde demais para mudar. Pensando em por que era sempre tão difícil.

Está em nosso destino que é desse jeito, ou em nosso código genético? Nossas filhas enxergam seu próprio futuro entrando pela porta com os mesmos olhos amorosos e temerosos?

Murmuro essas perguntas para a mulher na cela ao lado da minha, mas ela está doente agora, doente demais para responder de verdade.

Quando ela fala, é para a corrente eterna de mães e filhas, que vai do para sempre até a eternidade. Colo o ouvido na fissura da parede, prendendo o fôlego para ouvir.

Tudo o que podemos fazer é amá-las, diz ela.

As prisioneiras falam.

MARILYN: Você acha que eu pedi por isso? Uma cela esquálida com paredes de pedra lascadas e nenhum conforto à noite, exceto a mensagem que vem nos canos tóxicos? Canos de chumbo trazem água e carregam o esgoto para fora de nossas celas – chumbo, quando chegamos a arrancar a tinta velha de nossas casas apenas para manter nossos bebês a salvo. Código Morse. (I-N-F-E-R-N-O-).

Dei tudo aos meus filhos. Vitaminas para mantê-los fortes e aulas para desenvolver seus talentos e cartões de estudo para deixá-los inteligentes, e se eu ruminava sobre o progresso deles, quem não faria o mesmo? Quem não ficaria encantado pelo milagre genético: de matéria-prima bruta para a perfeição? Pessoinhas maleáveis, muito parecidas comigo. Falam a mesma língua, membros do mesmo clube. Nós somos eles, certo? Errado.

Culpa minha, por não conseguir compreender a verdade.

Mães, não se iludam. Eles podem ser fofinhos quando são pequenos, seguir você para todo canto, fazer qualquer coisa para agradar, rir das suas piadas. Você trabalha duro para moldá-los, para fazer a coisa certa, mas esteja alerta. Não. Esteja avisada.

Eles não têm nada a ver com você.

A vida adulta de seus filhos regride para uma ladainha de censuras, um arrebatamento vertiginoso de culpa.

– Você me fazia usar roupas horríveis. Aquela camiseta verde. Aqueles sapatos cor-de-rosa medonhos.

– Você fazia perguntas demais. Sempre me enchendo o saco. Ou:

– Você nunca me ouvia.

– Você me fazia comer comida misturada.

Nós falávamos a respeito disso quando vivíamos no mundo, nós, filhas que também éramos mães de filhos pequenos. Conversávamos sobre nossas mães. Conversávamos muito sobre isso. Conspirávamos. Não vamos ficar daquele jeito, juramos. Nós nos mancomunamos com nossas próprias filhas. Prometam nos dizer se começarmos a ficar daquele jeito. E elas prometeram: Vamos dizer, sim.

No septuagésimo aniversário de sua mãe, CSB *acidentalmente lavou o bolo.*

Contemplando sua mãe, EBM *disse: Devia haver uma ilha em algum lugar, cercada por tubarões.*

Bem diante dos nossos olhos, o Chateau D'If brotou e passou a existir. Olhamos para ele e nos maravilhamos.

Lembrem-se, ela ainda estava no mundo conosco; o Chateau D'If foi projetado com ela em mente, não nós.

Enquanto ela vivesse, podíamos manter nossa posição.

Agora ela se foi.

Agora estamos nas primeiras fileiras. E o Chateau D'If? Admita. Sempre foi apenas questão de tempo.

As prisioneiras falam.

ANNE: Elas são suas, mas só por um minuto.

Elas crescem.

Você fica velha. Talvez o pior crime não sejam as atrocidades que você cometeu na cozinha – o pudim desastroso. A caçarola que ninguém comeu.

Não são os erros de vestuário:

– As outras mães todas usam jeans.

Nem as gafes sociais:

– Por que você tinha de contar aquilo para eles, mãe?

Acho que o pecado imperdoável é ficar velha.

Mais cedo ou mais tarde você é a intrusa, implorando a suas filhas para que aguentem sua presença na casa delas. Entre com discrição e gratidão e tente não interferir. Torça para fazer por merecer sua estadia ajeitando coisinhas pela casa. Afofe as almofadas do sofá e as arrume *daquele jeitinho*. Lave a pia e, já que está lá, jogue fora aquela planta morta. Preste pequenos favores e tente não fazer muito barulho ao entrar num cômodo.

– Mãe, você tirou meu notebook do lugar? Não consigo achar nada!

– Ninguém pediu para você arrumar as gavetas do guarda-roupa, mãe.

Não discuta com elas. Não argumente.

– Mas elas estão uma bagunça!

E se ela e o marido estiverem brigando, vá se sentar no topo da escada da adega.

Você percebe que eles param de falar quando você entra num cômodo. Uma tarde, encontra-os à sua espera.

– Nós amamos ter você aqui conosco, mãe, mas está na hora de fazer alguns planos.

Eles tentaram me apagar, mas eu deixei rastros. Sinais para que o mundo saiba o que aconteceu aqui. Um grampo de cabelo na gaveta de meias dela. Uma pintura de presente que ela terá medo de tirar da parede. Quando me levaram, eu deixei longas marcas de garras em uma das portas de nogueira deles.

Na Ilha Tubarão, não há redução de pena por bom comportamento. Aqui, existe apenas a prisão perpétua.

A mulher na cela ao lado da minha morreu. Durante a noite, ouvi batidas débeis nos canos e movi o catre e coloquei a boca perto da fissura na parede. Murmurei: O que foi? Está tudo bem com você aí? O som da respiração áspera dela me disse que nunca estaria tudo bem com ela. Ela morreu com a boca pressionada na fissura da parede. Apenas eu ouvi seu último lamento.

... Tudo o que fiz foi amá-los demais.

NO TÚMULO DA MÃE DESCONHECIDA

No Chateau D'If, a administração declara um dia de luto. Pares de prisioneiras de confiança uniformizadas descem o caixão na cova recente enquanto as mães lamentam. Nunca descobrimos o nome dela, mas está claro para as mulheres conduzidas para cá que, a seu próprio modo, ela representa todas nós. Ela é as gerações passadas, presentes e futuras de mães exiladas aqui.

A mãe desconhecida morreu sem trair suas origens; morreu sem renegar suas crenças; *eu fiz o melhor que pude!* Ela morreu sem remorsos e sem se arrepender. Morreu num estado de ignorância invencível, inocente da natureza de seu pecado desconhecido.

As prisioneiras lamentam.

Ah.

Ah, poxa.

Ah, poxa, como a amávamos.

Ah, poxa, como tentamos evitar ir para onde ela foi

e ah, poxa, como conspiramos com nossas próprias filhas meigas.

Com que delicadeza evitamos nos desviar das regras!

Sua filha pergunta:

– É ser mãe que te deixa maluca?

Você passou a vida provando que sempre foi a mesma pessoa. Portanto, você dissimula.

– Se eu sou maluca, nasci assim.

Quando está se sentindo menos vulnerável, geralmente diz:

– Você vai ser mãe um dia. Aí vai entender.

As prisioneiras falam.

SUSANNAH: Sou uma gata durona e ela conseguia me reduzir a gelatina. *Não vou ser assim, eu nunca vou ser assim.*

Histórias trazidas pelos marinheiros: minha filha tem uma filha. No pacote de presente permitido para as prisioneiras nos feriados mais sagrados, minha filha inclui fotos de seu filho e sua nova filha. Elas são lindas juntas – minha filha e essa nova mulher, pequenina, a filha dela, que leva meu nome. Olho para os rostinhos das crianças e vejo o dela. Lágrimas chegam depressa demais para engolir. Somos parecidas.

A Ilha dos Tubarões é para quem pegou perpétua. Assim como a maternidade.

As prisioneiras falam.

MELANIE: Esse lugar é dureza. As pedras são frias e eu não gosto daqui. No meu catre, à noite, tento descobrir o que fiz de tão terrível, contando meus crimes.

Tá, eu os importunava por causa do dever de casa, para começar. Comprava roupas que eles odiavam, o que eles me diziam depois, e como! Fazia muita comida mistureba. Cogumelos. Cebolas. Eca! Eu dava a eles até o ponteiro grande chegar no seis para limpar o prato, senão...

Eu sempre dizia:

– Por que vocês não vão brincar lá fora?

Eu os amava, Deus, como os amava, ainda amo.

Ando guardando umas coisas. Coisas afiadas. Uma noite dessas, vou arrancar o cimento em torno das grades e soltá-las com um puxão e vou sair daqui. Vai ser um serviço lento; eu vou descer pela muralha externa com os dedos dos pés sangrando e a ponta dos dedos das mãos em farrapos. Quando chegar numa altura em que possa me balançar e evitar as rochas, vou saltar.

E se eu conseguir me esquivar dos tubarões...

SARAH: Eu, não. Conheço uma saída melhor. Uma amiga que *nunca teve filhos* está esperando logo além da barreira de corais. Ela tem um barco. Se eu conseguir, vou encontrar as pessoas que me botaram aqui. Vou agarrar meus filhos pelos ombros e olhar nos olhos deles...

REBA: E eu, eu vou fingir que morri. Quando a guarda entrar para colocar o espelho na frente da minha boca eu vou subjugá-la...

ANNE: E vestir o uniforme dela?

MARILYN: Ou arranjar trabalho na lavanderia e me esconder no fundo de um carrinho de roupas!

O nascer do sol e o nascer da lua passam depressa em rápida sucessão, um desfile brilhante do tempo passando fora das janelas das celas. Olho para cima e vejo novas estrelas. Vejo supernovas explodirem e expirarem.

O futuro está escrito no rosto delas – nas fotos que minha filha envia nos aniversários e feriados. A filha dela cresce.

Como essas coisas acontecem depressa. Como nossa sentença aqui é longa. Como tivemos pouco tempo lá fora! Passado e futuro, aniversários, Natais, tempos de alegria – sempre estivemos apenas aqui.

As prisioneiras falam:

VAL: Já que nós estamos todas, hã... nos concentrando aqui, acho bom avisá-las: algumas de nós estamos trabalhando num túnel. Quando for dado o sinal esta noite, vamos sair.

Como advogada do diabo, digo para ela: Você talvez consiga porque, no momento, é uma prisioneira de confiança, mas o resto de nós não consegue. À noite, ficamos trancadas nas celas.

VAL: Sem problema. Enquanto as guardas dormiam, Peggy roubou as chaves. Ficou com elas por tempo suficiente para tirar impressões; ela fez cópias. Minha cela. Da Sarah. Da Reba. Da sua. Estão comigo?

MELANIE/MARILYN: Pode apostar.

ANNE: Conte comigo... acho.

REBA: Vocês acreditam que eu estou de guarda esta noite?

VAL: Então você pode nos ajudar!

REBA: Não posso, mas prometo olhar para o outro lado.

VAL: Certo, então. Está todo mundo com a gente?

Deus sabe que estou tentada, mas meu sangue está martelando com a história recorrente. Tem algo que eu sei, sem saber como eu sei. Meu coração palpita e minha barriga treme. Eu não posso.

VAL: Uma oferta incrível, de graça, e você *não pode?*

Alguém de quem eu gosto está chegando. Eu sei. Como posso explicar sem explicar? O luto e o terror? O senso do inevitável que me dá tanta esperança? Sou educada, mas evasiva.

– Não posso me dar ao luxo de sair daqui agora.

REBA: Como assim, não pode se dar ao luxo de sair? Você não pode se dar ao luxo de ficar!

Eu digo a elas: Mensagem que recebi. Batida nos canos.

MARILYN: Como assim, mensagem que você recebeu?

Prisioneira – nova – na – sala – de – detenção.

Conto a elas porque estou com medo de não contar.

A menos que eu marque o fato com palavras, ele pode desaparecer.

– Ouvi as batidas nos canos. É a nova prisioneira.

Ela tinha autorização para um telefonema. Em vez disso, pegou a moeda que os filhos fornecem às internas para esse único telefonema e a entregou para a guarda, que trouxe a notícia para mim.

VALERIE: Doze horas e seremos mulheres livres! O que é uma nova prisioneira a mais ou a menos?

ANNE: Doze horas e estaremos fora daqui. Qual é o seu problema, afinal?

MARILYN: Mulheres livres! Qual é o seu problema?

As mães da Ilha Tubarão estão me oferecendo uma liberdade que eu não posso me dar ao luxo de agarrar. Explico da melhor maneira que posso: Ela está esperando lá embaixo, sozinha e com medo porque é nova. *Elas vão transferi-la para cima amanhã à noite. Alguns favores e talvez eu possa colocá-la na cela da Mãe Desconhecida.*

Meu coração transborda.

– Podemos cochichar à noite.

REBA: Tudo isso por alguém que você nunca viu?

Eu não minto, exatamente, mas sou evasiva.

– Eu só disse que ela era uma prisioneira nova. Nova num lugar onde ela jurou nunca vir parar. Mas mesmo com a melhor das intenções... vocês sabem. *Digo a elas:* Eu nunca disse que não a conhecia.

Não acrescento: Ela se parece comigo.

Um ladrão arranca o coração da própria mãe para vender ao califa, que ofereceu uma fortuna por ele. Ele joga o cadáver dela de lado e coloca seu tesouro numa caixa. Ansioso para receber o dinheiro, o ladrão corre depressa demais, tropeça numa pedra e cai no chão. A caixa escapa de suas mãos e se abre de supetão. O coração da mãe rola para fora. Enquanto se senta, o ladrão ouve o coração perguntando: *Machucou, meu filho?*

Esta noite, as mães da Ilha Tubarão executam sua fuga. Pelo menos, tentarão. Elas podem até conseguir, se a ilha for menos vigiada do que pensamos. Se as mães fugitivas sobreviverem ao salto para o canal profundo e traiçoeiro...

E se conseguirem nadar mais depressa que os tubarões vorazes...

Mesmo que elas consigam, não vai mudar muita coisa.

A maternidade não é a descrição de um emprego, é uma sentença perpétua.

Que as outras se desviem da varredura dos holofotes e das rajadas das metralhadoras. Que lutem em meio às ondas geladas e se arrastem para a praia e se espalhem pela nação como uma legião de vingadoras, empenhadas em...

Empenhadas em...

Ela está vindo. Eles sabem. Ela está na porta. Em breve, vai tocar a campainha. Presa por algo que eles ainda não sabem, nossos filhos se apressam.

Querido, você ouviu alguma coisa?

Não, não ouvi nada.

Ela vai até a porta mesmo assim/ele dá de ombros em seu roupão e vai até a porta. Tentam não deixar suas vozes se abaixarem. Ah, é você.

Veja-a entrar pela porta da frente no casaco verde acolchoado que significa que ela está aqui para outra visita demorada, veja o sorriso dela, aquele sorriso adoravelmente hesitante e terno, e se pergunte por que, se a amamos, e nós A AMAMOS, sim, esses encontros são sempre tão difíceis.

Ouçam, minhas queridas, minhas colegas, mes semblables, do passado e do futuro:

Essas visitas são difíceis, mas são tudo o que temos uma da outra, você e eu. E quanto ao futuro...

O futuro sempre foi apenas nós.

Portanto, deixo as outras fugitivas partirem, na esperança de um resultado feliz, mas quanto a mim... Eu vou fiar minha história aqui.

Escutem, há uma prisioneira nova na sala de contenção, e eu mandei notícias para lá de que tem uma cela vazia ao lado da minha e, sim, já posso ouvi-la falar:

– Mãe, por enquanto, poderia fingir que, tipo, você não me conhece?

– Ah, meu amor, minha filha, meu passado e meu futuro. Qualquer coisa por você.

NNEDI OKORAFOR

A BANDIDA DA PALMEIRA

Nnedi Okorafor é uma romancista de ficção científica, fantasia e realismo mágico com inspiração africana para adultos e crianças. Nascida nos Estados Unidos de pais imigrantes nigerianos, Okorafor é conhecida por tecer sua cultura africana em cenários evocativos e personagens memoráveis. Seus contos foram publicados em antologias e revistas, entre elas *Dark Matter: Reading the Bones, Strange Horizons* e *Writers of the Future Volume XVIII*. Uma coleção de suas histórias chamada *Kabu Kabu* foi publicada pela Prime Books em 2013. Seu romance *Who Fears Death* venceu o World Fantasy Award e foi escolhido para o prêmio Tiptree Honor, atualmente conhecido como Otherwise Award. Ela é professora de escrita criativa e literatura na University at Buffalo. "A bandida da palmeira" encapsula perfeitamente o que significa subverter mitos e folclores que são, com frequência, patriarcais. Ele foi publicado pela primeira vez na *Strange Horizons*, no ano 2000.

Xiu, xiiiu, concentre-se na minha voz, não no pente em seu cabelo, tá bom? Minha nossa, como o seu cabelo é grosso, criança. Agora, eu sei que você gosta de ouvir sobre a sua bisavó Iaiá e, se parar de ficar se mexendo, eu te conto. Eu a conheci, sabe. Sim, eu era muito nova, claro, tinha uns sete ou oito anos. Ela era uma mulher doida, cheia de vida. Eu sempre quis muito ser como ela. Ela tinha cabelo fofo feito uma enorme bola de algodão e o penteava para o alto até virar um grande halo preto. E ele era tão grosso que não se mexia nem com o vento.

A maioria das mulheres naquela época usava o cabelo preso em tranças ou em tranças de cana. Você sabe o que é trança de cana, né? Você pega uma mecha de cabelo e vai enrolando em lã e elas vão ficando espetadas feito uma almofada de alfinetes. Ainda se usa o cabelo assim hoje em dia, nesses estilos intrincados. Você vai poder ver quando visitar a Nigéria, no Natal. Hum, estou vendo que parou de se mexer. Bom. Agora escute aqui, e escute bem. A Iaiá às vezes usava um casaco e se movia mais silenciosa do que fumaça.

Na Nigéria, na Terra dos Igbos, o povo lá vivia de inhame, e nas épocas boas eles bebiam vinho de palma. As mulheres não tinham permissão para subir nas palmeiras, por motivo algum – nem para cortar folhas, nem para tirar o vinho doce e leitoso. Entende, o vinho de palma concedia poder para a primeira pessoa que o tocasse e bebesse dele. Supostamente, as mulheres evaporariam até sumir porque não eram capazes de suportar tanto poder. As mulheres eram criaturas fracas e não deveriam ser expostas a esse tipo de malefício. Xiu, pare de se mexer. Eu não estou trançando seu cabelo tão apertado assim. Pensei que você gostasse de ouvir uma boa história. Então, comporte-se!

Nem todas as mulheres evaporavam quando subiam numa palmeira, mas os pais da infratora eram alertados e rituais de limpeza eram executados para acalmar os deuses pelo delito dela. Uma cabra e uma galinha tinham de ser sacrificadas, e noz de cola, inhame e pimenta jacaré eram depositados em altares. O povo dessa aldeia não comia carne e, para sacrificar um animal, era preciso encontrar uma cabra disposta a se oferecer para o sacrifício. Você pode imaginar como isso deve ser difícil.

Bem, havia uma moça chamada Iaiá, sua bisavó. A maioria das pessoas a descartava como uma excêntrica. Ela era casada com um jovem conservador cujo trabalho consistia em colocar juízo em famílias que estavam tendo conflitos internos. Ele tinha uma reputação respeitável. Todos o amavam, já que ele salvara casamentos, amizades e relacionamentos familiares. Mas a mulher dele, bem, ela era outra história. Ela escrevia para o jornal da cidade, mas o problema não era isso. O problema era sua boca.

Ela discutia com qualquer um que estivesse disposto. E como era esperta, e linda, todos os homens do vilarejo gostavam de envolvê-la em discussões. O problema era que ela havia dominado a arte da discussão, e os homens ou acabavam se enfurecendo, ou saíam pisando duro, exasperados. Corriam rumores de que a única discussão que ela havia perdido fora com o homem que se tornou seu marido.

Iaiá era uma alma livre e, quando não estava discutindo, estava rindo alto e fazendo piadas junto com o marido. Um dia, porém, ela estava discutindo com o Velho Bolo de Rum, o ancião-chefe do vilarejo. Bolo tinha mais de cem anos e gostava de observar Iaiá circular pelo vilarejo. Ela o aborrecia e o intrigava ao mesmo tempo.

Foi por isso que ele comentou sobre a taça de vinho de palma que ela bebericava:

– Você sabe que as mulheres não deveriam nem subir nas palmeiras, muito menos tomar isso quando está doce – disse ele.

Na hora, Iaiá apenas bufou e continuou a discutir se garri era melhor do que farinha com cozido. Entretanto, sua mente arquivou o comentário para matutar a respeito mais tarde. Não precisava de muito para colocar as engrenagens de Iaiá em movimento.

Naquela mesma noite, ela arrebatou o marido, levando-o à exaustão, e enquanto ele dormia o sono mais profundo, ela se vestiu e saiu escondida da casa. Sob a máscara da noite, esgueirou-se na direção das palmeiras que cresciam no centro da cidade, passou uma corda em torno da cintura e foi subindo aos poucos pelo tronco de uma das árvores. Tirou a faquinha do bolso e esculpiu um círculo com cerca de trinta centímetros de diâmetro, o símbolo de seu povo para o feminino: uma lua. Em seguida, cortou três folhas grandes e as trouxe para baixo consigo, colocando-as junto ao tronco da árvore.

A manhã seguinte foi o caos. Os homens pareciam confusos. Algumas mulheres choravam. O que ia ser de seu vilarejo profanado? O chefe convocou a cidade toda para uma reunião – a culpada tinha de ser encontrada e punida. Mas quem faria uma coisa daquelas? Que mulher poderia sobreviver a tal encontro? Iaiá quase morreu de rir, segurando o nariz e fingindo tossir e espirrar. Bolo propôs que a mulher que fizera aquilo muito provavelmente havia evaporado.

– E já foi tarde – disse ele.

Na semana seguinte ela atacou novamente, dessa vez retirando vinho de palma de uma das árvores e deixando a jarra junto ao tronco da árvore. Perto da lua ela entalhou um coração, o sinal de Erzulie, o símbolo do vilarejo para Mãe. Dessa vez, foram principalmente os homens que ficaram em polvorosa. As mulheres ficaram quietas, algumas delas até sorrindo consigo mesmas. Um mês depois, Iaiá fez um terceiro ataque. Dessa vez, contudo, quase foi pega. Três homens tinham sido designados para caminhar pelas ruas do vilarejo à noite. Durante o mês todo, Iaiá os observara, fingindo gostar de ficar sentada junto à janela para ler. Ela pensou que havia memorizado adequadamente os padrões da vigília noturna deles. No entanto, lá estava ela na palmeira bem quando um dos homens chegou com toda a calma. Iaiá travou, a capa flutuando na brisa, as mãos pingando o vinho extraído. Seu coração fazia acrobacias. O rapaz olhou para cima, diretamente para Iaiá. Então desviou os olhos e deu meia-volta, retornando pelo mesmo caminho por onde tinha vindo, enquanto enfiava a mão no bolso para pegar um chiclete. Iaiá apenas ficou ali, apoiada contra sua corda. Ele não a vira. Olhara sem vê-la. Ela olhou de relance para o coração que esculpira na árvore, perto da lua. Ofegou e então gargalhou, numa mistura de alívio e assombro. A marca pulsou e Iaiá soube que, se tocasse nela, estaria agradavelmente quente.

Quando chegou em casa, havia uma jarra verde na frente de sua cama. Ela deu um olhar para o marido adormecido e, em silêncio, apanhou a jarra e a levou até os lábios. Era o vinho de palma mais doce que ela já provara, como se tivesse pingado da árvore menos de um segundo antes. Ela caiu na cama ao lado do marido, mais inebriada do que jamais estivera.

De manhã, seu marido sentiu o cheiro doce nela e ficou relutante em sair para o trabalho. Mais tarde, as pessoas na redação também sentiram o cheiro nela. Muitos de seus colegas de trabalho compraram chocolates e bolos naquele dia para aliviar um desejo misterioso. Eles começaram a chamar a mulher misteriosa que sobrevivia à escalada de palmeira de Bandida da Palmeira e, no final, como sempre acontece nos vilarejos, uma história começou a se formar em torno dela.

A Bandida da Palmeira não era humana. Ela era um espírito poluidor cuja única razão para existir era causar problemas. Se a noite não tinha lua – tais noites eram consideradas um tempo de maldade –, ela atacava. O chefe, que também era o sacerdote do vilarejo, queimava folhas sacrificiais na esperança de apaziguar o deus que estava punindo o vilarejo com uma presença tão maldosa.

Entretanto, as mulheres criaram outra história entre elas. A Bandida da Palmeira era uma andarilha sem marido nem filhos. Ela tinha poderes. E se uma mulher rezasse bastante para ela, ela responderia a seu chamado, porque entendia os problemas delas. Dizia a lenda que ela tinha pernas musculosas que podiam escalar uma palmeira sem usar as mãos e que seu cabelo crescia no formato das folhas de palmeira. Sua pele brilhava por causa do óleo de palma que ela esfregava no corpo e suas roupas eram feitas de fibras de palmeira.

Em pouco tempo, Iaiá se deu conta de que não precisava continuar escalando palmeiras. Numa noite sem lua, ela cogitou sair para causar encrencas, mas decidiu se aninhar junto ao marido em vez disso. Mesmo assim, quando acordou, encontrou outra jarra de vinho de palma envolta em folhas verdes e frescas de palmeira dentro de seu cesto cheio de roupas íntimas. Pegadas vermelhas e oleosas levavam do cesto até a janela perto dele. Iaiá sorriu enquanto corria depressa para pegar um trapo ensaboado e enxugar o óleo do chão antes que o marido o visse. Naquele dia, o vilarejo estava em polvorosa outra vez. E as travessuras da Bandida da Palmeira se espalharam para outros vilarejos, a reinos de distância. Em vez de um alvoroço, tornou-se uma ocorrência típica. E o vinho de palma retirado era doce como sempre, e as folhas cresciam largas e resistentes. Apenas o chefe e sua turma continuaram chateados com isso. Exceto por eles, todos achavam que era apenas mais um assunto a respeito do qual discutir e rir.

No final, as mulheres tiveram permissão para subir nas palmeiras por qualquer motivo, mas deviam oferecer sacrifícios para a Bandida da Palmeira antes. Altares foram construídos em sua honra e as mulheres viviam deixando garrafas de vinho de palma docinho e polpa de coco para ela. Não importava onde fosse o altar: quando chegava a manhã, os itens sempre tinham sumido. Então a sua bisavó foi uma mulher poderosa, sim. Tão inquieta quanto você, menina.

Minha história acabou, e o seu cabelo está pronto também. Aí está você, Iaiá número quatro. Dessa história, não tem mais nada. Pode ir agora.

ELEANOR ARNASON

AS CINCO FILHAS DA GRAMATICISTA

Eleanor Arnason é uma escritora estadunidense. Seus contos podem ser encontrados em *New Worlds*, *The Magazine of Fantasy & Science Fiction* e *Asimov's Science Fiction Magazine*, entre outras publicações. Sua coleção de contos mais recente é *Big Mama Stories*. Como boa parte de sua obra lida com mudanças culturais e sociais, ela tem sido comparada com frequência a Ursula K. Le Guin. Arnason recebeu o primeiro prêmio James Tiptree Jr. Sua ficção também ganhou os prêmios Mythopoeic, Spectrum e HOMER. Neste conto de fadas original, uma mãe envia suas cinco filhas para conquistar o mundo, cada qual à sua maneira. "As cinco filhas da gramaticista" foi publicado pela primeira vez em *Realms of Fantasy* em 1999.

Havia uma gramaticista que morava numa grande cidade que já não existe mais, então não precisamos nomeá-la. Embora fosse culta e astuciosa e tivesse uma casa cheia de livros, ela não era próspera. Para piorar a situação, tinha cinco filhas. Seu marido, um erudito diligente sem tino comercial, morreu pouco depois do nascimento da quinta filha, e a gramaticista precisou criá-las sozinha. Foi uma luta, mas ela conseguiu dar a cada uma delas uma educação adequada, embora um dote – essencial na cultura dessa gramaticista – fosse impossível. Não havia jeito de as filhas se casarem. Elas se tornariam velhas solteironas, ganhando um salário miserável (pensava a mãe) como escribas no mercado da cidade. A gramaticista se preocupou e se afligiu até a filha mais velha fazer quinze anos.

Aí a garota procurou a mãe e disse:

– Você não tem como sustentar a mim, além das minhas irmãs. Dê-me o que puder e eu sairei em busca da minha sorte. Não importa o que acontecer, você terá uma boca a menos para alimentar.

A mãe pensou por um tempo, e então lhe ofereceu um saco.

– Aqui estão os substantivos, que considero o centro sólido e o tesouro da linguagem. Eu os entrego a você, porque é a mais velha. Leve-os e faça o que puder com eles.

A filha mais velha agradeceu a mãe, beijou as irmãs e se afastou penosamente com o saco de substantivos nas costas.

O tempo passou. Ela viajou o melhor que pôde até chegar a um país cheio de brumas. Tudo era indistinto e incerto. A filha mais velha seguiu sem rumo, sem saber exatamente onde estava, até chegar a um lugar repleto de sombras que lembravam casas.

Uma voz distante e fraca gritou:

– Atenção! O rei desta terra dará a mão de seu filho ou de sua filha a quem conseguir dissipar as brumas.

A filha mais velha pensou um pouco e então abriu seu saco. De lá saíram os substantivos, nítidos e definidos. O céu saltou para o alto e encheu o cinza que havia acima. O sol saiu num pulo e iluminou o céu. A grama se espalhou sobre o solo cinzento e apagado. Carvalho e olmo e álamo se ergueram da grama. Casa veio em seguida, junto com cidade e castelo e rei.

Agora, à luz do sol, a filha conseguia ver as pessoas. Cantando em sua honra, elas a escoltaram até o castelo, onde o rei, agradecido, entregou seu filho mais velho a ela. É claro que eles se casaram e viveram felizes, gerando muitos filhos nítidos e definidos.

Com o tempo, eles passaram a governar o país, que adquiriu um novo nome: Coisitude. Ele ficou famoso pelo céu claro, as paisagens vívidas e os cidadãos sólidos, de pensamento claro, que preferiam as coisas que podiam tocar e segurar.

Agora a história se volta para a segunda filha. Assim como a irmã, ela procurou a gramaticista e disse:

– Você não pode sustentar nós quatro. Dê-me o que puder e eu partirei em busca da minha sorte. Não importa o que acontecer, você terá uma boca a menos para alimentar.

A mãe pensou por um tempo, e então lhe ofereceu um saco.

– Este saco contém os verbos, que considero a força da linguagem. Eu os entrego a você porque é minha segunda filha, e a mais destemida e ousada. Leve-os e faça o que puder com eles.

A filha agradeceu à mãe, beijou as irmãs e se afastou penosamente com o saco de verbos nas costas.

Como a irmã mais velha, a segunda filha viajou da melhor maneira que pôde, chegando finalmente a um país de calor abafado. O sol queimava no meio de um céu azul empoeirado e embotado. Tudo o que ela via parecia dominado pela prostração. Abelhas, geralmente as criaturas mais ocupadas de todas, repousavam nas colmeias, estupefatas demais para voar em busca de pólen. Lavradores dormitavam em seus arados. Os bois na frente do arado também dormiam. Nas cidadezinhas de comércio, os comerciantes ficavam em suas lojas, cansados demais para anunciar os produtos.

A segunda filha seguiu a difícil caminhada. O saco em suas costas ficava cada vez mais pesado e o sol golpeava sua cabeça até ela mal conseguir se mover ou pensar. Finalmente, numa praça da cidade, encontrou um homem usando a túnica bordada de um arauto real. Ele estava sentado na borda de uma fonte do vilarejo, uma das mãos deixando rastros na água.

Quando ela se aproximou, ele se animou um pouco, mas estava cansado demais para erguer a cabeça.

– Oi – disse ele, finalmente, a voz sussurrante e lenta. – A rainha deste país dará... dará um filho em casamento a quem conseguir dissipar esse estupor.

A segunda filha pensou um pouco e então abriu seu saco. Lá de dentro pulou caminhar, depois pular e trotar, correr e saltar e voar. Como abelhas, os verbos zuniram pelo país. As abelhas de verdade se animaram em resposta. Assim como os pássaros, fazendeiros, bois, donas de casa e mercadores do país. Em toda a cidade, cachorros começaram a latir. Apenas os gatos continuaram enroladinhos, tendo seu próprio horário para dormir e acordar.

Ventar saiu do saco num sopro, depois lufar. As bandeiras do país se agitaram. Como um vento frio do norte ou uma tempestade elétrica, os verbos zumbiam e estalavam. A filha, espantada, manteve o saco aberto até que o último verbo, mais lento, tivesse rastejado para longe.

Os habitantes locais dançaram ao redor dela. A rainha do país chegou num camelo branco de corrida.

– Escolha qualquer um de meus filhos ou filhas. Você fez por merecer um casamento real.

A família real se enfileirou na frente dela, belos rapazes e donzelas adoráveis, todos agitados e inquietos devido à influência dos verbos.

Todos menos um, percebeu a segunda filha: uma donzela alta que se mantinha imóvel, embora com esforço evidente. Enquanto os outros filhos reais tinham olhos que lembravam corças ou camelos, os dela – apesar de escuros – eram aguçados. A filha da gramaticista se voltou para ela.

A donzela disse:

– Sou a princesa herdeira. Case comigo e você será consorte de uma rainha. Se quiser filhos, um de meus irmãos se deitará com você. Se tivermos sorte, teremos uma filha para governar depois de mim. Mas não importa o que aconteça, eu a amarei para sempre, pois você salvou meu país da inação.

É claro, a filha da gramaticista escolheu essa princesa.

Cansado do cansaço e inquieto devido a todos os verbos, o povo do país se tornou nômade, montando cavalos e seguindo rebanhos de gado com chifres enormes sobre uma planície poeirenta. A segunda filha da gramaticista carregou seus filhos em carroças, viu-os crescer cavalgando e viveu feliz até uma idade avançada e enérgica, sempre ao lado da esposa, a rainha nômade. O país que elas governavam, sem fronteiras claras nem capital fixa, ficou conhecido como Mudança.

Agora a história retorna para a gramaticista. A essa altura, a terceira filha tinha completado quinze anos.

– A casa tem estado quase espaçosa desde que minhas irmãs partiram – disse ela para a mãe. – E nós quase sempre tivemos o bastante para comer. Mas não há razão para eu ficar, já que elas se foram em busca da própria sorte. Dê-me o que puder e eu pegarei a estrada. Não importa o que aconteça, você terá uma boca a menos para alimentar.

– Você é a mais adorável e elegante das minhas filhas – disse a gramaticista. – Portanto, eu lhe entrego este saco de adjetivos. Leve-os e faça o que puder com eles. Que a sorte e a beleza estejam sempre com você.

A filha agradeceu à mãe, beijou as irmãs e foi-se embora com o saco de adjetivos nas costas. Era um fardo difícil de carregar. Numa ponta estavam palavras como rosado e delicado, que não pesavam quase nada e esvoaçavam. Na outra, como pedras, estavam sombrio, sinistro e temível. Parecia não haver jeito de equilibrar uma coleção assim. A filha fez o melhor que podia, caminhando femininamente até chegar a uma terra desértica e desolada. O dia chegava de súbito ali, um sol branco brotando num céu sem nuvens. A luz intensa descorava os tons da terra. Havia pouca água. O povo local morava em cavernas e cânions para se proteger do sol.

– Nossa vida é pedra pura – eles contaram à terceira filha da gramaticista –, e a súbita alternância de dia escaldante e noite escura feito breu. Somos pobres demais para ter um rei ou rainha, mas entregaremos a pessoa mais respeitada entre nós, que atua como xamã, como esposo para qualquer um que consiga melhorar nossa situação.

A terceira filha pensou por um tempo, depois soltou o saco desajeitado, colocou-o no chão seco feito osso e o abriu. De lá saíram voando rosado e delicado como borboletas. Escuro veio logo depois, parecendo uma mariposa.

– Nosso país não será mais desolado! – gritaram as pessoas, cheias de alegria. – Teremos o amanhecer e o crepúsculo, que sempre foram apenas rumores.

Um por um, os outros adjetivos foram saindo: rico, sutil, lindo, exuberante. Este último lembrava um caranguejo coberto de plantas desgrenhadas. Conforme rastejava pelo chão duro, as plantas iam caindo – ou talvez brotassem ao redor dele –, de modo que ele deixou um rastro verde atrás de si.

Finalmente, o saco estava vazio, exceto pelas palavras desagradáveis. Quando pegajoso estendeu um tentáculo para fora, a terceira filha puxou o barbante e fechou o saco com força. Pegajoso gritou de dor. Abaixo dele no saco, os piores adjetivos protestaram:

– Injusto! Desigual!

A pessoa alta e bonita que era xamã daquele povo estava por perto, experimentando diversos adjetivos. Ele/ela/elu exibia um interesse especial em masculino, feminino e andrógino.

– Não consigo me decidir – disse. – Este é o lado sombrio de nossa nova condição. Antes, tínhamos escolhas claras. Agora, a nova complexidade deixa tudo em dúvida.

O som dos adjetivos reclamões atraiu essa pessoa. Ele, ela ou elu se aproximou e olhou para o saco, que ainda tinha um tentáculo retorcido se projetando para fora.

– Isso é errado. Pedimos por um fim à desolação, o que não é o mesmo que pedir por beleza. Aqui, no fundo do saco, estão palavras de que podemos precisar algum dia: sublime, assombroso, formidável, e assim por diante. Abra o saco e deixe-as saírem.

– Tem certeza? – perguntou a terceira filha.

– Tenho.

Ela abriu o saco. De lá se arrastaram pegajoso e outras palavras igualmente nojentas. Xamã assentiu, aprovando, enquanto cada vez mais adjetivos desagradáveis apareciam. Por último, depois de sinistro e macabro e formidável, veio sublime. A palavra brilhava feito um diamante ou uma nuvem de tempestade à luz do sol.

– Viu? – disse Xamã. – Isso não vale todo o resto?

– Você é um ser sagrado – disse a filha – e pode saber coisas que eu não sei.

Sublime foi rastejando para as montanhas. A terceira filha fechou o saco.

– Todos se foram – disse ela. – Está totalmente vazio.

As pessoas olharam ao redor. Sua terra ainda era um deserto, mas agora nuvens se moviam pelo céu, fazendo com que a luz do sol sobre as falésias e o planalto mudasse. Em resposta, as cores do deserto se tornaram sutis e variadas. Nas montanhas a chuva caía, cinzenta e nebulosa, alimentando riachos translúcidos que corriam no fundo dos cânions. A vegetação por lá, espalhada pelo caranguejo terrestre exuberante e regada pelos riachos, exibia uma dúzia – duas dúzias – de tons de verde.

– Nossa terra é linda! – gritaram as pessoas. – E você se casará com Xamã!

Mas Xamã ainda estava experimentando adjetivos, incapaz de decidir se ela, ele ou elu queria ser feminino, masculino ou andrógino.

– Não posso me casar com alguém que não consegue se decidir – disse a terceira filha. – Sutileza é uma coisa. Incerteza é outra.

– Nesse caso – disse o povo –, você se tornará nossa primeira rainha, e Xamã terá o cargo de primeiro-ministro.

E foi assim. Com o tempo, a terceira filha se casou com um jovem caçador e eles tiveram vários filhos, todos diferentes de maneiras sutis.

A terra prosperou, embora nunca se tornasse fértil, exceto no fundo dos cânions. Mas as pessoas conseguiam se sustentar. Elas valorizavam as cores do amanhecer e do crepúsculo, a luz se movendo nos planaltos, o brilho da água correndo sobre as pedras, o lampejo de insetos e pássaros no ar, o lento vagar das ovelhas numa encosta de colina – como nuvens sob nuvens. O nome do seu país era Sutileza. Ficava ao norte de Coisitude e a oeste de Mudança.

Em casa, na cidade sem nome, a quarta filha da gramaticista atingiu a maioridade.

– Cada uma de nós tem um quarto agora – disse ela para a mãe – e há comida de sobra. Mas minha irmã e eu ainda não temos dotes. Não quero ser uma solteirona no mercado. Portanto, planejo partir, como fizeram minhas irmãs mais velhas. Dê-me o que puder e farei o meu melhor. E se conquistar fortuna, mandarei chamá-la.

A mãe pensou um pouco e vasculhou seu escritório, que estava quase vazio. Ela havia vendido seus livros anos antes para pagar pela educação das filhas, e a maioria de suas preciosas palavras se fora. Finalmente, ela conseguiu encher um saco com advérbios, embora estes fossem criaturinhas travessas e tentassem escapar.

No entanto, uma boa gramaticista consegue ludibriar qualquer palavra. Quando o saco estava quase estourando, ela o entregou à quarta filha.

– Isso é o que me restou. Espero que sirva.

A filha agradeceu a mãe, beijou a irmã que ainda restava e saiu pela estrada com o saco de advérbios quicando nas costas.

Sua jornada foi longa. Ela a cumpriu femininamente, sendo a mais enérgica das cinco filhas e a que tinha o espírito mais dinâmico. Conforme andava – rapidamente, lentamente, constantemente, irregularmente –, o saco nas costas continuava pululando e guinchando.

– O que tem aí? – perguntavam outros viajantes. – Camundongos?

– Advérbios – dizia a quarta filha.

– Não há muito mercado para eles – diziam os outros viajantes. – Você estaria melhor com camundongos.

Isso era claramente mentira, mas a quarta filha não era de discutir. Ela seguiu em frente, até seus sapatos se despedaçarem e caírem dos pés cansados. Sentou-se numa pedra junto da estrada e esfregou as solas nuas, enquanto o saco guinchava a seu lado.

Um belo rapaz usando roupas de muitas cores parou na frente dela.

– O que tem no saco? – perguntou ele.

– Advérbios – disse a filha, rudemente.

– Então você deve, como eu, estar indo para a nova feira da linguagem.

A filha levantou a cabeça surpresa, reparando – enquanto o fazia – nas bochechas rosadas e no cabelo ruivo e encaracolado do rapaz.

– Como é? – perguntou ela, atentamente.

– Sou do país Sutileza e tenho em meu cavalo uma caixa de adjetivos com todas as cores possíveis, organizados em gavetas: água-marinha, ferrugem, pardo, escarlate, rosa-puce. Tenho todas elas. Seus sapatos se desgastaram. Suba no meu cavalo e eu lhe darei uma carona até a feira.

A quarta filha concordou, e o rapaz bonito – cujo nome, no final, era Ferrugem – guiou a montaria para a feira. Lá, em barracas com toldos coloridos, artífices das palavras e mercadores exibiam seus produtos: substantivos sólidos, verbos vigorosos, adjetivos sutis. Mas não havia nenhum advérbio.

– Você trouxe exatamente o produto que faltava – disse Ferrugem, invejosamente. – O que acha de dividirmos uma barraca? Vou pegar gaiolas para seus advérbios, que claramente são camaradinhas travessos, e você pode me ajudar a organizar minhas cores da forma mais vantajosa.

A quarta filha concordou; eles montaram uma barraca. Na frente, ficaram as gaiolas de advérbios, todos guinchando e pulando, exceto pelos mais lentos. Os adjetivos do rapaz pendiam do toldo, balançando no vento suave. Conforme os clientes se aproximavam, atraídos pelos advérbios, Ferrugem dizia:

– Como podemos ter céu sem azul? Como podemos ter ouro sem brilho? E para que serve um verbo, se ele não puder ser modificado? Basta caminhar, sem lentamente ou rapidamente?

– Venham, comprem! Venham, comprem! Temos afetadamente e raivosamente, deliberadamente e amorosamente, assim como um belo sortimento de adjetivos. Voltem para casa satisfeitos com meia dúzia de cores e uma gaiola cheia de advérbios.

Os advérbios venderam como pão quente, e os adjetivos também tiveram boa saída. Ao final da feira, tanto Ferrugem como a quarta filha estavam ricos, e ainda lhes restava uma fartura de advérbios.

– Eles devem ter cruzado entre si, embora eu não tenha reparado – disse Ferrugem. – O que você vai fazer com eles?

– Soltá-los – disse a filha.

– Por quê? – perguntou ele, bruscamente.

– Tenho dinheiro suficiente para sustentar a mim mesma, minha mãe e minha irmã mais nova. Gananciosa é um adjetivo, não uma das minhas mercadorias.

Ela abriu as gaiolas. Os advérbios fugiram livres – lentamente, rapidamente, agitadamente, alegremente. No matagal em torno da feira, eles se proliferaram. A região ficou conhecida como Variedade. As pessoas se mudavam para lá para desfrutar do clima fresco, revigorante e diverso, assim como da feira, que aconteceu todo ano a partir daquele.

Quanto à quarta filha, ela construiu uma bela casa numa colina acima do terreno da feira. De lá, podia enxergar por quilômetros ao redor. No quintal dos fundos, em meio aos arbustos, ela colocou postos de alimentação para os advérbios, e mandou buscar a mãe e a irmã que haviam ficado. As três moraram juntas, agradavelmente. A quarta filha não se casou com Ferrugem, embora continuasse sempre grata pela ajuda dele. Em vez disso, virou uma solteirona. Era uma vida boa, dizia ela, contanto que a pessoa tivesse dinheiro e respeito.

Com o tempo, a quinta filha atingiu a maioridade. (Ela era bem mais nova.) Sua irmã lhe ofereceu um dote, mas ela disse:

– Eu não farei menos do que todas vocês. Que a minha mãe me dê o que lhe resta, e eu sairei em busca da minha sorte.

A mãe entrou em seu escritório, agora cheio de livros, e olhou ao redor.

– Eu tenho uma nova coleção de substantivos – disse ela à filha caçula.

– Não quero. Minha irmã mais velha já os pegou e se deu bem com eles, segundo todos os relatos. Não quero repetir as aventuras de outra pessoa.

Verbos eram ativos demais, ela disse à mãe, e adjetivos eram variados e sutis demais.

– Sou uma pessoa simples, que gosta de ordem e organização.

– Que tal advérbios? – perguntou a mãe.

– Não tem outra coisa?

– Preposições – disse a mãe, e mostrou-as para a filha.

Eram palavrinhas sem graça, como algo que um ferreiro faria com pedacinhos de uma barra de ferro. Algumas eram curvadas em ângulos. Outras, na forma de ganchos. Outras, ainda, eram círculos ou hélices. Algo nelas tocou o coração da filha caçula.

– Eu aceito – disse ela, colocando-as num saco. Em seguida, agradeceu à mãe, beijou a irmã e partiu.

Embora fossem pequenas, as preposições eram pesadas e tinham cantos cortantes. A filha caçula não gostou de carregá-las, mas era uma pessoa metódica, que fazia o que havia se proposto a fazer. Pesada, pesada, ela seguiu seu caminho, que finalmente deu num país quebrado, cheio de fissuras e picos irregulares. A geologia local era igualmente caótica. Rochas ígneas se intrometiam em camadas sedimentares. Rochas novas jaziam debaixo de rochas antigas. A filha caçula, que amava ordem, nunca vira tamanha bagunça. Embora organizada, ela também era racional, e deu-se conta de que não podia organizar toda uma cadeia de montanhas.

– Que fique como está – disse ela. – Minha preocupação é com minha própria vida e com outras pessoas.

A estrada ficou mais íngreme e menos preservada. Veredas saíam dela e às vezes retornavam para ela ou levavam a lugar nenhum, como a filha descobriu por tentativa e erro.

– Esse país precisa de engenheiros – resmungou, irritadamente. (Alguns advérbios haviam se escondido entre as preposições e davam as caras aqui e ali. Irritadamente era um deles.)

Com o tempo, a estrada se transformou numa trilha que ziguezagueava por uma encosta de montanha caindo aos pedaços. Abaixo dela, num vale, havia uma cidade de choças, embora cidade talvez fosse a palavra errada. Os casebres se espalhavam ao léu pelo fundo do vale, subindo pelas laterais. Nada era decente ou organizado. Franzindo os lábios – um truque aprendido com a mãe, que fazia isso quando enfrentava a análise gramatical de uma sentença difícil –, a quinta filha seguiu trilha abaixo.

Quando chegou ao fundo do vale, viu pessoas correndo de um lado para o outro.

– Loucura – disse a filha.

As preposições, dentro do saco, fizeram um som de concordância que lembrava sinos metálicos.

Na frente dela, duas mulheres começaram a discutir – sobre o que, ela não sabia dizer.

– Expliquem – gritou a quinta filha, enquanto as preposições faziam "pingue" e "pongue".

– Aqui no Cantão do Caos, nada consegue concordar com nada – disse uma das mulheres. – É idade antes de beleza, ou beleza antes de idade? O que veio primeiro, o ovo ou a galinha? Quem pode mais chora menos? Se os fins justificam os meios, o que vai pelas laterais?

– Isso certamente é loucura – disse a filha.

– Como podemos discordar? – disse a segunda mulher. – Vivemos a esmo e às avessas, sem esperança de nada melhor.

Dizendo isso, ela bateu na cabeça da outra mulher com uma galinha viva.

– Ovo! – gritou a primeira.

– Laterais! – gritou a segunda.

A galinha berrou e a última filha da gramaticista abriu seu saco.

De lá saíram as preposições – de, para, desde, com, em, por, ante, até, ao, sob, sobre e daí por diante. Quando as colocara no saco, elas pareciam ganchos ou ângulos. Agora, partindo em fileiras organizadas, lembravam formigas. Claro, formigas grandes, cada uma do tamanho da mão de uma mulher, seus corpos de um cinza metálico, os olhos como hematitas cortadas e polidas. Um par de tenazes ou pinças se espichava de cada boca; suas pernas finas, movendo-se delicadamente sobre o chão, pareciam feitas de barras de ferro ou arame.

De algum jeito – devia ser mágica –, as coisas pelas quais elas passavam se tornavam organizadas. Casebres viravam chalés arrumadinhos. Picadas serpenteantes viravam ruas. Os campos agora eram quadrados. As árvores postavam-se enfileiradas ao longo de ruas e estradas. Terraços apareciam nas encostas das montanhas.

As montanhas em si permaneceram tão loucas quanto antes, com as camadas de lado e de cabeça para baixo.

– Existe sempre um limite para a ordem – disse a filha.

Aos pés dela, um punhado de preposições restantes tilintou em concordância como sininhos.

Em grupos decorosos, os habitantes locais se aproximaram dela.

– Você nos salvou da confusão total. Somos uma república, então não podemos lhe oferecer um trono. Mas, por favor, torne-se nossa cidadã honorária e, se quiser se casar, aceite qualquer um de nós. Seja lá o que fizer, não vá embora, a menos que deixe essas criaturinhas engenhosas que nos conectaram um ao outro.

– Eu ficarei – disse a quinta filha – e abrirei uma escola de gramática. Quanto a casamento, que aconteça o que tiver de acontecer.

Os cidadãos aclamaram seu plano. Ela se assentou num chalé arrumadinho e abriu uma escola organizada, onde as crianças do cantão aprenderam gramática.

Com o tempo, ela se casou com quatro outros professores. (Devido à presença das preposições, que permaneceram no vale e espalharam-se pelas montanhas, o povo local desenvolveu um talento para criar grupos sociais complexos. Seus diagramas de parentesco geravam assombro nos vizinhos, e seus casamentos ficavam mais intrincados a cada geração.)

A terra ficou conhecida como Relação. Além de genealogistas e casamenteiros, ela produziu diplomatas e mercadores.

Estes últimos dois grupos, através do comércio e de negociações, gradualmente unificaram os cinco países de Coisitude, Mudança, Sutileza, Variedade e Relação. O império formado por eles foi chamado de Cooperação. Não havia lugar mais sólido, mais forte, mais complexo, mais enérgico ou mais bem organizado.

A bandeira da nova nação era uma formiga debaixo de um sol amarelo escaldante. Às vezes a criatura segurava uma ferramenta: podadeira, foice, martelo, espátula ou caneta. Outras vezes, suas mãos (ou patas) estavam vazias. Sempre abaixo dela vinha o lema da nação: COM.

KELLEY ESKRIDGE

E SALOMÉ DANÇOU

Kelley Eskridge é uma escritora, ensaísta, roteirista e editora estadunidense. Suas histórias apareceram em revistas e antologias nos Estados Unidos, Europa, Austrália e Japão, entre elas *Century* e *Magazine of Fantasy & Science Fiction*. Sua coletânea *Dangerous Space* foi publicada pela Aqueduct Press. "E Salomé dançou", uma história ímpar sobre o teatro que ultrapassa a classificação em gêneros, recebeu o prêmio Astraea e foi nomeada para o prêmio James Tiptree Jr. em 1995. Esse conto foi publicado pela primeira vez na antologia *Little Deaths*, em 1994.

Testes, eles são a melhor parte: a última chance de ter na mente a peça como ela deveria ser. Os atores ainda não escalados são mais fáceis de dirigir; palcos vazios não oferecem barreira alguma. Tudo está limpo, sem a complicação de pessoas vivas e sua incapacidade de estar onde é necessário.

– O que eu preciso – digo para minha diretora de palco – é de uma mulher que saiba mexer os pés.

– Humm – diz Lucky, muito útil.

Ela não desperdiçaria palavras em nada tão óbvio. Nossa peça é *Salomé*, subtítulo: *Identidade e desejo*. Salomé precisa dançar de um jeito que valha a pena matar para ver.

A impressão que tenho nesses melhores momentos, os mais doces, não é de visualizar a peça, mas de vivenciar um tipo de *gestalt* multidimensional. Sinto o orgulho de Salomé e o terrível controle dos ritmos de seu corpo; a virilha inquieta de Herodes e sua culpa e seu amor não declarado por João; a paciência inesgotável de John e seu medo. As palavras do roteiro às vezes me possuem como se burlassem a visão, enterrando-se da página na pele, empurrando sangue e nervos até o ponto de estourar na jornada para o meu cérebro. O melhor teatro vive lá dentro. Passarei semanas tentando imbuir essa sensação e essa tensão sanguínea para os atores, mas... mas não posso fazer o trabalho deles. Mas eles não podem ler minha mente. E as pessoas se perguntam por que bebemos.

Lucky bufa para mim quando lhe conto essas coisas: se não é uma deixa técnica ou uma instrução para bloqueio, não tem nada a ver com a peça real, no que lhe diz respeito. Ela não entende que, para mim, a peça está em seu melhor antes de ser real, quando ainda é apenas minha.

– Nove em ponto – diz ela agora. – Hora de começar. Alguns deles já estão aqui por tempo suficiente para ficar verdes.

Ela sorri; é a sua piada interna.

– Vamos lá – digo, minha parte do ritual, e então não tenho escolha: tenho de abrir mão.

Sento-me debruçada sobre o roteiro em meu lugar costumeiro, na oitava fileira; Lucky carrega pelo corredor sua prancheta e sua caneta vermelha preferida, a que ela tem desde *Sétimo céu*. Ela abre a porta para o saguão; o som de vozes entra e é interrompido em seguida. Todos eles estão lá fora, querendo entrar. Sinto nas entranhas seu tenso silêncio de expectativa enquanto Lucky chama o nome do primeiro ator.

Testes, eles são puxados para todo mundo. Atores desnudam suas gargantas. Diretores dão saltos de fé instintivos sobre o que um ator pode ou consegue ou deve fazer nesse ou naquele papel, com este ou aquele parceiro. É caleidoscópico, religioso, é violento e subjetivo. Como soldados lutando uns contra os outros, só para ver quem poderá ir para a guerra. Todo mundo se suja de sangue, desde o comecinho.

Quarenta minutos antes de uma pausa tardia para o almoço, quando o nível de açúcar no meu sangue está em seu ponto mais baixo, Lucky volta com o currículo e a foto de rosto seguintes, junto da primeira sobrancelha arqueada do dia. A sobrancelha, a fungada, a narina inflada, o leve assentir com a cabeça são os únicos comentários de Lucky sobre os atores. São mínimos e enfáticos.

Atrás dela entra João Batista. Ele se chama Joe Alguma Coisa, mas é João, saído diretamente da minha cabeça. Cabelo ruivo escuro. Um daqueles corpos com músculos longos e compactos, forte e esguio. Ele se movimenta bem, de modo confiante, mas controlado. Quando está no palco, até se posta como um maldito profeta. E seus olhos são os de João: de um azul profundo como o mar profundo. Ele veste calças cáqui largas, uma camiseta branca solta por fora da calça, tênis de cano alto e boina. Sua voz é límpida, meio tom mais aguda do que as pessoas esperam de um homem: perfeita.

O monólogo também é bom. Lucky se mexe na cadeira ao meu lado. Trocamos um olhar e vejo que as pupilas dela estão dilatadas.

– Ele vale uma dança, então?

Ela se contorce, o que é toda a resposta de que eu preciso. Olho para o currículo outra vez. Joe Sand. Ele espera calmamente no palco. Em seguida, move-se muito de leve, uma transferência de peso, uma inclinação mais para perto de Lucky. Enquanto faz isso, olha diretamente para ela, observando os seus olhos em busca daquela reação incontrolável da pupila. Ele sorri. Então tenta o mesmo comigo. *Arrá*, penso. *Surpresa, atorzinho.*

– O segundo teste acontece nas noites de terça e quinta – digo, neutra. – Nós o avisaremos.

Ele sai do palco. Está no meio da sombra quando pergunta:

– Vocês já têm a Salomé?

– Não trabalhamos com escolhas prévias – diz Lucky.

– Conheço alguém de quem vão gostar – diz ele e, apesar de não poder vê-lo direito, sei que está falando comigo. Sem o acompanhamento visual de seu rosto, a voz se tornou transgênero, a silhueta do corpo, ambígua.

– Mais alguém que nem você em casa, Joe? – *Eu devo estar precisando demais do meu almoço.*

– Qualquer coisa que você precisar – diz ele, e passa por mim e por Lucky e se afasta no corredor.

De repente, estou com uma fome voraz. Há quatro atores ainda entre o intervalo e eu, e já sei que não vou me lembrar deles por mais tempo do que o necessário para Lucky fechar as portas após sua saída.

O dia seguinte é melhor. Ao final da tarde, já vi vários bons intérpretes, homens e mulheres, e Lucky começou a formar uma lista para o segundo teste.

– Quantos faltam? – pergunto, voltando do banheiro, esfregando a nuca com uma das mãos e a cintura com a outra.

Preciso de um bom alongamento, um pouco de exercício suado para aquecer os músculos, um banho quente de imersão. Preciso de Salomé.

Lucky está franzindo o cenho para um papel em sua mão.

– Por que Joe Sand está nesta lista?

– Deus do céu, Lucky, quero que ele faça um segundo teste, é por isso.

– Não, esta folha é a dos testes de hoje.

Leio por cima do ombro dela. *Jo Sand.*

– Sei lá. Vamos passar para o próximo, talvez a gente consiga recuperar o atraso.

Quando ouço a voz de Lucky de novo, depois que ela subiu ao saguão para trazer o próximo ator, sei que algo está terrivelmente errado.

– Mars... Mars...

A essa altura, eu me levantei e virei, e posso ver por conta própria o que Lucky não consegue dizer.

– Jo Sand – digo.

– Oi de novo – diz ela.

A voz é igual; *ela* é igual, e totalmente diferente. Usa a camiseta branca por dentro da calça cáqui desta vez, esticada com leveza sobre os seios. Sapatos pretos macios, como sapatilhas, que não fazem ruído algum quando ela se move. Sem boina hoje, aquele cabelo ruivo espesso e brilhoso acima dos planos do rosto. Seus olhos são os olhos de Salomé: de um azul profundo como o desejo profundo. Ela é como eu a imaginava. Quando se inclina levemente na minha direção, observa meus olhos e então sorri. Seu cheiro sobe direto pelo meu nariz e bate num local antigo no fundo do meu cérebro.

Ficamos assim por um longo momento, nós três. Não sei o que dizer. Não tenho as palavras certas para conversar com o surreal, exceto quando está dentro da minha cabeça. Não sei o que fazer quando o surreal desce pelo corredor e me mostra os dentes.

– Quero que vocês vejam que posso ser versátil – diz Jo.

O ar em nosso pequeno círculo ficou quente e grudento. Meus olhos parecem estar levemente desfocados, minha mente está trocando de marcha. *Não vou perguntar, eu não vou perguntar...* É como se eu tentasse colocá-la em foco usando um óculos 3D, tentando sobrepor duas imagens isoladas. Fico nauseada. Eu me pergunto se Lucky está tendo o mesmo problema, e então vejo que ela simplesmente se isolou internamente de algum jeito. Ela não vê Jo olhar para mim com aqueles olhos elementais.

Mas eu vejo e, subitamente, sinto-me selvagem, eletrizada, aquela conexão direta com o cérebro fazendo meus nervos se eriçarem por baixo da pele. *Cuidado com o que deseja, Mars.*

– Acho que você não precisa de fato fazer outro monólogo – digo a ela.

Lucky ainda está boquiaberta com o choque.

Jo sorri outra vez.

Outra pessoa está falando com minha voz.

– Lucky vai agendar o seu segundo teste.

Ao meu lado, Lucky se sobressalta ao ouvir seu nome. Jo se vira para ela. Sua concentração é total. Seu corpo todo diz: *Estou esperando*. Eu a quero no palco. Quero vê-la desse jeito, esperando pela cabeça de João numa bandeja.

– Mars, o que... – Lucky engole em seco e tenta de novo. Fala sem olhar para a mulher de pé ao seu lado. – Você quer... ah, merda. Droga, que papel você vai dar para essa pessoa ler no segundo teste, afinal?

Eu não a vejo confusa assim desde que o namorado da mãe passou uma cantada nela anos atrás, num dia de Ação de Graças, a mão dele escondida atrás da bandeja com o peru no bufê. Confusão deixa Lucky fragilizada e à beira das lágrimas.

Jo olha para mim, ainda esperando. Ontem eu vi João Batista; lembro como ele fez a sobrancelha de Lucky se arquear e posso imaginar os ensaios; como ele talvez se sentaria perto dela, traria café, se ofereceria para ajudá-la a montar os adereços de cena. Ela ficaria um caco em uma semana, imprestável em duas. E hoje, como é fácil ver Salomé, que espera tão bem e se move com tanto propósito. Eu deveria mandar essa Jo embora, mas não vou: preciso de uma predadora para Salomé; não posso fazer uma peça sobre desejo sem alguém que conheça o sabor do sangue.

– Vista uma saia – digo para Jo. – Preciso vê-la dançar.

Lucky fecha os olhos.

De alguma forma, gerenciamos o resto dos testes, fizemos o primeiro corte e organizamos a lista para o segundo teste. Há pouquíssimos atores que desejo ver novamente. Quando nos reunimos para o segundo teste, trago todos para dentro e os acomodo no fundo da casa, onde posso vê-los quando quiser e ignorá-los quando preferir. Porém, estou sempre consciente de

Jo. Peço que ela leia com os atores que acho que vão funcionar melhor nos outros papéis. Ela é flexível, adaptando-se a seus diferentes estilos, dando a eles o necessário para fazer a cena funcionar. Ela responde bem a direcionamentos. Presta atenção. Não consigo encontrar nada de errado nela.

Então chega a hora da dança. Há três mulheres que quero ver, e coloco todas juntas no palco.

– A dança de Salomé é a cena mais importante da peça. É um ponto crítico para todos os personagens. Todo mundo tem algo essencial investido nela. Ela precisa ser impactante.

– O que você está buscando? – pergunta uma das mulheres. Ela tem cabelos escuros e compridos e bons braços.

– Poder – respondo. Ao lado dela, a cabeça de Jo se levanta como a de um cão de caça, as narinas infladas com algum odor rico. Finjo não ver. – A dança dela trata de poder sobre sentimentos e vidas. Há mais coisas, mas o poder é o alicerce, e é isso o que eu preciso ver.

A mulher que perguntou assente e abaixa a cabeça, mordendo o lábio superior até arrancar pele. Eu dou as costas para elas por um momento para que essa nova informação seja absorvida; olhando para o interior do teatro, vejo os outros atores sentados ansiosamente em seus lugares, e sei que estão se perguntando quem será, e se poderiam trabalhar com ela, e o que fariam no lugar dela.

Viro-me para elas outra vez.

– Quero que todas vocês dancem juntas aí em cima. Usem o espaço do jeito que quiserem. Tirem um minuto para se aquecerem e comecem quando estiverem prontas.

Posso ver o momento em que elas se dão conta: *aimeudeus, sem música, como vamos dançar sem... danem-se todos os diretores mesmo.* Mas eu quero ver a interpretação delas de poder, não da música. Se elas não tiverem a coragem de dançar em silêncio na frente de desconhecidos, se não conseguirem competir, se não conseguirem atrair e manter toda a minha atenção, então não poderão me dar o que eu preciso. Salomé não hesitaria.

A mulher de cabelos escuros dá de ombros, estica os braços e então os desce na direção dos dedos dos pés. A terceira mulher lentamente começa a ondular os quadris; seus braços se erguem, oscilando no clichê da dança do ventre oriental feita com uma esmeralda no umbigo. Ela se move como se estivesse envergonhada, e não a culpo. A mulher de cabelo escuro enrola por mais um instante e então se joga num passo espasmódico de jazz com uma batida estranhamente sincopada. Quase posso ouvi-la cantarolando sua música preferida baixinho; sua cabeça se inclina para o alto e para a direita e ela se move em um mundinho particular, seguindo seu som particular. Isso também não funciona. Percebo que estou torcendo para que uma delas seja o que eu preciso, para não precisar ver Jo dançar.

E onde está Jo? Ali, à direita no palco, observando as outras duas, confortável em sua imobilidade. Neste momento ela gradualmente começa a se mover, cruzando o palco com passos lentos até parar a menos de um metro da dançarina do ventre, cujo ritmo claudicante fica mais devagar e então se quebra quando vê Jo ali, imóvel, observando. Jo foca diretamente nos olhos dela e, no instante em que a outra mulher começa a abaixar os seus, de súbito Jo rodopia, jogando-se tão depressa que, por um instante, é como se sua cabeça estivesse voltada na direção oposta ao corpo. É um momento nauseante, e é seguido por um encolhimento de todo o corpo, uma sacudidela, que é simultaneamente desdenhosa e intensamente erótica. Agora ela está de frente para a plateia, de frente para os outros atores, de frente para Lucky, de frente para mim: agora ela nos mostra o que consegue fazer. Sua dança diz *é isto o que eu sou, o que você nunca poderá ser; veja meu corpo se mover como o seu nunca se moverá*. Ela se abaixa sobre uma bandeja imaginária e, pelo triunfo em seus passos, começo a ver o prêmio sanguinolento. A curva do braço me mostra o olho vidrado e a língua frouxa; o movimento do peito e da barriga descrevem para mim a ruína do pescoço com suas cordas soltas; os pés desenham imagens no sangue respingado enquanto ela rodopia e vira e estende o braço como uma lançadora de disco, arremessando o troféu invisível para mim. Quando me dou conta de que levantei uma das mãos para pegá-lo, sei que preciso dela, não importa o que ela seja. Preciso dela na peça. Preciso.

Depois que os atores se foram, Lucky e eu repassamos a lista. Não discutimos Salomé. Lucky já colocou de lado os currículos das outras duas.

Antes de irmos embora:

– Deus, ela foi incrível. Ela será ótima, Mars. Estou muito contente que as coisas tenham corrido assim, sabe, que ela tenha resolvido largar mão daquela coisa de *crossdressing*.

– Humm.

– Fiquei espantada de verdade quando a vimos naquele dia. Ela foi tão convincente como homem. Eu pensei... Bem, nada, esqueça. Foi besteira.

– Não foi besteira.

– Você não pareceu espantada... Você sabia da primeira vez quando ele... Quando ela entrou, que ela não era...? Por que não falou nada?

– Se estou procurando alguém que possa interpretar João, não importa como essa pessoa mija ou se faz a barba. Gênero não é importante.

– Mas é, se você pensar que talvez queira ir para a cama com essa pessoa.

– Humm – repeti.

O que não posso dizer a Lucky é que passei esse tempo todo em algo como um estado de choque; como uma pessoa caminhando pela lama de um pântano, onde o mundo é quente, sedoso e úmido, mas com medo de olhar para baixo por temer o que pode estar nadando na lama com ela. Sei que não é um joguinho: Joe era um homem quando veio pela primeira vez e uma mulher quando voltou. Olho para nossa lista de elenco e sei que algo impossível e perigoso está tentando acontecer, mas tudo o que vejo de fato é que subitamente minha peça – aquela dentro de mim – é possível. Ela vai abrir um buraco em cada poltrona da casa. Ela vai arrebentar o cérebro deles.

Após três semanas de ensaios, Lucky esqueceu o suficiente para começar a compartilhar café e conferências íntimas com Jo durante os intervalos. Os outros atores aceitam Jo como alguém de quem já deveriam ter ouvido falar, uma camarada nas trincheiras da arte. Somos um grupo muito feliz; formamos uma excelente companhia.

Lance, que interpreta Herodes, vê Jo como um tipo de ninfa da floresta, brilhante e feérica. Ele é tão míope a seu respeito que, se ela se transformasse numa anaconda, afagaria a cabeça dela mesmo se Jo se enrolasse em volta dele. Lance ouve muitas piadinhas com seu nome, especialmente dos namorados. Durante um de nossos primeiros ensaios, ele descobriu em Herodes uma combinação muito eficaz de obsessão e repulsa; como se ele quisesse devorar Salomé viva e então vomitá-la, algo como uma bulimia sexual.

Susan interpreta Herodias; mãe de Salomé, segunda esposa de Herodes, viúva do irmão dele. Ela faz o complicado parecer simples. Trabalha bem com Lance, dando-lhe uma parceira forte que, ainda assim, esmaece em comparação à filha ardente, um lembrete constante a Herodes da destruição que espreita do outro lado de um único *sim* para a enteada/sobrinha/criança-demônio que dança em suas fantasias. Susan assiste Jo com tanto desinteresse que levei a maior parte desse tempo para ver como ela tem imitado e amadurecido a arrogância que Jo traz para o palco. É uma mulher negra e alta, com músculos moles nos pontos em que Jo é dura: em nada parecida com Jo, mas se tornou a mãe de Salomé.

E tem João Batista, cujo nome real é Frank e que não lembra Joe em nada: não sei se o teria colocado no elenco se ele tivesse vindo para o teste com cabelos ruivos, mas estão pretos nessa temporada; pretos como os dos irlandeses, para o espetáculo de repertório O'Neill em que ele acaba de participar. Lucky diz que ele tem "pés de Jesus". Frankie é um ator adepto do Método e está decepcionado por não ter nenhuma referência de memória sensorial para a decapitação.

– Eu sei que acontece fora de cena – diz ele, fervorosamente, pelo menos uma vez por semana. – Mas precisa estar lá desde o começo, eu quero que eles pensem nisso a cada cena com ela.

Eles são sempre a plateia. *Ela* é sempre Jo. Fora de cena, ele a olha do jeito que uma criança olha para a lua cheia.

Três semanas é tempo suficiente para todos nós ficarmos confortáveis com o processo, mas não com os resultados: as descobertas que os atores fizeram nas duas primeiras semanas se recusam a ser concretizadas, recusam-se a se reinventar. É uma fase frustrante. Estamos todos tensos, mas tentando não demonstrar, tentando não solapar o esforço de ninguém. É difícil para os atores, que genuinamente querem apoiar um ao outro, mas não estão muito dispostos a ver outra pessoa rompendo essa barreira antes de si mesmos. É assustador demais: ninguém quer ser deixado para trás.

Existe uma energia pseudossexual entre atores e diretores: há tanta vulnerabilidade deliberada, controle, desejo de agradar; tantas das coisas de que o sexo é feito. Trabalhar com meus atores é como lidar com rolos de tecido: cada um deles tem uma textura, uma tensão. Lance é *plush* e brocado; Susan é veludo suave, sutil ao tato; Frankie é lã fiada, quente e indefinivelmente robusta. E Jo: Jo é seda crua e navalhas, tão finas que você nem sente o corte.

Então estamos todos tensos; tirando Jo. Ah, ela fala, mas não está preocupada; está esperando alguma coisa, e começo a revirar os dias dos testes na memória, chupando o sabor do tutano desses encontros e me perguntando o que foi que dançou comigo naquelas primeiras rodadas, o que foi que eu convidei a entrar.

E uma coisa peculiar tem início: conforme aumenta minha perturbação, o trabalho de Jo se torna cada vez melhor. Naqueles momentos em que subitamente me vejo como o domador com a cabeça na boca da fera, quando derrapo e demonstro que minha mão está suada na coleira – nesses momentos, o trabalho dela é tão pungente, tão maduro, que Jo, a agitadora do mundo, desaparece, e é a Salomé viva que olha da camiseta recortada, flexiona os músculos da coxa debaixo do jeans negligentemente rasgado. Temos cada vez mais de Salomé a cada ensaio. Nas noites de sexta-feira, eu levo um isopor de Corona e um saco de limões para quem quiser tomar. Essa sexta, todo mundo fica. Ficamos sentados em silêncio durante os primeiros goles frios das garrafas verde-douradas. Lance se reclina no grande trono de Herodes. Eu estou montada numa cadeira dobrável e descanso os braços no encosto, a garrafa na mão relaxada. Lucky e os outros atores se acomodam nas plataformas que dividem o palco em áreas determinadas.

Começa com os atores falando, como sempre, de trabalho. Lance interpretou outro Herodes, anos atrás, em *Jesus Cristo Superstar*, e quer nos contar o quanto foi diferente.

– Eu gostaria de fazer *Superstar* – diz Jo.

Parece um comentário à toa. Ela está recostada com os cotovelos apoiados em uma plataforma inclinada, os seios empurrando gentilmente o tecido da camiseta enquanto leva a garrafa à boca. Desvio o olhar porque não quero assistir enquanto ela bebe, não quero ver sua garganta mexendo enquanto o líquido desce.

Lance considera a declaração por um momento.

– Acho que você seria ótima, meu bem – diz ele –, mas de Salomé para Maria Madalena é um belo salto. De ácido para suco de maçã. Não gostaria de interpretar ao menos uma personagem seminormal entre as duas, ir comendo pelas beiradas?

Jo bufa.

– Não estou interessada em Maria Madalena. Eu vou interpretar Judas.

Lance dá um grito de incentivo, Frankie gargalha e até a imperturbável Susan sorri.

– Bem, por que não? – diz Lance. – Por que ela não deveria interpretar Judas, se quiser?

– Uma pequena questão de gênero – diz Frankie, encolhendo os ombros.

Susan se apruma.

– Por que ela não deveria ficar com o papel, se der conta do recado?

Frankie engole sua cerveja e limpa a boca.

– Por que um diretor contrataria uma mulher para interpretar um homem, quando pode chamar um homem de verdade para isso?

– O que você acha, Mars?

A voz é de Jo. Eu tomo um susto. Estava desfrutando tanto da conversa que me esqueci do perigo de relaxar perto de Jo ou de qualquer coisa que lhe interesse. Olho para ela agora, ainda esparramada contra a plataforma, ao lado de sua garrafa com uns três centímetros de cerveja dourada. Ela também está se divertindo. Não sei muito bem onde isso vai parar, qual é a resposta mais segura. Lembro-me de dizer para Lucky que *gênero não é importante.*

– Gênero não é importante, não é mesmo, Mars?

Lucky contou para ela. Mas eu sei que ela não fez isso. Não precisou.

– Isso mesmo – digo, e sei, pelo sorriso de Jo, que minha voz não está tão controlada quanto deveria.

Mesmo assim, o que acontece em seguida me pega de calças curtas: uma mixórdia de imagens surge em minha mente. Visões de pessoas dançando num lugar tão escuro que não consigo dizer se estou me movendo com homens ou mulheres. Imagens de ruas lotadas de pessoas andróginas e outras cuja indefinição de gênero ultrapassa a androginia e salta para o reino da performance. Mulheres vestidas como homens fazendo amor com homens. Homens vestidos de mulheres hesitando na frente da porta de banheiros públicos. Mulheres de saltos altos e pérolas, com bíceps tão grandes que rasgam as camisas de seda caríssimas. E a imagem central, o que realmente interessa: Jo, nua, obviamente fêmea, escorregadia de suor, movendo-se debaixo de mim e por cima de mim, Jo fazendo amor comigo até eu ofegar, e então ela começa a mudar, mudar, até ser Joe comigo, Joe em mim – e abro a boca para gritar minha recusa absoluta, instintiva – e me lembro de Lucky dizendo "Mas é, se você pensar que talvez queira dormir com essa pessoa" – e o filme se interrompe na minha mente e estou de volta junto aos outros. Ninguém reparou que sofri um ataque, virei do avesso. Ainda estão conversando sobre o assunto.

– Imagine só a diferença em todos os relacionamentos se Judas fosse uma mulher – diz Susan, intensa, para Frankie. – Isso mudaria tudo!

Jo sorri e engole o final da cerveja.

No ensaio seguinte, sinto-me frágil, como se devesse caminhar com cuidado para não quebrar. Tenho de descansar com frequência.

Estou repassando uma cena com Frankie e Lance quando reparo em Lucky nos bastidores, conversando vivamente com Jo. Esta levanta uma das mãos, a interrompe, sorri, fala alguma coisa e as duas se viram para mim. Lucky repentinamente cora. Ela se afasta depressa de Jo, desviando para me evitar. O sorriso de Jo fica maior. Seu trabalho na cena seguinte é particularmente bom e encorpado.

– O que ela te disse, Luck? – pergunto quando estamos fechando a casa naquela noite.

– Nada – resmunga Lucky.

– Ah, vá.

– Tá, tudo bem. Ela queria saber se você já tinha dormido com seus atores, tá bom?

Eu sei, de algum jeito, que essa não é toda a verdade; posso ouvir a voz de Jo com muita clareza, dizendo a Lucky: *E aí,*

Mars já trepou com a atriz principal?, enquanto abre aquele sorriso felino. Jo tem o dom de inserir imagens na cabeça das pessoas, e acredito que Lucky tenha recebido uma bela carga delas. Isso é o que me enoja de verdade, a ideia de que Lucky agora tem na mente uma imagem de como eu sou... Não, de como Jo quer que ela pense que eu sou. Sabe lá Deus. Não quero encará-la.

– Você recebeu meu recado? – Jo me pergunta na noite seguinte, quando finalmente me pega a sós nos bastidores durante um intervalo do ensaio. Esteve me observando a noite toda. Lucky não quer falar com ela.

– Eu não estou no roteiro.

– Todo mundo está no roteiro.

– Olha, eu não me envolvo com atores. É complicado demais, bagunçado. Eu não faço isso.

– Abra uma exceção.

Lucky aparece por trás de Jo. Seja lá qual for a expressão no meu rosto, recebe uma carranca dela em resposta.

– O intervalo acabou – diz ela, sucinta, dando as costas para nós antes mesmo de as palavras terminarem de sair. Ela atravessa metade do palco antes que eu tente acompanhá-la.

– Vamos voltar ao trabalho, Jo.

– Abra a porra de uma exceção.

Não gosto de sofrer pressão dos atores, e tem outra coisa ainda, mas não quero pensar a respeito agora; só quero que ela saia do meu pé, então uso a voz da autoridade, o chicote vocal.

– Guarde isso para o palco, princesa. Se quiser me impressionar, vá lá e faça a porra do seu trabalho.

Ela não responde; seu silêncio cria um círculo frio de altitude elevada em torno de nós. Quando ela se move, é como uma cobra se desenrolando, e então a mão dela está em volta do meu pulso. Ela é *forte*. Quando olho para baixo, vejo que sua mão está mudando: os ossos se espessam sob a pele, os músculos se rearranjam sutilmente, e é a mão de Joe no braço de Jo, a mão de Joe na minha.

– Não me deixe com raiva, Mars. – E a voz não tem gênero e vibra como uma cobra.

Não há ninguém aqui para me ajudar, não consigo ver Lucky, estou completamente sozinha com essa coisa do rombencéfalo que quer sair para brincar comigo. O sorriso de Jo está quase grande demais para seu rosto agora. *É só outro intérprete*, penso loucamente, *eles são todos monstros mesmo*.

– O que você é? – Estou tremendo.

– Qualquer coisa que você precisar, Mars. Qualquer coisa que você precisar. O sonho de todo diretor. No momento, sou Salomé, até o tutano dos ossos. Sou aquilo que você desejou.

– Eu não desejei isso. Eu não quero isso.

– Você queria Salomé, e agora a tem. O poder, o sexo, a fome, a ânsia, o desejo, está tudo aqui.

– É uma peça. É apenas... é uma peça, pelo amor de Deus!

– É real para você.

Aquela mão ainda está travada em torno do meu pulso; a outra, a mão pequena e macia, ergue-se até o centro de meu peito, onde meu coração tenta escapar aos pulos de seu toque.

– Eu vi, naquele primeiro teste. Vim interpretar João Batista, vi como Lucky olhou para mim e ia dar a ela algo para lembrar depois... mas o seu desejo era tão forte, tão complexo. É delicioso, Mars. Tem sabor de especiarias e vinho e suor. A peça na sua mente é mais real para você do que qualquer coisa, não é? Mais real do que seus dias de sol brilhante, seus amigos, suas transações de escritório. Eu vou trazê-la até você, para dentro do seu mundo, para dentro da sua vida. Eu lhe darei Salomé. No palco, fora dele, não precisa haver diferença. Não é isso que é fazer amor, dar a alguém o que essa pessoa realmente quer?

Ela ainda está sorrindo aquele sorriso horrível e não sei dizer se está falando de amor porque realmente pensa assim ou se é porque sabe que isso faz meu estômago se revirar. Ou talvez as duas coisas.

– Caia fora daqui. Caia fora daqui, agora mesmo! Estou tremendo.

– Você não está falando sério, docinho. Se estivesse, eu já teria sumido.

– Vou cancelar a peça.

Ela não responde: olha para mim e então, *puft*, estou vendo o palco pela perspectiva da plateia, assistindo Herodes e Herodias brigarem e chorarem e lutarem para proteger seu amor, assistindo ao medo paciente de João enquanto a determinação de Herodes se esvai: assistindo a Salomé dançar. Quando ela dança, carrega todos nós consigo, a audiência inteira vivendo dentro de sua pele por aqueles momentos. Todos nós rodopiamos e nos esticamos e nos dobramos, todos prometemos, todos nos retorcemos e nos afastamos. Todos nós tentamos. Todos nos encolerizamos. Todos nos enfiamos goela abaixo de Herodes até ele engasgar conosco. E então estamos todos subitamente de volta no próprio corpo e rugimos até a garganta doer e a voz sair rouca. Todas as coisas que senti sobre essa peça, ela os fará sentir. O que eu sou estará neles. O que tenho dentro de mim os colocará de pé e os deixará cheios e latejantes. Ah, Deus, a visão me faz chorar, e então estou de volta com ela, que ainda me segura com aquela mão monstruosa, e tudo o que posso fazer é chorar de tanto que eu quero o que ela pode me dar.

Os olhos dela estão arregalados demais, redondos demais, contentes demais.

– Ah – diz ela, ainda gentilmente. – Está tudo bem. Você vai gostar da maior parte, prometo.

E ela se vai, desfilando pelo palco, gritando algo para Lance, e sua mão lá no palco ainda está grande demais, ainda está *errada*. Ela deixa a mão acariciar sua coxa uma vez antes de transformá-la de volta na mão de Jo. Nunca vi nada mais obsceno. Tenho de tirar um minuto para secar os olhos, refrescar o rosto. Sinto um lugar pequeno e vazio bem no fundo, como se Jo tivesse enfiado a mão lá dentro e encontrado algo de que gostou o suficiente para tomar para si. Ela está lá no palco agora, pronta para dançar, com aquele pedacinho de mim vibrando nas veias. Quanta riqueza ainda tenho dentro de mim? Quanto tempo levará até que eu seja devorada, pedaço por pedaço? Ela levanta os braços e sorri, já sentindo o gosto. Já bem alimentada.

ANGÉLICA GORODISCHER

A CASADA PERFEITA

Angélica Gorodischer é uma escritora argentina conhecida por seus contos e romances com elementos especulativos e uma perspectiva feminista. Ursula K. Le Guin traduziu para o inglês sua coletânea de contos *Kalpa Imperial: The Greatest Empire That Never Was,* publicada em 2003 pela Small Beer Press. Ela venceu muitos prêmios por sua ficção, inclusive o Dignidade, entregue pela Assembleia Permanente pelos Direitos Humanos para obras e atuação sobre os direitos das mulheres. Em "A casada perfeita", uma dona de casa típica segue sua rotina diária enquanto leva uma vida secreta com muita liberdade. Este conto foi traduzido para o inglês por Lorraine Elena Roses e publicado pela primeira vez na antologia *Secret Weavers* (altamente recomendada), em 1991.

Se encontrar com ela na rua, atravesse rapidamente para o outro lado e acelere o passo. Ela é uma mulher perigosa. Tem cerca de quarenta, quarenta e cinco anos, uma filha casada e um filho trabalhando em San Nicolas; seu marido é um metalúrgico. Ela acorda bem cedo, varre a calçada, se despede do marido, limpa, lava a louça, faz compras, cozinha. Depois do almoço, assiste televisão, costura ou tricota, passa a roupa duas vezes por semana, e à noite vai dormir tarde. Aos sábados, faz uma faxina geral, lava as janelas e encera o piso. Nas manhãs de domingo, lava a roupa que o filho leva para casa – o nome dele é Nestor Eduardo –, prepara a massa para o macarrão ou o ravióli, e à tarde ou a cunhada vem visitar ou ela vai para a casa da filha.

Faz muito tempo desde que foi ao cinema, mas ela lê o *Guia da TV* e os relatórios de crimes no jornal. Seus olhos são escuros e as mãos são ásperas e o cabelo está começando a ficar grisalho. Ela fica resfriada frequentemente e guarda um álbum de fotos numa gaveta da penteadeira junto a um vestido de crepe preto com colarinho e punhos de renda.

A mãe nunca bateu nela. Porém, quando tinha seis anos, ela levou uma surra por desenhar numa porta e teve de limpar tudo com um pano úmido. Enquanto fazia isso, ela pensou em portas, em todas as portas, e decidiu que elas eram uma idiotice, porque sempre levavam aos mesmos lugares. E aquela que estava limpando definitivamente era a mais idiota de todas, a que levava ao quarto dos pais. Ela abriu a porta e então viu que não deu para o quarto dos pais, mas para o deserto de Gobi. Ela não ficou surpresa por saber que era o deserto de Gobi, apesar de não terem lhe ensinado na escola onde ficava a Mongólia, e nem ela, nem a mãe, nem a avó jamais terem ouvido falar de Nan Shan ou de Khangai Nuruu.

Ela passou pela porta, abaixou-se para correr os dedos pela areia amarelada e viu que não havia ninguém, nada, e o vento quente bagunçou seu cabelo, e então ela voltou pela porta aberta, fechou-a e continuou limpando. Quando terminou, a mãe resmungou mais um pouco e lhe disse para lavar o trapo e pegar a vassoura para varrer aquela areia e limpar seus sapatos. Naquele dia ela revisou seu julgamento precipitado sobre portas, embora não por completo, pelo menos não até compreender o que estava acontecendo.

O que vinha acontecendo por toda sua vida e até hoje era que, de tempos em tempos, as portas se comportavam de maneira satisfatória, embora em geral ainda se fingissem de tontas e levassem a salas de jantar, cozinhas, lavanderias, quartos e escritórios, mesmo sob as melhores circunstâncias. Porém, dois meses depois do deserto, por exemplo, a porta que todos os dias levava ao banheiro se abriu para a oficina de um homem barbado usando um uniforme comprido, sapatos pontudos e uma boina inclinada para um lado. O velho estava de costas enquanto retirava algo de um armário de ferramentas com muitas gavetinhas atrás de uma máquina de madeira muito estranha e grandalhona com um volante gigantesco e uma hélice, em meio ao ar frio e um odor acre. Quando ele se virou e a viu, começou a gritar com ela numa língua que ela não entendia.

Ela mostrou a língua, correu porta afora, fechou-a, abriu-a de novo, entrou no banheiro e lavou as mãos para almoçar.

Outra vez, depois do almoço, muitos anos depois, ela abriu a porta do seu quarto e entrou num campo de batalha. Molhou as mãos no sangue dos mortos e feridos e tirou do pescoço de um cadáver um crucifixo que usou por muito tempo por baixo de blusas de gola alta ou vestidos sem decote profundo. Agora ela guarda a peça numa latinha embaixo das camisolas junto com um broche, um par de brincos e um relógio de pulso quebrado que havia pertencido à sua sogra. Da mesma forma, involuntariamente e por acaso, ela visitou três monastérios, sete bibliotecas e as montanhas mais altas do mundo, e vai saber quantos teatros, catedrais, selvas, frigoríficos, antros de vícios, universidades, bordéis, florestas, lojas, submarinos, hotéis, trincheiras, ilhas, fábricas, palácios, barracos, torres e o inferno.

Ela perdeu a conta e não está nem aí; qualquer porta pode levar a qualquer lugar e isso tem o mesmo valor que a espessura da massa de ravióli, a morte da mãe e as crises da vida que ela vê na TV ou sobre as quais lê a respeito no *Guia da TV*.

Não faz muito tempo, ela levou a filha ao médico e, vendo a porta fechada de um banheiro na clínica, sorriu. Não tinha certeza, porque nunca tinha, mas se levantou e foi ao banheiro. Entretanto, era um banheiro; pelo menos, havia um homem nu dentro de uma banheira cheia de água. Era tudo muito grande, com um teto alto, piso de mármore e decorações pendendo das janelas fechadas. O homem parecia adormecido em sua banheira branca, pequena, mas profunda, e ela viu uma navalha numa mesa de ferro fundido com os pés decorados com flores e folhas de ferro e terminando em patas de leão; uma navalha, um espelho, um ferro de frisar cabelo, toalhas, uma caixa de talco e uma tigela de cerâmica com água. Ela se aproximou na ponta dos pés, pegou a navalha, foi com cuidado até o homem adormecido e o decapitou. Jogou a navalha no chão e lavou as mãos na água morna da banheira. Deu meia-volta quando chegou ao corredor da clínica e viu uma garota entrando no banheiro pela outra porta. A filha olhou para ela.

– Foi rápido.

– A descarga estava quebrada – respondeu ela.

Alguns dias depois, ela decapitou outro homem numa barraca azul à noite. Esse homem e uma mulher dormiam praticamente fora das mantas numa cama *king size* baixa, e o vento açoitava em volta da barraca, inclinando as chamas nos candeeiros. Além dela, haveria outro acampamento, soldados, animais, suor, esterco, ordens e armas. Lá dentro, porém, havia uma espada junto dos uniformes de couro e metal e, com aquilo, ela cortou a cabeça do homem barbudo. A mulher se mexeu e abriu os olhos enquanto ela saía pela porta e voltava para o quintal que estivera limpando com o esfregão.

Nas tardes de segunda e quinta-feira, quando passa camisas de colarinho, ela pensa nos pescoços cortados e no sangue e espera. Se for verão, sai para varrer um pouco depois de guardar a roupa, até o marido chegar. Se estiver ventando, ela se senta na cozinha e tricota. Mas nem sempre encontra homens adormecidos ou cadáveres de olhar fixo. Numa manhã chuvosa, quando tinha vinte anos, ela esteve numa prisão e zombou dos prisioneiros acorrentados; uma noite, quando as crianças ainda eram crianças e todos ainda moravam em sua casa, ela viu numa praça uma mulher desgrenhada olhando para uma arma sem coragem de tirá-la da bolsa aberta. Ela foi até a mulher, colocou a arma na mão dela e ficou lá até um carro estacionar na esquina, até a mulher ver um homem de cinza sair dele e procurar pelas chaves no bolso, até a mulher mirar e atirar. E outra noite, enquanto fazia seu dever de casa de geografia no quinto ano, ela foi procurar pelos gizes de cera no seu quarto e se viu ao lado de um homem que chorava numa sacada. A sacada era tão alta, tão elevada em relação à rua, que ela teve o impulso de empurrá-lo para ouvir o impacto lá embaixo, mas se lembrou do mapa orográfico da América do Sul e estava prestes a ir embora. De toda forma, como o homem não a vira, ela o empurrou mesmo e o viu desaparecer e correu para colorir o mapa, então não ouviu o impacto, só o grito. E num teatro vazio ela fez uma fogueira debaixo da cortina de veludo; num motim, abriu a tampa de uma escotilha para um porão; numa casa, sentada em cima de uma mesa, picotou um manuscrito de duas mil páginas; numa clareira de floresta, enterrou as armas de homens adormecidos; num rio, abriu as comportas de uma represa.

O nome de sua filha é Laura Inés; seu filho tem uma noiva em San Nicolás e prometeu trazê-la no domingo para que ela e o marido possam conhecê-la. Ela precisa se lembrar de pedir para a cunhada a receita do bolo de laranja, e sexta-feira na TV vai passar o primeiro episódio de uma novela nova. Mais uma vez, ela passa o ferro pela frente da camisa e se lembra do outro lado das portas que estão sempre cuidadosamente fechadas em sua casa, aquele outro lado onde as coisas que acontecem são muito menos abomináveis do que as que experimentamos deste lado, como você com certeza entende.

NALO HOPKINSON

O TRUQUE DA GARRAFA DE VIDRO

Nalo Hopkinson é uma escritora jamaicana de ficção científica antes residente no Canadá e agora nos Estados Unidos. Seu primeiro romance, *Brown Girl in the Ring*, recebeu considerável aclamação crítica e esteve entre os finalistas do prêmio Philip K. Dick. Além de seus romances e contos, ela também editou várias antologias, incluindo *Skin Folk* e *So Long Been Dreaming*. "O truque da garrafa de vidro" detalha as engenhosas habilidades de superação e fuga de uma mulher em uma situação difícil. Essa história foi publicada pela primeira vez no ano 2000, na antologia *Whispers from the Cotton Tree Root: Caribbean Fabulist Fiction*.

O ar estava cheio de tempestades, mas elas se recusavam a irromper.

Na cadeira de balanço de vime na varanda da entrada, Beatrice flexionou os pés descalços no piso de ripas de madeira, balançando lentamente para a frente e para trás. Outra tarde abafada da temporada de chuvas. O calor árido a fazia sentir que todo o oxigênio do ar ressequido fora fervido e pendia como nuvem ameaçando chuva, à espera.

Ah, mas ela adorava quando estava assim. Quanto mais quente o dia, mais devagar ela se movia, deleitando-se. Esticou os braços e as pernas para sentir melhor o calor luxuriante; depois, culpada, se aprumou outra vez. Samuel a censuraria se a visse relaxada desse jeito. O chato do Sammy. Ela sorriu carinhosamente, admirando as sombras rendadas que a luz do sol projetava no piso ao passar pelos arabescos brancos que debruavam o telhado da casa deles.

– Mais alguma coisa por hoje, dona Powell? Terminei de lavar a louça.

Gloria havia saído da casa e estava diante dela, enxugando as mãos ressecadas no avental.

Beatrice sentiu a timidez dominá-la, como sempre acontecia quando pensava em dar ordens à mulher mais velha. Gloria era até mais velha do que a mãe de Beatrice.

– Ah... não, acho que isso é tudo, Gloria...

Gloria arqueou uma sobrancelha, enrugando o rosto como se passasse um garfo por melaço.

– Então vou tirar o resto da tarde de folga. A senhora e o sr. Samuel deveriam ficar sozinhos hoje à noite. Está na hora de a senhora contar para ele.

Beatrice deu uma risada envergonhada, abortada. Gloria sabia desde o começo; tivera muitos filhos. Ela estava doida para correr e contar a novidade a Samuel, mas ontem Beatrice já decidira que faria isso. Bem, quase decidira. Ela se sentia irritada, como uma criança cujos truques tinham sido descobertos. Engoliu o sentimento.

– Acho que você está certa, Gloria – disse ela, esforçando-se para demonstrar um pouco de dignidade diante da outra. – Talvez... talvez eu cozinhe uma refeição especial para ele, o deixe bem satisfeito, e aí conte.

– Bem, eu digo que está na hora, já até passou da hora, de contar para ele. Um neném é uma bênção para uma família.

– Verdade – concordou Beatrice, fazendo a voz soar tão certa quanto conseguiu.

– Até mais então, dona Powell.

Dando a si mesma a tarde de folga, sem nem um "com licença", Gloria foi para o quarto de empregada nos fundos da casa para se trocar e colocar a roupa de passeio. Poucos minutos depois, ela saiu pelo portão do jardim.

— *Esse livro parece difícil para uma moça tão nova.*

— *Como é?*

Beatrice lançou um olhar cortante e defensivo para o homem mais velho. Ele a pegara desprevenida, embora ela tivesse notado os olhos dele acompanhando-a desde que entrara na livraria.

— *O senhor tem algo a me dizer?*

Ela encaixou o Anatomia de Grey *possessivamente na curva do braço, a etiqueta de preço escondida contra o corpo. Precisaria economizar mais dois meses antes de conseguir pagar por aquilo.*

O homem olhou timidamente para ela.

— *Desculpe se a ofendi, senhorita* — *disse ele.* — *Eu me chamo Samuel.*

Seria bonito, se relaxasse mais. A cautela de Beatrice derreteu um pouco. Era o meio de um dia quente de sol, e ele usava terno e calça pretos de lã. Sua camisa branca de algodão bem passada estava fechada até o último botão e mantida no lugar por uma gravata de bom gosto e sem imaginação. Tão correto, Jesus. Ele não era tão mais velho que ela.

— *É só que... você é tão bonita, e foi a única coisa em que consegui pensar para que falasse comigo.*

Beatrice amoleceu mais ao ouvir isso, sorriu para ele e brincou com o colarinho da blusa. Ele não parecia tão mau assim, se a pessoa olhasse além do comportamento engomado e pomposo.

Hesitante, Beatrice afagou a leve protuberância da barriga. Quatro meses. A ideia de contar a novidade para Samuel a deixava tímida, mas o volume estava começando a aparecer. Bobagem adiar, não? Hoje ela deixaria o marido muito feliz; romperia aquela fina casca de luto que ainda o isolava dela. Ele nunca disse, mas Beatrice sabia que ainda pensava na esposa que perdera e, tragicamente, na outra antes disso. Ela gostaria de fazê-lo se entusiasmar com a vida outra vez.

A luz do sol bruxuleava pelas folhas da goiabeira no quintal da frente de casa. Beatrice inalou o cheiro doce da fruta aquecida pelo sol. Os galhos da árvore estavam pesados com globos de um amarelo pálido, lisos e redondos feito ovos. O sol se refletia nas duas garrafas azuis suspensas na árvore, fazendo uma luz cobalto dançar pelas folhas.

Quando Beatrice veio à casa de Samuel pela primeira vez, ficou intrigada com as duas garrafas enfiadas nos galhos da goiabeira.

– É só uma superstição minha, querida – ele lhe dissera. – Você nunca ouviu os mais velhos dizerem que, se alguém morre, você precisa colocar uma garrafa numa árvore para guardar o espírito da pessoa, senão ela volta como *duppy*, ou fantasma, para te assombrar? Uma garrafa azul. Para manter o *duppy* frio, assim ele não ataca você, com raiva por estar morto.

Beatrice tinha ouvido algo do tipo, mas era estranho pensar em seu Sammy como um homem supersticioso. Ele era controlado e lógico demais para isso. Bem, o sofrimento fazia as pessoas agirem de modo estranho. Talvez as garrafas lhe dessem algum conforto, o fizessem sentir que mantinha consigo alguma essência das pobres esposas.

– Esse Samuel é bom. Respeitável, trabalhador. Não como os vagabundo que você sempre sai.

Mamãe pegou a faca de açougueiro e começou a cortar habilmente a carne de cabra em cubinhos para o curry.

Beatrice assistia aos nacos vermelhos se partirem sob a faca. Um líquido escarlate escorria para a tábua de cortar. Ela suspirou.

– Mas, mamãe, Samuel é tão chato! Michael e Clifton sabem se divertir. Tudo o que Samuel quer fazer é passear de carro no interior. Sempre me leva para longe das pessoas.

– Você devia estar estudando seus livro, não se divertindo – retrucou a mãe, irritada.

Beatrice suplicou:

– *A senhora sabe muito bem que eu consigo fazer as duas coisas, mamãe.*

A mãe apenas grunhiu.

Era a pura verdade, o que Beatrice estava dizendo. Sempre havia homens a cortejando; eles se amontoavam em torno dela como pássaros, ansiosos por levá-la para dançar ou para beber. No entanto, de algum jeito, ela mantinha suas notas altas, ainda que muitas vezes isso significasse varar a noite estudando, com a cabeça doendo e a barriga enjoada de ressaca enquanto algum homem roncava na cama a seu lado. Mamãe a mataria se ela não tirasse só 10 na faculdade de medicina.

– Cê tem que se cuidar, Beatrice. Os home não vai fazer isso procê. Eles consegue o que tão querendo e dão no pé.

– Duas empanadas e uma King Cola, por favor.

O rapaz que fez o pedido tinha um peito largo que se estreitava em uma cintura esguia. E um rosto bom de olhar, também. Beatrice sorriu para ele, meiga, movendo-se para gentilmente roçar a ponta dos dedos na palma dele enquanto lhe entregava o troco.

Um pássaro cantou na goiabeira, um pequeno bem-te-vi, gritando raivosamente: *"Dit, dit, qu'est-ce qu'il dit!"*. Uma cobra pequena estava enrolada em torno de um dos galhos mais altos e acabava de tirar a cabeça do ninho do pássaro, suas mandíbulas distendidas com o ovo que havia roubado. Ela engoliu o ovo inteiro, deixando a garganta saliente com a refeição. O pássaro pairava ao redor da cabeça dela, soltando seu lamento triste de "Diz, diz, o que ele disse!".

– Sai! – gritou Beatrice para a cobra.

O animal olhou na direção do som, mas não recuou. O movimento de deglutição, conforme forçava o ovo mais para baixo na garganta, fez Beatrice estremecer. Em seguida, indiferente ao esvoaçar do pássaro genitor, arqueou a cabeça por cima do ninho outra vez. Beatrice se levantou num pulo e correu para o quintal.

– Xiiiu! Xôôô! Cai fora daí!

Mas a cobra pegou um segundo ovo.

Sammy deixava uma vara comprida com um gancho na ponta apoiada contra a goiabeira, para colher a fruta. Beatrice agarrou a vara e começou a agitá-la junto aos galhos o mais próximo que ousava do pássaro e do ninho.

– Deixa eles, sua bruta! Vai embora!

A vara se chocou com alguns dos galhos. As duas garrafas na árvore caíram no chão e se estilhaçaram com um estrondo. Uma brisa quente subiu pelo ar. A cobra deslizou para longe depressa, os dois ovos se avolumando na garganta. O passarinho saiu voando, soluçando consigo mesmo.

Não havia nada que ela pudesse fazer agora. Quando Samuel voltasse para casa, caçaria a cobra horrível para ela e a mataria. Ela apoiou a vara de volta na árvore.

A brisa deveria ter trazido algum frescor, mas apenas deixou o dia mais quente. Dois pequenos redemoinhos de poeira dançaram brevemente em torno de Beatrice. Eles rodopiaram pelo quintal, subiram pelo ar e voltaram a ser apenas pó ao se chocarem contra a janela fechada do terceiro quarto.

Beatrice pegou suas sandálias na varanda. Sammy não ia gostar se ela pisasse em vidro quebrado. Ela pegou a vassoura que ficava recostada na casa e começou a varrer os cacos de garrafa. Esperava que Samuel não ficasse muito zangado com ela. Ele não era um homem a se contrariar, podia ser tão severo quanto um pai quando queria.

Era disso que ela mais se lembrava do papai, seu mau temperamento – que surgia rápido e sumia mais rápido ainda. Ele também era assim; deixou a família antes de Beatrice completar cinco anos. A única memória preciosa que ela tinha dele era de ser balançada de um lado para o outro no ar, suas mãozinhas agarradas a uma das mãos grandes dele, seus pés seguros na outra. A salvo. E enquanto a balançava no ar, papai cantava palavras de uma história antiga:

Yung-Kyung-Pyung, mas que linda cesta!
Margaret Powell Alone, mas que linda cesta!
Eggie-law, mas que linda cesta!

Em seguida, ele a segurava com força contra o peito, fazendo o ar dos pulmões dela sair numa gargalhada sem fôlego. A bronca que mamãe lhe dera por causa daquela brincadeira!

– Você quer deixar a menina cair e rachar a cabeça no chão duro? Hein? Por que não pode ser mais responsável?

– Responsável? – disparara ele. – Quem tá trabalhando feito um cachorro desde que o sol nasce até ele se pôr pra colocar comida na tua barriga?

Ele colocara Beatrice no chão e os pés dela bateram na terra com um choque. Ela tinha começado a chorar, mas ele apenas a empurrara na direção da mãe e saíra da sala pisando duro. Mais uma rajada na batalha constante entre eles. Depois que ele as deixou, mamãe abriu a pequena lanchonete na cidade para pagar as contas. À noite, Beatrice esfregava loção nas mãos da mãe, ressecadas e enrugadas de tanto trabalhar.

– Viu como aquele homem fez a gente decair no mundo? – resmungava mamãe. – Olha a que ponto cheguei.

Em particular, Beatrice pensava que talvez tudo de que papai precisasse fosse um pouquinho de paciência. Mamãe era muito dura, por mais que Beatrice a amasse. Para agradá-la, Beatrice estudara muito durante todo o ensino médio: física, química, biologia, descrevendo os resultados de suas experiências de laboratório no caderno com uma letra resignada, espremida. Sua mãe saudava todo 10 com um grunhido evasivo, e toda nota inferior a isso com um sermão. Beatrice sorria, aérea, selando sua mágoa e fingindo que a aprovação não significava nada para ela. Ainda se empenhava, mas separava algum tempo para seus próprios jogos. Rounders, netball e, mais tarde, rapazes. Todos aqueles rapazes querendo uma chance para conseguir um chameguinho com uma moça de pele clara como ela. Beatrice descobriu rapidamente seus encantos.

– *Rasgadeira...*

Mulher fácil. A palavra sibilada veio de um grupinho de meninas que passou por Beatrice, todo encolhido, enquanto ela esperava Clifton vir buscá-la sentada nos degraus da biblioteca. Ela desejou que os ouvidos se trancassem, abafando a ferroada da palavra. Mas conhecia algumas dessas garotas. Marguerita, Deborah. Elas já tinham sido amigas suas. Embora mantivesse uma postura orgulhosa, descobriu que seus dedos puxavam a barra da saia branca e curta, envergonhados. Ela colocou o grande livro de física no colo, onde ele deu um pouco mais de cobertura a suas coxas.

O ronco peidorreiro da motocicleta de Clifton interrompeu seus pensamentos. Sorrindo, ele virou a moto até frear dramaticamente na frente dela.

– A hora de estudar já acabou, meu bem. Hora de brincar.

Ele estava bonito essa tarde, como sempre. Camisa branca e justa, jeans que realçavam o volume das coxas. A curva da corrente fina de ouro em seu pescoço destacava a pele marrom-escura. Beatrice se levantou, guardou o livro de física debaixo do braço e alisou a saia sobre os quadris. Os olhos de Clifton acompanharam o movimento das suas mãos. Entende, não precisava de muito para fazer as pessoas te tratarem bem. Ela sorriu para ele.

Com sorte, Samuel ainda apareceria de vez em quando para convidá-la a acompanhá-lo num passeio de carro pelo interior. Ele era tão mais velho do que todos os outros pretendentes dela... E seco? Passeios de carro pelo interior, Senhor! Ela saiu com ele algumas vezes; ele era tão persistente que ela não conseguia achar um jeito de lhe dizer não. Ele parecia não entender quando ela insinuava que deveria estar estudando. Para dizer a verdade, contudo, ela começara a achar relaxante sua presença calma e sua falta de exigências. A BMW cor de casca de ovo pegava as estradas de cascalho para o interior tão silenciosamente que ela conseguia ouvir os passarinhos nas mangueiras, cantando sua pergunta: "*Dit, dit, qu'est-ce qu'il dit?*".

Um dia, Samuel lhe trouxe um presente.

– Isto é para você e sua família – disse ele timidamente, entregando-lhe um saco de papel amassado. – Sei que a sua mãe gosta.

Dentro, havia três beringelas rechonchudas da horta dele, cultivadas por suas próprias mãos. Beatrice retirou o presente humilde do saco. A casca das beringelas tinha um brilho azulado, retesado. Mais tarde ela se daria conta de que foi ali que começou a amar Samuel. Ele era estável, sólido, responsável. Faria mamãe, e ela, muito felizes.

Beatrice foi cedendo mais à corte hesitante de Samuel. Ele era culto e falava bem. Viajara para fora do país, falava de esportes exóticos: hóquei no gelo, esqui na montanha. Ele a levou a restaurantes chiques dos quais ela só ouvira falar, que seus outros namorados, mais novos e ainda sem um emprego fixo, jamais poderiam pagar, e nos quais provavelmente apenas a fariam passar vergonha se a levassem. Samuel tinha verniz. Mas também era humilde; por exemplo, no modo como ele mesmo cultivava seus vegetais ou no tom autodepreciativo com que falava de si. Ele era sempre pontual, sempre cortês com ela e com a mãe dela. Beatrice podia contar com ele para coisas pequenas como buscá-la depois da aula ou levar sua mãe ao cabeleireiro. Com os outros homens, ela sempre tinha de estar alerta: fazia beicinho até a levarem a algum lugar para jantar em vez de fazer apenas outra refeição de graça no restaurante da mãe; tinha de persuadi-los a usar camisinha. Ela sempre precisava resguardar uma parte de si. Com Samuel, Beatrice relaxou e começou a confiar.

– Beatrice, vem! Vem rápido, menina!

Beatrice veio correndo do quintal ao som da voz da mãe. Será que tinha acontecido algo com ela?

A mãe estava sentada na mesa da cozinha, a faca ainda a postos para quebrar um ovo na tigela para o bolo que estava fazendo para a lanchonete. Ela fitava Samuel, deleitada e boquiaberta; ele revirava ansiosamente os caules longos de um buquê de rosas vermelho-sangue.

– Deus do céu, Beatrice, Samuel diz que quer casar com você! Beatrice olhou para Sammy para verificar.

– Samuel – perguntou, incrédula –, o que tá dizendo? É verdade? Ele assentiu.

– Verdade, Beatrice.

Algo cedeu no peito de Beatrice, gentilmente, como um fôlego preso há muito tempo. Seu coração estivera preso em vidro e ele o libertara.

Eles se casaram dois meses depois. Mamãe estava aposentada agora; Samuel tinha comprado uma casinha nos subúrbios para ela e pagou para que a empregada viesse três vezes por semana. Na empolgação de planejar o casamento, Beatrice negligenciou os estudos. Para seu horror, terminou o último ano de faculdade com uma média que mal chegava a 6.

– Deixe pra lá, meu bem – disse Samuel. – Eu não gostava mesmo da ideia de você estudar. Isso é coisa de criança. Você é uma mulher adulta agora.

Mamãe concordou com ele, dizendo que Beatrice não precisava mais de tudo aquilo. Ela tentou argumentar com eles, mas Samuel expressou seus desejos muito claramente e ela parou, sem querer causar atrito entre eles tão cedo. A despeito de seu comportamento refinado, Samuel tinha um certo mau gênio. Não fazia sentido aborrecê-lo; era preciso tão pouco para deixá-lo feliz, e ele era seu amor, o único homem que ela conhecera em quem podia botar fé.

Além do mais, ela estava aprendendo a ser a dona da casa, tentando usar a combinação correta entre autoridade e jocosidade com Gloria, a empregada, e Cleitis, o rapaz que vinha duas vezes por mês para aparar a grama e tirar ervas daninhas. Era estranho dar ordens para os outros, quando ela estava acostumada a recebê-las, na lanchonete da mãe. Beatrice ficava desconfortável dizendo aos outros para fazer o trabalho por ela. Mamãe disse que ela deveria se acostumar, pois era direito seu agora.

O céu ribombava com trovões. E nada de cair. O calor diurno era gostoso, mas era possível enjoar de algo gostoso. Beatrice abriu a boca, um pouco ofegante, e tentou puxar mais ar para os pulmões. Ela andava meio sem fôlego ultimamente, já que o bebê pressionava seu diafragma. Ela sabia que podia ir lá para dentro para se refrescar, mas Samuel mantinha o ar-condicionado tão forte, tão frio, que eles podiam deixar a manteiga na manteigueira, em cima da bancada da cozinha. Nunca ficava rançosa. Até os insetos se recusavam a entrar. Às vezes, Beatrice sentia que a casa estava em outro lugar, não nos trópicos. Ela se acostumara a travar uma guerra constante contra as formigas e baratas, mas na casa de Samuel não precisava. O frio ali fazia Beatrice estremecer, ressecava seus olhos até eles parecerem ovos cozidos nas órbitas. Ela saía sempre que possível, apesar de Samuel não gostar que ela passasse muito tempo no sol. Ele temia que o câncer maculasse a pele macia dela, dizia que não queria perder outra esposa. Mas Beatrice sabia que ele apenas não queria que ela ficasse escura demais. Quando o sol a tocava, destacava a sépia e a canela em seu sangue, sobrepujava o leite e o mel, e ele não podia mais fingir que ela era branca. Ele amava sua pele pálida.

– Olha só como você brilha sob o luar – ele dizia quando fazia amor com ela gentilmente, quase suplicantemente, na cama de dossel.

Sua mão deslizava sobre a pele dela, segurando seus seios com um ar de reverência. Seu olhar era tão próximo da adoração que às vezes a assustava. Ser tão amada assim! Ele cochichava para ela:

– A Bela. A Pálida Bela, em comparação com a minha Fera. – E então soprava ar frio sobre as delicadas membranas de sua orelha, fazendo-a estremecer, deliciada.

De sua parte, ela adorava olhar para ele: sua pele escura como melaço, o peito amplo, o jeito como os planos de músculos achatados se alastravam sob a pele. Ela imaginava placas tectônicas se movendo na terra. Amava a sombra preta-azulada que o luar criava nele. Uma vez, fitando-o enquanto ele assomava sobre ela, o corpo em movimento contra o dela, dentro dela, ela vira o luar lançando laivos do azul mais escuro em sua barba curta.

– Beleza Negra – gracejou ela suavemente, erguendo a mão para puxar o rosto dele para um beijo.

Ao ouvir as palavras, ele se levantou de um salto e se sentou na beirada da cama, puxando um lençol para esconder sua nudez. Beatrice o observou, confusa, sentindo o suor misturado de ambos esfriar em seu corpo.

– Nunca me chame assim, por favor, Beatrice – disse ele, baixinho. – Você não precisa chamar a atenção para minha cor. Não sou um homem bonito, sei disso. Preto e feio, como minha mãe me fez.

– Mas Samuel...!

– Não.

Sombras caíam entre eles na cama. Ele não tocou em Beatrice de novo naquela noite.

De vez em quando, ela se perguntava por que Samuel não se casara com uma mulher branca. Mas achava que sabia o porquê. Ela vira como Samuel se comportava perto de gente branca. Ele sorria largo demais, agia de modo afetado, fazia piadas bobas. Doía de ver, e ela sabia, pelo olhar desesperado dele, que doía nele também. Por mais que amasse a pele branca como creme, Samuel provavelmente não se atreveria a abordar uma branca da forma como a cortejara.

O vidro quebrado estava numa pilha arrumadinha debaixo da goiabeira. Era hora de fazer o jantar de Samuel. Ela subiu os degraus da varanda até a porta da frente, parando para limpar as sandálias no capacho de fibra de coco. Samuel odiava poeira. Assim que abriu a porta, Beatrice sentiu outro sopro de ar quente nas costas, passando por ela e entrando na casa fria. Rapidamente, entrou e fechou a porta, para que o interior se mantivesse tão frio quanto Sammy gostava. A porta isolada se fechou com um som oco após sua passagem. Ela era hermética. Nenhuma das janelas da casa podia ser aberta.

Ela perguntara a Samuel:

– Por que você quer viver numa caixa desse jeito, querido? O ar fresco faz bem.

– Eu não gosto do calor, Beatrice. Não gosto de cozinhar feito carne no sol. As janelas herméticas mantêm o ar condicionado aqui dentro.

Ela não discutiu.

Atravessou a sala de estar elegante e formal para a cozinha. Ela achava a mobília importada pesada, fria e antiquada, mas Samuel gostava.

Na cozinha, ela colocou água para ferver e caçou por um tempo – onde era que Gloria guardava o negócio? – até encontrar a caçarola de ferro. Ela a colocou na boca do fogão para torrar as fragrantes sementes de coentro que dariam sabor ao curry. Colocou a água para ferver e ficou ali, fitando o vapor que subia das panelas. O jantar seria especial essa noite. Ovos ao curry, o prato preferido de Samuel. Os ovos em sua caixa de papelão trouxeram à mente de Beatrice um truque que ela aprendera na aula de física: como colocar um ovo inteiro numa garrafa de boca estreita. Você tinha de cozinhar o ovo até endurecer e descascá-lo, depois acender uma vela dentro da garrafa. Se colocasse a parte mais estreita do ovo na boca da garrafa, ela formava um vácuo e, quando a vela tivesse consumido todo o ar dentro da garrafa, o vácuo criado por ela chuparia o ovo para dentro, inteirinho. Beatrice tinha sido a única de sua sala paciente o bastante para fazer o truque dar certo. Paciência era tudo de que seu marido precisava. O pobre e misterioso Samuel tinha perdido duas esposas naquela casa isolada do interior. Ele ficara zanzando pela casa sem ar como o ovo dentro da garrafa. Era reservado. Os vizinhos mais próximos ficavam a quilômetros de distância e ele nem sabia o nome deles.

Mas ela ia mudar tudo isso. Convidaria a mãe para ficar por um tempo. Talvez até fizesse um jantar para os vizinhos distantes. Antes que sua gravidez a deixasse letárgica demais para fazer muita coisa.

Um bebê completaria a família deles. Samuel *ficaria* feliz; ficaria, sim. Ela se lembrou dele gracejando que nenhuma mulher deveria ter de dar à luz seus filhos pretos feios, mas ela lhe mostraria como os filhos deles seriam lindos, com corpinhos marrons novos como a terra depois da chuva. Ela lhe mostraria como amar a si mesmo neles.

Estava quente na cozinha. Talvez fosse o calor do fogão? Beatrice saiu para a sala de estar, vagou pelo quarto de hóspedes, o quarto principal, os dois banheiros. A casa toda estava mais quente do que ela já sentira até então. Foi quando percebeu que podia ouvir ruídos vindos do lado de fora, as cigarras cantando alto antes de chover. Não havia nem um sussurro de ar frio saindo pelos respiradouros da casa. O ar-condicionado não estava funcionando.

Beatrice começou a ficar preocupada. Samuel gostava da casa fria. Ela planejara uma noite especial para os dois, mas ele não reagiria bem se não estivesse tudo a seu contento. Já levantara a voz para ela algumas vezes. Uma ou duas vezes ele parou no meio de uma discussão, uma das mãos recuada como se fosse golpeá-la, e respirou fundo, batalhando por autocontrole. Seu rosto escuro corava, ficando quase preto-azulado, enquanto ele se esforçava para sufocar a fúria. Nessas ocasiões, ela se mantinha longe das suas vistas até ele se acalmar.

O que podia haver de errado com o ar-condicionado? Talvez tivesse só escapado da tomada? Beatrice nem tinha certeza de onde ficavam os controles. Gloria e Samuel cuidavam de tudo na casa. Ela deu outra volta pelo seu lar, procurando os controles gerais. Nada. Intrigada, voltou à sala. A casa fechada estava ficando abafada e úmida como um útero.

Só restava um cômodo para vasculhar. O terceiro quarto, trancado. Samuel lhe dissera que as duas esposas anteriores haviam morrido lá, primeiro uma, depois a outra. Ele lhe dera as chaves para todos os cômodos da casa, mas solicitou que ela nunca abrisse essa porta específica.

– Sinto que dá azar, meu amor. Sei que estou apenas sendo supersticioso, mas espero poder confiar em você para fazer minha vontade nisso.

Ela aceitara, não querendo lhe causar angústia. Mas onde mais podia ficar o painel de controle? Estava ficando tão quente!

Enquanto enfiava a mão no bolso em busca das chaves que sempre carregava consigo, ela se deu conta de que ainda segurava um ovo cru. Havia se esquecido de colocá-lo na panela quando o calor na casa a deixara curiosa. Ela deu um sorrisinho. Os hormônios inundando seu corpo a estavam deixando distraída! Samuel a provocaria até que ela lhe contasse o motivo. Tudo ficaria bem.

Beatrice passou o ovo para a outra mão, tirou as chaves do bolso e abriu a porta.

Um paredão de ar morto, gelado, atingiu seu corpo. Estava congelante dentro do quarto. Seu hálito exalado flutuou para longe dela num caracol longo e nevoento. Franzindo o cenho, ela deu um passo para dentro e seus olhos viram antes que seu cérebro pudesse entender, e, quando entendeu, o ovo caiu de sua mão e se estatelou no chão. Os cadáveres de duas mulheres jaziam lado a lado nas camas de solteiro. Bocas congeladas escancaravam-se; barrigas congeladas e evisceradas também. Uma camada fina e brilhante de cristais de gelo esmaltava a pele delas, que, como a de Beatrice, mal chegava a ser marrom; no entanto, estavam lavadas em sangue gélido, recoberto de geada, que havia se solidificado num vermelho-rubi. Beatrice soltou um gemido.

– *Mas, senhorita – perguntou Beatrice para a professora –, como é que o ovo vai sair da garrafa?*

– *Como você acha que ele sai, Beatrice? Só existe um jeito: você precisa quebrar a garrafa.*

Era assim que Samuel punia as mulheres que tentavam trazer seus bebês para o mundo, seus lindos bebês pretos. Pois de cada uma o saco musculoso do útero havia sido retirado e colocado sobre sua barriga, aberto a golpes cortantes para revelar a massa arroxeada da placenta. Beatrice sabia que, se dissecasse o tecido que estava descongelando, encontraria um feto pequenino em cada um. As mortas também estavam grávidas.

Um movimento a seus pés chamou sua atenção. Ela desviou o olhar dos corpos por tempo suficiente para olhar para baixo. Revolvendo-se na gema que rapidamente criava uma crosta, havia um embrião com um princípio de penas. Um galo devia ter visitado as galinhas do sr. Herbert. Ela apertou as mãos na barriga para conter o revirar compassivo do útero. Seus olhos retornaram para o horror sobre as camas. Outro choramingo escapou de seus lábios.

Um som como um suspiro passou pela porta que ela deixara aberta. Uma corrente de ar quente ardeu em seu rosto, gerando uma coluna de névoa ao entrar no quarto. A névoa se partiu em duas, assentou-se sobre a cabeça de cada uma das mulheres e começou a tomar definição. Cada coluna nevoenta tinha um rosto, distorcido de fúria. Os rostos dos cadáveres nas camas. Uma das mulheres *duppy* se debruçou sobre o próprio cadáver e lambeu o sangue descongelando em seu peito como um gato, tornando-se um pouco mais sólida após tê-lo provado. A outra *duppy* se abaixou para fazer o mesmo. As duas fantasmas tinham a barriga levemente inchada com a gravidez pela qual Samuel as matara. Beatrice havia quebrado as garrafas que confinavam as esposas *duppy*, e seus corpos eram mantidos em estase porque seus espíritos estavam presos. Ela as libertara. Deixara que entrassem na casa. Agora não havia nada para resfriar a fúria delas. O calor daquela ira aquecia rapidamente o quarto.

As esposas *duppy* seguravam a própria barriga e olhavam feio para Beatrice, a raiva flamejando em seus olhos. Ela se afastou das camas.

– Eu não sabia – disse para as esposas. – Não se aborreçam comigo. Eu não sabia o que Samuel fez com vocês.

Seria compreensão no rosto delas, ou estariam além da compaixão?

– Carrego um bebê dele também. Tenham dó do bebê, pelo menos.

Beatrice ouviu o *snic* da porta de entrada se abrindo. Samuel tinha chegado. Ele devia ter visto as garrafas quebradas, sentido o calor na casa. Beatrice sentiu a calma inicial da presa que se dá conta de que não tem escolha a não ser virar e encarar a fera que a persegue. Ela se perguntou se Samuel conseguiria ler a verdade escondida em seu corpo, como o ovo na garrafa.

– Não é comigo que vocês deveriam se aborrecer – ela implorou às esposas *duppy*. Respirou fundo e disse as palavras que partiram seu coração. – Foi... foi o Samuel que fez isso.

Ela podia ouvir Samuel andando pela casa, o estrondo raivoso da voz dele como o trovão antes da tempestade. As palavras soavam abafadas, mas ela podia ouvir a raiva em seu tom. Ela chamou:

– O que tá dizendo, Samuel?

Ela saiu do frigorífico e discretamente puxou a porta, deixando-a entreaberta para que as esposas *duppy* pudessem sair quando estivessem prontas. E então, com um sorriso acolhedor, foi saudar seu marido. Ela enrolaria o quanto pudesse para ele não entrar no terceiro quarto. A maior parte do sangue nos cadáveres das esposas estaria coagulado, mas talvez o importante fosse estar *quente*. Ela esperava que em breve houvesse sangue derretido suficiente para que as *duppies* bebessem até ficarem plenamente reais.

Quando tivessem se alimentado, será que viriam salvá-la, ou se vingariam dela, a usurpadora, assim como de Samuel?

Eggie-Law, mas que linda cesta!

LEENA KROHN

AS LÁGRIMAS DA MÃE DELES: A QUARTA CARTA

(Trecho de *Tainaron*)

Leena Krohn é uma das escritoras finlandesas mais respeitadas de sua geração. Sua novela *Tainaron: Mail from Another City* concorreu ao World Fantasy Award e ao International Horror Guild Award em 2005. Em seu conjunto de obras para adultos e crianças, Krohn toca em assuntos relacionados à fronteira entre realidade e ilusão, inteligência artificial e questões de moralidade e consciência – e também traz visões interessantes sobre a maternidade. "As lágrimas da mãe deles: a quarta carta" foi publicado pela primeira vez em 2004.

Existem casas estranhas em um dos subúrbios. Elas são como taças, muito estreitas e altas, e até certo ponto lembram pilhas de cinzas; no entanto, suas paredes avermelhadas são fortes como concreto. Nelas, vive uma massa incontável de habitantes, gente pequena, mas muito industriosa, que está em constante movimento. Todos se parecem entre si, tanto que eu jamais aprenderia a reconhecer algum deles. Um, contudo, é a exceção.

Já faz muito tempo desde que perguntei a Longhorn se algum dia me levaria a uma dessas casas.

– Por que elas lhe interessam? – perguntou ele.

– A arquitetura delas é tão extraordinária! – falei. – Talvez você conheça alguém por lá? Talvez eu pudesse ir lá com você, em algum momento?

– Se quiser – disse Longhorn, mas não pareceu especialmente entusiasmado.

Ontem, enfim, ele me levou a uma dessas residências. Na entrada havia um porteiro, com quem trocamos algumas palavras e que saiu para me acompanhar.

– Nos encontramos à noite! – gritou Longhorn, e então despareceu na azáfama espalhafatosa de Tainaron.

Conduziram-me por corredores sombrios e intrincados que se abriam para salões, depósitos e espaços de convivência de tamanhos diversos. Um grande número de pessoas passou por mim; todas pareciam estar com pressa e no meio de tarefas importantes. Mas me levaram para a sala mais interna da casa, na frente da qual encontravam-se mais guardas. Não havia janela naquele cômodo, mas ele era, mesmo assim, insuportavelmente claro, embora eu não conseguisse ver a fonte da luz.

Certamente percebi que havia outras pessoas na sala, mas conseguia enxergar apenas uma. Ela era imensuravelmente maior do que todas as outras, monumental, em especial porque mantinha-se num lugar só, imóvel. Suas dimensões eram enormes: sua cabeça em forma de ovo roçava o teto da câmara e, em sua posição meio reclinada, sua largura se estendia desde a porta até o fundo da sala. Quando dei um passo para dentro e me postei junto à parede (mal havia espaço em outro lugar), sua boca emitiu um som que lembrava um rangido e que eu interpretei como boas-vindas.

– Demonstre respeito pela rainha – sibilou meu guia, ajoelhando-se.

Sem ter o hábito de tais gestos, fiquei com vergonha, mas segui seu exemplo.

Passou-se algum tempo antes que prestassem atenção a mim. Pelas paredes da sala, em torno da rainha, apressavam-se criaturas cuja tarefa era, evidentemente, satisfazer todas as necessidades dela. Logo me dei conta de que elas eram necessárias, pois a rainha era tão amorfa que não conseguia dar sequer um passo. E concluí que ela não tinha como sair pela porta; deveria viver e morrer dentro daquelas paredes, sem nunca ter visto um lampejo de sol. Sua condição me horrorizou, e eu queria deixar a caverna brilhante de imediato.

Naquele momento, a voz rangente me assustou. Percebi que a rainha tinha virado a cabeça um pouquinho, de modo que agora me fitava languidamente, ao mesmo tempo que bebericava um fluido leitoso de uma taça segura sob sua mandíbula infinitesimal.

O canudo caiu de seu lábio e novos rangidos se seguiram. Com dificuldade, distingui as seguintes palavras:

– Eu sei o que você está pensando, coisinha.

– Desculpe – gaguejei, e a aflição me fez corar.

– Você acha que eu sou algum tipo de indivíduo, não é? Uma pessoa! Admita!

Enquanto falava, sua voz foi ficando mais grave e pareceu começar a zumbir. Era uma voz muito extraordinária, pois parecia composta do murmúrio de centenas de vozes.

– É, de fato, quer dizer...

Eu fiquei completamente confusa por um momento e me sentei sobre os calcanhares, pois ajoelhar no piso duro era cansativo demais.

– É isso mesmo, claro – falei depressa, totalmente perplexa.

– Eu não disse? – perguntou ela, e caiu na risada, que às vezes retumbava, às vezes retinia pelos corredores de um jeito tão contagioso que, no final, todos os habitantes do local pareceram se juntar a ela, até que a casa toda ria da minha simplicidade.

De súbito, seguiu-se um silêncio completo, e ela disse, apontando para mim com sua tromba comprida:

– Então me diga, quem sou eu?

Antes que eu pudesse pensar numa resposta para essa pergunta, dei-me conta, finalmente, do que estava acontecendo no fundo da sala, que estava ocupado com a imensa parte traseira do corpo da rainha. Na verdade, eu estivera ciente o tempo todo de que algo era feito ali incessantemente, mas a natureza da atividade me atingiu como um raio. Pacotinhos passaram por mim, carregados, mas foi apenas na terceira ou quarta vez que olhei com mais atenção e vi: eram bebês recém-nascidos.

A rainha estava dando à luz! Ela estava dando à luz incessantemente. E no instante em que me dei conta disso, senti que ouvia, vindo de todo lado, o fragor de um martelo, ordens, o ciciar de uma serra, e em todo canto pairava o fedor de argamassa de construção. Percebi que mais e mais andares estavam sendo acrescentados à casa, e que ela se elevava cada vez mais na serenidade do oceano de ar. Os sons de construção me alcançavam mesmo nas profundezas subterrâneas, e eu podia imaginar corredores se ramificando sob os paralelepípedos como raízes, crescendo gananciosamente de um dia para o outro. A tribo aumentava; a casa se expandia. A cidade estava crescendo.

– A senhora é a mãe de todos eles, vossa majestade – respondi, com humildade.

– Mas o que é uma mãe? – guinchou ela, e subitamente sua voz atingiu um agudo penetrante, enquanto uma de suas antenas golpeava como um chicote o ar acima da minha cabeça.

Eu recuei e me pressionei contra a parede, embora compreendesse que ela não seria capaz de se aproximar mais.

– Aquela de quem tudo flui não é uma pessoa – sibilou a rainha por entre suas amplas mandíbulas, feito uma cobra. Eu a observava como se estivesse sob um feitiço. – Você veio me ver, admita! – rosnou ela, tão gravemente que eu nem queria pensar a respeito. – Mas ficará decepcionada. Já está decepcionada! Admita!

– Não, nem um pouquinho – protestei, ansiosamente.

– Mas não existe eu aqui; olhe ao seu redor e entenderá isso! E aqui, aqui, em particular, há menos de mim do que em qualquer outro lugar. Você acha que eu preencho esta sala. Errado! Muito errado! Pois eu sou o grande buraco a partir do qual a cidade cresce. Sou a estrada na qual todos devem viajar! Sou o mar salgado de onde todos emergem, indefesos, molhados, enrugados...

Sua voz me repreendeu calorosamente, como uma grande onda oceânica. Conforme falava, ela lançava olhares lânguidos para trás, para seu traseiro amorfo, montanhoso, de cujas profundezas sua descendência mais recente estava sendo conduzida para o esplendor das lâmpadas. Todos eles nasciam em silêncio, como se estivessem mortos.

Porém, de súbito, vi algo jorrar de seus olhos; o líquido respingou no chão e nas paredes e molhou as minhas roupas.

Ela não estava mais olhando para mim, e eu me levantei e deixei o recinto, molhada das lágrimas da rainha.

JAMES TIPTREE JR.

A SOLUÇÃO DA MOSCA DA BICHEIRA

James Tiptree Jr. foi uma premiada escritora estadunidense de ficção especulativa cujas histórias e romances visionários com frequência pareciam não ter antecedentes. O nome real da autora, desconhecido do público até 1977, era Alice Bradley Sheldon, mas ela considerava um nome masculino "uma boa camuflagem". Sheldon ganhou uma reputação excelente na área da ficção científica, vencendo os prêmios Hugo, Nebula, World Fantasy e outros. Em 1991 Pat Murphy e Karen Joy Fowler criaram em sua homenagem o prêmio James Tiptree Jr., que passou a se chamar Otherwise Award a partir de 2019; todo ano, o prêmio reconhece obras de ficção que continuam a explorar questões de gênero. "A solução da mosca da bicheira" lida com questões de gênero, segurança e perigo, e foi publicado pela primeira vez em *Analog Science Fiction/Science and Fact* em 1977.

O rapaz sentado a 2°N, 75°O lançou um olhar casualmente venenoso para o ventilador repelente com defeito e continuou a leitura de sua carta. Ele suava profusamente, vestindo apenas shorts naquela sauna que se passava por quarto de hotel em Cuyapán.

Como é que as outras esposas *aguentam*? Eu me mantenho superocupada com os programas de revisão do financiamento Ann Arbor e o seminário, dizendo alegremente: "Ah, sim, Alan está na Colômbia instalando um programa de controle de pragas biológico, não é maravilhoso?". Mas, por dentro, imagino você cercado por beldades arrulhantes de dezenove anos com cabelos negros, cada uma delas ofegante de dedicação social e podre de rica. E quarenta polegadas de peitos escapando de uma lingerie delicada. Até descobri quanto isso dava em centímetros: são 101,6 centímetros de peitos. Ah, querido, querido, faça o que quiser, só *volte para casa a salvo*.

Alan sorriu com carinho, imaginando brevemente o único corpo pelo qual ansiava. Sua garota, sua mágica Anne. Em seguida, levantou-se para abrir a janela mais um tequinho, cauteloso. Uma cara comprida, pálida e lamentosa olhava para dentro – um bode. O quarto dava para o cercado dos bodes; o fedor era horrível. Era ar, de qualquer forma. Ele apanhou a carta.

Tudo está basicamente igual ao que você deixou, tirando que o horror de Peedsville parece estar piorando. Agora estão chamando o negócio de culto dos Filhos de Adão. Por que alguém não pode *fazer alguma coisa*, mesmo que seja uma religião? A Cruz Vermelha montou um campo de refugiados em Ashton, Georgia. Imagine, refugiados nos Estados Unidos. Ouvi dizer que duas menininhas foram levadas, todas retalhadas. Ai, Alan. O que me lembra: Barney veio com uma pilha de recortes que ele quer que eu envie para você. Estou colocando-os num envelope à parte; sei o que acontece com cartas gordinhas em correios estrangeiros. Ele diz, caso você não receba os recortes: o que as cidades a seguir têm em comum? Peedsville, São Paulo, Phoenix, San Diego, Xangai, Nova Délhi, Tripoli, Brisbane, Johannesburgo e Lubbock, Texas. Ele diz que a pista é: lembre-se de onde a Zona Intertropical de Convergência fica agora. Isso não faz sentido para mim, talvez faça para o seu cérebro ecológico superior. Tudo que pude ver nos recortes é que tratavam de relatos horrendos de assassinatos ou massacres de mulheres. O pior foi o de Nova Délhi, sobre "barcas de cadáveres femininos" no rio. O mais engraçado (!) foi o oficial do Exército no Texas que atirou na esposa, nas três filhas e na tia, porque Deus lhe disse para limpar o local.

Barney é um querido, tanto que virá aqui no domingo para me ajudar a tirar a calha e ver o que a está entupindo. Ele está nas nuvens agora; depois que você partiu, o programa antiferomônios da mariposa de abeto finalmente deu certo. Você sabia que ele testou mais de 2 mil compostos? Bem, parece que o 2097 *funciona mesmo*. Quando pergunto o que o negócio faz, ele simplesmente gargalha; você sabe como ele é tímido com mulheres. Enfim, parece que um programa de spray único salvará as florestas, sem prejudicar absolutamente nada mais. Pássaros e pessoas podem comer o composto o dia todo, diz ele.

Bom, meu bem, essas são todas as novidades, tirando uma: Amy vai voltar para a escola em Chicago no domingo. A casa vai ficar um túmulo. Sentirei muita saudade dela, apesar de ela estar no estágio em que eu sou sua pior inimiga. São as pré-adolescentes sensuais e emburradas, diz Angie. Amy manda um beijo para seu papai. Eu lhe mando todo meu coração, tudo o que palavras não conseguem dizer.

Sua Anne

Alan guardou a carta em segurança no seu arquivo de notas e deu uma espiada no resto do fino pacote de correspondências, se proibindo de sonhar com o lar e com Anne. O "envelope gordinho" de Barney não estava lá. Ele se jogou na cama amarrotada, puxando a cordinha para apagar a luz um minuto antes que o gerador da cidade fosse desligado para a noite. Na escuridão, a lista de locais que Barney mencionara se espalhou em torno de um globo nevoento que girava, preocupantemente, na mente dele. Algo...

Mas então a lembrança das crianças horrendamente parasitadas com que trabalhara na clínica naquele dia tomou posse de seus pensamentos. Ele se pôs a pensar nos dados que deveria coletar.

Procure pelo elo vulnerável na cadeia comportamental – quantas vezes Barney, ou dr. Barnhard Braithwaite, martelara isso em seu crânio? Onde estaria esse elo, onde? De manhã ele começaria a trabalhar com as gaiolas maiores de moscas da cana-de-açúcar...

Naquele momento, mais de 8 mil quilômetros ao norte, Anne escrevia.

Ah, querido, querido, suas três primeiras cartas estão aqui, elas chegaram todas juntas. Eu *sabia* que você estava escrevendo. Esqueça o que eu disse sobre herdeiras trigueiras, era só piada. Meu querido, eu sei, eu conheço... a gente. Aquelas horríveis larvas de mosca da cana, aquelas pobres crianças. Se você não fosse meu marido, eu acharia que é um santo ou algo assim. (Eu ainda acho.)

Colei suas cartas pela casa toda, elas me deixam muito menos solitária. Não chegou nenhuma notícia de verdade por aqui, exceto que as coisas parecem meio quietas e fantasmagóricas. Barney e eu tiramos a calha, estava cheia de nozes guardadas pelos esquilos. Eles devem ter jogado as nozes pelo alto da calha, vou colocar uma tela por cima. (Não se preocupe, vou usar uma escada dessa vez.)

Barney está num humor estranho, sombrio. Ele está levando esse negócio dos Filhos de Adão muito a sério, parece que vai participar do comitê de investigação, se formarem um. O esquisito é que ninguém parece fazer nada a respeito, como se eles fossem grandes demais. Selina Peters tem escrito alguns comentários ácidos, tipo: quando um homem mata a esposa, chamamos de assassinato; quando vários matam, chamamos de estilo de vida. Eu acho que está se espalhando, mas ninguém sabe, porque pediram à mídia que minimizasse a história. Barney diz que isso está sendo visto como uma forma de histeria contagiosa. Ele insistiu que eu enviasse a você uma entrevista horripilante, impressa em papel fino. Ela *não será* publicada, claro. O silêncio é pior, entretanto; é como se algo terrível estivesse se desenrolando, mas fora de vista. Depois de ler o negócio de Barney, liguei para Pauline em San Diego para me certificar de que ela estava bem. Ela soou estranha, como se não estivesse contando tudo... minha própria irmã. Logo depois de dizer que as coisas estavam ótimas, subitamente perguntou se podia ficar aqui por um tempo no mês que vem. Eu disse para vir imediatamente, mas ela quer vender a casa antes. Queria que ela se apressasse.

O carro a diesel está bom agora, só precisa trocar o filtro. Eu tive de ir até Springfield para conseguir um novo, mas Eddie o instalou por apenas 2,50 dólares. Ele vai levar aquela oficina à falência.

Caso você não tenha adivinhado, aqueles locais do Barney ficam todos em torno da latitude 30° N ou S – as latitudes dos cavalos. Quando eu disse não exatamente, ele disse para se lembrar que a Zona de Convergência Equatorial muda no inverno, e para acrescentar Líbia, Osaka e um lugar de que me esqueci... espera, Alice Springs, Austrália. O que isso tem a ver com qualquer coisa, perguntei. Ele disse: "Nada... espero eu". Deixo isso por sua conta; gênios como Barney podem ser esquisitos.

Ah, meu queridíssimo, aqui vou eu por inteiro, para você todinho. Suas cartas tornam a vida possível. Mas não sinta que você tem *obrigação*, posso perceber o quanto deve estar cansado. Saiba apenas que estamos juntos, sempre, em todo lugar.

Sua Anne

Ah, PS: Eu tive de abrir essa carta para colocar o negócio de Barney dentro, não foi a polícia secreta. Aqui está. Todo amor, de novo. A.

No quarto infestado por cabras onde Alan leu a carta, a chuva batucava no teto. Ele levou o papel ao nariz para captar o perfume tênue mais uma vez e o dobrou para guardar. Em seguida, puxou a folha amarela e delicada que Barney enviara e começou a ler, franzindo o cenho.

ESPECIAL CULTO DE PEEDSVILLE/FILHOS DE ADÃO. Depoimento do motorista, sargento Willard Mews, Globe Fork, Ark. Chegamos à barricada cerca de 130 quilômetros a oeste de Jacksonville. O major John Heinz, de Ashton, esperava por nós; ele nos cedeu uma escolta de dois veículos blindados liderados pelo capitão T. Parr. O major Heinz pareceu chocado ao ver que a equipe médica do NIH* incluía duas mulheres. Ele nos alertou sobre o perigo com muita seriedade. Então a dra. Patsy Putnam (Urbana, Illinois), a psicóloga, decidiu ficar para trás, no cordão do exército. Mas a dra. Elaine Fay (Clinton, New Jersey) insistiu em ir conosco, dizendo que era a epi-algo (epidemiologista?). Seguimos atrás de um dos blindados a 50 km/h por cerca de uma hora sem ver nada fora do comum. Havia duas placas grandes dizendo FILHOS DE ADÃO – ZONA LIBERADA. Passamos por algumas fábricas de embalagem de peças e uma de processamento de citrinos. Os homens de lá olharam para nós, mas não fizeram nada de estranho. Eu não vi nenhuma criança ou mulher, é claro. Pouco antes da entrada da cidade, paramos numa enorme barreira feita com tambores de gasolina na frente de um grande depósito de citrino. Essa área é antiga, algo como uma favela e estacionamento de trailers. A parte nova da cidade, com o shopping center e os empreendimentos, fica a cerca de um quilômetro e meio adiante. Um funcionário do depósito saiu com uma espingarda e nos disse para esperar pelo prefeito. Eu acho que ele não viu a dra. Elaine Fay naquele momento; ela estava sentada nos fundos, meio que debruçada.

---

* National Institutes of Health (Instituto Nacional de Saúde). [N. de T.]

O prefeito Blount apareceu numa viatura de polícia, e nosso líder, o dr. Premack, explicou a missão que nos foi dada pelo cirurgião-geral. O dr. Premack teve muito cuidado para não fazer nenhum comentário insultuoso à religião do prefeito. O prefeito Blount concordou em deixar o grupo entrar em Peedsville para pegar amostras do solo e da água e assim por diante, e para conversar com o médico que mora lá. O prefeito tinha por volta de 1,88 metro, pesava entre 105 e 110 kg, e era bronzeado, com cabelos grisalhos. Sorria e ria de um jeito amistoso.

Então ele olhou dentro do carro e viu a dra. Elaine Fay e explodiu. Ele começou a gritar que todos tínhamos de voltar. Mas o dr. Premack conversou com ele e o acalmou, e finalmente o prefeito disse que a dra. Fay deveria entrar no escritório do depósito e ficar lá com a porta fechada. Eu também teria de ficar por lá e garantir que ela não saísse, e um dos homens do prefeito dirigiria a comitiva.

Em seguida, a equipe médica e o prefeito e um dos blindados prosseguiram e entraram em Peedsville, e eu levei a dra. Fay para o escritório do depósito e me sentei. Estava muito quente e abafado. A dra. Fay abriu uma janela, mas aí eu a ouvi tentando conversar com um velho do lado de fora e disse a ela que não podia fazer isso e fechei a janela. O velho foi embora. Em seguida, ela quis conversar comigo, mas eu disse que não estava com vontade de conversar. Senti que era muito errado ela estar lá.

Foi quando ela começou a vasculhar os arquivos do escritório e ler os documentos que estavam por lá. Eu disse a ela que era uma má ideia, que não devia fazer aquilo. Ela respondeu que o governo esperava que ela investigasse e me mostrou um folheto ou uma revista que eles tinham por lá. Chamava-se *Homem Ouve a Deus* e era escrito pelo reverendo McIllhenny. Eles tinham uma caixa cheia de exemplares no escritório. Comecei a ler e a dra. Fay disse que queria lavar as mãos. Então a levei de volta até o banheiro por algo que parecia um corredor fechado ao lado da máquina transportadora. Não havia portas nem janelas, então voltei. Depois de algum tempo, ela gritou avisando que havia um catre lá atrás e que ia se deitar. Eu imaginei que estivesse tudo bem, já que não havia janelas; também fiquei contente por me livrar da companhia dela.

Quando comecei a ler o livro, vi que era muito intrigante. Apresentava um raciocínio muito profundo sobre como o homem está agora sendo julgado por Deus e, se cumprirmos nosso dever, Deus nos abençoará com uma vida completamente nova na Terra. Os sinais e portentos assim o demonstram. Mas não era, tipo, coisa de catecismo, sabe? Era profundo.

Depois de algum tempo, escutei uma música e vi que os soldados do blindado estavam do outro lado da rua, junto dos tanques de gasolina, sentados na sombra de umas árvores e trocando piadas com os trabalhadores da fábrica. Um deles tocava um violão acústico. Parecia muito pacífico.

Então o prefeito Blount chegou sozinho na viatura e entrou. Quando viu que eu estava lendo o livro, ele sorriu para mim, meio que paternalmente, mas parecia tenso. Ele me perguntou onde estava a dra. Fay, e eu disse que ela estava deitada lá nos fundos. Ele disse que tudo bem. Então meio que suspirou e desceu pelo corredor, fechando a porta ao sair. Eu fiquei sentado, ouvindo o homem com o violão, tentando escutar o que ele cantava. Estava com muita fome, meu almoço ficara no carro do dr. Premack.

Depois de um tempo, a porta se abriu e o prefeito Blount entrou outra vez. Ele estava terrível, com as roupas bagunçadas e marcas de arranhões no rosto. Não falou nada, só olhou para mim de um jeito duro e feroz, como se talvez estivesse desorientado. Vi que seu zíper estava aberto e havia sangue em suas roupas e também em seu (partes pudendas).

Eu não fiquei com medo, senti que algo importante havia acontecido. Tentei fazer com que ele se sentasse. Mas ele gesticulou para que eu o seguisse pelo corredor até onde estava a dra. Fay.

– Você precisa ver – disse ele.

Ele entrou no banheiro e eu entrei numa salinha que havia lá, onde ficava o catre. A luz era razoavelmente boa, refletindo nas extremidades do teto de zinco. Eu vi a dra. Fay deitada no catre com uma aparência pacífica. Ela estava deitada reta; a roupa se encontrava, de certa forma, diferente, mas suas pernas estavam fechadas, fiquei contente em notar. Sua blusa estava levantada e vi que havia um corte ou incisão em seu abdômen. O sangue saía dali, ou tinha saído dali, como uma boca. Não estava se movendo naquele momento. E a garganta dela também estava cortada de fora a fora.

Voltei ao escritório. O prefeito Blount estava sentado, parecendo muito abatido. Ele havia se limpado. Ele disse:

– Fiz isso por você. Entende?

Ele parecia meu pai. Não posso descrever melhor do que isso. Eu me dei conta de que ele estava sob um estresse terrível, que havia assumido um enorme peso por mim. Ele continuou, explicando que a dra. Fay era muito perigosa, que era o que eles chamam de crypto-fêmea (cripto?), o tipo mais perigoso. Ele a havia exposto e purificado a situação. Ele foi muito direto e eu não me senti nem um pouco confuso, sabia que ele tinha feito a coisa certa.

Nós discutimos o livro, como o homem deve purificar a si mesmo e mostrar a Deus um mundo limpo. Ele disse que algumas pessoas levantam a questão de como o homem pode reproduzir sem a mulher, mas essas pessoas perdem de vista o essencial. O essencial é que, enquanto o homem depender do velho método sujo e animalesco, Deus não o ajudará. Quando o homem se livrar de sua parte animal, que é a mulher, esse é o sinal pelo qual Deus está esperando. Então Deus revelará o modo novo, verdadeiro e limpo; talvez os anjos venham, trazendo almas novas, ou talvez vivamos para sempre, mas não cabe a nós especular, apenas obedecer. Ele disse que alguns homens ali haviam visto um Anjo do Senhor. Era muito profundo, pareceu ecoar dentro de mim, eu senti que era uma inspiração.

Aí o comboio médico surgiu e eu disse ao dr. Premack que o caso da dra. Fay já havia sido resolvido e que ela fora mandada embora, e entrei no carro para levá-los para fora da Zona Liberada. Entretanto, quatro dos seis soldados da barricada se recusaram a partir. O capitão Parr tentou argumentar com eles, mas acabou permitindo que eles ficassem para proteger a barreira de tanques de gasolina.

Eu também gostaria de ter ficado, o lugar era tão tranquilo, mas eles precisavam de mim para dirigir o carro. Se eu soubesse que haveria todo esse incômodo, nunca teria feito tal favor para eles. Eu não sou maluco e não fiz nada de errado e meu advogado vai me tirar daqui. Isso é tudo o que tenho a dizer.

Em Cuyapán, a chuva quente vespertina dera uma pausa. Enquanto os dedos de Alan soltavam o infeliz documento do sargento Willard Mews, ele se deparou com as palavras anotadas a lápis nas margens, com o garrancho de Barney. Espremeu os olhos.

"A religião e a metafísica do homem são as vozes das suas glândulas. Schönweiser, 1878."

Alan não sabia quem diabos era Schönweiser, mas entendia o que Barney estava expressando. Essa religião maluca e assassina de McSeiláquem era um sintoma, não a causa. Barney acreditava que algo estava afetando fisicamente os homens de Peedsville, gerando uma psicose, e um demagogo religioso local havia brotado para "explicar" esse algo.

Bem, talvez. Mas, causa ou efeito, Alan pensava apenas numa coisa: havia quase 1.300 quilômetros entre Peedsville e Ann Arbor. Anne devia estar a salvo. *Tinha* de estar.

Ele se jogou no catre empelotado e a mente retornou, exultante, para seu trabalho. Ao custo de um milhão de picadas e cortes por cana, ele tinha razoável certeza de haver encontrado o elo mais fraco no ciclo da mosca da cana. O comportamento de acasalamento em massa dos machos, a comparativa escassez de fêmeas ovulantes. Seria a solução da mosca da bicheira outra vez, mas com os sexos invertidos. Concentrar o feromônio, soltar fêmeas esterilizadas. Por sorte, as populações reprodutoras estavam comparativamente isoladas. Em cerca de duas estações eles já teriam a solução. Eles precisariam continuar lançando venenos em spray enquanto isso, é claro; uma pena, pois estava matando tudo e indo para a água, e as moscas de cana tinham evoluído, desenvolvendo imunidade ao veneno, de qualquer forma. Mas em duas, talvez três estações, eles conseguiriam decrescer a população de mosca de cana até ficar abaixo da linha de viabilidade reprodutiva. Nada mais de corpos humanos atormentados, com aquelas larvas horríveis nas passagens nasais e no cérebro... Ele pegou no sono, sorrindo.

Ao norte, Anne mordia o lábio, envergonhada e com dor.

Meu bem, eu não deveria admitir isso, mas sua esposa está com um pouquinho de medo. É apenas nervosismo de mulher ou coisa assim, nada com que se preocupar. Está tudo normal por aqui. Estranhamente normal, não há nada nos jornais, nada em lugar nenhum, exceto o que ouço falar por Barney e Lillian. Mas Pauline não está atendendo o telefone em San Diego; no quinto dia, um desconhecido gritou comigo e bateu o telefone na minha cara. Talvez ela tenha vendido a casa – mas por que não me ligou?

Lillian está num comitê tipo Salvem As Mulheres, como se fôssemos uma espécie em extinção, rá, rá – você conhece a Lillian. Parece que a Cruz Vermelha começou a estabelecer campos. Mas ela diz que, depois do primeiro pico, apenas um filete está saindo do que eles chamam de "áreas afetadas". Também não há muitas crianças, nem menininhos. E eles tiraram algumas fotos aéreas ao redor de Lubbock mostrando algo que parecem ser valas coletivas. Ai, Alan... até agora, parece estar se espalhando principalmente para o oeste, mas algo está acontecendo em St. Louis, eles estão isolados. Tantos lugares parecem ter simplesmente desaparecido dos jornais e eu tive um pesadelo de que não restou nenhuma mulher viva por lá. E ninguém está fazendo nada. Eles cogitaram lançar tranquilizantes em spray por um tempo, e aí o assunto morreu. Como isso iria ajudar? Alguém na ONU propôs uma convenção sobre – você não vai acreditar nisso – *feminicídio*. Soa como um desodorante em spray.

Desculpe, meu bem, parece que estou um pouco histérica. George Searles voltou da Georgia falando sobre a Vontade de Deus – Searles, o ateu perpétuo. Alan, alguma coisa louca está acontecendo.

Mas não há nenhum fato. Nada. O cirurgião-general emitiu um relatório sobre os cadáveres da Equipe Arranca-Peito Rahway – acho que não te contei a respeito disso. Enfim, não conseguiram encontrar nenhuma patologia. Milton Baines escreveu uma carta dizendo que, no estado atual da medicina, não temos como distinguir o cérebro de um santo do de um assassino psicopata; portanto, como poderiam esperar descobrir algo se não sabem nem como procurar por esse algo?

Bem, já basta desses nervos. Já estará tudo terminado quando você voltar, apenas história. Está tudo bem por aqui, consertei o escapamento do carro outra vez. E Amy está vindo passar as férias em casa, *isso* vai me distrair de problemas distantes. Ah, e algo divertido para terminar: Angie me contou o que a enzima de Barney faz com a lagarta da mariposa de abeto. Parece que ela impede que o macho se vire depois de se conectar com a fêmea, então ele cruza com a *cabeça* dela. Como um mecanismo em que falta uma engrenagem. Vai haver algumas fêmeas de lagarta bem confusas. Agora, por que Barney não podia me contar isso? Ele realmente é um querido, tão doce e tímido. Ele me deu algumas coisas para enviar aqui, como sempre. Eu não li.

Agora, não se preocupe, meu querido, está tudo bem.

Eu te amo, eu te amo muito.

Sempre, sempre sua, Anne

Duas semanas depois, em Cuyapán, quando os anexos de Barney deslizaram para fora do envelope, Alan também não os leu. Enfiou-os no bolso de sua jaqueta de campo com as mãos trêmulas e começou a reunir suas anotações na mesa bamba, deixando um bilhete rabiscado para a Irmã Dominique no topo. Chega de mosca da cana, chega de tudo isso, menos daquele tremor na caligrafia firme da sua destemida Anne. Chega de estar a 8 mil quilômetros da mulher e da filha enquanto alguma loucura mortal rugia. Ele enfiou seus parcos pertences dentro da mochila. Se corresse, poderia pegar o ônibus para Bogotá e talvez chegar a tempo do voo para Miami.

Ele chegou a Miami, mas os aviões para o norte estavam engarrafados. Não conseguiu um assento remanescente; a espera era de seis horas. Bom momento para ligar para Anne. Quando a ligação conectou, com alguma dificuldade, ele estava despreparado para a onda de alegria e alívio que explodiu pelos cabos.

– Graças a Deus... Não acredito... Ai, Alan, meu bem, você realmente... Não acredito...

Ele descobriu que também estava se repetindo, e todo confuso com os dados da mosca da cana. Ambos riam histericamente quando ele afinal desligou.

Seis horas. Ele se ajeitou numa cadeira de plástico desgastado em frente às Aerolineas Argentinas, metade da mente de volta na clínica, metade nas multidões passando por ele. Algo estava estranhamente diferente ali, percebeu naquele momento. Onde estava a fauna decorativa que ele geralmente gostava de ver em Miami, o desfile de garotas em calças jeans justinhas em tons pastéis? Os babados, botas, penteados e chapéus malucos, as vastidões espantosas de pele recentemente bronzeada, os tecidos brilhantes mal contendo o balanço de seios e traseiros? Não havia nenhuma... mas espere: olhando com atenção, ele vislumbrou dois rostos jovens escondidos debaixo de parkas deselegantes, os corpos embrulhados em saias volumosas e indefinidas. De fato, até onde podia enxergar, ele só via isso: ponchos com capuz, roupas em camadas e calças largas, cores apagadas. Um novo estilo? Não, ele não achava que fosse. Parecia-lhe que os movimentos delas sugeriam furtividade, timidez. E elas andavam em grupos. Ele observou uma garota sozinha se esforçar para alcançar outras à sua frente, aparentemente desconhecidas. Elas a aceitaram sem dizer nada.

Estão assustadas, pensou ele. Com medo de chamar a atenção. Até uma matrona grisalha de terninho que resolutamente liderava um rebanho de garotas dava espiadelas ao redor, nervosa.

E no balcão das Argentinas, logo adiante, ele viu outra coisa estranha: duas filas com uma placa grande acima delas. *Mujeres.* As filas estavam lotadas com silhuetas amorfas e muito quietas.

Os homens pareciam se comportar normalmente; corriam, esperavam, reclamavam e gracejavam nas filas enquanto chutavam sua bagagem por ali. Mas Alan sentiu uma corrente de tensão, como uma substância irritante no ar. Diante da fileira de vitrines atrás dele, alguns homens isolados pareciam distribuir folhetos. Um atendente do aeroporto falou com o sujeito mais próximo; este apenas deu de ombros e se postou algumas portas adiante.

Para se distrair, Alan pegou um *Miami Herald* do assento vizinho. Estava surpreendentemente fino. As notícias internacionais o ocuparam por algum tempo; ele não lia nenhuma havia semanas. Elas também pareciam estranhamente vazias; até as más notícias pareciam ter secado. A guerra africana que vinha se desenrolando parecia ter acabado, ou não era noticiada. Uma reunião da cúpula comercial regateava o preço de grãos e aço. Ele encontrou, nas páginas de obituário, colunas de tipografia espremida dominadas pela foto de um ex-senador desconhecido, agora defunto. Em seguida, seus olhos pousaram sobre dois anúncios no pé da página. Um era floreado demais para entender rapidamente, mas o outro declarava em letras explícitas em negrito:

A FUNERÁRIA FORSETTE PESAROSAMENTE ANUNCIA
QUE NÃO ACEITARÁ MAIS CADÁVERES FEMININOS

Lentamente, ele dobrou o jornal, fitando-o entorpecido. Na parte de trás, nas notícias marítimas, havia um item intitulado *Alerta de perigo para navegação*. Sem realmente absorver a informação, ele leu:

AP/Nassau: O navio de cruzeiro *Carib Swallow* alcançou porto a reboque hoje, depois de atingir uma obstrução na corrente do Golfo próximo ao cabo Hatteras. A obstrução foi identificada como parte da rede de uma traineira comercial flutuando com cadáveres femininos. Isso confirma os relatos da Flórida e do Golfo sobre o uso de tais redes, algumas delas com mais de 1,5 quilômetro de comprimento. Relatos similares vindos da costa do Pacífico e até do Japão indicam um perigo crescente para a navegação de cabotagem.

Alan jogou o negócio no lixo e ficou sentado, esfregando a testa e os olhos. Graças a Deus ele havia seguido seu impulso de vir para casa. Sentia-se totalmente desorientado, como se tivesse aterrissado por engano em outro planeta. Precisava esperar mais cinco horas... Após um tempo, lembrou-se das coisas de Barney que havia enfiado no bolso, puxou-as e alisou-as.

O primeiro item parecia ser do *Ann Arbor News*. A dra. Lillian Dash, junto com centenas de outras integrantes de sua organização, fora presa por protestar sem autorização em frente à Casa Branca. Elas tinham começado uma fogueira numa lata de lixo, o que foi considerado particularmente hediondo. Vários grupos de mulheres participaram; o total pareceu a Alan mais próximo de milhares do que de centenas. Medidas de segurança extraordinárias tinham sido tomadas, a despeito do fato de que o presidente estava viajando no momento.

O item seguinte devia ser o humor ácido de Barney.

UP/Cidade do Vaticano, 19 de junho. O Papa João IV deu a entender hoje que não planeja comentar oficialmente sobre os assim chamados cultos de Purificação Paulínea, que defendem a eliminação das mulheres como um meio de justificar o homem perante Deus. Um porta-voz enfatizou que a Igreja não assume uma posição a respeito desses cultos, mas repudia qualquer doutrina que envolva um "desafio" vindo de ou direcionado a Deus para que Este revele Seus planos futuros para o homem.

O cardeal Fazzoli, porta-voz do Movimento Paulíneo Europeu, reafirmou seu ponto de vista de que as Escrituras definem a mulher meramente como uma companheira temporária e um instrumento do homem. As mulheres, declara ele, não são definidas em lugar nenhum como seres humanos, meramente como um expediente ou estado transitivo. "O momento de transição para a humanidade plena está próximo", concluiu ele.

O item seguinte aparentava ser um xerox finíssimo de um fascículo recente da *Science:*

RELATÓRIO RESUMIDO DO COMITÊ EXTRAORDINÁRIO
EMERGENCIAL SOBRE FEMINICÍDIO

As recentes eclosões globais de feminicídio, embora locais, parecem representar uma recorrência de eclosões similares por grupos ou seitas que não é incomum na história mundial em épocas de estresse psíquico. Neste caso, a causa é, sem dúvida, a velocidade das mudanças sociais e tecnológicas, ampliada pela pressão populacional, e a difusão e o escopo das ocorrências são agravados pelas comunicações globais instantâneas, expondo assim mais pessoas suscetíveis. O caso não é visto como um problema médico ou epidemiológico; não foi encontrada nenhuma patologia física. Em vez disso, é algo mais próximo das várias manias que varreram a Europa no século XVII, como a Coreomania ou Dançomania e, assim como elas, deve seguir seu curso e desaparecer. Os cultos quiliásticos que brotaram em torno das áreas afetadas parecem não ter correlação com o fenômeno, tendo em comum apenas a ideia de que uma nova forma de reprodução humana será revelada como resultado da eliminação "purificadora" das mulheres.

Recomendamos que (1) relatos inflamatórios e sensacionalistas sejam suspensos; (2) centros de refugiados sejam estabelecidos e mantidos para mulheres foragidas das áreas focais; (3) a contenção por cordões militares de áreas afetadas seja continuada e cumprida; e (4) após um período de resfriamento e subsidência da mania, equipes qualificadas de saúde mental e pessoal profissional apropriado entrem para conduzir a reabilitação.

RESUMO DO RELATÓRIO MINORITÁRIO
DO COMITÊ EXTRAORDINÁRIO

Os nove membros que assinam este relatório concordam que não há provas de contágio epidemiológico de feminicídio no sentido mais estrito. *Contudo*, a relação geográfica das áreas focais de eclosões sugere fortemente que elas não podem ser ignoradas como fenômenos puramente psicossociais. As eclosões iniciais ocorreram no mundo todo perto do 30º paralelo, a área atmosférica principal de fluxo descendente dos ventos superiores vindos da Zona de Convergência Intertropical. Um agente ou condição na atmosfera equatorial superior, portanto, supostamente chegaria ao nível do solo em torno do 30º paralelo, com certas variações sazonais. Uma das principais variações é que o fluxo descendente se move no sentido norte sobre o continente da Ásia Oriental durante os últimos meses de inverno, e as áreas ao sul desse continente (Arábia, Índia Ocidental, parte da África do Norte) estiveram, de fato, livres de eclosões até recentemente, quando a zona de fluxo descendente se moveu no sentido sul. Um fluxo descendente similar ocorre no hemisfério Sul, e eclosões foram relatadas ao longo do 30° paralelo, passando por Pretória e Alice Springs, Austrália. (Informações da Argentina estão atualmente indisponíveis.)

Esta correlação geográfica não pode ser ignorada e, portanto, exorta-se que uma busca intensificada por uma causa física seja instituída. Também é recomendado urgentemente que a taxa de difusão de pontos focais conhecidos seja correlacionada com as condições do vento. Uma vigilância contra eclosões similares ao longo das zonas secundárias de subsidência, 60° norte e 60° sul, deveria ser estabelecida.

(assinou pela minoria)

Barnhard Braithwaite

Alan sorriu evocativamente ante o nome de seu velho amigo, que pareceu devolver a normalidade e a estabilidade ao mundo. Parecia que Barney estava no caminho certo também, apesar da prevalência dos cretinos. Ele franziu o cenho, intrigado.

Então sua expressão lentamente mudou enquanto pensava em como seria voltar para casa, para Anne. Em poucas horas, seus braços estariam em torno do corpo alto e secretamente lindo que se tornara sua obsessão. O amor entre eles tivera um desabrochar tardio. Eles se casaram, supunha ele agora, por amizade, até mesmo por pressão dos amigos. Todos diziam que os dois eram feitos um para o outro, ele grande, robusto e loiro, ela morena e esguia; ambos tímidos, do tipo altamente controlado e intelectual. Durante os primeiros anos, a amizade se mantivera, mas o sexo não era lá grandes coisas. Uma necessidade convencional. Reconfortavam um ao outro com educação, mas em particular – ele podia dizer agora – achavam decepcionante.

Mas então, quando Amy era criança de colo, algo acontecera. Um portal interno e milagroso de sensualidade lentamente se abrira para eles, uma liberação para seu paraíso particular e insuspeito de êxtase físico pleno... Deus, como tinha sido um transtorno quando apareceu o negócio da Colômbia. Apenas a confiança absoluta que tinham um no outro o fez aceitar. E agora, estar prestes a tê-la outra vez, triplamente desejável devido ao tempero da separação – sentir-ver-ouvir-cheirar-pegar. Ele mudou de posição na cadeira para esconder a excitação do corpo, meio mesmerizado pela fantasia.

E Amy também estaria lá; ele sorriu com a lembrança daquele corpinho adolescente colado no dele. Ela daria um trabalhão, de fato. Sua masculinidade compreendia Amy muito melhor do que a mãe compreendia; não havia fase intelectual para Amy... Mas Anne, tímida e requintada, com quem ele descobrira o caminho para os enlevos mais intoleráveis da carne... Primeiro a saudação convencional, pensou ele; as novidades, a empolgação implícita, degustada, crescente por trás dos olhos deles; os toques leves; então a procura do quarto deles, as roupas caindo, as carícias, gentis a princípio... a carne, a *nudez*... a provocação, a pegada, a primeira investida...

Uma campainha terrível disparou em sua mente. Expulso do sonho numa explosão, ele olhou ao redor e depois, finalmente, para as próprias mãos. *O que ele estava fazendo com esse canivete aberto nas mãos?*

Aturdido, buscou os últimos resquícios de sua fantasia e deu-se conta de que as imagens táteis não tinham sido de carícias, mas de um pescoço frágil sendo estrangulado em seus punhos, e que a investida fora o mergulho de uma lâmina em busca de órgãos vitais. Em seus braços e pernas, resquícios fantasmagóricos de atacar e pisotear ossos estilhaçados. E Amy...

Ai, Deus. Ai, Deus...

Tesão não por sexo, mas por sangue.

Era com isso que ele estava sonhando. O sexo estava presente, mas impulsionava uma máquina de morte.

Anestesiado, ele guardou o canivete, pensando sem parar: chegou até mim. Chegou até mim. Seja lá o que for, chegou até mim. *Não posso ir para casa.*

Depois de sabe-se lá quanto tempo, ele se levantou e abriu caminho até o balcão da United para entregar sua passagem. A fila estava comprida. Enquanto esperava, sua mente clareou um pouco. O que ele podia fazer, ali em Miami? Não seria melhor voltar para Ann Arbor e se entregar para Barney? Se alguém podia ajudá-lo, era Barney. Sim, era melhor. Mas, primeiro, ele precisava alertar Anne.

A conexão demorou ainda mais dessa vez. Quando Anne finalmente atendeu, ele se pegou despejando palavras incompreensivelmente e levou um tempo para fazê-la entender que ele não estava falando de um atraso no voo.

– Escute o que estou dizendo, eu peguei esse negócio. Escute, Anne, pelo amor de Deus. Se eu for para casa, não me deixe chegar perto de você. Estou falando sério. Estou falando sério. Eu vou para o laboratório, mas posso perder o controle e tentar chegar até você. Barney está aí?

– Está, mas, querido...

– Escute. Talvez ele possa dar um jeito em mim, talvez isso passe. Mas eu não sou seguro. Anne, Anne, eu te mataria, você entende? Arrume uma... arrume uma arma. Vou tentar não ir para casa. Mas, se eu for, não deixe eu me aproximar de você. Nem de Amy. É uma doença, é real. Me trate... me trate como se eu fosse a porra de um animal selvagem. Anne, diga que você entende, diga que fará o que eu disse.

Ambos estavam chorando quando ele desligou.

Ele voltou, tremendo, a se sentar e esperar. Depois de um tempo, sua cabeça pareceu clarear um pouco. *Doutor, tente pensar.* A primeira coisa que ele pensou foi em pegar o canivete abominável e jogá-lo no lixo. Enquanto fazia isso, percebeu que havia mais um item entre os enviados por Barney em seu bolso. Ele o desamassou; parecia um recorte da revista *Nature.*

No alto, o garrancho de Barney: "O único cara falando coisa com coisa. Reino Unido infectado agora, Oslo, Copenhague, sem comunicação. Os idiotas ainda não dão ouvidos. Fique aí."

COMUNICADO DO PROFESSOR IAN MACLNTYRE,
UNIVERSIDADE DE GLASGOW

Uma potencial dificuldade para nossa espécie sempre esteve implícita no elo próximo entre a expressão comportamental de agressão/predação e a reprodução sexual no macho. Esse elo próximo é demonstrado por (a) muitas das mesmas passagens neuromusculares utilizadas tanto na busca sexual como na predatória: agarrar, montar etc. e (b) estados similares de excitação adrenérgica ativados em ambas. A mesma ligação é vista em machos de muitas outras espécies; em algumas, as expressões de agressão e cópula se alternam ou até coexistem, e um exemplo muito conhecido disso é o gato domesticado comum. Machos de muitas espécies mordem, arranham, deixam hematomas, pisam ou atacam de outras formas as fêmeas receptivas durante o ato sexual; de fato, em algumas espécies o ataque do macho é necessário para que ocorra a ovulação da fêmea.

Em muitas, se não todas as espécies, é o comportamento agressivo que aparece primeiro, e então muda para o comportamento de cópula quando o sinal apropriado é apresentado (ex.: o esgana-gato e o tordo-europeu). Na ausência do sinal inibidor, a reação de luta do macho continua e a fêmea é atacada ou rechaçada.

Portanto, parece apropriado especular se a crise atual pode ser causada por alguma substância, talvez no nível viral ou enzimático, que cause uma falha na mudança ou no disparo da função nos primatas superiores. (Nota: gorilas e chimpanzés em zoológicos foram recentemente vistos atacando ou destruindo suas companheiras; os rhesus, não.) Essa disfunção poderia ser expressa pelo fracasso do comportamento de acasalamento em modificar ou sobrepujar a reação agressiva/predatória; ou seja, o estímulo sexual produziria apenas ataque, descarregando-se através da destruição do objeto estimulante.

Nessa conexão, pode ser notado que esta exata condição é um lugar-comum da patologia funcional masculina naqueles casos em que o assassinato ocorre como uma reação a, e aparente concretização do, desejo sexual.

Deveria ser enfatizado que a conexão entre agressão/cópula discutida aqui é específica ao macho; a reação da fêmea (ex.: o reflexo da lordose) é de uma natureza diferente.

Alan ficou segurando a folha amassada por um longo tempo; as frases escocesas, secas e formais, pareceram ajudar a clarear sua mente, apesar da tensão inquietante por toda sua volta. Bem, se a poluição ou o que quer que fosse havia produzido alguma substância, ela presumivelmente podia ser combatida, filtrada, neutralizada. Com muito, muito cuidado, ele se permitiu considerar sua vida com Anne, sua sexualidade. Sim, muitos de seus jogos amorosos podiam ser vistos como uma selvageria sexual, genitalizada e suavizada. Predação de brincadeirinha... Ele rapidamente desviou os pensamentos. Ocorreu-lhe a frase de um escritor: "O elemento do pânico em todo sexo". Quem? Fritz Leiber? A violação da distância social, talvez; outro elemento ameaçador.

Mas, enfim, é o nosso elo fraco, pensou ele. Nossa vulnerabilidade... O sentimento terrível de *correção* que ele havia vivenciado quando se vira com o canivete na mão, fantasiando violência, retornou a ele. Como se fosse o jeito certo, o único jeito. Seria aquilo que as larvas de Barney sentiram quando acasalavam com suas fêmeas de cabeça para baixo?

Finalmente, ele tomou consciência de necessidades corporais e procurou um banheiro. O local estava vazio, exceto pelo que ele julgou ser uma pilha de roupas bloqueando a porta da última cabine. Então ele viu a poça vermelha-amarronzada em que ela estava caída, e os montes azulados das nádegas nuas e magras. Recuou, sem respirar, e fugiu para dentro da multidão mais próxima, sabendo que não era o primeiro a fazer isso.

É claro. Qualquer impulso sexual. Meninos, homens também.

No banheiro seguinte, ele esperou ver homens entrando e saindo normalmente antes de se aventurar a entrar.

Depois voltou a se sentar, esperando, repetindo consigo mesmo sem parar: *vá para o laboratório. Não vá para casa. Vá direto para o laboratório.* Mais três horas; ele se sentou, anestesiado, em 26°N, 81°O, respirando, respirando...

Querido diário. Grande cena hoje à noite, papai veio pra casa!!! Só que ele estava agindo de um jeito engraçado, ele mandou o táxi esperar e se segurou na porta, não encostou em mim nem deixou a gente chegar perto dele. (Eu quis dizer engraçado como estranho, não engraçado "hahaha".) Ele disse: eu tenho uma coisa pra contar pra vocês, o negócio está piorando, não melhorando. Eu vou dormir no laboratório mas quero que você fuja, Anne, Anne, eu não posso mais confiar em mim mesmo. Amanhã cedinho, vocês duas peguem um avião para a casa da Martha e fiquem por lá. Eu pensei que ele devia estar brincando, quer dizer, tem o baile na semana que vem, e a tia Martha mora em Whitehorse, onde não tem nada nada nada. Então eu comecei a gritar e mamãe gritou também e papai grunhiu: Vão, agora! E aí ele começou a chorar. Chorar!!! Então eu me dei conta, uau, o negócio é sério, e comecei a me aproximar dele, mas mamãe me puxou para trás e aí eu vi que ela tinha uma *faca enorme!!!* E ela me empurrou para trás dela e começou a chorar também: Ai, Alan, ai, Alan, como se estivesse doida. Aí eu disse: Papai, eu nunca vou te deixar – me pareceu a coisa perfeita para se dizer. E foi emocionante, ele olhou para mim, um olhar triste e profundo de verdade, como se eu fosse uma adulta, enquanto a mamãe me tratava como se eu fosse só um bebê, como sempre. Mas a mamãe estragou tudo, delirando: Alan, a menina está doida, querido, vá. Então ele saiu correndo pela porta, gritando: Vá embora. Pegue o carro. Saia antes que eu volte.

Ah, esqueci de dizer o que eu estava vestindo, mas meu lenço verde com os bobes ainda por baixo, olha que azar, como é que eu podia saber que uma cena tão linda me esperava, nunca sabemos os caprichos cruéis da vida. E mamãe está arrastando nossas malas, gritando: Guarde suas coisas, corra! Então ela vai embora, acho, mas eu não vou, repito, não vou passar o outono sentada no silo de grãos da tia Marta e perder o baile e todos os meus créditos de verão. E papai estava tentando *se comunicar* com a gente, certo? Eu acho que o relacionamento deles está obsoleto. Então quando ela for lá para cima, vou dar no pé. Vou até o laboratório, ver o papai.

Ah, PS: Diane rasgou meu jeans amarelo, ela me prometeu que eu podia usar o cor-de-rosa dela, haha, só no dia de são nunca.

Arranquei aquela página do diário de Amy quando ouvi a viatura chegando. Eu nunca tinha aberto o diário dela antes, mas quando descobri que ela havia partido, procurei... Ah, minha menininha querida. Ela foi procurá-lo, minha menininha, minha pobre criança tolinha. Talvez se eu tivesse tirado um tempo para explicar, talvez...

Com licença, Barney. O efeito das injeções que me deram está passando. Eu não senti nada. Digo, eu sabia que a filha de alguém tinha ido ver o pai e que ele a matou e então cortou a própria garganta. Mas isso não significava nada.

O bilhete de Alan, eles me entregaram mas aí pegaram de volta. Por que precisaram fazer isso? Seu último recado, as últimas palavras que ele escreveu antes que sua mão pegasse o... antes que ele...

Eu me lembro. *"Muito súbita e levemente, os elos cederam. E descobrimos fins além do túmulo. Os elos de nossa humanidade se romperam, estamos acabados. Eu amo..."*

Estou bem, Barney, de verdade. Quem escreveu isso, Robert Frost? *Os elos cederam...* Ah, ele disse para avisar a Barney: *A terrível correção.* O que isso quer dizer?

Você não tem como responder isso, Barney, querido. Estou escrevendo só para continuar sã, vou colocar tudo no seu esconderijo. Obrigada, obrigada, querido Barney. Mesmo com tudo enevoado como estava para mim, eu sabia que era você. O tempo todo enquanto você cortava meu cabelo e esfregava terra na minha cara, eu sabia que estava certo, porque era você. Barney, eu nunca pensei em você como aquelas palavras horríveis que você disse. Você sempre foi o querido Barney.

Quando o efeito do negócio passou, eu já tinha feito tudo o que você falou: a gasolina, as compras. Agora estou aqui, no seu chalé. Com essas roupas que você me fez vestir – acho que fiquei parecida mesmo com um rapaz, o moço do posto me chamou de "senhor".

Ainda não consigo entender, tenho que me segurar para não voltar correndo. Mas você salvou a minha vida, eu sei disso. Na primeira ida à cidade, comprei um jornal e vi que tinham bombardeado o refúgio nas Ilhas dos Apóstolos. E havia notícias daquelas três mulheres roubando o avião da Força Aérea e bombardeando Dallas também. É claro que as derrubaram acima do Golfo. Não é estranho, como não fazemos nada? Simplesmente somos assassinadas de uma em uma, duas em duas. Ou mais, agora que eles chegaram aos refúgios... Como coelhos hipnotizados. Somos uma raça desdentada.

Sabe que eu nunca antes disse "nós" querendo dizer "mulheres"? "Nós" sempre foi eu e Alan, e Amy, é claro. Ser morta seletivamente encoraja a identificação com um grupo... Veja como tenho uma mente sã.

Mas ainda não caiu a ficha de verdade.

Minha primeira saída foi em busca de sal e querosene. Fui até aquela lojinha Red Deer e peguei minhas coisas com o velho nos fundos, como você me disse – viu, eu lembrei! Ele me chamou de "rapaz", mas acho que talvez desconfie. Ele sabe que estou ficando no seu chalé.

Mas, enfim, alguns homens e meninos entraram pela frente. Eles estavam todos tão *normais,* rindo e brincando. Eu simplesmente não conseguia acreditar, Barney. Na verdade, estava passando por eles para sair quando ouvi um deles dizer:

– Heinz viu um anjo.

Um *anjo*. Então eu parei para escutar. Eles disseram que o anjo era grande e brilhante. Tinha vindo ver se o homem estava executando a Vontade de Deus, um deles falou. E ele disse: Moosenee agora é uma zona liberada, subindo até a baía do Hudson. Eu me virei e saí pelos fundos, depressa. O velho também os ouvira. Ele disse baixinho para mim:

– Vou sentir saudade das crianças.

A baía do Hudson, Barney, isso significa que está vindo do norte também, não é? Isso deve ser por volta do 60º.

Mas preciso voltar lá para pegar uns anzóis. Não posso viver só de pão. Semana passada, encontrei um cervo que algum caçador ilegal matou, só a cabeça e as pernas. Fiz um cozido. Era uma corça. Os olhos dela... eu me pergunto se os meus estão parecidos agora.

Fui buscar os anzóis hoje. Foi ruim, não posso voltar nunca mais. Havia alguns homens na frente outra vez, mas eram diferentes. Malvados e tensos. Nenhum menino. E havia uma placa nova na frente, eu não consegui ver; talvez também dissesse Zona Liberada.

O velho me deu os anzóis bem depressa e cochichou para mim:

– Rapaz, as florestas vão estar cheias de caçadores semana que vem.

Eu quase saí correndo.

A cerca de 1,5 quilômetro mais adiante na estrada, uma picape azul começou a me perseguir. Acho que não era dessa região. Eu caí com o fusca num canal de escoamento de madeira e a picape passou trovejando. Depois de muito tempo consegui sair com o carro e voltei, mas o deixei a cerca de 1,5 quilômetro daqui e fiz o resto do caminho a pé. Você não acreditaria como é difícil empilhar galhos suficientes para esconder um fusca amarelo.

Barney, eu não posso ficar aqui. Estou comendo percas cruas para que ninguém veja a minha fumaça, mas aqueles caçadores virão. Vou levar meu saco de dormir para o pântano junto daquela rocha grande, acho que não há muita gente frequentando aquela área.

Desde minhas últimas linhas, eu me mudei. Parece mais seguro. Ah, Barney, *como* é que isso aconteceu?

Rápido, foi assim que aconteceu. Seis meses atrás, eu era a dra. Anne Alstein. Agora, sou uma viúva e mãe enlutada, suja e faminta, morando num pântano com um medo mortal. Seria engraçado se eu fosse a última mulher viva na Terra. Acho que sou a última por aqui, de qualquer maneira. Talvez haja algumas enfurnadas nos Himalaias ou se esgueirando pelos destroços de Nova York. Como podemos durar?

Não podemos.

E eu não posso sobreviver ao inverno aqui, Barney. Chega a –4 °C. Eu teria de acender uma fogueira, eles veriam a fumaça. Mesmo que eu fosse abrindo caminho para o sul, as florestas terminam em algumas centenas de quilômetros. Eu ficaria exposta feito um pato. Não. É inútil. Talvez alguém esteja tentando algo em algum lugar, mas não vai chegar aqui a tempo... e qual motivo eu tenho para viver?

Não. Vou simplesmente partir em paz, digamos, lá no topo daquela rocha, de onde posso ver as estrelas. Depois de voltar e deixar isto para você. Vou esperar alguns dias para ver a linda cor das árvores uma última vez.

Adeus, queridíssimo, queridíssimo Barney.

Sei o que vou arranhar como epitáfio.

AQUI JAZ O SEGUNDO PRIMATA MAIS MALVADO DA TERRA

Acho que ninguém nunca lerá isso, a menos que eu arranje a coragem e a energia de levar esses escritos para a casa do Barney. Provavelmente não arranjarei. Vou deixar num saquinho plástico, eu tenho um aqui; talvez Barney venha procurar. Estou no topo da grande rocha agora. A lua vai nascer em breve, vou guardar minhas notas quando ela nascer. Mosquitos, sejam pacientes. Vocês poderão se servir à vontade.

O que eu tenho a anotar é que eu também vi um anjo. Hoje cedo. Ele era grande e brilhante, como o homem disse; como uma árvore de Natal, sem a árvore. Mas eu sabia que era real porque os sapos pararam de coaxar e duas gralhas azuis emitiram sons de alarme. Isso é importante: ele *estava mesmo lá*.

Eu o observei, sentada sob minha rocha. Não me movi muito. Ele meio que se debruçou e apanhou algo, folhas ou galhos, não consegui ver. Então fez algo com essas coisas mais ou menos na altura da cintura, como se os guardasse num bolso de amostras invisível.

Deixe-me repetir – ele estava *lá*. Barney, se você estiver lendo isso, *existem coisas aqui*. E eu acho que elas fizeram isso com a gente, seja lá o que isso for. Fizeram a gente se matar.

Por quê?

Bem, é um lugar bacana, se não fosse pelas pessoas. Como você se livra das pessoas? Bombas, raios mortíferos – tudo muito primitivo. Deixa uma bagunça enorme. Destrói tudo, crateras, radioatividade, estraga o lugar.

Desse jeito não tem bagunça, não tem confusão. Exatamente como fizemos com a mosca da bicheira. É só encontrar o elo mais fraco e esperar um pouco enquanto nós resolvemos por eles. Em seguida, sobram apenas alguns ossos espalhados por aí; dá um bom fertilizante.

Barney, querido, adeus. Eu vi aquela coisa. Estava aqui.

Mas não era um anjo.

Acho que eu vi um corretor de imóveis.

R. B. LEMBERG

SETE PERDAS DE *NA RE*

R. B. Lemberg é escritore, poete e editore originalmente da Ucrânia, mas que atualmente mora nos Estados Unidos. É apaixonade por diversidade em ficção científica e fantasia e em todos os lugares, e defende-a por meio de seus ensaios e seu trabalho editorial. Suas obras foram incluídas em *Strange Horizons*, *Beneath Ceaseless Skies*, *Fantasy Magazine*, *Apex*, *Goblin Fruit* e outras publicações. Elu é fundadore e coeditore da *Stone Telling*, uma revista de poesia especulativa que ultrapassa barreiras. "Sete perdas de *na Re*" conta a história de uma jovem e a importância e o poder de seu nome. Foi publicado pela primeira vez na *Daily Science Fiction*, em 2012.

1.

Minha vida é descrita pela música de violinos mudos. Quando meus pais se casaram, meu bisavô, que a terra lhe seja leve como uma pluma, subiu no palco para convidados especiais aninhando o velho violino junto ao peito.

– E agora, o *zeide* vai tocar a melodia do casamento – disseram.

– Uma bênção especial – disseram.

Uma *sgule*, uma bênção real. Mas o arco caiu dos dedos dele.

2.

Quando eu nasci, meus pais não conseguiram me dar um nome. Eles queriam um nome *na Re,* o que significa "começando com a letra R", como o de minha bisavó. Ela nasceu Rukhl, a filha brilhante de um sapateiro *shlimazl* sem um tostão. Quando a revolução embaralhou todos os arquétipos, eles a chamaram de Rakhil'ka; algo como uma Rukhl passada, com botões de bronze e um brilhante futuro soviético. Mais tarde, até Rakhil'ka tornou-se burguês demais, e minha bisavó mudou seu nome para Roza, Roza como a linda comunista judia no filme de propaganda chamado *Procurando a felicidade.* Baniram esse filme muito tempo antes de eu nascer. E na época em que eu nasci, Rakhil' – ou pior, Rukhl – era um nome que jamais deveria ser usado em companhia de pessoas finas. Roza era reservado para peixeiras velhas e gordas de Odessa com uma verruga no lábio superior.

Somando-se a Roza, meus pais rejeitaram Regina (pretensioso), Renata (pretensioso), Rimma (tosco), Rita (inculto), Raisa (pior que Rita), Rina (judeu demais), Roxana (ucraniano demais), Rostislava (russo demais) e Raia ("Eu simplesmente não gosto").

Na Re contorna nomes – contorna o resto dos sons que me deixariam pretensiosa demais, tosca demais, burguesa demais, comunista demais, judia demais, *gói* demais. A letra R não tem uma história. A letra R não lembra Stálin.

3.

Todas as letras do alfabeto lembram Stálin. As repressões começaram antes de 1937 e se estenderam até muito depois. Eles levaram meu avô porque ele era um historiador.

História e memória não são a mesma coisa. A história deve ser escrita, feita, organizada. A memória é arrebanhada em trens transiberianos, a memória desaparece em campos de trabalho forçado, a memória sofre e definha com a fome, a memória congela debaixo de madeira caída, a memória derrete e apaga todos os rastros. Meu avô se lembra. Ele estava compondo um dicionário de sinônimos russos na cabeça, e foi isso o que o manteve vivo. Ele não podia compor história lá. Ou desde então.

Neve: nevasca, geada, gelo permanente, banho frio pelado na neve (ver também *punição*), tempestade de neve, graupel, granizo, gelo, friagem, ventania, ausência, *minha menininha está a salvo em outro lugar*, clarão.

Clarão.

4.

Eles soltaram meu avô em 1965. Stálin estava morto, assim como Beria. Minha avó, filha de Roza, havia se prostituído, assim acreditava meu avô, porque ele não se lembrava mais da menininha deles. E depois que a gritaria acabou, minha avó se tornou opaca para ele, derretendo como ausência sobre madeira, enterrada sob a Sibéria, desaparecida. A história são eventos e processos, a história são arquivos farfalhantes, entrevistas orais conduzidas dentro da segurança do futuro, protegidas por trabalhos de curso e equipamento cintilante de gravação. A memória compacta o gelo permanente sob a pele. Quando a pele derrete, somos deixados sem nada.

Meu avô está indo embora – sempre indo embora, sendo levado por gente que vem à noite. Eles dizem apenas quatro palavras. Sempre as mesmas. *S vesh'ami na vyhod.* Grosso modo, significa: "pegue suas coisas e saia". Uma sacolinha. Eles sempre vêm te buscar à noite. Em 1937, eles vieram me buscar, e erraram por uns setenta anos. Eu mantenho uma sacolinha com necessidades básicas debaixo da minha cama o tempo todo, só por precaução. Cigarros – embora eu nunca tenha fumado –, a moeda do campo para trocar por comida ou papel.

Meu avô está indo embora – sempre indo embora. Em 1965, ele é levado por pessoas em sobretudos de fantasma, tão familiares que se tornaram a família dele. Ele não tem família. É um órfão da neve em que deve se enterrar para encontrar um jeito de voltar à sacola empacotada debaixo da cama e ao temor insone e à respiração quente da minha avó a seu lado.

A história não é assim.

5.

Minha mãe partiu quando eu tinha cinco anos. Ela é uma arquiteta do gelo permanente. Eles cavaram fundo – para enterrar os alicerces, diz ela, tão fortes sob a neve que persistirão mesmo quando a terra soltar toda a água, aquele grande derretimento que fará a dor do passado correr em regatos e ser absorvida pela terra nova e servil.

Ela está cavando pelo pai dela.

Ela não quer que mencionemos o nome dele. Eu tenho uma letra, pelo menos. Ele não tem nada, apenas os alicerces de concreto martelados no gelo permanente, as pessoas da noite que sempre vêm atrás da gente.

6.

Quando os alemães vieram, minha avó costurou todas as suas joias na parte de baixo de uma capa de edredom branca. Ela tinha uma dúzia dessas capas, brancas com bordados brancos, com flocos de neve, flores, estrelinhas. Ela fez sua mala – antes da evacuação. Partiu com a mala, agarrando-se a seus tesouros   os de sua mãe, sua tia, sua avó –, bugigangas compradas por namoradinhos, maridos, mães que passaram fome para poupar para um pedacinho de diamante, um restinho de relógio de ouro. Naquela época, *eu te amo* significava um pedaço de arenque que duraria a semana toda, significava aguentar o frio e passar a noite toda acordada para costurar mais um par de calças para vender. Minha avó costurou os *eu te amos* da família na capa do edredom.

Ela não queria falar sobre como a capa se perdeu.

Às vezes, imagino-a correndo atrás dos guardas fantasmagóricos em sua camisola, à noite, gritando: *Toma! Toma!* Pois é assim que o conto toma forma, você deve trocar seus tesouros pela vida – e se eles ignorarem seus tesouros, vão tomar a sua vida, talvez para devolvê-la depois, estropiada, sem memória; e ela partirá de novo então, partirá de vez, aquele vazio em forma de vida que rói e pragueja para seus torturadores: a esposa, a filha. O que nunca deveria ter sido.

Ou talvez minha avó tenha trocado o edredom por pão na longa fuga para longe da guerra, de onde as sirenes uivavam; ou talvez ela simplesmente tenha pegado o edredom errado, seus *eu te amos* pisoteados na terra sob a crescente pilha de cadáveres.

Quando minha avó morreu, ela me deixou sua aliança de casamento, a única coisa que não foi para o edredom. Deixou um papelzinho preso a ela. "Para minha *na Re*", dizia o papel.

Eu não quero falar sobre isso.

7.

Minha avó queria me proteger. Ela falava russo comigo – mais puro que o gelo permanente, rígido como o dicionário da salvação de seu marido. Mas seu pai, o violinista, me ensinou iídiche em segredo. *Gedenk!*, dizia ele. *Lembre-se!* Ele tinha o coração guardado na caixa do violino e pronto para partir, mas nunca vieram atrás dele.

Minha avó nos encontrou um dia, encolhidos no canto do sofá, sussurrando o afeto proibido, costurando um ao outro na vida com finos fios de memória.

No dia seguinte, minha avó me levou à fonoaudióloga. Uma mulher chamada Rimma, outra nunca-seja-Rukhl, como eu.

– Abra a boca – disse ela, gentilmente.

Com instrumentos anônimos brilhando como prata e geada, ela raspou, extraindo minha linguagem.

Pós-perda

Tudo se vai. Anéis e linguagens. Avós e roupas de cama. Pais e egos. Nomes. Até a lembrança da perda é perdida no final. Até a neve. Até a pele.

Somos descuidados e atrapalhados. Deslizamos pela vida – ignorando a história, enrolando a história na fumaça dos cigarros embrulhados para visitas de emergência dos fantasmas na noite. *S vesh'ami na vyhod.* Pegue suas coisas e saia. Quando os guardas vieram, não conseguiram me encontrar na lista. *Na Re* não é um nome. Então pegaram minha sacolinha, levaram meus *eu te amos* para longe para fazê-los passar fome, para congelar, para enlouquecer, perder sua fala, perder anos trabalhando. E apenas o violinista antigo fica para trás, um patriarca de perda, os dedos entorpecidos e chorando no frio.

Tudo derrete. Até a construção de minha mãe no fundo da terra.

Apenas aquilo que não é lembrado pode nunca ser perdido.

OCTAVIA E. BUTLER

A TARDE E A MANHÃ E A NOITE

Octavia E. Butler foi uma escritora estadunidense. Como vencedora de vários prêmios Hugo e Nebula, Butler foi uma das mulheres mais conhecidas do meio e tem sido creditada com frequência como uma inspiração para diversas outras escritoras, dentro e fora da ficção especulativa. Em 1995, ela se tornou a primeira escritora de ficção científica a receber a bolsa MacArthur. Na época, Butler também era uma das únicas mulheres estadunidenses pretas na área da ficção científica. Em 2010, ela entrou para o Hall da Fama da Ficção Científica. Os livros de Butler incluem *Kindred: laços de sangue* (1979) e *A parábola do semeador* (1993). Em "A tarde e a manhã e a noite", Butler cria uma doença fictícia e usa essa história para explorar como a sociedade lida com questões relacionadas a doenças e estigmas. Este conto foi publicado pela primeira vez na revista *Omni*, em 1987.

Quando eu tinha quinze anos e tentava demonstrar minha independência sendo descuidada em relação a minha dieta, meus pais me levaram a uma ala hospitalar reservada para a doença de Duryea-Gode. Disseram que queriam me mostrar onde eu iria parar se não tomasse cuidado. De fato, era para lá que eu iria, não importava o que acontecesse. Era apenas uma questão de quando: agora ou mais tarde. Meus pais votavam para que fosse mais tarde.

Não descreverei a ala. Basta dizer que, quando me trouxeram para casa, eu cortei meus pulsos. Fiz um serviço completo, ao estilo romano antigo, numa banheira de água morna. Quase consegui. Meu pai deslocou o ombro arrombando a porta do banheiro. Ele e eu nunca perdoamos um ao outro por aquele dia.

A doença o pegou quase três anos depois – pouco antes de eu ir para a faculdade. Foi súbito. Não é frequente que aconteça assim. A maioria das pessoas nota que está começando a se perder – ou seus parentes notam – e faz os arranjos necessários com sua instituição preferida. Pessoas que são identificadas e resistem a se internar podem ser internadas compulsoriamente por uma semana para observação. Não duvido que esse período de observação separe algumas famílias. Internar alguém pelo que se revela um alarme falso... Bem, não é o tipo de coisa que a vítima provavelmente esqueça ou perdoe. Por outro lado, não internar alguém a tempo – não ver os sinais ou o surto ocorrer de súbito, sem sinais – é inevitavelmente perigoso para a vítima. Eu nunca ouvi falar de um caso tão ruim, porém, quanto foi na minha família. A pessoa normalmente fere apenas a si mesma quando sua hora chega – a menos que alguém seja burro o bastante para tentar controlá-la sem as drogas ou contenções necessárias.

Meu pai matou minha mãe, depois se matou. Eu não estava em casa quando aconteceu. Havia ficado na escola até mais tarde do que de costume, ensaiando para a cerimônia de formatura. Quando cheguei em casa, encontrei policiais em todo canto. Havia uma ambulância, e dois paramédicos retiravam alguém numa maca – alguém coberto. Mais do que coberto. Quase... ensacado.

Os policiais não me deixaram entrar. Eu só fui descobrir depois o que havia acontecido. Queria nunca ter descoberto. Papai matou mamãe, depois a esfolou completamente. Pelo menos, é assim que espero que tenha acontecido. Digo, espero que ele a tenha matado primeiro. Ele quebrou algumas costelas dela, danificou o coração. Cavando.

Em seguida, começou a se rasgar, atravessando pele e osso, cavando. Antes de morrer, ele conseguiu chegar ao próprio coração. Era um exemplo especialmente ruim do tipo de coisa que deixa as pessoas com medo da gente. Faz com que alguns de nós se encrenquem por cutucar uma espinha ou até por devanear. Isso já inspirou leis restritivas, criou problemas com empregos, habitação, escolas... A Fundação pela Doença de Duryea-Gode gastou milhões dizendo ao mundo que pessoas como meu pai não existem.

Muito tempo depois, quando eu me recompus tão bem quanto podia, fui para a faculdade – para a Universidade do Sul da Califórnia – com uma bolsa Dilg. Dilg é o retiro para onde você tenta mandar seus parentes com DDG descontrolada. É administrado por portadores de DDG controlada, como eu, como meus pais quando estavam vivos. Só Deus sabe como qualquer um com DDG controlada aguenta. Enfim, o lugar tem uma lista de espera quilométrica. Meus pais me colocaram nela depois da minha tentativa de suicídio, mas era provável que eu estivesse morta quando chegassem no meu nome.

Não sei dizer por que fui para a faculdade – exceto que eu frequentara a escola minha vida toda e não sabia o que mais fazer. Não fui com qualquer esperança específica. Inferno, eu sabia o que me esperava, no fim. Estava só passando o tempo. Qualquer coisa que eu fizesse era só um passatempo. Se as pessoas estavam dispostas a pagar para eu ir à faculdade e passar meu tempo, por que não fazer isso?

A parte estranha foi que eu me empenhei, tirei notas altas. Se você se empenhar o bastante em algo que não importa, pode se esquecer por algum tempo das coisas que importam.

Às vezes eu pensava em tentar suicídio de novo. Como foi que eu tive a coragem aos dezesseis anos, mas não agora? Dois pais com DDG, os dois religiosos, os dois tão contrários ao aborto quanto eram ao suicídio. Então eles confiaram em Deus e nas promessas da medicina moderna e tiveram um bebê. Mas como eu poderia olhar para o que acontecera com eles e confiar em qualquer coisa?

Eu me formei em biologia. Os não-DDG dizem que algo em nossa doença nos deixa bons em ciências – genética, biologia molecular, bioquímica... Esse algo era terror. Terror e algo como uma desesperança motivadora. Alguns de nós se davam mal e tornavam-se destrutivos antes da hora – sim, produzíamos mais do que nossa cota de criminosos. E alguns se davam bem – espetacularmente bem – e entravam para a história médica e científica. Estes últimos mantinham as portas ao menos parcialmente abertas para o resto de nós. Fizeram descobertas em genética, encontraram curas para algumas doenças raras, avançaram contra outras doenças não tão raras assim – inclusive, ironicamente, alguns tipos de câncer. Mas não descobriram nada para ajudar a si mesmos. Não havia nada novo desde as últimas melhorias na dieta, que tinham surgido pouco antes de eu nascer. Assim como a dieta original, elas deram a coragem a mais DDGS para ter filhos. Essas melhorias deveriam fazer para os DDGS o mesmo que a insulina fizera para os diabéticos: nos dar uma expectativa de vida normal ou quase normal. Talvez tenham funcionado para alguém, em algum lugar. Mas não funcionaram para ninguém que eu conhecesse.

A faculdade de biologia era um saco, pelos mesmos motivos de sempre. Eu não comia mais em público, não gostava de como as pessoas ficavam encarando meus biscoitos – sagazmente apelidados de "biscoitos pra cachorro" em toda escola que frequentei. Era de imaginar que universitários seriam mais criativos. Eu não gostava do jeito como as pessoas se afastavam de mim quando viam meu emblema. Eu comecei a pendurá-lo numa corrente em volta do pescoço, colocando-o por dentro da blusa, mas as pessoas reparavam mesmo assim. Gente que não come em público, que não bebe nada mais interessante do que água, que não fuma absolutamente nada... gente assim é suspeita. Ou melhor, faz com que os outros suspeitem. Mais cedo ou mais tarde, um desses outros, ao ver meus dedos e pulsos nus, fingia interesse na minha corrente. E pronto. Eu não podia esconder o emblema na bolsa. Se algo me acontecesse, a equipe médica precisava vê-lo a tempo para não me dar medicamentos que podiam usar numa pessoa normal. Não era apenas comida comum que precisávamos evitar, mas cerca de um quarto das substâncias amplamente utilizadas e descritas no *Livro de referência dos médicos*. De quando em quando surgiam notícias de pessoas que pararam de carregar seus emblemas consigo – provavelmente tentando se passar por alguém normal – e aí sofreram um acidente. Na altura em que alguém se dá conta de que tem algo de errado, já é tarde demais. Então eu usava meu emblema. E, de um jeito ou de outro, as pessoas tinham um vislumbre dele ou ficavam sabendo por alguém que tinha visto.

– Ela *é!*

É.

No começo do meu terceiro ano, quatro outros DDGs e eu resolvemos alugar uma casa juntos. Todos tínhamos cansado de ser leprosos vinte e quatro horas por dia. Um deles era estudante de inglês. Ele queria ser escritor e contar nossa história pelo lado de dentro – o que tinha sido feito apenas trinta ou quarenta vezes antes. Havia uma estudante de educação especial que torcia para que as pessoas com deficiência a aceitassem mais prontamente do que as sem deficiência, um estudante de medicina que planejava virar pesquisador e uma de química que não sabia realmente o que queria fazer.

Dois homens e três mulheres. Tudo o que tínhamos em comum era nossa doença, mais uma estranha combinação de intensidade teimosa a respeito de qualquer coisa que fizéssemos e cinismo desesperançado a respeito de tudo o mais. Pessoas saudáveis dizem que ninguém consegue se concentrar como um portador de DDG. Pessoas saudáveis têm todo o tempo do mundo para generalizações estúpidas e limiares curtos de atenção.

Fazíamos nosso trabalho, subíamos para tomar fôlego vez por outra, comíamos nossos biscoitos e frequentávamos as aulas. Nosso único problema era a limpeza da casa. Elaboramos um cronograma de quem limparia o que e quando, quem cuidaria do quintal e coisa e tal. Todos concordamos com o cronograma; aí, tirando eu, todo mundo pareceu se esquecer dele. Eu me vi relembrando todos de passar o aspirador, limpar o banheiro, cortar a grama... Imaginei que eles me odiariam em pouco tempo, mas não seria a empregada deles e não viveria na imundície. Ninguém reclamou. Ninguém nem pareceu aborrecido. Eles simplesmente saíam de seu torpor acadêmico, limpavam, passavam o esfregão, cortavam a grama e retornavam ao trabalho. Criei o hábito de percorrer a casa à noite relembrando os outros. Se não os incomodava, eu não me incomodava.

– Como é que você virou a mãe da casa? – perguntou um DDG visitante.

Dei de ombros.

– Quem liga? A casa funciona.

E funcionava. Funcionava tão bem que esse cara novo queria se mudar para lá. Ele era amigo de um dos outros, e também queria estudar medicina. Não era feio.

– E aí, posso entrar ou não? – perguntou ele.

– Por mim, pode – falei.

Fiz o que o amigo dele deveria ter feito: apresentei-o aos outros e então, depois que ele saiu, conversei com todos para me certificar de que ninguém tinha nenhuma objeção real. Ele parecia se encaixar bem. Esquecia-se de limpar o banheiro ou cortar a grama, exatamente como os outros. Seu nome era Alan Chi. Pensei que Chi fosse um sobrenome chinês e fiquei intrigada. Mas ele me disse que seu pai era nigeriano e que em igbo a palavra significava algo como um anjo da guarda ou um deus pessoal. Ele disse que seu deus pessoal não estava cuidando dele muito bem, já que deixara que ele nascesse de dois pais com DDG. Que nem eu.

Acho que não foi muito mais do que essa similaridade que nos aproximou a princípio. Claro, eu gostava da aparência dele, mas eu costumava gostar da aparência de alguém e vê-lo correr como o diabo quando descobria o que eu era. Levei um tempo para me habituar ao fato de que Alan não estava fugindo.

Eu contei a ele sobre minha visita à ala de DDG quando tinha quinze anos – e minha tentativa de suicídio logo em seguida. Nunca havia contado a ninguém. Fiquei surpresa com o alívio que senti. E, por algum motivo, a reação dele não me surpreendeu.

– Por que você não tentou de novo? – perguntou ele.

Estávamos sozinhos na sala de estar.

– No começo, por causa dos meus pais – falei. – Meu pai, em particular. Eu não podia fazer aquilo com ele outra vez.

– E depois dele?

– Medo. Inércia.

Ele assentiu.

– Quando eu fizer, será sem meias-medidas. Sem resgate, sem acordar depois num hospital.

– Você pretende fazer isso?

– No dia em que perceber que comecei a me perder. Graças a Deus recebemos algum aviso.

– Não necessariamente.

– Recebemos, sim. Eu li muito. Até conversei com alguns médicos. Não acredite nos boatos que os não-DDG inventam.

Desviei o olhar, fitando a lareira vazia e toda marcada. Contei a ele exatamente como meu pai tinha morrido – outra coisa que jamais contara de maneira voluntária a ninguém.

Ele suspirou.

– Jesus!

Olhamos um para o outro.

– O que você vai fazer? – perguntou ele.

– Não sei.

Ele estendeu a mão escura e atarracada e eu a peguei e me movi para mais perto dele. Alan era um homem escuro e atarracado da minha altura, uns 50% mais pesado que eu, e nada desse peso era gordura. Às vezes ele era tão amargo que me assustava.

– Minha mãe começou a se perder quando eu tinha três anos – disse ele. – Meu pai durou apenas mais alguns meses. Ouvi dizer que ele morreu uns dois anos depois de ir para o hospital. Se os dois tivessem algum juízo, teriam me abortado no minuto em que minha mãe percebeu que estava grávida. Mas ela queria um bebê, não importava como. E era católica.

Ele balançou a cabeça.

– Diabos, eles deveriam aprovar uma lei para esterilizar todos nós.

– Eles? – perguntei.

– Você quer filhos?

– Não, mas...

– Mais de nós para acabar mastigando os próprios dedos em alguma ala DDG.

– Eu não quero filhos, mas não quero ninguém me dizendo que não posso tê-los.

Ele me encarou até eu começar a me sentir burra e na defensiva. Afastei-me dele.

– Você quer outra pessoa lhe dizendo o que fazer com o seu corpo? – perguntei.

– Não precisa – disse ele. – Eu cuidei disso assim que tive idade suficiente.

Fiquei olhando para ele. Eu tinha pensado em esterilização. Que DDG não pensou? Mas não conhecia mais ninguém da nossa idade que tivesse realmente feito isso. Seria como matar uma parte de si mesmo – apesar de não ser uma parte que você pretendesse usar. Matar uma parte de si quando tanto de você já estava morto.

– A maldita doença poderia ser erradicada em uma geração – disse ele –, mas as pessoas ainda são animais no que diz respeito a procriação. Ainda seguem impulsos irracionais, como cães e gatos.

Minha vontade era me levantar e ir embora, deixando-o ali para chafurdar sozinho em sua amargura e depressão. Mas fiquei. Ele parecia querer viver ainda menos do que eu. Eu me perguntei como ele tinha chegado até ali.

– Você está ansioso para fazer pesquisas? – sondei. – Acredita que será capaz de...

– Não.

Pisquei lentamente. A palavra era o som mais frio e morto que eu já tinha ouvido.

– Eu não acredito em nada – disse ele.

Eu o levei para a cama. Ele era o único outro DDG duplo que eu já havia conhecido e, se ninguém fizesse nada por ele, não duraria muito mais. Eu não podia simplesmente deixá-lo se perder. Por um tempo, talvez pudéssemos ser um para o outro o motivo para continuar vivos.

Ele era um bom aluno, pelo mesmo motivo que eu. E pareceu abandonar um pouco de sua amargura com o passar do tempo. Estar perto dele me ajudou a entender por que, contra toda a sanidade, dois DDGS se fixavam um no outro e começavam a falar sobre casamento. Quem mais nos aceitaria?

Provavelmente não duraríamos muito, mesmo. Hoje em dia, a maioria dos DDGS chega aos quarenta, pelo menos. É claro, a maioria deles não tem dois pais DDG. Por mais brilhante que Alan fosse, ele pode não ser aprovado na faculdade de medicina por causa de sua herança dupla. Ninguém lhe diria que seus genes ruins o impediam de entrar, claro, mas nós dois sabíamos quais eram suas chances. Melhor treinar médicos com probabilidade de viver tempo suficiente para colocar seu treinamento em uso.

A mãe de Alan fora colocada no Dilg. Ele não a vira nem conseguira nenhuma informação a seu respeito com os avós enquanto morava com a família. Quando partiu para a faculdade, já havia parado de fazer perguntas. Talvez fosse o fato de ouvir sobre meus pais que o fez recomeçar. Eu estava junto quando ele ligou para o Dilg. Até aquele momento, ele nem sabia se a mãe ainda estava viva. Surpreendentemente, estava.

– O Dilg deve ser bom – falei, quando ele desligou. – As pessoas geralmente não... Digo...

– É, eu sei – disse ele. – As pessoas geralmente não vivem muito depois de perder o controle. Lá é diferente.

Tínhamos ido para o meu quarto, onde ele virou uma cadeira e sentou de frente para o encosto.

– O Dilg é como os outros deveriam ser, se podemos acreditar na literatura.

– O Dilg é uma ala DDG gigante – falei. – É mais rico... provavelmente por ser melhor em angariar doações... e é administrado por gente que pode esperar se tornar paciente de lá. Tirando isso, o que é diferente?

– Eu li a respeito – disse ele. – Você também deveria ler. Eles têm um tratamento novo. Não trancam as pessoas ali para morrer, do jeito que os outros fazem.

– O que mais se pode fazer com eles? Com a gente.

– Não sei. Parecia que eles têm algum tipo de... oficina protegida. Colocam os pacientes para fazer coisas.

– Uma nova droga para controlar a autodestrutividade?

– Acho que não. Nós teríamos ouvido falar.

– O que mais poderia ser?

– Vou até lá para descobrir. Você iria comigo?

– Você vai até lá para ver a sua mãe.

Ele respirou fundo, entrecortado.

– Vou. Você iria comigo?

Fui até uma das minhas janelas e olhei para as ervas daninhas lá fora. Nós as deixávamos crescer no quintal dos fundos. No da frente, as cortávamos junto com a grama.

– Eu te contei minha experiência com a ala DDG.

– Você não tem quinze anos agora. E o Dilg não é um zoológico.

– Deve ser, não importa o que eles digam para o público. E não tenho certeza se eu aguento.

Ele se levantou e veio ficar ao meu lado.

– Você tentaria?

Não falei nada. Eu me concentrei em nossos reflexos na janela – nós dois, juntos. Parecia certo, parecia correto. Ele passou o braço ao meu redor, e eu me reclinei contra ele. Estarmos juntos tinha sido tão bom para mim quanto parecia ter sido para ele. Havia me dado algo pelo que continuar, além da inércia e do medo. Eu sabia que iria com ele. Parecia a coisa certa a fazer.

– Não sei como agirei quando chegarmos lá – falei.

– Também não sei como eu agirei – admitiu ele. – Especialmente... quando a vir.

Ele marcou a visita para a tarde do sábado seguinte. É preciso agendar para visitar o Dilg, a menos que seja algum tipo de fiscal do governo. Este é o costume, e o Dilg se safa com ele.

Deixamos LA debaixo de chuva na manhã do sábado. A chuva nos seguiu intermitentemente conforme subimos a costa até Santa Barbara. O Dilg ficava escondido nas colinas, não muito distante de San Jose. Podíamos ter chegado mais depressa pegando a I-5, mas nenhum de nós estava no pique para toda aquela desolação. Do jeito que fizemos, chegamos à uma da tarde e fomos recebidos por dois guardas armados no portão. Um deles interfonou para o edifício principal e verificou nosso agendamento. Em seguida, o outro assumiu o lugar de Alan na direção.

– Desculpe – disse ele. – Ninguém tem permissão de entrar sem uma escolta. Nós encontraremos sua guia na garagem.

Nada disso me surpreendeu. O Dilg é um lugar onde não apenas os pacientes, mas boa parte da equipe tem DDG. Uma prisão de segurança máxima não seria tão potencialmente perigosa. Por outro lado, eu nunca tinha ouvido falar de ninguém sendo mastigado por ali. Em hospitais e asilos aconteciam acidentes. No Dilg, não. Era lindo – uma propriedade antiga. Uma propriedade que não fazia sentido nesses tempos de impostos altos. Ela havia pertencido à família Dilg. Petróleo, indústria química, farmacêutica. Ironicamente, eles haviam até sido donos de parte dos falecidos e não lamentados Laboratórios Hedeon. Tiveram um interesse brevemente lucrativo em Hedeonco: a bala de prata, a cura para uma grande porcentagem dos cânceres no mundo e para várias graves doenças virais – e a causa da doença de Duryea-Gode. Se um de seus pais fosse tratado com Hedeonco e você fosse concebido depois do tratamento, você tinha DDG. Se tivesse filhos, passava a doença para eles. Nem todos eram afetados da mesma forma. Nem todos cometiam suicídio ou assassinato, mas todos se mutilavam até certo ponto, se pudessem. E todos se perdiam – iam para um mundo próprio e paravam de reagir ao ambiente.

Enfim, o único filho Dilg de sua geração tivera a vida salva pelo Hedeonco. E então assistira a quatro de seus filhos morrerem antes que os doutores Kenneth Duryea e Jan Gode surgissem com uma compreensão decente do problema e uma solução parcial: a dieta. Eles deram a Richard Dilg um jeito de manter seus outros dois filhos vivos. Ele então entregou a grande e inconveniente propriedade para o cuidado de pacientes com DDG.

Assim, o edifício principal era uma mansão antiga e requintada. As outras construções, mais recentes, se pareciam mais com casas de hóspedes do que com prédios institucionais. E havia colinas cobertas por florestas por todo lado. Era uma área bonita. Verde. Perto do mar. Havia uma garagem antiga e um pequeno estacionamento. Esperando no estacionamento, estava uma mulher alta e velha. Nosso guarda parou perto dela, nos deixou sair e então estacionou o carro na garagem semivazia.

– Olá – disse a mulher, estendendo a mão. – Meu nome é Beatrice Alcantara.

A mão estava fria e seca e era espantosamente forte. Pensei que a mulher fosse DDG, mas sua idade me confundiu. Ela aparentava ter uns sessenta anos, e eu nunca tinha visto um DDG tão velho. Não sei bem por que achei que ela era DDG. Se fosse, devia ser um modelo experimental – uma das primeiras a sobreviver.

– É doutora ou senhora? – perguntou Alan.

– É Beatrice – disse ela. – Sou médica, mas não usamos muitos títulos por aqui.

Dei uma espiada em Alan e fiquei surpresa ao vê-lo sorrindo para ela. Ele tendia a espaçar muito seus sorrisos. Olhei para Beatrice e não vi nada que merecesse um sorriso. Conforme nos apresentamos, dei-me conta de que não gostava dela. Não consegui encontrar nenhum motivo para isso também, mas era assim que me sentia. Eu não gostava dela.

– Presumo que nenhum de vocês já tenha vindo aqui – disse ela, sorrindo para nós.

Beatrice tinha pelo menos 1,80 metro e uma postura muito ereta.

Sacudimos a cabeça.

– Vamos entrar pela porta da frente, então. Quero prepará-los para o que fazemos aqui. Não quero que acreditem que vieram a um hospital.

Franzi a testa para ela, perguntando-me no que mais podíamos acreditar. O Dilg era chamado de retiro, mas que diferença fazia o nome?

De perto, a casa parecia um dos edifícios públicos à moda antiga – uma frente gigantesca, barroca, com uma única torre em domo esticando-se três andares acima da casa de três andares. Alas da casa se estendiam por alguma distância à direita e à esquerda da torre, depois se curvavam e se estendiam para trás pelo dobro da distância. As portas da frente eram imensas, uma de ferro fundido e outra de madeira pesada. Nenhuma parecia estar trancada. Beatrice abriu a de ferro, empurrou a de madeira e gesticulou para que entrássemos.

Lá dentro, a casa era um museu de arte – imensa, tetos altos, piso azulejado. Havia colunas de mármore e nichos nos quais se localizavam esculturas ou quadros. Outras esculturas estavam à mostra pelas salas. Em uma extremidade das salas, uma escadaria ampla levava a uma galeria no segundo andar que contornava os cômodos. Lá, mais obras de arte estavam expostas.

– Tudo isso foi feito aqui – disse Beatrice. – Algumas peças são até vendidas. A maioria vai para galerias na Bay Area ou em LA. Nosso único problema é que produzimos em excesso.

– Você quer dizer que os pacientes fazem isso? – perguntei. A velha assentiu.

– Isso e muito mais. Nosso pessoal trabalha em vez de se despedaçar ou ficar olhando para o nada. Um deles inventou as trancas IPV que protegem este lugar. Mas eu quase queria que não as tivesse criado. Isso nos rendeu mais atenção do governo do que gostamos de receber.

– Que tipo de trancas são essas? – perguntei.

– Desculpe. Impressão de palma e voz. A primeira do tipo, e a melhor. Temos a patente. – Ela olhou para Alan. – Você quer ver o que a sua mãe faz?

– Espere um minutinho – disse ele. – Está dizendo que DDGs descontrolados criam arte e inventam coisas?

– E aquela tranca – falei. – Eu nunca ouvi falar de nada do tipo. Nem cheguei a ver uma tranca.

– A tranca é nova – disse ela. – Têm saído algumas notícias sobre ela. Não é o tipo de coisa que a maioria das pessoas compraria para suas casas. Caro demais, então é de interesse limitado. As pessoas tendem a ver o que é feito no Dilg do jeito que veem os esforços de idiotas-prodígio. Interessante, incompreensível, mas não importante de verdade. Aqueles com mais chances de se interessar pela tranca e que poderiam pagar por ela sabem a respeito. – Ela respirou fundo e virou de frente para Alan outra vez. – Ah, sim, os DDGs criam coisas. Pelo menos aqui, eles criam.

– DDGs descontrolados.

– É.

– Eu esperava encontrá-los tecendo cestas ou algo assim, no máximo. Sei como são as alas de DDG.

– Eu também sei – disse ela. – Sei como elas são nos hospitais, e sei como é aqui.

Ela agitou a mão na direção de uma pintura abstrata que parecia uma foto que eu vi da nebulosa de Órion em certa ocasião. A escuridão rompida por uma grande nuvem de luz e cor.

– Aqui, podemos ajudá-los a canalizar suas energias. Eles podem criar algo lindo, útil, até algo sem valor. Mas eles criam. Não destroem.

– Por quê? – exigiu saber Alan. – Não pode ser alguma droga. Nós teríamos ouvido falar.

– Não é uma droga.

– Então o que é? Por que outros hospitais não...?

– Alan – disse ela. – Espere.

Ele ficou ali, franzindo o cenho para ela.

– Você quer ver sua mãe?

– É claro que eu quero vê-la!

– Muito bem. Venha comigo. As coisas vão se explicar sozinhas.

Ela nos levou por um corredor, passando por escritórios onde as pessoas conversavam umas com as outras, acenavam para Beatrice, trabalhavam com computadores... Elas podiam estar em qualquer lugar. Eu me perguntei quantas delas eram DDGs sob controle. Passamos por salas tão lindas e imaculadas que era óbvio que raramente eram usadas. E então ela nos parou numa porta ampla e pesada.

– Olhem para tudo o que quiserem conforme seguimos adiante – disse ela. – Mas não toquem em nada nem em ninguém. E lembrem-se de que algumas das pessoas que verão se feriram antes de virem para nós. Elas ainda carregam as cicatrizes desses ferimentos. Pode ser duro de olhar para algumas dessas cicatrizes, mas vocês não correrão nenhum perigo. Mantenham isso em mente. Ninguém aqui os ferirá.

Ela abriu a porta com um empurrão e gesticulou para que entrássemos.

Cicatrizes não me incomodavam muito. Deficiências não me incomodavam. Era o ato de automutilação que me assustava. Era alguém atacando o próprio braço como se fosse um animal selvagem. Alguém que havia se rasgado e sido contido ou drogado de maneira intermitente por tanto tempo que mal lhe restara uma feição humana reconhecível, mas que ainda tentava, com tudo o que podia, escavar a própria carne. Essas eram algumas das coisas que eu vira na ala DDG quando tinha quinze anos. Mesmo então eu poderia ter suportado melhor, se não sentisse que estava olhando para uma espécie de espelho temporal.

Eu não estava ciente de ter entrado na sala. Não teria imaginado que conseguiria. A velha disse algo, porém, e eu me vi do outro lado da porta que se fechava atrás de mim. Eu me virei para encará-la.

Ela colocou a mão no meu braço.

– Está tudo bem – disse ela, baixinho. – Aquela porta parece uma parede para muita gente.

Eu recuei, me afastando dela e saindo de seu alcance, repelida por seu toque. Apertar as mãos tinha sido o bastante, pelo amor de Deus.

Algo nela pareceu ficar alerta enquanto me observava. Algo que a deixou ainda mais aprumada. De maneira deliberada, mas sem nenhum motivo aparente, ela se moveu na direção de Alan, tocando nele do jeito que as pessoas às vezes fazem ao passar por outras – meio como um "com licença" tátil. Naquele corredor amplo e vazio, era totalmente desnecessário. Por algum motivo, ela queria tocar nele e queria que eu visse. O que ela achava que estava fazendo? Flertando, naquela idade? Olhei para ela, carrancuda, e me vi suprimindo um impulso irracional de empurrá-la para longe dele. A violência desse impulso me deixou admirada.

Beatrice sorriu e se virou.

– Por aqui – disse ela.

Alan passou o braço em torno de mim e tentou me levar atrás dela.

– Espere um minuto – falei, sem me mover.

Beatrice olhou para trás.

– O que foi que acabou de acontecer? – perguntei.

Eu estava preparada para que ela mentisse – para que dissesse que não acontecera nada, fingisse não saber do que eu estava falando.

– Você está planejando estudar medicina? – indagou ela.

– Como é? O que isso tem a ver com...?

– Estude medicina. Você pode ser capaz de fazer muita coisa boa.

Beatrice se afastou a passos largos, de modo que tivemos de nos apressar para acompanhar seu ritmo. Ela nos levou por uma sala onde algumas pessoas trabalhavam em terminais de computador e outras com lápis e papel. Teria sido uma cena comum, tirando o fato de que algumas tinham metade do rosto arruinado ou apenas uma das mãos ou uma das pernas ou outras cicatrizes óbvias. Porém todas estavam sob controle agora. Estavam trabalhando. Estavam decididas, mas não decididas na autodestruição. Ninguém escavava nem rasgava a própria carne. Quando cruzamos essa sala e entramos numa sala de visitas menor e mais ornamentada, Alan agarrou o braço de Beatrice.

– O que é? – exigiu ele. – O que você faz por eles?

Ela deu-lhe tapinhas carinhosos na mão, me deixando com os nervos à flor da pele.

– Eu vou contar para vocês – disse ela. – Quero que saibam. Mas quero que você veja sua mãe primeiro.

Para minha surpresa, ele assentiu e a soltou ao ouvir isso.

– Sentem-se um instante – ela nos disse.

Nós nos sentamos em confortáveis cadeiras estofadas idênticas – Alan parecia razoavelmente relaxado. O que havia naquela velha que o deixava relaxado e a mim, tensa? Talvez ela o lembrasse sua avó ou algo assim. Ela não me fazia lembrar de ninguém. E o que era aquela bobagem sobre estudar medicina?

– Eu queria que vocês passassem por pelo menos uma sala de trabalho antes de conversarmos sobre a sua mãe, e sobre vocês dois. – Ela se virou de frente para mim. – Você teve uma experiência ruim num hospital ou asilo?

Eu desviei o olhar dela, sem querer pensar sobre isso. Aquelas pessoas no escritório de mentira não tinham sido lembrança suficiente? Escritório de filme de terror. Escritório dos pesadelos.

– Está tudo bem – disse ela. – Não precisa entrar em detalhes. Só descreva para mim.

Eu obedeci lentamente, contra minha vontade, o tempo todo me perguntando por que estava fazendo aquilo.

Ela assentiu, sem surpresa alguma.

– Pessoas amorosas, mas duras, seus pais. Estão vivos?

– Não.

– Os dois eram DDGs?

– Eram, mas... eram.

– Tirando, é claro, a óbvia feiura de sua experiência no hospital e as implicações disso no futuro, o que a impressionou a respeito das pessoas na ala?

Eu não sabia o que responder. O que ela queria? Por que queria algo de mim? Ela deveria estar preocupada com Alan e a mãe dele.

– Você viu pessoas soltas?

– Vi – sussurrei. – Uma mulher. Não sei como aconteceu de ela estar solta. Ela se aproximou de nós correndo e chocou-se contra meu pai sem o mover. Ele era um homem grande. Ela quicou, caiu e... começou a se rasgar. Mordeu o próprio braço e... engoliu a carne que havia arrancado na mordida. Então atacou a ferida com as unhas da outra mão. Ela... Eu gritei para ela parar.

Eu abracei a mim mesma, lembrando da moça sangrenta, canibalizando a si mesma enquanto jazia a nossos pés, cavoucando a própria carne. Cavoucando.

– Eles se esforçam tanto, lutam tanto para escapar.

– Escapar de quê? – quis saber Alan.

Olhei para ele, mal o enxergando.

– Lynn – disse ele, gentilmente. – Escapar de quê?

Balancei a cabeça.

– Suas constrições, sua doença, a ala, seus corpos...

Ele olhou de relance para Beatrice, e então falou comigo outra vez.

– A moça falou?

– Não. Ela gritava.

Ele desviou o olhar de mim, desconfortável.

– Isso é importante? – perguntou ele a Beatrice.

– Muito – disse ela.

– Bom... podemos conversar a respeito depois de eu ver minha mãe?

– Depois e agora. – Ela se virou para mim. – A moça parou o que estava fazendo quando você falou com ela?

– As enfermeiras a pegaram um instante depois. Não fez diferença.

– Fez, sim. Ela parou?

– Parou.

– Segundo a literatura existente, eles raramente reagem a alguém – disse Alan.

– Verdade. – Beatrice deu um sorriso triste para ele. – Sua mãe, porém, provavelmente vai reagir a você.

– Ela está...? – Ele olhou para trás, para o escritório de pesadelo. – Ela está tão controlada quanto esse pessoal?

– Está, mas nem sempre esteve. Sua mãe trabalha com argila agora. Ela adora formas e texturas e...

– Ela está cega – disse Alan, dando voz à suspeita como se fosse fato.

As palavras de Beatrice tinham mandado meus pensamentos na mesma direção. Beatrice hesitou.

– Está – disse ela, finalmente. – E pelo... motivo usual. Eu pretendia preparar você aos poucos.

– Eu li muito.

Eu não havia lido tanto, mas sabia qual era o motivo usual. A mulher havia esvaziado, arrancado ou destruído seus olhos de alguma outra forma. Ela estaria com cicatrizes feias. Eu me levantei e fui sentar no braço da poltrona de Alan. Pousei a mão em seu ombro e ele levantou a sua e a segurou ali.

– Podemos vê-la agora? – pediu ele.

Beatrice se levantou.

– Por aqui – disse ela.

Passamos por mais salas de trabalho. As pessoas pintavam; montavam maquinários; esculpiam em madeira e em pedra; até compunham e tocavam música. Quase ninguém reparou em nós. Os pacientes eram fiéis à doença naquele aspecto. Não estavam nos ignorando. Claramente não sabiam que existíamos. Apenas os poucos guardas DDG controlados se entregavam, acenando ou conversando com Beatrice. Observei uma mulher trabalhar de maneira rápida e hábil com uma serra elétrica. Ela obviamente compreendia os perímetros de seu corpo, não estava tão desassociada a ponto de perceber-se presa em algo que precisava escavar para escapar. O que o Dilg havia feito para aquelas pessoas que os outros hospitais não faziam? E como podia esconder este tratamento dos outros?

– Ali, produzimos nossas próprias comidas apropriadas à dieta – disse Beatrice, apontando por uma janela para uma das casas de hóspedes. – Permitimos mais variedade e cometemos menos erros que os preparadores comerciais. Nenhuma pessoa comum consegue se concentrar no trabalho como nosso pessoal.

Eu me virei de frente para ela.

– O que está dizendo? Que os intolerantes têm razão? Que temos um dom especial?

– Sim – disse ela. – Dificilmente seria uma característica ruim, não?

– É o que as pessoas dizem sempre que um de nós se sai bem em alguma coisa. É o jeito deles de nos negar crédito pelo nosso trabalho.

– É. Mas as pessoas às vezes podem chegar às conclusões corretas pelos motivos errados.

Dei de ombros, sem interesse em discutir com ela.

– Alan? – chamou ela.

Ele a olhou.

– Sua mãe está na próxima sala.

Ele engoliu, assentiu. Ambos a seguimos para a sala.

Naomi Chi era uma mulher pequena, com o cabelo ainda escuro e dedos longos e magros, graciosos ao moldar a argila.

Seu rosto era uma ruína. Não apenas os olhos; ela perdera a maior parte do nariz e uma orelha. O que restava encontrava--se muito marcado.

– Os pais dela eram pobres – disse Beatrice. – Não sei quanto lhe contaram, Alan, mas eles gastaram todo o dinheiro que tinham tentando mantê-la num lugar decente. A mãe se sentia muito culpada, sabe? Foi ela quem teve câncer e tomou a droga... No final, tiveram de colocar Naomi num daqueles lugares de cuidados paliativos aprovados pelo Estado. Você conhece esse tipo de lugar. Por um tempo, era tudo o que o governo pagava. Lugares assim... bem, às vezes, se os pacientes fossem realmente problemáticos, em especial os que estavam sempre se soltando, eles os colocavam numa sala vazia e deixavam que dessem cabo de si mesmos. As únicas coisas que esses lugares tratavam bem eram as larvas, as baratas e os ratos.

Estremeci.

– Ouvi falar que ainda existem lugares assim.

– Existem – disse Beatrice –, mantidos em funcionamento pela ganância e pela indiferença.

Ela olhou para Alan.

– Sua mãe sobreviveu por três meses num lugar desses. Eu mesma a tirei de lá. Mais tarde, fui uma das pessoas que fez com que aquele lugar específico fosse fechado.

– Você a tirou de lá? – perguntei.

– O Dilg não existia na época, mas eu estava trabalhando com um grupo de DDGs controlados em LA. Os pais de Naomi ouviram falar de nós e nos pediram para aceitá-la. Muita gente não confiava em nós na época. Apenas alguns de nós tinham treinamento médico. Todos éramos jovens, idealistas e ignorantes. Começamos numa casinha simples cheia de goteiras. Os pais de Naomi estavam se agarrando a qualquer coisa. Nós também. E por pura sorte, nos agarramos a algo bom. Conseguimos provar nosso valor para a família Dilg e assumimos estes alojamentos.

– Qual valor? – perguntei.

Ela se virou para Alan e a mãe dele. Alan encarava o rosto arruinado de Naomi, as cicatrizes descoloridas e retorcidas. Naomi moldava a imagem de uma velha e duas crianças. O rosto magro e vincado da velha era incrivelmente vívido – detalhado de um jeito que parecia impossível para uma escultora cega.

Naomi parecia não estar ciente de nossa presença. Sua atenção total continuava em seu trabalho. Alan se esqueceu do que Beatrice nos dissera e estendeu a mão para tocar o rosto marcado.

Beatrice deixou acontecer. Naomi nem pareceu notar.

– Se eu chamar atenção para você – disse Beatrice –, estaremos quebrando a rotina dela. Teremos de continuar aqui até ela retornar à rotina sem se machucar. Cerca de meia hora.

– Você consegue chamar a atenção dela? – perguntou ele.

– Sim.

– Ela consegue...? – Alan engoliu. – Eu nunca ouvi falar de nada assim. Ela consegue falar?

– Consegue. Mas pode escolher não falar. E se falar, ela o fará muito devagar.

– Vá em frente. Chame a atenção dela.

– Ela vai querer tocar em você.

– Tudo bem. Chame.

Beatrice pegou as mãos de Naomi e as segurou, longe da argila molhada. Por vários segundos, Naomi puxou as mãos cativas, como se incapaz de entender por que elas não se moviam como ela queria.

Beatrice se aproximou mais e falou baixinho.

– Pare, Naomi.

E Naomi parou, o rosto cego voltado para Beatrice numa atitude de espera atenta. Espera totalmente focada.

– Visita, Naomi.

Após alguns segundos, Naomi fez um som sem palavras.

Beatrice gesticulou para que Alan ficasse a seu lado e deu a Naomi uma das mãos dele. Dessa vez não me incomodou quando ela tocou nele. Eu estava interessada demais no que estava acontecendo. Naomi examinou a mão de Alan minuciosamente, depois seguiu o braço até o ombro, o pescoço, o rosto. Segurando o rosto dele entre as mãos, ela fez um som. Pode ter sido uma palavra, mas eu não a entendi. Só conseguia pensar no perigo daquelas mãos. Pensei nas mãos do meu pai.

– O nome dele é Alan Chi, Naomi. Ele é seu filho.

Vários segundos se passaram.

– Filho? – disse ela.

Dessa vez, a palavra foi bem distinta, embora os lábios dela estivessem rachados e mal cicatrizados em muitos pontos.

– Filho? – repetiu ela, ansiosamente. – Aqui?

– Ele está bem, Naomi. Ele veio visitar.

– Mãe? – disse ele.

Ela reexaminou o rosto dele. Alan tinha três anos quando ela começara a se perder. Não parecia possível que conseguisse encontrar algo no seu rosto de que se lembrasse. Eu me perguntei se ela se lembrava de que tivera um filho.

– Alan? – chamou ela.

Ela encontrou as lágrimas dele e parou ali. Tocou seu próprio rosto, onde deveria haver um olho, e então tornou a estender a mão para os olhos dele. Um instante antes que eu pudesse fazê-lo, Beatrice agarrou a mão dela.

– Não! – disse Beatrice, com firmeza.

A mão caiu frouxamente ao lado de Naomi. Seu rosto se voltou para Beatrice como um catavento antigo se revirando. Beatrice afagou seu cabelo e Naomi disse algo que eu quase entendi. Beatrice olhou para Alan, que franzia a testa e enxugava as lágrimas.

– Abrace seu filho – disse Beatrice, baixinho.

Naomi se virou, apalpando, e Alan a pegou em um abraço longo e apertado. Os braços dela o envolveram devagar. Ela falou palavras turvadas pela boca arruinada, mas compreensíveis mesmo assim.

– Pais? – disse ela. – Meus pais... conta de você?

Alan olhou para ela, claramente sem entender.

– Ela quer saber se os pais dela tomaram conta de você – falei.

Ele olhou para mim, em dúvida, depois para Beatrice.

– Isso – disse Beatrice. – Ela só quer saber se eles cuidaram de você.

– Cuidaram, sim – disse ele. – Eles cumpriram a promessa que fizeram a você, mãe.

Vários segundos se passaram. Naomi fez sons que até Alan presumiu serem de choro, e ele tentou reconfortá-la.

– Quem mais está aqui? – perguntou ela, finalmente.

Dessa vez Alan olhou para mim. Eu repeti o que ela havia dito.

– O nome dela é Lynn Mortimer – disse ele. – Eu estou... – Ele fez uma pausa, sem jeito. – Nós vamos nos casar.

Depois de um tempo, ela se afastou dele e chamou meu nome. Meu primeiro impulso foi ir até ela. Não me sentia temerosa nem repelida por ela agora, mas, por alguma razão que eu não sabia explicar, olhei para Beatrice.

– Vá – disse ela. – Mas você e eu teremos de conversar depois.

Eu me aproximei de Naomi e peguei sua mão.

– Bea? – disse ela.

– Sou a Lynn – falei baixinho.

Ela inspirou rapidamente.

– Não – disse ela. – Não, você é...

– Sou a Lynn. Quer a Bea? Ela está aqui.

Ela não disse nada. Colocou a mão no meu rosto, explorou-o lentamente. Eu permiti que ela o fizesse, confiante de que poderia impedi-la caso ela ficasse violenta. Mas primeiro uma das mãos, e então as duas, me examinaram com gentileza.

– Você vai se casar com meu filho? – perguntou ela, afinal.

– Vou.

– Que bom. Você o manterá a salvo.

Tanto quanto possível, nós manteríamos um ao outro a salvo.

– Vou – falei.

– Que bom. Ninguém o trancará para fora de si mesmo. Ninguém vai amarrá-lo nem o colocar numa jaula.

A mão dela vagou para seu próprio rosto de novo, as unhas afundando de leve.

– Não – falei baixinho, pegando a mão dela. – Quero que você também fique a salvo.

A boca se moveu. Acho que sorriu.

– Filho? – disse ela.

Ele entendeu e pegou sua mão.

– Argila – disse ela. – Lynn e Alan em argila. Bea?

– É claro – disse Beatrice. – Você já tem uma impressão?

– Não! – Foi o mais rápido que Naomi havia respondido a qualquer coisa. Depois, quase infantilmente, ela sussurrou: – Sim.

Beatrice riu.

– Toque neles outra vez se quiser, Naomi. Eles não se incomodam.

E não nos incomodávamos. Alan fechou os olhos, confiando na gentileza dela de um jeito que eu não conseguia. Eu não tinha problemas em aceitar o seu toque, mesmo tão perto dos meus olhos, mas não me iludia a seu respeito. Sua gentileza podia se transformar num instante. Os dedos de Naomi se contraíram perto dos olhos de Alan e eu logo falei, temerosa por ele.

– Apenas toque nele, Naomi. Apenas toque.

Ela congelou, emitiu um som interrogativo.

– Ela está bem – disse Alan.

– Eu sei – falei, sem acreditar. Mas ele ficaria bem, desde que alguém a vigiasse com muito cuidado, cortando qualquer impulso perigoso pela raiz.

– Filho! – disse ela, alegremente possessiva.

Quando ela o soltou, exigiu argila e não encostou mais em sua escultura da velha. Beatrice foi pegar argila nova para ela, deixando-nos para acalmá-la e tranquilizar sua impaciência. Alan começou a reconhecer sinais de comportamento destrutivo iminente. Por duas vezes segurou as mãos dela e disse não. Ela lutou contra ele até eu falar com ela. Quando Beatrice estava voltando, aconteceu outra vez e Beatrice disse:

– Não, Naomi.

Obedientemente, Naomi deixou suas mãos caírem para a lateral do corpo.

– O que acontece? – Alan quis saber depois, quando havíamos deixado Naomi segura, totalmente focada em sua nova obra: esculturas de nós dois em argila. – Ela só escuta mulheres, ou algo assim?

Beatrice nos levou de volta à sala de visitas e nos fez sentar, mas ela mesma não se sentou. Foi até uma janela e olhou para fora.

– Naomi só obedece a certas mulheres – disse ela. – E às vezes é lenta para obedecer. Ela está pior do que a maioria, provavelmente por causa dos danos que conseguiu fazer em si mesma antes que eu a encontrasse.

Beatrice se virou de frente para nós, mordendo o lábio e franzindo o cenho.

– Faz algum tempo que eu não preciso fazer esse discurso – disse ela. – A maioria dos DDGs têm juízo suficiente para não se casar entre si e gerar filhos. Espero que vocês dois não estejam planejando ter filhos, apesar de nossa necessidade.

Ela respirou fundo.

– É um feromônio. Um odor. E é ligado ao sexo. Homens que herdam a doença dos pais não têm nenhum traço do odor. Eles também costumam ter menos dificuldades com a doença. Porém, são inúteis como funcionários aqui. Homens que herdam DDG da mãe têm tanto desse odor quanto é possível para um homem. Eles chegam a ser úteis aqui, porque os DDGs podem ao menos ser induzidos a notá-los. O mesmo vale para mulheres que herdam das mães, mas não dos pais. É apenas quando dois DDGs irresponsáveis se unem e geram filhas, como eu ou Lynn, que obtemos alguém que pode realmente fazer um bem enorme num lugar como este. – Ela olhou para mim. – Somos artigos muito raros, você e eu. Quando você terminar os estudos, terá um emprego muito bem pago à sua espera.

– Aqui? – perguntei.

– Para treinamento, talvez. Depois disso, não sei. Você provavelmente ajudará a fundar um retiro em alguma outra parte do país. Precisamos muito de outros. – Ela sorriu sem humor. – Gente como nós não se dá muito bem junto. Você deve notar que eu não vou com a sua cara mais do que você vai com a minha.

Engoli seco, vendo-a em meio a uma névoa por um instante. Odiando-a sem pensar, só por um instante.

– Use o encosto – disse ela. – Relaxe o corpo. Isso ajuda.

Não queria obedecê-la, mas fui incapaz de pensar em qualquer outra coisa para fazer. Incapaz de pensar, no geral.

– Nós parecemos ser – disse ela – bem territoriais. O Dilg é um santuário para mim quando sou a única do meu tipo por aqui. Quando não sou, é como uma prisão.

– Para mim, esse lugar só parece uma quantidade absurda de trabalho – disse Alan.

Ela assentiu.

– Quase excessiva. – Ela sorriu consigo mesma. – Eu fui uma das primeiras DDGs duplas a nascer. Quando tive idade suficiente para entender, pensei que não teria muito tempo. Primeiro, tentei me matar. Falhando nisso, tentei acumular toda a vida que podia na pequena quantidade de tempo que presumi ter. Quando entrei neste projeto, me esforcei ao máximo para colocá--lo nos eixos antes que eu começasse a me perder. Agora, eu não saberia o que fazer comigo mesma se não estivesse trabalhando.

– Por que você não... se perdeu? – perguntei.

– Não sei. Não existem exemplos suficientes de pessoas como nós para saber o que é o nosso normal.

– Perder-se é normal para todo DDG, mais cedo ou mais tarde.

– Mais tarde, então.

– Por que o odor não foi sintetizado? – perguntou Alan. – Por que ainda existem asilos e alas de enfermaria que parecem campos de concentração?

– Houve gente tentando sintetizá-lo desde que eu provei o que podia fazer com ele. Ninguém conseguiu até agora. Tudo o que pudemos fazer foi ficar de olho em pessoas como Lynn. – Ela olhou para mim. – Bolsa de estudos Dilg, não é?

– É. Oferecida do nada.

– Meu pessoal faz um bom trabalho de acompanhamento. Você receberia o contato pouco antes de se formar ou caso largasse os estudos.

– É possível – disse Alan, me encarando – que ela já esteja fazendo isso? Que já esteja usando o odor para... influenciar as pessoas?

– Como você? – indagou Beatrice.

– Todos nós. Um grupo de DDGs. Nós moramos juntos. Estamos todos controlados, claro, mas...

Beatrice sorriu.

– Provavelmente é a casa de jovens mais tranquila que já se viu.

Olhei para Alan e ele desviou o olhar.

– Eu não estou fazendo nada com eles – falei. – Eu os relembro de tarefas que eles já tinham prometido fazer. É só isso.

– Você os tranquiliza – disse Beatrice. – Está lá. Você... bem, você deixa o seu odor pela casa. Conversa com eles individualmente. Sem saber por quê, eles sem dúvida acham isso muito reconfortante. Você não acha, Alan?

– Não sei – disse ele. – Imagino que deva achar. Desde minha primeira visita à casa, eu sabia que queria me mudar para lá. E quando vi Lynn pela primeira vez, eu... – Ele chacoalhou a cabeça. – Engraçado, eu achei que fosse tudo ideia minha.

– Você quer trabalhar com a gente, Alan?

– Eu? Vocês querem a Lynn.

– Eu quero vocês dois. Você não faz ideia de quanta gente dá uma olhada em uma sala de trabalho daqui, dá meia-volta e sai correndo. Vocês podem ser o tipo de jovens que vão, em algum momento, assumir o comando de um lugar como o Dilg.

– Querendo ou não, né? – disse ele.

Assustada, tentei pegar sua mão, mas ele a afastou.

– Alan, isso funciona – falei. – É só um paliativo, eu sei. A engenharia genética provavelmente nos dará as respostas finais, mas, pelo amor de Deus, isso é algo que podemos fazer agora!

– Isso é algo que *você* pode fazer. Brincar de abelha rainha num retiro cheio de operários. Eu nunca tive a ambição de ser um zangão.

– Improvável que um médico seja um zangão – disse Beatrice.

– Você se casaria com um de seus pacientes? – ele quis saber. – É isso o que Lynn fará, caso se case comigo, eu me tornando um médico ou não.

Ela desviou o olhar do dele, fitando o outro lado da sala.

– Meu marido está aqui – disse ela, baixinho. – Ele é paciente aqui há quase uma década. Que lugar seria melhor para ele... quando a hora dele chegou?

– Merda! – resmungou Alan. Ele olhou para mim. – Vamos cair fora daqui!

Ele se levantou e atravessou a sala até a porta, puxou-a e então viu que estava trancada. Ele se virou de frente para Beatrice, sua linguagem corporal exigindo que ela o deixasse sair. Ela se aproximou dele, pegou-o pelo ombro e o virou de frente para a porta.

– Tente outra vez – disse, baixinho. – Você não tem como quebrá-la. Tente.

Surpreendentemente, um pouco da hostilidade pareceu se esvair dele.

– Esta é uma daquelas trancas IPV? – perguntou ele.

– É.

Eu cerrei os dentes e desviei o olhar. Deixei-a trabalhar. Ela sabia como usar essa coisa que nós duas tínhamos. E, no momento, ela estava do meu lado.

Eu o ouvi despender algum esforço na porta. A porta nem se abalou. Beatrice tirou a mão dele da porta e colocou a dela reta sobre o que parecia ser uma grande maçaneta de latão, empurrando e abrindo a porta.

– O homem que criou essa tranca não é ninguém em particular – disse ela. – Ele não tem um QI incomumente alto, nem mesmo terminou a faculdade. Mas em algum momento da vida leu uma história de ficção científica na qual trancas que funcionavam com a palma da mão eram algo normal. Ele superou aquela história criando algo ainda melhor, uma tranca que reagisse à palma da mão ou à voz. Levou anos, mas nós pudemos lhe dar esses anos. As pessoas no Dilg são solucionadoras de problemas, Alan. Pense nos problemas que você poderia resolver!

Ele pareceu começar a pensar, começar a entender.

– Não vejo como poderíamos fazer pesquisa biológica desse jeito – disse ele. – Não com todo mundo atuando por conta própria, sem estar nem ciente dos outros pesquisadores e do trabalho deles.

– Mas *está* sendo feita – disse ela –, e não em isolamento. Nosso retiro em Colorado é especializado nisso e tem DDGs controlados e treinados em número suficiente, ainda que por pouco, para garantir que ninguém trabalhe realmente isolado. Nossos pacientes ainda conseguem ler e escrever, aqueles que não se danificaram demais. Podem levar o trabalho uns dos outros em consideração se os relatórios forem disponibilizados para eles. E podem ler materiais vindos do mundo lá fora. Eles estão trabalhando, Alan. A doença não os impediu, *não vai* impedi-los.

Ele a encarou, parecendo preso pela intensidade dela – ou por seu odor. Ele falou como se as palavras fossem um esforço, como se machucassem sua garganta.

– Eu não serei uma marionete. Não serei controlado... pela porcaria de um cheiro!

– Alan...

– Não serei o que a minha mãe é. Prefiro morrer!

– Não há motivo para você se tornar o que sua mãe é.

Ele recuou com óbvia incredulidade.

– Sua mãe tem lesões cerebrais graças aos três meses que passou naquela latrina de cuidados paliativos. Ela não conseguia falar quando a conheci. Melhorou mais do que você imagina. Nada disso precisa acontecer com você. Trabalhe conosco e cuidaremos para que nada disso aconteça com você.

Ele hesitou, parecendo menos seguro de si. Até aquele tanto de flexibilidade era surpreendente nele.

– Eu estarei sob o seu controle ou sob o controle de Lynn – disse ele.

Ela balançou a cabeça.

– Nem mesmo a sua mãe está sob meu controle. Ela está ciente de mim. Ela é capaz de receber instruções minhas. Ela confia em mim, do jeito que qualquer cego confiaria em seu guia.

– Mas é mais do que isso.

– Não aqui. Nem em nenhum de nossos retiros.

– Eu não acredito em você.

– Então você não entende quanta individualidade nossa gente retém. Eles sabem que precisam de ajuda, mas pensam por si sós. Se você quiser ver o abuso de poder com que está preocupado, vá para uma ala hospitalar DDG.

– Vocês são melhores do que eles, admito. O inferno provavelmente é melhor do que aquilo. Mas...

– Mas você não confia em nós.

Ele encolheu os ombros.

– Você confia, sabe disso. – Ela sorriu. – Não quer confiar, mas confia. É isso o que o preocupa e o deixa com trabalho a fazer. Pesquise o que eu disse. Veja por si mesmo. Nós oferecemos aos DDGs uma chance de viver e fazer seja lá o que eles decidirem que é importante para eles. Que esperança você poderia ter, de maneira realista, que seja melhor do que isso?

Silêncio.

– Eu não sei o que pensar – disse ele, afinal.

– Vá para casa – disse ela. – Decida o que pensar. É a decisão mais importante que você tomará na vida.

Ele olhou para mim. Eu me aproximei, sem saber como ele reagiria, sem saber se ele iria me querer, não importando o que decidisse.

– O que você vai fazer? – perguntou ele.

A pergunta me espantou.

– Você tem escolha – falei. – Eu, não. Se ela estiver certa... como eu poderia não acabar administrando um retiro?

– Você quer fazer isso?

Engoli em seco. Eu ainda não havia encarado de verdade essa pergunta. Queria passar minha vida em algo que era basicamente uma ala DDG mais refinada?

– Não!

– Mas vai.

– ... Vou. – Pensei por um instante, caçando as palavras certas. – Você faria o mesmo.

– O quê?

– Se o feromônio fosse algo que apenas os homens tivessem, você faria o mesmo.

Aquele silêncio outra vez. Depois de um tempo ele pegou minha mão e nós seguimos Beatrice para fora, até o carro. Antes que eu pudesse entrar com ele e nosso guarda-acompanhante, ela pegou meu braço. Eu o soltei com um puxão, por reflexo. Quando me dei conta, tinha recuado o braço como se fosse golpeá-la. Inferno, eu pretendia mesmo atacá-la, mas me segurei a tempo.

– Desculpe – falei, sem nenhuma tentativa de soar sincera.

Ela estendeu um cartão até que eu o pegasse.

– Meu número particular – disse ela. – Antes das sete ou depois das nove, geralmente. Você e eu nos comunicaremos melhor por telefone.

Resisti ao impulso de jogar fora o cartão. Deus, ela trazia à tona meu lado infantil.

Dentro do carro, Alan disse algo para o guarda. Eu não ouvi o que era, mas sua voz me lembrou da sua discussão com ela – a lógica e o odor dela. Ela havia praticamente o conquistado para mim, e eu não conseguia nem esboçar uma gratidão de fachada. Falei com ela, a voz baixa.

– Ele não tinha nenhuma chance, não é?

Ela pareceu surpresa.

– Isso é com você. Você pode ficar com ele ou afugentá-lo. Eu lhe garanto, você *pode* afugentá-lo.

– Como?

– Imaginando que ele não tem nenhuma chance. – Ela abriu um sorrisinho. – Telefone para mim do seu território. Temos muita coisa a dizer uma para a outra, e eu prefiro que não seja como inimigas.

Ela vinha conhecendo pessoas como eu havia décadas. Tinha um bom controle. Eu, por outro lado, estava no fim do meu. Tudo o que pude fazer foi correr para entrar no carro e pisar fundo no meu acelerador fantasma enquanto o guarda nos levava até o portão. Não consegui olhar para trás, para ela. Só quando já estávamos bem longe da casa, quando havíamos deixado o guarda no portão e saído da propriedade, foi que me forcei a olhar para trás. Por longos e irracionais minutos, eu estava convencida de que, se me virasse, de alguma forma veria a mim mesma parada ali, grisalha e velha, me apequenando a distância, desaparecendo.

Posfácio da autora

"A tarde e a manhã e a noite" cresceu de minha fascinação contínua com a biologia, a medicina e a responsabilidade pessoal.

Especificamente, comecei a história me perguntando quanto do que fazemos é incentivado, desencorajado ou guiado de alguma outra forma pela nossa genética. Esta é uma das minhas perguntas favoritas, mãe de vários de meus livros. Pode ser uma pergunta perigosa. Com frequência demasiada, quando as pessoas a fazem, se referem a quem tem o maior ou o melhor ou a maior quantidade de algo que veem como desejável, ou quem tem o menor e a menor quantidade do que é indesejável. A genética como um jogo de tabuleiro, ou pior, como uma desculpa para o darwinismo social que fica popular de tempos em tempos. Um hábito desagradável.

No entanto, a pergunta em si é fascinante. E a doença, por mais sombria que seja, é uma forma de explorar respostas. Distúrbios genéticos, em particular, podem nos ensinar muito sobre quem e o que somos.

Eu construí a Doença de Duryea-Gode a partir de elementos de três distúrbios genéticos. O primeiro é a doença de Huntington: hereditária e dominante, e portanto uma inevitabilidade se a pessoa tiver o gene para isso. E ela é causada por apenas um gene anormal. Além disso, a Huntington geralmente só aparece quando os portadores chegam à meia-idade.

Em adição à doença de Huntington, usei a fenilcetonúria (PKU), uma doença genética recessiva que causa deficiência mental grave, a menos que o bebê portador seja colocado numa dieta especial.

Finalmente, usei a síndrome de Lesch-Nyhan, que causa tanto comprometimento mental como automutilação.

A elementos desses distúrbios, acrescentei minhas reviravoltas particulares: uma sensibilidade a feromônios e o delírio persistente dos portadores de que estão encurralados, presos dentro do próprio corpo, e que esse corpo, de alguma forma, não é parte verdadeira deles. Neste último detalhe, peguei uma ideia familiar para todos nós – presente em muitas religiões e filosofias – e a levei a um extremo terrível.

Carregamos até cinquenta mil genes diferentes em cada um dos núcleos de nossos bilhões de células. Se um gene entre esses cinquenta mil, o gene de Huntington, por exemplo, pode alterar tão imensamente nossas vidas – o que podemos fazer, o que podemos nos tornar –, então o que somos nós?

O que, de fato?

Para leitores que acham essa questão tão fascinante quanto eu, ofereço uma lista de leitura breve e nada convencional: *The Chimpanzees of Gombe: Patterns of Behavior*, de Jane Goodall, *The Boy Who Couldn't Stop Washing: The Experience and Treatment of Obsessive-Compulsive Disorder*, de Judith L. Rapoport, *Medical Detectives*, de Berton Roueché, *Um antropólogo em Marte: sete histórias paradoxais* e *O homem que confundiu sua mulher com um chapéu*, de Oliver Sacks.

Divirtam-se!

ANNE RICHTER

O SONO DAS PLANTAS

Anne Richter é uma autora, editora e erudita belga. Sua primeira antologia, escrita aos quinze anos, foi traduzida como *The Blue Dog* por Alice B. Toklas, que a elogiou no prefácio. Além de sua própria ficção, ela é conhecida por editar uma antologia internacional de escritoras fantásticas, *Le fantastique féminin d'Ann Radcliffe à nos jours*, e por escrever ensaios sobre escritoras e literatura fantástica. Em "O sono das plantas", cuja edição brasileira partiu da tradução de Edward Gauvin para o inglês, uma mulher se transforma numa planta para fugir de uma vida tediosa e previsível e buscar a solidão que deseja. Essa história foi publicada pela primeira vez em sua coleção *Les Locataires*, em 1967.

> Desacelerando, sentimos a pulsação das coisas.
> Henri Michaux, "La Ralentie"

Ela vivia como uma planta. Os ritmos de sua vida eram mais vegetais do que humanos. Ela tendia a, periodicamente, pegar no sono devagar; permanecia inativa, imóvel, com as mãos cruzadas sobre os joelhos, a cabeça inclinada de leve na direção de um ombro, olhando para a frente. Às vezes era algo minúsculo. Uma abelha extenuada perdida numa dobra de cortina, fazendo a escalada com paciência e hesitação, parando para reunir suas forças. A abelha se encolhia brevemente antes de recomeçar; a jovem esperava pelo momento em que o inseto cairia, ao mesmo tempo desejando e temendo esse instante, tão imiscuída no sofrimento da criatura que suas palmas ficavam úmidas. Ou observava o rodopio exato de partículas de poeira sob a luz, entre a penteadeira e o tapete, encontrando uma calma secreta no movimento constante. Acompanhava gotículas de água escorregando por vidraças cinzentas, ou caía numa de suas doenças prolongadas que nunca ameaçavam sua vida, que ela parecia estender por prazer e das quais retornava sem pressa, com os olhos arregalados e um tom azulado na pele, como se deslumbrada pela luz ao deixar uma caverna.

Ela afundava na solidão completa, cercando-se de uma muralha de silêncio. Nesses períodos, seus pensamentos eram vagos, mas seguiam um caminho preciso. Com a paciência de uma aranha, ela se forçava, de trás de pálpebras semicerradas, a captar, desprevenidas, as coisas como ela sentia que deveriam ser. Isso demandava uma imobilidade total, esforços árduos de concentração. Meticulosamente, ela repetia palavras cotidianas até que perdessem seu sentido usual. *Colher, colher*, dizia ela, suave e teimosamente. Polia a palavra, lidando com ela de forma quase distraída, mas tomando cuidado para tratá-la com todo o respeito possível, tentando enxergá-la para além da utilidade. Pouco a pouco, a palavra perdia toda a consistência. Em seguida, começava o meticuloso trabalho de uma relojoeira. Ela persistia com cuidado, decantando a palavra, lentamente soprando vida nova dentro dela. Às vezes via a palavra se aproximar, se reerguer; então descobria um significado inteiramente novo. Ela chamava isso de despir as palavras.

Um dia, ela ficou noiva. Seu noivo era um rapaz simpático. Muitas vezes, aos domingos, eles saíam para caminhadas no interior. Caminhavam com cuidado, de mãos dadas, acompanhando prados e sebes. Conversavam disso e daquilo, sem paixão nem impaciência. Certa manhã, George quis mostrar para ela um lugar que ele havia descoberto. Eles prepararam um almoço e partiram. Fazia um calor incomum. Todas as árvores haviam florido, e a grama estava alta nos campos.

– Ali está! – gritou George. – Vamos correr até lá!

Ambos saíram em disparada e a jovem voou sobre a grama, rindo e agitando os braços, exibindo uma vitalidade incomum. Ela alcançou o primeiro tronco e jogou os braços ao redor dele; seu noivo a alcançou e a beijou na boca. As florestas diante deles se dividiam entre luz do sol e sombra. Subitamente, porém, ela se sentiu fraca, e suas mãos agarraram a casca da árvore. O jovem ficou preocupado, surpreso.

– Ah, não é nada – disse ela.

Sentou-se na grama e apoiou a cabeça no tronco. Então empalideceu, alisou o vestido e olhou ansiosamente para o noivo.

– Que lugar bonito! – disse ela.

Mas *le déjeuner sur l'herbe* estava arruinado.*

Eles deixaram de fazer caminhadas. O noivo tentou arrastá-la consigo, mas ela teimosamente recusava, alegando cansaço. Por volta dessa época, ela de fato sofria de períodos inexplicáveis de exaustão. Sentia muito, em sua imobilidade, por não ser capaz de lançar raízes. Enterrar-se no chão de vez, cercando-se de uma nuvem quieta de luz como aquelas em torno de pinheiros ou de certos arbustos no verão. Porém, precisava se levantar de sua cadeira, ir para um lado e para o outro. Ela cometia uma violência contra si mesma ao falar, ao se mover, e depois tombava, tremendo, a boca seca, morrendo de sede feito uma planta à qual se nega água.

A atividade ao seu redor parecia mais incompreensível do que nunca: uma comoção desnecessária, um caos fútil. No entanto, o curso regular dos afazeres cotidianos a preocupava. Ela enrolou suas folhas, vivendo de nada. Era como um

---

* Referência ao quadro *Le déjeuner sur l'herbe* [*O almoço sobre a relva*], de Édouard Manet. [N. de T.]

cacto, pele delicada por trás de espinhos protetores, precisando só de um pouquinho de água e luz para viver.

Ela viu que, por meio da imobilidade e do afastamento, a pessoa sentia que se tornava o centro do mundo, a fonte de seu movimento. Quando criança, havia brincado de se tornar o centro do mundo, uma brincadeira extraordinária da qual nunca se cansara – secretamente ciente, talvez, de sua gravidade e de seu poder. Ela caminhava de costas, a cabeça reclinada para trás, fitando o céu até ficar tonta. Era isso o que ela queria, que a tontura a fizesse ver as coisas de um jeito diferente, ela mesma congelada e a terra guinando, o sol e as nuvens rodopiando por aí. Ou então, sentada num trem em movimento, sentindo a aspereza do assento sob as palmas das mãos, ciente do ritmo cadenciado da viagem em cada parte do corpo, com o vagão fedendo a cinzas frias, as roupas molhadas e fumaça, ela examinava o quadrado branco da janela e de súbito o mundo começava a mudar. O trem havia parado e pelo canto da janela ela assistia a todas as pessoas caminhando, os gramados passando aos saltos, o céu em fuga, o movimento cortado por cabos telefônicos retesados.

Esse estado de graça quase sempre terminava rápido. O mundo ficava imóvel outra vez e seu vagão retinia ao longo de sabe lá Deus onde. A amargura a invadia; o asco. Ela acreditava ser a única pessoa viva num mundo morto abalado pelo som e a fúria, até o dia em que entendeu: na imobilidade, o movimento encontrava sua fonte. Resolveu ficar em silêncio e, no silêncio, animar o mundo.

Foi isto o que ela fez: encontrou um vaso gigantesco de pedra, um enorme saco de húmus. Ela entrou no vaso e cobriu as pernas com uma manta de terra. Desapareceu até os quadris. Que sensação boa! Ela nunca conhecera tamanho êxtase. Estava de volta a seu elemento. Das profundezas de si mesma, subiu um silêncio. Entretanto, um certo nervosismo persistia, um formigamento na ponta dos dedos dos pés e das mãos, algo como uma expectativa. *Vou me acostumar a isso,* pensou ela, remexendo os dedos dos pés.

Mas houve uma batida na porta; o que ela diria a sua mãe? A porta se abriu e os olhos delas se encontraram. Quanto sofrimento no olhar da mãe!

– Eu sempre esperei o pior de você, mas não isso... não isso!

– Olha, eu sempre cedi, mas dessa vez você está desperdiçando suas lágrimas!

Na verdade, as coisas continuaram muito parecidas. Depois do choque inicial, a rotina de sempre se impôs. Ela nunca ocupara muito espaço na vida da família. De agora em diante, não ocuparia espaço algum. Uma cadeira vazia no jantar foi empurrada para um canto. Uma cama vazia foi levada para o sótão. Roupas foram doadas aos pobres. Nem uma vez a mãe ergueu o olhar para o vaso pesado no andar superior. Ela passava o aspirador em volta dele, limpava o tapete sem comentários e tirava a poeira rapidamente, o rosto inexpressivo. Talvez esperasse, ao negar luz à filha, vê-la definhar e morrer. Mas plantas são resistentes. Elas têm todo o tempo do mundo e um dom para a frugalidade.

Quando o noivo veio vê-la, não soube o que dizer. Ele levantou as persianas. Ela parecia pálida, os olhos fundos. Seus braços pendiam, frouxos, ao lado do corpo, feito galhos mortos; seu pescoço se curvava sob o cabelo parecido com musgo. Ela olhou para ele com certo aborrecimento: será que seus movimentos sempre tinham sido tão bruscos? Não conseguia se lembrar de ter sofrido por causa deles antes.

– Você sempre disse que queria que eu fosse feliz – murmurou ela. – Provavelmente nunca notou que eu estava infeliz, não é? Isso tinha de ocorrer, mais cedo ou mais tarde. Não é melhor que tenha acontecido antes de nos casarmos? Agora, você ainda é livre. Não se preocupe em me magoar.

George tentou segurar a mão dela, mas estava tão fria! Como se o sangue estivesse, muito lentamente, retrocedendo dela.

– Como pode falar assim? Não sabe que eu te amo? Eu teria morrido por você. Mas posso ver que isso não significa nada; você está deliberadamente se destruindo. O que posso lhe dar agora?

Apesar de tudo, ela ficou emocionada. Mas estava cansada. A escuridão tinha sido uma tribulação horrível. Ela voltou os olhos embotados para o sol e fez um esforço para falar.

– Você é generoso, George. Tem algo que pode fazer por mim, se quiser. Minha mãe não admite, mas sei que ela quer levar as coisas a seu fim o mais rápido que puder. Mas eu preciso de comida! Traga-me coisas para comer e beber.

Ela ainda era um tanto carnívora. O noivo lhe trazia moscas, mosquitos, às vezes aranhas. Ela os engolia inteiros, apressadamente, esticando o pescoço para a frente e atacando-os com movimentos súbitos da mandíbula. Era uma visão peculiar, que o noivo tinha dificuldade em assistir. Discretamente dava-lhe as costas. Contudo, logo ela perdeu o gosto por carne. Tudo o que restou foi o anseio por água pura, um sonho de nascentes. Suas ideias assumiram o formato de folhas. Vagos desejos por silêncio. Ela falava cada vez menos. Um pouco constrangido por aquela mudez, o noivo falava pelos dois.

Um dia, ele disse:

– Se você quisesse... Ania...

Mas não terminou a frase. Via muito bem que ela já não queria mais nada. De fato, ela nem precisava mais de sua presença. Ela o possuía para sempre, atrás dos olhos fechados. Contudo, ele continuava falando. Todos eles continuavam falando. Como ela queria expulsar aquele insuportável enxame de palavras, como se espantasse insetos nocivos!

No térreo, diziam:

– Cadê a Ania?

– Ah, no quarto dela.

– Viajando.

– Ela é tão tímida, terrivelmente tímida!

Ela estava esperando por suas raízes. Suportava o sofrimento das plantas. A sede das flores cortadas torcendo seus caules na direção da luz. O sonho úmido da alga abandonada na areia. O frio das roseiras na geada de novembro. A loucura passageira das plantas domésticas devorando paredes e janelas. A furiosa proliferação de flores exóticas, trazidas como escravas, espalhando-se pelos quatro cantos do quintal com o fruto sinistro de sua revolta. Os suspiros dos homens, presos na lama de atos vãos.

O noivo conscienciosamente lhe trazia água todo dia antes de ir para o trabalho. Ele começou a se sentir desencorajado a falar, mas ela não reparou. Às vezes parecia preocupado, mas ela estava distraída demais para notar. Ela estava esperando. Quanto tempo levava, ficar parada e esperar! Enchemos nossos dias com distrações, mas talvez fosse melhor sermos fiéis à espera – esperar sem nos mover, sem falar, sem levantar um dedo, num quarto tão vazio quanto aquele.

As raízes dela cresceram da noite para o dia. Ela as sentiu em todo lugar, penetrando a terra. Que alegria, enfim, e que dor! Ela sentia como se estivesse viajando para trás no rio do tempo. Odores a atacaram, essências em transformação. Sua adolescência tinha um cheiro ansioso, como tília amarga. Algumas tinham crescido no playground da escola, onde ela sempre se sentira tão entediada. Sua infância cheirava a sorveira. Ela viu a si mesma seguindo um caminho curvo. Uma graúna cacarejou das profundezas de um arbusto. Os frutos da sorveira jaziam na grama, sangrando. Ela os amassou com os pés. Que mundo brotaria quando ela fizesse a curva? Avançou com cautela. Com um último empurrão, suas raízes perfuraram o solo. E então ela desceu, o coração martelando, na direção de um odor, o odor do dia em que ela nascera. Seu nascimento tinha um cheiro apagado, como aquele que paira sobre pedreiras de ferro. Seu nascimento cheirava a samambaias. Ela viu uma samambaia brilhante, com seu topo ereto, arranhando o céu com sua palma de luz.

Na manhã seguinte, suas mãos de folhas estavam abertas. O noivo veio vê-la, parecendo aflito. Ele se sentou ao lado dela, a cabeça baixa.

– Olha... eu andei pensando muito nisso. Acho que devo lhe contar. Eu conheci uma pessoa... uma moça, a irmã de alguém do trabalho. Ela é meiga, séria... parece um pouco com você. Foi você quem me disse que a vida segue. Mas não posso simplesmente abandonar você. Nossas vidas estão interligadas, Ania: você quer vir ao nosso casamento e vir morar com a gente?

Uma leve brisa passou pela janela, acariciou o tronco, brincou nos galhos. As folhas no alto se dobraram um pouco para a frente, numa aprovação silenciosa. George se debruçou e levantou o pesado vaso de pedra. Por um momento, as folhas ficaram perturbadas, estremecendo, mas em breve recuperaram a imobilidade sonhadora. Enquanto Ania atravessava a soleira nos braços do rapaz, a mãe, no fundo da cozinha, fechava o punho em torno de uma panela e dava as costas para o casal.

George a plantou em seu quintal, no meio do gramado. As raízes respiraram livremente; ela lhe agradeceu com um gesto feliz da folhagem. Numa manhã ensolarada, não muito tempo depois, ele se casou. A noivinha de rosto pálido flutuou entre os convidados, leve como um lírio-d'água. Houve danças sob folhas banhadas de luar.

Naquele verão, a árvore desabrochou com flores esplêndidas.

KELLY BARNHILL

OS HOMENS QUE MORAM EM ÁRVORES

Kelly Barnhill é uma escritora estadunidense. Ela tem três livros de fantasia infantis publicados: *The Witch's Boy, Iron Hearted Violet* e *The Mostly True Story of Jack*. Também escreveu vários contos para adultos que foram muito bem recebidos e podem ser encontrados em *Postscripts*, Tor.com, *Weird Tales, Lightspeed, Clarksworld* e outras publicações e antologias. Em "Os homens que moram em árvores", Carmina busca por uma resposta para a morte do pai. A história foi publicada pela primeira vez em *Postscripts 15*, em 2008.

De todas as culturas, subculturas, clãs, gangues e seitas delimitados e protegidos por nosso Império Glorioso, nenhum é mais intrigante do que os Molaru, conhecidos pelos residentes de Acanthacae como os homens que moram em árvores. Eles não têm nenhuma linguagem reconhecida, exceto por um complicado espetáculo de gestos e movimentos, acompanhados por um conjunto codificado de expressões faciais. De maneira semelhante, não têm nenhuma tradição reconhecível nas artes ou na música. Aquilo que, suponho, deveria passar por música é tocado em instrumentos não afinados para criar melodias, mas criados, em vez disso, com o propósito único de produzir um som quase idêntico ao do vento passando incessantemente por árvores de copas pesadas. Às vezes, pode-se até ouvir a chuva pingando das folhas largas na selva, estendendo-se misteriosamente para o mundo, para o fim do mundo.

DAS ANOTAÇÕES E DIÁRIOS DE TAMINO AILARE

Quando Carmine Ailare nasceu, seu pai a deitou num berço verde. Padrões de trepadeiras, folhas e flores pesadas se entrelaçavam pela borda curva e retorciam seus estolhos para dentro da cavidade onde o bebê dormia. Quando o berço balançava, as folhas pareciam soprar num vento tranquilo. E quando se olhava com atenção, às vezes parecia que um par de olhos verdes olhava de volta – sem piscar, bruxuleando, e então sumia.

O berço tinha sido feito com mil pedaços de madeira que se encaixavam uns nos outros, cortados de uma única árvore, que havia caído no lado sul da casa quando todos dormiam, ferindo dois criados, embora apenas de leve. O pai, de modo muito característico, disse que nunca gostara do lado sul da casa mesmo e que os criados em questão mereciam um dia de folga. E, uma vez que a recuperação era uma desculpa tão boa quanto qualquer outra, eles receberam ordens de se recuperarem. Na verdade, ele se importava apenas com a árvore, e acreditava que sua chegada na ala dos criados era um sinal.

– Que tipo de sinal? – perguntou a esposa, reclinada na poltrona estofada, os olhos cor de mel injetados com calor e esperança e algo mais que ela não sabia nomear.

Tamino deu de ombros, vagamente, e fitou o verde nublado logo depois do muro do jardim.

– Que tipo de sinal? – perguntou ela outra vez, mas ele não disse nada e ela desistiu.

Durante toda a gravidez da esposa, enquanto ela suava e gemia pedindo por seu lar e sua família no caos familiar e desregrado da Cidade do Imperador, Tamino Ailare cortou lenha. Ele serrou, partiu, lixou e aplainou. Tratou cada pedaço, permitindo que a seiva escorresse de seus veios e penetrasse fundo na carne firme da madeira, dando-lhe um brilho peculiar. De fato, a madeira das árvores do rio Oponax era diferente de qualquer outra que Tamino Ailare já tivesse visto. Uma vez curada, ela era perfumada, luminosa e escura. Numa sala silenciosa, Tamino jurava que era possível ouvi-la respirar.

No dia em que o berço ficou pronto, Carmina nasceu. Tremendo de entusiasmo, ele extraiu o bebê embrulhado dos braços da mãe, que ainda protestava, e colocou-o no berço. Imediatamente, uma brisa soprou das árvores próximas ao muro do jardim. O bebê no berço fez um ruído – um ruído como o vento nos galhos sobrecarregados. Um ruído como madeira estalando.

O pai de Carmina tinha sido um professor de matemática discreta e filosofia aplicada da linguagem. Ele servira na maioria das principais universidades que se espalhavam pelo Império sem limites, ou seja, lecionou em todas as universidades relevantes. O que quer dizer, também, que ele foi subsequentemente demitido de todas as universidades relevantes.

Sem nenhum outro lugar para onde enviá-lo, os sábios do Império o mandaram para o canto mais distante possível, onde ele não poderia mais ser um incômodo, e onde sua tendência para a heresia e a sedição poderia ser atribuída a uma febre das selvas e, portanto, ignorada. Acanthacae. Guardiã da colônia penal. Coletora de rubis. Supervisora do vasto e fragrante rio Oponax. Ele foi enviado para estudar os homens que moram em árvores. Foi enviado para descobrir os segredos deles. Deveria reportar-se regularmente ao Imperador, por meio de Seus governadores, ministros e magos, quanto ao motivo pelo qual os Molaru não tinham sido, e pareciam não poder ser, subjugados. Ele não fora instruído a amá-los; no entanto, os amou. E então morreu. Carmina imaginava que havia uma lição nisso, mas qual seria a lição, e qual era sua importância, bem, isso era um mistério.

Os homens que moram em árvores não têm mulheres. Pergunte a qualquer um. O Governador, o Guarda, o Bispo, o Reitor da Universidade, até a proprietária da estimada Casa das Damas: eles não concordam em nada, nem nunca concordaram, exceto nisso.

Que uma tribo ou uma nação ou até um clube de jantar possa ser composto apenas por homens é claramente uma crença maluca, no entanto, todos asseveravam a mesma coisa. Os homens que moram em árvores são homens. Nenhuma mulher ou criança jamais foi avistada, mencionada, quanto mais examinada para estudos e publicações.

DAS ANOTAÇÕES E DIÁRIOS DE TAMINO AILARE

No dia de seu noivado, Carmina foi até a janela para procurar os homens que moram em árvores. Ela não veria nada, é claro, o que quer dizer que veria as folhas lustrosas da selva erguendo-se sobre o muro do seu jardim, o grande volume verde e florido suspirando, ofegando, suando. Ela estremeceu.

Em algum lugar, mais além – não, *dentro* da pele da selva viviam os homens que moram em árvores. Em seus dezesseis anos, ela os vira apenas quatro vezes: duas para as cerimônias e os protocolos envolvidos na assinatura de um tratado, uma para a demonstração de amizade com o abate e preparo de um porco selvagem – ou talvez fosse um urso – e uma para uma apresentação de canto e dança, recebida com muitas caretas e dentes cerrados por quase todos os envolvidos. Quase todos, menos Carmina, que amou a reverência e a quadrilha estilizadas, a caçada e fuga exageradamente gesticuladas e lustrosas, como sempre, com várias camadas de suor doce.

A última vez que ela vira os homens que moram em árvores fora três anos antes, quando eles escalaram as muralhas da cidade, abriram a barriga dos guardas e colocaram o sorriso de suas lâminas contra a garganta do pai dela. Ela estava na porta, sua camisola branca esvoaçando em volta do corpo como asas translúcidas. Ela abriu a boca e sentiu os lábios se esticarem contra os dentes, mas nenhum som escapou. Os homens que moram em árvores se agruparam em torno de seu pai ajoelhado. Um segurou os ralos cabelos dele, outro seus ombros e um terceiro, a lâmina. Seu pai engasgou, depois ofegou, em seguida grunhiu algo que soou como *me perdoem, por favor, me perdoem*. Os homens que moram em árvores tinham faces que não se moviam. Suas bocas eram pedra; seus rostos, céu. Com um movimento rápido do pulso, a lâmina deslizou caprichosamente sobre o pescoço do seu pai e cortou um arco perfeito de um lado até o outro.

O pai dela não chorou nem gritou. Em vez disso, abriu bem os dedos, curvou o dedinho e o anelar para dentro, num movimento trêmulo, e levou as duas mãos ao peito. Carmina conhecia esse sinal. Seu pai lhe ensinara. Os homens que moravam nas árvores também o conheciam. Eles não usavam palavras para se comunicar, falavam com as mãos. O pai de Carmina, na linguagem deles, dissera-lhes só uma coisa. *Obrigado*.

Dizem que cada homem vive por trezentos anos. Que eles emergem, plenamente formados e racionais, de uma fenda na lateral de uma árvore. Que não morrem como nós, mas apodrecem do centro para fora à medida que se aproximam da morte, perdendo seus membros. Isso, claro, é absurdo, e no entanto. No entanto. Uma vez eu vi um homem enquanto percorria as profundezas do coração verde da floresta. Ele não tinha o braço esquerdo e não tinha o nariz. Seguia aos pouquinhos pela trilha coberta de vegetação. Ele estalava ao vento.

DOS DIÁRIOS DE TAMINO AILARE

Considerando que aquele era o dia em que ela seria apresentada a seu futuro marido e à família de seu futuro marido (ou seja, aquele era o dia em que ela seria apresentada a sua futura sogra, que, numa série de gestos codificados, demonstraria sua aprovação, indiferença, aceitação a contragosto, desdém indisfarçado, hostilidade escancarada ou recusa abjeta), Carmina estava particularmente sozinha. Normalmente, ela seria escoltada das portas do jardim do complexo pela mãe à esquerda e pelo pai à direita. Teria uma cacofonia de parentes rindo atrás dela, cobrindo seus dentes brancos e lábios abertos com as costas das mãos salgadas. Atrás deles viriam os criados, guiando os animais da casa, e provavelmente depois disso haveria um músico e cantor, ou até um coral, contratado especialmente para a ocasião.

Em vez disso, seriam apenas Carmina e sua tia, o que queria dizer que Carmina estaria completamente sozinha.

Deborah, a criada, esperava quieta junto à penteadeira. Isso não era surpreendente. Deborah nunca falava. Nenhum dos criados falava. Ela simplesmente esperava que Carmina organizasse e reorganizasse as diversas ferramentas para o espetáculo intrincado que era a arrumação de Carmina: uma escova de pelos de javali, um pote de brilhantina feita com gordura de cordeiro e perfumada de bergamota, jasmim e limão. Ela tinha catorze pentes de prata e dez cordões de pérolas minúsculas que em breve seriam entrelaçados em seu cabelo preto, prendendo-o bem. Havia oito potes de pó fino em graus variados de palidez. A cada aplicação sucessiva, Carmina se tornaria cada vez mais descorada, até ficar da cor de uma pedra. Havia também potes contendo um sortimento de pastas delicadas e lisas, tão sedosas quanto manjar, mas com uma granulação agradável. Havia uma pasta cor de morango que seria aplicada em seus lábios (e, em sua noite de núpcias, também nos mamilos), uma pasta rosa como conchas para seus malares altos, e um poente de azuis e púrpuras e verdes iridescentes para a área em torno dos olhos.

Havia, é claro, muito a ser feito, mas ela se postou na janela em vez disso, observando o amontoado de verde exalar nuvens de calor e névoa na direção do céu alto e branco.

Foi nesse momento que a porta do quarto se abriu como se por uma força da natureza e bateu na parede oposta com tanta força que rachou o gesso num sopro empoeirado.

– Limpe isso – disse a tia de Carmina para a criada silenciosa, sem olhar em sua direção.

Deborah se levantou, fez uma reverência e foi buscar uma vassoura.

– É isto – disse a tia, baixando a cabeça como um abutre – que devo apresentar à sua futura sogra? Eu vim para cá procurando uma futura noiva. Se não fosse por essa língua malcomportada na sua boca deplorável, eu poderia tê-la confundido com uma das criadas.

Carmina se apoiou no parapeito da janela, inclinou a cabeça e sorriu brandamente para a tia.

– Não deve importar de um jeito ou de outro – disse ela. – Eu poderia me encontrar com a família dele vestindo nada além de folhas de figueira, e eles ainda ofegariam por esse casamento.

A tia fungou e estendeu a mão para alcançar o pó, mas Carmina continuou, encorajada principalmente porque sabia que estava certa.

– Acho que vou fazer exatamente isso – disse ela, enquanto suor se acumulava e gotejava entre seus seios amarrados, descendo pelas finas nervuras dos ossos de baleia cortados que enjaulavam sua cintura. – Farei um vestido de folhas e aniagem. E untarei meu cabelo com o sebo do ano passado. Ah, e *cinzas* também.

A tia apoiou um dedo com unha comprida na parte baixa das costas de Carmina e a conduziu – com pouco mais do que insistência firme – até a cadeira.

– Contemplem a noiva – disse Carmina, amarga, quando a tia começou a aplicar o primeiro pote de pó.

– Egoísta – chiou a tia entre os dentes cerrados. – Egoísta e estúpida. Igualzinha ao pai. Pense na sua mãe, para variar. Pense na sua mãe e cumpra o seu dever.

A mãe de Carmina jazia na cama, debilitada de febre. Ela vinha sofrendo de febres nos últimos dois anos. Quando viu o marido no chão, o sangue dele formando uma poça nas lajotas frias, desmaiou. Seu corpo sofreu uma dura queda nas pedras e o sangue do marido fluiu na direção da cabeça, ao redor dela, como um halo. Mais tarde, quando os médicos e boticários, e até doze mulheres da colônia penal que haviam sido presas como bruxas, examinaram a mulher quase inconsciente, o diagnóstico foi unânime, ou seja, cada um tinha sua própria teoria, e todos concordaram com uma total falta de acordo. Os médicos culpavam uma infecção parasítica e prescreveram um gole de quinino tomado de manhã, à tarde e à noite, seguido por um segundo gole de destilado forte, e seguido novamente por uma tintura de morfina. Os boticários culparam uma abundância excessiva de humores, e insistiram para que ela fosse sangrada por quinze minutos todos os dias até que sua condição melhorasse. Às duas e meia, todas as tardes, ela deveria tomar um chá feito com pétalas de lírio, hibisco e *Lewisia rediviva* ou raiz amarga, combinados, claro, com pétalas secas de rosas importadas do coração pulsante do Império, para alimentar o coração moribundo da pobre mulher. As bruxas declararam que era o choque de um coração partido e a ingestão acidental de sangue. Prescreveram uma medida de água do mar para lavar os olhos todos os dias e, assim, livrá-los do luto; óleo de papoula sob a língua a fim de substituir a alegria; e a presença de um cantor no quarto dela todos os dias por no mínimo duas horas, para clarear a cabeça e acalmar o coração.

Como resultado, a mãe de Carmina ficou cega e sua pele assumiu uma tonalidade fantasmagórica, desvanecendo-se até ficar quase translúcida. Ela raramente estava consciente. A tia, para o seu crédito, seguira as instruções ao pé da letra. Todas exceto pelo cantor, que ela sentia ser um acréscimo espalhafatoso a uma casa populada por mulheres.

No final, a cantoria era a única coisa que poderia tê-la salvado, caso tivesse sido trazida de imediato. Sem música, a mãe de Carmina, embora respirasse, já estava morta.

A morte não existe na mente dos homens que moram em árvores. Nem o nascimento. Não há sinal para nenhum dos dois. Em meus primeiros contatos com os Molaru, após meus passeios iniciais pela colônia penal, assim como por nossa pequena porém crescente Universidade do Opponax Superior, fui apresentado a um homem que era um curandeiro dos Molaru. Ele fora chamado à Mansão Central para ver o filho da amante mais linda e mais amada do Governador. A criança sofria de febres que vinham piorando, ao ponto que ele jazia, com o rosto pálido, sobre o lençol impecável de linho, tão próximo da morte quanto se pode estar sem de fato morrer. O curandeiro entrou no cômodo onde se encontrava o menino. Minha senhora mandou que eu perguntasse se a criança morreria. Meu conhecimento da fala manual deles estava longe de ser fluente, mas fiz meu melhor, apesar disso. "Final. Este. Homem Pequeno", perguntei com as mãos. O velho curandeiro ficou me encarando. Ele levou o dedo médio da mão direita até a boca e depois o fez voar gentilmente para longe, como uma borboleta. Olhou para mim de maneira significativa. Eu disse para minha senhora: "Parece que ele está dizendo que 'o pequeno homem está livre', embora eu não tenha como saber o que isso significa". Naquela noite, a criança morreu. Naquela noite, um prisioneiro Molaru na colônia penal escapou – o primeiro a conseguir fazê-lo. Ele era um homem bem pequeno.

DOS DIÁRIOS DE TAMINO AILARE

Carmina rangeu os dentes enquanto a tia amarrava o pesado vestido vermelho. Ela imaginava que, nas cidades ao norte do Império, apenas levemente bárbaras, tal vestido faria sentido. Ou, pelo menos, faria sentido no inverno. A mãe de Carmina, vinda das cidades ao norte, era a dona original do vestido, e sem dúvida ficara linda nele. Carmina prendeu o fôlego enquanto a tia esticava o veludo espesso, luminoso, em torno do implacável espartilho. O tecido apertava cruelmente a carne delicada de seus seios, e os babados da saia, tão pesada quanto cortinas de igreja, ia dos quadris até o chão, dificultando seus passos. Sua tia anexou o colarinho rígido e o prendeu com alfinetes que beliscavam os ombros e a parte de cima das costas de Carmina. Ela fez uma careta, mas não disse nada, embora soubesse que estava sangrando. Seus pés foram presos em sapatos minúsculos e bordados com contas que sussurravam contra as pedras do piso quando ela andava.

A tia a avaliou criticamente.

– Não é digna de ser uma noiva de Deus, mas para um homem serve – disse ela. – Especialmente aquele homem – acrescentou com meio sorriso e olhos brilhantes.

Carmina resolveu ignorar o comentário e foi ver a mãe.

A tia de Carmina não se casara, prestando votos às Irmãs do Céu Ocidental e vindo morar na província na boca do rio Opponax, separada do mundo pelas muralhas da Abadia, que tinham 1,20 metro de espessura e 6 metros de altura. A despeito da muralha, a Abadia fora destruída apenas dois anos depois, durante um desentendimento entre as forças do Império e um exército esfarrapado formado por anarquistas, estudantes expulsos, aborígenes deslocados e clero destituído. As forças do Império, levadas a crer que a abadessa abrigava terroristas dentro de suas muralhas sagradas, abriram um buraco no lado ocidental e dirigiram-se em massa para lá. Todas as residentes tinham sido assassinadas, exceto uma: a tia de Carmina. Ninguém sabia quem dissera ao general que os dissidentes estavam escondidos na Abadia. Na verdade, nenhum dissidente fora encontrado. Como resultado, a Igreja liberara a tia de Carmina de seus votos. *Pelo seu luto*, disseram.

Os homens que moram em árvores não se lamentam como nós. Como a morte não existe, o luto também é alterado. Recentemente, os Molaru me deixaram morar com um dos seus por um período de três semanas. Eu não tinha permissão para visitar a residência coletiva de seu povo – mesmo que algo assim exista.

Alguns dizem que os homens que moram em árvores constroem ninhos como pássaros e que seu território vai até onde o canto alcança. Eu não acredito que isso seja verdade, mas como nunca vi o local em que moram, suponho que tudo seja possível. Em vez disso, dormimos no chão toda noite, olhando para o céu. O homem me ensinou os meandros da contação de histórias Molaru, e como desenhar no chão os símbolos que eles faziam com as mãos. No décimo primeiro dia, ele me levou às muralhas da colônia penal. Os soldados percorrendo a muralha não nos notaram, embora estivéssemos em campo aberto. Ele me instruiu a colocar uma das mãos na muralha e outra na sua palma. Eu o fiz, e no mesmo instante senti uma pontada de luto que perfurou meu pobre coração. Através da minha mão, senti os grunhidos dos prisioneiros, suas bocas secas e barrigas vazias, seus membros apodrecidos e costas arrebentadas, e seu desespero esmagador. Através da outra mão, senti o horror chocado de meu novo amigo, sua aceitação entorpecida e seu coração se partindo. Saímos sem fazer som algum. Não fomos vistos.

DOS DIÁRIOS DE TAMINO AILARE

Depois de beijar os lábios mirrados e encolhidos da mãe e arrumar as roupas de cama em torno de seu corpo diminuto, Carmina foi até a porta da frente, tocou a mão de sua tia de lábios severos e saiu para a espessa luz do sol. Deborah, a criada, seguia logo atrás, segurando uma sombrinha pequenina que pouco fazia para bloquear o calor esmagador.

Embora ela estivesse sozinha, as pessoas na rua movimentada sabiam, pelo veludo vermelho agarrando seu corpo úmido, pelas espirais de cabelo pesado entremeado de joias e pelas camadas e mais camadas de pó em seu rosto, pescoço e colo, que ela era uma noiva. Na verdade, muitos tinham começado a se perguntar quando seria encontrado um par adequado – um que satisfizesse a tia da moça e a futura sogra. Afinal, como parentes de um Indivíduo Banido, este sendo o amado pai de Carmina, elas por lei não tinham permissão para acessar os vastos recursos da família dele. Desde que Tamino Ailare fora enviado ao Opponax superior, ele e seus dependentes recebiam um estipêndio mensal, que garantia seu bem-estar geral e providenciava o luxo necessário para manter um certo nível na sociedade, mas não era o bastante para um dote.

Entretanto, qualquer um que se casasse com Carmina teria acesso, como parente com um grau de separação, àquela fortuna em grande parte intocada, e seria, portanto, muito rico.

O homem esperando do outro lado da praça queria ser muito rico, o que equivale a dizer que sua mãe queria que ele fosse muito rico.

O peso extra entremeado em seu cabelo repuxava o couro cabeludo de Carmina, dando-lhe uma dor de cabeça. Ela olhou de cima a baixo o jovem enquanto se aproximava. Já o vira, claro, mas fazia algum tempo, pois a mãe dele o enviara à universidade na Cidade do Imperador, mesmo que ninguém soubesse como ela conseguira bancá-lo. O rapaz vinha de uma família quase tão antiga e gloriosa quanto o Amado Imperador em pessoa, embora não chegasse a tanto. Porém, seu avô, um dos progenitores do conceito da colônia penal com seu lucrativo negócio de retirar rubis do chão, tinha vendido todas as terras da família e dissipado os lucros em duas minas de rubi que produziram por cinco e quinze anos, respectivamente. Agora não havia mais rubis, e a fortuna familiar minguava.

Ele vestia uma camisa de seda presa no pescoço com renda e calças de montaria feitas da pele de algo macio e tenro. Um coelho, talvez. Ou uma jovem corça. Suas botas altas exibiam camadas espessas de graxa e brilhavam de forma impressionante ao sol do meio-dia. Mas isso, Carmina podia ver, apenas mascarava a verdade. As botas, apesar de engraxadas, eram velhas, talvez do pai dele, e se dobravam profundamente nos dedos, como se tivessem caminhado demais com pés que sempre foram menores do que ela. A pele de corça, pintada recentemente de azul-céu (a cor da esperança), estava vincada e rachada, as barras marcadas com furos por causa de consertos em excesso. E a tinta tinha vazado na borda da camisa, um azul que não sairia nunca. Ele não olhou para Carmina. Nem uma única vez. Em vez disso, olhava para suas botas grandes demais e suspirava profundamente, e usou um lenço bordado com um monograma para enxugar a testa.

Carmina olhou para rosto da mulher à esquerda dele. Apesar do calor, ela parecia seca, tão desprovida de sangue quanto ossos empoeirados. Seus lábios finos se racharam numa careta.

– Seu vestido está amassado – disse ela, numa voz seca.

A tia de Carmina assentiu com tristeza.

– Está mesmo – disse ela. – Ela se vestiu com pressa. É uma criaturinha ansiosa.

Os olhos da mãe se enrugaram, estreitando-se.

– E está suando feito uma criada. Não sabe que deve se banhar antes de uma ocasião assim?

Carmina corou, prendeu a raiva nos dentes e mordeu com força. Era verdade, ela suava abertamente. O suor se acumulava na linha onde começavam os cabelos, contornava seu pescoço e fluía para baixo, passando por seios e umbigo. E pior: ela sabia, por causa da dor, do calor e do fluxo em suas coxas, que também estava sangrando.

– Então me mande embora em desonra – disse Carmina, numa voz baixa –, ou amarre nossas mãos e termine logo com isso.

Tanto a mãe como a tia ofegaram, mas Carmina suspirou de alívio.

– Ela é jovem – arfou a tia. – Jovem o bastante para ser moldada. Amarrada.

É tradição, quando os Molaru fazem a transformação de homens de poder para homens de idade, amarrar suas mãos e seus pés enquanto eles rezam para o rio. Se o rio inunda, o homem é levado embora, e dizem que sua voz pode ser ouvida nos primeiros gorgulhos da primavera. Se não inunda, ele é desamarrado após três dias. Seu cabelo fica branco enquanto antes não o era e seu rosto fica enrugado enquanto antes era liso. Ele não é mais uma muda; em vez disso, carrega uma estranha semelhança com os entalhes retorcidos das árvores mais antigas – aquelas que apenas o vento mais forte pode dominar.

DOS DIÁRIOS DE TAMINO AILARE

No andar superior, a tia de Carmina contava para a mãe inconsciente os pecados cometidos naquele dia. A tia fazia isso todo dia, claro, mas, considerando-se a magnitude dos pecados de hoje, Carmina sabia que ela permaneceria no quarto da enferma até o final da tarde.

Não que seus pecados fizessem qualquer diferença, para o bem ou para o mal. Ela estava sumariamente noiva. Amarrada. Seu bem-estar e o de sua mãe e tia estavam agora nas mãos do homem com quem ela se casaria, o que equivale a dizer que elas estavam agora à mercê da sua sogra. Carmina se esgueirou pela porta dos fundos e seguiu o caminho que serpenteava além da barraca do boticário, passando pela Casa dos Oito Escribas, pela casa das senhoras e pela triste cabana da primeira amante rejeitada do Governador e seus muitos filhos, até alcançar as margens do Opponax. Ela seguiu a trilha estreita que levava no sentido contrário à correnteza até chegar à boca de um tributário esguio, mas profundo, quase escondido numa copa de galhos pesados de tantas folhas. O veludo vermelho e as contas já tinham sumido – o primeiro, pendurado para arejar no pátio; as segundas, contadas, embaladas e trancadas no quarto da tia. Ela retirou a musselina branca, o espartilho, as muitas camadas de roupas de baixo. Retirou cada meia, cada sapato. Retirou o anel que fora do pai, o bracelete que fora da mãe. Ficou de pé, nua junto da correnteza, as coxas cintilando de suor e sangue vivo, e então lentamente entrou na água, agarrando-se a uma raiz grande para não sair boiando.

Enquanto observava a curva terna dos galhos das árvores oscilando gentilmente lá no alto, ouviu o grunhido nítido de madeira se dobrando e um estalo ressonante. Acima da superfície da água, ela farejou o travo acentuado de seiva escorrendo – um cheiro que a fez pensar imediatamente em olhos verdes espiando em meio a uma floresta verde, apesar de não saber por quê. Ela se segurou com mais força à raiz submersa e se puxou para perto da margem dominada pelas plantas, as pernas ainda boiando livremente no fluxo veloz.

Na outra margem, perto de uma árvore grande, havia um homem. Um homem Molaru que se virou para a árvore e lhe deu tapinhas gentis. Ele era alto, mais alto que Carmina, embora ela não tivesse como saber o quanto. Como o resto deles que já vira, ele vestia um cocar feito da casca interna da árvore Looma azeitada, suas emendas amarradas com a tripa de uma pantera. Desde a testa, folhas frescas se entremeavam com o cabelo de mortos – tanto humanos como animais –, criando algo como uma coroa. O peitoral era feito de madeira, escura e com um brilho estranho, esculpida em padrões de flores, ramos e folhas, e as botas eram feitas de juncos.

Carmina, nua na água, observou-o tocar a árvore. Suas mãos eram pequenas, menores do que as do pai dela, com dedos finos e palmas marrons macias. Ele se movia como as árvores se movem, de maneira gentil e irrevogável, sussurrando ao vento. Retirou seu cocar e o domo esticado do couro cabeludo cintilou sob a luz sarapintada. Retirou cada perna das botas de juncos e Carmina se espantou com o arco delicado dos pés dele, os calcanhares perfeitamente atados na sandália. Depois de desatar as oito correias que o mantinham no lugar, ele puxou o peitoral por cima da cabeça e o recostou na árvore, pendurando o tecido folhoso que estava em torno de sua cintura por cima da peça. A boca de Carmina se abriu, depois fechou. Os mamilos dele, escuros como ameixas, pairavam acima da curva de um par de seios. Suas coxas, como as dela, estavam úmidas de suor e de um fluxo de sangue vindo da concha escura entre elas.

Carmina soltou um grito, apressou-se até a margem e se levantou, ficando de pé no lado oposto ao do homem Molaru que não era homem coisa nenhuma. O homem que não era homem fitava Carmina de volta, sem piscar e sem surpresa.

– Você – disse Carmina, mas o homem que não era homem simplesmente ergueu as sobrancelhas. – Ah – disse ela. – É claro.

Ela pensou por um minuto, e tentou os sinais que conhecia.

– Você – gesticulou ela. – Homem. Não homem.

Carmina apertou os lábios. Certamente, ela conseguia fazer melhor do que isso. Seu pai não lhe ensinara a poesia dos sinais com a mão? Ela não havia aprendido nada?

– Sou um homem – gesticulou de volta a garota nua do outro lado da água. – Somos todos homens.

Carmina pensou por um momento. Então gesticulou:

– Então, o que eu sou?

– Você? – A garota que era um homem deu de ombros. – Uma criança. Filho de uma criança sábia.

– Meu pai, você quer dizer.

– Seus dois pais eram crianças sábias. Seu pai cujo sangue vive nas pedras. E seu pai que está vivo e morto ao mesmo tempo. Crianças sábias.

– Quem é seu pai? – sinalizou Carmina.

– As árvores – respondeu a garota.

Os homens que moram em árvores têm muitas histórias. Algumas eu lembro. Outras escorreram feito água. Há uma história que afirmam ser a mais antiga, mas quem pode dizer? Como um membro do império e parente distante do próprio Imperador, temo que eles possam ser mais reservados comigo do que com outros. Portanto minha última grande pesquisa, também pode fracassar. De toda forma, eis aqui a história que eles me contaram: era uma vez um homem com catorze pais. Como todos os outros homens, este era nobre e honesto e justo. Ele era um caçador habilidoso, um juiz moral e impiedoso, um guerreiro terrível. Era tão excelente que o resto do povo ficava assombrado de tanto respeito por ele. Recuavam quando ele se aproximava, protegiam seus olhos do olhar dele, e não se comunicavam com ele sem convite. Como resultado, o homem não tinha amigos, não tinha pares e era completamente solitário. Ele procurou o homem mais velho e se ajoelhou diante dele. "Minha lança é inigualável em toda esta floresta sem fim", disse ele. "Meu julgamento é sólido e inflexível, e mantive meu povo alimentado e seguro desde que me tornei um homem, o que equivale a dizer desde sempre. Mas estou sozinho e, portanto, fracassei. Peço sua autorização para entregar minha vida ao rio, para que meu espírito possa se unir ao sangue da vida do mundo e eu possa proteger meu povo para sempre." O homem mais velho pensou a respeito e, enquanto pensava, desenhou um círculo no chão. Dentro desse círculo, ele desenhou outro círculo. E dentro desse, outro. Continuou assim até que catorze círculos se entrelaçassem num nó apertado. O homem não comentou. Finalmente, o mais velho falou. "Não cabe a mim dar essa permissão. Uma decisão assim recai nas mãos de seus catorze pais. Peça a eles." Mas o homem não sabia onde podia encontrar seus pais, então se preparou para viajar até o coração da floresta. Ele pegou uma única lança, que prendeu às suas costas. Não levou comida, nem roupa, nem odres de água. "Devo sair para o mundo como cheguei nele: nu e faminto, mas poderoso." As pessoas ouviram e abaixaram a cabeça. Temiam o olhar dele.

O homem viajou contra a corrente na direção do coração pulsante do rio – o coração pulsante do mundo conhecido. Ele viajou por catorze dias e catorze noites. Não dormiu nem comeu. Quando sentia fome, dobrava os joelhos sobre a terra e abria a boca para o céu, mordendo um pedacinho para mastigar. Em casa, seu povo notou as marcas de mordida no céu alto e branco. Pequenas a princípio, mas, conforme os dias passavam, ficaram maiores e cheias de dentes. No décimo quarto dia, as chuvas vieram e a água caiu em pesados borbotões dos buracos mordidos no céu.

DOS DIÁRIOS DE TAMINO AILARE

– Atravesse – disse o homem que era uma garota que aparentemente morava nas árvores ou debaixo das árvores, ou talvez fosse uma árvore, na verdade, com um movimento gentil da mão direita e o braço esquerdo estendido sobre a água.

– Não posso – disse Carmina, com as palmas das mãos viradas para o peito e se movendo rapidamente para o chão. Era um dos primeiros sinais que ela tinha aprendido. Ela se sentou numa pedra e tentou enfiar os pés nas roupas de baixo molhadas, agora quase limpas.

– Atravesse – disse a garota outra vez, usando as duas mãos para dar ênfase.

– Não posso – sinalizou Carmina de volta. – Meu pai.

Não havia sinal para mãe.

– O sangue dele está nas pedras. Peça para as pedras.

– Não – disse Carmina em voz alta. Ela abotoou sua camisa branca por cima dos seios úmidos. A garota do outro lado da água permaneceu como estava: úmida de suor e sangue e lama. De onde mexia com suas faixas e rendas, Carmina podia sentir o cheiro dela – um cheiro exuberante, amadeirado, de terra úmida. Carmina estremeceu. – O sangue dele está no corpo dele. Ele respira.

– Um respira, apesar de morto. O outro chama você toda vez que você passa por ele. As árvores escutam. Nós escutamos. Você não escuta.

Carmina assentiu.

– Meu pai sabia que alguns de vocês são homens e outros não são?

Ela decidiu que não gostava da garota que fingia ser um homem. Mas também, ela não gostava de muita gente.

– Seu pai sabia que todos éramos homens. Ele sabia disso até seu último suspiro.

Carmina apanhou uma pedra do tamanho de uma manga e a jogou na água. Ela caiu com um respingo satisfatório e desapareceu. Ela não estava mirando em ninguém, é claro, nem pretendia ferir a garota – ou o homem – ou o que quer que fosse. Simplesmente queria arremessar alguma coisa. A garota que se dizia homem ergueu uma sobrancelha, mas continuou em silêncio. Carmina se virou e pegou apressadamente o caminho de volta, esfregando a palma da mão contra o quadril como se estivesse queimando. Quando se abaixara, ouvira um murmúrio – tão leve que se perguntara se o ouvira antes e não reparara. *Escute,* dissera o murmúrio quando ela se abaixara. *Nas pedras,* dissera ele, quando ela tornou a se levantar. E o sussurro fizera um arco para o alto, seu peso pálido curvando-se através da luz úmida e pintalgada da tarde, dizendo: *A única pedra verdadeira,* antes de desaparecer com um *ploft*.

Em seu décimo dia no rio, o homem começou a falar com a água. No décimo quarto dia, o rio respondeu.

– Eu estava faminto, então comi uma porção do céu – disse ele.

– E quando você fez isso, a terra chorou.

O homem fez força contra sua vara, e o barco escavado – que ele mesmo havia esculpido – boiou para a margem. Ele pisou na lama e avançou em meio aos juncos que desabrochavam na beira do rio. Soltou o barco no rio e assistiu enquanto as águas o levavam embora.

– Um homem perverso – disse ele – ajoelhou-se na minha frente. Ele implorou por misericórdia. Implorou por justiça. Eu disse a ele que não podia ter as duas coisas. Ele me pediu para escolher. Então encostei minha lâmina sobre seu pescoço e fiz um corte impecável nele.

O rio não disse nada.

– O corpo dele foi depositado entre as árvores. Pela manhã, tinha desaparecido.

– E o céu chorou – disse o rio.

– Sim. Chorou. Por que ele chorou?

– Ele chorou porque ele chora. Por que o homem perverso comete perversidades? Por que o homem impiedoso não tem piedade? Tudo o que é verdadeiro age de acordo com sua natureza.

– Então – disse o homem –, por que hoje o rio fala, quando tal ação desafia sua natureza?

– Tudo o que é verdadeiro age de acordo com sua natureza – repetiu o rio. – Exceto quando não o faz. Então, não age assim.

E com isso, o rio ficou em silêncio.

O homem tentou novamente falar com o rio, mas ele se comunicava apenas em espirais e ondulações e gorgolejos ocasionais. Uma linguagem que ele não conhecia. Fraco de fome, ele comeu outro pedaço do céu. Esperou que a terra chorasse. Ela não chorou.

DOS DIÁRIOS DE TAMINO AILARE

Quando Carmina voltou para casa, encontrou quatro topógrafos, seis carpinteiros, dois arquitetos, nove aprendizes e dezesseis criados se arrastando pela casa, pelo jardim e pelas paredes, feito formigas. A mulher que seria sua sogra se debruçava sobre a mesa na alcova em arco que já servira como escritório do pai dela e agora era um lembrete empoeirado da aprendizagem tranquila de um falecido. Carmina parou, sua camisa branca flutuando ao redor das pernas, agora suadas, numa brisa leve. A mulher que seria sua sogra e a tia de Carmina se apoiavam mutuamente, ombro a ombro. Do outro lado da mesa encontrava-se um arquiteto muito baixo, muito nervoso, com as mãos e o rosto manchados de grafite e tinta. Ele balançava a cabeça e curvava os ombros enquanto desenrolava páginas e mais páginas de plantas e projetos. Sorria com afetação; choramingava; mostrava os dentes. As duas mulheres clicavam seus saltos contra o amplo piso de pedra, impacientes, apontando *aqui, aqui* e *aqui*. Carmina pigarreou.

Ambas se levantaram com um sibilo. Elas observaram Carmina ao mesmo tempo que levantavam o queixo e arqueavam a sobrancelha. Levaram as mãos juntas diante do peito e alisaram os dedos gentilmente, como insetos se preparando para uma refeição.

– Você – disse a futura sogra. – Você está aqui.

– Claro que estou – disse Carmina. – Eu moro aqui.

As mulheres mais velhas trocaram um olhar de cumplicidade. O arquiteto fitava o chão, aparentemente procurando por algo para esmagar.

– Por enquanto – disse a tia.

A futura sogra sorriu.

– Expliquem, por favor – disse Carmina com doçura, rangendo os dentes.

– Bem, você não pode esperar que vá continuar aqui depois de casada. Esta casa foi concedida a seu deplorável pai como parte de seu banimento. A lei a proíbe de lucrar com a venda da casa, mas seu marido...

– Futuro marido – corrigiu Carmina.

– Tão *grosseira* – sibilou a tia.

A futura sogra afinou os lábios num sorriso quebradiço.

– Seu *marido* terá permissão para vender a casa, o terreno e todas as posses conforme achar melhor.

– Conforme *você* achar melhor.

– Dá no mesmo.

Carmina colocou os punhos na parte baixa das costas e empurrou com força. Seus quadris doíam, o útero doía, os seios doíam. Ela queria se deitar.

– Mas não os livros. E os papéis do meu pai. Esses vão ficar comigo.

– Os livros serão avaliados pelo livreiro na semana que vem. Qualquer coisa de valor será vendida. O resto, você pode manter.

Carmina falou baixinho e fechou os olhos para se impedir de gritar.

– Os livros pertencem à minha mãe, que ainda está viva. Os livros não serão avaliados sem a permissão dela.

– Bobagem! Como uma mulher inconsciente pode dar permissão? – exclamou a tia, levantando as mãos para o céu.

– Exatamente – disse Carmina.

– De qualquer maneira, eles não podem pertencer todos à sua mãe. A menos que estejam marcados, presume-se que a propriedade seja do homem e ela é passada para seu herdeiro, que, nesse caso...

– Eles estão marcados. Cada um deles. Meu pai fez isso pessoalmente.

Carmina o observara fazendo isso. Dezoito potes de cola grudenta, nove pincéis e mais de mil placas idênticas, pressionadas à mão, gravadas em ouro, declarando "Da biblioteca de Petra Ailare", todas amorosamente fixadas dentro das capas. Ele havia feito isso na semana anterior à sua morte. Como se soubesse que algo se aproximava.

– Nunca me contaram isso – chiou a futura sogra para a tia.

A tia gaguejou e choramingou.

– Eu... eu decerto... bem, eu nunca... francamente, eles não poderiam estar todos...

Ela começou a retirar livros das prateleiras depressa e conferir a parte interna das capas. Todos estavam marcados com o nome de Petra. Cada um deles.

Depois de vinte e oito dias de jornada, o homem caiu de joelhos no centro do mundo e levantou as mãos para o céu partido.

– Não posso viajar mais! – gritou ele. – Meus pés estão destroçados, minhas mãos estão destroçadas, meu coração está destroçado.

Ele afundou os dedos na lama e levou um punhado à boca.

– Se meus pais pretendiam que minha vida terminasse, então devo jazer aqui, e este lugar será minha cova, uma goela rasa na lama sem valor no centro do mundo!

– Uma cova rasa para um homem raso – disse uma voz atrás dele.

– Um final impiedoso para alguém que não tinha tempo para a piedade. É este o nosso plano para nosso filho, meus irmãos?

– Tudo o que é verdadeiro age de acordo com sua natureza.

– *É verdade, mas apenas se a coisa, em si, for verdadeira.*

– *Quem são vocês?* – *perguntou o homem, ainda segurando lama nas mãos.*

– *Seu pai* – *disseram catorze vozes.*

O homem estava no meio de um círculo de catorze árvores. Cada árvore tinha um corte na base, dois nós amistosos de cada lado e duas pedras vermelhas e grandes incrustadas, pelas quais olhavam. As pedras piscaram.

– *Meus pais* – *disse o homem, se endireitando.* – *Minha lança é insuperável em toda essa infinita floresta. Meu julgamento é justo e inflexível, e eu mantive meu povo alimentado e seguro desde que me tornei um homem, o que equivale a dizer desde sempre.*

– *E o que você ganhou com isso?*

– *Nada* – *disse o homem.*

– *Nada* – *repetiram as árvores, e piscaram seus olhos brilhantes.*

DOS DIÁRIOS DE TAMINO AILARE

Quando Carmina Ailare era pequena, o pai a levou à floresta para coletar pedras. Foi uma mudança bem-vinda do clarão impiedoso do sol constante na cidade. Ela se lembrava da longa e suarenta caminhada desde a porta da frente, pelo clarão descorado da rua de paralelepípedos até a alta muralha que circundava a cidade. O ponto de saída mais próximo da casa deles era o menor dos quatro portos, rebaixado como uma boca aberta e suplicante. Ali havia apenas um guarda, que com frequência estava bêbado demais para se dar ao trabalho de chegar a seu posto, e a porta ficava trancada por dias a fio. Carmina se lembrava de segurar a palma fria do pai e se maravilhar com a secura, enquanto a sua própria se encontrava quente e grudenta de suor e poeira.

Eles se abaixaram sob o arco de pedra e passaram pelo guarda que fedia a vinagre, sujeira e carne velha. O guarda grunhiu o que Carmina presumiu ser um olá. O pai dela respondeu com um som como o estalar de madeira. Entre a floresta e a muralha havia um estreito círculo de terra nua que o Governador, em seu terror do mundo verde mais além, insistia em limpar para manter as árvores longe. Todo dia, trabalhadores trazidos da Colônia Penal grunhiam e arfavam com rastelos, foices e arados, sob os olhos vigilantes de seus guardas. Eles limpavam o verde desde a raiz, e ainda assim ele tornava a brotar debaixo de seus pés. À noite, as árvores desdobravam folhas estreitas na direção do céu que escurecia, e já estavam da altura do joelho de manhã, quando o grupo seguinte de trabalhadores chegava.

Carmina e seu pai tropeçaram pelo chão com restolhos e escorregaram para a sombra da floresta. Ela estava fria e úmida e escura. Carmina soltou a palma fria do pai e passou com dificuldade por cima de raízes e galhos e troncos caídos. O pai parecia oscilar com a facilidade dos galhos ao vento. A cada passo, ele parecia assumir um tom esverdeado, então marrom, depois verde outra vez. Finalmente, eles chegaram a um riacho pequeno e límpido, um dos muitos braços que se estendia para o amplo meio da floresta – a corrente do rio Opponax. O riacho era ligeiro e límpido, embora estreito. Quando ela vadeou nele, a água chegou apenas à cintura, apesar de ela ter de se segurar nas mãos do pai para não ser levada para longe. O fundo do riacho era totalmente recoberto de pedras pequenas e ovaladas – com o tamanho ideal para encaixar em seus punhos pequenos. Ela submergiu várias vezes, enchendo as saias ensopadas com o máximo de pedras que o tecido aguentava.

Depois, ela se sentou com o pai na margem pedregosa do riacho, os pés deles ainda balançando na água, e ambos examinaram a pilha de pedras entre eles. Conferindo cada uma quanto à pureza da cor, fizeram pilhas de pedras azuis, verdes e pretas. Pedras brancas e pedras com veios foram jogadas de volta. Enquanto faziam isso, Tamino Ailare contou uma história para a filha:

– Era uma vez, minha querida, um homem que se apaixonou por uma árvore.

– Que tipo de árvore? – perguntou Carmina.

– Que tipo de árvore? Qualquer tipo! Que diferença faz qual tipo era?

Carmina pensou por um momento.

– Bem, era uma árvore boa? Uma árvore gentil? Ou era uma árvore egoísta e perversa?

– Uma árvore boa – disse o pai de Carmina, baixinho. – A melhor de todas as árvores.

– Ainda bem – disse Carmina. – Porque eu quero gostar dessa história.

– Enfim, o homem amava muito a árvore. Ela crescia no centro da floresta, no centro do mundo. Não era fácil para o homem ver a sua amada. Ele tinha obrigações. Era um cidadão honrado, com uma esposa e uma filha. Ele tinha deveres que devia cumprir.

– Como ele podia amar alguma coisa que não era sua esposa e sua família?

– Porque amava.

– Então ele era um homem perverso.

– Era. Mas também era um homem bom. Às vezes, um homem pode ser as duas coisas. Às vezes, elas são iguais.

Carmina não disse nada. Ela observava o modo como o pai observava a floresta. O cabelo dele reluzia preto, depois dourado, depois verde no sol pintalgado.

– Um dia, o homem se preparou para abandonar sua amada e descobriu que não conseguia. Ele colocou as mãos nos sulcos tenros ao longo da casca e enterrou o rosto nas raízes musgosas. A árvore oscilou e suspirou. Abanou seus galhos lamentosamente no vento esmagador e, enquanto o coração do homem se partia dentro do peito, a árvore estremeceu e partiu exatamente no meio, caindo de cada lado do homem. No centro do tronco havia uma pedra, vermelho-escura e cintilante, como esta. – Ele estendeu a mão para a pilha de pedras e extraiu uma em formato de lágrima, lisa e vermelha e com o dobro do tamanho do polegar de Carmina. Ele a depositou na mão dela. – A única pedra verdadeira.

– Daí ele foi para casa? – perguntou Carmina.

– Eu não sei – disse o pai dela.

– Ele morreu?

– Eu não sei – repetiu ele.

Carmina olhou para a pedra em sua mão. Ela cintilava. Piscava.

– O que eu devo fazer com essa pedra?

– Guarde-a – disse o pai, levantando-se e procurando suas botas. – Não a perca.

Mas ela a perdeu. Naquele mesmo dia. Enquanto deixavam a floresta, a pedra escorregou por um furo em seu bolso e caiu na trilha coberta pela vegetação. Ela nunca contou ao pai.

Para nosso Nobre e Gracioso Imperador, Amado de Gerações, Protetor da Fé, Curandeiro de Nações, Diretor de Tribos Errantes e Portador de Conhecimento, Razão e Verdade: saudações, Primo.

Faz catorze anos desde que nos vimos pela última vez, e catorze anos desde que feri sua Honra e ousei obstruir a Abençoada Santidade de seu mais Sagrado Ofício. É apenas através de sua Graça e Bênção que ainda estou vivo para escrever esta carta, e que minha esposa e minha filha ainda seguem sendo um deleite e um conforto para este, seu mais Humilde Servo. Vossa Majestade me enviou para, com toda a Diligência e Propósito, empenhar-me a estudar e documentar os perniciosos Molaru – conhecidos localmente como os homens que moram em árvores – e, assim, fornecer a Visão tão necessária para sua Graça em suas Considerações para o futuro dos Molaru, da colônia, e do Estado do Comércio ao longo do glorioso Opponax.

Por causa do Amor que já compartilhamos, ó Primo, ó Soberano, ó Patrono de nós todos; porque é apenas com as lembranças mais ternas que recordo de nossos dias como garotos juntos, sofrendo as mesmas punições após as injustiças que cometemos contra aquela pobre Governanta – que ela descanse em paz – que devo confessar meus fracassos nessa questão. A tarefa que me impôs, primo, é impossível. Os Molaru não serão – e mais, não podem ser – dominados. Estranhamente, eles também não podem ser uma ameaça a Vossa Majestade. Por catorze anos, eu os segui, transcrevi, documentei e entrevistei. Usei todos os métodos conhecidos de espionagem, coerção, argumentação e enganação. Acredito que sei mais sobre a linguagem, história, cultura e movimentos dos Molaru do que qualquer outro homem no Império. E não sei nada. Nada! Por quinze anos, trabalhei como um apaixonado, estremecendo à visão do arco da sobrancelha de minha amada, gemendo por uma olhadela para trás. Eles me deram pouco. E agora sou um homem debilitado, alquebrado e de coração partido.

O motivo da minha pobre epístola, Querido Primo, é este: qualquer informação que eu tenha descoberto, qualquer detalhe que possa – embora isso seja duvidoso – assisti-lo em sua missão de esmagar os Molaru, eu não entregarei. Por catorze anos venho suando neste pântano, sofrendo sob o peso de mentes embotadas nesta carcaça vazia que chama a si mesma de universidade, e há catorze anos eu amo os Molaru. Se eles sabiam de sua plena intenção ao me enviar, jamais deixaram transparecer. Agora saberão, pois eu lhes contarei. Se eles me deixarão viver ou não é uma questão em aberto. Independentemente disso, eu prefiro oferecer minha garganta às lâminas de amigos do que aos servos encapuzados de um tirano. Eu já o amei, Primo, mas sua perversidade me forçou a desprezá-lo. Eu amo os Molaru, e minha traição provavelmente fará com que eles me desprezem. Que seja.

Minhas anotações foram queimadas, meu diário, escondido nas profundezas da floresta, e meus livros foram retirados de todas as bibliotecas do Império pelas mãos furtivas dos aliados que me restaram. Tudo foi destruído, perdido ou escondido. Tudo o que me resta agora para chamar de meu é minha vida. É assim com qualquer homem. Até você, querido Primo.

Com toda a devida Cortesia, Honra e Respeito, eu continuo

Seu criado fiel,
Tamino Ailare

Carmina foi para o jardim. Dois criados estavam debaixo das laranjeiras, juntando frutas em quatro cestas grandes.

– Elas não estão prontas para serem colhidas – censurou Carmina. – Não estão maduras. Foi *ela* quem mandou vocês fazerem isso?

Os criados simplesmente olharam para o chão, seus olhos grandes e lamentosos com pálpebras pesadas e taciturnas. Ela olhou para a beira do jardim. Seu futuro marido estava de frente para o muro, jogando pedras por cima dele. Acima da borda do muro, as árvores pressionavam e pairavam, suas folhas nubladas de bruma.

– Você não terá permissão para falar com os criados quando nos casarmos – disse ele, sem olhar para ela.

Ele estendeu a mão para o chão e apanhou outra pedra, jogando-a perfeitamente por cima do muro. As árvores estremeceram.

– Por que não? – perguntou Carmina.

– Minha mãe diz que, como filha de um reconhecido herege e alarmista, você provavelmente aborreceria os empregados e espalharia a doutrina de preguiça e imoralidade grosseira de seu pai.

– Ela diz isso, é?

Ela o observou se abaixar e pegar outra pedra, mais ou menos do tamanho e do formato de uma manga. Ele a sopesou uma, duas vezes, e olhou de esguelha na direção dela antes de arremessá-la por cima da borda do muro. Ele a lançou com tanta força, com tanta intenção e foco, que Carmina presumiu que ele devia ter pensado em lançar a pedra na cabeça dela. Era um sentimento do qual ela compartilhava. A cabeça do rapaz era, afinal, um tanto grande, e seria fácil de acertar.

Do outro lado do muro, as árvores se reuniam numa massa verde. Névoa pendia da superfície das folhas e caía como cortina até o chão. Carmina tossiu. Ela observou os ombros corcundas dele, sua cintura frouxa, a pele macilenta mal se agarrando ao pescoço carnudo. Ele mordeu o lábio inferior – rosa feito carne crua – enquanto se abaixava e sopesava mais duas pedras. Os dois dentes da frente se afundaram profundamente no lábio, criando uma dobra certinha no topo. Carmina se perguntou se ele arrancaria sangue. Ela olhou de novo por cima do muro. Os galhos pesadamente esverdeados pareciam ainda mais próximos agora, como se estivessem se arrastando. Eles balançavam insistentemente, apesar de não haver nenhum vento discernível soprando. Seu futuro marido ainda não olhara para ela, encarando a parte acima do muro, preparando-se para arremessar sua pedra.

– Mas eu não me preocuparia com isso. Não é como se não fossem cuidar de você. Minha mãe tem tudo planejado. Vamos vender esse pardieiro... francamente, não sei como você consegue morar aqui.

– Eu gosto daqui – disse Carmina.

Ele não ouviu.

– Vamos poder comprar uma parcela considerável da mina de rubis, e teremos fundos de sobra para reformar a propriedade do meu avô...

– Com licença – interrompeu Carmina. – Essa pedra é minha.

Na mão esquerda dele estava uma pedra vermelha em forma de lágrima. Ela cintilava sob a luz.

– Meu pai me disse para não a perder.

– Seu pai está morto. – Seu futuro marido examinou a pedra. – De qualquer forma, tudo que for seu é meu. É assim que funciona. Além do mais, não tem nada de especial nisto. É só uma pedra idiota.

Ele a jogou bem alto no ar. Carmina assistiu enquanto a pedra formava um arco perfeito sobre o muro e desaparecia na massa de folhas. As árvores estavam em cima do muro agora – folhas e gravetos caíam no pátio, empilhando-se ao longo da beirada. O verde se reunia e inchava como nuvens – ou como uma onda, e Carmina se perguntou brevemente se eles seriam submersos.

– Aí – disse ele. – Viu? Problema resolvido. Não há nada...

Mas ele não terminou a frase. Houve um som do outro lado do muro. Um som como o estalo de madeira. Um som de madeira se dobrando, inchando e se abrindo, seguido pelo travo nítido de seiva no ar.

– As árvores – disse seu futuro marido e, embora puxasse o braço dela, sua voz parecia vir de algum lugar bem distante. – As *árvores* – disse ele, outra vez.

Porém, ela não conseguiu ouvi-lo. Estava ocupada demais escutando a música de galhos, gravetos e madeira.

Seis árvores se chocaram contra o muro, derrubando-o no chão. De mil lugares dentro da floresta que respirava, árvores suspiraram, estalaram e se escancararam num bocejo. Homens vestindo peitorais polidos e túnicas folhosas saíram rastejando das fendas, treparam pelos troncos e saltaram dos galhos pendentes.

– Corra! – gritou seu futuro marido enquanto fugia.

Ele se virou, seu rosto largo frouxo e escorregadio de medo antes que uma lâmina o cortasse primeiro na coxa, depois no peito, em seguida no pescoço. Ele desabou numa mistura de vermelho, verde e vermelho, vermelho, vermelho. Carmina se ajoelhou ao seu lado. Homens com facas e lanças e porretes passaram correndo. Em algum lugar, um sino soou. E outro respondeu. E um terceiro. Esses sinos soavam apenas em caso de catástrofe, e Carmina só os ouvira duas vezes na vida – uma, quando um homem escapara da colônia penal, e outra, quando os homens que moram em árvores invadiram a casa dela e mataram seu pai.

O homem que seria seu marido jazia no chão com o rosto para cima. Da boca escorria sangue, e sua respiração era áspera e superficial. Carmina pegou a mão dele. Apanhou uma folha e a colocou no ferimento no peito dele. Colocou outra na coxa. Colocou outra no pescoço. Ele piscou. Sua respiração ficou mais lenta e fácil.

– Era uma vez – disse ela – um homem que viajou até o centro do vasto mundo para encontrar seus catorze pais.

Ele olhou para o rosto dela. Lentamente, levou sua outra mão até a dela e apertou fracamente.

– Era uma vez um homem que era bom e perverso ao mesmo tempo. Ele amava uma árvore. Ele a amava tanto, que achou que ia morrer.

Mais oito árvores caíram por cima do muro. Carmina olhou ao redor e, em vez de um pátio, eles estavam em uma floresta. Dezenove árvores cresciam dentro da casa, suas copas perfurando e se arqueando sobre o telhado. Um dos homens Molaru passou usando as botas da tia dela e carregando seu leque preferido. Carmina não se moveu.

– Era uma vez um homem que não era um homem. Era uma vez um homem que era eu.

O homem que seria seu marido estremeceu e suspirou e suas mãos caíram das dela para o chão. Carmina se levantou e foi até um vão no muro e passou por ele. Quarenta árvores se encontravam ali, com seus corpos abertos. Carmina se aproximou da árvore mais próxima e colocou as mãos na madeira exposta. Ela era amarela com veios verdes e marrons e tinha um cheiro doce e cortante de seiva e poeira. Ela encontrou dois apoios para as mãos e se ergueu para o alto e para dentro, descobrindo que se encaixava certinho. Descobrindo que ficava bem confortável. E quando a casca se fechou atrás dela, ela não gritou. Não estava com medo. E não olhou para trás.

HIROMI GOTO

CONTOS DO PEITO

Hiromi Goto é uma escritora e editora nipo-canadense de romances, poesia e contos. Ela já escreveu para crianças, jovens e adultos. Seu trabalho foi reconhecido com vários prêmios, entre eles o James Tiptree Jr., o Sunburst e o Carl Brandon Society Parallax. *Darkest Light* é seu romance mais recente. "Contos do peito" é um olhar renovado, talvez com uma distorção sombria, sobre os papéis e responsabilidades de pais de recém-nascidos. Foi publicado pela primeira vez na *Absinthe* no inverno de 1995, e depois reimpresso em *Ms. Magazine*.

As perguntas que nunca foram feitas podem ser as mais importantes. Você não pensa nisso. Nunca pensa. Quando era pequena, sua mãe lhe dizia que fazer perguntas demais podia metê-la em encrencas. Você se dá conta agora de que não perguntar o bastante te colocou no mesmo barco, no mesmo rio de merda sem o mesmo remo. Faz uma ligação de longa distância para dizer isso a sua mãe e ela diz: "Bom, dois erros não fazem um acerto, meu bem", e lhe dá uma receita de sobremesa que dizem ser a preferida do príncipe Charles no número de setembro da revista *Realeza*.

A primeira jornada de seu filho, página 173:
Seu sucesso na amamentação depende muito do seu desejo de amamentar, assim como do incentivo que você recebe das pessoas ao seu redor.

– Está saindo alguma coisa?

Ele espia curiosamente a cabeça da bebê, meu seio coberto.

– Não sei, não sei dizer – digo, fazendo uma careta.

– Como assim, não sabe dizer? É o seu corpo, não é? Digo, você deve conseguir sentir alguma coisa. – Coça a cabeça.

– Não, só dor.

– Ah. – Ele pisca duas vezes. – Desculpe. Estou muito orgulhoso de você, sabe?

A placenta escorrega entre suas pernas como o maior coágulo da sua vida. A bebê, ainda molhada, é forte o suficiente para mamar, mas não consegue ficar de pé, nem mesmo de forma vacilante como uma corça ou um potro. Você terá de carregá-la nos braços por muito tempo. Você se consola com o fato de que, pelo menos, não é uma elefanta, que ficaria grávida por quase mais um ano. Essa é a primeira e a última vez que você amamentará pelas doze horas seguintes.

– Enfermeira, poderia me ajudar a acordá-la? Já faz cinco horas que ela não mama.

A enfermeira tem uma verruga com um pelo. Você não consegue evitar olhar para a verruga uns segundos a mais cada vez que se volta para o rosto da mulher. Ela despe o bebê, mas deixa a touquinha. A pequena está vermelha e se contorcendo e você espera que nenhuma visita diga que ela é a sua cara.

– Ela só está confortável demais – opina a enfermeira. – E às vezes eles ficam mais cansados depois do parto. É uma trabalheira para eles também, sabe?

– É, acho que você tem razão.

– É claro. Ah, e quando for ao banheiro, não deixe Bebê sozinha. Especialmente se a porta estiver aberta.

A enfermeira esfrega a bebê vermelha energicamente até ela começar a se retorcer, os olhos ainda fechados num sono determinado.

– Como assim?

– Bem, nós temos segurança, mas a verdade é que qualquer um pode simplesmente entrar e sair com Bebê.

A enfermeira sorri, como se estivesse fazendo graça.

– Está falando sério?

– Ah, sim. E você também não deveria deixar itens de valor por aí. Temos tido problemas com furtos, e eu sei que vocês têm câmeras boas.

Você suportou doze horas de trabalho de parto e passou vinte e oito horas sem dormir. Não tem a energia para dizer à enfermeira o quanto esse comentário é inapropriado. A bebê não acorda.

Sua sogra do Japão veio visitar. Ela vai ficar por um mês para ajudar com a criança mais velha. Ela fita a bebê adormecida que você segura junto ao peito. Você diz a ela que a bebê não se alimenta adequadamente e que você está ficando um tanto preocupada.

– Seus mamilos são achatados demais e ela não é muito boa em mamar – diz ela, e lágrimas de raiva enchem os seus olhos.

– Vocês são do Tibete? – pergunta a enfermeira.

Página 174:
Leite materno é cru e fresco.

Você está em casa. Perguntou se era possível ficar por mais tempo no hospital se pagasse por isso, mas eles simplesmente riram e disseram que não. Sua sogra faz almoço para ela mesma e para o primogênito, mas não faz nada para você, porque não sabe se você gostaria. Você come cereais integrais com adoçante NutraSweet e tenta amamentar de novo.

A dor é bruta e recente.

Ela mama por três horas direto e, quando você a faz arrotar, surge uma espuma rosada nos cantos da boca que lembra milkshake de morango. Você se dá conta de que seu leite materno tem sabor de sangue e se pergunta se não tem problema. Secretamente, torce para que faça mal a ela, assim você precisará parar de amamentar. Quando liga para uma amiga e conta a ela sobre a dor e o sangue e suas preocupações com a saúde da bebê, descobre, para seu desalento, que o sangue não fará mal a ela. Que a sua amiga também teve problemas, que teve até bolhas de sangue nos mamilos, mas continuou amamentando mesmo assim, o médico disse que tudo bem e aaaaah, o sangue, a dor, quando aquelas malditas bolhas estouraram, mas ela continuou amamentando até a criança ter quatro anos.

Quando desliga, você está ainda mais deprimida. Porque o sangue não é um problema e a sua amiga sofreu ainda mais do que você sofre no momento. Você não foi a primeira colocada na história trágica do mamilo. Não chegou nem perto.

– Isso não está indo muito bem.

Tento sorrir, mas desisto do esforço.

– Dê um tempinho. As coisas vão melhorar.

Ele desliga a luminária de leitura na cabeceira da cama. Eu a ligo outra vez.

– Eu não acho. Não acho que as coisas vão melhorar, nem um pouquinho.

– Não seja tão pessimista – sorri ele, tentando não me ofender.

– Você leu o panfleto para os pais de bebês amamentados com leite materno?

– Hãããã, não. Ainda não.

Ele dá de ombros e tenta alcançar a luminária de novo. Eu estendo a mão e pego seu pulso em pleno ar.

– Bom, leia aquela porcaria e aí vai ter uma ideia do que eu estou passando.

– As mulheres amamentam desde que existem mulheres.

– O quê?!

– Você sabe o que eu quero dizer. É natural. As mulheres amamentam desde que começaram a existir, desde o princípio dos tempos, desde quando existem bebês – discursa ele, dando uma rápida olhadela para meus seios torturados.

– Isso não significa que elas tenham gostado disso, desde o princípio dos tempos e de que começaram a existir! O fato de ser natural não equivale a gostar do negócio ou ser boa nisso – sibilo.

– Por que você tem de ser tão complicada?

– Por que você só não casa com alguém que não seja, então?

– Estão com fome? – sussurra minha sogra do outro lado da porta fechada do quarto. – Eu posso preparar algo, se estiverem com fome.

Página 183:
Inchaço

A bebê mama por horas a fio. Não é assim que o manual diz que acontece. Você liga para o número de emergência de amamentação que lhe deram no hospital. Os profissionais em amamentação lhe dizem que Bebê está apenas fazendo o que é natural. Que quanto mais ela suga, mais leite materno você produzirá, e como isso funciona num sistema de oferta e demanda e como tudo vai melhorar quando o leite chegar. Você se pergunta em que tipo de caminhão ele chega.

Eles lhe dizem que, se você está sentindo dor nos mamilos, é porque Bebê não está pegando direito. A pegada precisa estar correta para uma mamada adequada. Você não gosta de como isso soa. Não gosta de como *pegada* soa, como algo que é sugado e talvez nunca mais seja solto. Você pensa em poraquês e parasitas. Repara em como tudo começa com "p".

Quando o leite chega, ele vem num semirreboque. Há até bolinhas rígidas de leite sob a pele em suas axilas, duras como vidro e dolorosas de tocar. Seus seios estão sólidos feito bolas de concreto e a pressão é tão forte que as veias ao redor do mamilo estão inchadas, avolumadas. Como algo saído de um filme de terror, elas estão estriadas, expandidas ao ponto de explodir jorrando sangue.

– Sinta isso, sinta como meus seios estão duros – digo, cerrando os dentes.

– Ai, meu Deus!

– Dói – murmuro.

– Ai, meu Deus...

Ele está sentindo horror. Não por mim, mas de mim.

– Você pode chupar um pouquinho, só para eles não ficarem tão cheios? Eu não consigo dormir.

– O quê?!

Ele olha para mim como se eu tivesse lhe pedido para chupar uma ampola de veneno de cobra.

– Você pode chupar para tirar um pouco? O gosto não é ruim. É meio como água com açúcar.

– Hã... acho que não. É tão... incestuoso.

– Nós somos casados, pelo amor de Deus, não parentes de sangue. Como pode ser incestuoso? Não fique encanado. Por favor! É muito doloroso.

– Desculpe, eu não consigo.

Ele desliga a luminária e se vira para dormir.

Página 176:
Também existem vantagens para você, a mãe que amamenta [...] é fácil perder peso sem fazer dietas e voltar à forma antiga mais depressa.

– Parece que você ainda está grávida – brinca ele. – Tem certeza de que não tem mais um ainda aí dentro?

– Vá se foder, tá?

Sua barriga tem uma dobra solta de pele e gordura que bloqueia a visão de seus pelos pubianos. Você tem uma pinta na parte inferior do abdômen que não vê há cinco anos. Você se pergunta se teria mais chance de emagrecer se tivesse amamentado o primeiro filho. Há uma mancha escura que se estende verticalmente pela pele da sua barriga, desde o monte pubiano até o umbigo, que quase atinge o ponto mais baixo dos seus seios. Perversamente, você imaginou que ela seria a marca onde o médico deveria cortar se o parto tivesse ido mal. A mancha não está saindo e você não se importa de verdade porque, com a dobra e tudo mais, não faz muita diferença. Você tem fome o tempo todo por produzir leite e come o triplo da quantidade normal, portanto, não perde peso algum.

– Você deveria comer o tanto que quiser – diz sua sogra.

Ela deposita outra fatia de berinjela no seu prato e seu parceiro transfere a dele também. A bebê começa a gritar do quarto e sua sogra corre para pegá-la.

– Não chore – você a ouve dizer. – O leite materno já está chegando.

Você tem vontade de gritar para o corredor que você tem nome, e não é Leite Materno.

Você come a berinjela.

Página 176:
O hormônio prolactina, que causa a secreção do leite, ajuda você a se sentir "maternal".

Mas quanto tempo a dor pode durar, você se pergunta. É o décimo primeiro dia de tortura do mamilo e do inferno maternal. Você liga para uma amiga e reclama da dor, da dor infinita. Sua amiga diz que algumas pessoas sentem tanto prazer na amamentação que têm orgasmos. Se esse fosse o caso, você diz, amamentaria até a criança ter tamanho suficiente para fugir correndo de você.

A mamada do meio da noite é a parte mais longa e mais dolorosa do dia. Dura de duas a seis horas. Você alterna de um peito para o outro, de uma hora em cada mamilo passando para meia hora, quinze minutos, oito minutos, dois, um, enquanto seus mamilos ficam tão doloridos que até o leve roçar do cobertor em que a bebê está embrulhada basta para fazer os dedos de seus pés se encolherem em punhos de dor e lágrimas escorrerem por suas bochechas. Você tenta pensar em orgasmos enquanto o lento tique-taque do relógio prolonga seu sofrimento. Tenta pensar em sadomasoquismo. A dor é tão intensa, tão cortante e real, que você é incapaz de pensar nela como algo aprazível. Percebe que não é masoquista.

Página 176:

*Como você precisa se sentar ou deitar para dar de mamar,
isso garante o descanso pós-parto de que precisa.*

Você não consegue mais se sentar para amamentar. Tenta se
deitar para isso como se a bebê fosse um filhote, mas o formato
dos seus seios não é adequado para este método. Você a apoia no
encosto da poltrona e a amamenta de pé. As pernas dela ficam
penduradas, mas ela consegue sugar seus mamilos doloridos.
Você cogita pendurar uma placa nas suas costas: Leitódromo.

Sua bunda está te matando. Você toma um banho quente
de assento porque isso ajuda por um tempo, e se apalpa na
água com o máximo de cuidado possível. Sente várias protuberâncias carnudas entre sua vagina e seu reto e imagina,
esperançosa, que está desenvolvendo um segundo, terceiro
e quarto clitóris. Quando visita o médico, descobre que são
apenas hemorroidas.

– Eu desisto. Odeio isso.

– Você só está fazendo isso há duas semanas. É a pior
parte, só vai melhorar daqui por diante – incentiva ele.

Ele sorri gentilmente e tenta dar um beijo no meu nariz.

– Eu desisto, estou lhe dizendo. Se continuar fazendo
isso, vou começar a odiar a bebê.

– Você só está pensando em si mesma – acusa ele, apontando um dedo para o meu peito. – A amamentação é melhor para ela e você vai desistir, fácil assim. Pensei que fosse
mais resistente.

– Não me culpe! É a porcaria do meu corpo e eu tomo minhas próprias decisões sobre o que fazer ou não fazer com ele!

– Você sempre tem de fazer o que é melhor para você! E
a minha opinião? Eu não tenho o direito de opinar em como
vamos criar nossa filha? – grita ele, o sr. Racional e "vamos
conversar a respeito como dois adultos".

– Está tudo bem? – cochicha a mãe dele fora da porta fechada do quarto. – Alguém com fom...

– Estamos bem! Vá para a cama! – berra ele.

A bebê funga e soluça, emitindo um grito incrível. Ana-salado e estressado.

– Escute, sou eu quem tem de a amamentar, eu que estou levantando a cada duas horas para ter meus mamilos lacerados e chupados até sangrar enquanto você só continua roncando. Você não se levantou no meio da noite nem uma vez sequer para trocar a maldita fralda, nem como uma porra de gesto de apoio, então não venha me dizer o que eu deveria fazer com os meus seios. Não tem nada de errado com leite em pó. Eu fui criada com leite em pó. Você foi criado com leite em pó. Toda a nossa geração foi criada com leite em pó, e estamos bem. Então cale a boca sobre isso. Só cale a boca. Porque isso não te diz respeito. Isso diz respeito a mim!

– Se eu pudesse amamentar, faria isso com todo o prazer! – chia ele, então joga as cobertas para trás e vai até o berço pisando duro.

E eu rio. Eu rio, porque o otário falou aquelas palavras em voz alta.

3h27 da manhã. A bebê acordou. Seus seios estão pesados de leite, mas você suplementa a mamada com leite em pó. 5h15. Você dá outro suplemento e seus seios estão tão cheios, tão esticados, que pesam como mármore em seu peito. Eles estão prontos.

Você troca as fraldas da bebê e a coloca no berço. À luz baixa da luminária infantil, pode ver os lábios dela franzidos em torno de um mamilo imaginário. Ela chupa até durante o sono. Você se senta na cama, ao lado de seu parceiro, e abre os fechos do sutiã de amamentação. Os absorventes estão empapados e, uma vez que os mamilos são expostos, eles jorram leite adocicado. A pele em volta dos seios está mais esticada do que a de um tambor, tão retesada que tudo que você precisa fazer é um cortezinho para que a pele se separe. Como um zíper sob pressão, ela se rasga, espalhando-se pela superfície do seu peito, dirigido por seus dedos, rasgando num círculo completo em torno do seio todo.

Não há sangue.

Você se inclina um pouco para a frente e o seio cai com suavidade em suas mãos em forma de concha. A carne é de um vermelho profundo e você se espanta com a beleza dela, como a carne se torna comida sem você pedir ou mesmo desejar. Você coloca o seio no colo e corta o outro seio. Dois orbes pulsantes, ainda jorrando leite materno. Gentilmente puxa para baixo os cobertores seguros nos dedos cerrados no sono de seu parceiro, desabotoa o pijama dele e o afasta de modo a expor o peito dele. Você afaga a pele lisa e sem pelo, e então ergue um seio, depois o outro, para depositá-los por cima dos mamilos achatados feito moeda. A carne dos seus seios se afunda na pele dele, um murmúrio suave de células se juntando a células, sua pele na dele, tecido com tecido, a fusão íntima diante dos seus olhos, sua boca formando um "o" de espanto e deleite.

O peso estranho de seios inchados faz com que ele se agite, inquieto, um gemido baixinho saindo dos lábios entreabertos. Eles não estão mais jorrando leite, mas gotejam de forma contínua, riachos descendo pelas laterais do corpo dele. A umidade cada vez mais fria se torna desconfortável e as pálpebras dele tremulam. Abrem. Ele foca no meu rosto olhando para baixo e pisca rapidamente.

– Qual é o problema? – pergunta, a voz seca de sono.

– Nada. Nadinha. Como você se sente?

– Esquisito – responde ele, perplexo. – Meu peito está esquisito. Eu me sinto todo dolorido. Talvez esteja pegando alguma coisa. Meu peito está molhado! Eu tô sangrando!

– Xiiiu! Você vai acordar a bebê – aviso. Pressiono o indicador com gentileza sobre os lábios dele.

Ele estava grogue de sono, mas agora acordou de todo. Está se sentando. Olha para baixo, para seu peito, seus seios inchados. Olha para meu rosto. De novo para os seios.

– Ai, meu Deus – geme ele.

– Está tudo bem – eu o consolo. – Não se preocupe. Está tudo bem. Apenas faça o que lhe ocorrer naturalmente.

Uma súbita expressão de choque recai sobre seu rosto e ele estica a mão, em pânico, para se tocar entre as pernas. Quando sente que está intacto, alívio cruza seus olhos e é então permanentemente substituído por perplexidade.

Eu sorrio. Um sorriso vasto sob a fraca luz da luminária. Viro de lado e durmo docemente, profundamente.

ANGELA CARTER

OS ASSASSINATOS A MACHADO DE FALL RIVER

Angela Carter foi uma escritora inglesa de ficção fantástica, décima colocada no ranking de "Os 50 maiores escritores britânicos desde 1945" que o jornal *The Times* fez em 2008. Sempre inconformista, Carter filtrou um amor por ficção insólita, contos folclóricos e escritores surrealistas como Leonora Carrington através de uma lente feminista para criar histórias singulares e duradouras, listadas entre as melhores do século XX. Os clássicos de Carter incluem *The Infernal Desire Machines of Doctor Hoffman* (1972) e *Nights at the Circus* (1984), além de diversas antologias emblemáticas, especialmente *Fireworks* (1974) e *The Bloody Chamber* (1979). Lizzie Borden é lembrada na história como uma assassina de sangue-frio e talvez uma mulher que chegou a seu limite. "Os assassinatos a machado de Fall River" oferece um ponto de vista diferente dessa mulher incognoscível e provavelmente injustiçada. Este conto foi publicado pela primeira vez na *London Review of Books,* em 1981.

Lizzie Borden com um machado
Deixou o pai todo cortado
Quando viu o que tinha feito
Ela acertou a mãe no peito.
Cantiga infantil

Cedo na manhã de 4 de agosto de 1892 em Fall River, Massachusetts.

Calor, calor, calor... é bem cedinho, antes do apito da fábrica, mas mesmo a essa hora tudo cintila e estremece sob o ataque do sol branco e furioso, já alto no ar parado.

Os habitantes nunca se entenderam com esses verões quentes e úmidos – pois é a umidade, mais do que o calor, que os torna intoleráveis; o clima se agarra à pessoa feito uma febre baixa que não passa nunca. Os indígenas que moravam aqui antes tinham o bom senso de tirar as calças de couro quando o tempo quente chegava e se sentarem nos lagos imersos até o pescoço; não se pode dizer o mesmo dos descendentes dos santos industriosos e apreciadores da automortificação que importaram a ética protestante de maneira indiscriminada para um país destinado à *siesta*, que ficam orgulhosos – orgulhosos! – de se opor à natureza. Na maioria das latitudes com verões assim, tudo desacelera nessa época. O sujeito fica o dia todo na penumbra, atrás de cortinas fechadas e janelas fechadas; veste roupas soltas o bastante para gerar sua própria brisa a fim de se refrescar a cada movimento infrequente. Mas a última década do século passado nos encontra no auge do trabalho duro aqui; em breve, tudo será azáfama, os homens sairão para a fornalha da manhã bem embrulhados em roupas de baixo de flanela, camisas de linho, coletes e casacos e calças de tecido reforçado de lã, e eles se garroteiam com gravatas também, acham que é muito virtuoso estar desconfortável.

E hoje estamos no meio de uma onda de calor; tão cedo ainda e o mercúrio já alcançou os 29 °C e não mostra nenhum sinal de reduzir sua ascensão constante.

No que diz respeito às roupas, as mulheres só parecem ter mais sorte. Nessa manhã, quando, depois do desjejum e de alguns deveres domésticos, Lizzie Borden assassinará seus pais, ela vai, ao se levantar, colocar um vestido simples de algodão – porém, sob ele, usará uma longa combinação de algodão engomada; outra anágua mais curta, de algodão, engomada; ceroulas longas; meias de lã; uma camisa; e um espartilho de barbatana de baleia que agarrava suas vísceras com mãos severas e as apertava com força. Ela também prendeu um grosso guardanapo de linho entre as pernas, pois estava menstruando.

Com todas essas roupas, indisposta e nauseada como estava, nesse calor de enlouquecer, a barriga num torno, ela vai esquentar um ferro de passar num fogão e passar lenços com o ferro até chegar a hora de ir à pilha de lenha na adega para pegar a machadinha com que nossa imaginação sempre a equipa – "Lizzie Borden com um machado" –, exatamente como sempre visualizamos santa Catarina rolando em sua roda, o emblema de sua paixão.

Em breve, com a mesma quantidade de roupas que a srta. Lizzie veste, apesar de não tão finas, Bridget, a criada, derramará querosene numa página amassada do jornal da noite anterior, usando um ou dois gravetos para acender. Quando o fogo pegar, ela vai cozinhar o desjejum; o fogo será sua companhia sufocante quando ela lavar tudo depois.

Num terno de sarja que basta um olhar para fazer o observador se coçar de calor, o velho Borden perambulará pela cidade perspirante, farejando em busca de dinheiro como um porco fareja trufas até voltar para casa no meio da manhã para cumprir um compromisso urgente com o destino.

Porém, ninguém aqui está de pé e circulando ainda; é cedo, antes do apito da fábrica, com a quietude perfeita do tempo quente, um céu já branco, a luz sem sombras da Nova Inglaterra lembrando golpes do olho de Deus, e o mar, branco, e o rio, branco.

Se nos esquecemos em grande parte dos desconfortos físicos dos trajes do passado, opressivos e geradores de coceira, e dos efeitos corrosivos desse perpétuo desconforto físico sobre os nervos, então misericordiosamente nos esquecemos também dos cheiros do passado, os odores domésticos – corpos mal lavados; roupas de baixo trocadas com pouca frequência; penicos; o balde com restos de comida ou lavagem; privadas sem o encanamento adequado; alimentos em processo de apodrecimento; dentes malcuidados; e as ruas não são mais frescas do que o interior das casas, com a acridez onipresente de mijo e estrume de cavalo, bueiros, o fedor súbito de morte velha vindo dos açougues, o horror amniótico do peixeiro.

A pessoa encharcava seu lenço de colônia e o pressionava ao nariz. Molhava-se com violeta de parma de modo que a catinga de carne em deterioração que sempre carregava consigo fosse subjugada pela fedentina do salão de embalsamamento. Abominava o ar que respirava.

Cinco criaturas vivas estavam adormecidas na Second Street em Fall River. Eram dois velhos e três mulheres. O primeiro velho é proprietário de todas as mulheres, seja por casamento, nascimento ou contrato. Sua casa é estreita como um caixão e foi assim que ele fez sua fortuna – ele já foi coveiro, mas recentemente ramificou seus negócios em várias direções e todos os ramos deram frutos do tipo mais fiscalmente gratificante.

Mas ninguém jamais pensaria, olhando para aquela casa, que ele é um homem próspero e bem-sucedido. A casa é apertada, sem confortos, pequena e despojada – "despretensiosa", alguém poderia dizer, se fosse um bajulador dele –, embora a Second Street, em si, tenha visto dias melhores há algum tempo. A casa Borden – veja o "Andrew J. Borden" escrito em letras floreadas na placa de latão perto da porta – mantém-se sozinha, com escassos metros de quintal a cada lado. À esquerda há um estábulo, fora de uso já que ele vendeu o cavalo. No quintal dos fundos cultivam-se algumas pereiras, carregadas nessa estação.

Nessa manhã em particular, por sorte, apenas uma das duas garotas Borden está dormindo na casa do pai. Emma Lenora, sua filha mais velha, retirou-se para a cidade vizinha de New Bedford por alguns dias, para pegar a brisa do oceano, e assim escapará do massacre.

Poucos da classe social deles permanecem em Fall River nos meses suarentos de junho, julho e agosto, mas, também, poucos de sua classe social moram na Second Street, na parte baixa da cidade, onde o calor se acumula como névoa. Lizzie também foi convidada para ir a uma casa de veraneio junto ao mar para unir-se a um alegre grupo de garotas, mas, como se de propósito para mortificar a própria carne, como se negócios importantes a mantivessem naquela cidade exausta, como se uma fada cruel a enfeitiçasse na Second Street, ela não foi.

O outro velho é algum tipo de parente dos Borden. Ele não se encaixa aqui; está de visita, de passagem, é um espectador inocente, é irrelevante.

Retire-o do roteiro.

Apesar de sua presença na casa amaldiçoada ser historicamente incontestável, a pintura desse apocalipse doméstico deve ser rudimentar e o desenho profundamente simplificado ao extremo para o máximo efeito emblemático.

Retire John Vinnicum Morse do roteiro.

O velho e duas de suas mulheres dormem na casa na Second Street.

O relógio da prefeitura zumbe e gagueja os prolegômenos à primeira batida das seis horas e o despertador de Bridget dá um salto e um clique solidários quando o ponteiro dos minutos vacila sobre a hora; o martelinho dá um pulo para trás, prestes a bater no sino em cima do relógio, mas as pálpebras úmidas de Bridget não estremecem de premonição enquanto ela continua em sua camisola grudenta de flanela debaixo de um lençol fino sobre um estrado de ferro, deitada de barriga para cima, como as boas freiras lhe ensinaram em sua infância irlandesa, para dar menos trabalho ao coveiro, no caso de morrer durante a noite.

Ela é uma boa garota, de modo geral, embora seu temperamento seja incerto e às vezes ela discuta com a senhora e seja forçada a confessar o pecado da impaciência ao padre. Dominada pelo calor e a náusea – pois todos na casa vão acordar enjoados hoje –, ela retornará a sua cama estreita mais tarde naquela manhã. Enquanto descansa por uns momentinhos no andar de cima, o inferno vai começar no andar de baixo.

Um rosário de contas de vidro marrons, uma ilustração colorida impressa da Virgem com fundo de papelão comprada numa loja portuguesa, uma fotografia infestada de moscas da solene mãe dela, em Donegal – esses objetos estão deitados ou apoiados na cornija da lareira que, por mais cortante que seja o inverno de Massachusetts, nunca viu um graveto aceso. Um baú de lata surrado no pé da cama guarda todos os bens materiais de Bridget.

Há uma cadeira dura ao lado da cama com um castiçal, fósforos, o despertador que retumba no quarto com um retinido diádico, metálico, pois é uma piada entre Bridget e sua senhora que a garota continuaria dormindo apesar de qualquer coisa, *qualquer coisa*, e portanto ela precisa de um despertador, assim como de todos os apitos de fábrica que estão prestes a soar, neste exato segundo, prestes a soar...

Uma penteadeira lascada que faz as vezes de pia contém a jarra e a tigela que ela nunca usa; ela não vai arrastar água até o terceiro andar só para se limpar, não é? Não quando há água suficiente na pia da cozinha.

O velho Borden não vê necessidade para banhos de banheira. Ele não acredita em imersão total. Perder seus óleos naturais seria roubar de seu corpo.

Um quadrado de espelho sem moldura é refletido em ondas corrugadas numa saboneteira rachada e empoeirada que contém uma pilha de grampos de cabelo metálicos pretos.

Em retângulos luminosos de cortinas de papel movem-se as belas sombras das pereiras.

Embora Bridget tenha deixado a porta entreaberta na esperança desamparada de persuadir uma corrente de ar a entrar no quarto, todo o calor gasto do dia anterior se meteu e se espremeu em seu sótão. Uma caspa de cal exaurido se esfarela do teto onde uma mosca zune tristemente.

A casa encontra-se espessamente impregnada de sono, aquele odor adocicado, pegajoso. Parado, tudo parado; na casa inteira, nada se move, exceto a mosca zunindo. Imobilidade na escada. Imobilidade pressionando contra as cortinas. Imobilidade, uma imobilidade mortal no quarto de baixo, onde o senhor e a senhora dividem a cama matrimonial.

Se as cortinas estivessem abertas ou a luz acesa, seria possível observar melhor as diferenças entre esse quarto e a austeridade do quarto da empregada. Aqui há um carpete salpicado de flores vigorosas, ainda que ele seja do tipo barato e alegre; há flores malva, ocre e de uma agressiva cor de cereja no papel de parede, embora o papel de parede já estivesse antigo quando os Borden chegaram na casa. Uma penteadeira com outro espelho de distorção; nenhum espelho nesta casa mostra o rosto da pessoa sem distorcê-lo. Na penteadeira, uma toalhinha bordada com miosótis; sobre a toalhinha, um pente de osso no qual faltam três dentes e ao qual estão emaranhados fios grisalhos, uma escova de cabelo de madeira ebanizada e várias toalhinhas de renda debaixo de caixinhas de porcelana contendo alfinetes, redes para cabelos etc. O pequeno aplique que a sra. Borden prende a seu couro cabeludo calvo para usar durante o dia está enrolado feito um esquilo morto. Entretanto, da ocupação masculina de Borden não existe nenhum sinal neste quarto, pois ele tem um quarto de vestir próprio, passando por *aquela porta*, à esquerda...

E a outra porta, ao lado dessa?

Ela leva à escada dos fundos.

E aquela outra porta, parcialmente escondida atrás da cabeceira da cama pesada de mogno?

Se não ficasse seguramente trancada, levaria até o quarto da srta. Lizzie.

Uma peculiaridade desta casa é a quantidade de portas que os quartos têm, e outra peculiaridade é como todas essas portas estão sempre trancadas. É uma casa cheia de portas trancadas que dão apenas em outros quartos com outras portas trancadas, pois, tanto no andar inferior como no superior, todos os quartos dão para e saem uns dos outros, como um labirinto num pesadelo. É uma casa sem passagens. Não existe uma parte da casa que não tenha sido marcada como o território pessoal de algum dos prisioneiros; é uma casa sem nenhum espaço em comum, compartilhado, entre um cômodo e outro. Uma casa de privacidades tão herméticas quanto se tivessem sido seladas com cera num documento legal.

O único jeito de entrar no quarto de Emma é passando pelo de Lizzie. Não há como sair do quarto de Emma. É um beco sem saída.

O costume dos Borden de trancar todas as portas, internas e externas, data de uma época, alguns anos atrás, pouco antes de Bridget vir trabalhar para eles, quando a casa foi furtada. Uma pessoa desconhecida entrou pela porta lateral enquanto Borden e sua esposa estavam em uma de suas raras viagens juntos; ele a fez embarcar numa carruagem com um cavalo só e partiu para a fazenda que possuíam em Swansea para ter certeza de que seu inquilino não o estava defraudando. As garotas ficaram em casa, em seus quartos, cochilando nas camas, consertando bainhas rasgadas ou costurando botões soltos, deixando-os mais seguros, ou escrevendo cartas ou contemplando atos de caridade para os pobres merecedores, ou olhando para o nada, distraídas.

Não consigo imaginar o que mais elas pudessem fazer.

O que as garotas fazem quando estão por conta própria é inimaginável para mim.

Emma é, de longe, mais misteriosa do que Lizzie, pois sabemos muito menos a respeito dela. Ela é um espaço em branco. Não tem vida. A porta de seu quarto leva apenas ao quarto da irmã.

"Garotas" é, obviamente, um termo de cortesia. Emma está bem adiantada na casa dos quarenta e Lizzie na dos trinta, mas elas não se casaram e, portanto, moram na casa do pai, onde continuam numa infância fictícia, prolongada.

Enquanto o senhor e a senhora estavam longe e as garotas adormecidas ou ocupadas de outra forma, alguma pessoa ou pessoas desconhecidas se esgueiraram pela escada dos fundos até o quarto matrimonial e embolsaram o relógio e a corrente de ouro da sra. Borden, o colar de coral e a pulseira de prata de sua remota infância, e um rolinho de notas de dólar que o velho Burden mantinha sob seus macacões limpos de usar por baixo da roupa, na terceira gaveta da cômoda à esquerda. O intruso tentou arrombar a fechadura do cofre, aquele bloco amorfo de ferro preto que lembra um bloco de abate ou um altar e fica junto à cama, do lado do velho Borden, mas seria preciso um pé de cabra para penetrar o cofre de forma adequada e o intruso tentou fazer isso com um par de tesouras de unha que se encontrava na cômoda, muito acessível, então *isso* não foi levado.

Em seguida, o intruso mijou e cagou na cobertura da cama dos Borden, derrubou no chão a bagunça em cima da penteadeira, arrebentou tudo, invadiu o quarto de vestir do velho Borden para maliciosamente atacar o casaco de funeral pendurado no escuro do armário, que cheirava a naftalina, com as mesmas tesouras de unha utilizadas no cofre (a tesoura agora se partira em duas e fora abandonada no piso do armário), retirou-se para a cozinha, quebrou o pote de farinha e o de melaço e então rabiscou uma ou duas obscenidades na janela da sala de visitas com a barra de sabão que ficava ao lado da pia da copa.

Que bagunça! Lizzie fitara a janela da sala de visitas com vaga surpresa; ela ouvira a batida baixa da porta de tela aberta, balançando devagar, embora não houvesse brisa. O que estava fazendo ali de pé, vestindo apenas o espartilho no meio da sala de visitas? Como tinha chegado até ali? Teria se esgueirado para baixo ao ouvir a porta de tela chacoalhar? Ela não sabia. Não conseguia se lembrar.

O que aconteceu foi: de súbito ali estava ela, na sala de visitas, com uma barra de sabão na mão.

Ela passou por um clareamento dos sentidos e só então começou a berrar e gritar.

– Socorro! Fomos roubados! Socorro!

Emma desceu e a reconfortou, como a irmã mais velha vinha reconfortando a mais nova desde que esta era bebê. Foi

Emma quem limpou do carpete da sala de visitas o rastro de farinha e melaço que Lizzie trouxera da cozinha sem perceber, no seu transe sonâmbulo descalço. Mas das joias perdidas e das notas de dólar não se encontrou nenhum rastro.

Não posso lhe dizer o efeito que esse roubo teve sobre o sr. Borden. Aquilo o desconcertou profundamente; ele ficou atordoado. Podia-se dizer até que violado. Ele fora estuprado. O caso retirou sua até então inabalável confiança na integridade inerente das coisas.

A invasão os perturbou tanto que a família rompeu seu silêncio habitual uns com os outros para poder discuti-la. Eles culparam os portugueses pelo crime, obviamente, mas às vezes também culpavam os canadenses. Embora seu ultraje continuasse constante e não diminuísse com o tempo, o foco variava de acordo com o humor deles, apesar de sempre apontarem o dedo da suspeita para os estrangeiros e recém-chegados que moravam entre as horrendas muralhas do alojamento da empresa, a alguns esquálidos quarteirões dali. Mas nem sempre suspeitavam exclusivamente dos desconhecidos ameaçadores; às vezes, achavam que o culpado podia muito bem estar entre os trabalhadores recém-chegados da ousada Lancashire, do outro lado do mar, que haviam cometido crimes, pois um senhorio de cortiços tem poucos amigos em meio à classe criminosa.

Entretanto, a possibilidade de um poltergeist ocorre à sra. Borden, embora ela não conheça a palavra; ela sabe, contudo, que sua enteada mais nova é esquisita e poderia fazer os pratos saltarem por puro despeito, se assim o quisesse. Mas o velho adora a filha. Talvez seja nesse momento, depois do choque da invasão, que ele resolve que ela precisa de uma mudança de cenário, uma dose da brisa marítima, uma viagem longa, porque foi depois da invasão que a mandou em sua *grand tour*.

Após a invasão, a porta da frente e a lateral eram sempre trancadas três vezes se algum dos habitantes da casa saía, mesmo que só para ir até o quintal apanhar uma cesta de peras caídas, quando era a época, ou se a criada saísse para estender algumas roupas lavadas, ou se o velho Borden, depois do jantar, fosse mijar debaixo de uma árvore.

Data dessa época o costume de trancar todas as portas dos quartos por dentro quando a pessoa estivesse dentro dele, ou por fora, quando estivesse fora. O velho Borden trancava a porta de seu quarto de manhã, quando saía dele, e colocava a chave à vista de todos, na prateleira da cozinha.

A invasão de sua casa despertou o velho Borden para a natureza evanescente da propriedade privada. Depois disso, ele empreendeu uma orgia de investimentos. Decidiu investir sem demora todo seu excedente em tijolo e cimento, pois quem poderia roubar um prédio de escritórios?

Vários contratos de aluguel terminaram simultaneamente bem nesse período em certa rua na área do centro da cidade, e Borden os assumiu. Ele se tornou o dono do quarteirão. Ele o derrubou. Planejava o edifício Borden, um prédio de lojas e escritórios, com tijolos vermelho-escuros, pedras bege-escuras e detalhes em ferro fundido, de onde, perpetuamente, poderia obter uma bela colheita de aluguéis não vendáveis, e este monumento, como aquele de Ozymandias*, viveria por muito tempo depois dele – e, de fato, ainda está de pé, quadrado e belo: o Edifício Andrew Borden, na South Main Street.

Nada mau para um filho de peixeiro, hein?

Pois, embora Borden seja um nome antigo na Nova Inglaterra e o clã Borden seja dono da maior parte de Fall River, o nosso Borden, o velho Borden, esses Borden, não vieram de um ramo rico da família. Existem Borden e Borden, e ele era o filho de um homem que vendia peixe fresco numa cesta de vime, indo de casa em casa. A parcimônia do velho Borden era nascida da pobreza, mas aprendera a desabrochar com a propriedade, pois a frugalidade tem um significado diferente

---

* "O Eleito de Rá", título do mais célebre faraó do Egito Antigo, Ramsés Segundo. [N. de T.]

para os pobres; eles não obtêm nenhuma alegria dela, é pura necessidade para eles. Quem já ouviu falar de um pão-duro sem dinheiro?

Moroso e esquelético, este homem de sucesso tem poucos prazeres. Sua vocação é o acúmulo de capital.

O hobby dele?

Ora, esmagar a cara dos pobres.

Primeiro, Andrew Borden foi coveiro, e a morte, reconhecendo um cúmplice, ajudou-o a se dar bem. Na cidade de fusos, poucos chegavam a ter ossos velhos; as criancinhas que trabalhavam nas fábricas morriam com uma frequência especial. Não quando ele era coveiro! – não é verdade que ele cortou os pés dos cadáveres para que se encaixassem num lote de caixões comprados com desconto como excedentes da Guerra Civil! Isso foi um boato colocado em circulação por seus inimigos!

Com os lucros de seus caixões, ele comprou um ou dois cortiços e obteve lucros renovados dos vivos. Comprou ações das fábricas. Em seguida, investiu em um ou dois bancos, de modo que agora obtém lucro do dinheiro em si, que é a forma mais pura de lucro entre todas elas.

Penhoras e despejos são carne e bebida para ele. O que ele mais ama é um pouquinho de usura. Está a meio caminho de seu primeiro milhão.

À noite, para poupar querosene, ele fica no escuro sem lamparinas. Rega as pereiras com sua urina; sem desperdício, não falta nada. Assim que os jornais diários são lidos, ele os rasga em quadrados geométricos e os armazena no banheiro do porão, para que todos possam limpar a bunda com eles. Ele lamenta a perda do bom material orgânico que se vai com a descarga. Gostaria de cobrar aluguel até das baratas na cozinha. No entanto, não engordou com tudo isso; a chama pura de sua paixão derreteu sua carne, a pele se agarra aos ossos por pura parcimônia. Talvez tenha sido de sua primeira profissão que ele adquiriu seu porte, pois caminha com a dignidade imponente de um carro fúnebre.

Quem assistia ao velho Borden descendo a rua na sua direção era preenchido por um respeito instintivo pela mortalidade, cujo embaixador esquálido ele aparentava ser. E isso também fazia a pessoa pensar no triunfo sobre a natureza que ocorreu quando nós nos levantamos para caminhar em duas pernas, em vez de quatro, para começo de conversa! Pois ele se mantinha ereto com uma determinação tão portentosa que era um lembrete perene, para todos que testemunhavam seu progresso, de que não é natural estar ereto, que é um triunfo da vontade sobre a gravidade, a própria transcendência do espírito sobre a matéria.

A coluna dele era uma barra de ferro, forjada, não nascida; é impossível imaginar a espinha do velho Borden curvada no útero no grande C do feto. Ele caminha como se suas pernas não tivessem juntas nos joelhos nem nos tornozelos, de modo que seus pés se chocam com a terra trêmula como um oficial de justiça esmurrando uma porta.

Ele tem uma barba branca que dá a volta por baixo do queixo como uma faixa, algo que já era antiquado mesmo naqueles tempos. Parece ter mordido os lábios até arrancá-los. Está em paz com seu Deus, pois usou seus talentos como o Bom Livro diz que deveria fazer.

Contudo, não pense que ele não possui um ponto fraco. Assim como o velho Lear*, seu coração – e mais do que isso, seu talão de cheques – vira massinha nas mãos da filha caçula. Em seu mindinho – não dá para ver, porque está debaixo das cobertas – ele usa um anel de ouro, não uma aliança de casamento, mas um anel de formatura, um berloque peculiar para um sovina fabulosamente misantrópico. Sua filha caçula lhe deu esse anel quando saiu da escola e pediu que ele o usasse sempre, e é o que ele faz, e o usará até o túmulo para onde ela o enviará mais tarde, na manhã deste dia combustível.

---

* Referência ao personagem-título da peça *Rei Lear* (1606), de William Shakespeare. [N. de T.]

Ele dorme vestido dos pés à cabeça numa camisola de flanela por cima de sua roupa de baixo de mangas longas, e um barrete de flanela, e suas costas estão viradas para a mulher que é sua esposa há trinta anos, assim como as dela estão viradas para ele.

Eles são o sr. e a sra. Jack Spratt* em pessoa: ele, alto e esquelético feito um juiz de enforcamento, e ela, uma bolinha redonda de massa se esparramando. Ele é um avaro, enquanto ela é uma glutona, uma comedora solitária, o mais inocente dos vícios e, no entanto, a sombra ou uma paródia do vício dele, pois ele gostaria de devorar o mundo todo ou, caso não pudesse, já que o destino não lhe serviu uma mesa suficientemente grande para suas ambições, ele é um Napoleão mudo e inglório, não sabe o que poderia ter feito, porque nunca teve a oportunidade – uma vez que não teve acesso ao mundo inteiro, ele gostaria de engolir a cidade de Fall River. Mas ela, bem, ela apenas, de maneira gentil e contínua, se entope sozinha, não é? Está sempre beliscando alguma coisa, ruminando, talvez.

Não que obtenha muito prazer com isso também; não é nenhuma gastrônoma, meditando eternamente sobre a requintada diferença entre uma maionese temperada com algumas gotas de vinagre de Orleans ou uma realçada com um toque de suco fresco de limão. Não. Abby nunca aspirou a nada tão elevado, nem jamais pensaria em fazê-lo, ainda que tivesse a opção; ela fica satisfeita aderindo à simples gulodice e abre mão de todas as conotações da sensualidade da indulgência. Como não se delicia com nem um bocado da comida que come, sabe que sua gulodice não é uma transgressão.

Aqui estão os dois na cama juntos, personificações vivas de dois dos Pecados Mortais, mas ele sabe que sua avareza não é uma ofensa, pois nunca gasta dinheiro algum, e ela sabe

---

* Referência a uma cantiga de roda sobre um homem que, por mais que comesse, não engordava; enquanto a esposa, por menos que comesse, não emagrecia. [N. de T.]

que não é gulosa, pois a gororoba que mete goela abaixo lhe dá dispepsia.

Ela tem uma cozinheira irlandesa, e a mão rude e disposta de Bridget na cozinha atende a todos os critérios de Abby. Pão, carne, repolho, batatas – Abby foi feita para a comida pesada que a fez. Bridget alegremente tasca na mesa jantares cozidos, peixe cozido, mingau de milho, panquecas de milho, pudim indiano, biscoitos.

Mas esses biscoitos... ah! Aqui, tocamos na pequena fraqueza de Abby. Biscoitos de melaço, de aveia, de uva passa. Porém, quando ela ataca um brownie grudento, escorrendo chocolate, aí ela sente a impressão enjoada de ter ido quase longe demais, que o pecado pode estar logo ali na esquina, se seu estômago não palpita imediatamente como uma consciência pesada.

Sua camisola de flanela é cortada nas mesmas linhas que a dele, tirando o babado frouxo de flanela em torno do pescoço. Ela pesa cerca de 90 quilos. Pouco mais de 1,50 metro. A cama afunda do seu lado. É a cama em que a primeira esposa dele morreu.

Na noite passada, eles tomaram uma dose de óleo de castor devido à indigestão que os manteve acordados e vomitando a outra noite inteira; os resultados copiosos de seus expurgos lotam os penicos debaixo da cama. É de fazer um esgoto desmaiar.

Estão deitados de costas um para o outro. Seria possível colocar uma espada no espaço entre o velho e a esposa, entre a coluna do velho, a única coisa rígida que ele já ofereceu a ela, e o traseiro macio, quente e enorme dela. Seus expurgos os vergastaram. Seus rostos parecem esverdeados, decompostos, na penumbra do quarto de cortinas fechadas, onde o ar é espesso demais para que as moscas se movam.

A filha mais nova sonha atrás da porta trancada.

Vejam a bela adormecida!

Ela afastou o lençol que a cobria e sua janela está escancarada, mas não há brisa lá fora essa manhã para fazer a tela estremecer deliciosamente. O sol claro inunda as persianas, de modo que a luz cor de linho nos mostra como Lizzie se deitou como se fosse para uma recepção, numa camisola bonita e com babados de musselina branca presa com fitas de cetim rosa pastel passado pelos ilhoses da renda, pois não estamos nos "Picantes Anos Noventa" em todo lugar, exceto na azeda Fall River? Os navios a vapor dourados da Fall River Line não representam todo o luxo desperdiçado da Era Dourada, com seus interiores de mogno e lustres? Mas eles não viajam *para fora* de Fall River, para algum outro lugar onde seja a Belle Époque? Em Nova York, Paris, Londres, rolhas de champanhe estouram, em Monte Carlo o banco quebrou, mas não em Fall River. Ah, não. Assim, na imutável privacidade de seu quarto, para seu próprio deleite, Lizzie veste a bela camisola de uma garota rica, embora more numa casa mesquinha, porque ela também é uma garota rica.

Mas ela é sem graça.

A barra de sua camisola está amassada, acima dos joelhos, porque ela dorme inquieta. Seu cabelo claro, seco e avermelhado, estalando de estática, soltando-se da trança noturna, se curva e se espalha pelo travesseiro quadrado ao qual ela se agarra enquanto se esparrama de barriga para baixo, tendo pousado o rosto na fronha engomada em busca de frescor em algum momento mais cedo.

Lizzie não era um diminutivo afetuoso, mas sim o nome com o qual fora batizada. Já que ela sempre seria conhecida como "Lizzie", raciocinou o pai, por que carregá-la com o prolongamento afetado e chique, "Elizabeth"? Sendo sovina em tudo, cortou até metade do nome dela antes de lhe dar. Então ficou Lizzie, pura e sem enfeites, e ela é uma criança sem mãe, tornada órfã aos dois anos, pobrezinha.

Agora ela tem trinta e dois e, no entanto, a recordação daquela mãe que ela não consegue lembrar continua sendo uma fonte duradoura de sofrimento: "Se minha mãe estivesse viva, tudo seria diferente".

Como? Por quê? Diferente em que sentido? Ela não seria capaz de responder a isso, perdida numa nostalgia pelo amor desconhecido. Entretanto, como poderia ter recebido mais amor do que o que veio de sua irmã, Emma, que dedicou à coisinha os tesouros acumulados no coração de uma solteirona da Nova Inglaterra? Diferente, talvez, porque sua mãe natural, a primeira sra. Borden, sujeita como era a surtos de uma fúria súbita, selvagem e inexplicável, talvez tivesse atacado o velho Borden com o machado ela mesma? Mas Lizzie *ama* seu pai. Todos estão de acordo nisso. Lizzie adora o pai amoroso que, depois que a mãe dela morreu, tomou outra esposa para si.

Seus pés nus têm um espasmo, como um cachorro sonhando com coelhos. Seu sono é leve e insatisfatório, cheio de terrores vagos e ameaças indeterminadas aos quais ela não consegue dar nome nem forma quando está acordada. O sono abre uma casa desorganizada dentro dela. No entanto, tudo o que ela sabe é que dorme mal, e esta última noite, sufocante, também foi perturbada por uma vaga náusea e as queixas de sua dor feminina; o quarto está desagradável com o cheiro metálico de sangue menstrual.

Na noite de ontem, ela escapuliu da casa para visitar uma amiga. Lizzie estava agitada; ela ficava mexendo nervosamente no franzido na frente de seu vestido.

– Estou com medo... que alguém... *vá fazer alguma coisa* – disse Lizzie. – A sra. Borden... – E aqui Lizzie abaixou o volume da voz e seus olhos se voltaram para qualquer canto, exceto para a srta. Russell... – A sra. Borden... Ah, você acredita? A sra. Borden acha que alguém está tentando *nos envenenar*!

Ela costumava chamar sua madrasta de "mãe", como ditava o dever, mas, depois de uma briga por causa de dinheiro, após seu pai passar metade de um cortiço para o nome da madrasta cinco anos antes, Lizzie sempre, com frios escrúpulos, dizia "sra. Borden" quando era forçada a falar nela, e a chamava de "sra. Borden" na cara dela também.

– Esta noite, a sra. Borden e meu pobre pai estavam tão mal! Eu os ouvi através da parede. Quanto a mim, eu não estou normal hoje, o dia todo. Ando me sentindo tão estranha. Tão... estranha.

Pois havia aqueles seus surtos de sonambulismo. Desde criança, ela passara, como se dizia naquela época e naquele lugar, por "períodos peculiares" de pequenos lapsos de comportamento, transes inesperados e involuntários, momentos de desconexão. Aquelas vezes que a mente perdia o ritmo. A srta. Russell correu a descobrir uma explicação razoável. Tinha vergonha de mencionar os "períodos peculiares". Todos sabiam que não havia nada de esquisito nas garotas Borden.

– Não foi algo que você comeu? Deve ter sido algo que você comeu. O que teve na ceia de ontem? – indagou solicitamente a gentil srta. Russell.

– Espadarte requentado. Nós o comemos fresco no jantar, embora eu não tenha pegado muito. E aí Bridget requentou as sobras para a ceia, mas, outra vez, eu pessoalmente só consegui comer um bocado. A sra. Borden devorou os restos e limpou o prato com o pão. Ela estalou os beiços, mas depois passou mal a noite inteira.

(Havia uma nota de presunção aqui.)

– Ah, Lizzie! Com todo esse calor, esse calor horrível! Peixe requentado! Você sabe como peixe estraga rápido nesse calor! Bridget deveria ter aprendido a não servir peixe requentado para vocês!

E também estava na época mais difícil do mês para Lizzie; sua amiga podia perceber por uma certa expressão vidrada e abatida no rosto dela. Porém, sua gentileza a proibia de mencioná-lo. Mas como Lizzie podia ter enfiado na cabeça que a casa inteira estava sob o cerco de forças malignas externas?

– Houve ameaças – prosseguiu Lizzie, implacável, mantendo os olhos nas pontas de seus dedos nervosos. – Muita gente não gosta de meu pai, você entende.

Isso não podia ser negado. A srta. Russell permaneceu polidamente muda.

– A sra. Borden ficou tão doente que chamou o médico e meu pai foi rude com o doutor e gritou com ele e lhe disse que não pagaria as contas de um médico enquanto tivéssemos nosso bom óleo de castor em casa. Ele gritou com o médico e todos os vizinhos ouviram e eu fiquei tão envergonhada. Tem um homem, sabe... – E aqui ela abaixou a cabeça enquanto seus cílios curtos e pálidos batiam em seus malares... – Um homem assim, tão *sombrio,* com uma cara, sim, uma cara de morte, srta. Russell, um homem sombrio que vi do lado de fora de casa em horários estranhos, inesperados: de manhã cedinho, tarde da noite, sempre que não consigo dormir nessa penumbra tenebrosa, se eu levantar a persiana e espiar lá fora, ali eu o vejo, nas sombras das pereiras, no quintal, um homem sombrio... Talvez ele coloque veneno no leite de manhã, depois que o leiteiro enche a lata. Talvez ele envenene o gelo, quando o homem do gelo passa.

– Há quanto tempo ele vem assombrando você? – perguntou a srta. Russell, adequadamente consternada.

– Desde... a invasão da casa – disse Lizzie, e subitamente olhou para a srta. Russell em cheio no rosto com algo semelhante a triunfo. Como seus olhos estavam grandes; proeminentes, porém velados. E seus dedos bem cuidados continuaram beliscando a frente do vestido, como se ela tentasse descosturar o franzido.

A srta. Russell sabia, simplesmente *sabia,* que esse homem sombrio era uma invenção da imaginação de Lizzie. De súbito, perdeu a paciência com a garota; homens sombrios parados do lado de fora da janela de seu quarto, ora! No entanto, ela foi gentil e procurou meios para tranquilizar a outra.

– Mas Bridget já está de pé e trabalhando quando o leiteiro ou o rapaz do gelo chegam, e a rua toda também está ocupada e movimentada; quem ousaria pôr veneno no leite ou no balde de gelo enquanto metade da Second Street observa? Ah, Lizzie, é esse terrível verão, o calor, esse calor intolerável que nos deixa todos indispostos, que nos deixa irascíveis e nervosos, doentes.

É tão fácil imaginar coisas nesse clima terrível, que corrompe a comida e planta vermes em nossas mentes... Eu pensei que você planejasse viajar, Lizzie, para o mar. Você não planejava tirar um descanso junto ao mar? Ah, vá, sim! O ar marítimo vai soprar esses caprichos tolos para longe!

Lizzie não assente nem balança a cabeça em negativa, só continua a cutucar o franzido. Pois ela não tem negócios importantes em Fall River? Só naquela manhã, já não estivera na drogaria para tentar comprar ácido cianídrico pessoalmente? Mas como ela pode contar à doce srta. Russell que se encontra tomada por uma necessidade imperiosa de ficar em Fall River e assassinar seus pais?

Ela foi até a drogaria na esquina da Main Street para comprar ácido cianídrico, mas ninguém quis lhe vender, então ela voltou para casa de mãos abanando. Será que toda aquela conversa de veneno na casa cheia de vômito colocou o veneno em sua mente? A autópsia revelará que não existe nenhum traço de veneno no estômago dos pais. Ela não tentou envenená-los; apenas tinha em mente fazê-lo. Entretanto, não conseguiu comprar veneno. O uso de veneno lhe fora negado; portanto, o que ela pode estar planejando agora?

– E esse homem sombrio – continuou ela para a relutante srta. Russell –, ah! Eu vi a lua cintilar num *machado*!

Quando acorda, ela nunca consegue se lembrar de seus sonhos; lembra apenas que dormiu mal.

O quarto dela é agradável, de dimensões nada mesquinhas, considerando-se que a casa é tão pequena. Além da cama e de uma penteadeira, há um sofá e uma mesa; é o seu quarto e também sua sala de visita e ainda escritório, pois a mesa está cheia de livros de contabilidade das várias organizações de caridade com as quais ela ocupa suas muitas horas livres. A Missão Fruta e Flor, sob cujos auspícios ela leva presentes aos velhos indigentes no hospital; a União das Mulheres Cristãs pela Temperança, para quem extrai assinaturas para petições contra o Demônio da Bebida; a Empreendimento Cristão, seja lá o que isso for – esta é a era de ouro das boas obras e ela se dedica a comitês com vontade. O que as filhas dos ricos fariam se os pobres deixassem de existir?

Há o Fundo para o Jantar de Ação de Graças dos Entregadores de Jornal; e a Associação para Bebedouros de Animais; e a Associação para a Conversão de Chineses – nenhuma classe ou tipo está a salvo de sua caridade impiedosa.

Birô; toucador; armário; cama; sofá. Ela passa seus dias neste quarto, movendo-se entre cada um desses tediosos itens de mobília em voltas planetárias, circunscritas, inalteráveis. Ama sua privacidade, ama seu quarto, fica trancada nele o dia todo. Uma prateleira contém um ou dois livros: *Heroes of the Mission Field*, *The Romance of Trade* e *What Katy Did*. Nas paredes, fotos emolduradas de amigos da escola com mensagens sentimentais e, guardado dentro de uma moldura, um cartão-postal com uma imagem mostrando um gatinho preto olhando pelo centro de uma ferradura. Uma aquarela de uma paisagem marítima de Cape Cod executada com tocante incompetência amadora. Uma ou duas fotografias monocromáticas de obras de arte, uma madona de Della Robbia e a Mona Lisa; essas, ela comprou no Uffizi e no Louvre, respectivamente, quando foi para a Europa.

Europa!

Pois você não se lembra do que Katy fez depois? A heroína da história pegou o barco a vapor para a velha e fumacenta Londres, foi para a elegante e fascinante Paris, e de lá para as ensolaradas e antigas Roma e Florença; a heroína do livro de história vê a Europa se revelar à sua frente como uma série interessante de cenas de lanterna mágica numa tela gigante. Tudo está presente e tudo é irreal. A Torre de Londres; clique. Notre Dame; clique. A Capela Sistina; clique. E então as luzes se apagam e ela está no escuro outra vez.

Dessa viagem, ela guardou apenas a lembrancinha mais circunspecta, aquela madona, aquela Mona Lisa, reproduções de objetos de arte consagrados por uma aprovação universal do bom gosto. Se ela voltasse com uma mala cheia de lembranças estampadas "Para Não Esquecer Nunca", a guardaria debaixo da cama onde havia sonhado sobre o mundo antes de partir para vê-lo e na qual, de volta em casa, continuava a sonhar, o sonho tendo se transformado não em experiência vivida mas em memória, que é apenas outro tipo de sonhar.

Melancolicamente: "Quando eu estava em Florença...".

Mas aí, com prazer, ela se corrige: "Quando *nós estávamos* em Florença...".

Porque boa parte – na verdade, a maior parte – da satisfação que a viagem lhe rendeu veio de ter partido de Fall River com um seleto grupo das filhas de proprietários de fábricas, respeitáveis e afluentes. Uma vez longe da Second Street, ela foi capaz de transitar com conforto no segmento da sociedade de Fall River ao qual pertencia por direito de sobrenome antigo e dinheiro recente, mas do qual era excluída, quando estava na cidade, pelas abundantes excentricidades pessoais do pai. Dividindo quartos, dividindo camarotes, dividindo cabines, as garotas viajaram juntas num grupo elegante que já carregava sua perdição consigo, pois eram as garotas que não se casariam agora, e qualquer prazer que pudessem ter obtido com as novidades e a empolgação da viagem foi estragado de antemão pela consciência de que estavam comendo o que poderia ter sido o bolo de seu próprio casamento, gastando o que deveria ter sido, se tivessem alguma sorte, o dinheiro de seus acordos matrimoniais.

Todas as garotas já estavam perto dos trinta, privilegiadas em sair para ver o mundo antes de se resignarem à condição rarefeita de solteirona na Nova Inglaterra; mas era um caso de olhar, mas não tocar. Elas sabiam que não podiam deixar o mundo sujar suas mãos nem amassar seus vestidos, e seu companheirismo afetuoso no caminho tinha uma certa qualidade firme e determinada enquanto elas bravamente faziam o melhor de seu prêmio de consolação.

Foi uma viagem azeda, em certo sentido, azeda; e era uma viagem de ida e volta, terminando no lugar azedo onde tinha começado. Em casa outra vez; a casa estreita, os quartos todos trancados como aquele no castelo do Barba Azul*, e a madrasta gorda e branca a quem ninguém ama sentada no meio da teia de aranha; ela não se moveu um único centímetro enquanto Lizzie estava fora, mas engordou.

Essa madrasta a oprimia como um feitiço.

Os dias abrem seus espaços exíguos em outros espaços exíguos e mobília antiga, e nunca há nada pelo que ansiar, nada.

Quando o velho Borden escarafunchou em seu bolso para pagar pela viagem de Lizzie à Europa, o olho de Deus na pirâmide piscou para ver a luz do dia, mas nenhuma extravagância é excessiva demais para a filha caçula do sovina que é o fator imprevisível na casa dele e, ao que parece, pode ter qualquer coisa que desejar, jogar as moedas de prata do pai no lago para ver se quicam, se isso for de seu agrado. Ele paga todas as contas dela com as costureiras pontualmente, e como ela adora se vestir bem! É viciada no dandismo. Ele lhe dá toda semana um valor de mesada igual ao que a cozinheira recebe de salário, e Lizzie doa aos pobres merecedores o que não gasta em adornos pessoais.

Ele daria para sua Lizzie qualquer coisa, qualquer coisa no mundo vivente sob o sinal verde do dólar.

Ela gostaria de um animal de estimação, um gatinho ou cachorrinho, ela ama animaizinhos e pássaros também, pobres coisinhas indefesas. Abastece bem o comedouro de pássaros o inverno todo. Ela costumava manter alguns pombos-correios no estábulo em desuso, do tipo que parece uma peteca e faz "pru", fofinho feito uma nuvem.

Fotografias de Lizzie Borden que sobreviveram ao tempo mostram um rosto difícil de olhar se o sujeito não sabe nada

---

* Personagem-título de um conto infantil escrito por Charles Perrault, Barba Azul guardava em sua casa um misterioso cômodo trancado, que proibia a esposa de abrir. [N. de T.]

a respeito dela; os eventos futuros lançam sua sombra pelo rosto dela, ou então a pessoa vê as sombras que estes eventos lançaram – há algo terrível, algo agourento nesse rosto com sua mandíbula protuberante, retangular, e esse olhos loucos dos santos da Nova Inglaterra, olhos que pertencem a uma pessoa que não ouve ninguém... olhos de uma fanática, poderia dizer alguém que não soubesse de nada a respeito dela. Se você estivesse vasculhando uma caixa de fotografias antigas numa loja de velharias e cruzasse com esse rosto em particular, em sépia, apagado, acima dos colarinhos estrangulados dos anos 1890, talvez murmurasse ao vê-la: "Ah, mas que olhos grandes você tem!", como a Chapeuzinho Vermelho disse ao lobo, mas aí talvez você nem fizesse uma pausa para olhar a foto com mais atenção, pois o dela não é, por si só, um rosto impressionante.

Porém, assim que o rosto ganha um nome, assim que você a reconhece, quando sabe quem ela é e o que ela fez, o rosto parece o de alguém possuído, e agora lhe atormenta, você olha para ele várias e várias vezes, ele exala mistério.

Esta mulher, com sua mandíbula de uma guarda de campo de concentração, e estes olhos...

Em sua idade avançada, ela usava um pincenê, e verdadeiramente, com os anos, a luz louca sumiu daqueles olhos, ou foi desviada por aqueles óculos – se, *de fato*, era uma luz louca em primeiro lugar, pois não é fato que todos nós escondemos em algum lugar fotografias de nós mesmos em que parecemos assassinos ensandecidos? E, nessas fotos iniciais de sua juventude, ela mesma não parece tanto com uma assassina ensandecida quanto com alguém extremamente solitária, indiferente à câmera em cuja direção ela sorri de maneira tão obscura, então não seria surpresa se ela fosse cega.

Há um espelho na penteadeira no qual ela olha às vezes, naqueles momentos em que o tempo se parte em dois, e então ela enxerga a si mesma com olhos cegos, clarividentes, como se fosse outra pessoa.

– Lizzie está esquisita hoje.

Nesses momentos, nesses momentos irremediáveis, ela poderia ter levantado sua focinheira para uma lua dolorida e uivado.

Em outros momentos, ela assiste a si mesma penteando seu cabelo e experimentando suas roupas. O espelho de distorção a reflete com a fidelidade enjoada da água. Ela coloca vestidos e então os tira. Olha para si mesma no espartilho. Afofa o cabelo. Mede-se com a fita métrica. Puxa a fita bem apertado. Afofa o cabelo. Experimenta um chapéu, um chapeuzinho, um chapeuzinho de palha chique. Ela o espeta com um alfinete de chapéu. Puxa o véu para baixo. Puxa o véu para cima. Ela tira o chapéu. Enfia o alfinete nele com uma força que não sabia possuir.

O tempo passa e nada acontece.

Ela traça os contornos de seu rosto com mão incerta, como se estivesse pensando em soltar as ataduras de sua alma, mas ainda não está na hora de fazer isso; ela ainda não está pronta para ser vista.

Ela é uma garota calma como um mar de sargaço.

Mantinha seus pombos no porão acima do estábulo em desuso e os alimentava com grãos na palma das mãos em concha. Gostava de sentir o leve arranhar de seus bicos. Eles murmuravam "pru pru" com uma ternura infinita. Ela trocava a água deles todos os dias e limpava sua bagunça leprosa, mas o velho Borden pegou antipatia pelo piado deles, o som lhe dava nos nervos, quem imaginaria que ele tinha *algum* nervo, mas ele inventou alguns, os bichos davam neles, uma tarde ele pegou a machadinha da pilha de lenha no porão e cortou a cabeça daqueles pombos todinha, cortou, sim.

Abby queria os pombos massacrados para uma torta, mas Bridget, a criada, bateu o pé diante da sugestão: o quê?!? fazer uma torta com as amadas rolinhas da srta. Lizzie? Jesus, Maria e José!!!, exclamou ela, com uma impetuosidade característica. Como ele pode ter pensado nisso? A srta. Lizzie é tão nervosa, com seus humores esquisitos e tudo mais!! (A criada é a única na casa com alguma noção, essa é a verdade.) Lizzie voltou para casa da Missão Fruto e Flor, em nome de quem ela estivera lendo um tratado para uma idosa num asilo: "Deus lhe abençoe, srta. Lizzie". Em casa, tudo era sangue e penas.

Ela não chora, essa aqui, não faz parte de sua natureza, ela é água parada, mas, quando emocionada, muda de cor, seu rosto ruboriza, fica de um vermelho-escuro, raivoso, pintalgado. O velho ama sua filha quase ao ponto da idolatria e paga por tudo o que ela quer, e mesmo assim matou os pombos dela quando sua esposa quis comê-los.

É assim que ela enxerga o ocorrido. É assim que ela entende. Ela não suporta assistir à madrasta comer agora. Cada mordida que a mulher dá parece fazer "pru pru".

O velho Borden limpou a machadinha e a devolveu ao porão, perto da pilha de lenha. Com o vermelho retrocedendo de seu rosto, Lizzie desceu para inspecionar o instrumento de destruição. Ela o apanhou e pesou na mão.

Isso foi algumas semanas antes, no começo da primavera.

Suas mãos e pés têm espasmos durante o sono; os nervos e músculos desse mecanismo complicado não relaxam, simplesmente não relaxam, ela é pura vibração, pura tensão, está tão esticada quanto as cordas de uma harpa de vento da qual correntes aleatórias de ar arrancam músicas que não são as nossas músicas.

Ao primeiro toque do relógio da prefeitura, o primeiro apito de fábrica soa, e então, numa nota diferente, outro, e outro, a Fábrica Metacometa, a Fábrica Americana, a Fábrica Mecânica... Até que todas as fábricas na cidade inteira cantam em voz alta num hino comum de convocação e becos quentes onde o pessoal das fábricas mora se preenchem com a multidão apressada: corram! Vão! Para o tear, para a bobina, para o fuso, para a tinturaria, como se fossem locais de adoração, homens, e mulheres também, e crianças, as ruas se preenchem, o céu escurece enquanto as chaminés agora despejam fumaça, o clangor, o estrondo, o tropel das fábricas começa.

O relógio de Bridget salta e estremece na cadeira, prestes a soar seu próprio alarme. O dia deles, o dia fatal dos Borden, tremula no limiar de começar.

Lá fora, lá no alto, no ar já queimando, está vendo? O anjo da morte se empoleira no topo do telhado.

PAT MURPHY

AMOR E SEXO ENTRE OS INVERTEBRADOS

Pat Murphy é uma cientista e escritora estadunidense. Além de romances e contos, ela também escreveu um livro para crianças, *The Wild Ones*. Seu trabalho ganhou numerosos prêmios, entre eles o Nebula, o World Fantasy e o Philip K. Dick. Ela também foi cofundadora do James Tiptree Jr. Memorial Award com Karen Joy Fowler. Seu projeto mais recente é *Bad Grrlz' Guide to Reality*, que consiste em dois livros interconectados, *Wild Angel* e *Adventures in Time and Space with Max Merriwell*. "Amor e sexo entre os invertebrados" explora sexualidade e os papéis de gênero no reino animal e sua aplicação aos seres humanos. Foi publicado pela primeira vez na antologia *Alien Sex* em 1990.

Isto não é ciência. Isto não tem nada a ver com ciência. Ontem, quando as bombas caíram e o mundo acabou, eu abri mão do pensamento científico. A esta distância do local de explosão da bomba que arrasou San Jose, calculo que eu tenha recebido uma dose mediana de radiação. Não o suficiente para uma morte imediata, mas demais para a sobrevivência. Tenho apenas mais alguns dias e decidi passar esse tempo construindo o futuro. Alguém deve fazê-lo.

É para isso que fui treinada, na verdade. Meus estudos de graduação foram na área de biologia – anatomia estrutural, a construção de corpo e ossos. Minha pós-graduação foi em engenharia. Durante os últimos cinco anos, venho projetando e construindo robôs para serem usados em processamento industrial. Agora acabou a necessidade para tais criações industriais, mas parece uma pena desperdiçar o equipamento e os materiais que continuam no laboratório e que meus colegas abandonaram.

Vou montar robôs e fazê-los funcionar. Mas não tentarei compreendê-los. Não vou desmontá-los e considerar seu funcionamento interno e cutucar e bisbilhotar e analisar. O tempo para a ciência se esgotou.

O pseudoescorpião, *Lasiochernes pilosus*, é um inseto misterioso que constrói sua casa nos ninhos das toupeiras. Antes dos pseudoescorpiões acasalarem, eles dançam – um minueto subterrâneo privado, observado apenas pelas toupeiras e pelos entomólogos *voyeurs*. Quando um macho encontra uma fêmea receptiva, ele segura as pinças dela nas suas e a puxa em sua direção. Se ela resistir, ele dá uma volta, agarrando-se às pinças dela e puxando-a para trás de si, recusando-se a aceitar um não como resposta. Ele tenta novamente, dando um passo adiante e puxando a fêmea em sua direção com pinças trêmulas. Se ela continua resistindo, ele recua e segue a dança: dá uma volta, pausa para puxar sua parceira relutante, dá outra volta.

Depois de uma hora ou mais de dança, a fêmea inevitavelmente sucumbe, os passos de dança a convencendo de que a espécie de seu companheiro combina com a sua. O macho deposita um pacote de esperma no chão que foi limpo de detritos pelos pés dançantes dos dois. As pinças dele tiritam conforme a puxa adiante, posicionando-a acima do pacote de esperma. Finalmente disposta, ela pressiona o poro genital no chão e aceita o esperma em seu corpo.

Textos de biologia apontam que as pinças do escorpião macho tremem enquanto ele dança, mas não dizem o porquê. Não especulam sobre as emoções dele, seus motivos, seus desejos. Isso não seria científico.

Eu teorizo que o pseudoescorpião fique ansioso. Em meio aos aromas cotidianos de merda de toupeira e vegetação podre, ele fareja a fêmea e o perfume dela o enche de luxúria. No entanto, sente-se temeroso e confuso: sendo um inseto solitário, desacostumado a socializar, fica perturbado pela presença de outra criatura de sua espécie. Fica preso entre emoções conflitantes: sua carência que a tudo abrange, seu medo e a estranheza da situação social.

Eu abri mão da farsa da ciência. Especulo sobre os motivos do pseudoescorpião, o conflito e o desejo incorporados em sua dança.

Instalo o pênis no meu primeiro robô como uma piada, uma piada particular, uma piada sobre a evolução. Suponho que eu não precise realmente dizer que era uma piada particular – todas as minhas piadas são particulares agora. Eu sou a última que restou, até onde sei. Meus colegas fugiram – para encontrar suas famílias, buscar refúgio nas montanhas, passar seus últimos dias correndo por aí, para lá e para cá. Não espero ver mais ninguém aqui tão cedo. E, se vir, a pessoa provavelmente não estará interessada nas minhas piadas. Tenho certeza de que a maioria das pessoas acha que a hora de contar piadas ficou para trás. Elas não veem que a bomba e a guerra são as maiores piadas de todas. A morte é a maior piada. A evolução é a maior piada.

Eu me lembro de aprender sobre a teoria da evolução de Darwin em biologia, no ensino médio. Mesmo naquela época, achei meio estranho o jeito como as pessoas falavam a respeito dela. A professora apresentou a evolução como um *fait accompli*, pronto e acabado. Ela explicou confusamente especulações complexas a respeito da evolução humana, falando sobre *Ramapithecus*, *Australopithecus*, *Homo erectus*, *Homo sapiens* e o *Homo sapiens neanderthalensis*. No *Homo sapiens* ela parou, e foi isso. Para a professora, nós éramos a última palavra, o topo da pilha, o fim da linha.

Tenho certeza de que os dinossauros pensavam a mesma coisa, se é que eles pensavam. Como algo poderia ficar melhor do que blindagem e uma cauda com espinhos? Quem poderia pedir por mais?

Pensando nos dinossauros, construo minha primeira criação em cima de um modelo reptiliano, uma criatura que lembra um lagarto construída de peças e sobras aleatórias que catei dos protótipos industriais que lotam o laboratório e o depósito. Dou um corpo robusto à minha criatura, com a minha altura de comprimento; quatro pernas que se estendem pela lateral do corpo, depois dobram-se nos joelhos até chegar ao chão; uma cauda do mesmo comprimento do corpo, decorada com espinhas metálicas; uma boca crocodiliana com grandes dentes curvados.

A boca é apenas para decoração e proteção; esta criatura não vai comer. Eu a equipo com um arranjo de painéis solares, fixos a uma crista nas costas que lembra uma vela de navegação. O calor da luz solar fará com que a criatura estenda sua vela e acumule energia elétrica para recarregar suas baterias. No frescor da noite, ela dobrará a vela até ficar junto das costas, tornando-se esguia e aerodinâmica.

Decoro minha criatura com coisas encontradas ao redor do laboratório. Do lixo ao lado da máquina de refrigerantes, reciclo latas de alumínio. Eu as corto para criar uma franja colorida que prendo debaixo do queixo da criatura, como a barbela de um iguana. Quando termino, as palavras nas latas de refrigerante foram recortadas até virar uma bagunça sem sentido: Coca, Fanta, Sprite e Guaraná se misturam numa colisão de cores vivas. Para terminar, quando o resto da criatura está completo e funcional, faço uma piroca com um cano de cobre e peças de encanamento. Ela fica pendurada abaixo da barriga dele, cor de cobre e de aparência obscena. Em volta do cobre, teço um ninho de rato com meu próprio cabelo, que está caindo aos tufos. Gosto do jeito que fica: o cobre brilhante espiando de um amontoado de cachos pretos e crespos.

Às vezes, a náusea me domina. Passo parte de um dia no banheiro feminino do lado de fora do laboratório, deitada no piso de azulejos frios e me levantando apenas para vomitar na privada. O enjoo não é nada que eu não esperasse. Estou morrendo, afinal. Deito no chão e penso nas peculiaridades da biologia.

Para a aranha macho, o acasalamento é um processo perigoso. Isso é especialmente verdade nas espécies que tecem teias intrincadas em forma de esfera, do tipo que capta o orvalho e cintila tão bem para os fotógrafos de natureza. Nessas espécies, a fêmea é maior do que o macho. Ela é, devo confessar, uma sacana; atacará qualquer coisa que encoste em sua teia.

No momento de acasalar, o macho procede com cautela. Ele se demora na beira da teia, puxando com gentileza um fio de seda para chamar a atenção da aranha. Puxa num ritmo muito específico, sinalizando para sua potencial amante, cochichando suavemente com seus movimentos: "Eu te amo. Eu te amo".

Depois de um tempo, ele acredita que ela tenha recebido sua mensagem. Sente-se confiante de que foi compreendido. Ainda procedendo com cautela, ele anexa um fio de acasalamento à teia da fêmea. Ele puxa o fio de acasalamento para incentivar a fêmea a subir nele. "Só você, meu bem", sinaliza ele. "Você é a única."

Ela sobe no fio de acasalamento – feroz e apaixonada, mas temporariamente tranquilizada pelas promessas dele. Nesse momento, ele corre até ela, entrega seu esperma e então rapidamente, antes que ela possa mudar de ideia, dá no pé. É um negócio perigoso, fazer amor.

Antes de o mundo desaparecer, eu era uma pessoa cautelosa. Tomava muito cuidado ao escolher alguém como amigo. Fugia ao primeiro sinal de mal-entendido. Na época, me parecia o caminho correto.

Eu era uma mulher inteligente, uma companheira perigosa. (Estranho – eu me flagro escrevendo e pensando em mim mesma no tempo passado. Tão perto da morte que já me considero morta.) Os homens me abordavam com cautela, sinalizando delicadamente e de uma distância segura: "Estou interessado. Você está interessada?". Eu não respondia. Não sabia realmente como fazê-lo.

Filha única, eu sempre fui desconfiada dos outros. Morávamos minha mãe e eu. Quando eu era pequena, meu pai saiu para comprar um maço de cigarros e nunca mais voltou. Minha mãe, protetora e cautelosa por natureza, me alertou que não se podia confiar nos homens. Não se podia confiar nas pessoas. Ela podia confiar em mim e eu podia confiar nela, e só.

Quando eu estava na faculdade, minha mãe morreu de câncer. Ela sabia do tumor havia mais de um ano; aguentou cirurgia e quimioterapia enquanto me escrevia cartas alegres sobre jardinagem. Seu pastor me contou que minha mãe era uma santa – ela não me contou porque não queria perturbar meus estudos. Eu me dei conta então de que ela estivera enganada. Eu não podia confiar nela de verdade, no final das contas.

Talvez eu tenha perdido alguma janela estreita de oportunidade. Se, em algum ponto do caminho, algum amigo ou namorado tivesse tentado me convencer a parar de me esconder, eu poderia ter sido uma pessoa diferente. Mas isso nunca aconteceu. No ensino médio, eu busquei a segurança dos meus livros. Na faculdade, estudava sozinha nas noites de sexta. Quando cheguei na pós-graduação, estava, como o pseudoescorpião, acostumada a uma vida solitária.

Eu trabalho sozinha na construção da fêmea. Ela é maior do que o macho. Seus dentes são mais compridos e mais numerosos. Estou soldando as juntas do quadril quando minha mãe vem me visitar no laboratório.

– Katie – diz ela. – Por que você nunca se apaixonou? Por que nunca teve filhos?

Continuo soldando, apesar do tremor nas mãos. Sei que ela não está aqui. Delírio é um sintoma de envenenamento por radiação. Mas ela continua me observando enquanto eu trabalho.

– Você não está aqui de verdade – respondo, e me dou conta imediatamente de que falar com ela é um erro. Eu reconheci sua presença e lhe dei mais poder.

– Responda às minhas perguntas, Katie – diz ela. – Por quê?

Não respondo. Estou ocupada e vai levar tempo demais para contar a ela sobre a traição, explicar a confusão de um inseto solitário enfrentando uma situação social, descrever o equilíbrio entre medo e amor. Eu a ignoro, da mesma forma que ignoro o tremor nas mãos e a dor na barriga, e continuo trabalhando. Por fim, ela vai embora.

Uso o resto das latas de refrigerante para dar à fêmea escamas multicoloridas: vermelho Coca-Cola, verde Sprite, laranja Fanta. Com as latas, faço um oviduto forrado de metal. Ele tem largura suficiente apenas para acomodar o pau do macho.

O pássaro-jardineiro macho atrai sua parceira elaborando algo similar a uma obra de arte. Com gravetos e capins, constrói duas paredes paralelas próximas que se juntam para formar um arco. Ele decora essa estrutura e a área em torno dela com quinquilharias vistosas: lascas de osso, folhas verdes, flores, pedras brilhosas e penas caídas de pássaros mais espalhafatosos. Em áreas onde as pessoas jogaram lixo, ele usa tampas de garrafa e moedas e cacos de vidro.

Ele se senta em seu caramanchão e canta, proclamando seu amor por toda e qualquer fêmea na vizinhança. Finalmente, uma delas admira seu caramanchão, aceita o convite e eles acasalam.

O pássaro-jardineiro usa discernimento ao decorar seu caramanchão. Ele escolhe suas bugigangas com cuidado: selecionando um caco de vidro por seu brilho, uma folha lustrosa por sua elegância natural, uma pena azul-cobalto para dar um toque de cor. Em que ele pensa enquanto constrói e decora? O que passa por sua mente enquanto se senta ali e canta, alardeando ao mundo sua disponibilidade?

Soltei o macho e estou trabalhando na fêmea quando ouço algo trepidar e se chocar no lado externo do prédio. Algo está acontecendo no beco entre o laboratório e o prédio de escritórios vizinho. Desço para investigar. Espio da entrada do beco, e a criatura macho corre para mim, me assustando tanto que eu dou um passo para trás. Ele sacode a cabeça e chacoalha os dentes de forma ameaçadora.

Recuo para o outro lado da rua e o observo de lá. Ele se aventura para fora do beco, rastejando pela rua, e então pausa ao lado de uma BMW estacionada junto à calçada. Ouço suas garras matraqueando contra o metal. Uma calota ressoa ao bater no asfalto. A criatura carrega o pedaço brilhante de metal até a entrada do beco e então volta para buscar as outras três, retirando-as uma por uma. Quando me mexo, ele corre para o beco, bloqueando qualquer tentativa de invadir seu território. Quando paro, ele retorna ao trabalho, coletando as calotas, carregando-as para o beco e arranjando-as para que cada uma pegue a luz do sol.

Enquanto assisto, ele vasculha a sarjeta e coleta coisas que acha atraentes: uma garrafa de cerveja, algumas embalagens de plástico coloridas de barras de chocolate, um pedaço de corda de plástico em um amarelo vivo. Pega cada achado e desaparece dentro do beco com ele.

Eu espero, observando. Quando ele exaure a sarjeta perto da entrada do beco, resolve dobrar a esquina e eu faço minha jogada, correndo até a entrada do beco e olhando lá dentro. O chão do beco está coberto de pedacinhos de papel coloridos e plástico; posso ver embalagens de barras de chocolate e sacos de papel do Burger King e do McDonald's. A corda de plástico amarelo está amarrada a um cano que sobe por uma parede e a um gancho que se projeta da outra. Pendurados nela, como se fossem roupas limpas num varal, estão pedaços coloridos de tecido: uma toalha cor de vinho, uma colcha com estampa de caxemira, um lençol azul de cetim.

Vejo tudo isso num relance. Antes que possa examinar melhor o caramanchão, ouço o ruído de garras no asfalto. A criatura está correndo até mim, furiosa com minha intrusão. Eu me viro e fujo para dentro do laboratório, batendo a porta depois de entrar. Porém, assim que me afasto do beco, a criatura não me persegue mais.

Da janela no segundo andar, observo-o voltar para o beco e suspeito que esteja conferindo se eu mexi em algo. Depois de um tempo, ele ressurge na entrada do beco e se agacha ali, a luz do sol cintilando em sua carapaça metálica.

No laboratório, construo o futuro. Ah, talvez não – mas não tem ninguém aqui para me contradizer, então direi que é isso mesmo. Eu completo a fêmea e a liberto.

A doença assume o controle então. Enquanto ainda tenho forças, arrasto um catre de uma sala nos fundos e o posiciono junto à janela, de onde posso olhar para fora e observar minhas criações.

O que é que eu quero delas? Não sei exatamente.

Quero saber que deixei algo para trás. Quero ter certeza de que o mundo não termina comigo. Quero a sensação, a compreensão, a certeza de que o mundo seguirá adiante.

Eu me pergunto se os dinossauros moribundos ficaram contentes em ver os mamíferos, criaturinhas minúsculas parecidas com ratos que furtivamente faziam farfalhar a vegetação rasteira.

Quando eu estava no sétimo ano, todas as garotas tiveram de assistir a uma apresentação especial durante a aula de educação física em certa tarde de primavera. Vestimos nossa roupa de educação física e nos sentamos no auditório e vimos um filme chamado *Virando mulher*. O filme falava sobre puberdade e menstruação. As imagens que o acompanhavam mostravam a silhueta de uma garota novinha. Conforme o filme progredia, ela se tornava uma mulher, desenvolvendo seios. A animação mostrava o útero dela criando um revestimento interno, depois livrando-se dele, e então criando outro. Eu me lembro de assistir embasbacada enquanto as imagens mostravam os ovários liberando um óvulo que se unia com um espermatozoide, e então se alojava no útero e crescia, virando um bebê.

O filme deve ter contornado delicadamente qualquer discussão sobre a fonte do esperma, porque eu me lembro de perguntar à minha mãe de onde vinha o esperma e como ele entrava na mulher. A pergunta a deixou muito desconfortável. Ela resmungou algo sobre um homem e uma mulher estarem apaixonados – como se o amor fosse, de alguma forma, tudo o que era necessário para que o esperma encontrasse o caminho para o interior do corpo da mulher.

Depois daquela discussão, parece-me que eu estava sempre um pouco confusa sobre amor e sexo – mesmo depois de ter aprendido sobre a mecânica do sexo e o que vai onde. O pênis se encaixa perfeitamente dentro da vagina – mas onde é que entra o amor? Onde termina a biologia e começam as emoções mais elevadas?

Será que a fêmea do pseudoescorpião ama o macho quando a dança deles termina? Será que a aranha macho ama sua parceira enquanto foge, correndo para salvar sua vida? Existe amor entre os pássaros-jardineiros quando eles copulam em seus caramanchões? Os livros técnicos não nos informam. Eu especulo, mas não tenho como obter respostas.

Minhas criaturas se engajam num namoro longo e lento. Estou piorando. De vez em quando, minha mãe vem me fazer perguntas que eu não respondo. De vez em quando, homens se sentam perto da minha cama – mas eles são menos reais do que minha mãe. São homens dos quais já gostei – homens que pensei que poderia amar, embora nunca tenha ido além desse pensamento. Através de seus corpos translúcidos, posso ver as paredes do laboratório. Eles nunca foram reais, penso agora.

Às vezes, em meu delírio, eu me lembro de coisas. Um baile na faculdade; eu estava dançando uma música lenta, com o corpo de alguém pressionado junto ao meu. O salão estava quente e abafado, e nós saímos para tomar ar. Eu me lembro que ele me beijou, uma das mãos afagando meu seio e a outra se atrapalhando com os botões da minha blusa. Eu ficava me perguntando se isso era amor – esses movimentos atrapalhados nas sombras.

Em meu delírio, as coisas mudam. Eu me lembro de dançar num círculo com as mãos de alguém segurando as minhas. Meus pés doem e eu tento parar, mas meu parceiro me puxa consigo, recusando-se a me soltar. Meus pés se movem por instinto no compasso do meu parceiro, apesar de não haver música para nos ajudar a manter o ritmo. O ar cheira a umidade e mofo; eu vivi toda minha vida no subterrâneo e estou acostumada a esses cheiros.

Isso é amor?

Passo meus dias deitada junto à janela, observando pelo vidro sujo. Da entrada do beco, ele chama por ela. Eu não lhe dei voz, mas ele chama a seu modo, esfregando as duas patas dianteiras uma na outra, metal arranhando metal, rangendo como um grilo do tamanho de um carro.

Ela passeia pela frente do beco, ignorando-o quando ele avança em sua direção, chacoalhando os dentes. Ele recua, como se a convidasse a acompanhá-lo. Ela segue em frente. Mas então, um momento depois, passa na frente de novo e a cena se repete. Compreendo que ela não está, de fato, indiferente à atenção dele. Simplesmente está indo com calma, analisando a situação. O macho intensifica seus esforços, jogando a cabeça para trás quando recua, fazendo tudo o que pode para chamar a atenção para o belo lar que ele criou.

Eu os escuto à noite. Não consigo enxergá-los – a eletricidade caiu dois dias atrás e os postes se apagaram. Então eu escuto no escuro, imaginando. Pernas de metal se esfregam para criar um rangido barulhento. A vela nas costas do macho chocalha quando ele a desdobra, depois dobra, depois desdobra de novo, no que deve ser um cortejo sexual. Ouço uma cauda espinhosa se arrastando sobre costas espinhosas, num tipo de carícia. Dentes trepidam contra o metal – mordidas de amor, talvez. (O leão morde a leoa no pescoço quando eles acasalam, um ato de agressão que ela aceita como afeto.) Garras arranham couro metálico, trepidam sobre escamas metálicas. Isso, eu acho, é amor. Minhas criaturas compreendem o amor.

Imagino um pau feito de tubulação de cobre e peças de encanamento deslizando para dentro de um canal forrado de folhas metálicas saídas de latas de refrigerante. Ouço metal deslizando contra metal. E então minha imaginação falha. Minha construção não previu as coisas da reprodução: o esperma, o óvulo. A ciência foi insuficiente nesse ponto. Essa parte fica por conta das próprias criaturas.

Meu corpo está falhando. Eu não durmo à noite; a dor me mantém acordada. Tudo dói, minha barriga, meus seios, meus ossos. Desisti da comida. Quando como, as dores aumentam por um tempo, e aí eu vomito. Não consigo segurar nada no estômago e, portanto, parei de tentar.

Quando a luz da manhã chega, é cinzenta, filtrando-se pela névoa que cobre o céu. Olho fixamente pela janela, mas não consigo ver o macho. Ele abandonou seu posto na entrada do beco. Observo por uma hora, mais ou menos, mas a fêmea não desfila por ali. Será que eles terminaram?

Assisto da minha cama por algumas horas, o cobertor enrolado nos ombros. Às vezes vem a febre e eu empapo o cobertor com suor. Às vezes vêm os calafrios, e eu tremo debaixo das cobertas. Ainda assim, não há movimentação no beco.

Levo mais de uma hora para conseguir descer as escadas. Não posso confiar nas minhas pernas para me sustentar, então rastejo de joelhos, atravessando a sala como um bebê novo demais para ficar de pé. Carrego o cobertor comigo, embrulhado em volta dos ombros feito uma capa. No topo das escadas, descanso, depois desço devagar, um degrau de cada vez.

O beco está deserto. O arranjo de calotas cintila na fraca luz do sol. O acúmulo de papéis coloridos parece desprezado, abandonado. Piso cautelosamente na entrada. Se o macho tentasse me atacar agora, eu não seria capaz de fugir. Usei todas as minhas reservas para chegar até aqui.

O beco está quieto. Consigo ficar de pé e me arrastar em meio aos papéis. Meus olhos estão nublados e só consigo discernir a colcha pendurada na metade do beco. Vou até ela. Não sei por que vim para cá. Acho que quero ver. Quero saber o que aconteceu. Só isso.

Eu me abaixo para desviar da colcha pendurada. Na luz débil, consigo ver uma passagem na parede de tijolos. Algo está pendurado no dintel da porta.

Eu me aproximo com cuidado. O objeto é cinza, como a porta atrás dele. Tem um formato peculiar, espiralado. Quando toco nele, posso sentir uma leve vibração lá dentro, como o zumbido de um equipamento distante. Encosto a bochecha nele e ouço uma canção de baixa frequência, constante e uniforme.

Quando eu era pequena, minha família visitava a praia e eu passava horas explorando as poças de maré. Entre os grumos de mexilhões preto-azulados e caramujos pretos, encontrei a casca de um ovo de tubarão de chifre numa poça de maré. Ela tinha um formato de espiral, como este ovo, e quando a levantei contra a luz pude ver um minúsculo embrião lá dentro. Enquanto eu olhava, o embrião teve um espasmo, movendo-se apesar de não estar vivo de verdade.

Eu me agacho nos fundos do beco com o cobertor enrolado ao redor do corpo. Não vejo motivos para me mover – posso morrer aqui tão bem quanto morreria em qualquer lugar. Estou vigiando o ovo, mantendo-o protegido.

Às vezes, sonho com minha vida passada. Talvez eu devesse ter lidado com ela de outra forma. Talvez devesse ter sido menos cautelosa, me apressado na fila do acasalamento, respondido à música quando um macho chamava de seu caramanchão. Mas isso não importa agora. Tudo isso se foi, ficou para trás.

Meu tempo acabou. Os dinossauros e os humanos – nosso tempo acabou. Novos tempos estão chegando. Novos tipos de amor. Eu sonho com o futuro, e meus sonhos estão repletos do chocalho de garras de metal.

JOANNA RUSS

QUANDO MUDOU

Joanna Russ foi uma importante escritora, acadêmica e crítica estadunidense cujo romance distópico *The Female Man* (1975) e o influente tratado de não ficção *How to Suppress Women's Writing* (1983) ofuscaram uma obra de ficção breve tão variada e rica quanto a de Angela Carter ou Shirley Jackson. Russ escreveu ficção científica e fantasia, com várias histórias apresentando uma inclinação para o horror ou a ficção estranha. Suas antologias incluem *The Zanzibar Cat* (1983), *(Extra)Ordinary People* (1985) e *The Hidden Side of the Moon* (1987). "Quando mudou" foi considerada uma história pioneira em sua primeira publicação, mais de quarenta anos atrás. Suas mensagens sobre gênero e política e as diferenças no modo como os sexos veem e manejam o poder ainda ressoam fortemente hoje. O conto foi publicado pela primeira vez em *Again, Dangerous Visions*, em 1972.

Katy dirige feito uma doida; devíamos estar indo a mais de 120 quilômetros por hora naquelas curvas. Mas ela é boa, extremamente boa, e eu já a vi desmontar o carro todo e montá-lo de novo em um dia. O lugar onde nasci, Faztempo, era muito dado a maquinários agrícolas, e eu me recuso a brigar com um câmbio de cinco marchas a velocidades profanas, uma vez que não fui criada para isso, mas mesmo naquelas curvas no meio da noite, numa estrada secundária ruim do jeito que só o nosso distrito consegue ter, a direção de Katy não me assustava.

O engraçado com a minha esposa, porém, é que ela não mexe com armas. Até já participou de trilhas em florestas acima do paralelo 48 sem armas de fogo, por dias a fio. E *isso* me assusta.

Katy e eu temos três filhas, uma dela e duas minhas. Yuriko, minha mais velha, estava dormindo no banco traseiro, tendo os sonhos de amor e guerra de uma criança de doze anos: fugindo para o mar, caçando no norte, sonhos com pessoas estranhamente lindas em lugares estranhamente lindos, todos os disparates maravilhosos que você imagina quando completa doze anos e as glândulas começam a disparar. Algum dia em breve, como todas elas, ela desaparecerá por semanas seguidas e voltará imunda e orgulhosa, tendo esfaqueado sua primeira pantera ou atirado em seu primeiro urso, arrastando atrás de si a carcaça de alguma fera abominavelmente perigosa, que eu jamais perdoarei pelo que poderia ter feito à minha filha. Yuriko diz que sempre cai no sono quando Katy está dirigindo.

Para alguém que participou de três duelos, eu tenho medo de muita, muita coisa. Estou ficando velha. Eu disse isso a minha esposa.

– Você tem trinta e quatro anos – disse ela.

Lacônica ao ponto do silêncio, essa aqui. Ela acendeu os faróis, no painel – faltavam três quilômetros e a estrada só piorava. Estávamos bem no interior. Árvores de um verde elétrico corriam na direção dos faróis e ao redor do carro. Abaixei a mão perto de mim, onde prendemos o painel de suporte na porta, e coloquei meu rifle no colo. Yuriko se mexeu lá atrás. Tem a minha altura, mas os olhos de Katy, o rosto de Katy. Minha esposa diz que o motor do carro é tão silencioso que dá para ouvir a respiração no banco traseiro. Yuki estava sozinha no carro quando a mensagem chegou, e ela decodificara entusiasticamente seus pontos e traços (bobagem montar um transmissor e receptor de ampla frequência perto de um motor de CI, mas a maioria de Faztempo funciona a vapor).

Ela se lançara para fora do carro, minha prole desengonçada e vistosa, gritando a plenos pulmões, então é claro que ela tinha de vir junto. Nós estávamos intelectualmente preparadas para isso desde que a Colônia fora fundada, desde que fora abandonada, mas isso é diferente. Isso é horrível.

– Homens! – gritara Yuki, pulando por cima da porta do carro. – Eles voltaram! Homens da Terra, de verdade!

Nós os encontramos na cozinha da casa de fazenda perto do local onde eles haviam aterrissado; as janelas estavam abertas, o ar noturno, muito ameno. Tínhamos passado por todo tipo de veículo quando estacionamos: tratores a vapor, picapes, um caminhão CI, até uma bicicleta. Lydia, a bióloga do distrito, saíra de sua taciturnidade nortista por tempo suficiente para colher amostras de sangue e urina e agora estava sentada num canto da cozinha balançando a cabeça, atônita com os resultados; ela até se forçou (muito grande, muito clarinha, muito tímida, sempre corando dolorosamente) a desenterrar os antigos manuais de linguagem – embora eu possa falar as línguas antigas até dormindo. E falo. Lydia se sente desconfortável conosco; somos do sul e muito exuberantes. Contei vinte pessoas naquela cozinha, todos os cérebros do Continente Norte. Phyllis Spet, acho, veio de planador. Yuki era a única criança ali.

Foi quando vi os quatro.

Eles são maiores do que nós. São maiores e mais largos. Dois eram mais altos que eu, e eu sou extremamente alta, um metro e oitenta centímetros descalça. Eles são obviamente da nossa espécie, mas *esquisitos,* indescritivelmente *esquisitos*, e como meus olhos não conseguiam e ainda não conseguem compreender direito as linhas daqueles corpos alienígenas, eu não era capaz, então, de me forçar a tocá-los, embora o que falava russo – que vozes eles têm! – quisesse "apertar as mãos", um costume do passado, imagino. Só posso dizer que eles eram símios com rostos humanos. Ele parecia ter boas intenções, mas eu me vi recuando, tremendo, por quase toda a extensão da cozinha – e então ri, me desculpando – e em seguida, para dar um bom exemplo (*cordialidade interestelar*, pensei), finalmente "apertei as mãos". Mãos duras, duras. Eram pesadas como cavalos de carga. Vozes graves, difusas. Yuriko se esgueirara entre os adultos e fitava *os homens* de queixo caído.

Ele virou a cabeça *dele* – essas palavras não faziam parte de nossa linguagem havia seiscentos anos – e disse, num russo ruim:

– Quem é aquela?

– Minha filha – falei, e acrescentei (com aquela atenção irracional aos bons modos que nós empregamos às vezes em momentos de insanidade): – Minha filha, Yuriko Janetson. Usamos o patronímico. Você diria o matronímico.

Ele riu sem querer. Yuki exclamou:

– Pensei que eles seriam bonitos! – imensamente decepcionada com essa recepção de si mesma.

Phyllis Helgason Spet, que algum dia hei de matar, lançou um olhar frio, calmo e venenoso para mim do outro lado da cozinha, como se dissesse: *Cuidado com o que diz. Você sabe o que eu posso fazer.* É verdade que minha posição hierárquica é baixa, mas a madame presidente vai se meter em sérios apuros, tanto comigo como com sua própria equipe, se continuar a considerar espionagem industrial como diversão sadia e apropriada. Guerras e rumores de guerras, como diz um dos livros de nossos ancestrais. Eu traduzi as palavras de Yuki para o russo canino *do homem*, que já havia sido nossa *língua franca*, e *o homem* riu de novo.

– Onde está todo mundo? – perguntou ele, à vontade.

Eu traduzi outra vez e observei os rostos no recinto; Lydia envergonhada (como sempre), Spet estreitando os olhos com alguma porcaria de plano, Katy muito pálida.

– Estamos em Faztempo – falei.

Ele continuou sem entender.

– Faztempo – falei. – Vocês se lembram? Guardam registros? Houve uma peste em Faztempo.

Ele pareceu moderadamente interessado. Cabeças se viraram para o fundo do recinto e tive um vislumbre da representante do parlamento de profissões; de manhã, todas as assembleias municipais e todos os delegados distritais estariam em plena sessão.

– Peste? – disse ele. – Isso é lamentável.

– Sim – falei. – Lamentável. Perdemos metade de nossa população em uma geração.

Ele pareceu adequadamente impressionado.

– Faztempo teve sorte – falei. – Tínhamos um grande pool genético inicial, fomos escolhidas pela extrema inteligência, possuíamos alta tecnologia e uma grande população remanescente na qual cada adulta era especialista em duas ou três coisas de uma só vez. O solo é bom. O clima é abençoadamente tranquilo. Somos trinta milhões agora. As coisas estão começando a formar uma bola de neve na indústria, entende? Se nos der setenta anos, teremos mais de uma cidade real, mais do que alguns centros industriais, profissões em tempo integral, operadoras de rádio em tempo integral, maquinistas em tempo integral, nos dê setenta anos e nem todo mundo terá de passar três quartos da vida na fazenda.

E tentei explicar o quanto era difícil quando artistas só podiam praticar sua arte na velhice, quando havia tão poucas, tão poucas que podiam ser livres, como Katy e eu. Também tentei esboçar nosso governo, as duas casas, a separada por profissões e a geográfica; contei a ele que as bancadas distritais lidavam com problemas grandes demais para as cidades individualmente. E que o controle populacional não era um problema político, ao menos por enquanto, mas que, com o tempo, seria. Este era um ponto delicado em nossa história; nos dê tempo. Não havia necessidade de sacrificar a qualidade de vida por uma corrida insana para a industrialização. Deixe que sigamos nosso próprio ritmo. Apenas nos dê tempo.

– E cadê as pessoas daqui? – perguntou aquele monomaníaco.

Foi quando me dei conta de que ele não queria dizer todo mundo, ele queria dizer *homens*, e estava dando à palavra o significado que ela não tinha em Faztempo há seis séculos.

– Morreram – falei. – Há trinta gerações.

Pensei que o deixáramos pasmo. Ele prendeu o fôlego. Moveu-se como se para sair da cadeira em que estava sentado; levou a mão ao peito; olhou para nós com a mistura mais estranha de espanto e ternura sentimental. E então disse, solene e fervoroso:

– Uma grande tragédia.

Esperei, sem entender direito.

– Sim – disse ele, prendendo o fôlego outra vez com o sorriso esquisito, aquele sorriso de uma adulta para uma criança que diz que algo está sendo escondido e logo será revelado com gritos de incentivo e alegria –, uma grande tragédia. Mas terminou.

E de novo ele olhou para todas nós com a deferência mais estranha. Como se fôssemos inválidas.

– Vocês se adaptaram incrivelmente – disse ele.

– A quê? – perguntei.

Ele pareceu embaraçado. Pareceu tolo. Finalmente, disse:

– De onde eu venho, as mulheres não se vestem de modo tão simples.

– Como você? – falei. – Como uma noiva?

Pois os homens vestiam prata da cabeça aos pés. Eu nunca vira nada tão espalhafatoso. Ele fez que ia responder e então pareceu mudar de ideia; riu para mim mais uma vez. Com uma euforia estranha – como se fôssemos algo infantil e maravilhoso, como se ele estivesse nos fazendo um favor enorme –, ele respirou fundo, tremulamente, e disse:

– Bem, estamos aqui.

Eu olhei para Spet, Spet olhou para Lydia, Lydia olhou para Amalia, que é a líder da assembleia municipal local,

Amalia olhou para não sei quem. Minha garganta doía. Eu não suporto cerveja local, que as fazendeiras entornam como se seus estômagos fossem forrados de irídio, mas mesmo assim peguei a de Amalia (era a bicicleta dela que estava lá fora quando estacionamos) e engoli tudo. Isso ia levar um tempão. Falei:

– Sim, aqui estão vocês. – E sorri (me sentindo uma tonta).

Perguntei-me seriamente se a mente do povo masculino da Terra funcionava de maneira tão diferente da mente do povo feminino da Terra, mas não podia ser o caso, senão a raça teria se extinguido havia muito tempo. A rede de rádio espalhara a notícia pelo planeta a essa altura e tínhamos outra falante de russo, trazida de Varna; resolvi interromper quando *o homem* fez circular fotos de sua esposa, que parecia a sacerdotisa de algum culto arcano. Ele propôs interrogar Yuki, então eu rapidamente a tranquei numa sala nos fundos, apesar de seus protestos furiosos, e saí na varanda da frente. Enquanto eu saía, Lydia explicava a diferença entre partenogênese (que é tão fácil que qualquer um pode praticá-la) e o que fazemos, que é a fusão de óvulos. É por isso que a bebê de Katy se parece comigo. Lydia prosseguiu, falando do Processo Ansky e de Katy Ansky, nossa gênia polímata total e a tatataravó não sei quantas gerações distante da minha Katharina.

Um transmissor de ponto e traço em um dos edifícios externos tagarelava baixinho consigo mesmo – operadoras flertando e passando piadas pelo fio.

Havia um homem no alpendre. O outro homem alto. Eu o observei por alguns minutos – posso me mover muito silenciosamente quando quero e, quanto permiti que ele me visse, ele parou de falar na maquininha pendurada em volta de seu pescoço. Então ele falou calmamente, num russo excelente:

– Você sabia que a igualdade sexual foi restabelecida na Terra?

– Você é o de verdade, não é? – perguntei. – O outro era só pra causar uma impressão.

Era um grande alívio esclarecer as coisas. Ele assentiu, afável.

– Como povo, não somos os mais inteligentes – disse ele. – Houve muitos danos genéticos nos últimos séculos. Radiação. Drogas. Os genes de Faztempo poderiam nos ser úteis, Janet.

Desconhecidos não se chamam pelo primeiro nome assim.

– Vocês têm células suficientes para se afogarem nelas – falei. – Cruzem entre vocês.

Ele sorriu.

– Não é assim que queremos fazer.

Atrás dele, vi Katy chegar ao quadrado de luz que era a porta telada. Ele continuou, numa voz baixa e civil, sem zombar de mim, acho, mas com a autoconfiança de alguém que sempre teve dinheiro e força de sobra, que não sabe o que é ser de segunda classe ou provinciana. O que é muito estranho porque, um dia antes, eu teria dito que essa era uma descrição precisa de mim mesma.

– Estou falando com você, Janet, porque acho que tem mais influência popular do que qualquer uma por aqui – disse ele. – Você sabe tão bem quanto eu que a cultura partenogênica tem todo tipo de defeitos inerentes, e, se pudermos evitar, não pretendemos usar vocês para nada desse tipo. Perdão, eu não deveria ter dito "usar". Mas com certeza você percebe que esse tipo de sociedade é antinatural.

– A humanidade é antinatural – disse Katy.

Ela estava com meu rifle debaixo do braço esquerdo. O topo daquela cabeça sedosa não chega nem à minha clavícula, mas ela é dura feito aço; ele começou a se mover, novamente com aquele esquisito sorriso deferente (que seu camarada tinha exibido para mim, mas ele ainda não), e a arma deslizou para as mãos de Katy como se ela tivesse atirado com ela a vida toda.

– Concordo – disse o homem. – A humanidade é antinatural. Eu que o diga. Tenho metal nos dentes e pinos metálicos aqui. – Ele tocou o ombro. – Focas formam haréns – acrescentou ele –, e os homens também; macacos são promíscuos, e os homens também; pombas são monógamas, e os homens também; existem até homens celibatários e homens homossexuais. Existem vacas homossexuais, acredito eu. Mas em Faztempo ainda falta alguma coisa.

Ele deu uma risadinha irônica. Vou lhe dar o benefício da dúvida e acreditar que tinha algo a ver com os nervos.

– Não sinto falta de nada – disse Katy –, exceto de a vida não ser infinita.

– Vocês são...? – disse o homem, assentindo de mim para ela.

– Esposas – disse Katy. – Somos casadas.

Mais uma vez, a risadinha irônica.

– Um bom arranjo econômico – disse ele – para trabalhar e cuidar das crianças. E um arranjo tão bom quanto qualquer outro para tornar a hereditariedade aleatória, se a sua reprodução acompanha o mesmo padrão. Mas pense, Katharina Michaelason, se não existe algo melhor que você possa assegurar para suas filhas. Eu acredito em instintos, mesmo no Homem, e não posso imaginar que vocês duas... uma maquinista, não é? E me parece que você é algo como uma chefe de polícia... não posso imaginar que vocês não sintam, de alguma forma, o que até vocês estão perdendo. Sabem disso intelectualmente, é claro. Existe apenas metade de uma espécie aqui. Os homens precisam voltar para Faztempo.

Katy não falou nada.

– Eu acho, Katharina Michaelason – disse o homem, gentilmente –, que você, principalmente, se beneficiaria muito de uma mudança assim.

E passou pelo rifle de Katy, dirigindo-se para o quadrado de luz vindo da porta. Acho que foi aí que ele notou minha cicatriz, que realmente não aparece muito a menos que a luz bata de lado: uma linha fina que vai da têmpora até o queixo. A maioria das pessoas nem sabe que ela existe.

– Como você conseguiu isso aí? – perguntou ele.

Eu respondi com um sorriso involuntário.

– Em meu último duelo.

Ficamos ali encrespados um com o outro por vários segundos (é absurdo, mas é verdade) até ele entrar e fechar a porta de tela. Katy disse, numa voz instável:

– Sua tonta, não percebe quando somos insultadas?

E girou o rifle para atirar nele através da tela, mas consegui alcançá-la antes que pudesse disparar e a fiz perder a mira. O tiro abriu um buraco no piso do alpendre. Katy estava tremendo. Ela ficava murmurando sem parar:

– É por isso que eu nunca tocava nesse negócio, porque eu sabia que ia matar alguém. Eu sabia que ia matar alguém.

O primeiro homem – aquele com quem eu conversara primeiro – ainda falava dentro da casa, algo sobre o grande movimento para recolonizar e redescobrir tudo o que a Terra havia perdido. Ele destacou as vantagens para Faztempo: comércio, troca de ideias, educação. Também disse que a igualdade sexual fora restabelecida na Terra.

Katy tinha razão, é claro; nós deveríamos ter queimado todos eles no ato. Homens estão vindo para Faztempo. Quando uma cultura tem armas grandonas e a outra não tem nenhuma arma, há certa previsibilidade quanto ao resultado. Talvez os homens fossem vir uma hora, de qualquer jeito. Gosto de pensar que, daqui a cem anos, minhas tataranetas poderiam ter resistido a eles ou chegado a um impasse, mas até isso é improvável; eu me lembrarei pela vida toda daqueles quatro primeiros que conheci e que eram musculosos feito touros e que me fizeram – ainda que apenas por um momento – sentir pequena. Uma reação neurótica, diz Katy. Eu me lembro de tudo que aconteceu naquela noite; lembro da empolgação de Yuki no carro, lembro de Katy soluçando quando chegamos em casa, como se seu coração fosse se partir; lembro de como ela fez amor, um pouco peremptoriamente, como sempre, mas de um jeito maravilhosamente reconfortante e tranquilizador. Eu me lembro de caminhar sem parar pela casa depois que Katy adormeceu com um braço pendurado na cama, sob um facho de luz que vinha do corredor. Os músculos de seu antebraço eram como barras de metal de tanto dirigir e testar suas máquinas. Às vezes, sonho com os braços de Katy. Eu me lembro de vagar até o outro quarto e pegar a bebê da minha esposa, cochilando por um tempo com o seu calor incrível e comovente no meu colo, e enfim retornar à cozinha para encontrar Yuriko preparando um lanchinho tardio. Minha filha come como um dogue alemão.

– Yuki – falei –, você acha que poderia se apaixonar por um homem?

Ela fungou, desdenhosa.

– Com um sapo de três metros! – disse minha filha cheia de tato.

Mas os homens estão vindo para Faztempo. Ultimamente, fico acordada à noite e me preocupo com os homens que virão a este planeta, com minhas duas filhas e Betta Katharinason, com o que vai acontecer com Katy, comigo, com a minha vida. Os diários de nossas ancestrais são um longo grito de dor, e suponho que eu deveria estar feliz agora, mas não se podem jogar fora seis séculos, ou mesmo (como descobri recentemente) trinta e quatro anos. Às vezes eu rio ante a pergunta que aqueles quatro homens ficaram evitando a noite toda e nunca ousaram fazer, olhando para todas nós, caipiras em macacões, fazendeiras em calças de algodão e camisas simples: *Quais de vocês fazem o papel de homem?* Como se tivéssemos de produzir uma cópia em carbono dos erros deles! Eu duvido muito que a igualdade sexual tenha sido restabelecida na Terra. Não gosto de pensar em mim mesma sofrendo zombarias, em Katy sendo ignorada como alguém fraca, em Yuki sendo forçada a se sentir boba ou sem importância, em minhas outras filhas sendo privadas de sua humanidade plena ou transformadas em estranhas. E tenho medo de que minhas próprias realizações se reduzam do que eram – ou do que eu pensei que fossem – para uma curiosidade não muito interessante da *raça humana*, aquelas estranhezas sobre as quais lemos na contracapa de um livro, coisas das quais rir, às vezes, por serem tão exóticas, pitorescas, mas não impressionantes; encantadoras, não úteis. Acho isso mais doloroso do que consigo expressar. Você há de concordar que, para uma mulher que lutou três duelos, todos eles terminados em morte, entregar-se a tais temores é ridículo. Mas o que está à nossa espera agora é um duelo tão grande que eu não acho que tenha coragem para lutá-lo. Nas palavras de Fausto: *Verweile doch, du bist so schön!* Continue como é. Não mude.

Às vezes, à noite, eu me lembro do nome original deste planeta, alterado pela primeira geração de nossas ancestrais, aquelas mulheres curiosas para quem, suponho, o nome real fosse uma lembrança dolorosa demais depois que os homens morreram. Acho divertido, de um jeito cruel, ver tudo invertido tão completamente. Isso também deve passar. Tudo o que é bom chega ao fim.

Tire a minha vida, mas não tire o sentido da minha vida. *Por-Um-Tempo.*

VANDANA SINGH

A MULHER QUE PENSOU QUE ERA UM PLANETA

Vandana Singh é uma escritora indiana de ficção especulativa e cientista que mora e trabalha nos Estados Unidos. Sua obra foi publicada em várias revistas e antologias e frequentemente reimpressa em publicações dos melhores do ano. Recebeu o Carl Brandon Parallax Award. Suas publicações mais recentes incluem histórias para a revista *Lightspeed* e para a Tor.com. "A mulher que pensou que era um planeta" fala de um relacionamento moldado por transformações que levam uma esposa a questionar seu casamento. Foi publicado pela primeira vez na *Trampoline* em 2003.

A vida de Ramnath Mishra mudou para sempre certa manhã quando, durante a leitura do jornal na varanda, um ritual que ele executara nos últimos quarenta anos, sua esposa depositou ruidosamente a xícara de chá na mesa e anunciou:

– Finalmente sei o que eu sou. Eu sou um planeta.

A aposentadoria de Ramnath era uma fonte de desprazer para ambos. Ele tinha se contentado em conhecer a esposa de longe, reconhecendo-a como déspota benigna da casa e mãe de seus filhos, agora adultos, mas não desejava nenhuma intimidade mais profunda. Quanto a Kamala, por sua vez, parecia ranzinza e desconfortável com a proximidade dele – sua fachada de esposa indiana obediente caíra depois da primeira semana. Agora ele abaixou seu jornal, carrancudo, preparado para lhe passar um sermão severo por interromper sua paz; em vez disso, seu queixo caiu em perplexidade silenciosa.

Sua esposa havia se levantado e desenrolava o sari.

Ramnath quase derrubou a cadeira em que estava.

– O que está fazendo, ficou doida?

Ele saltou para cima dela, agarrando um pedaço do sari azul de algodão com uma das mãos e o braço dela com a outra, olhando para todos os lados para ver se os criados estavam por perto, ou o jardineiro, ou se os vizinhos estavam espiando entre os ramos de buganvília que abrigavam a varanda do calor do verão. A esposa, presa em seus braços, fitava-o de maneira ameaçadora.

– Um planeta não precisa de roupas – disse ela, com grande dignidade.

– Você não é um planeta, você é maluca – disse Ramnath.

Ele a propeliu para dentro do quarto. Por sorte, a lavadeira tinha ido embora e a cozinheira estava na cozinha, cantando desafinadamente junto com o rádio.

– Arrume seu sari, pelo amor de Deus.

Ela obedeceu. Ramnath viu que lágrimas cintilavam nos olhos dela e sentiu uma pontada de preocupação, misturada com irritação.

– Você está se sentindo bem, Kamala? Devo ligar para o dr. Kumar?

– Eu não estou doente – disse ela. – Tive uma revelação. Eu sou um planeta. Eu era uma humana, uma mulher, uma esposa e mãe. O tempo todo eu me perguntava se havia mais em mim do que isso. Agora eu sei. Ser um planeta é bom para mim. Parei de tomar o remédio para o fígado.

– Bem, se você fosse um planeta – disse Ramnath, exasperado –, seria um objeto inanimado circundando uma estrela. Provavelmente teria uma atmosfera e coisas vivas rastejando em você. Seria bem grande, como a Terra ou Júpiter. Você não é um planeta, mas sim uma alma viva, uma mulher. A senhora de uma casa respeitável, que carrega a honra da família em suas mãos.

Ele ficou satisfeito por ter explicado tão bem, porque ela sorriu para ele e arrumou o cabelo, assentindo.

– Preciso ir cuidar do almoço – disse ela, com a voz normal.

Ramnath voltou a ler seu jornal na varanda, chacoalhando a cabeça diante das coisas que um homem precisava fazer. Mas não conseguia se concentrar nas últimas patacoadas do primeiro-ministro. Ocorreu-lhe subitamente que podia ser algo um tanto assustador não conhecer a pessoa com quem ele morara por quarenta anos. De onde ela estava tirando aquelas ideias estranhas? Ele se lembrou do escândalo quando, muitos anos antes, uma tia-avó dele enlouqueceu, se trancou no banheiro do lado de fora da casa ancestral e começou a gritar feito um grou na temporada de acasalamento. Eles finalmente conseguiram tirá-la de lá enquanto vizinhos curiosos lotavam o pátio externo, resmungando com uma compaixão falsa e gritando incentivos. Ele se lembrou como ela parecera quieta depois que a ajudaram a passar por cima da porta arrebentada, como não houve aviso algum antes que ela abaixasse a cabeça, aparentando se entregar docilmente, e mordesse o marido no braço. Ela acabou no hospício de Ranchi. Que desonra terrível a família sofrera, que indignidade – uma pessoa doida numa família respeitável de classe média-alta. Ele estremeceu de súbito, largou o jornal e foi ligar para o dr. Kumar. O dr. Kumar seria discreto, era um amigo da família...

Porém, quando ele entrou na sala de visitas, estava escuro – alguém fechara as cortinas, bloqueando a luz da manhã. Perturbado pelo silêncio antinatural – a cozinheira tinha parado de cantar –, ele apalpou às cegas em busca do interruptor, que estava mais próximo do que qualquer uma das janelas.

– Kamala! – chamou, irritado ao descobrir a própria voz trêmula.

Abruptamente, uma cortina do outro lado da sala foi aberta com violência, deixando entrar uma explosão de luz solar que feriu seus olhos. Lá estava sua esposa, nua, de frente para o sol, os braços bem abertos. Ela começou a se virar lentamente. Havia uma expressão beatífica em seu rosto. A luz do sol banhava seu corpo amplo, os terraços generosos e dobras de carne que cascateavam até a barriga e as nádegas caídas. Ramnath estava transfixado, horrorizado. Correu até a cortina, fechou-a com um puxão, colocou as mãos nos ombros roliços da esposa e deu-lhe um forte chacoalhão.

– Você enlouqueceu! O que os vizinhos vão pensar? O que foi que eu fiz para merecer isso?

Ele a arrastou para o quarto e procurou pelo sari. A blusa, a combinação e o sari estavam amontoados sobre a cama. Isso, por si só, era perturbador, pois ela geralmente era obsessiva com arrumação. Ele percebeu que não fazia ideia de como colocar o sari nela. Viu a camisola dobrada com cuidado e pendurada na barra do mosquiteiro e a pegou. A esposa lutava em seus braços.

– Ficou completamente despudorada, por acaso? Vista isso!

Depois de algum tempo, ele conseguiu colocar a camisola nela, mas de trás para a frente. Não importava. Ele a sentou na cama.

– Fique aqui e não se mexa. Eu vou chamar o médico. A cozinheira saiu?

O aceno de concordância o tranquilizou, mas ela não olhava para ele. Ao sair pra a sala de visitas, Ramnath hesitou, depois acendeu a luz em vez de abrir as cortinas. Ficou irritado em descobrir que uma parte de seu corpo havia reagido à nudez da esposa e à sua luta com ela. Resolutamente, deixou todos os pensamentos perturbadores de lado e foi até o telefone.

O dr. Kumar estava fora, atendendo a uma emergência do hospital. Ramnath teve pensamentos nada gentis sobre o amigo.

– Diga a ele que deve telefonar no momento em que retornar, é uma questão de muita urgência – ele disse ao criado.

Ramnath bateu o telefone. Voltou para o quarto. A esposa estava deitada, aparentemente dormindo.

O dia todo, Ramnath a vigiou. Na hora do almoço, ela havia colocado o sari de volta e penteado o cabelo. A cozinheira lhes serviu um cozido de grão de bico feito num molho de cebola, cominho, gengibre e pimentas. Havia arroz basmati, que eles serviam apenas em ocasiões especiais, e miniberinjelas fritas recheadas com tomate e especiarias. Ramnath, sem fazer ideia de quais eram os pratos preferidos da esposa, pedira à cozinheira que fizesse o que ela gostava, torcendo para que a comida a distraísse daquela insanidade. No entanto, ela cutucava a comida, distraída, com uma expressão sonhadora. Era óbvio que seus pensamentos estavam a quilômetros dali. Ramnath sentiu uma onda de raiva e autopiedade. O que havia feito para merecer aquilo? Trabalhara duro por quarenta anos ou mais, subira na hierarquia até virar um burocrata sênior no governo estadual. Era pai de dois filhos. Agora lhe ocorria que teria sido bom ter uma filha, alguém a quem poderia telefonar em momentos assim. Sua mente fez um rápido levantamento das parentes mais velhas – mas estavam todas mortas, ou moravam em outras cidades e vilarejos. Por que aquele maldito médico não ligava logo?

O dia de Ramnath estava completamente arruinado. À noite, ele gostava de ir ao clube da terceira idade para jogar xadrez com outros aposentados, mas naquele dia não ousaria deixar a esposa. Ela, por sua vez, falava apenas quando ele lhe dizia algo. Por fora, parecia calma, instruindo a cozinheira e ela mesma tirando o pó das fotos e dos bricabraques na sala de visitas; de vez em quando, porém, ele a flagrava olhando de maneira sonhadora para um mundo particular, com um sorriso nos lábios. Ele ligou para o médico de novo, mas o infeliz tinha voltado para casa apenas por um momento, se vestido para uma festa e saído sem receber o recado urgente.

Aquela noite foi uma das piores que Ramnath já passara. A esposa se revirava durante o sono, lutando contra alguma força invisível que a constringia, como um navio ancorado tentando se libertar. O próprio Ramnath foi assolado por pesadelos com planetas e matronas nuas. Acordou várias vezes, olhando cautelosamente para a esposa em seu sono inquieto, o cabelo grisalho dela espalhado por todo o travesseiro, meio que cobrindo a boca aberta. Uma mecha de cabelo foi soprada de sua boca com a respiração e pareceu a ele assumir o aspecto de algo vivo e horrível. Ele afastou o cabelo do rosto dela, tentando não tremer. À luz do luar vinda da janela, o rosto dela era como a superfície da lua: encaroçado e cheio de crateras, rachado pela idade. Ela parecia uma desconhecida.

Na manhã seguinte, a esposa estava um tanto desanimada. Ela não saiu no meio do dia para visitar a sra. Chakravarti ou a sra. Jain, como costumava fazer. Deixou o telefone tocar até que Ramnath, enfurecido pela indiferença dela, apanhou o receptor e atendeu gritando, apenas para ficar encabulado ao ouvir a voz fria da sra. Jain.

– Minha esposa não está bem – disse ele, arrependendo-se de imediato.

A sra. Jain, pura preocupação, apareceu dez minutos depois com a sra. Chakravarti, trazendo frutas e uma mistura especial de ervas que a sogra da sra. Chakravarti havia feito. Por um momento, Ramnath teve vontade de dizer a elas para irem embora e o deixarem em paz, mas as figuras matronais resplandecentes em saris de algodão engomado, seus cabelos perfumados e pintados com hena presos perfeitamente em coques, com seu ar de justificada preocupação fraternal, o derrotaram. Kamala saiu do quarto, onde estivera deitada, saudou-as com um prazer surpreso e as levou de volta lá para dentro. Ramnath, excluído, sentou-se e preocupou-se na varanda quente, primeiro recusando e depois aceitando a oferta da cozinheira de água com limão feita em casa. Dentro do quarto, as mulheres estavam todas esparramadas na cama como baleias encalhadas, bebericando água com limão e conversando e rindo. Ele não saberia dizer sobre o que elas estavam fofocando. Lentamente, porém, se reconfortou com a ideia de que a esposa estava, no mínimo, agindo de maneira normal. Talvez receber as amigas fosse bom. Talvez ele conseguisse visitar o clube naquela noite.

Assim que as mulheres foram embora, Kamala voltou a seu antigo ar de indiferença quieta. Enquanto isso, o dr. Kumar telefonou. O idiota insistiu em perguntar exatamente qual era o problema com a sra. Mishra. Ramnath, sentindo os olhos da esposa sobre si, não soube o que dizer.

– É coisa de mulher – disse ele por fim, envergonhado. – Não posso explicar pelo telefone. Pode vir aqui?

O dr. Kumar veio naquela noite e ficou para o jantar. Ele conferiu a pressão sanguínea e auscultou o coração de Kamala. Seu assistente, um jovem taciturno, tirou sangue para exames. Durante tudo isso, Kamala ficou serena, acolhedora, perguntando pela família do médico com doce preocupação. Ocorreu a Ramnath que ela já havia adquirido a infame astúcia dos insanos, que os habilita a esconder sua loucura quando querem.

– Você deve estar enganado, Mishra-ji – disse o médico pelo telefone, dois dias depois. – Está tudo normal. Ela está, na verdade, muito mais saudável do que antes. Se tem se comportado de maneira estranha, provavelmente é algo mental. Nem sempre é sinal de doença. Mulheres são estranhas; elas agem de forma estranha quando anseiam por alguma coisa. Ela deveria sair, talvez visitar um dos filhos. Netos farão bem para ela.

Mas Kamala se recusava a sair da cidade. No final, Ramnath, agindo a conselho do médico, persuadiu-a a caminhar com ele à noitinha, esperando que o ar livre lhe fizesse bem. Ele mantinha uma vigilância implacável sobre ela – se ela sequer tocasse a ponta solta do sari pendendo sobre seu ombro, ele soltava um grunhido de alerta e dava-lhe um tapa na mão. As vias estreitas da vizinhança eram ladeadas por cássias-imperiais carregadas de cascatas de flores douradas. No parquinho, os meninos mais velhos terminavam a última partida de críquete no lusco-fusco, enquanto crianças menores se agachavam na areia, jogando bolinhas de gude, ignorando vacas que passavam e cidadãos idosos e tranquilos que tomavam ar fresco. Vizinhos sentados nas varandas de seus bangalôs gritavam saudações. Dividido entre a esperança e o temor, Ramnath examinava, sorrateira e frequentemente, o rosto da mulher em busca de sinais de loucura incipiente. Ela continuava calma e sociável, embora, conforme eles andavam, parecesse cair num transe, interrompido apenas por suspiros de profundo arrebatamento quando olhava para o crepúsculo.

Na semana que se seguiu, Kamala tentou tirar a roupa duas vezes. Em ambas, Ramnath conseguiu detê-la, embora da segunda vez ela quase tenha conseguido escapar. Ele a pegou quando ela estava prestes a ir para a frente da garagem sem nada além da combinação e uma blusinha, em plena vista dos camelôs, das crianças jogando críquete e dos respeitáveis cavalheiros mais velhos. Levou-a lutando até o quarto e tentou meter juízo na cabeça dela a tapas, mas ela continuou esperneando e chorando. Finalmente, frustrado, ele tirou meia dúzia da saris do grande armário de aço e os jogou na cama.

– Kamala – disse, desesperado –, até planetas têm atmosfera. Esse sari cinzento, olha aqui, parece que tem um rodamoinho de nuvens. Que tal?

Ela se acalmou de imediato. Começou a vestir o sair cinzento apesar de o tecido, crepe georgette, não ser adequado para o verão.

– Finalmente você acredita em mim, Ramnath – disse ela.

A voz dela parecia ter mudado. Estava mais profunda, mais potente. Ele a encarou, consternado. Ela se dirigira a ele pelo nome! Tudo bem a nova geração de jovens adultos fazer isso, mas mulheres tradicionais, respeitáveis, nunca se dirigiam ao marido pelo nome. Ele decidiu não tomar nenhuma atitude a respeito por enquanto. Pelo menos ela estava vestida.

À noite, deitado, Ramnath lutava com dúvidas e medos. Uma brisa entrou pela janela aberta, agitando o mosquiteiro. Sob a luz das estrelas, sua esposa, o quarto, tudo parecia exótico. Ele se apoiou num cotovelo e olhou para a desconhecida a seu lado. Ocorreu-lhe que, se pudesse confiná-la no hospício de Ranchi sem um escândalo, faria isso. Mas ela tinha encantado aquele idiota do Kumar. O jeito como lhe perguntara tão gentilmente sobre a mãe enferma, como o parabenizara pela aceitação recente numa organização médica de prestígio. Kumar conhecia a família havia anos – e, pensou Ramnath, sempre tivera um fraco por sua esposa. Quem imaginaria que ela tinha tanta astúcia? Agora, enquanto a observava durante o sono, o cabelo em desalinho e a boca aberta como uma caverna medonha, cruzou sua mente o quanto sua vida seria mais fácil se ela simplesmente morresse. Sentiu vergonha do pensamento assim que ele se formou, mas não podia voltar atrás. A ideia o atraiu e seduziu e ressoou em sua mente até ele ficar convencido de que, se não pudesse interná-la, teria de matá-la ele mesmo. Não podia viver daquele jeito.

Toda noite, tornou-se um ritual olhar para ela e imaginar as diferentes formas pelas quais ele poderia cometer assassinato. A princípio, ficara chocado consigo mesmo – ele, um ex-burocrata bom e íntegro, contemplando algo tão hediondo quanto o assassinato da mãe de seus filhos –, mas não havia como negar que o pensamento – a fantasia, ele dizia para si mesmo – lhe dava prazer. Um prazer secreto, envergonhado, como o sexo antes do casamento, mas prazer mesmo assim.

Ele começou a contar as formas. Sufocamento com um travesseiro enquanto ela dormia seria o mais fácil, mas ele não fazia ideia se o pessoal da perícia poderia deduzir o que acontecera. Estrangulamento tinha o mesmo problema. Veneno – mas onde obtê-lo? E agora que ela tinha parado de tomar o remédio para o fígado, ele não podia mais executar uma substituição ardilosa. Maldita mulher!

Certa noite, enquanto a observava dormir, ele colocou a mão muito gentilmente no pescoço dela. Ela se mexeu um pouquinho, assustando-o, mas ele se forçou a manter a mão ali, sentindo a pulsação na garganta dela. Começou a afagar seu pescoço com o polegar. Abruptamente, ela tossiu e ele recolheu a mão, aterrorizado. Mas ela não acordou. Estava tossindo e expelindo algo escuro pela boca. Por um momento, ele pensou que fosse sangue e que devia chamar o médico; o pensamento seguinte foi de que talvez ela estivesse morrendo por conta própria. Talvez tivesse bastado desejar com muita força. Ela tossiu outra vez e outra ainda, mas não acordou. Agora a coisa escura tinha se acumulado em volta da boca, no queixo, como uma geleia. Para seu horror, ele viu que a escuridão não era sangue, mas composta de coisas pequenas que se moviam. Uma delas se levantou nas patas traseiras por um instante, analisando-o, e ele recuou, horrorizado. A coisa era insetoide, alienígena, da altura de seu indicador. Havia um exército dessas coisas escapando da boca da esposa.

O mosquiteiro estava preso debaixo da cama por todos os lados – Ramnath empurrou o tecido, tentando rasgá-lo com as mãos, mas as criaturas já estavam em cima dele antes que conseguisse sair da cama. Ele tentou gritar, mas tudo o que conseguiu foi um choramingo. Elas cobriram seu corpo, rastejaram para dentro de suas roupas, batendo e mordendo com membros curtos e afiados. Ele tentou espaná-las, mas eram numerosas demais. Faziam um som como o de grilos cantando, mas baixinho. Ele uivou de desespero, chamando Kamala para que o salvasse, mas ela jazia pacificamente ao lado dele enquanto as coisas saíam de dentro de si. Depois de um tempo, ele desmaiou.

Muito depois ele abriu os olhos com alguma dificuldade – eles estavam grudentos por causa das lágrimas secas. Uma pálida luz matinal entrava pela janela. Não havia nenhum sinal das criaturas. A rede do mosquiteiro tinha um rasgo grande e um mosquito zumbia em seu ouvido. A esposa dormia a seu lado. Talvez o que ele tivesse vivenciado fosse um pesadelo, ele disse a si mesmo; era sua consciência o castigando por seus pensamentos ímpios. No entanto, ele sabia que o desconforto em seu corpo todo, as marcas de mordidas e os hematomas eram reais. Voltou-se, temeroso, para a esposa. De súbito, os olhos dela se abriram.

– Hai bhagwaan!

Ela olhava para o rasgo na camiseta que ele usava para dormir, os pontinhos de sangue. Ele se retraiu quando ela estendeu a mão para tocar os ferimentos minúsculos. As criaturas tinham poupado seu rosto. Mais astúcia, pensou ele.

– Por que não me acordou? Eu teria dito a eles... Eles teriam entendido, não machucariam você.

– O que são aquelas coisas? – murmurou ele.

– Habitantes – disse ela. – Eu sou um planeta, lembra?

Ela riu da expressão no rosto dele.

– Não tenha medo, Ramnath.

De novo, o uso livre de seu nome! Estaria ela possuída? Será que ele deveria consultar um astrólogo? Um exorcista? Ele, um sujeito racional, reduzido a isso!

– Não tenha medo – ela repetiu. – Os mais jovens provavelmente querem encontrar um lugar para colonizar. Se um dia quiser ser um satélite, Ramnath, é só me avisar. Os bichinhos são bons para um planeta. Eles restabeleceram minha saúde.

– Você quer ir visitar sua mãe? – cochichou ele. – Não vai para a casa dela faz um tempo. Eu posso fazer todos os arranjos...

Ele não a deixara ir para a casa da mãe, em seu vilarejo ancestral, nos últimos cinco anos – estava sempre acontecendo algo que requeria a atenção dela. O casamento dos filhos, a aposentadoria dele e o fato de que alguém precisava administrar a casa e supervisionar os criados.

– Ah, Ramnath – disse ela, os olhos se suavizando. – Você nunca foi tão generoso assim. Acho que mudou bastante. Não, eu não quero deixar você, ainda não.

Ela lavou os ferimentos dele com sabonete antisséptico e água morna. Serviu-o solicitamente enquanto ele tomava seu desjejum. Mais tarde, a expressão distraída voltou enquanto ela se movia pela casa, espanando e arrumando as coisas mecanicamente. Ramnath sentiu a necessidade de fugir.

– Você se incomoda se eu for ao clube hoje à noite?

– Não, claro que não – disse ela, cordial. – Vá se divertir.

No clube, ele fez uma ligação particular e muito cara para seu filho mais velho.

– Mas papai, eu acabei de falar com a mamãe. Ela soou muito normal. Tem certeza de que o senhor está se sentindo bem?... Não, eu não posso ir agora, tem um caso muito importante no tribunal. Meu sócio sênior me colocou no comando...

O mais novo estava na Alemanha num projeto de engenharia. Derrotado, Ramnath mergulhou num jogo de xadrez com um conhecido, que o venceu com facilidade.

– Perdendo a mão, senhor? – perguntou o sujeito mais jovem, de maneira irritante.

Quando Ramnath chegou em casa, sentiu que estava voltando a uma prisão. A casa estava bastante silenciosa, exceto pela cozinheira cantando na cozinha. Passou pela cabeça dele mandar a mulher calar a boca. Mas onde estava sua esposa?

– Ela foi ao parque, Sahib – disse a cozinheira.

Ele se perguntou se devia ir atrás dela. Entretanto, cinco minutos depois ela estava de volta, segurando um balão. Ela acenou e sorriu para ele, sem a menor vergonha. Ele viu, com alívio, que ela estava vestida. Comia um picolé.

– Eu me diverti tanto, Ramnath – disse ela. – Brinquei com os pequeninos. Comprei balões para todos eles. Há tanto tempo eu não tinha um balão!

Mais tarde, depois que a cozinheira se retirou, ele falou com ela.

– Kamala, essas... coisas, essas criaturas dentro de você... Acho que deveríamos examinar você. Não está certo esconder tudo isso do dr. Kumar. Você tem uma doença terrível...

– Mas, Ramnath, eu não tenho doença nenhuma. Estou bem, muito bem. Como não estava há anos.

– Mas...

– E as coisas, como você as chama, não são coisas, e sim uma criação minha. Elas vieram de mim, Ramnath.

Ela deu-lhe um tapinha na cara, brincalhona.

– Você parece derrubado e rabugento – disse, beliscando a bochecha magra dele. – Meus animaizinhos lhe fariam tão bem, Ramnath, se você conseguisse se livrar desse preconceito...

Ele se afastou dela, ultrajado e horrorizado.

– Jamais! Kamala, eu vou dormir no sofá. Não posso...

– Como você preferir – disse ela, indiferente.

Naquela noite, ele ficou acordado por um longo tempo. Ouvia os grilos cantando lá fora, perto da janela, mas estava nervoso demais para se levantar e fechar o vidro. Todos os pequenos sons noturnos – o sussurro da cortina na brisa, o guincho asmático do ventilador de teto, o farfalhar das folhas da buganvília lá fora – tudo isso o fazia pensar naquelas criaturas semelhantes a insetos. Uma vez ele acordou e imaginou que algumas delas estavam de pé no topo do sofá estreito, olhando para ele lá de cima e gesticulando de uma maneira muito humana, enquanto ele ficava ali deitado, indefeso. Ele começou a deslizar aos poucos para fora do sofá, o coração martelando loucamente, mas um sopro repentino de vento encheu as cortinas, de modo que elas se inflaram como velas fantasmagóricas, deixando o luar entrar – e ele viu que não havia nada no topo do sofá, no final das contas. Finalmente, adormeceu, exausto.

Ao longo dos dias seguintes, Ramnath manteve a sanidade com grande dificuldade. Ele se perguntava se deveria renunciar ao mundo e se retirar para os Himalaias. Talvez os deuses que ignorara tão casualmente nos últimos anos estivessem se vingando agora. Ele ainda brincava com a ideia de assassinato, embora parecesse impossível agora, ao menos à queima-roupa. Olhando para a esposa durante o jantar, ele começou a se perguntar, pela primeira vez, a respeito dela. Como ela seria de verdade? O que ela queria que ele não lhe dera? Como ele tinha chegado a esse ponto?

– Kamala – disse ele, certo dia. Estava num humor estranho. Havia acendido um palito de incenso na frente dos deuses domésticos naquela manhã. O cheiro de sândalo ainda impregnava a casa.

O ritual o fizera se sentir humilde, virtuoso, como se estivesse finalmente abrindo mão de seu ego e se rendendo ao divino. – Diga-me, como é... ter esses... animais dentro de você?

Ela sorriu. Seus dentes eram muito brancos.

– Eu mal os sinto na maior parte do tempo, Ramnath – disse ela. – Queria que você concordasse em ser colonizado. Faria bem a você e os ajudaria; os mais jovens têm clamado por um novo mundo. Eu os ouço cantando às vezes, chilreados parecidos com os dos grilos. É uma linguagem que estou começando a entender.

Ele pensou ouvi-los de leve naquele momento também.

– O que eles estão dizendo?

Ela franziu o cenho, prestando atenção. Suspirou.

– Um planeta precisa de um sol, Ramnath – respondeu ela, evasivamente. – Minha jornada está apenas começando.

Depois dessa conversa, ele reparou num aumento da inquietação da esposa. Ela ficava saindo para o jardim para tomar sol no calor de 40 graus, em meio às goiabeiras murchas. Dentro da casa, ela ia de um cômodo para o outro, emitindo pequenos chilreados e cantarolando desafinada. Ramnath sentiu sua resolução piedosa se despedaçar. Irritado, passou aquela noite em seu clube.

Na noite seguinte, lembrando-se de seu dever, Ramnath arrastou a esposa para uma caminhada. Ela protestou, um tanto debilmente, mas permitiu que ele a puxasse para a rua. Quando eles chegaram ao parque, um crepúsculo suave havia caído. Algumas estrelas e uma lua pálida pendiam no céu. Kamala se demorou nos limites do parque.

– Vamos – disse Ramnath, impaciente para continuar andando.

Em vez disso, porém, a esposa soltou um grito de prazer e virou-se para o parque, onde, na semiescuridão, um homem vendia balões. Ela começou a correr na direção do baloeiro, gesticulando como uma criança empolgada. Envergonhado e aborrecido, ele a seguiu num ritmo mais condigno.

– Mais balões – ele a ouviu dizer.

Moedas tilintaram. Uma pequena multidão de meninos de rua apareceu do nada. Ele escutava o guincho ritmado de um balanço na semiescuridão mais adiante.

Agora ela entregava balões para os fedelhos, que pulavam e tagarelavam, entusiasmados, ao redor dela.

– Eu também, tia-ji!

Os balões oscilavam acima da cabeça deles como orbes pequeninos e meio apagados sob o luar. Ramnath empurrou as crianças de lado e agarrou a esposa pelo ombro.

– Já chega – disse, impaciente. – Você está mimando esses tranqueiras!

Ela se desvencilhou da mão dele. Soltou um dos balões e assistiu enquanto ele voava para o alto, rumo ao firmamento iluminado de estrelas. Um sopro repentino de vento deslocou de seu ombro a ponta solta do sari, expondo a blusa. O baloeiro ficou encarando seu amplo decote.

– Ajeite esse sari, pela madrugada! – disse Ramnath, num cochicho desesperado.

Ele olhou ao redor para ver se mais alguém estava assistindo a esse espetáculo e ficou aterrado ao ver a figura muito aprumada do juiz Pandey dirigindo-se a eles pelo caminho que atravessava o parque, sua bengala batucando no chão. Temeroso de que o juiz o visse e o associasse àquela maluca, Ramnath se recolheu à sombra inadequada de uma açoca. Felizmente, o juiz Pandey não o viu. Viu o que parecia ser uma mulher devassa e passou por ela rapidamente, para que ninguém o notasse encarando-a. Ramnath, suado de alívio, emergiu das sombras e agarrou a ponta do sari da esposa, caída no chão empoeirado. Ela havia soltado mais três balões no ar e os observava subir com um prazer infantil. As crianças gritavam com vozes estridentes.

– Solta mais um, tia-ji!

– Venha para casa, Kamala – disse Ramnath, suplicante.

– Isso é loucura!

Porém, em vez de responder, Kamala soltou todos os balões, uns sete ou oito. Eles flutuaram para o céu. Ela estendeu os braços para eles, o rosto cheio de um anseio bem-aventurado. Lentamente, majestosamente, ela começou a se elevar do chão – cinco centímetros, dez.

– O que está fazendo? – perguntou Ramnath num cochicho aterrorizado.

Meio metro, um metro. O queixo de Ramnath caiu. Ele puxou a ponta do sari que estava segurando, mas ela continuou a subir, virando devagar, deixando cair dois metros de tecido de algodão, depois cinco. Tarde demais, Ramnath soltou o sari. Sua esposa subia no ar noturno, a combinação branca enchendo-se de ar como as velas de um navio.

– Aaaaah! Olha só o que a tia tá fazendo!

Alguns dos moleques haviam voltado. O rosto do vendedor de balões era um círculo de assombro.

– Volte! – gritou Ramnath.

As crianças gritavam e apontavam e pulavam de alegria. Ela estava bem no alto agora, mais alto do que as árvores e casas. Os balões se espalharam acima dela como uma flotilha de pequeninos navios de escolta. As pessoas começaram a sair correndo das casas, apontando e encarando. Algo branco e fantasmagórico escorregou do céu para baixo – a combinação dela! Sua blusa e roupas de baixo vieram em seguida. Ramnath ficou parado, transfixado de horror, enquanto os garotos cabriolavam para lá e para cá, tentando pegar as peças na escuridão. Alguém – a sra. Jain, talvez – começou a se lamentar.

– Hai Bhagwaan, aquela é Kamala, Kamala Mishra!

O grito foi ecoado por todos ao redor. A cada repetição, Ramnath sentia o nome e a honra de sua família afundando no chão. Tentou se afastar sorrateiramente, mantendo-se sob as sombras das árvores feito um ladrão, na esperança de que ninguém o reconhecesse. Mas então, na passagem, o juiz Pandey cutucou seu ombro. O rosto solene e impassível do juiz veterano era a última coisa que ele queria ver.

– Profundamente censurável, Mishra! Profundamente censurável!

Ramnath gemeu e fugiu para casa; a dignidade que fosse às favas. Por toda a área, as pessoas diziam o nome de sua esposa – os vizinhos, os moleques de rua, os criados, o homem vendendo milho assado na esquina. A casa estava escura e vazia. Sem dúvida, a cozinheira também havia saído para assistir ao espetáculo. Ramnath sentia que não poderia encarar ninguém depois disso. Ficou de pé no meio da sala de visitas escura, pensando loucamente em fuga ou suicídio.

Foi até a janela e olhou para fora, apreensivo. Lá estava ela, uma bolha pequenina e brilhante ainda subindo no céu. Como ousava deixá-lo assim!

Ocorreu-lhe que havia apenas uma opção: pegar coisas suficientes da casa, partir com o trem noturno e sumir. Ele podia até mudar de nome, pensou. Começar de novo. A casa tinha sido dada a seus filhos no testamento. Ele não permitiria que essa desonra os tocasse. Que todos pensassem que ele estava morto!

Ela tinha saído de vista agora. Por um momento, Ramnath quase sentiu inveja dela, lá fora, em meio às estrelas. A contragosto, imaginou as criaturinhas alienígenas correndo pelo terraço selvagem do corpo dela, explorando as montanhas, ravinas e hábitats diversos daquela geografia misteriosa e incognoscível. Que sol ela encontraria? Que paisagens veria? Um soluço travou sua garganta. Como ele se viraria agora, sem ninguém para cuidar dele?

Um som baixinho chamou sua atenção. Talvez fosse a cozinheira voltando, ou os vizinhos vindo se banquetear nos resquícios de sua dignidade. Não havia tempo. Ele correu para o quarto e acendeu a luz. Respirando com esforço, começou a tirar coisas do armário de aço, coisas das quais ele precisaria, como dinheiro, as joias dela e roupas. Foi então que sentiu algo em seu ombro.

Ele teria gritado, se se lembrasse como fazer isso; os insetoides já marchavam, subindo por suas costas, por cima de seu ombro e para dentro de sua boca aberta e apavorada.

SUSAN PALWICK

GESTELLA

Susan Palwick é uma escritora e editora estadunidense. Também é doutora em inglês e dá aulas de escrita criativa e literatura. Seu livro mais recente é *Mending the Moon*. Sua primeira história publicada foi "The Woman Who Saved the World", na *Isaac Asimov's Science Fiction Magazine*, em 1985. Sua obra de ficção tem sido reconhecida com vários prêmios, inclusive o William L. Crawford, da International Association for the Fantastic in the Arts, um Alex Award da American Library Association, e um Silver Pen Award do Nevada Writers Hall of Fame. Uma lobisomem fêmea é domesticada por seu amante humano em "Gestella". A história investiga amor, exploração e traição, e o que deve ser sacrificado para alguém ser considerado humano. Foi publicada pela primeira vez na antologia *Starlight 3*, em 2001.

O problema é o tempo. Tempo e aritmética. Você sabia desde o começo que os números dariam problema, mas era muito mais nova na época – muito, muito mais nova – e muito menos sábia. E também tem o choque cultural. De onde você vem, é normal as mulheres terem rugas. De onde você vem, a juventude não é a única mercadoria.

Você conheceu Jonathan na sua terra. Vamos chamá-la de uma floresta qualquer, perto de um Alpe. Vamos chamá-lo de um vilarejo na beira da floresta. Vamos chamá-lo de velho. Você não era velha, na época: tinha catorze anos em duas pernas e meros dois anos em quatro pernas. E experiência: ah, sim. Você sabia como uivar para a lua. Você sabia o que fazer quando alguém uivava de volta. Se a sua forma em quatro pernas não fosse estéril, já teria tido ninhadas àquela altura – mas era e, em duas pernas, você tinha sido esperta o bastante, ou sortuda o bastante, para evitar continuar sua linhagem.

Mas não era como se você não tivesse oportunidades de sobra, aceitas com entusiasmo. Jonathan gostava disso. Bastante. Jonathan era mais velho que você: trinta e cinco, na época. Jonathan adorava foder uma garota que parecia ter catorze anos e agia como se fosse mais velha, como se fosse selvagem, que *era* selvagem por três a cinco dias todo mês, centrados na lua cheia. Jonathan também não se incomodava com a bagunça que acompanhava o processo: toda aquela pelagem, digamos, brotando numa ponta do processo e caindo na outra, ou as dores e incômodos de várias juntas girando, mudando de forma, redistribuindo o peso, ou suas pobres gengivas que sangravam o tempo todo por causa do crescimento e recolhimento mensal das presas.

– Pelo menos é o único sangue – ele lhe disse, em algum momento daquele primeiro ano.

Você se lembra disso muito claramente: você se encontrava, *grosso modo*, na metade da transição de quatro-para-duas, e Jonathan estava sentado a seu lado na cama, massageando seus ombros doloridos enquanto você tomava chá de hortelã com mãos ainda tão atrapalhadas quanto patas, mãos como luvas sem dedo. Jonathan tinha acabado de encher duas bolsas de água quente, uma para seu cóccix dolorido e outra para seus joelhos doloridos. Agora, você sabe que ele queria você em forma para uma trepada casual – ele amava sexo ainda mais quando você estava mudando de volta –, mas, na época, você achou que ele fosse um príncipe de verdade, o tipo de príncipe que garotas como você supostamente não tinham permissão para encontrar, e uma pontada de dor a percorreu ao ouvir as palavras dele.

– Eu não matei nada – você disse a ele, o lábio inferior trêmulo. – Eu nem cacei.

– Gestella, querida, eu sei. Não foi isso que eu quis dizer.

Ele afagou seu cabelo. Dava carne crua para você durante a fase de quatro pernas, mas nada que você mesma tivesse matado. Ensinou você a comer pedacinhos pequenos da mão dele, gentilmente, sem o morder. Ensinou você a abanar o rabo e estava ensinando a ir buscar uma bola, porque era isso que quatro-pernas bonzinhos faziam no lugar de onde ele vinha.

– Eu estava falando de...

– Mulheres normais – você disse. – As que sangram para poder ter filhos. Você não deveria zombar delas. Elas têm sorte.

Você gosta de crianças e filhotes; é boa com eles, gentil. Sabe que não é sábio ter um seu, mas não consegue deixar de observá-los, melancólica.

– *Eu* não quero filhos – diz ele. – Fiz aquela operação. Eu te falei.

– Tem certeza de que deu certo? – você pergunta.

Vocês ainda são muito jovens. Você nunca conheceu ninguém que tivesse feito uma operação dessas, e se preocupa que Jonathan não entenda de fato a sua condição. A maioria das pessoas não entende. A maioria das pessoas pensa todo tipo de loucura. Sua condição não é transmissível, por exemplo, por meio de uma mordida ou qualquer outra coisa, mas hereditária, e é por isso que é bom que você seja tão esperta e sortuda, mesmo com apenas catorze anos.

Bem, não, não tinha mais catorze. Jonathan estava na metade de seu ano de pesquisa sobre folclore – ele já prometeu não escrever sobre você em nenhum dos diários, e continua lhe assegurando que não vai contar a ninguém, embora, posteriormente você vá se dar conta de que isso é para a proteção dele, não sua –, o que significa que você deve estar com, hã, dezessete ou dezoito. Jonathan ainda tem trinta e cinco. No final do ano, quando ele levá-la para os Estados Unidos de avião para que vocês possam se casar, ele estará com trinta e seis. Você estará com vinte e um em duas pernas, três em quatro pernas.

Sete para um. Esta é a proporção. Você se certificou de que Jonathan compreendesse isso.

– Ah, claro – diz ele. – Igual é para cachorros. Um ano para eles equivale a sete anos humanos. Todo mundo sabe disso. Mas como isso pode ser um problema, querida, quando a gente se ama tanto?

E apesar de você não ter mais catorze anos, ainda é jovem o bastante para acreditar nele.

No começo, é divertido. O segredo é um elo entre vocês, um joguinho. Vocês falam em código. Jonathan quebra seu nome no meio, chamando-a de Jessie em quatro pernas e de Stella em duas. Você é Stella para todos os amigos dele, e a maioria deles nem sabe que ele tem um cachorro uma semana por mês. Vocês evitam escrupulosamente marcar compromissos sociais na semana da lua cheia, mas ninguém parece notar esse padrão e, se alguém nota, ninguém liga. De vez em quando alguém vê Jessie, quando você e Jonathan estão passeando no parque, brincando com bolas, e Jonathan sempre diz que está cuidando do cachorro da irmã enquanto ela viaja a negócios. A irmã dele viaja muito, explica ele. Ah, não, Stella não liga, mas sempre fica um pouco nervosa perto de cães – apesar de Jessie ser uma cadela *tão boazinha* –, então ela fica em casa durante os passeios.

Às vezes estranhos se aproximam timidamente.

– Mas que cachorro lindo! – dizem eles.

– Que cachorro *enorme!*

– Que raça é essa?

– Uma cruza de husky com cão de caça – diz Jonathan, alegremente.

A maioria das pessoas aceita. A maioria das pessoas entende tanto de cães quanto cães entendem do ônibus espacial.

Mas alguns não se deixam enganar. Olham para você e franzem a testa um pouco, dizendo:

– Parece um lobo para mim. Ela é parte lobo?

– Pode ser – Jonathan sempre diz, dando de ombros, com seu costumeiro tom despreocupado.

E aí conta uma historinha sobre como a irmã dele adotou você no canil porque você era a menorzinha da ninhada e ninguém mais a queria, e agora olhe só para você! Ninguém jamais pensaria que você era a menor da ninhada agora! E os desconhecidos sorriem e parecem encorajados e lhe dão tapinhas na cabeça, porque gostam de histórias de cães sendo resgatados no canil.

Você se senta e fica parada durante essas conversas; faz tudo o que Jonathan manda. Abana o rabo e inclina a cabeça e age de maneira encantadora. Deixa as pessoas coçarem atrás da sua orelha. Você é uma *cadela boazinha*. Os outros cães do parque, que sabem mais sobre a própria espécie do que a maioria das pessoas, não são tapeados por nada disso; você os deixa nervosos, e tendem a evitá-la ou a agir de modo extremamente submisso, se isso não for possível. Eles se arrastam de barriga no chão, ou com as costas no chão; eles rastejam para trás, ganindo.

Jonathan adora isso. Jonathan adora que você seja a alfa entre os outros cães – e, é claro, ele adora ser o seu alfa. Porque essa é outra coisa que as pessoas não entendem sobre a sua condição: elas acham que você é uma fera violenta, voraz, um monstro cheio de presas saído do inferno. Na verdade, você não é mais sanguinária do que qualquer cachorro que não tenha sido treinado para a batalha. Você não foi treinada para a batalha: foi treinada para perseguir bolinhas. Você é um animal de matilha, um animal que anseia por hierarquia, e você, Jessie, é cachorra de um homem só. O seu homem, Jonathan. Você o adora. Faria qualquer coisa por ele, até deixar que desconhecidos que não conseguem diferenciar um lobo de um cão de caça cocem atrás da sua orelha.

A única briga que você e Jonathan têm, naquele primeiro ano nos Estados Unidos, é sobre a coleira. Jonathan insiste que Jessie use uma coleira.

– Senão – diz ele – eu posso ser multado.

Há policiais no parque. Jessie precisa de uma coleira e uma plaquinha de identificação e vacinas antirrábicas.

– Jessie não precisa disso – diz você, sobre duas pernas. Você, Stella, está ficando eriçada, apesar de não ter pelagem para eriçar no momento. – Jonathan, plaquinhas de identificação são para cachorros que andam soltos por aí. Jessie nunca sairá do seu lado, a menos que você jogue uma bolinha para ela. E eu não vou pegar raiva. Eu só como ração, não guaxinins mortos. Como é que vou pegar raiva?

– É a lei – diz ele, com gentileza. – Não vale o risco, Stella.

E então ele vem e esfrega a sua cabeça e os seus ombros *daquele jeito*, aquele que você nunca conseguiu resistir, e em breve vocês estão na cama praticando uma deliciosa trepada casual e de algum jeito, no final da noite, Jonathan venceu. Bem, claro que venceu: ele é o alfa.

Assim, da próxima vez que você está sobre quatro pernas, Jonathan coloca um enforcador grosso e uma plaquinha de identificação em torno do seu pescoço, e aí você vai à veterinária e recebe suas vacinas. Você não gosta do consultório da veterinária, porque tem um cheiro muito forte de medo e dor, mas as pessoas de lá fazem carinho e dão biscoitos caninos para você, e dizem que você é linda, e as mãos da veterinária são gentis e bondosas.

A veterinária gosta de cães. Ela também sabe a diferença entre lobos e cães de caça. Olha para você com atenção, e então olha para Jonathan.

– Um lobo-cinzento? – pergunta ela.

– Não sei – diz Jonathan. – Talvez ela seja um híbrido.

– Ela não me parece um híbrido.

Então Jonathan se lança naquela história de como você era a menor da ninhada no canil: você abana o rabo a lambe a mão da veterinária e age de forma totalmente adorável.

A veterinária não está engolindo. Ela afaga sua cabeça; as mãos dela são bondosas, mas o cheiro revela que está enojada.

– Sr. Argent, lobos-cinzentos estão em risco de extinção.

– Pelo menos um dos pais dela era um cachorro – diz Jonathan. Ele está começando a suar. – Agora, *ela* não parece estar em risco de extinção, né?

– Existem leis sobre manter animais exóticos como bichos de estimação – diz a veterinária. Ela ainda está afagando sua cabeça; você ainda abana o rabo, mas agora começa a choramingar, porque a veterinária cheira a raiva e Jonathan cheira a medo. – Especialmente animais exóticos em risco de extinção.

– Ela é uma cadela – diz Jonathan.

– Se ela é uma cadela – diz a veterinária –, posso perguntar por que você não a castrou?

Jonathan gagueja.

– Como é que é?

– Você a pegou num canil. Sabe como os animais acabam num canil, sr. Argent? Eles vão para lá porque as pessoas os cruzam e aí não querem cuidar de todos aqueles filhotes. Eles acabam lá...

– Viemos aqui para uma vacina contra a raiva – diz Jonathan. – Pode aplicar a vacina, por favor?

– Sr. Argent, existem regulamentos sobre o cruzamento de espécies consideradas em risco...

– Eu entendo isso – diz Jonathan. – Também existem regulamentos sobre as vacinas antirrábicas. Se a senhora não aplicar a vacina antirrábica na minha *cachorra*...

A veterinária balança a cabeça, mas lhe dá a vacina contra a raiva, e então Jonathan tira você de lá rapidinho.

– Aquela cadela – diz ele, no caminho para casa. Está tremendo. – Cadela fascista dos direitos animais! Quem ela pensa que é, cacete?

Ela pensa que é uma veterinária. Ela pensa que é alguém que deveria cuidar dos animais. Você não pode dizer nada disso, porque está em quatro pernas. Você se deita no banco traseiro do carro, na capa especial de pele de ovelha que Jonathan comprou para proteger o estofamento da sua pelagem, e gane.

Você está com medo. Gostou da veterinária, mas tem medo do que ela pode fazer. Ela não entende a sua condição; como poderia entender?

Na semana seguinte, depois de você ter se transformado de volta por completo, há uma batida na porta enquanto Jonathan está no trabalho. Você solta seu exemplar da revista *Elle* e caminha descalça até a porta. Abre-a e encontra do outro lado uma mulher uniformizada; há uma picape branca com as palavras CONTROLE DE ANIMAIS estacionada na entrada da garagem.

– Bom dia – diz a oficial. – Recebemos uma denúncia de que talvez haja um animal exótico neste local. Eu poderia entrar, por favor?

– Claro – você diz a ela.

Você permite que ela entre. Oferece café, que ela não quer, e diz que não há nenhum animal exótico aqui. Você a convida para dar uma olhada e conferir por si mesma.

Claro que não há nem sinal de um cachorro, mas ela não está satisfeita.

– Segundo nossos registros, Jonathan Argent, morador desde endereço, vacinou uma cachorra no sábado passado. Ele foi informado de que a cachorra se parecia muito com uma loba. Você pode me dizer onde está essa cachorra agora?

– Nós não estamos mais com ela – você diz. – Ela escapou e saltou a cerca na segunda-feira. É uma pena; era um animal adorável.

A moça do controle de animais faz uma carranca.

– Ela tinha identificação?

– É claro – você diz. – Uma coleira com plaquinha. Se vocês a encontrarem, vão ligar para nós, não é?

Ela está olhando para você de forma severa, tão severa quanto a veterinária olhou.

– Claro. Também recomendamos que vocês chequem no canil pelo menos a cada poucos dias. E talvez seja bom distribuir cartazes, colocar um anúncio no jornal.

– Obrigada – você diz a ela. – Faremos isso.

Ela vai embora; você volta a ler *Elle,* tranquilizada pela certeza de que sua coleira está escondida na gaveta de calcinhas no andar superior e que Jessie nunca vai aparecer no canil.

Jonathan fica furioso quando ouve o que aconteceu e dispara uma série de xingamentos sobre a veterinária.

– Você acha que pode rasgar a garganta dela? – pergunta ele.

– Não – você diz, irritada. – Eu não quero fazer isso, Jonathan. Gostei dela. Ela só está fazendo seu trabalho. Lobos não saem simplesmente atacando as pessoas; você sabe disso. E não seria nada inteligente, mesmo que eu quisesse: isso significaria apenas que as pessoas teriam de me rastrear e matar. Agora, olha, relaxa. Nós vamos em outro veterinário da próxima vez e pronto.

– Vamos fazer melhor do que isso – diz Jonathan. – Vamos nos mudar.

Então vocês se mudam para a cidade vizinha, para uma casa maior, com um quintal maior. Tem até um pouco de mata selvagem por perto, floresta e prados, e é lá que você e Jonathan vão passear agora. Quando está na hora da sua vacina antirrábica no ano seguinte, vocês vão a um veterinário, um homem mais velho que foi recomendado por alguns conhecidos de amigos de Jonathan, gente que caça bastante. Esse veterinário ergue as sobrancelhas quando vê você.

– Ela é bem grande – diz ele, cordialmente. – O Departamento de Caça e Pesca pode se interessar por um cão tão grande. O tamanho dela vai acrescentar mais uns, hã, cem dólares na conta, Johnny.

– Entendo. – A voz de Jonathan é gelada.

Você rosna e o veterinário ri.

– Cadela leal, né? Você planeja cruzá-la, claro.

– Claro – rebate ele, ríspido.

– Um negócio lucrativo, esse. Os filhotes dela pagarão pela vacina antirrábica, acredite. Você já escolheu um macho?

– Ainda não.

Jonathan soa como se estivesse sendo estrangulado.

O veterinário afaga seus ombros. Você não gosta das mãos dele. Não gosta do jeito como ele toca em você. Rosna de novo, e mais uma vez o veterinário ri.

– Bem, me chame quando ela entrar no cio. Eu conheço algumas pessoas que podem se interessar.

– Desgraçado nojento – diz Jonathan, quando vocês chegam em casa. – Você não gostou dele, não é, Jessie? Desculpe.

Você lambe a mão dele. O importante é que você tomou sua vacina antirrábica, que a sua licença está em dia, que esse veterinário não vai entregar você para o Controle de Animais. Você está legalizada. Você é uma *boa cachorra*.

Também é uma boa esposa. Como Stella, você cozinha para Jonathan, limpa a casa para ele, faz compras. Pratica seu inglês devorando a *Cosmopolitan* e a *Martha Stewart Living*, além da *Elle*. Você não pode trabalhar nem estudar, porque a semana de lua cheia atrapalharia, mas se mantém ocupada. Aprende a dirigir e aprende a entreter convidados; aprende a depilar as pernas e a tirar as sobrancelhas, a mascarar seu odor natural com substâncias químicas pesadas, a andar de salto alto. Aprende os usos artísticos de cosméticos e roupas, de forma a ficar ainda mais bonita do que já é *au naturel*. Você é deslumbrante: todo mundo diz isso, alta e magra, com cabelos compridos e prateados e olhos azuis pálidos e penetrantes. Sua pele é lisa, sua compleição é impecável, seus músculos são esguios e rijos: você é uma boa cozinheira, uma ótima trepada, a esposa-troféu perfeita. Mas, é claro, durante esse primeiro ano, enquanto Jonathan está com trinta e seis, indo para trinta e sete, você tem apenas vinte e um, indo para vinte e oito. Consegue esconder o envelhecimento acelerado: alimenta-se bem, faz exercícios de sobra, torna-se ainda mais habilidosa com os cosméticos. Você e Jonathan são alucinadamente felizes, e os colegas dele, os velhos caretas do departamento de antropologia, têm ciúme. Eles encaram você quando acham que ninguém está olhando.

– Todos eles adorariam trepar com você – Jonathan se gaba depois de cada festa, e depois de cada festa faz exatamente isso.

A maioria dos colegas de Jonathan são homens. A maioria das esposas deles não gosta de você, embora algumas se esforcem resolutamente para ser amistosas e convidem você para almoçar. Com vinte e um, indo para vinte e oito, você se pergunta se elas sentem de alguma forma que você não é como elas, que tem outro lado, um lado com quatro pernas. Mais tarde, você perceberá que, mesmo que elas soubessem sobre Jessie, não poderiam odiá-la e temê-la mais do que já o fazem. Elas a temem porque você é jovem, porque você é linda e fala inglês com um sotaque exótico, porque os maridos delas não param de olhar para você. Elas sabem que os maridos querem trepar com você. As esposas podem não ser mais jovens e lindas, mas não são bobas. Elas perderam o luxo da inocência quando perderam a pele lisinha e a compleição impecável.

A única pessoa que parece ser sincera ao convidá-la para almoçar é Diane Harvey. Ela tem quarenta e cinco anos, cabelos grisalhos e ralos e um rosto largo que está sempre sorrindo. Tem o próprio negócio de conserto de computadores e não te odeia. Isso pode ter relação com o fato de que o marido dela, Glen, nunca olha para você, nunca se aproxima demais durante as conversas e parece não ter nenhuma vontade de trepar com você. Ele olha para Diane do jeito como os outros homens olham para você: como se ela fosse a criatura mais desejável na face da Terra, como se apenas o fato de estar na mesma sala que ela o deixasse quase incapaz de respirar. Ele adora a esposa, apesar de estarem casados há quinze anos, apesar de ele ser cinco anos mais novo que ela e belo o bastante para seduzir uma mulher mais jovem e mais bonita. Jonathan diz que Glen deve continuar com Diane por causa do salário dela, que é consideravelmente maior do que o dele. Você acha que Jonathan está enganado; você acha que Glen fica com Diane por causa dela mesma.

No almoço, enquanto você mastiga um bife bem passado numa taverna metida a chique, cheia de vidro e madeira, Diane lhe pergunta gentilmente quando foi a última vez que você viu sua família, se está com saudades, se você e Jonathan têm planos de visitar a Europa de novo em breve. Essas perguntas dão um nó na sua garganta, porque Diane é a única que já as fez. Na verdade, você não tem saudade da sua família – dos pais que lhe ensinaram a caçar, que lhe ensinaram sobre os perigos de continuar a linhagem, ou dos irmãos com quem você costumava brigar e lutar pelos restos de carne – porque transferiu toda a sua lealdade para Jonathan. Mas dois é uma matilha muito pequena, e você está começando a desejar que Jonathan não tivesse feito aquela operação. Está começando a desejar que pudesse continuar a linhagem, apesar de saber que seria tolice. Você se pergunta se é por isso que seus pais se juntaram, apesar de saber dos perigos.

– Sinto saudade dos cheiros lá de casa – você diz a Diane, corando de imediato porque parece algo tão estranho de dizer e você quer desesperadamente que essa mulher bondosa goste de você. Por mais que ame Jonathan, anseia por mais alguém com quem conversar.

Mas Diane não acha esquisito.

– Sim – diz ela, assentindo, e lhe conta quanta saudade ela ainda sente da cozinha da avó, que tinha um cheiro característico a cada estação: manjericão e tomate no verão, maçãs no outono, noz-moscada e canela no inverno, tomilho e lavanda na primavera. Ela lhe conta que está cultivando tomilho e lavanda em seu próprio jardim; ela lhe conta sobre seus tomates.

Ela pergunta se você pratica jardinagem. Você diz que não. Na verdade, não é muito fã de vegetais, embora aprecie o cheiro das flores, porque aprecia o cheiro de quase tudo. Mesmo em duas pernas, tem um olfato muito melhor do que o da maioria das pessoas; você vive num mundo rico em aromas, e até os odores que a maioria das pessoas considera desagradáveis são interessantes para você. Sentada na taverna chique e estéril, que cheira apenas a carne queimada e gordura rançosa e às substâncias químicas irritantes que as pessoas ao seu redor colocaram na pele e no cabelo, você se dá conta de que realmente sente saudade dos cheiros de casa, onde até os jardins têm um aroma mais antigo e mais selvagem do que as florestas e prados daqui.

Você diz timidamente a Diane que gostaria de aprender jardinagem. Será que ela poderia lhe ensinar?

É o que ela faz. Numa tarde de sábado, para grande diversão de Jonathan, Diane vem visitá-la com humo, espátulas e sementes de flores, e vocês duas medem um terreno no quintal dos fundos e plantam e regam e ficam com terra debaixo das unhas, e é maravilhoso; na verdade, é a coisa mais divertida que você já fez em duas pernas, tirando as trepadas casuais com Jonathan. Durante o jantar, depois que Diane se foi, você tenta contar a Jonathan o quanto foi divertido, mas ele não parece particularmente interessado. Está contente por você ter se divertido, mas não quer saber de sementes. Ele quer ir para o andar superior e fazer sexo.

Então vocês fazem isso.

Depois, você pega todos os seus números antigos da *Martha Stewart Living* e procura dicas de jardinagem.

Você está em êxtase. Tem um hobby agora, algo sobre o que conversar com as outras esposas. Com certeza, algumas delas praticam jardinagem. Talvez agora não a odeiem tanto. Assim, na festa seguinte, você tagarela vivamente sobre jardinagem, mas de alguma forma todas as esposas ainda estão do outro lado da sala, agrupadas em volta de uma mesa, de vez em quando olhando de cara fechada na sua direção, enquanto os homens se amontoam ao seu redor, os olhos brilhantes, assentindo ansiosamente ante suas descrições de ervas daninhas e pulgões.

Você sabe que algo está errado. Homens não gostam de jardinagem, gostam? Jonathan com certeza não gosta. Finalmente, uma das esposas, uma loira alta com bronzeado de tenista e bons ossos, se aproxima a passos largos e puxa o marido para longe pela manga da camisa.

– Hora de ir para casa – ela diz para ele, retorcendo o lábio para você.

Você conhece essa expressão. Reconhece um rosnado quando vê, mesmo que a esposa seja civilizada demais para produzir o som real.

Você pergunta a Diane a respeito disso na semana seguinte, no jardim dela, admirando os tomateiros.

– Por que elas me odeiam? – você pergunta a Diane.

– Ah, Stella – ela diz, com um suspiro. – Você não sabe mesmo, né?

Você balança a cabeça e ela prossegue.

– Elas te odeiam porque você é jovem e linda, apesar de isso não ser culpa sua. As que têm de trabalhar te odeiam porque você não trabalha, e as que não precisam trabalhar, aquelas cujos maridos as sustentam, odeiam você porque têm medo de que seus maridos as deixem por mulheres mais novas e mais bonitas. Entende?

Você não entende, não de verdade, apesar de já ter agora vinte e oito anos, indo para trinta e cinco.

– Os maridos não podem abandoná-las por mim – você diz a Diane. – Sou casada com Jonathan. Eu *não quero* o marido de nenhuma delas.

No entanto, mesmo enquanto diz isso, você sabe que a questão não é essa.

Algumas semanas depois, você descobre que o marido da loira alta de fato a deixou por uma instrutora de ginástica aeróbica, vinte anos mais nova que ele.

– Ele me mostrou uma foto – diz Jonathan, rindo. – Ela é uma cabeça-oca com o cabelo cheio de laquê. Não chega aos seus pés.

– E o que isso tem a ver? – você pergunta a ele.

Está com raiva e não sabe bem por quê. Mal conhece a loira e não é como se ela tivesse sido gentil com você.

– Coitada da esposa dele! Que coisa mais terrível de fazer!

– Claro que foi – diz Jonathan, tranquilizador.

– Você me deixaria se eu não fosse mais linda? – você pergunta a ele.

– Que bobagem, Stella. Você sempre será linda.

Mas isso é quando Jonathan está chegando aos trinta e oito e você aos trinta e cinco. No ano seguinte, o equilíbrio começa a mudar. Ele está chegando aos trinta e nove; você, aos quarenta e dois. Você toma um cuidado excepcional consigo mesma e, realmente, está tão linda quanto sempre foi, mas agora há algumas rugas, e é preciso horas de abdominais para manter sua barriga tão lisa quanto costumava ser.

Fazendo abdominais e tirando ervas daninhas do jardim, você tem tempo de sobra para pensar. Em um ano, dois no máximo, você terá idade bastante para ser mãe de Jonathan, e está começando a pensar que ele pode não gostar disso. E você já ficou sabendo de fofocas maldosas das esposas dos professores sobre a rapidez com que sua idade está aparecendo. As esposas enxergam cada ruga, mesmo com os cosméticos cuidadosamente aplicados.

Durante aquele ano dos trinta e cinco aos quarenta e dois, Diane e seu marido se mudam, então agora você não tem ninguém com quem discutir suas rugas ou as esposas maldosas dos professores. Você não quer conversar com Jonathan sobre nada disso. Ele ainda lhe diz que você é muito bonita, e vocês ainda têm trepadas casuais satisfatórias. Você não quer fazê-lo pensar sobre qualquer declínio em sua desejabilidade.

Você trabalha muito no jardim naquele ano: flores – especialmente rosas – e ervas, e alguns tomates em homenagem a Diane, e porque Jonathan gosta deles. Seus melhores momentos são aqueles com duas pernas no jardim e com quatro pernas na floresta, e você acha que não é uma coincidência que ambos envolvam cavoucar na terra. Você escreve longos e-mails a Diane ou, às vezes, quando está dizendo algo que não quer que Jonathan descubra no computador, escreve cartas, à moda antiga. Diane não tem muito tempo para responder, mas envia um e-mail ocasional, um cartão-postal ainda mais raro. Você também lê muito, tudo o que encontra: jornais e livros e análise política, crítica literária, relatos de crimes reais, estudos etnográficos. Você espanta alguns dos colegas de Jonathan soltando factoides interessantes sobre a área deles, sobre outras áreas, sobre áreas das quais eles nunca ouviram falar: geografia legal, ética agrícola, mineração pós-estruturalista. Você acha que não é uma coincidência que as disciplinas obscuras que mais lhe interessam envolvam cavoucar na terra.

Alguns dos colegas de Jonathan começam a comentar não apenas sobre a sua beleza, mas sobre a sua inteligência. Alguns deles se afastam um pouco. Algumas das esposas, embora não muitas, tornam-se um pouco mais amistosas, e você começa a sair para almoçar de novo, embora não haja ninguém de quem goste tanto quanto de Diane.

No ano seguinte, começam os problemas. Jonathan está chegando aos quarenta; você aos quarenta e nove. Vocês dois se exercitam bastante; vocês dois se alimentam bem. Mas Jonathan mal tem rugas, enquanto as suas estão cada vez mais difíceis de esconder. Sua barriga se recusa a ficar completamente reta, não importa quantos abdominais você faça; você desenvolveu uma leve sugestão de furinhos nas coxas. Abandona seu estilo antigo, aquele colado no corpo, em troca de saias e vestidos longos e fluidos, acentuados com muita prata. Opta por parecer exótica, elegante, e executa a intenção com facilidade; as cabeças ainda se viram para segui-la no supermercado. Mas as trepadas casuais estão menos frequentes, e você não sabe quanto disso é por conta do envelhecimento normal e quanto é falta de interesse da parte de Jonathan. Ele já não traz mais chá de ervas e bolsas de água quente durante suas transições; os passeios na floresta ficam um pouco mais curtos do que antes; as sessões de jogar e buscar a bolinha nos prados parecem cada vez mais uma obrigação.

E então uma de suas novas amigas, durante um almoço, pergunta, cheia de tato, se você está com algum problema, se está doente, porque, bem, você está estranha. Mesmo enquanto assegura que está bem, você sabe que ela quer dizer que você parece muito mais velha do que no ano passado.

Em casa, você tenta discutir isso com Jonathan.

– Nós sabíamos que isso acabaria sendo um problema – você diz a ele. – Tenho medo de que os outros notem, que alguém descubra...

– Stella, querida, ninguém vai descobrir. – Ele está aborrecido, impaciente. – Mesmo que achem que você está envelhecendo mais rápido que o normal, não vão fazer o salto para a Jessie. Não faz parte da visão de mundo deles. Não lhes ocorreria nem se você estivesse envelhecendo cem anos para cada ano deles. Simplesmente acham que você tem algum distúrbio metabólico infeliz, só isso.

O que, de certa forma, tem mesmo. Você faz uma careta. Já faz cinco semanas desde a última trepada.

– Você se incomoda por eu parecer mais velha? – você pergunta a Jonathan.

– *É claro* que não, Stella!

Exceto que, como ele revira os olhos enquanto diz isso, você não fica tranquilizada. Pode perceber pela voz que ele não quer ter essa conversa, que quer estar em outro lugar, talvez assistindo TV. Você reconhece esse tom. Já ouviu os colegas de Jonathan usarem esse tom com as esposas, geralmente enquanto encaram você.

Você aguenta esse ano. Aumenta seu regime de exercícios, minera a *Nova* em busca de truques no quarto para despertar o interesse minguado de Jonathan, cogita e rejeita uma lipo para as coxas. Queria poder fazer um *facelift*, mas o período de recuperação é longo demais, e você não tem certeza de como isso funcionaria com as suas transições. Você lê e lê e lê, e domina uma compreensão cada vez mais sutil das implicações e interconexões entre diferentes áreas de conhecimento: ecoturismo, alívio da fome no Terceiro Mundo, história da arte, design de automóveis. Suas conversas nos almoços se tornam mais ricas; suas amizades com as esposas dos professores, mais genuínas.

Você sabe que sua sabedoria crescente é um benefício do envelhecimento, a compensação pelas rugas e pelo desvanecimento – ainda que lento, por enquanto – de sua beleza.

Sabe também que Jonathan não casou com você por sua sabedoria.

E agora já é o ano seguinte, o ano em que você tem idade para ser a mãe dele, embora uma mãe solteira e adolescente: você chegará aos cinquenta e seis, enquanto ele chegará aos quarenta e um. Seu cabelo prateado está perdendo o lustro, tornando-se apenas grisalho. As trepadas coincidem, mais ou menos, com os feriados nacionais. Suas coxas começam a chacoalhar quando você anda, então você vai e faz a lipo, mas Jonathan não parece reparar em nada além do custo revoltante do procedimento.

Você redecora a casa. Começa a pintar, com sucesso suficiente para vender algumas obras para uma galeria local. Começa a escrever um livro sobre jardinagem como uma cura para o ecoturismo e os abusos agrícolas, e negocia um contrato com uma editora universitária de prestígio. Jonathan não presta muita atenção a nada disso. Você começa a pensar que Jonathan só prestaria atenção a uma imitação total de Lon Chaney, incluindo as presas sanguinolentas, mas se isso já existiu na sua natureza, certamente não existe mais. Jonathan e Martha Stewart a civilizaram.

Em quatro pernas, você ainda é magnífica, incitando exclamações de assombro dos outros donos de animais quando encontra com eles na floresta. Mas Jonathan quase não joga mais bola com você nos prados; às vezes, ele nem te leva para a floresta. Suas caminhadas, antes medidas em horas e quilômetros, agora se dão em minutos e quarteirões suburbanos. Às vezes, Jonathan nem te leva para caminhar. Às vezes, ele só te espanta para o quintal dos fundos para fazer suas necessidades. E nem limpa a área depois. É você quem tem que fazer isso por sua própria conta, recolhendo cocô velho depois de voltar às duas pernas.

Algumas vezes você grita com Jonathan por causa disso, mas ele simplesmente sai andando, mais irritado do que de costume. Você sabe que precisa fazer algo para relembrá-lo de que ele a ama, ou que já te amou; sabe que precisa fazer algo para se reinserir no campo de visão dele. Mas não consegue imaginar o quê. Já tentou tudo em que pôde pensar.

Há noites em que você chora até pegar no sono. Antigamente, Jonathan a teria abraçado; agora ele se vira, dando-lhe as costas, e se afasta para a ponta mais distante do colchão.

Durante essa época terrível, vocês vão a uma festa do corpo docente. Há uma pessoa nova na festa, uma professora da faculdade, a primeira a ser contratada pelo departamento de antropologia em dez anos. Ela está na casa dos vinte anos e tem cabelos compridos pretos e pele perfeita, e os homens se agrupam em torno dela como costumavam fazer com você.

Jonathan é um deles.

De pé com as outras esposas, fingindo conversar sobre novos filmes, você observa o rosto de Jonathan. Ele está arrebatado, atencioso, totalmente focado na jovem adorável que fala sobre sua pesquisa a respeito de escarificação ritual na Nova Guiné. Você vê os olhos de Jonathan se desviarem disfarçadamente, quando ele acha que ninguém vai reparar, para os seios, as coxas, a bunda dela.

Você sabe que Jonathan quer trepar com ela. E sabe que não é culpa dela, assim como nunca foi culpa sua. Ela não pode evitar ser jovem e bonita. Mas você a odeia mesmo assim. Ao longo dos próximos dias, você descobre que o que mais odeia, ainda mais do que Jonathan querendo foder essa jovem, é o que o seu ódio está fazendo com você: com seus sonhos, suas entranhas. O ódio é problema seu, você sabe disso; não é culpa de Jonathan, assim como o desejo dele pela jovem professora não é culpa dela. No entanto, você não consegue se livrar dele, e pode sentir que isso aprofunda suas rugas, fazendo você encolher como um pedaço de jornal jogado numa fogueira.

Você escreve uma carta longa e angustiada para Diane contando tanto disso quanto pode contar em segurança. Claro, como ela não está por perto há alguns anos, não sabe o quanto você envelheceu, então você só diz que acha que Jonathan não está mais apaixonado por você, agora que você passou dos quarenta. Escreve a carta em papel e envia pelo correio.

Diana responde, e não num cartão-postal dessa vez: ela envia cinco páginas em espaço simples. Diz que Jonathan provavelmente está passando por uma crise de meia-idade. Concorda que o modo como ele a trata é, nas palavras dela, "bárbaro". "Stella, você é uma mulher linda, brilhante, cheia de realizações. Nunca conheci ninguém que tenha crescido tanto, ou de formas tão interessantes, em tão pouco tempo. Se Jonathan não aprecia isso, então é um cretino, e talvez esteja na hora de se perguntar se você não estaria mais feliz em outro lugar. Eu odeio recomendar divórcio, mas também odeio vê-la sofrendo tanto. O problema, claro, é econômico: você consegue se sustentar, caso vá embora? Pode confiar em Jonathan para pagar uma pensão? Pelo menos – é pouco consolo, eu sei – não há filhos a serem considerados nisso tudo. Estou presumindo que vocês já tenham tentado terapia de casal. Se não tentaram, deveriam."

Essa carta faz com que você mergulhe no desespero. Não, ela não pode confiar em Jonathan com a pensão. Jonathan provavelmente também não concordaria em ir à terapia de casal. Algumas das suas amigas de almoço pegaram essa via, e o único jeito de convencer os maridos a ir ao consultório foi ameaçando divórcio imediato. Se você tentasse isso, seria uma ameaça vazia. Sua condição metabólica desafortunada não lhe permitiria manter qualquer tipo de emprego normal, e sua renda da escrita e da pintura não a sustentaria, e Jonathan sabe de tudo isso tão bem quanto você. E a sua segurança está nas mãos dele. Se ele te expusesse...

Você estremece. Na sua terra, as histórias terminavam em camponeses com tochas. Aqui, você sabe, seria mais provável acabar com laboratórios e bisturis. Nenhuma opção é atraente.

Você vai ao museu de arte, porque para você as salas claras, altas e ecoantes sempre deixaram mais fácil pensar. Você vaga em meio a esculturas abstratas e pinturas impressionistas, entre naturezas-mortas e paisagens, entre retratos. Um dos retratos é de uma velha. Ela tem cabelos brancos e muitas rugas; seus ombros estão caídos enquanto ela serve uma xícara de chá. As flores na porcelana são do mesmo azul pálido e luminoso dos olhos dela, que são, você se dá conta, do mesmo tom de azul que os seus.

A pintura tira seu fôlego. Esta velha é linda. Você sabe que o pintor, um duque inglês do século XIX, também achava isso.

Você sabe que Jonathan não acharia.

Você decide, mais uma vez, tentar conversar com Jonathan. Prepara a refeição preferida dele, serve o vinho preferido dele, veste a roupa que lhe cai melhor, de seda cinza com joias pesadas de prata. Seu cabelo prateado e seus olhos azuis brilham à luz de velas, e a luz de velas, você sabe, esconde suas rugas.

Pelo menos este tipo de produção Jonathan ainda nota. Quando entra na sala de jantar para comer, olha para você e arqueia as sobrancelhas.

– Qual é a ocasião especial?

– A ocasião especial é que eu estou preocupada – você diz a ele.

Você diz para ele como fica magoada quando ele dá as costas para suas lágrimas. Diz para ele como sente falta das trepadas. Diz para ele que, já que você limpa as sujeiras dele mais de três semanas todo mês, ele pode muito bem limpar as suas quando você está em quatro patas. E você diz que se ele não a ama mais, não a quer mais, que você vai embora. Vai voltar para casa, para o vilarejo na borda da floresta perto de um Alpe, e tentar construir uma vida para si mesma.

– Ah, Stella – diz ele. – É claro que eu ainda te amo!

Você não consegue identificar se ele soa impaciente ou arrependido, e fica apavorada por talvez não saber qual a diferença.

– Como você pode sequer *pensar* em me deixar? Depois de tudo que eu te dei, tudo que eu fiz por você...

– Isso tem mudado – você diz para ele, a garganta se fechando. – As *mudanças* são o problema, Jonathan...

– Não acredito que você tentaria me magoar desse jeito! Eu não acredito...

– Jonathan, eu *não estou* tentando te magoar! Estou reagindo ao fato de que você está me magoando! Você vai parar de me magoar ou não?

Ele a olha fixamente, emburrado, e ocorre a você que, no final das contas, ele é muito jovem, muito mais novo do que você.

– Você faz alguma ideia de como está sendo ingrata? Poucos homens aguentariam uma mulher como você!

– *Jonathan!*

– Quer dizer, você faz alguma ideia do quanto tem sido difícil *para mim*? Todos os segredos, todas as mentiras, ter de caminhar com a porcaria da cachorra...

– Você gostava de caminhar com a porcaria da cachorra. – Você se esforça para controlar sua respiração, para não chorar. – Tá bom, olha, você foi bem claro. Eu vou embora. Vou para casa.

– Você não vai fazer nada disso!

Você fecha os olhos.

– O que quer que eu faça, então? Que fique aqui, sabendo que você me odeia?

– Eu não te odeio! É você que me odeia! Se não odiasse, não ameaçaria me deixar! – Ele se levanta e joga o guardanapo sobre a mesa; ele aterrissa na molheira. Antes de sair, ele se vira e diz: – Vou dormir no quarto de hóspedes hoje.

– Tudo bem – você responde, desanimada.

Ele sai e você descobre que está tremendo, chacoalhando como um terrier ou um poodle. Não um lobo.

Bem. Ele foi muito claro. Você se levanta, tira a mesa do jantar intocado que passou a tarde toda cozinhando e sobe para seu quarto. Seu, agora: não mais de Jonathan. Você troca de roupa e põe uma calça jeans e uma blusa de moletom. Pensa em tomar um banho de imersão quente, porque todos os seus ossos doem, mas se você se permitir relaxar na água quente, vai se desmanchar; vai se dissolver em lágrimas, e tem várias coisas que você precisa fazer. Seus ossos não estão doendo apenas porque seu casamento acabou; estão doendo porque a transição está chegando, e você precisa fazer planos antes que ela comece.

Então você vai para seu escritório, liga o computador e entra no site de uma agência de viagens. Marca um voo de volta para casa daqui a dez dias, quando estará definitivamente sobre duas pernas outra vez. Coloca a compra da passagem no seu cartão de crédito. A fatura chegará daqui a um mês, mas a essa altura você já terá ido há tempos. Jonathan que pague.

Dinheiro. Você precisa pensar em como vai ganhar dinheiro, quanto dinheiro levará consigo – mas não tem como pensar nisso agora. Comprar a passagem lhe atingiu como um soco. Amanhã, quando Jonathan estiver no trabalho, você ligará para Diane e pedirá conselhos dela sobre tudo isso. Pode dizer que está indo para casa. Ela provavelmente pedirá que você vá ficar com ela, mas você não pode, por causa das transições. Diane, mais do que todo mundo que você conhece, talvez fosse capaz de compreender, mas você não consegue reunir a energia para explicar.

É preciso toda a sua energia para sair do escritório e voltar para o quarto. Você adormece chorando, e dessa vez Jonathan não está nem no mesmo colchão. Você se pega pensando se deveria ter conduzido a conversa de outra forma no jantar, se deveria ter se segurado e não gritado com ele sobre os cocôs no quintal, se deveria ter tentado seduzi-lo primeiro, se...

Os "se" poderiam continuar eternamente. Você sabe disso. Pensa em ir para casa. Você se pergunta se ainda conhecerá alguém por lá. Você se dá conta do quanto sentirá saudades do seu jardim, e começa a chorar outra vez.

Amanhã, a primeira coisa que fará será ligar para Diane.

Porém, quando o amanhã chega, você mal consegue sair da cama. A transição veio cedo, e é uma transição horrível, a pior até hoje. Você está com tanta dor que mal consegue se mover. Está com tanta dor que geme em voz alta, mas se Jonathan ouve, não entra no quarto. Durante os breves intervalos da dor em que você consegue pensar com lucidez, fica agradecida por ter marcado seu voo tão rápido. E então se dá conta de que a porta do quarto está fechada e que Jessie não conseguirá abri-la sozinha. Você precisa sair da cama. Precisa abrir a porta.

Você não consegue. A transição está avançada demais. Nunca foi tão rápida; deve ter sido por isso que doeu tanto. Mas a dor, paradoxalmente, a faz parecer mais longa do que o normal, em vez de mais curta. Você geme e choraminga e perde a noção do tempo, e finalmente uiva, e então, felizmente, a transição termina. Você está sobre quatro pernas.

Consegue sair da cama agora, e sai, mas não consegue sair do quarto. Você uiva, mas se Jonathan está em casa, se ele a ouve, não vem.

Não há comida no quarto. Você deixou a tampa da privada levantada na suíte principal, por acaso, então há água, e está cheia de cheiros interessantes. Isso é bom. E há sapatos para mastigar, mas eles não oferecem nutrição nem conforto real. Você está com fome. Está sozinha. Está com medo. Consegue sentir o cheiro de Jonathan no quarto – nos sapatos, nos lençóis, nas roupas do armário –, mas ele mesmo não vem, não importa o quanto você uive.

E então, finalmente, a porta se abre. É Jonathan.

– Jessie – diz ele. – Coitadinha. Você deve estar com tanta fome! Desculpe.

Ele está com a sua guia; pega sua coleira na gaveta de calcinhas, a coloca em você e prende a guia, e você pensa que vai sair para um passeio agora. Fica extasiada. Jonathan vai passear com você de novo. Jonathan ainda a ama.

– Vamos lá fora, Jess – diz ele, e você obedientemente desce as escadas trotando até a porta da frente. Mas em vez de ir até lá, ele diz: – Jessie, por aqui. Vamos, menina.

Ele a leva em sua guia até a sala nos fundos da casa, até as portas de vidro deslizantes que dão para o quintal. Você está confusa, mas faz o que Jonathan diz. Está desesperada para agradá-lo. Mesmo que ele não seja mais exatamente o marido de Stella, ainda é o alfa de Jessie.

Ele a leva para o quintal. Há um poste de metal no meio do quintal. Ele não estava aqui antes. Sua mente canina se pergunta se é um brinquedo novo. Você trota até ele e fareja cautelosamente e, enquanto faz isso, Jonathan prende uma ponta da sua guia num anel que fica em cima do poste.

Você dá um latido curto, alarmada. Não consegue se mover muito; a guia não é tão longa. Faz força contra o poste, a guia, a coleira, mas nenhum deles cede; quanto mais você puxa, mais o enforcador dificulta sua respiração. Jonathan ainda está perto de você, afagando, calmo, tranquilizador.

– Está tudo bem, Jess. Eu vou trazer comida e água, tá bom? Você vai ficar bem aqui fora. É só essa noite. Amanhã nós vamos dar um passeio longo, prometo.

Suas orelhas se levantam ao ouvir "passeio", mas você ainda choraminga. Jonathan traz suas tigelas de água e comida e as coloca a seu alcance.

Você fica tão contente por ter comida que não consegue pensar em solidão ou medo. Engole sua Alpo e Jonathan afaga sua pelagem e lhe diz que você é uma boa cachorra, que cachorra linda, e você pensa que talvez tudo vá dar certo, porque ele não a afaga tanto assim há meses, não conversa com você nem a admira tanto assim há meses.

E então ele volta lá para dentro. Você faz força na direção da casa, o máximo que o enforcador permite. Tem vislumbres ocasionais de Jonathan, que parece estar faxinando. Lá está ele, tirando pó das fotos emolduradas; ali, passando o aspirador de pó. Agora ele está cozinhando – estrogonofe de carne, você sente o cheiro – e agora está acendendo velas na sala de jantar.

Você começa a ganir. Gane ainda mais alto quando um carro estaciona na porta da garagem do outro lado da casa, mas para quando ouve uma voz feminina, porque quer ouvir o que ela diz.

– ... tão terrível a sua esposa ter te deixado. Você deve estar arrasado.

– Estou, sim. Mas tenho certeza de que ela está na Europa de volta com a família. Venha, deixe eu te mostrar a casa.

E quando ele mostra a ela a sala dos fundos, você a vê: na casa dos vinte anos, com cabelos longos e pretos e pele perfeita. E vê como Jonathan olha para ela, e começa a uivar ansiosamente.

– *Deus do céu* – diz a convidada de Jonathan, olhando para você no poente. – O que diabos é *isso?* Um lobo?

– É a cadela da minha irmã – diz Jonathan. – Um mix de husky com cão de caça. Estou cuidando dela enquanto minha irmã viaja a negócios. Ela não pode te machucar; não tenha medo.

E ele toca o ombro da mulher para silenciar o medo dela, e ela se volta para ele, e ambos entram na sala de jantar. E então, depois de algum tempo, a luz do quarto se acende, e você ouve risos e outros ruídos e começa a uivar de novo.

Você uiva a noite toda, mas Jonathan não vem para fora. Os vizinhos gritam para ele algumas vezes – *Cale a boca desse cachorro, cacete!* –, mas Jonathan nunca mais vai vir aqui fora. Você vai morrer aqui, presa a essa estaca.

Mas não morre. Perto do amanhecer, você finalmente para de uivar; aninha-se e adormece exausta e, quando acorda, o sol está mais alto e Jonathan está saindo pelas portas de vidro abertas. Ele carrega outra tigela de Alpo e cheira a sabonete e shampoo. Você não consegue sentir o cheiro da mulher nele.

Rosna mesmo assim, porque está magoada e confusa.

– Jessie – diz ele. – Jessie, tá tudo bem. Coitadinha, tão linda! Eu tenho sido malvado com você, não é? Desculpe.

Ele soa arrependido, arrependido de verdade. Você come o Alpo e ele a afaga, do mesmo jeito que afagou na noite passada, e então solta sua guia do poste e diz:

– Tudo bem, Jess, vamos passar pelo portão e ir para a garagem, tá bem? Nós vamos dar uma volta de carro.

Você não quer dar uma volta de carro. Quer um passeio a pé. Jonathan prometeu um passeio. Você rosna.

– Jessie! Entre no carro *agora!* Nós vamos para outro prado, Jess. É mais longe do que o antigo, mas me disseram que tem coelhos lá e que são grandes mesmo. Você gostaria de explorar um lugar novo, não gostaria?

Você não quer ir para um prado novo. Quer ir ao prado antigo, aquele onde conhece o cheiro de cada árvore e pedra. Você rosna de novo.

– Jessie, você está sendo uma *cachorra muito má!* Agora, entre no carro. Não me faça chamar o Controle de Animais.

Você gane. Tem medo do Controle de Animais, as pessoas que queriam levar você embora há tanto tempo, quando vocês moravam em outra cidade. Sabe que o Controle de Animais mata muitos bichos, naquela cidade e nesta aqui também, e, se você morrer como loba, continuará como loba. Eles nunca ficarão sabendo de Stella. Como Jessie, você não tem como se proteger, exceto com os dentes, e isso só faria com que a matassem mais depressa.

Então você entra no carro, embora esteja tremendo.

No carro, Jonathan parece mais alegre.

– Boa Jessie. Boa menina. Nós vamos para o prado novo, vamos jogar bolinhas agora, hein? É um prado bem grande. Você vai poder correr bastante.

E ele joga uma bola de tênis nova no banco de trás, e você a morde, contente, e o carro segue viagem enquanto o tráfego passa voando por vocês. Quando você para de morder e levanta a cabeça, vê árvores, então abaixa a cabeça, satisfeita, e retoma as mordidas. E então o carro para e Jonathan abre a porta para você, e você desce, segurando a bolinha na boca.

Isto não é um prado. Você está no estacionamento de um prédio baixo de concreto que fede a excrementos e desinfetante e medo, *medo*, e vindo do prédio você ouve latidos e uivos, gritos de sofrimento, e no estacionamento estão dois caminhões do Controle de Animais.

Você entra em pânico. Larga sua bolinha de tênis e tenta fugir, mas Jonathan está com a guia e começa a te arrastar para dentro do prédio, e o enforcador não te deixa respirar. Você tosse, ofega, tenta uivar.

– Não lute, Jessie. Não lute comigo. Está tudo bem.

Não está tudo bem. Você consegue farejar o desespero de Jonathan, consegue sentir o gosto do próprio desespero, e você deveria ser mais forte do que ele, mas não consegue respirar, e ele está dizendo:

– Jessie, não me morda, vai ser pior se você me morder, Jessie...

E os gritos de horror ainda escapam do prédio e você está na porta agora, alguém abriu a porta para Jonathan, alguém diz:

– Deixe-me ajudar com essa cachorra.

E você está arranhando o concreto, tentando enterrar as garras na calçada do lado de fora da porta, mas não há tração, eles a arrastaram para dentro, para o linóleo, e em todo canto há os sons e cheiros do terror. Acima do seu choramingo, você ouve Jonathan dizendo:

– Ela pulou a cerca e ameaçou minha namorada, e daí tentou me morder, então eu não tenho escolha, é uma lástima, ela sempre foi uma cachorra tão boa, mas não posso, em sã consciência...

Você começa a uivar, porque ele está mentindo, *mentindo*, você nunca fez nada disso!

Agora você está cercada de gente, um homem e duas mulheres, todos vestindo batas coloridas de algodão que cheiram, ainda que muito de leve, a merda de cachorro e mijo de gato. Estão colocando uma focinheira em você, e embora você mal consiga pensar de tanto medo – e de dor, porque Jonathan saiu pela porta, entrou no carro e foi embora, Jonathan *deixou você aqui* –, apesar de tudo isso, você sabe que não ousaria morder ou ameaçar. Sabe que sua única esperança é ser uma cachorra boazinha, agir da maneira mais submissa possível. Então você choraminga, rasteja sobre a barriga, tenta rolar de costas e mostrar a barriga, mas não consegue, por causa da guia.

– Ei – diz uma das mulheres. O homem saiu. Ela se abaixa para fazer um carinho em você. – Ah, meu Deus, ela está com tanto medo. Olha só para ela.

– Pobrezinha – diz a outra. – Ela é *linda*.

– É mesmo.

– Parece um misto de lobo.

– É mesmo.

A primeira mulher suspira e coça atrás das suas orelhas, e você choraminga e abana o rabo e tenta lamber a mão dela mesmo com a focinheira. Leve-me para casa, você diria a ela, se pudesse falar. Leve-me para casa com você. Você será minha alfa e eu vou te amar para sempre. Eu sou *uma cachorra boazinha*.

A mulher que está afagando você diz, melancólica:

– Ela seria adotada num minuto, aposto.

– Não com aquela história. Não se ela morder. Nem se tivéssemos espaço. Você sabe disso.

– Eu sei. – A voz é muito baixa. – Eu queria poder ficar com ela eu mesma.

– Levar para casa uma cachorra que morde? Lily, você tem criança em casa!

Lily suspira.

– É, eu sei. É que me deixa enojada, só isso.

– Não precisa nem me dizer. Venha, vamos terminar logo com isso. Mark foi preparar a sala?

– Foi.

– Certo. Como o dono disse que ela se chamava?

– Stella.

– Certo. Aqui, me dê a guia. Stella, venha. Venha, Stella.

A voz é triste, gentil, amorosa, e você quer segui-la, mas resiste a cada passo mesmo assim, até que Lily e sua amiga têm de arrastar você, passando pelas jaulas de outros cachorros, que voltam a latir e uivar e cujos gritos são puro terror, pura perda. Você consegue ouvir gatos se lamentando em outro lugar do prédio, e sentir o cheiro da sala no final do corredor, a sala da qual se aproxima cada vez mais, inexoravelmente.

Você sente o cheiro do homem chamado Mark atrás da porta, e sente o cheiro de remédios, e o cheiro do medo dos animais que foram levados para aquela sala antes de você. Mas dominando tudo isso, acima de tudo está o pior cheiro, o cheiro que faz você arreganhar os dentes na focinheira e puxar contra o enforcador e arranhar o chão de novo, impotente, buscando uma tração que não encontra no piso de concreto: o fedor metálico e pervasivo de morte.

CAROL EMSHWILLER

MENINOS

Carol Emshwiller é uma escritora estadunidense de contos e novelas de ficção especulativa. Seu trabalho tem sido reconhecido com vários prêmios, do Nebula ao Philip K. Dick. Ela foi agraciada com o World Fantasy Lifetime Achievement em 2005. Ursula K. Le Guin a chamou de "uma importante fabulista, uma realista mágica maravilhosa, uma das vozes mais fortes, complexas e consistentemente feministas na ficção". Seus contos foram recentemente reunidos em dois volumes: *The Collected Stories of Carol Emshwiller*, 1 e 2. Um conto controverso, "Meninos" leva a ideia de papéis de gênero até o extremo, com resultados surpreendentes. Ele foi publicado originalmente em *Scifiction* em 2003.

Precisamos de uma nova fornada de meninos. Meninos são tão imprudentes, impetuosos, afoitos, irrefletidos. Eles vão na frente, mostrando o caminho para a fumaça, o fogo e a batalha. Já vi um de meus próprios filhos, com doze anos, ficar de pé no topo do penhasco e gritar, desafiando o inimigo. Você nunca ganhará uma medalha por ser razoável demais.

Nós raptamos meninos de qualquer canto. Não ligamos se eles vêm do nosso lado ou do deles. Eles se esquecerão em breve de que lado estavam, se é que algum dia souberam. Afinal, o que sabe alguém de sete anos? Diga a eles que a nossa bandeira é a melhor e a mais bonita, e que nós somos os melhores e mais espertos, e eles acreditam. Eles gostam de uniformes. Gostam de chapéus chiques, com plumas. Gostam de receber medalhas. Gostam de bandeiras e tambores e gritos de guerra.

O primeiro grande teste deles é chegar a suas camas. É preciso subir diretamente até as casernas. No topo, têm de atravessar uma ponte suspensa. Eles já ouviram rumores. Sabem que terão de voltar para casa, para a mãe, se não chegarem lá. Todos eles chegam.

Você devia ver a expressão deles quando os raptamos. É o que sempre quiseram. Eles já viram nossas fogueiras ao longo das colinas. Já nos viram marchando para lá e para cá, atravessando nossas planícies. Quando o vento soprava do jeito certo, ouviram as cornetas que sinalizam nosso despertar e a hora de ir para a cama, e se levantaram e foram dormir com nossos sons ou o de nossos inimigos do outro lado do vale.

No começo, eles ficam com um pouco de saudade de casa (dá para ouvi-los abafando o choro nas primeiras noites), mas a maioria previu sua captura e estava ansiosa por ela. Eles adoram pertencer a nós, em vez de pertencer à mãe.

Se permitíssemos que fossem para casa, eles desfilariam por aí em seus uniformes, com as marcas de seu posto. Eu sei porque me lembro de quando comecei a usar meu uniforme. Eu queria que minha mãe e minha irmã mais velha pudessem me ver. Quando me pegaram, eu resisti, mas apenas para demonstrar minha coragem. Fiquei feliz em ser levado – feliz por pertencer, finalmente, aos homens.

Uma vez por ano, no verão, nós vamos até as mães e copulamos para fazer mais guerreiros. Nunca podemos ter certeza absoluta de quais meninos são nossos e sempre dizemos que isso é bom, porque assim todos eles são nossos e gostamos de todos igualmente, como é o certo. Não devemos ter grupos familiares. Isso atrapalha o combate. Mas de vez em quando fica claro quem é o pai. Eu conheço dois dos meus filhos. Tenho certeza de que eles sabem que eu, o coronel, sou o pai deles. Acho que é por isso que se esforçam tanto. Eu os reconheço como meus porque sou um homem feio e pequeno. Sei que muitos devem se perguntar como alguém como eu chegou a coronel.

(Nós não apenas raptamos meninos dos dois lados, como também copulamos com os dois lados. Quando desço até os vilarejos, sempre procuro por Una.)

MORRER PELA SUA TRIBO É VIVER PARA SEMPRE. Isso está escrito na entrada do nosso quartel-general. Abaixo: NUNCA SE ESQUEÇA. Sabemos que não devemos esquecer, mas suspeito que talvez tenhamos esquecido. Alguns de nós sentem que os motivos reais das batalhas se perderam. Sem dúvida, mas o ódio existe, então nós e eles cometemos mais atrocidades em nome dos antigos – mas como tudo começou, isso não sabemos mais.

Não nos esquecemos apenas das razões para o conflito, como também de nossas próprias mães. Dentro das casernas, as paredes estão cobertas com piadas de mãe e imagens de mães. Corpos de mães são macios e tentadores. "Almofadas", nós os chamamos. "Mamilos" e "almofadas". E insultamos uns aos outros nos chamando assim também.

O fundo do vale é cheio de vilarejos de mulheres. Um a cada vinte e cinco quilômetros, mais ou menos. Dos dois lados há montanhas. As do inimigo, na extremidade oposta, são chamadas de As Roxas. Nossas montanhas são chamadas de As Neves. O clima é pior nas nossas montanhas que nas deles. Temos orgulho disso. Às vezes nos chamamos de Os Granizos ou Os Raios. Achamos que as chuvas de granizo nos fortalecem. O inimigo não tem tantas cavernas lá daquele lado. Sempre dizemos aos meninos que eles têm sorte de terem sido pegos por nós, e não pelos outros.

Logo que me pegaram, nossas mães subiram até as cavernas para nos buscar de volta. Isso acontece com frequência. Algumas tinham armas. Armas risíveis. Minha própria mãe estava lá, na frente, é claro. Ela provavelmente organizou a coisa toda, seu rosto vermelho e contorcido, resoluto. Veio direto na minha direção. Eu fiquei com medo dela. Nós, meninos, fugimos para o fundo das casernas, e o líder de nosso pelotão se postou na nossa frente. Outros homens cobriram a entrada. Não levou muito tempo até que as mães batessem em retirada. Nenhuma foi ferida. Nós tentamos nunca lhes fazer mal. Precisamos delas para a próxima safra de meninos.

Vários dias depois, minha mãe veio de novo, sozinha – esgueirou-se sob o luar. Ela me encontrou junto à luz da lamparina. Debruçou-se sobre meu colchonete e respirou no meu rosto. A princípio, eu não sabia quem era. Aí senti seios contra meu peito e vi o cintilar de um broche de beija-flor que reconheci. Ela me beijou. Eu estava petrificado. (Se eu fosse um pouquinho mais velho, saberia como estrangular e chutar a garganta dela. Poderia tê-la matado antes de me dar conta de que era minha mãe.) E se ela me tirasse do meu pelotão? Tirasse meu uniforme? (A essa altura, eu tinha uma jaqueta vermelha e azul com botões dourados. Já havia aprendido a atirar, algo que sempre quis fazer. Fui o primeiro do meu grupo a receber uma medalha de atirador de precisão. Disseram que eu era um talento nato. Eu estava me empenhando para compensar minha estatura baixa.)

Na noite em que minha mãe veio, ela me levantou em seus braços. Ali, contra os seios dela, pensei em todas as piadas de almofadas. Gritei. Meus camaradas, embora não fossem mais velhos que eu e apenas um pouco maiores, vieram em meu auxílio. Eles pegaram qualquer arma que estivesse à mão, principalmente suas botas. (Graças aos céus ainda não tínhamos recebido nossas adagas.) Minha mãe não bateu nos meninos. Deixou que batessem nela. Eu queria que ela devolvesse os golpes, que fugisse, que se salvasse. Depois que ela finalmente fugiu, descobri que eu havia mordido o lábio inferior. Em momentos de estresse, tendo a fazer isso. Preciso tomar cuidado. Quando se é coronel, é embaraçoso ser visto com sangue no queixo.

Agora lá vamos nós, raptar meninos. Somos uma tropa de meninos mais velhos e homens mais novos. O mais velho deles talvez tenha vinte e dois, metade da minha idade. Eu penso em todos eles como meninos, embora jamais vá chamá-los assim na cara deles. Estou no comando. Meu filho, Hob, tem dezessete agora; ele está conosco.

Porém, assim que descemos para o vale, vemos que as coisas mudaram desde o ano passado. As mães levantaram um muro. Elas construíram um forte.

Imediatamente, eu altero nossos planos. Decido que hoje será dia de cópula, não de meninos. Boa estratégia militar: esteja sempre preparado para uma rápida mudança de planos.

No minuto em que penso isso, penso em Una. Esta é a cidade dela. Meus homens também parecem felizes. Isso não só é mais fácil como muito mais divertido do que conduzir uma nova safra de meninos.

Da última vez que desci para o dia da cópula eu a encontrei – ou ela me encontrou; ela geralmente encontra. Ela está um pouco velha para o dia da cópula, mas eu não queria ninguém além dela. Depois da cópula, eu fiz coisas por ela: consertei um vazamento no telhado, consertei uma perna defeituosa na mesa... Aí a tomei de novo, embora não fosse necessário e fizesse meu pelotão esperar por mim. Valeu-me vários comentários obscenos, mas ainda assim eu me senti extraordinariamente feliz.

Às vezes, na noite dos meninos, eu me pergunto: e se eu pegasse Una junto com eles? E se a vestisse de menino e a trouxesse para algum esconderijo no nosso lado da montanha? Há muitas cavernas abandonadas. Nossos exércitos já chegaram a ocupar todas elas, mas isso faz muito tempo. Tanto nós quanto nossos inimigos parecemos encolher em número. A cada ano há menos meninos adequados.

Una sempre parece contente em me ver, apesar de eu ser pequeno e feio. (Meu tamanho é uma desvantagem para um soldado, embora menos agora que eu tenho patente, mas a feiura... é como eu consigo identificar meus filhos... meninos pequenos e feios, os dois. Uma pena para eles. Mas eu consegui me dar bem mesmo assim, chegando até a coronel.)

Una foi minha primeira. Eu também fui o primeiro dela. Fiquei com pena dela, por ter a mim como seu iniciador em ser mulher. Nós éramos pouco mais do que crianças. Mal sabíamos o que estávamos fazendo ou como fazer. Depois do ato, ela chorou. Eu também tive vontade de chorar, mas aprendera a segurar. Não aprendi isso com o pelotão, aprendi antes de eles me tirarem da minha mãe. Eu queria ser levado. Vagava para longe no mato, esperando que viessem me pegar.

A dor no meu quadril começou quando eu era um desses meninos. Não veio de um ferimento numa escaramuça com o inimigo, mas de uma luta entre nós mesmos. Nossos líderes ficavam felizes quando lutávamos uns com os outros. Teríamos ficado moles e preguiçosos se não brigássemos. Mantive a boca fechada sobre o ferimento. Mantive a boca fechada até quando o recebi. Pensei que, se eles soubessem que eu podia ser machucado com tanta facilidade, me mandariam de volta. Mais tarde, pensei que, se eles soubessem, talvez eu não tivesse permissão para participar de nossas incursões. Depois, pensei que talvez não me deixassem ser um coronel. Não me permito mancar, embora às vezes isso me deixe mais sem fôlego do que eu deveria ficar. Até agora, parece que ninguém reparou.

Nós nos reagrupamos. Digo:

– Camaradas mamilos e camaradas almofadas...

Todos riem.

– Quando é que elas já impediram os homens? Vejam como esses muros são afeminados. Vão desmoronar quando os escalarmos.

Cutuco uma parte dele com a ponta de minha bengala. (Como coronel, tenho permissão para levar uma bengala se assim o quiser, em vez de um bastão de arrogância.)

Não sabemos se as mulheres querem impedir o dia da cópula ou o dia de coleta dos meninos. Esperamos que seja o segundo.

Levantamos o menor menino com uma corda presa em ganchos. O resto de nós o segue.

Eu já fui esse menino menor. Sempre ia primeiro e mais no alto. Em momentos assim, ficava contente pelo meu tamanho. Recebi medalhas por isso. Não uso nenhuma delas. Gosto de fingir que sou só mais um dos meninos. Ser pequeno e ser um coronel é um bom exemplo para alguns. Se eles soubessem sobre minha perna ruim, eu seria um exemplo ainda maior de até onde se pode chegar com deficiências.

Escalamos os muros e descemos à margem de uma horta. Caminhamos cuidadosamente em volta de tomateiros e pés de morango, abóbora e feijão. Depois deles, arbustos de framboesa rasgam nossas calças e desamarram nossos coturnos conforme passamos. Há uma linha de arame farpado logo depois das framboesas. Fácil de empurrar para baixo.

Fico triste que as mulheres queiram tanto nos manter longe. Eu me pergunto: será que Una não quer que eu venha? Mas elas sabem que nós somos tão determinados quanto mães. Pelo menos eu sou, no que diz respeito a Una.

Una sempre foi bacana comigo. Eu me pergunto com frequência por que ela gosta de mim. Posso entender alguém gostar de mim agora que sou coronel, com prata nas dragonas e uma bengala com punho de prata, mas ela gostava de mim quando eu não passava de um menino magrelo. Ela também é pequena. Sempre acho que Una e eu combinamos, exceto por uma coisa: ela é linda.

Nós entramos aos borbotões, cada um planejando rumar para seu local preferido, os mais novos seguindo para o que sobrar, geralmente mulheres jovens também. Mas então cá estamos nós, retornando aos borbotões na praça central delas, o lugar com o poço e os bancos de pedra e a única árvore da cidade. Em torno da árvore há túmulos de bebês. Os bancos são bancos das enlutadas. Nós nos sentamos neles ou no chão. Não tem ninguém aqui, nem uma única mulher, garota ou bebê.

Então ouve-se o som de tiros. Saímos da praça central – não conseguimos enxergar nada de lá. Nós nos escondemos atrás das casas, às margens dos jardins. Nosso inimigo está espalhado pelo topo do muro. Fomos emboscados. Jogamo-nos no chão. Não temos rifles e levamos apenas duas pistolas, a minha e a do tenente. Não esperávamos uma escaramuça. Temos nossas adagas, é claro.

O pessoal no muro não parece ter boa mira. Ergui minha pistola. Estou pensando em mostrar para eles o que é ter mira de verdade, mas meu tenente grita:

– Pare! Não atire. São mães!

Mulheres, por todo o muro! E com armas. Escondidas debaixo de escudos da cor do muro. Quem é que já ouviu falar de algo assim?

Elas atiram, mas muitas erram, acho que de propósito. Afinal, podemos ser o inimigo, mas somos os pais de muitas de suas meninas e de muitas delas. Eu me pergunto qual delas é Una.

As mulheres estão com mais raiva do que pensávamos. Talvez estejam cansadas de perder seus meninos para nós e para o outro lado. Não ficaria surpreso se elas não estivessem de nenhum dos lados.

Nossos meninos começam a soltar seu grito de guerra, mas meio desanimados. Mas então... um tiro... um tiro de verdade, dessa vez. E um bom tiro, ainda por cima. É surpreendente uma mulher conseguir dar um tiro desses. Seria de pensar que foi um homem que lhe ensinou. Os meninos estão aturdidos. E pensar que uma de suas mães ou irmãs atiraria para matar. Isso é real. Não pensávamos que elas fossem nos ferir mais do que nós já chegamos a feri-las de fato.

Foi meu tenente que elas mataram. Um tiro na cabeça, sem sangue. Pelo bem daquele menino, fico contente por pelo menos não ter doído. Ele estava usando seu chapéu cerimonial. Eu não estava com o meu. Nunca gostei daquele chapéu chique e pesado. Suponho que na verdade elas quisessem me matar, mas tiveram de ficar com a segunda melhor opção, já que não conseguiam identificar quem eu era. Una saberia quem eu era.

Os meninos se espalham – de volta à praça central, com sua árvore de lamentações. As mulheres não conseguem vê-los por lá. Eu fico para conferir se o tenente está morto mesmo e para pegar sua adaga e sua pistola. Em seguida, vou mancando até onde os meninos esperam que eu lhes diga o que fazer. Manco. Relaxo ao caminhar. Não ligo para quem veja. Eu não desisti, exatamente, embora talvez tenha desistido em relação ao meu futuro. Provavelmente serei rebaixado. Ser capturado por mulheres... nós vinte seremos. Se eu não conseguir sair dessa de um jeito eficiente e capaz, lá se vai minha carreira.

Espero que eles tenham o bom senso de vir nos resgatar com um grupo grande. Terão de fazer um esforço sério. Espero que não tentem lutar e ao mesmo tempo tentem poupar as mulheres para uso futuro.

Mas aí tornamos a ouvir tiros e olhamos de trás das cabanas perto do muro. As mulheres viraram suas armas para fora. Primeiro pensamos que somos nós, vindo nos resgatar, mas não é. Não é nosso grito de batalha, não são nossas batidas de tambor... Não conseguimos enxergar atrás dos muros, então alguns de nós sobem nos telhados. Todos os rifles estão apontados para fora, não há perigo; mas, mesmo se houvesse, nossos meninos teriam enfrentado os telhados sem dizer nada, como sempre fazem.

Não são nossas bandeiras vermelhas e azuis. É o verde e branco feioso deles. É o inimigo, que veio tirar vantagem de nossa captura. Queríamos que as mulheres saíssem do caminho e nos deixassem ir, para podermos lutar por nós mesmos. Essas mulheres estão quebrando todas as regras de batalha. Estão deitadas ao longo do muro. Ninguém consegue mirar direito nelas.

A coisa se arrasta. Ficamos cansados de assistir e nos retiramos para a praça. Patrulhamos e pegamos comida das cozinhas. Comemos melhor do que de costume. A comida é tão boa que desejamos que as mulheres relaxassem um pouco para podermos saboreá-la sem toda essa bagunça. Onde é que elas conseguiram todas essas armas? Devem ter encontrado nossas cavernas de munição e as do inimigo também.

As mulheres fazem um trabalho excelente. Ao anoitecer, o inimigo fugiu de volta para suas montanhas e as mulheres ainda estão no topo do seu muro. Parece que vão passar a noite lá em cima. É um muro largo. Não tão mal construído quanto eu disse aos meninos.

Encontramos camas para nós, todas melhores do que nossos colchonetes usuais. Vou até a cabana de Una e me deito onde eu esperava copular.

Gatos espreitam e miam. Todo tipo de coisa mora com as mulheres. Cabras vagam pelas ruas e entram em qualquer casa que quiserem. Todos os animais esperam comida, em todo lugar. Como as mulheres, nossos meninos têm o coração mole e alimentam toda criatura que passa. Eu não deixo transparecer que também faço isso.

Essa coisa toda me entristece. Preocupa. Se eu pudesse simplesmente ter Una em meus braços, talvez conseguisse dormir. Eu tenho um "devaneio" dela se esgueirando até mim no meio da noite. Nem me importaria se não copulássemos.

De manhã, os meninos sobem nos telhados de novo para ver o que está acontecendo. Eles descrevem mulheres deitadas debaixo de escudos ao longo do muro todo, e conseguem ver alguns inimigos caídos, mortos, a uma distância do muro. Preciso subir e ver com meus próprios olhos. Além disso, é bom para os meninos me ver assumindo os mesmos riscos que eles.

Mando os meninos descerem e assumo o lugar deles. Olho para as mulheres ao longo do muro. Vejo diversos rifles apontados para mim. Fico de pé, como um herói. Eu as desafio a atirar. Demoro o quanto quero. Vejo seções do muro mais vazias. Pego meu caderninho (nenhum líder anda sem um desses) e traço um diagrama. Vou com calma até ter o muro inteiro mapeado.

Eu poderia sacar minha pistola e ameaçá-las. Poderia atirar em uma delas, mas não seria muito viril tirar vantagem da minha posição elevada. Se fossem homens, eu aproveitaria. Mas aí elas tomam a atitude nada viril: atiram em mim. Na minha perna. Minha perna boa. Eu caio, fico colado no telhado. A princípio, não sinto nada além do choque... como se tivesse sido golpeado por um martelo. Tudo o que sei é que não consigo me levantar. E aí vejo sangue.

Embora estejam no muro, elas estão numa posição mais baixa. Não podem me ver, desde que eu me mantenha agachado. Rastejo até a beirada, onde os meninos me ajudam a descer. Eles me carregam de volta para a cama de Una. Sinto que estou prestes a desmaiar ou vomitar e percebo que me borrei. Não quero que os meninos vejam. Sempre fui uma fonte de força e inspiração, apesar, ou exatamente por causa, do meu tamanho.

Um desses meninos é Hob, que veio me ajudar, passando meu braço por cima dos ombros. Eu me apoio, com dor, mas guardo meus grunhidos para mim mesmo.

– Senhor? Coronel?

– Estou bem. Vou ficar bem. Vão.

Eu queria poder lhe perguntar se é realmente meu filho. Dizem que às vezes as mulheres sabem e contam aos meninos.

– O senhor não quer que nós...

– Não. Vão. Agora. E fechem a porta.

Eles saem bem na hora. Eu vomito ao lado da cama. Torno a me deitar – o travesseiro de Una está todo suado, sem mencionar o que eu fiz com a colcha dela.

Una sabe fazer poções para a dor. Eu queria saber quais das ervas penduradas no teto dela poderiam me ajudar. Mas não conseguiria alcançá-las, de qualquer maneira.

Fico deitado, semiconsciente, por sei lá quanto tempo. Toda vez que me sento para examinar a perna, sinto náusea de novo e tenho de me deitar. Eu me pergunto se algum dia serei capaz de liderar novamente um ataque ou uma incursão para pegar meninos ou um dia de cópula. E sempre pensei: quando eu virar general (e ultimamente, eu tinha certeza de que seria um general), talvez eu descubra pelo que estamos lutando – digo, além da retórica de sempre que usamos para nos sentirmos superiores. Agora, suponho que nunca descobrirei os motivos reais.

Os meninos batem na porta. Eu acordo e digo:

– Entrem.

Isto é, eu tento. A princípio, minha voz não sai, e em seguida soa mais como um grunhido do que uma palavra. Os meninos me contam que as mulheres estão falando do alto do muro. Elas querem mandar alguém como porta-voz. Os meninos querem deixar que ele entre e pegá-lo como refém para podermos sair em segurança.

Eu digo a eles que as mulheres provavelmente enviarão uma mulher.

Isso incomoda os meninos. Eles deviam estar pensando em tortura ou assassinato, mas agora parecem preocupados.

– Digam sim – ordeno.

Devo estar com um cheiro horrível aqui dentro. Até eu sinto meu cheiro horrível, e é desconfortável ficar em meio à minha própria sujeira. Eu me apoio, levantando o corpo o melhor que consigo. Espero ser capaz de manter os sentidos. Espero não vomitar no meio da negociação. Coloco minha adaga, desembainhada, debaixo do travesseiro.

Primeiro penso que os meninos estavam certos: é um homem, claro que é um homem. Onde elas o encontraram, e será que ele veio do nosso lado ou do deles? Isso é importante. Não consigo identificar pelas cores. Ele está todo vestido de cáqui e cinza. Não tem nenhuma dragona, de modo que não sei dizer qual seu posto. Ele está de pé, à vontade. Mais do que à vontade, totalmente relaxado, e na frente de um coronel.

Mas aí... não consigo acreditar, é Una. Eu devia saber. Vestida como um homem, dos pés à cabeça. Tenho uma enorme sensação de alívio e, depois, alegria. Tudo vai dar certo agora.

Digo aos meninos para sair e fechar a porta.

Estendo a mão para ela, mas a expressão em seu rosto me faz parar.

– Você atirou na minha perna de propósito, não foi? Minha perna boa!

– Eu queria acertar a ruim.

Ela abre todas as janelas, e a porta também, e espanta os meninos para longe.

– Deixe-me ver.

Ela está sendo gentil. Como eu sabia que seria.

– Eu vou remover a bala, mas primeiro vou limpar você.

Ela me dá folhas para mascar que aliviam a dor.

Conforme se debruça, tão perto de mim, seu cabelo escapa do quepe e roça meu rosto, entrando na minha boca como acontece quando temos o dia da cópula. Estendo a mão para tocar seu seio, mas ela me afasta.

Eu deveria matá-la pela glória... a líder das mulheres. Eu não seria considerado um fracasso assim. Seria promovido a general num instante.

No entanto, quando ela retira a colcha suja, a primeira coisa que encontra é minha adaga. Ela a guarda na gaveta, junto com as facas da cozinha.

Penso outra vez em como... (e todos nós sabemos muito bem) como o amor é perigoso e pode estragar os melhores planos. Mesmo enquanto penso nisso, tenho vontade de estragar os planos que eu mesmo estou fazendo. Digo, se é a líder, eu poderia dar um jeito nela agora mesmo, enquanto ela se debruça sobre mim – mesmo sem minha adaga. Elas podem ser boas de tiro, mas conseguem lutar contra um homem? Mesmo ferido?

– Eu escolhi você porque pensei que, de todos eles, você talvez escutasse.

– Você sabe que eu nunca mais terei permissão para descer no dia da cópula.

– Não volte, então. Fique aqui e copule.

– Eu pensei com frequência em levar você montanha acima vestida de homem. Tenho até um lugar já escolhido.

– Fique aqui. Deixe todo mundo ficar aqui e ser como as mulheres.

Não posso responder a algo assim. Não posso nem pensar nisso.

– Por outro lado, o que mais você sabe, além de como ser um coronel?

Ela me lava, troca a roupa de cama e joga a antiga, assim como a minha, porta afora. Em seguida, retira a bala. Estou meio fora de mim por causa das folhas que ela me deu para mascar, então a dor é amortecida. Ela aplica curativos, me cobre com um cobertor limpo, encosta os lábios contra meu rosto por um momento.

E então se levanta, as pernas separadas. Parece um dos nossos meninos se preparando para uma provação.

– Nós não vamos mais aguentar isso – diz ela. – Tem que acabar e vamos ser nós a fazer isso. Se não de um jeito, então de outro.

– Mas é assim que as coisas sempre foram.

– Você poderia ser o nosso porta-voz.

Como ela pode sequer sugerir algo assim?

– Almofadas – digo. – Porta-voz dos mamilos.

Deus sabe do que as mães são capazes. Elas nunca obedecem a nenhuma regra.

– Se a resposta é não, nós não teremos mais bebês meninos. Vocês podem descer e copular o quanto quiserem, mas não haverá mais meninos. Nós os mataremos.

– Vocês não fariam isso. Não seriam capazes. Você não, Una.

– Você já reparou que há cada vez menos meninos? Muitas já fazem isso.

Mas estou com dor demais e tonto por causa das folhas que ela me deu para pensar com clareza. Ela vê isso. Senta-se ao meu lado e pega minha mão.

– Apenas descanse – diz ela.

Como eu posso descansar com tais ideias na mente?

– Mas as regras...

– Quieto. Mulheres não ligam para regras. Você sabe disso.

– Volta comigo. – Eu a puxo contra mim. Dessa vez, ela permite. Que boa a sensação de ficar peito com peito, meus braços ao redor dela. – Eu conheço um lugar secreto. Não é uma subida difícil para chegar lá.

Ela se afasta.

– Coronel, senhor!

– Por favor, não me chame assim.

Então eu digo... aquilo que não temos permissão de dizer ou sequer pensar. É uma coisa de mãe/filho, não algo a ser dito entre um homem e uma mulher. Eu digo:

– Eu te amo.

Ela se reclina para trás e olha para mim. Então enxuga meu queixo.

– Tente não morder o lábio assim.

– Não importa mais.

– Para mim, importa.

– Eu gostava... eu gosto... – Eu já usei a outra palavra, por que não a usar de novo? – Eu amo o dia da cópula, mas só quando é com você.

Eu me pergunto se ela sente o mesmo a meu respeito. Queria ter coragem de perguntar. Eu me pergunto se meu filho... Hob é dela e meu, juntos? Sempre torci para que fosse. Ela não fez nenhum gesto na direção dele. Nem sequer olhou para ele mais do que para qualquer outro menino. Este teria sido o primeiro dia de cópula dele, se as mulheres não tivessem construído seu muro.

– Descanse – diz ela. – Discutiremos depois.

– Somos só nós? Ou vocês estão dizendo a mesma coisa para o inimigo? Eles poderiam vencer a guerra assim. Seria culpa sua.

– Pare de pensar.

– E se não tiver mais meninos de nenhum lado, nunca?

– E se?

Ela me dá mais daquelas folhas para mascar. São amargas. Eu estava com dor demais para notar da primeira vez. Sinto-me ainda mais sonolento de imediato.

Sonho que sou o último de todos os meninos. Todos. Tenho de chegar a algum lugar e depressa, mas há um muro tão alto que eu nunca conseguirei passar por ele. Além do mais, minhas pernas não estão aqui. Não sou nada além de um tronco. As mulheres me observam. Mulheres do outro lado do fundo do vale, até onde consigo enxergar, e nenhuma irá ajudar. Não há nada a fazer além de ficar aqui caído e soltar o grito de guerra.

Acordo gritando e com Una me segurando. Hob está aqui, ajudando-a. Outros meninos estão na porta, parecendo preocupados.

Joguei o cobertor e o travesseiro no chão e agora parece que estou tentando me jogar para fora da cama. Una tem um longo arranhão atravessando a bochecha. Eu devo ter feito isso.

– Desculpe. Desculpe.

Estou imóvel como se num sonho. Puxo Una para baixo, de encontro a mim. Seguro-a com força e então estendo a mão para Hob também. Meu pobre menino feio. Pergunto o imperguntável.

– Diga-me, Hob é meu e seu, juntos?

Hob parece chocado com a pergunta, e deveria ficar mesmo. Una se afasta e se levanta. Ela responde como se fosse um dos meninos.

– Coronel, senhor, como pode o senhor, de todas as pessoas, perguntar algo assim? – Em seguida, ela lança minhas próprias palavras contra mim. – É assim que as coisas sempre foram.

– Desculpe. Desculpe.

– Ah, pelo amor de Deus, pare de pedir tantas desculpas!

Ela espanta os meninos da porta, mas permite que Hob fique. Juntos, eles arrumam a cama de novo. Juntos, ela e Hob fazem um brodo para mim e comida para eles. Hob parece estar em casa aqui. É verdade, tenho certeza. Este é o nosso filho.

Mas suponho que todo este anseio, todos esses questionamentos, se devem às folhas que Una me fez mascar. Não são meu eu real. Tento não prestar atenção a mim mesmo.

Mas tem outra coisa. Ainda não dei uma boa olhada na minha perna, mas tenho a impressão de que é um ferimento sério. Se eu não conseguir escalar até nossa fortaleza, nunca poderei ir para casa. Eu não deveria, de qualquer jeito, e embora minha carreira esteja em cacos... Eu não deveria permitir que ela me convencesse a ficar aqui como copulador pelo resto da vida. Não consigo pensar em nada mais desonroso. Eu deveria mandar Hob de volta para a cidadela para relatar o que aconteceu e buscar ajuda. Se ele fosse descoberto tentando escapar, será que Una deixaria as mulheres o matarem?

Tento ficar sozinho com Hob para sussurrar minhas ordens para ele. Só quando Una sai para ir ao banheiro eu tenho essa chance.

– Volte para a cidadela. Atravesse o muro hoje à noite. Não há lua.

Mostro a ele meu mapa e onde acho que há menos mulheres. Quero dizer a ele para tomar cuidado, mas nunca dizemos essas coisas.

De manhã, digo a Una que chame meus líderes para me ver. Estou com dor, suando, minha barba coça. Peço a Una para me limpar. Ela me trata como uma mãe trataria. Quando era minha mãe quem o fazia, eu me afastava. Não a deixava chegar perto de mim. Especialmente, não deixava que ela me abraçasse ou beijasse. Eu queria ser um soldado. Não queria ter nada a ver com coisas de mãe.

Todos os meninos estão com uma aparência desleixada. Nós nos orgulhamos de nossa limpeza, de nos barbearmos todos os dias, de nossos cabelos bem cortados, e nosso inimigo é tão bem cuidado quanto nós. Espero que eles não lancem uma ofensiva hoje e nos vejam tão desalinhados.

Fico contente em ver que Hob não está com eles.

Acho difícil me animar para demonstrar o humor de sempre. Digo:

– Almofadas, mamilos...

Mas estou desconfortável demais para fingir ser um dos meninos.

Preferiria me recuperar um pouco, mas os meninos já estão inquietos. Não posso pensar em mim mesmo. Vamos atacar o muro. Mostro o mapa para eles. Aponto os locais menos guarnecidos. Pego Una. Os dois pulsos.

– Homens, precisaremos de um aríete.

Não é fácil conseguir madeira aqui no fundo do vale. Isto é um deserto, exceto junto aos riachos, mas todo vilarejo tem uma árvore na praça central que elas vêm nutrindo esse tempo todo. Assim como aqui, sempre há túmulos de bebês em volta dela. Em outros vilarejos, a maioria é de choupos, mas esta daqui é carvalho. É tão antiga que eu não ficaria surpreso se estivesse aqui desde antes do vilarejo. Acho que o vilarejo foi construído ao redor dela posteriormente.

– Derrubem a árvore. Ataquem o muro – digo a eles. – Voltem para a cidadela. Não esperem por mim. Digam aos generais para nunca mais voltarem aqui, nem para pegar meninos, nem para copular. Digam a eles que eu não sou mais útil para nós.

As mulheres não serão capazes de atirar nos meninos enquanto eles estiverem derrubando a árvore. Ela está escondida de todas as partes do muro.

Quando escutam os golpes de machados, elas começam a lamentar. Nossos meninos param de cortar, mas apenas por um momento. Ouço-os recomeçar com vigor redobrado.

Ao meu lado, Una também lamenta. Ela luta contra mim, mas eu a seguro.

– Como pôde? Aquela é a árvore dos meninos mortos.

Eu solto.

– Todos os bebês enterrados lá são meninos. Alguns são seus.

Não posso permitir que esse novo fato modifique meu raciocínio. Tenho de pensar na segurança dos meus meninos.

– Deixe que a gente vá embora, então.

– Diga a eles para pararem.

– Vocês nos deixariam ir em nome de uma árvore?

– Deixaríamos.

Eu dou a ordem.

As mulheres se afastam de toda uma seção do muro, fornecem até escadas. Eu digo aos meninos para irem embora. Não há como eles me carregarem de volta e não há como eu subir até a cidadela outra vez.

Assim os meninos se vão, até o último sopro dos pífaros, a última batida triunfante dos tambores... (Nós sempre marchamos para casa como se fôssemos vitoriosos, vencendo ou não.) Ouvindo-os partir, não posso evitar um grunhido, embora não de dor dessa vez. Assim que as mães descem do muro, o que eu ouço, senão lamentações de novo? Una se aproxima de mim, batendo os pés.

– O que foi agora?

– É Hob. Seu inimigo... Seu inimigo o jogou no sopé das suas colinas.

Posso ver no rosto dela.

– Ele está morto.

– É claro que está morto. Vocês todos estão praticamente mortos.

Ela me culpa por Hob.

– Eu também me culpo.

– Odeio você. Odeio todos vocês.

Eu não acredito que veremos muitos meninos no futuro. Eu nos alertaria, se pudesse; seria o porta-voz, mas não creio que algum dia terei a chance.

– O que as mulheres farão comigo?

– Você sempre foi gentil. Eu não serei menos gentil com você.

Que utilidade tenho eu? Para que sirvo, senão para ficar aqui como pai de fêmeas? Todas aquelas meninas pequenas, feias, de cabelos pretos... suponho que todas elas morderão o lábio inferior até sangrar.

EILEEN GUNN

ESTRATÉGIAS ESTÁVEIS PARA GESTÃO INTERMEDIÁRIA

Eileen Gunn é uma escritora e editora estadunidense. Ela é autora de poucos, porém ilustres contos, publicados ao longo das últimas três décadas. Seus outros trabalhos em ficção científica incluem editar a webzine pioneira *The Infinite Matrix* e produzir o website *The Difference Dictionary*, em concordância com *The Difference Engine* de William Gibson e Bruce Sterling. Formada na Clarion, Gunn agora atua como diretora da Clarion West. Sua ficção foi reconhecida com prêmios como o Nebula. "Estratégias estáveis para gestão intermediária" discute até onde vai uma executiva para se encaixar na cultura corporativa e mostrar sua lealdade à empresa. Ele foi publicado pela primeira vez na *Asimov's Science Fiction Magazine*, em 1988, e indicado para um Hugo Award.

Nosso primo, o inseto, tem um exoesqueleto feito de quitina marrom brilhante, um material que é particularmente reativo às demandas da evolução. Da mesma forma que a bioengenharia esculpiu nossos corpos em novos formatos, a evolução transformou o aparelho bucal mastigatório dos primeiros insetos nos formões, sifões e estiletes de seus descendentes, e moldou ferramentas especiais a partir da quitina – bolsões para carregar pólen, pentes para limpar seus olhos compostos, ranhuras nas quais ela pode tocar uma música.

– Do popular programa científico *Insect People!*

Acordei esta manhã e descobri que a bioengenharia me fizera trabalhar durante a noite. Minha língua havia se transformado num estilete e minha mão esquerda agora continha um pequeno pente de quitina, como se para limpar um olho composto. Como eu não tinha olhos compostos, pensei que talvez isso pressagiasse alguma mudança ainda por vir.

Arrastei-me para fora da cama, pensando como ia beber meu café através de um estilete. Será que agora esperava-se que eu matasse meu desjejum, dispensando completamente o café? Eu torcia para que não estivesse evoluindo para uma criatura cuja sobrevivência dependesse do meu nível de lucidez nas primeiras horas da manhã. Meu ciclo circadiano sem dúvida acompanharia o ritmo de qualquer mudança física, mas minha alma não evoluída sentia repulsa ao pensar em acordar alegremente no alvorecer, faminta por alguma criaturinha agitada que havia acordado ainda mais cedo.

Olhei para Greg, ainda adormecido, com a borda de nossa colcha vermelha e branca puxada sob o queixo. Sua boca também havia mudado durante a noite, e parecia conter algum tipo de sonda comprida. Será que estávamos nos distanciando?

Estendi minha mão inalterada e toquei o cabelo dele. Ainda era castanho e brilhante, macio e espesso, exuberante. Porém, ao longo de sua bochecha, sob a barba, eu podia sentir trechos de escleródios conforme a quitina flexível em sua pele lentamente endurecia e se tornava uma armadura impermeável.

Ele abriu os olhos, fitando adiante ainda sonolento, sem mover a cabeça. Pude vê-lo mexer a boca cautelosamente, examinando suas mudanças internas. Ele virou a cabeça e ergueu os olhos para mim, esfregando o cabelo de leve em minha mão.

– Hora de levantar? – perguntou ele.

Assenti.

– Ai, Deus – disse ele.

Ele dizia isso toda manhã. Era como uma prece.

– Eu vou fazer café – falei. – Você quer?

Ele balançou a cabeça lentamente.

– Só um copo de néctar de damasco – disse. Desenrolou sua língua comprida e áspera e olhou para ela, levemente vesgo. – Isso é muito interessante, mas não estava no catálogo. Muito em breve estarei bebericando meu almoço em flores. Vai chamar um pouco de atenção no Duke's.

– Pensei que era *esperado* que gerentes de contas bebericassem seu almoço – falei.

– Não de arranjos de flores... – disse ele, ainda explorando o formato estranho da boca. Em seguida, olhou para mim e ergueu a mão de baixo das cobertas. – Venha cá.

Fazia um tempinho, pensei. E eu precisava ir trabalhar. Mas ele estava mesmo com um cheiro terrivelmente atraente. Talvez estivesse desenvolvendo glândulas odoríferas afrodisíacas. Voltei para debaixo das cobertas e estiquei meu corpo junto ao dele. Ambos estávamos desenvolvendo ranhuras e protuberâncias estranhas de quitina, que deixavam isso um tanto desconfortável.

– Como é que eu posso te beijar com um estilete na boca? – perguntei.

– Tem outras coisas que podemos fazer. Novos equipamentos apresentam novas possibilidades.

Ele afastou as cobertas e deslizou as mãos inalteradas pelo meu corpo, do ombro até a coxa.

– Avise se minha língua estiver áspera demais.

Não estava.

Com a mente nublada, saí da cama pela segunda vez e vaguei até a cozinha.

Medindo o café para colocar no moedor, percebi que eu não estava mais interessada em tomá-lo, embora tenha me divertido por um momento espetando os grãos com meu estilete. Para o que aquela porcaria servia, afinal? Eu não tinha certeza se queria descobrir.

Deixando o moedor de lado, servi uma lata de néctar de damasco numa taça tulipa. Copos rasos seriam um problema para Greg no futuro, pensei. Sem mencionar comida sólida.

Meu problema particular, contudo, se eu pudesse descobrir o que deveria comer no desjejum, era chegar ao escritório a tempo para minha reunião das dez. Talvez eu simplesmente pulasse o café. Eu me vesti depressa e saí correndo antes que Greg tivesse sequer se levantado da cama.

Trinta minutos depois, eu estava mais ou menos desperta e sentada na salinha de conferências com o novo gerente de marketing, ouvindo-o expor seu plano para o lançamento do Modelo 2000.

Ao se inscrever no programa de bioengenharia, Harry escolhera adaptação primata especializada, BE, Opção nº 4. Ele havia evoluído para um exemplo clássico: pequeno e de membros compridos, com olhos voltados para a frente para julgar distâncias e dedos longos e preênseis para impedi-lo de cair de sua árvore.

Ele estava vestido para o sucesso, num terno risca de giz de três peças que caía perfeitamente em suas proporções símias. Eu me perguntei quanto a mais teria pagado para que fosse feito sob medida. Ou será que frequentava uma loja de roupas prontas que atendia especialmente primatas?

Eu ouvia enquanto ele saltava agilmente de uma premissa ridícula de marketing para outra. Tentando emprestar credibilidade da matemática e da engenharia, ele usava um jargão de negócios loucamente metafórico: "levando em conta a necessidade da produtividade do *pipeline*", "afinando o *media mix*", sem nem sinal de um sorriso.

Harry estava na empresa havia apenas alguns meses, saído diretamente da faculdade de administração. Ele se via como uma infusão de talento extremamente necessária. Eu não gostava dele, mas o invejava por sua capacidade de vasculhar o próprio subconsciente e lançar uma ideia mal-acabada depois da outra. Sabia que ele sentia que o fato de eu não me juntar a ele, disparando uma seleção aleatória de sugestões de promoções, pegava mal para mim.

Eu não tinha uma opinião muito elevada do seu plano de marketing. A seção de propaganda era uma aplicação clássica da teoria, sem nenhuma base prática. Eu tinha duas opções: podia forçá-lo a aceitar uma solução que funcionaria, ou podia só dizer sim para tudo que ele sugeria, certificando-me de que todo mundo entendesse que tinha sido ideia dele. Eu sabia qual caminho pegaria.

– É, podemos fazer isso por você, sim – falei para ele. – Sem problemas.

Veríamos qual de nós dois sobreviveria e qual estava se lançando para um beco evolucionário sem saída.

Embora tivesse vencido, Harry continuou a elaborar seu argumento. Minha atenção vagou – eu já tinha ouvido tudo aquilo antes. A voz dele era o zumbido de um ar-condicionado, um ruído branco familiar e facilmente ignorado. Cochilei e novas emoções se agitaram em mim, anseios de flutuar por correntes úmidas de ar, de aterrissar em superfícies brilhantes, de me fartar com comida quente e úmida.

À deriva em sonhos de inseto, tomei aguda ciência da pele nua do braço de Harry, entre a pulseira dourada de seu relógio e a manga dobrada, enquanto ele mexia em papéis na mesa da sala de conferências. Ele tinha um cheiro delicioso, como uma pizza de pepperoni ou um hambúrguer assado na brasa. Minha língua de estilete estava ali por um motivo, e não era para espetar cubos de tofu. Eu me inclinei sobre o braço dele e me apoiei contra as costas de sua mão, sondando com meu estilete para encontrar um vaso capilar.

Harry notou o que eu estava fazendo e me deu um tapa brusco na lateral da cabeça. Eu me afastei antes que ele pudesse me bater de novo.

– Estávamos discutindo o lançamento do Modelo 2000. Ou você já esqueceu? – disse ele, esfregando o braço.

– Desculpe. Eu pulei o café da manhã hoje.

Eu estava envergonhada.

– Bem, ajuste seus hormônios, minha nossa! – Ele estava aborrecido e eu não podia culpá-lo. – Vamos voltar para a questão de alocação de mídia, se você conseguir focar. Eu tenho outra reunião às onze no Edifício Dois.

Comportamento alimentar inapropriado não era incomum na empresa, e a etiqueta corporativa às vezes permitia que pequenos lapsos passassem sem consequências. Claro, eu não podia mais esperar que ele me apoiasse sem transferir algum dinheiro do orçamento de mala-direta...

Durante o resto da reunião, meu olhar vagou várias vezes para a porta aberta da sala de conferências na direção de uma planta decorativa grande no corredor, um daqueles oásis de verde genérico que pontilham a paisagem corporativa. Ela não parecia suculenta, precisamente – estava óbvio que não era o que eu preferiria comer, se não estivesse tão faminta –, mas me perguntei: será que eu jogava para os dois lados?

Agarrei um punhado das folhas largas quando saí da sala e as levei para meu escritório. Com a língua, cutuquei uma veia na parte mais espessa de uma das folhas. Não era tão ruim. Tinha um sabor verde. Eu as chupei até secarem e joguei os restos no cesto de lixo.

Ainda era onívora, pelo menos – mosquitos fêmeas não comem plantas. Então o processo não estava completo...

Peguei um café na copa para me fazer companhia e me sentei no escritório com a porta fechada, pensando no que estava acontecendo comigo. O incidente com Harry me perturbou. Será que eu estava virando um mosquito? Se era isso, qual seria a vantagem? A empresa não precisava de uma solitária lamurienta, uma chupadora de sangue.

Houve uma batida na porta e meu chefe enfiou a cabeça para dentro. Assenti e gesticulei para que ele entrasse. Ele se sentou na cadeira de visitas, do outro lado da mesa. Pela sua expressão, pude ver que Harry já tinha falado com ele.

Tom Samson era um sujeito mais velho, pré-bioengenharia. Era bem versado em técnicas de reação a estímulo, mas por algum motivo nunca chegara ao topo. Eu gostava dele, mas era isso que ele pretendia. Sem sacrificar a autoridade, lançara sua aparência, seus gestos, o tom de sua voz, para a ponta mais afetuosa do espectro. Apesar de eu saber o que ele estava fazendo, funcionava.

Ele olhou para mim com algo similar à compaixão, mas que era, na verdade, um estímulo ensaiado, com a intenção de neutralizar qualquer reação de fuga ou luta.

– Tem alguma coisa incomodando você, Margaret?

– Incomodando? Estou com fome, só isso. Eu fico com pavio mais curto quando estou com fome.

Cuidado, pensei. Ele não se referiu ao incidente; deixe que ele toque no assunto. Eu forcei minha mente a se abrandar e me obriguei a fitar os olhos dele. Um olhar inquieto é um olhar culpado.

Tom apenas olhou para mim, aguardando o momento certo, esperando que eu me colocasse na berlinda. Meu café cheirava a queimado, mas enfiei a língua nele e fingi beber.

– Eu não sou humana até ter tomado meu café.

Soava falso. Cale a boca, pensei.

Essa foi a abertura pela qual Tom estava esperando.

– Era sobre isso que eu queria falar com você, Margaret.

Ele ficou ali sentado, curvando-se para a frente de um jeito relaxado, como um gorila das montanhas que não tinha nenhum inimigo natural.

– Acabei de conversar com Harry Winthrop e ele disse que você tentou sugar o sangue dele durante uma reunião de estratégia de marketing. – Ele fez uma pausa por um instante para conferir minha reação, mas a expressão neutra estava fixa no meu rosto e eu não disse nada. O rosto dele mudou para projetar decepção. – Sabe, quando reparamos que você estava desenvolvendo três segmentos corporais distintos, tivemos grandes esperanças para você. Mas seus atos simplesmente não refletem o desenvolvimento social e organizacional que esperávamos.

Ele fez uma pausa, e foi a minha vez de dizer algo em minha defesa.

– A maioria dos insetos é solitária, sabia? Talvez a empresa tenha errado ao esperar por um cupim ou uma formiga. Eu não sou responsável por isso.

– Sim, Margaret – disse ele, a voz simulando uma censura cordial. – Mas isso aqui não é uma selva, sabe? Quando você assinou aqueles formulários de autorização, concordou em permitir que a equipe BE a moldasse na forma de um organismo corporativo mais útil. Mas isso não é a natureza, é o homem reformulando a natureza. Não segue as regras antigas. Você pode realmente ser o que quiser. Mas precisa cooperar.

– Estou fazendo o melhor que posso – falei, cooperativa. – Trabalho oitenta horas por semana.

– Margaret, a qualidade do seu trabalho não é um problema. É nas suas interações com os outros que você precisa se empenhar. Você precisa aprender a trabalhar como parte do grupo. Simplesmente não posso permitir que essas fofocas continuem. Vou pedir para Arthur marcar uma consulta para você essa tarde com o conselheiro BE.

Arthur era o secretário dele. Ele sabia de tudo o que acontecia no departamento e, em geral, mantinha a boca fechada.

– Eu seria um inseto social se conseguisse – resmunguei enquanto Tom deixava meu escritório. – Mas nunca soube o que dizer para as pessoas nos bares.

No almoço, encontro Greg e nosso amigo David Detlor num restaurante de comida saudável que alardeia ter cinquenta tipos de néctar de fruta. Nunca viemos aqui antes, mas Greg sabia que adoraria o lugar. Já era um dos lugares preferidos de David, e ele ainda tinha todos os dentes, então imaginei que serviria para mim também.

David estava lá quando cheguei, mas Greg ainda não. David também trabalha para a empresa, em outro departamento. Contudo, ele se provou notavelmente resistente à adulação corporativa. Não apenas nunca passou pela BE, como nem sequer comprou um terno completo. Hoje ele está vestindo um jeans azul desgastado e uma camisa havaiana escandalosa, de um tipo que era descolado dez anos atrás.

– Sua chefe deixa você se vestir assim? – perguntei.

– Nós temos um acordo. Eu não digo a ela que ela precisa me dar um serviço, e ela não me diz o que vestir.

A perspectiva de David na vida era bem diferente da minha. Eu não acho que seja apenas porque ele é de P&D e eu de Propaganda – é mais básico do que isso. Enquanto ele enxerga o mundo como uma porção de quebra-cabeças bem bacanas, mas opcionais, colocados aqui para sua diversão, eu o vejo como... bem, como uma série de testes.

– E aí, o que você me conta de novo? – perguntou ele, enquanto esperávamos de pé por uma mesa.

– Greg está virando uma maldita borboleta. Ele saiu na semana passada e comprou uma dúzia de suéteres de seda italiana. Não é um visual corporativo.

– Ele não é um *cara corporativo,* Margaret.

– Então por que está fazendo toda essa BE, se nem vai utilizá-la?

– Ele está se enfeitando um pouco. Só quer ficar bonito. Tipo Michael Jackson, sabe?

Eu não sabia dizer se David estava brincando ou não. Em seguida, ele começou a me contar sobre sua música, o grupo vocal do qual faz parte. Eles iam se vestir de couro preto para a próxima competição e cantar "Come to Me, My Masochistic Baby", de Shel Silverstein.

– Vai deixar todo mundo de queixo caído – disse ele, muito alegre. – Já temos um arranjo excelente.

– Você acha que vai vencer, David?

Parecia esquisito demais para agradar os juízes daquele tipo de programa.

– Quem liga? – rebateu David. Ele não parecia preocupado.

Foi quando Greg apareceu. Ele vestia um suéter de seda azul-cobalto com uma estampa verde e cobre. Italiano. Também usava um par de brincos balançantes no formato de aviões azuis-claros. Fomos conduzidos a uma mesa perto de um arranjo de vegetais esculpidos.

– Isso é ótimo – disse David. – Todo mundo quer se sentar perto dos vegetais. É onde você senta para *ser visto* por aqui. – Ele indicou Greg com o queixo. – Acho que é o seu suéter.

– É a borboleta na minha personalidade – disse Greg. – Os garçons nunca faziam essas coisas por mim. Eu sempre recebia a mesa perto da máquina de *espresso*.

Se Greg começasse a falar sem parar das vantagens de ser uma borboleta, eu teria de mudar de assunto.

– David, como é que você ainda não se inscreveu para BE? – perguntei. – A empresa paga metade do custo, e eles não fazem perguntas.

David franziu a boca, levou as mãos ao rosto e fez pequenos gestos espasmódicos e insetoides como se limpasse o nariz e os olhos.

– Estou me saindo bem do jeito que sou.

Greg riu, mas eu estava séria.

– Você avançará mais depressa com um pequeno ajuste. Além disso, demonstrará uma atitude positiva, sabe, se fizer isso.

– Estou avançando mais depressa do que gostaria no momento; parece que não vou poder tirar os três meses de licença que queria este verão.

– Três meses? – Eu fiquei aturdida. – Você não tem medo de não ter um emprego quando voltar?

– Consigo viver com isso – disse David calmamente, abrindo seu cardápio.

O garçom anotou nossos pedidos. Ficamos sentados por um instante num silêncio sociável, a autocongratulação que se segue ao pedido de alimentos ricos em fibra. E então contei a eles a história de meu encontro com Harry Winthrop.

– Tem alguma coisa errada comigo – falei. – Por que sugar o sangue dele? Como isso poderia me ajudar?

– Bem – disse David –, *você* escolheu esse cronograma de tratamentos. Em que direção queria que eles fossem?

– De acordo com o catálogo, a Opção Inseto nº 2 deveria me tornar uma concorrente de sucesso para um nicho de gestão intermediária, com reações acionáveis que seriam úteis para ganhar acesso a níveis hierárquicos superiores.

Claro, era só propaganda – eu não esperava realmente que ela fosse fazer tudo isso.

– É o que eu quero. Quero estar no comando. Quero ser a chefe.

– Talvez você devesse voltar para a Bioengenharia e tentar outra vez – disse Greg. – Às vezes, os hormônios não fazem o que você espera. Veja minha língua, por exemplo.

Ele a desenrolou com gentileza e a enrolou de volta para dentro da boca.

– Embora eu esteja quase começando a gostar dela.

Ele sugou sua bebida, fazendo ruídos nojentos. Não precisou de canudinho.

– Não se incomode com isso, Margaret – disse David com firmeza, pegando uma xícara de chá de rosa-mosqueta do garçom. – A bioengenharia é um desperdício de tempo e dinheiro e milhões de anos de evolução. Se fosse para os seres humanos serem gerentes, nós teríamos desenvolvido uma cobertura risca de giz no corpo.

– Muito engraçado – falei –, mas você está totalmente errado.

O garçom nos trouxe nossos almoços e paramos de falar enquanto ele os colocava na nossa frente. Parecia o silêncio antecipatório de três pessoas muito famintas, mas era, na verdade, o silêncio educado de três pessoas que foram criadas para não discutir na frente de transeuntes desinteressados. Assim que ele saiu, retomamos a conversa.

– Estou falando sério – disse David. – Tirando os benefícios dúbios da gestão para a sobrevivência, a bioengenharia é um desperdício de esforço. Harry Winthrop, por exemplo, não precisa de BE, nem de longe. Cá está ele, recém-saído da faculdade de administração, zumbindo audivelmente com o desejo por um posto na gestão de alto nível. Basicamente, está só marcando passo até que uma presidência vague, em algum lugar. E o que lhe dá uma vantagem sobre você é a juventude e a inexperiência dele, não alguma adaptação primata especializada.

– Bem – falei, com certa aspereza –, ele não é restringido pelo conhecimento do que já falhou no passado, isso é certo. Mas dizer isso não resolve meu problema, David. Harry se inscreveu. Eu me inscrevi. As mudanças estão ocorrendo e eu não tenho escolha.

Espremi no meu chá uma quantidade enorme do mel que vinha numa garrafa plástica em forma de ursinho. Tomei um gole; era de hortelã e muito doce.

– E agora estou virando o tipo errado de inseto. Isso acabou com a minha habilidade de lidar com Marketing de Produtos.

– Ah, dá um tempo! – exclamou Greg, subitamente. – Isso é *tão chato*! Eu não quero mais ouvir falar dessas disputas corporativas. Vamos falar de alguma coisa divertida.

Eu já estava farta da falta de concentração lepidóptera de Greg.

– Alguma coisa *divertida*? Eu investi todo o meu tempo e a maioria do meu material genético neste emprego. Essa é toda a diversão que existe.

O chá com mel me deixou com calor. Minha barriga coçava – eu me perguntei se seria uma reação alérgica. Cocei, e nada discretamente. Minha mão saiu de debaixo da camisa cheia de pequenas escamas cerosas. O que diabos estava acontecendo ali embaixo? Provei uma das escamas; era cera mesmo. Será que estava me tornando uma abelha-operária? Não consegui me conter – enfiei a cera na boca.

David estava ocupado com seus brotos de alfafa, mas Greg pareceu enojado.

– Isso é repugnante, Margaret. – Ele fez uma careta, estendendo a língua parcialmente para fora. Falando em repugnante... – Você não pode esperar até depois do almoço?

Eu estava fazendo o que me ocorria naturalmente, e não dignifiquei esse comentário com uma resposta. Havia um acompanhamento de pólen de abelha na mesa. Peguei uma colherada e o misturei na cera, mastigando ruidosamente. Eu tivera uma manhã difícil, e discutir com Greg não estava deixando o dia mais agradável.

Além do mais, nem ele nem David tinham qualquer respeito pela minha posição na empresa. Greg não levava meu trabalho a sério, nem um pouquinho. E David simplesmente faz o que quer, sem pensar se vai ganhar dinheiro com isso, para si mesmo ou para outra pessoa. Ele estava me dando uma palestrinha de retorno à natureza, e já era tarde demais para isso.

O almoço todo foi uma perda de tempo. Eu estava cansada de ouvi-los e sentia um impulso intenso de voltar ao trabalho. Algumas picadinhas rápidas distraíram os dois: eu tinha a vantagem da surpresa. Comi um pouco mais de mel e rapidamente os cobri de cera. Em breve ambos hibernavam lado a lado, em duas células octogonais grandes.

Olhei ao meu redor. As pessoas no restaurante fingiam nervosamente não ter percebido. Chamei o garçom e lhe entreguei meu cartão de crédito. Ele gesticulou para vários atendentes, que trouxeram um carrinho coberto e retiraram Greg e David.

– Eles vão escapar daí a mordidas até a tarde de quinta--feira – falei para ele. – Guarde-os de lado em um local seco e quente, longe do calor direto.

Deixei uma gorjeta generosa.

Caminhei de volta para o escritório, sentindo-me um pouco envergonhada de mim mesma. Alguns dias de hibernação não deixariam Greg ou David mais solidários aos meus problemas – e eles estariam bem bravos quando saíssem.

Eu não fazia coisas assim. Costumava ser mais paciente, não? Apreciava mais o espectro diverso das possibilidades humanas. Era mais interessada em sexo e televisão.

Este emprego não estava me ajudando a ser uma pessoa afetuosa e agradável. No mínimo, eu estava me transformando numa companheira de almoço bem desagradável. Por que eu quisera entrar na área administrativa, mesmo?

Pelo dinheiro, talvez.

Mas isso não era tudo. Era o desafio, a chance de fazer algo novo, de controlar o esforço total, em vez de apenas fazer parte de um projeto...

Porém, também era pelo dinheiro. Havia outras formas de ganhar dinheiro. Talvez eu devesse simplesmente chutar o balde e recomeçar.

Eu me imaginei entrando casualmente no escritório de Tom, girando a cadeira de visitas dele e desabando nela. As palavras "eu me demito" forçariam passagem, quase contra minha vontade. O rosto dele exibiria surpresa – fingida, claro. Mas aí eu teria de ir até o final. Talvez colocasse os pés em cima da mesa dele. E aí...

Mas seria possível simplesmente me demitir, voltar a ser a pessoa de antes? Não, eu não conseguiria. Jamais seria uma virgem administrativa outra vez.

Fui até a entrada de funcionários, nos fundos do edifício. Um aparelho de sucção junto à porta me farejou, reconheceu meu cheiro e abriu a porta com um clique. Dentro, um grupo de novos funcionários, *trainees*, reunia-se perto da porta, enquanto um chefe de RH os apresentava à tranca e deixava que ela se familiarizasse com os feromônios deles.

No meio do corredor, passei pelo escritório de Tom. A porta estava aberta. Ele estava em sua mesa, debruçado sobre alguns papéis, e levantou a cabeça quando passei.

– Ah, Margaret – disse ele. – Exatamente quem eu queria ver. Pode entrar por um minutinho?

Ele colocou uma pasta grande de arquivo sobre os papéis diante dele na mesa e apoiou as mãos por cima de tudo.

– Que sorte que você estava passando. – Ele indicou uma cadeira grande e confortável com o queixo. – Sente-se. Nós faremos uma pequena reestruturação no departamento – começou ele. – Precisarei da sua opinião, então agora quero repassar as informações sobre o que vai acontecer.

Fiquei imediatamente desconfiada. Sempre que Tom dizia "precisarei da sua opinião", ele queria dizer que tudo já fora decidido.

– Vamos reorganizar a divisão inteira, é claro – prosseguiu ele, desenhando quadradinhos numa folha em branco. Ele mencionara isso na reunião do departamento, na semana anterior. – Agora, sua área se subdivide funcionalmente em duas áreas separadas, você não acha?

– Bem...

– Isso – disse ele, pensativo, anuindo como se concordasse. – Esse seria o melhor jeito.

Ele acrescentou algumas linhas e mais alguns quadradinhos. Pelo que eu podia ver, isso significava que Harry faria todas as coisas interessantes e eu seguiria atrás dele para limpar a sujeira.

– Parece-me que você tirou todas as bolas da minha área e as jogou na área de Harry Winthrop – falei.

– Ah, mas a sua área ainda é muito importante, minha querida. É por isso que eu não vou fazer você se reportar a Harry de fato.

Ele me deu um sorriso que parecia uma mentira.

E me colocou numa situaçãozinha bem chata. Afinal, era meu chefe; se ia retirar a maior parte da minha área da minha responsabilidade, como parecia, não havia muito que eu pudesse fazer para impedi-lo. E seria melhor para mim se nós dois fingíssemos que eu não havia passado por nenhuma perda de status. Assim, eu podia manter meu título e meu salário.

– Ah, entendo – falei. – Certo.

Compreendi que a coisa toda já tinha sido decidida e que Harry Winthrop já devia saber de tudo. Provavelmente até negociara um aumento. Tom me chamara até ali para fazer com que parecesse casual, como se eu pudesse dizer algo a respeito. Era uma cilada para mim.

Isso me deixou furiosa. Agora nem cogitava me demitir. Eu ficaria e lutaria. Meus olhos borraram, desfocaram, voltaram a entrar em foco. Olhos compostos! A promessa do pequeno pente em minha mão estava cumprida! Senti uma compreensão química profunda do sistema ecológico do qual eu fazia parte agora. Eu sabia onde me encaixava. E sabia o que eu faria. Era inevitável agora; estava programado no nível do DNA.

A força dessa convicção disparou outra mudança na quitina e, pela primeira vez, realmente senti o rearranjar de minha boca e meu nariz, uma coceira amortecida, como inalar água com gás. O estilete recuou e mandíbulas se projetaram, quase como Katharine Hepburn. Forma e função atingiram uma sincronicidade orgástica. Enquanto minha maxila se impulsionava para a frente, semelhante à de um louva-a-deus, ela também se abriu, e me lancei sobre Tom e arranquei a cabeça dele com uma mordida.

Ele saltou por cima da mesa e dançou sem cabeça pelo escritório.

Eu me senti no controle total de mim mesma enquanto o observava e prosseguia a conversa.

– Sobre o lançamento do Modelo 2000 – falei. – Se levarmos em conta a demanda pela produtividade do *pipeline* e ajustarmos o *media mix* só um pouquinho, acho que podemos apresentar um pacote muito apetitoso para o Marketing de Produtos até o final da semana.

Tom continuou a desfilar espasmodicamente, fazendo movimentos copulativos vulgares. Seria eu responsável por evocar essas reações relacionadas ao louva-a-deus? Eu não estava ciente de um componente sexual em nosso relacionamento.

Eu me levantei da cadeira de visitas e sentei atrás de sua

mesa, pensando no que tinha acabado de ocorrer. Digo, ficar irritadiça era uma coisa, mas arrancar a cabeça das pessoas com uma mordida era algo bem diferente. Porém, tenho de admitir que meu segundo pensamento foi: bem, esta certamente é uma estratégia útil, e deve fazer uma diferença considerável em minha habilidade de subir na carreira. Era muito mais produtivo do que chupar o sangue dos outros.

Talvez houvesse algo verdadeiro naquele papo de Tom sobre ter a atitude certa, no final das contas.

E, é claro, pensando em Tom, minha terceira reação foi remorso. Ele realmente era um cara simpático, de modo geral. Mas o que está feito, está feito, sabe, e não faz sentido ficar remoendo.

Chamei seu assistente pelo intercomunicador.

– Arthur – falei –, o sr. Samson e eu chegamos a uma separação evolucionária. Por favor, mande-o para a reengenharia. E envie a conta para o RH.

Agora sinto uma coceira esquisita nos antebraços e nas coxas. Seriam ranhuras nas quais eu possa tocar uma música?

TANITH LEE

XADREZ DO NORTE

Tanith Lee é uma escritora inglesa renomada de ficção científica, horror e fantasia, com mais de setenta livros e centenas de contos em seu nome. Ela foi uma colaboradora regular da revista *Weird Tales* por muitos anos. Venceu o World Fantasy Award, o British Fantasy Award e o Nebula diversas vezes. "Xadrez do Norte" é um ótimo exemplo de como uma história tradicional de espada e feitiçaria pode surpreender e subverter, e apresenta uma das primeiras personagens femininas fortes num subgênero que não era conhecido por esse tipo de coisa na época. Ele foi publicado pela primeira vez em *Women as Demons*, em 1979.

Céu e terra tinham a mesma tonalidade amarelo-azulada, empapada na luz fria de um vago sol branco. Era o fim do verão, mas o verão talvez jamais chegasse ali. As poucas árvores estavam despidas de folhas e pássaros. As colinas esbraseadas e sem grama subiam e desciam monotonamente. Seus picos cintilavam embotados, o fundo de seus vales era cheio de névoa. Era uma terra de canções tristes e lembranças lúgubres. E, quando a noite caía, de pesadelos e alucinações.

Vinte e cinco quilômetros atrás, o cavalo de Jaisel morrera. Não de nenhuma causa aparente. Ele estava saudável e ativo quando ela veio do sul, o melhor que o vendedor lhe oferecera, embora ele tivesse tentado enganá-la no começo. Ela planejava alcançar uma cidade bem ao norte, na costa litorânea, mas sem nenhum motivo específico. Havia caído no hábito casual da aventureira errante. O destino era uma desculpa, nunca um objetivo. E quando ela via as mulheres em seus teares ou cozinhas engorduradas, ou às voltas com bebês, ou alquebradas pelo trabalho no campo, ou olhando de atravessado sob máscaras pintadas em soleiras na penumbra das cidades, aumentava a necessidade que Jaisel sentia de viajar, cavalgar, voar, fugir. Em geral, ela estava fugindo concretamente tanto quanto metafisicamente. A última cidade, abandonara de forma abrupta após matar dois salteadores que a atacaram na rua. Um revelou-se um fidalguinho que adotara roubos e estupros como hobby. Por aquelas bandas, matar um fidalgo, por mais justificado que fosse, significava que você seria enforcado e esquartejado. Então Jaisel partiu em seu cavalo novo, buscando uma cidade no norte. E no meio havia se interposto essa inóspita terra de ninguém nortenha, onde sua montaria desabou lentamente sob ela e morreu sem nenhum aviso. Onde os riachos tinham um gosto amargo e parecia prestes a nevar no verão.

Ela vira apenas ruínas. Somente um rebanho de ovelhas selvagens cinzentas se materializou da neblina de um lado e mergulhou na neblina do outro lado. Uma vez, ela ouviu um corvo grasnar. Estava com os pés doloridos e ficando zangada com o país, com ela mesma e com Deus. E, enquanto isso, sua sela e seu alforje ganhavam peso sobre os ombros a cada quilômetro.

Então ela chegou ao topo de um dos aclives infinitos e viu algo novo.

Lá embaixo, numa poça de névoa amarelo-azulada, jazia um vilarejo. Primitivo e melancólico, mas vivo, com fumaça espiralando de chaminés, subindo para o céu limpo. Lamentoso e distante, também chegou o mugido do gado. Além do labirinto de casinhas, via-se uma teia de aranha sinistra de árvores desfolhadas. Depois delas, quase indistinto, transparente na névoa, havia algo a certa distância, talvez um quilômetro – uma colina sedimentar alta, ou talvez um edifício pétreo de formato bizarro e torto...

Jaisel tomou um susto e seus olhos tornaram a focar o ponto mais próximo do vilarejo e do declive mais abaixo.

O som novo era inconfundível: o balanço de sinos nas rédeas de cavalos de batalha. A visão era exótica, e também inesperada por ali. Dois cavaleiros em montarias cinza-azuladas como aço, com arreios escarlates, que acendiam a atmosfera em semitom como lâminas sangrentas. E o brilho de cota de malha, um lampejo de pedras preciosas.

– Diga seu nome! – gritou um dos cavaleiros.

Ela abriu meio sorriso, visualizando o que eles enxergariam, o que presumiriam, a surpresa que os aguardava.

– Meu nome é Jaisel – ela gritou de volta.

E os ouviu praguejar.

– Que tipo de nome é esse, moleque?

Moleque. Sim, e não era a primeira vez.

Ela começou a descer a colina na direção deles.

E o que eles supunham ser um menino do topo da colina gradualmente se definiu numa surpresa. Os cabelos cor de linho dela certamente eram curtos como os de um menino, um pouco mais, até. Muito mais curtos do que as cabeleiras cacheadas dos cavaleiros. Ela era mais esguia em sua cota de malha manchada, com mãos fortes e mais estreitas escorrendo renda glacial esgarçada nos punhos. O colarinho branco de renda estava exposto por cima da cota com cordões pendurados, cada um ornamentado por uma pérola negra. O lóbulo da orelha esquerda era furado e uma lua crescente de ouro cintilava intermitentemente por baixo do cabelo pálido e elétrico. O cinto da espada era de couro cinza, desgastado e manchado. Trazia uma adaga no quadril direito com um punho dourado elegante, o pomo polido pelo uso regular. Uma cavaleira com sugestões de salteadora, de homem- -espetáculo e (não que lhe servisse de algo) de príncipe.

Quando estava próxima o bastante para que a surpresa tivesse começado, ela parou e avaliou os dois cavaleiros montados. Parecia gravemente divertida, quando na verdade a piada já havia perdido a graça àquela altura. Tivera doze anos para se entediar dela. E estava cansada, e ainda zangada com Deus.

– Bem – disse um dos cavaleiros finalmente –, é preciso haver de tudo para povoar este mundo. Mas acho que pegou a estrada errada, senhora.

Ele podia estar falando de uma direção. Ou podia estar falando de seu jeito de viver.

Jaisel continuou quieta e esperou. Logo o segundo cavaleiro disse com frieza:

– Você conhece este lugar? Entende onde está?

– Não – disse ela. – Seria uma cortesia e uma gentileza se me dissessem.

O primeiro cavaleiro franziu a testa.

– Seria uma cortesia e uma gentileza mandar você para casa, para o seu pai, seu marido e seus filhos.

Jaisel fixou os olhos nele. Um era um pouco mais esguio do que o outro. Isso dava a seu rosto um viés sagaz e zombeteiro.

– Então, senhor – disse ela –, me mande. Venha. Eu o convido.

O primeiro cavaleiro gesticulou teatralmente.

– Eu sou Renier de Torres – disse ele. – Não luto com mulheres.

– Luta, sim – disse ela. – Está fazendo isso agora mesmo. Sem muito sucesso.

O segundo cavaleiro sorriu; ela não previra isso.

– Ela te pegou, Renier. Deixe-a em paz. Nenhuma garota viaja sozinha como esta aqui, e vestida como ela está, sem as habilidades para sustentar o visual. Escute, Jaisel. Esta terra é amaldiçoada. Você já viu, a vida foi sugada daqui. O vilarejo ali... mulheres e animais dão à luz monstros. As pessoas adoecem sem motivo. Ou com algum motivo. Existiu um alquimista que declarou posse dessa região. Maudras. Um necromante, adorador de deuses antigos e profanos. Três castelos dele marcavam o terreno entre este lugar e Torres, no oeste. Esses três não existem mais, foram tomados e demolidos. O último castelo fica a um quilômetro e meio no sentido noroeste. Se a neblina levantasse, você poderia vê-lo. O Príncipe de Torres quer expurgar todos os traços de Maudras desta terra. Somos cavaleiros do príncipe, enviados para cá para lidar com o quarto castelo, como foi feito com o resto.

– E o castelo continua sem ser tomado – disse Renier. – Por meses ficamos aqui, neste ermo insalubre e atormentado pela peste.

– Quem defende o castelo? – indagou Jaisel. – O próprio Maudras?

– Maudras foi queimado em Torres há um ano – disse o segundo cavaleiro. – Seu familiar, ou sua maldição, guarda o castelo contra os cavaleiros de Deus.

O rosto dele estava pálido e soturno. Os dois cavaleiros, na verdade, eram parecidos neste ponto. Mas Renier alargou a boca e disse docemente para ela:

– Não é um lugar para donzelas. Um acampamento de homens. Um castelo assombrado numa terra arruinada. Melhor ir para casa.

– Eu não tenho cavalo – disse Jaisel, tranquilamente. – Mas tenho moedas para comprar um.

– Temos cavalos, e de sobra – disse o outro cavaleiro. – Mortos não precisam de montaria. Eu me chamo Cassant. Suba na minha garupa e eu a levarei até o acampamento.

Ela saltou com leveza, apesar da sela e da carga em seus ombros.

Renier a observava, desdenhoso, fascinado.

Conforme viravam a cabeça dos cavalos para o lago de névoa, ele aproximou-se e murmurou:

– Cuidado, senhora. As mulheres do vilarejo são doentias e revoltantes. Um cavaleiro pode esquecer a própria honra. Mas provavelmente você foi estuprada com frequência.

– Uma vez – disse ela –, dez anos atrás. Foi o último prazer dele. Eu mesma cavei sua sepultura, por ter respeito aos mortos. – Ela sustentou o olhar de Renier outra vez e acrescentou gentilmente: – E quando estou nos arredores, visito a cova e cuspo nela.

A névoa estava mais densa lá embaixo do que Jaisel julgara durante a descida. Muito estava escondido no vilarejo, o que talvez fosse bom. Numa curva em meio às casas, ela achou ter visto uma mulher toda encolhida e abandonada, conduzindo por um cordão um animal envolto nas sombras que parecia ser uma vaca com duas cabeças.

Eles passaram entre as árvores e saíram do outro lado, e a conta-gotas o acampamento de guerra de Torres apareceu por entre a névoa. Estandartes vermelhos feito pústulas de sangue pendiam frouxamente; os fantasmas de tendas lanhadas com brasões de cores vivas penetravam a obscuridade. Cavalos soltavam bufadas como fumaça de dragão em suas estacas. Havia um par de recuos para balestras grandes, os tubos de bronze suando em suas rodas, os dardos empilhados por perto, os barris de pólvora embrulhados em pele de tubarão, mas provavelmente úmidos.

A essa altura, de súbito a névoa se dissipou. Uma paisagem se abria a cerca de duzentos metros a noroeste do acampamento, revelando o castelo do necromante-alquimista Maudras.

Ele se elevava, austero e peculiar, contra um céu da cor de estanho.

A porção inferior era esculpida em rocha nativa numa colina cônica. Erguia-se para uma pletora de muros e torres que se esticavam, espremidos, parecendo de alguma forma a petrificação de algo que crescera no passado de modo não natural. Um passadiço se lançava colina acima e por baixo da boca arqueada de uma porta, fortificado por ferro.

Não se discernia nenhum movimento nas ameias nem nos telhados. Nenhuma flâmula esvoaçava. O castelo tinha uma aura de túmulo. Entretanto, não necessariamente de um túmulo para os mortos.

Era o acampamento que mais passava a impressão de mortuário. De uma tenda oblíqua emanavam grunhidos. Os homens que se encontravam fora das tendas estavam agachados junto às fogueiras, inquietos. Panelas e pilhas de equipamentos encontravam-se evidentemente negligenciados. Junto a um pavilhão escarlate, dois cavaleiros jogavam xadrez. As jogadas eram esporádicas e violentas e parecia provável que a partida terminasse em socos.

Cassant puxou as rédeas num espaço ao lado do pavilhão escarlate, cujo tecido era estampado com três torres douradas – a insígnia de Torres. Um menino correu para tomar conta do cavalo enquanto seus dois cavaleiros desmontavam. Renier, porém, continuou em seu cavalo, encarando Jaisel. Logo ele anunciou de modo geral, num tom de arauto:

– Venham, cavalheiros, recebam um novo recruta. Um cavaleiro ímpar. Uma donzela de calças compridas.

Por todo lado, cabeças se ergueram. Um interesse taciturno desabrochou sobre a apatia do acampamento: o humor rancoroso e indistinto de homens que estavam doentes ou sentenciados à execução. Eles começaram a se levantar, afastando-se das fogueiras pálidas e bamboleando para mais perto deles. Os ferozes cavaleiros estancaram e a fitaram com arrogância e palavrões extravagantes.

– Senhora, prepare-se para encrenca – disse Cassant, tristemente. – Mas, para ser justo, ele a alertou sobre isso.

Jaisel deu de ombros. Ela lançou uma rápida olhada para Renier, descuidadamente montado no cavalo cinza-azulado, a perna direita fora do estribo agora e cruzada sobre o arção. Tranquilo, malévolo, ele abriu um amplo sorriso para ela. Jaisel tirou a adaga chamativa do cinto, deixou que ele captasse um vislumbre do punho e a arremessou nele. A pequena lâmina, com uma ponta afiada como um ferrão de marimbondo, cantou pelo ar, chamuscando os pelos da sua bochecha direita. Ela se enterrou no lugar onde Jaisel havia mirado, na estaca da cerca atrás dele. Renier, contudo, reagindo à finta como ela pretendia, jogou-se desesperadamente para o lado para proteger seu belo rosto, colocando todo o peso na perna ainda presa ao estribo e não na livre, desequilibrou-se totalmente e despencou no chão com estardalhaço. No mesmo instante, tomando um susto, o cavalo tentou empinar. Com a perna esquerda ainda presa ao estribo, Renier de Torres foi arrastado sobre as cinzas quentes de uma fogueira.

Um burburinho resultou disso – um humor inamistoso e deliciado. Os soldados estavam tão preparados para fazer troça de um lorde prepotente enfiado em cinzas até as orelhas quanto de uma garota indefesa.

E a garota indefesa ainda não tinha terminado. Renier procurava sua espada, atabalhoado. Jaisel saltou sobre ele como um leão, afastando suas mãos com um chute. Aterrissando, soltou o pé dele do estribo e, tendo-o libertado, pulou para a cerca para recuperar a adaga. Conforme se ajoelhava, Renier contemplou-a à sua espera, quieta como uma estátua, a mochila largada no chão, a espada fina, traiçoeira sob a luz, pronta como um sexto dedo comprido e assassino na mão.

Por um segundo ele titubeou enquanto o acampamento zumbia com uma animação feroz. Então sua mão com os anéis foi para a empunhadura da espada. Dois a três terços dela estava fora da bainha quando uma voz rugiu da porta do pavilhão escarlate e dourado:

– Ouse sacar sua espada contra uma mulher, Renier, e eu mesmo o chicotearei.

Ofegante, Renier deixou a espada voltar raspando para seu lar. Jaisel se virou e viu um homem tão rubro de raiva quanto a barraca de onde saíra. Sua própria raiva dormente acordou e a preencheu, uma raiva branca, não vermelha: raiva entediada, raiva fria.

– Não tema a morte dele, senhor – disse ela. – Eu farei apenas um corte superficial e o pouparei.

O capitão rubro do acampamento de Torres lançou uma encarada sombria e desgrenhada sobre ela.

– Meretriz ou bruxa? – trovejou ele.

– Primeiro diga-me seu título – disse Jaisel friamente. – É covarde ou imbecil?

O silêncio se assentava como moscas no mel.

O capitão se deu um chacoalhão.

– Eu nunca bati numa rapariga até...

– Nem vai bater agora, pelas chagas de Cristo.

O queixo dele caiu. Ele se conteve e perguntou com firmeza:

– Por que covarde e por que imbecil?

– Querendo me agradar, é? – inquiriu ela.

Aproximou-se muito à vontade e deixou a ponta da espada traçar um padrão delicado em torno do nariz dele. Para seu crédito, uma vez que se acalmou, ele manteve a calma.

– Covarde ou imbecil – disse ela, desenhando linhas de fogo cintilante a dois centímetros das narinas dele – porque não consegue invadir um castelo que não oferece defesa alguma.

A isso, uma reação. Uma pata carnuda ergueu-se para afastar a espada com um piparote e tirá-la da mão dela. Mas a espada era rápida demais. Agora repousava horizontalmente no ar, a ponta tremendo por um instante na garganta dele. E agora já estava de volta em sua bainha, e só uma garota sorridente de olhos estranhos se encontrava diante dele.

– Eu já sei o bastante a seu respeito – disse o capitão. – Que você é uma provação para os homens e uma afronta ao paraíso é evidente. A despeito disso, responderei a seu insulto. O último castelo de Maudras é defendido por alguma feitiçaria que ele conjurou para protegê-lo. Três ataques foram iniciados. O resultado você testemunhará. Siga-me, loba.

E ele saiu a passos largos em meio ao amontoado de homens que se partiu para deixá-lo atravessar, a loba em seu encalço. Ninguém tocou nela exceto um tolo, que havia observado, mas não aprendera nada. O pomo da adaga dela nas costelas dele, contundindo mesmo por cima da cota e da camisa, inseriu dor no flerte dele.

– Aqui – disparou o capitão.

Ele abriu a aba de uma tenda escura e ela viu vinte homens deitados em colchões ferrugentos e dois cirurgiões indo para lá e para cá. As baixas de algum combate selvagem. Ela contemplou coisas que contemplava amiúde, coisas que causavam menos enjoo, mas mais consternação, a cada repetição. Perto da entrada, um menino mais novo que ela, sonhando horrivelmente com febre, gritou. Jaisel deslizou para dentro da tenda. Colocou a palma gelada na testa do menino e sentiu o calor feroz queimá-la. Entretanto, seu toque pareceu aliviar o sonho dele, pelo menos. Ele se aquietou.

– De novo – disse ela, baixinho –, covarde ou imbecil. E estas são as vítimas sacrificiais no altar da covardia ou da imbecilidade.

Provavelmente o capitão nunca encontrara olhos tão impiedosos. Ou – talvez não tão inexplicavelmente – não entre as pálpebras lisas de uma moça.

– Encantamento – disse ele, ríspido. – E feitiçaria. Somos impotentes contra isso. Você toma vinho, sua virago? Toma, sem dúvida. Venha e beba comigo então, em meu pavilhão, e ouvirá a história completa. Não que a mereça. Mas você é a última pedra arremessada, aquela que mata um sujeito. Injustiça por cima de todo o resto, e vinda de *uma mulher*.

Abruptamente, ela riu para ele, sua raiva exaurida.

Vinho tinto e carne vermelha foram servidos no pavilhão vermelho. Todos os sete cavaleiros do acampamento de Torres estavam presentes, Cassant e Renier junto aos restantes. Lá fora, os homens deles continuavam sentados em torno de fogueiras. Uma canção lúgubre foi iniciada e repetida várias vezes, sem parar, enquanto a luz nevada e férrea irradiava do céu nortenho de verão.

O capitão dos cavaleiros contara outra vez a história que Cassant relatara a Jaisel na descida: os três castelos arrasados, o castelo final que se provara inexpugnável. Rude e belicoso, o capitão achava difícil falar de questões sobrenaturais e rosnou as palavras, voltado para seu vinho.

– Oferecemos três ataques às muralhas do castelo. Montaube liderou o primeiro. Ele morreu e, com ele, cinquenta homens. De quê? Não vimos nenhum espadachim nas ameias, nenhum dardo foi disparado, nenhuma flecha. Entretanto, os homens pintalgavam o chão, sangrentos e moribundos, como se um exército invisível com o dobro do tamanho do nosso tivesse vindo enfrentá-los. O segundo ataque fui eu quem liderou. Escapei por um milagre. Vi um homem com a cota rachada como se por um raio disparado de uma grande distância. Ele caiu com um grito e o sangue jorrou de um ferimento terrível. Não havia vivalma por perto exceto eu, seu capitão. Nenhuma arma nem disparo visível. O terceiro ataque foi planejado, mas jamais executado. Alcançamos as escarpas e meus soldados começaram a cair como grãos cortados por foices. Não houve vergonha em nossa retirada. Outra coisa: no mês passado, três tolos corajosos, homens do falecido Montaube, decidiram em segredo tentar entrar à noite por cima das muralhas. Uma sentinela percebeu quando eles desapareceram lá dentro. Não foram atacados. Também não retornaram.

Fez-se um longo silêncio no pavilhão. Jaisel ergueu o olhar e encontrou a carranca irada do capitão.

– Voltem para Torres, então – disse ela. – O que mais se há de fazer?

– E que outro conselho se poderia esperar de uma mulher? – interrompeu Renier. – Somos *homens,* madame. Tomaremos aquele rochedo ou morreremos. Honra, senhora. Já ouvir falar disso no puteiro onde a pariram?

– O senhor tomou vinho em excesso – disse Jaisel. – Mas, por favor, tome mais um pouco.

Ela virou sua taça, comedida e deliberadamente, por cima do cabelo cacheado dele. Dois ou três gargalharam, desfrutando a novidade. Renier levantou-se num salto. O capitão berrou de um jeito familiar, e Renier caiu de volta na cadeira.

Vinho escorria em fios rosados por sua bela fronte.

– A verdade é que o senhor está certo ao me reprovar, e a loba está correta ao me ungir com seu escárnio. Sentamo-nos aqui como covardes, como ela mencionou. Há um jeito de tomar o castelo. Um desafio. Combate único entre Deus e Satã. A assombração de Maudras pode recusar o desafio?

Renier levantou-se com precisão agora.

– Você está bêbado, Renier – disparou o capitão.

– Não bêbado demais para lutar. – Renier estava na entrada. O capitão rugiu. Renier apenas fez uma mesura. – Sou um cavaleiro. O senhor pode me comandar apenas até certo ponto.

– Seu tolo... – disse Cassant.

– Sou, no entanto, um tolo por conta própria – disse Renier.

Os cavaleiros se levantaram, testemunhando a partida dele. Respeito, luto e temor apareciam nos olhos deles, seus dedos nervosos remexendo em joias, taças de vinho, peças de xadrez.

Lá fora, a canção terrível se interrompera. Renier gritava pedindo por seu cavalo e equipamento de batalha.

Os cavaleiros se juntaram na aba de entrada para vê-lo se armar. O capitão escolheu juntar-se a eles. Não se tentou fazer mais nenhum protesto, como se uma ordem divina estivesse sendo obedecida.

Jaisel saiu do pavilhão. A luz se espessava, como se para confiná-los lá dentro. Fogueiras vermelhas, estandartes vermelhos, nenhuma outra cor era capaz de perfurar a escuridão. Renier sentava-se em seu cavalo como uma peça de xadrez, um cavaleiro imaculado se movendo contra uma torre num tabuleiro brumoso.

O cavalo se remexeu, tremeu. Jaisel deslizou a mão tranquilamente pelo focinho dele em meio à profusão de correias e fivelas. Ela não olhou para Renier, pavoneando-se acima dela. Sentia até demais o pânico dele logo abaixo do orgulho.

– Não corra para os braços da morte porque acha que eu envergonhei sua masculinidade – disse ela baixinho. – É um expurgo grande demais para um mal tão pequeno.

– Vá embora, garota – zombou ele. – Vá e tenha bebês, como Deus a criou para ter.

– Deus não o criou para morrer, Renier de Torres.

– Talvez você esteja enganada quanto a isso – disse ele loucamente, e puxou o cavalo para dar meia-volta, afastando-se dela.

Ele saiu galopando do acampamento, cruzando a planície na direção do rochedo. Um arauto correu para o seguir, mas prudentemente ficou alguns metros para trás e, quando soou a trombeta, as notas racharam e seu cavalo se intimidou com o barulho. Mas o cavalo de Renier se lançou adiante, como se em preparação para um salto enorme no final da corrida.

– Ele está maluco, vai morrer – resmungou Cassant.

– E é culpa minha – respondeu Jaisel.

Um gemido horrorizado percorreu as fileiras de espectadores. As barricadas de ferro da imensa bocarra do castelo lentamente se dobravam para o lado. Nada saiu a cavalo de lá. Era, pelo contrário, um patente convite.

Um homem gritou para Renier a cem metros dele no terreno cinzento. Vários inflaram esse grito. De súbito, três quartos do acampamento de Torres uivavam. Fazer troça de um nobre era uma coisa. Vê-lo buscar sua aniquilação era outra. Eles gritaram até ficar roucos, implorando-lhe para que escolhesse a razão acima da honra.

Jaisel, sem emitir uma palavra sequer, deu as costas para o espetáculo. Quando ouviu Cassant xingando, soube que Renier havia galopado direto para o portal de ferro. A comoção dos gritos se desfez em respirações, xingamentos. E então veio o choque e o clangor de duas placas de ferro se reencontrando sobre a boca do inferno.

Impossível imaginar o que ele poderia estar enfrentando agora. Talvez triunfasse, reemergindo coberto de glória. Talvez o mal no castelo de Maudras tivesse esvanecido ou jamais tivesse existido. Talvez fosse uma ilusão. Ou uma mentira.

Eles aguardaram. Os soldados, os cavaleiros. A mulher. Um vento frio soprou, varrendo plumas, estandartes, o cabelo comprido e encaracolado, os sinos das rédeas, a lua crescente na orelha esquerda de Jaisel, a renda frágil em seus pulsos e a espuma de renda nos punhos dos outros.

O sol branco ocidentou-se, enlameou-se, desapareceu. Nuvens se formaram no céu como coalho no leite.

A escuridão se esgueirou em quatro patas. A bruma transbordou, escondendo a vista do castelo. As fogueiras ardiam, os cavalos tossiam em suas estacas.

Havia um cheiro de podridão úmida, como um pântano – brumas – ou esperança apodrecida.

Um jovem cavaleiro cujo nome Jaisel havia esquecido estava ao lado dela. Ele enfiou uma peça de xadrez de âmbar vermelho na cara dela.

– A rainha branca derrotou o cavaleiro vermelho – ele chiou para ela. – Coloque-o na caixa, então. Bata a tampa. Um belo jogo de xadrez aqui no norte. Castelos inexpugnáveis e vadias como rainhas. Cadáveres como cavaleiros de Deus.

Jaisel o encarou até ele ir embora. Pelo canto dos olhos, ela reparou que Cassant chorava frugalmente, uma lágrima de cada vez.

Foi fácil demais passar pelas sentinelas no escuro e na névoa. Claro, elas estavam alertas contra os ambientes externos, não o acampamento em si. Ainda assim, fácil demais. A disciplina estava frouxa. A honra se tornara tudo, e honra não era o suficiente.

Entretanto, era sua própria honra que a propelia; ela não estava imune. Nem era imune àquela região triste. Estava cheia de uma culpa que não precisava sentir, e cheia de remorso por um homem com quem compartilhara apenas uma antipatia mútua, desconfiança, e algumas farpas verbais breves, além de atos de ira mais breves ainda. Renier havia se entregado ao castelo para demonstrar que era valente, para poder envergonhá-la. Ela estava devidamente envergonhada. Por conseguinte, foi instigada a também invadir o castelo, a sondar seu segredo vil. Para salvar a vida dele, caso fosse possível, e vingá-lo caso não fosse. E morrer se o castelo a superasse? Não. Aqui estava a ideia mais estranha de todas. Em algum lugar, no tutano de seus ossos, ela não acreditava que o castelo de Maudras pudesse fazer isso. Afinal, sua vida toda fora uma sucessão de pessoas, coisas, até o próprio destino, tentando derrotar Jaisel e suas metas. Desde a primeira gota de sangue menstrual, o primeiro marido escolhido para ela aos doze anos, o primeiro (e último) estupro, o primeiro professor de esgrima que zombou de sua exigência de aprender e acabou apostando nela... vários leões tinham cruzado seu caminho. E ela havia sistematicamente vencido cada um deles. Porque ela não aceitava, *não podia aceitar*, que o destino fosse imutável. Ou que aquilo que era meramente chamado de inconquistável não pudesse ser conquistado.

O castelo de Maudras, então, era apenas outro símbolo a ser derrubado. E a vibração adocicada e enjoativa de medo em seus órgãos vitais não era nada mais do que aquela anterior a qualquer batalha, como uma velha cicatriz latejando, simples de ignorar.

Ela atravessou a planície a pé e sem ruído algum na bruma fumarenta. A espada no lado esquerdo do quadril, a adaga do lado direito. Sela e mochila foram deixadas para trás, debaixo de seu cobertor. Algum bode errante poderia se espantar caso se aventurasse até o local onde ela dormia. Tirando isso, não detectariam sua ausência até o sol nascer.

A névoa cessava a dez metros do passadiço.

Ela parou por um momento e avaliou o edifício excêntrico elevando-se no céu negro e nublado. Agora o castelo tinha uma escolha. Podia se abrir de maneira convidativa, como fizera para Renier, o desafiante, ou deixar que ela escalasse a muralha, vinte metros acima da porta.

As barricadas de ferro continuaram fechadas.

Ela seguiu o passadiço.

Lá em cima, as torres excêntricas pareciam vacilar, cambalear. Certamente tinham uma aura de perversidade, de ódio duradouro, impenetrável...

Rainha branca contra bispo da escuridão.

Rainha toma castelo, uma rara reviravolta num jogo antigo.

A muralha.

A alvenaria se projetava; a cantaria se fendia, saliente. Até ervas daninhas tinham se arraigado ali. Era um presente, essa muralha, para qualquer um que a escalasse. O que implicava uma piada maliciosa, similar às portas abertas. *Entre. Venha, seja bem-vindo. Entre em mim e seja amaldiçoado em meu interior.*

Ela pulou, encontrou um apoio, começou a ascender. Ágil e flexível graças a uma centena de árvores, outros muros menos fidalgos, uma face de rochedo cinco anos antes – Jaisel sabia escalar prédios verticais como um gato. Não requeria, de fato, toda a ajuda prestimosa que a muralha de Maudras empurrava para ela.

Chegou às ameias externas em minutos e olhou pra dentro. Depois dessa barreira, a cortina, um pátio com posto de vigia central – mas tudo escuro como breu, de difícil acesso. Apenas aquela configuração de torreões e baluartes tortos irrompia claramente contra o céu. Como antes, ela pensou numa excrescência petrificada.

O som era de tecido sendo rasgado, mas era na verdade a atmosfera que se rasgava. Jaisel lançou o corpo na horizontal contra o parapeito amplo e algo beijou sua nuca ao passar, disparando para a noite. Lembrava um dardo de balestra. Ou as flechas do norte, mais espessas e dotadas de plumas de cisne. Sem consciência, mas mirando no coração e capaz de fazê-lo parar.

Ela se pendurou rapidamente pelo parapeito, segurando com os dedos, e caiu dois metros até uma plataforma mais abaixo. Ao aterrissar, o som de rasgo se reiterou. Um puxão violento moveu seu braço. Ela olhou de esguelha e contemplou renda despedaçada, quase invisível no negrume. A cota acima de seu pulso estava quente.

Algum poder capaz de discerni-la enquanto ela estava quase cega, mas que parecia atacar de maneira aleatória e imprecisa. Ela se jogou na horizontal outra vez e rastejou de barriga até o topo de uma escadaria.

Ali, descendo, tornou-se o alvo perfeito. Não importava. Seu segundo mestre de espadas tinha sido praticamente um acrobata...

Jaisel se lançou no ar e, julgando onde as bordas dos degraus deveriam estar, executou três saltos mortais erráticos, aterrissando no pátio com uma rolagem parecida com a dos porcos-espinho.

Enquanto se endireitava, tomou ciência de um súbito brilho fraco. Girou em sua direção, espada e adaga nas mãos, e então parou, coração e estômago se trombando ao viajar em direções opostas.

O brilho era pior do que feitiçaria. Era causado por um cadáver em decomposição semiapoiado num recesso arruinado debaixo das escadas. Pútridos, os restos emitiam um cintilar fosforescente, combinado com um fedor intolerável que pareceu se intensificar após ser reconhecido. E próximo, outra coisa. Iluminada pela luz-fantasma da carne morta, uma inscrição aparentemente esculpida na pedra ao lado dela. Contra seu bom-senso, Jaisel não resistiu a examinar a inscrição. Em pura caligrafia clerical, lia-se:

MAUDRAS ME MATOU.

Um dos homens de Montaube.

Apenas o sexto sentido de combatente alertou Jaisel. Ele mandou que ela se abaixasse, e ela dardejou para longe, o braço da espada golpeando para cima – e um grande golpe ressoou contra a lâmina, cantando por todo seu braço, chegando ao seio e ao ombro. Um grande golpe invisível.

O pensamento fervilhou nela: *Como posso lutar contra algo que não consigo ver?* E o segundo pensamento, inevitável: *Eu sempre lutei assim, um combate com abstrações.* E naquele instante extraordinário, girando para evitar os golpes e cortes letais de uma não entidade assassina, Jaisel se deu conta de que, embora não pudesse *enxergar,* ela podia *sentir.*

Mais uns vinte golpes atingiram sua espada e lascaram as pedras ao redor. Seu braço estava quase insensível, mas, organizado e obediente como uma máquina de guerra, ainda prosseguiu com suas fintas, aparas, bloqueios, ataques. E então, com os olhos quase fechados, vendo melhor através de seu instinto com uma precisão fina numa dança com a morte, ela estendeu sua lâmina pelo comprimento do braço, empurrando o corpo para trás, e *sentiu* tecido se partir nas laterais do aço. E imediatamente seguiu-se um uivo de penetrar o cérebro, algo mais parecido com ar forçado para fora de uma bexiga do que o protesto de uma garganta moribunda.

O caminho estava aberto. Ela também sentiu isso e disparou adiante, curvada, a lâmina rodopiando em precaução. Uma passagem nova, o portal para o posto de vigia, bocejava sem barreiras, e do outro lado desse portal, a ser saltado, um brilho, um esqueleto fétido, a cinzelagem elegante no piso de pedra nesta ocasião:

MAUDRAS ME MATOU.

– Maudras! – gritou Jaisel, enquanto saltava.

Ela estava no amplo vão da vigia do castelo – no negror imenso, que formigava e ardia e piscava com cores lançadas pelo próprio sangue em disparada de Jaisel contra os discos de seus olhos.

E então a escuridão gritou, um despedaçar horrendo de notas que criou uma avalanche, uma cacofonia, como se o teto estivesse caindo. Ela levou uma batida adicional do coração para entender, para se jogar longe do caminho de uma destruição não menos potente por ser natural. Quando o muro do pátio encontrou sua espinha, o pesadelo gritante, o cavalo de Renier, passou por ela em disparada, seguindo para o pátio depois da porta.

Ela ficou caída, quieta, respirando fundo, e algo se agitou contra seu braço. Ela se afastou e ergueu a espada, mas o derradeiro soldado brilhante de Montaube estava lá, cobrindo a base do que parecia ser uma pilastra. Como uma lanterna, ele brilhava enquanto os lampejos circulatórios morriam no interior dos olhos dela. Foi quando ela viu Renier de Torres esparramado a menos de meio metro dali.

Ela se ajoelhou e testou a qualidade da tensão ao seu redor. E interpretou que vinha dela uma disposição felina de brincar, de degustar, de dar mais corda antes de puxar a guia mais uma vez.

O cadáver (com MADRAS ME MATOU inscrito na pilastra) pareceu brilhar mais para permitir que ela visse a marca na testa de Renier, como um hematoma causado por um raio. Um filete de sangue onde antes escorrera um filete de vinho. As pálpebras estremeciam, o peito subia e descia de maneira superficial.

Ela debruçou-se sobre ele e sussurrou:

– Você vive, então. Sua sorte é mais gentil do que eu pensava. Foi atordoado, em vez de assassinado. E a magia de Maudras espera que você se levante outra vez. Não quer matá-lo sem que você saiba. Prefere desfrutar calmamente de sua morte, sem justiça nenhuma.

Em seguida, sem prefácio, o terror inundou o vão do ambiente cheio de pilares do castelo de Maudras.

Uma centena, dez centenas de lascas rodopiantes de aço cortaram o nada. Do vão cego, lâminas voaram, cauterizaram, sibilaram. Jaisel foi pega num mar de morte. Ondas de morte quebraram sobre ela, jorraram e foram anuladas por ondas ainda mais vastas. Ela saltou de uma borda e chegou à outra. As cutiladas eram como bicos de pássaros, cortando mãos, bochechas; arranhões por enquanto, mas constantes, diligentes. Por sua vez, a espada de Jaisel afundou por quilômetros em substâncias parecidas com lama, com pólvora. Vozes subumanas grasnaram. Silhuetas invisíveis cambalearam. Mas a chuva de mordidas, bicadas, arranhões a fez girar para cá, para lá, de encontro a pilastras, pedras quebradas, para baixo, para cima. E ela estava aterrorizada. Lutava aterrorizada.

O terror lhe emprestava habilidades milagrosas, talentos, um desejo enlouquecido e frenético de sobreviver, e um grito agudo e selvagem com o qual ela golpeou a escuridão várias vezes, junto da adaga e da espada.

Até que, abruptamente, não conseguia mais lutar. Seus membros se derreteram e o terror derreteu com eles num estado pior de exaustão, aceitação e resignação abjetas. Seu espírito afundou, ela afundou, a espada afundou de sua mão, a adaga da outra. Afogando-se, ela pensou, teimosamente: pelo menos morra lutando. Mas não havia lhe restado mais nenhuma força.

Ao menos, não até o momento em que ela ficou ciente de que os golpes haviam cessado, do silêncio.

Ela havia tropeçado e estava parcialmente apoiada num bloco de pedra que se encontrava em seu caminho quando caíra. Embotada, sua mente lutava com um paradoxo que não conseguia resolver direito. Ela vinha combatendo sombras que tinham matado outros instantaneamente, mas que não mataram Jaisel. Certamente aquilo havia se estendido demais para ser, como ela supunha, um jogo. Embora tivesse lutado a valer, agora ela estava exausta e o mecanismo de matança do castelo podia acabar com ela, mas não o fez. E o assombro reemergiu, desdenhoso: serei eu encantada?

Havia uma luz. Não o fósforo dos soldados de Montaube. Era uma luz da cor que o infeliz país exibia durante o dia, um verniz azul-neve amarelado, prata suja nas colunas, subindo como uma lua de Sabá vinda do nada.

Jaisel fitou a luz e percebeu um rosto flutuando nela. Não teve dúvidas. Devia ser o semblante de Maudras, que tinha sido queimado, a última borra maliciosa de seu espírito que tirara folga do inferno para fazer ameaças. Mais crânio do que homem. Órbitas oculares cintilando de leve, a boca retesada como se em agonia.

Com asco e aversão, e com horror também, o crânio a analisou. Parecia instruí-la perversamente a abaixar seu olhar para o bloco de pedra onde ela se apoiava, impotente.

E algo naquele rosto a divertiu absurdamente, a fez chacoalhar de rir, estremecer de rir, de modo que ela soube antes mesmo de olhar.

A luz se apagou um segundo depois.

E então o castelo começou, em estágios estrondosos, a desabar por todos os lados. Sem pensar muito, ela foi até Renier e deitou-se sobre o corpo inconsciente dele para protegê-lo do granito que cascateava.

Ele não estava grato quando ela banhou a testa dele em uma poça gelada equidistante da ruína e do acampamento de Torres.

Ali perto, o cavalo lambia a relva relutante. A névoa havia fugido e um sol rosa-escarlate desabrochava no horizonte. A cerca de cem metros, o acampamento dava provas de uma grande agitação. Renier praguejou.

– Devo acreditar que uma meretriz anulou a feitiçaria de Maudras? Não me faça engolir essa bobagem.

– Você sofre demais, como sempre – disse Jaisel, afiada para a paciência devido aos eventos daquela noite. – Qualquer mulher poderia ter conseguido, mas mulheres guerreiras são algo incomum.

– Uma já é demais, na verdade.

Jaisel se levantou e começou a se afastar. Renier a chamou roucamente:

– Espere. Diga de novo o que estava escrito na pedra.

De costas para ele, ela parou. Concisamente, rindo com ironia, ela disse:

– "Eu, Maudras, atribuo a este castelo minha maldição eterna: que homem nenhum jamais aborde suas muralhas sem sair ferido, nem as penetre e viva por muito tempo. Nem, até o fim do mundo deverá este castelo ser tomado *por homem nenhum.*"

Renier rosnou.

Ela não respondeu, apenas continuou andando.

Agora ele a alcançara e, caminhando a seu lado, disse:

– Quantas outras profecias você acha que poderiam ser desfeitas, dama Insolência, por descartar as mulheres desta forma?

– Tantas quanto há estrelas no céu – disse ela.

Taciturno, mas sem discutir mais, ele a escoltou até o acampamento.

KARIN TIDBECK

TIAS

Karin Tidbeck é ume escritore da Suécia que publica contos e poesia em sueco desde 2002 e em inglês desde 2010. Seu livro de estreia foi a coletânea de contos *Vem är Arvid Pekon?*, de 2010, que recebeu a cobiçada bolsa de trabalho de um ano do Fundo dos Autores Suecos. Sua coletânea em inglês, *Jagannath* (2012), recebeu o prêmio Crawford e foi finalista do James Tiptree Jr. Memorial Award. Seu histórico de publicações em inglês inclui *Weird Tales*, *Shimmer Magazine*, Tor.com, *Lightspeed*, *Strange Horizons* e *Unstuck Annual*. O estranhamente surreal "Tias" mostra a transmissão de rituais e história de uma geração para a outra. Foi publicado pela primeira vez em ODD?, em 2011.

Em alguns lugares, o tempo é um fenômeno fraco e ocasional. A menos que lhe cobre, o tempo pode não passar, ou fazê-lo apenas parcialmente; os eventos se curvam para dentro de si mesmos, formando espirais e círculos.

O laranjal é um lugar assim. Ele fica num pomar de maçãs limitado por um jardim. O ar é úmido e carregado com a doçura fermentada das frutas que passaram do ponto. Macieiras retorcidas com folhas de um amarelo vivo ardem em contraste com o céu frio e arroxeado. Globos vermelhos pendem pesadamente em seus galhos. O laranjal não recebe visitantes. O pomar pertence a um regente particular cujos jardins são, em sua maioria, povoados por nobres túrgidos completamente desinteressados nele. Não há criados, não há entretenimento. Requer caminhada e as frutas são farinhentas.

Entretanto, caso alguém caminhasse entre as árvores, se veria marchando por um tempo muito longo, cada árvore quase idêntica às outras. (Caso esse alguém tentasse contar as frutas, também descobriria que cada árvore tem exatamente o mesmo número de maçãs.) Se esse visitante não desse meia-volta e fugisse em busca da segurança de partes mais cultivadas dos jardins, eventualmente veria as árvores se dispersarem e a bolha de prata e vidro de um laranjal se elevar do solo. Aproximando-se, a pessoa veria isto:

O interior das paredes de vidro era coberto por uma fina camada marrom de gordura, vapor e hálito. Lá dentro, quinze laranjeiras acompanhavam a curva da cúpula; quinze árvores menores, em vasos, faziam um círculo dentro do primeiro. Mármore cobria o centro, onde havia três divãs robustos cercados por mesinhas redondas e baixas. Os divãs afundavam sob o peso de três mulheres gigantescas.

As Tias tinham uma única tarefa sagrada: expandir. Lentamente, acumulavam camadas de gordura. Uma coxa cortada revelaria um padrão de anéis concêntricos, a gordura colorida em tons diferentes. No sofá do meio reclinava-se Tia-Grande, a maior das três. Seu corpo fluía da cabeça como ondas de chantili, braços e pernas meros cotos projetando-se de sua massa magnífica.

As irmãs da Tia-Grande encontravam-se uma de cada lado dela. A Irmã do Meio, sua barriga cascateando por cima dos joelhos como um cobertor, comia um cordão de salsichas pequenas uma por uma, feito um colar de pérolas. A Irmã Caçula, em nada menor do que as outras, tirava a tampa de uma torta de carne. A Tia-Grande estendeu um braço, deixando os dedos lentamente se afundarem no interior desnudo da torta. Ela tirou um punhado do recheio escuro e enterrou a cara nele, suspirando. A Irmã Caçula comeu o resto do recheio até lamber a casca, então a dobrou quatro vezes e lentamente enfiou tudo na boca. Depois apanhou outro cordão de salsichas. Abriu e raspou o recheio da pele com os dentes e jogou as pelinhas vazias de lado. A Tia-Grande sugava o bocal de um tubo fino que serpenteava de um samovar na mesa. A névoa salgada de manteiga derretida elevava-se da tampa do pote. De vez em quando, ela parava para virar a cabeça e aceitar pequenos biscoitos de tutano de uma das três garotas que pairavam perto dos sofás.

As garotas vestidas de cinza que se moviam discretamente pelo laranjal eram Sobrinhas. Nas cozinhas debaixo do laranjal, elas assavam pães e bolos suntuosos; limpavam e alimentavam suas Tias. Não tinham nomes individuais e eram indistinguíveis umas das outras, com frequência até para si mesmas. As Sobrinhas viviam das sobras das Tias: lambendo migalhas retiradas do queixo da Tia-Grande, bebendo os restos de manteiga do samovar. As Tias não deixavam muita coisa, mas as Sobrinhas também não precisavam de muito.

A Tia-Grande não podia mais se expandir, o que era como deveria ser mesmo. Sua pele, que antes caía em dobras suaves ao seu redor, estava distendida sobre a gordura que pressionava para fora. A Tia-Grande levantou os olhos de seu vasto corpo e olhou para as irmãs, que, por sua vez, assentiram. As Sobrinhas se adiantaram, retirando as almofadas que mantinham as Tias com o tronco elevado. Conforme se deitava, Tia-Grande começou a estremecer. Ela fechou os olhos e sua boca relaxou. Uma linha escura surgiu ao longo de seu abdome. Quando chegou à sua virilha, ela ficou imóvel. Com um suspirou suave, a pele se abriu acompanhando a linha. Camada após camada de pele, gordura, músculo e membrana se separou até o esterno ficar exposto e se abrir com um estalo úmido. Sangue dourado jorrou da ferida, respingando no sofá e no chão, onde foi captado numa vala rasa. As Sobrinhas colocaram mãos à obra, retirando cuidadosamente órgãos e entranhas. No fundo do berço das costelas havia uma silhueta rosa e enrugada, com braços e pernas envolvendo o coração da Tia-Grande. A silhueta abriu os olhos e choramingou quando as Sobrinhas a ergueram, afastando-a dos últimos resquícios de tecido que a cercavam. Elas cortaram fora o coração com a nova Tia ainda agarrada nele, e colocaram-na numa almofada pequena, onde ela se acomodou e começou a mordiscar o coração com dentinhos minúsculos.

As Sobrinhas separaram intestinos, fígado, pulmões, rins, bexiga, útero e estômago; cada um foi colocado em tigelas separadas. Em seguida, removeram a pele da Tia. Ela saiu com facilidade em grandes pedaços, prontos para serem curados e curtidos e transformados em um de três novos vestidos. Então chegou a hora de retirar a gordura: primeiro a fartura dos enormes seios da Tia; em seguida, sua barriga volumosa, suas coxas; por último, suas nádegas achatadas. As Sobrinhas soltaram os músculos dos ossos; não era necessária muita força, pois eles quase caíam nas mãos delas. Finalmente, os ossos em si, moles e translúcidos, foram picados em pedaços mais manuseáveis. Quando tudo isso estava pronto, as Sobrinhas se voltaram para a Irmã do Meio e a Caçula, que esperavam em seus sofás, imóveis e escancaradas. Com tudo dividido e organizado em potes e recipientes, as Sobrinhas esfregaram os sofás e depositaram sobre eles as novas Tias, cada uma ainda ocupada, mastigando os restos de um coração.

As Sobrinhas se retiraram para as cozinhas debaixo do laranjal. Elas derreteram e clarificaram a gordura, trituraram os ossos até virar uma farinha fina, picaram e assaram as carnes dos órgãos, colocaram os pâncreas de molho em vinagre, cozinharam o músculo até a carne se desfiar, limparam e penduraram os intestinos para secar. Nada era desperdiçado. As Tias foram assadas em bolos, patês e pães e pequenas linguiças temperadas e bolinhos e torresmo. As novas Tias estariam muito esfomeadas e ficariam bem contentes.

—

Nem as Sobrinhas nem as Tias viram acontecer, mas alguém abriu caminho entre as macieiras e alcançou o laranjal. As Tias estavam tomando banho. As Sobrinhas passavam esponjas por toda a extensão da pele com água de rosas morna. A quietude do laranjal foi substituída pelo gotejar e respingar de água, o rangido dos baldes de cobre, os grunhidos das Sobrinhas se esforçando para tirar pele do caminho. Elas não viram o rosto curioso pressionado contra o vidro, cachos como saca-rolhas sebentos deixando rastros em filigrana: uma mão aterrissando perto do rosto de olhar fixo, aninhando um objeto redondo de metal. Também não ouviram a princípio o ruído baixo e irregular que o objeto fazia. Foi só quando o ruído de tique, primeiro lento, depois mais rápido, se amplificou e encheu o ar, que uma Tia abriu os olhos e prestou atenção. As Sobrinhas se voltaram na direção da parede do laranjal. Não havia nada lá, exceto por uma marca de mão e uma mancha branca.

A Tia-Grande não podia mais se expandir. Sua pele estava distendida sobre a gordura que pressionava para fora. A Tia-Grande ergueu os olhos de seu vasto corpo e olhou para suas irmãs, e cada uma delas assentiu. As Sobrinhas se adiantaram, retirando as almofadas que mantinham as Tias com o tronco elevado.

As Tias ofegaram e sibilaram. Seus abdomes eram uma expansão lisa, sem interrupções: não havia nem sinal da linha escura reveladora. O rosto da Tia-Grande assumiu um tom azul-avermelhado quando seu próprio peso pressionou a garganta. Seus tremores se transformaram em convulsões. E então, subitamente, sua respiração parou por completo e seus olhos se imobilizaram. De cada lado, suas irmãs emitiram seus últimos suspiros em comum acordo.

As Sobrinhas fitaram os corpos quietos. Olharam umas para as outras. Uma delas ergueu sua faca.

Conforme as Sobrinhas trabalhavam, quanto mais elas removiam da Tia-Grande, mais claro ficava que algo estava errado. A carne não cedia de bom grado; tinha de ser forçada a se separar. Elas recorreram a tesouras para abrir as costelas. Finalmente, enquanto raspavam os últimos tecidos dos fêmures da Tia-Grande, uma delas disse:

– Não vejo uma Tia pequenina.

– Ela deveria estar aí – disse uma segunda.

Elas olharam uma para a outra. A terceira caiu no choro. Uma das outras deu um tapa na cabeça da garota que chorava.

– Deveríamos procurar melhor – disse aquela que havia dado o tapa na irmã. – Ela pode estar atrás dos olhos.

As Sobrinhas escavaram mais fundo na Tia-Grande; olharam o interior de seu crânio, mas não encontraram nada. Cavoucaram as profundezas da pélvis dela, mas não havia uma nova Tia. Sem saber o que fazer, elas terminaram a divisão do corpo, depois passaram para as outras Tias. A última foi aberta, tratada, esquartejada e raspada, mas nenhuma Tia nova tinha sido encontrada. A essa altura, o chão do laranjal estava cheio de potes de carne e vísceras recém-organizadas. Algumas das laranjeiras mais jovens tinham caído e estavam embebendo o sangue dourado. Uma das Sobrinhas, provavelmente a que estapeara a irmã, pegou uma tigela e olhou para as outras.

– Temos trabalho a fazer – disse ela.

As Sobrinhas esfregaram o chão do laranjal e limparam os sofás. Transformaram até o último pedacinho das Tias num banquete. Carregaram bandejas de comida das cozinhas e as espalharam nas mesas ao redor. Os sofás ainda estavam vazios.

Uma das Sobrinhas se sentou no sofá do meio. Ela pegou uma torta de carne e a mordiscou. O sabor rico do fígado assado da Tia-Grande explodiu em sua boca; a casca da torta derreteu em sua língua. Ela enfiou o resto da torta na boca e engoliu. Quando abriu os olhos, as outras Sobrinhas estavam congeladas, observando-a.

– Devemos ser as novas Tias agora – disse a primeira Sobrinha.

Uma das outras pensou a respeito disso.

– Não devemos desperdiçar – acabou dizendo.

As novas Tias se sentaram nos sofás da Irmã do Meio e da Irmã Caçula e hesitantemente estenderam a mão para a comida nas mesas. Como a irmã, primeiro deram mordidinhas, depois mordidas cada vez maiores, conforme o sabor das Tias antigas as preenchia. Nunca antes tinham recebido permissão para comer das mesas. Comeram até não conseguir engolir nem mais um pedaço. Dormiram. Quando acordaram, buscaram mais comida na cozinha. O laranjal estava quieto, tirando o ruído de mastigação e deglutição. Uma Sobrinha pegou um bolo inteiro e enterrou a cara nele, comendo-o de dentro para fora. Outra esfregou cérebro marinado em si mesma, como se quisesse absorvê-lo. Linguiças, fatias de língua cobertas com geleia de mocotó, olhos cristalizados que estalavam e depois derretiam. As garotas comeram e comeram até a cozinha ficar vazia e o chão, coberto por uma camada de migalhas e respingos. Elas se recostaram nos sofás e olharam para os corpos umas das outras, medindo barrigas e pernas. Nenhuma delas estava visivelmente mais gorda.

– Não está funcionando – disse a garota no sofá da esquerda. – Nós as comemos todinhas e não está funcionando!

Ela explodiu em lágrimas.

A garota do meio ponderou.

– Tias não podem ser Tias sem Sobrinhas – disse ela.

– Mas onde vamos encontrar Sobrinhas? – perguntou a da direita. – De onde nós viemos?

As outras duas ficaram em silêncio.

– Poderíamos fazê-las – disse a garota do meio. – Somos boas em confeitaria, afinal de contas.

E assim, as Tias em potencial varreram as migalhas do chão e dos pratos, enxugaram os sumos e pedaços de geleia e voltaram para as cozinhas com os últimos restos das Tias antigas. Fizeram uma massa e a moldaram em três bolos no formato de garotas, assaram-nos e os glacearam. Quando os bolos ficaram prontos, eram de um marrom-claro e fresco e do tamanho da mão. As pretendentes a Tia levaram os bolos para cima, para o laranjal, e os colocaram no chão, um ao lado de cada sofá. Elas se embrulharam nas peles de Tia e se deitaram nos sofás para esperar.

Lá fora, as macieiras chacoalhavam suas folhas numa brisa distante. Do outro lado do pomar de macieiras ocorria uma festa barulhenta, na qual um grupo de nobres jogava *croquet* com cabeças humanas, e seus criados metamorfos se escondiam debaixo das mesas, contando histórias uns para os outros para afastar o medo. Nenhum desses sons alcançava o laranjal, quieto na penumbra constante. Nenhum cheiro de maçã se esgueirava entre os vidros. As peles de Tia se assentavam em dobras macias ao redor das garotas adormecidas.

Finalmente, uma delas acordou. Os bolos em forma de garota jaziam no chão, como antes.

A garota do meio rastejou para fora das dobras do vestido de pele e colocou os pés no chão. Ela apanhou o bolo que se encontrava mais perto.

– Talvez devêssemos comê-los – disse ela. – E as Sobrinhas crescerão dentro de nós.

Mas a voz dela era débil.

– Ou esperar – disse a garota da esquerda. – Talvez ainda possam se mover.

– Talvez possam – diz a garota do meio.

As garotas se sentaram nos sofás, aninhadas nos vestidos de pele, e esperaram. Pegaram no sono, e acordaram de novo, e esperaram.

Em alguns lugares, o tempo é um fenômeno fraco e ocasional. A menos que alguém lhe cobre, o tempo pode não passar, ou fazê-lo apenas parcialmente; os eventos se curvam para dentro de si mesmos, formando espirais e círculos.

As Sobrinhas acordam e esperam, acordam e esperam, pela chegada das Tias.

URSULA K. LE GUIN

SUR

Ursula K. Le Guin foi uma escritora estadunidense. Uma figura emblemática em fantasia, ficção científica e ficção geral, ela publicou mais de vinte romances, onze volumes de contos, quatro coletâneas de ensaios, doze livros infantis e seis volumes de poesia, além de traduzir quatro livros. Le Guin recebeu muitas honrarias e prêmios, entre eles o Hugo, o Nebula, o National Book Award e o PEN/Malamud. Suas publicações mais recentes incluem *Finding My Elegy: New and Selected Poems, 1960-2010* e *The Unreal and the Real: Selected Stories*. "Sur" é um relato de uma das primeiras expedições à Antártida, que lentamente se revela ser composta por uma equipe de aventureiras exclusivamente feminina. Ele foi publicado pela primeira vez na *New Yorker*, em 1982.

Um relato resumido da Expedição Yelcho
para a Antártida, 1909-1910

Embora eu não tenha intenção de publicar este relato, acho que seria bacana se algum neto ou neta meu, ou de alguém, o encontrasse por acaso algum dia; então vou guardá-lo no baú de couro no sótão, junto com o vestido de batizado de Rosita e o chocalho de prata de Juanito e meus sapatos de casamento e as botas finneskos.

O primeiro requisito para montar uma expedição – dinheiro – normalmente é o mais difícil de conseguir. Lamento que nem em um relato destinado a um baú no sótão de uma casa num subúrbio sossegado de Lima eu ouse escrever o nome da pessoa generosa que atuou como nosso mecenas, a grande alma de incansável liberalidade sem a qual a Expedição *Yelcho* jamais teria sido nada além de uma visita fútil a devaneios. Que nosso equipamento fosse o melhor e o mais moderno, que nossas provisões fossem fartas e boas, que um navio do governo chileno, com seus corajosos oficiais e tripulação galante, fosse enviado duas vezes ao outro lado do mundo para nossa conveniência: tudo isso se deve àquele doador cujo nome, ai de mim!, não devo dizer, mas em cujo débito estarei, feliz, até a morte.

Quando eu era pouco mais que uma criança, minha imaginação foi estimulada por um relato no jornal sobre a viagem do *Belgica*, que, partindo de Terra del Fuego rumo ao sul, foi cercado pelo gelo no Mar de Bellingshausen e ficou à deriva por um ano inteiro com a banquisa, enquanto os homens a bordo penavam com a falta de comida e o terror da escuridão infinita do inverno. Eu li e reli aquele relato, e posteriormente acompanhei, empolgada, os relatos do resgate do dr. Nordenskjold das Ilhas Shetland do Sul pelo garboso capitão Irizar, do *Uruguay*, e as aventuras do *Scotia* no Mar de Weddell. Porém, todas essas proezas foram, para mim, apenas precursoras da Expedição Nacional Britânica à Antártida de 1902-1904 com o *Discovery*, e o relato maravilhoso feito dela pelo capitão Scott. Esse livro, que encomendei de Londres e reli mil vezes, me encheu de anseio por ver com meus próprios olhos aquele continente estranho, a última Thule do Sul, que se encontra em nossos mapas e globos como uma nuvem branca, um vazio, contornado aqui e ali com retalhos de linha costeira, cabos dúbios, ilhas espúrias, promontórios que podem ou não existir: ir, ver – nada mais, nada menos. Respeito profundamente as realizações científicas da expedição do capitão Scott, e li com interesse passional as descobertas de físicos, meteorologistas, biólogos etc.; entretanto, sem ter treinamento em ciência alguma, nem oportunidade para

O mapa do sótão

buscar tal treinamento, minha ignorância me obrigava a abrir mão de qualquer ideia de somar ao corpo de conhecimento científico no que dizia respeito à Antártida. O mesmo era verdade para todos os membros da minha expedição. Parece uma pena, mas não havia nada que pudéssemos fazer sobre isso. Nossas metas limitavam-se à observação e à exploração. Esperávamos ir um pouco além, talvez, e ver um pouco mais; senão, simplesmente ir e ver. Uma ambição simples, acho, e modesta, em sua essência.

Entretanto, ela teria permanecido como algo menor do que uma ambição, nada além de um desejo profundo, não fosse o apoio e o encorajamento de minha querida prima e amiga, Juana —. (Não uso nenhum sobrenome, caso este relato caia nas mãos de estranhos, no final, fazendo recair uma vergonha ou notoriedade desagradável sobre maridos e filhos inocentes.) Eu emprestara a Juana meu exemplar de *A viagem do Discovery* e foi ela quem, enquanto caminhávamos debaixo de nossos para-sóis pela Plaza de Armas, depois da missa, em certo domingo de 1908, disse:

– Bem, se o capitão Scott pode ir, por que nós não podemos?

Foi Juana quem propôs que escrevêssemos para Carlota —, em Valparaíso. Por meio de Carlota conhecemos nosso benfeitor, e assim obtivemos nosso dinheiro, nosso navio, e até o pretexto plausível de fazer um retiro num convento boliviano, que algumas de nós fomos forçadas a empregar (enquanto o resto dizia que iria a Paris para a temporada de inverno). E foi a minha Juana que, nos momentos mais sombrios, permaneceu resoluta, inabalável em sua determinação de atingir nossa meta.

E houve momentos sombrios, especialmente nos primeiros meses de 1909 – momentos em que eu não via como a Expedição se tornaria algo além de duzentos e cinquenta quilos de pemmican desperdiçados e um arrependimento para a vida toda. Foi tão difícil montar nossa força expedicionária! Pouquíssimas daquelas a quem convidamos sequer sabiam do que estávamos falando – tantas pensaram que éramos malucas, ou degeneradas, ou as duas coisas! E das poucas que compartilhavam de nossa tolice, menos ainda foram capazes, quando chegamos a este ponto, de deixar suas tarefas diárias e se comprometerem com uma viagem de no mínimo seis meses, cercada por incertezas e perigos nada desprezíveis. Um pai ou mãe doente; um marido ansioso, acossado por preocupações de negócios; um filho ou filha em casa, com apenas criados ignorantes ou incompetentes para cuidar da criança: estas não são responsabilidades fáceis de abandonar. E aquelas que desejavam fugir de tais deveres não eram as companheiras que desejávamos para enfrentar trabalho duro, risco e privações.

Porém, já que o sucesso coroou nossos empenhos, por que me estender sobre os obstáculos e atrasos, ou os deploráveis artifícios e mentiras que todas nós tivemos de empregar? Olho para trás com arrependimento apenas por aquelas amigas que desejaram ir conosco e não conseguiram, por nenhum artifício, se libertar – aquelas que tivemos de deixar para trás, para uma vida sem perigo, sem incerteza, sem esperança.

No dia 17 de agosto de 1909, em Punta Arenas, Chile, todas as integrantes da Expedição se encontraram pela primeira vez: Juana e eu, as duas peruanas; da Argentina, Zoe, Berta e Teresa; e nossas chilenas, Carlota e suas amigas Eva, Pepita e Dolores. No último instante, eu tinha recebido a notícia de que o marido de Maria, em Quito, estava doente, e que ela deveria ficar para cuidar dele, então estávamos em nove, não dez. Na verdade, havíamos nos resignado a ir em apenas oito quando, ao cair da noite, a indomável Zoe chegou numa piroga minúscula comandada por dois indígenas, uma vez que seu iate sofrera um vazamento bem ao entrar no Estreito de Magalhães.

Naquela noite, antes de partirmos, começamos a nos conhecer melhor; e concordamos, enquanto desfrutávamos de nossa ceia abominável na abominável pousada do porto de Punta Arenas, que se surgisse uma situação de perigo tão urgente que uma voz devesse ser obedecida sem questionamentos, a honra nada invejável de falar com essa voz recairia primeiro sobre mim mesma; se eu estivesse incapacitada, sobre Carlota; e se ela também estivesse, então sobre Berta. Nós três fomos então brindadas como "Inca Suprema", "La Araucana" e "A Terceira Oficial" em meio a muitos risos e aplausos. Como se viu mais tarde, para meu grande prazer e alívio, minhas qualidades como "líder" nunca foram testadas; nós nove resolvíamos as coisas do começo ao fim, sem nenhuma ordem sendo dada por ninguém, e só duas ou três vezes recorremos a votos por voz ou mão levantada. Certamente, discutíamos muito. Mas, é claro, tínhamos tempo para discutir. E de um jeito ou de outro, as discussões sempre acabavam numa decisão, após a qual podíamos entrar em ação. Em geral, pelo menos uma pessoa resmungava sobre a decisão tomada, às vezes amargamente. Mas o que é a vida sem alguns resmungos e a ocasional oportunidade de dizer "eu bem que avisei"? Como alguém poderia suportar as tarefas domésticas ou o cuidado dos bebês, quanto mais os rigores do transporte por trenós na Antártida, sem resmungar? Oficiais – como viemos a compreender a bordo do *Yelcho* – são proibidos de resmungar; mas nós nove éramos, em todos os aspectos, inequívoca e irrevogavelmente, toda a tripulação.

Embora a rota mais curta para o continente no extremo sul, originalmente apresentada a nós pelo capitão de nosso bom navio, fosse até as Shetlands do Sul e o Mar de Bellingshausen, ou então pelas Orkneys do Sul até o Mar de Weddell, planejávamos navegar para o oeste, rumo ao Mar de Ross, que o capitão Scott explorou e descreveu, e de onde o valente Ernest Shackleton retornara no outono anterior. Sabia-se mais sobre essa região do que qualquer outra porção da costa da Antártida e, apesar de esse mais não ser muito, servia como alguma garantia de segurança do navio, que sentíamos não ter o direito de colocar em risco. O capitão Pardo concordou plenamente conosco depois de estudar os mapas e o nosso itinerário planejado; assim, foi para oeste que estabelecemos nosso curso para fora do estreito na manhã seguinte.

Nossa jornada ao outro lado do mundo foi acompanhada pela sorte. O pequeno *Yelcho* navegou alegremente através de vendaval e clarão, subindo e descendo aqueles mares do sul que corriam ininterruptos em torno do mundo. Juana, que havia lutado com touros e, muito mais perigosas, com as vacas na *estancia* de sua família, chamava o navio de "*la vaca valiente*", porque ele sempre retomava o ataque. Assim que superamos o enjoo, todas desfrutamos a viagem marítima, embora às vezes nos sentíssemos oprimidas pelo protecionismo gentil, mas intrometido, do capitão e de seus oficiais, que sentiam que só estávamos "a salvo" quando nos aninhávamos nas três cabines minúsculas que eles cavalheirescamente deixaram vagas para nosso uso.

Vimos nosso primeiro iceberg muito mais ao sul do que esperávamos, e o saudamos com um champagne Veuve Clicquot no jantar. No dia seguinte, entramos na camada de gelo, o cinturão de banquisas e icebergs soltos do continente e dos mares congelados no inverno da Antártida que vagam para o norte durante a primavera. A sorte ainda sorria para nós: nosso pequeno navio a vapor, sendo incapaz, com seu casco não reforçado por metal, de abrir caminho à força no gelo, foi encontrando passagem sem hesitação, e no terceiro dia tínhamos atravessado o trecho no qual os navios às vezes lutavam por semanas, apenas para serem obrigados a dar meia-volta no final. À nossa frente agora encontravam-se as águas cinzentas do Mar de Ross e, depois dele, no horizonte, o cintilar remoto, a brancura do reflexo das nuvens da Grande Barreira de Gelo.

Entrando no Mar de Ross um pouco a leste da longitude 160° Oeste, entramos no campo de visão da Barreira no local onde o grupo do capitão Scott, encontrando um golfo na vasta parede de gelo, desembarcou e soltou seu balão de hidrogênio para fazer reconhecimento da área e tirar fotografias. A face imponente da Barreira, com seus penhascos transparentes e cavernas cerúleas e violetas escavadas pela água, era como tinham descrito, mas a localização havia mudado: em vez de um golfo estreito, havia uma baía considerável, cheia das lindas e formidáveis baleias orca, que brincavam e cuspiam água sob a luz do sol daquela primavera sulista brilhante.

Evidentemente, massas de gelo com vários hectares de extensão haviam se separado da Barreira (que – ao menos na maior parte de sua vasta extensão – não repousa sobre o continente, mas flutua na água) desde a passagem do *Discovery* em 1902. Isso colocou nosso plano de montar acampamento na Barreira propriamente dita sob uma nova luz; e enquanto estávamos discutindo alternativas, pedimos ao capitão Pardo que levasse o navio para o oeste, acompanhando a face da Barreira, na direção da Ilha de Ross e do Estreito de McMurdo. Como o mar estava sem gelo e bastante calmo, ele ficou contente em fazer isso e, quando avistamos a nuvem de fumaça do Monte Érebo, em se juntar a nossa celebração – mais meia caixa de Veuve Clicquot.

O *Yelcho* ancorou na Baía da Chegada, e desembarcamos no bote do navio. Não sei descrever minhas emoções quando coloquei os pés na terra, naquela terra, o cascalho estéril e frio aos pés da longa encosta vulcânica. Senti euforia, impaciência, gratidão, assombro, familiaridade. Senti que estava finalmente em casa. Oito pinguins-de-adélia imediatamente vieram nos saudar com muitas exclamações de interesse, não de todo isentas de desaprovação. "Onde é que vocês estavam? Por que demoraram tanto? A cabana de Scott fica para cá. Por favor, venham por aqui. Cuidado com as pedras!" Eles insistiram para que visitássemos Hut Point, onde encontrava-se a grande estrutura construída pelo grupo do capitão Scott, igualzinha às fotografias e desenhos que ilustram seu livro. A área ao redor dela, entretanto, estava nojenta – lembrava um cemitério de peles de focas, ossos de focas, ossos de pinguim e lixo, presidido por mandriões doidos e gritalhões. Nossa escolta bamboleou pelo abatedouro com toda a tranquilidade, e um me levou pessoalmente até a porta, embora não entrasse lá.

O interior da cabana era muito menos ofensivo, mas bastante deprimente. Caixas de suprimentos tinham sido empilhadas, formando algo como um cômodo dentro do cômodo; não estava do jeito que eu imaginava quando a equipe do *Discovery* apresentava seus melodramas e espetáculos de comédia na longa noite do inverno. (Muito mais tarde, descobrimos que Sir Ernest havia rearrumado bastante o local quando estivera ali apenas um ano antes de nós.) Ela estava suja e apresentava um horrível ar de desorganização. Uma lata de chá estava aberta. Latas de carne vazias jaziam para todo lado; havia biscoitos caídos no chão e vários cocôs de cachorro sob nossos pés – congelados, claro, mas não muito melhores por causa disso. Sem dúvida, os últimos ocupantes tiveram de ir embora com pressa, talvez até durante uma nevasca. Mesmo assim, podiam ter fechado a lata de chá. Mas a arrumação, essa arte do infinito, não é brincadeira de amadores.

Teresa propôs que utilizássemos a cabana como acampamento. Zoe fez a contraproposta de que ateássemos fogo a ela. Finalmente, fechamos a porta e a deixamos como havíamos encontrado. Os pinguins pareceram aprovar e nos aplaudiram o caminho todo até o barco.

O Estreito de McMurdo estava sem gelo, e o capitão Pardo propôs agora nos tirar da Ilha de Ross e seguir até a Terra de Vitória, onde poderíamos acampar no sopé das Montanhas Ocidentais, sobre terra seca e sólida. Mas aquelas montanhas, com seus picos escurecidos pelas tempestades e recessos e glaciares suspensos, pareciam tão horríveis quanto o capitão Scott julgara em sua jornada ocidental, e nenhuma de nós se sentia muito inclinada a buscar abrigo entre elas.

A bordo do navio, naquela noite, decidimos voltar e montar nossa base como planejáramos originalmente, na própria Barreira. Pois todos os relatos disponíveis indicavam que o caminho direto para o sul era atravessando a superfície plana da Barreira até conseguir ascender por um dos glaciares confluentes que levam ao platô elevado que parece formar todo o interior do continente. O capitão Pardo argumentou muito contra esse plano, perguntando o que aconteceria conosco caso a Barreira "parisse" – se nosso hectare particular de gelo se separasse e começasse a vagar à deriva para o norte.

– Bem – disse Zoe –, aí você não terá de ir tão longe para se encontrar conosco.

Mas ele foi tão persuasivo nessa questão que acabou persuadindo a si mesmo a deixar um dos botes do *Yelcho* conosco quando acampamos, como meio de fuga. Mais tarde, nós o achamos muito útil para pescar.

Meus primeiros passos em solo antártico, minha única visita à Ilha de Ross, não ocorrera sem um toque de desprazer. Pensei nas palavras do poeta inglês:

Embora toda vista agrade,
E apenas o Homem seja vil.

Mas, claro, o reverso do heroísmo é muitas vezes triste; mulheres e criados sabem disso. Eles também sabem que nem por isso o heroísmo seja menos real. Mas as realizações são menores do que os homens pensam. O que é grande é o céu, a terra, o mar, a alma. Olhei para trás quando o navio seguiu rumo a leste outra vez naquela noite. Já estávamos bem entrados em setembro agora, com dez horas ou mais de luz por dia. O poente de primavera se demorava no pico de 3.600 metros de altura do Érebo, brilhando num rosa dourado na comprida coluna de fumaça que saía dele. O vapor do nosso pequeno funil desvanecia, azulado, na água crepuscular enquanto nos arrastávamos sob a imponente muralha pálida de gelo.

Em nosso regresso à "Baía das Orcas" – Sir Ernest, descobrimos anos depois, a havia nomeado Baía das Baleias –, encontramos uma brecha abrigada onde a borda da Barreira era baixa o bastante para oferecer acesso razoavelmente fácil a partir do navio. O *Yelcho* lançou sua âncora de gelo e os dias seguintes, longos e difíceis, foram passados descarregando nossos suprimentos e montando nosso acampamento no gelo, a meio quilômetro da borda: uma tarefa na qual a tripulação do *Yelcho* nos prestou uma ajuda inestimável e nos ofereceu conselhos intermináveis. Recebemos toda a ajuda com gratidão e a maioria dos conselhos com desconfiança.

O clima até ali tinha estado extraordinariamente ameno para a primavera naquela latitude; a temperatura ainda não chegara a menos de –6 °C, e houve apenas uma nevasca enquanto estávamos montando o acampamento. Mas o capitão Scott falara enfaticamente dos ventos amargos do sul na Barreira, e fizemos nossos planos em conformidade com isso. Exposto a todos os ventos como nosso acampamento se encontrava, não construímos nenhuma barreira rígida acima do solo. Levantamos tendas nas quais nos abrigarmos enquanto cavávamos uma série de cubículos no próprio gelo, forrando-os com palha para isolamento e tábuas de pinho e cobrindo-os com lona sobre postes de bambu, que foram então cobertas com neve para dar peso e isolamento. A grande sala central foi imediatamente chamada de Buenos Aires pelas nossas argentinas, para quem o centro, quando existir, é sempre Buenos Aires. O aquecedor e fogão ficava em Buenos Aires. Os túneis de armazenamento e a privada (chamada de Punta Arenas) recebiam um pouco de calor do fogão. Os cubículos que serviam de quartos saíam de Buenos Aires e eram muito pequenos, meros tubos nos quais a pessoa tinha de entrar rastejando, primeiro com os pés; esses cubículos eram profundamente forrados com palha e logo esquentavam com o calor do corpo. Os marinheiros os chamavam de "caixões" e "buracos de minhoca", e olhavam nossas tocas no gelo com horror. Mas nosso pequeno labirinto, ou vilarejo de cão-da-pradaria, nos serviu bem, propiciando-nos todo o calor e privacidade que se poderia razoavelmente esperar naquelas circunstâncias. Se o *Yelcho* fosse incapaz de atravessar o gelo em fevereiro e precisássemos passar o inverno na Antártida, certamente conseguiríamos, embora com rações muito limitadas. Durante este verão, nossa base – Sudamérica del Sur, Sul da América do Sul, mas geralmente a chamávamos de "a Base" – deveria servir meramente como lugar para dormir, guardar nossas provisões e nos fornecer abrigo contra tempestades.

Para Berta e Eva, contudo, era mais do que isso. Elas foram suas principais arquitetas e projetistas, as construtoras e escavadoras mais engenhosas, e suas ocupantes mais diligentes e empolgadas, sempre inventando uma melhoria na ventilação, ou aprendendo a fazer claraboias, ou nos revelando um novo acréscimo aos nossos quartos, escavado no gelo vivo. Foi graças a elas que nossas provisões foram armazenadas de maneira tão prática, que nosso fogão cozinhava e aquecia com tanta eficiência, e que Buenos Aires, onde nove pessoas cozinhavam, comiam, trabalhavam, conversavam, discutiam, resmungavam, pintavam, tocavam violão e banjo e mantinham a biblioteca de livros e mapas da Expedição, era uma maravilha de conforto e conveniência. Nós moramos lá numa amizade real; se alguém simplesmente precisava ficar sozinha por um tempo, rastejava de cabeça para seu buraco de dormir.

Berta foi um pouco além. Quando havia feito tudo o que podia para deixar o Sul da América do Sul habitável, ela escavou outra célula logo abaixo da superfície do gelo, deixando uma camada quase transparente no topo, como se fosse o teto de uma estufa; e ali, sozinha, trabalhava em esculturas. Elas tinham formatos lindos, algumas parecendo uma mistura de figura humana reclinada com as curvas e volumes sutis da foca-de-Weddell, outras com as formas fantásticas de cornijas e cavernas de gelo. Talvez ainda estejam lá, debaixo da neve, na bolha da Grande Barreira. Lá onde ela as fez, podem durar tanto quanto pedra. Mas ela não podia trazê-las para o norte. Esta é a punição por esculpir em água.

O capitão Pardo estava relutante em nos deixar, mas suas ordens não lhe permitiam continuar por tempo indefinido no Mar de Ross, então finalmente, com muitas ordens ansiosas para que ficássemos ali... não fizéssemos nenhuma jornada... não corrêssemos nenhum risco... tivéssemos cuidado com ulcerações de frio... não usássemos ferramentas pontiagudas...

tomássemos cuidado com rachaduras no gelo... e uma promessa sincera de retornar à Baía da Orca no dia 20 de fevereiro, ou tão próximo dessa data quanto o vento e o gelo permitissem, o bom homem nos deu adeus, e sua tripulação soltou um grande grito de despedida quando levantou âncora. Naquela noite, no longo crepúsculo alaranjado de outubro, vimos o mastro principal do *Yelcho* descer no horizonte ao norte, passando da borda do mundo, deixando-nos no gelo, no silêncio e no Polo.

Naquela noite, começamos a planejar a Jornada ao Sul.

O mês seguinte se passou em viagens curtas de treino e instalação dos depósitos. A vida que levávamos em casa, embora extenuante a seu próprio modo, não preparou nenhuma de nós para o tipo de esforço exercido no transporte por trenós a dez ou vinte graus abaixo de congelante. Todas precisávamos do máximo de exercício possível antes de ousarmos empreender uma viagem de longa distância.

Minha viagem exploratória mais comprida, feita com Dolores e Carlota, foi a sudoeste, na direção do monte Markham, e foi um pesadelo – nevascas e gelo sob pressão o caminho todo, fendas e nenhuma vista das montanhas quando chegamos lá, e tempo branco e sastrugi* o caminho todo na volta. A viagem foi útil, entretanto, considerando que pudemos começar a estimar nossas capacidades; e também que havíamos começado com uma carga muito pesada de provisões, as quais instalamos no caminho a 160 e 210 quilômetros a sul-sudoeste da Base. Daí por diante, outros grupos avançaram ainda mais, até termos uma fila de moledros de neve e depósitos indo até a latitude 83° 43', onde Juana e Zoe, numa viagem exploratória, encontraram algo como uma passagem de pedra que se abria para uma geleira enorme e levava para o sul. Estabelecemos esses depósitos para evitar, se possível, a fome que acometeu o Grupo Sul do capitão Scott e seus consequentes sofrimento

---

* Erosões na neve, causadas pelo vento. [N. de T.]

e fraqueza. E também percebemos, para nossa própria – e intensa – satisfação, que arrastávamos trenós no mínimo tão bem quanto os cães husky do capitão Scott. É claro que não podíamos esperar puxar tanto peso, nem tão depressa quanto os homens dele. Que o fizéssemos só ocorreu por sermos favorecidas por um clima muito melhor do que o grupo do capitão Scott jamais encontrou na Barreira; e a quantidade e qualidade de nossa comida também fazia uma diferença considerável. Tenho certeza de que os 15% de frutas secas em nosso pemmican ajudava a evitar escorbuto; e as batatas, congeladas e secas segundo um método antigo dos indígenas andinos, eram muito nutritivas, apesar de bem leves e compactas – rações perfeitas para arrastar trenós. De qualquer forma, foi com uma confiança considerável em nossas habilidades que nos preparamos, finalmente, para a Jornada ao Sul.

A Jornada ao Sul consistia de duas equipes de trenós: Juana, Dolores e eu; Carlota, Pepita e Zoe. A equipe de apoio, Berta, Eva e Teresa partiu antes de nós com uma carga pesada de suprimentos, indo até a geleira para prospectar rotas e deixar depósitos de suprimentos para nossa viagem de retorno. Seguimos cinco dias depois delas e as encontramos quando voltavam, entre o Depósito Ercilla e o Depósito Miranda (ver no mapa). Naquela "noite" – é claro que não havia escuridão de verdade –, ficamos juntas, todas as nove, no coração da planície de gelo. Era 15 de novembro, aniversário de Dolores. Celebramos colocando 230 mililitros de pisco no chocolate quente, e ficamos muito alegrinhas. Cantamos. É estranho agora lembrar como nossas vozes soavam fracas naquele grande silêncio. O tempo era branco e nublado, sem sombras, horizonte visível nem qualquer característica para interromper a planície; não havia absolutamente nada a ser visto. Tínhamos chegado àquele local em branco no mapa, aquele vazio, e ali voamos e cantamos como pardais.

Depois de dormir e de um bom desjejum, o Grupo Base continuou rumo ao norte, e o Grupo Sul seguiu de trenó. O céu estava limpo. Lá no alto, nuvens ralas passavam muito rapidamente do sudoeste para o nordeste, mas ali embaixo, na Barreira, tudo estava calmo e frio apenas o bastante, cinco ou dez graus abaixo de zero, para criar uma superfície firme para o transporte.

No gelo reto, nunca avançávamos menos que dezessete quilômetros, ou onze milhas, por dia, e geralmente fazíamos vinte e cinco quilômetros por dia, ou dezesseis milhas. (Nossos instrumentos, sendo de fabricação britânica, eram calibrados em pés, milhas, graus Fahrenheit etc., mas com frequência convertíamos milhas para quilômetros porque os números maiores soavam mais encorajadores.) No momento em que deixamos a América do Sul, sabíamos apenas que o sr. Shackleton havia montado outra expedição para a Antártida em 1908, tentara alcançar o Polo, fracassara, e retornara à Inglaterra em junho de 1909. Nenhum relato coerente das explorações dele havia alcançado a América do Sul quando partimos; não sabíamos qual rota ele pegara, nem até onde tinha ido. Mas não fomos pegas totalmente de surpresa quando, do outro lado da planície branca amorfa, minúsculo sob os picos das montanhas e o voo estranho e silencioso dos farrapos de nuvens com bordas de arco-íris, vimos um pontinho preto tremulando. Viramos a oeste de nossa rota para visitá-lo: uma pilha de neve quase enterrada pelas tempestades do inverno, uma bandeira numa vara de bambu, mero fragmento de tecido esgarçado, uma lata de óleo vazia, e algumas pegadas, alguns centímetros acima do gelo. Em certas condições climáticas, a neve comprimida sob o peso de alguém resiste enquanto a neve macia ao redor derrete ou é levada pelo vento; assim, aquelas pegadas invertidas tinham sido deixadas ali por todos aqueles meses, como fileiras de fôrmas de sapateiro – uma visão esquisita.

Não encontramos mais nenhum vestígio em nosso caminho. Em geral, acredito que nossa rota estava um tanto a leste da do sr. Shackleton. Juana, nossa topógrafa, tinha se treinado bem e era fiel e metódica em suas observações e leituras, mas nosso equipamento era mínimo – um teodolito num tripé, um sextante com horizonte artificial, dois compassos e cronômetros. Tínhamos apenas a roda medidora no trenó para nos informar a distância percorrida de fato.

De qualquer forma, foi no dia depois de passar pela coordenada do sr. Shackleton que vi pela primeira vez com clareza a grande geleira entre as montanhas a sudoeste, que deveria nos dar uma passagem do nível do mar na Barreira para o altiplano, três mil metros acima. A abordagem era magnífica, um portal formado por imensos domos verticais e pilares de rocha. Zoe e Juana haviam chamado o vasto rio de gelo que corria por aquele portal de Geleira Florence Nightingale, querendo homenagear a britânica que servira como inspiração e guia para nossa expedição; aquela senhora muito corajosa e muito peculiar parecia representar muito do que há de melhor e mais estranho na raça das ilhas. Nos mapas, é claro, essa geleira exibe o nome que o sr. Shackleton lhe deu, a Beardmore.

A escalada do Nightingale não foi fácil. A passagem estava aberta a princípio, e bem marcada pelo nosso grupo de apoio, mas depois de alguns dias alcançamos terríveis fendas, um labirinto de fissuras escondidas que iam de trinta centímetros a dez metros de largura, e de dez a trezentos metros de profundidade. Passo a passo seguimos, passo a passo, e o caminho sempre subia agora. Ficamos quinze dias na geleira. No começo, o tempo estava quente, chegando a 20 °F, ou –6 °C, e as noites quentes sem escuridão eram miseravelmente desconfortáveis em nossas barracas pequenas. E todas sofríamos da cegueira das neves em diferentes níveis, bem na hora em que queríamos uma visão limpa para discernir nosso caminho em meio às escarpas e fendas do gelo torturado, e para ver as maravilhas ao nosso redor e diante de nós. Pois a cada dia de avanço, picos maiores e sem nome despontavam a oeste e sudoeste, um cume depois do outro, uma cordilheira depois da outra, pura rocha e neve no entardecer sem fim.

Demos nomes a esses picos, não muito a sério, já que não esperávamos que nossas descobertas chegassem à atenção dos geógrafos. Zoe tinha um dom para nomes, e é graças a ela que certos rascunhos de mapas em diversos sótãos suburbanos da América do Sul apresentam locais curiosos como o "Narigão de Bolívar", "Sou o general Rosas", "O Fazedor de Nuvens", "Dedo de Quem?" e "Trono de Nossa Senhora do Cruzeiro do Sul". E quando finalmente chegamos no altiplano, o grande platô interior, foi Zoe que o chamou de pampa e sustentou que caminhávamos lá em meio a vastos rebanhos de gado invisível, gado transparente pastando nos flocos de neve, e que seus gaúchos eram os ventos inquietos e implacáveis. A essa altura, estávamos meio loucas devido à exaustão e à altitude elevada – mais de três mil e seiscentos metros – e o frio e o vento soprando e os círculos luminosos e cruzes ao redor dos sóis, pois era frequente haver três ou quatro sóis no céu, lá no alto.

Esse não é um lugar no qual as pessoas deveriam estar. Deveríamos ter dado meia-volta; mas, como havíamos nos esforçado tanto para chegar lá, parecia preciso prosseguir, pelo menos por algum tempo.

Até que veio uma tempestade com temperaturas muito baixas, então tivemos de ficar dentro das barracas, em nossos sacos de dormir, por trinta horas, um descanso do qual todas precisávamos; embora o que mais precisássemos fosse do calor, não havendo calor naquela planície terrível em lugar nenhum, exceto em nossas veias. Ficamos encolhidas juntas esse tempo todo. O gelo em que nos deitávamos tinha mais de três quilômetros de espessura.

De súbito, o tempo clareou e se tornou, para o platô, um tempo bom: 24 abaixo de zero e um vento não muito forte. Nós três saímos da nossa barraca rastejando e encontramos as outras rastejando para fora delas. Carlota nos contou que seu grupo queria voltar. Pepita vinha se sentindo muito mal; mesmo depois do descanso durante a tempestade, sua temperatura não subira acima dos 34 °C. Ela mesma respirava com dificuldade. Zoe estava perfeitamente bem, mas preferia ficar com as amigas e ajudá-las com suas dificuldades do que continuar em direção ao Polo. Assim, colocamos no chocolate do desjejum os cem mililitros de pisco que estávamos guardando para o Natal, escavamos nossas barracas e carregamos os trenós e nos separamos ali, na luz branca do dia, na planície amarga.

Nosso trenó estava bem leve agora. Seguimos para o sul. Juana calculava nossa posição diariamente. No dia 22 de dezembro de 1909, chegamos ao Polo Sul. O clima estava, como sempre, muito cruel. Nada, de nenhuma espécie, marcava a brancura terrível. Discutimos deixar algum tipo de marco ou monumento, um moledro de neve, uma estaca de barraca e uma bandeira, mas parecia não haver nenhum motivo específico para isso. Qualquer coisa que pudéssemos fazer, qualquer coisa que fôssemos, era insignificante naquele lugar horrendo. Levantamos a barraca para servir de abrigo por uma hora e fizemos uma xícara de chá, depois seguimos para o "Acampamento 90°". Dolores, de pé, paciente como sempre em seu arnês de arrastar o trenó, olhava para a neve; estava tão dura e congelada que não mostrava nenhum sinal de nossas pegadas de vinda, e ela perguntou:

– Em que direção?

– Norte – disse Juana.

Era uma piada, porque, naquele lugar específico, não havia outra direção. Mas não rimos. Nossos lábios estavam rachados, ulcerados, e doíam demais para permitir risos. Então começamos o percurso de volta, e o vento às nossas costas nos empurrava adiante e cegava as lâminas das ondas de neve congelada.

Aquela semana toda, o vento da nevasca nos perseguiu como uma matilha de cães enlouquecidos. Não sei nem descrever. Eu queria que não tivéssemos ido para o Polo. Acho que eu queria isso até agora. Mas fiquei contente mesmo naquele momento por não termos deixado nenhum sinal lá, pois algum homem desejoso de ser o primeiro poderia chegar lá um dia e encontrá-lo, e saber como é tolo, e ter seu coração partido.

Nós conversamos, quando conseguíamos, sobre alcançar o grupo de Carlota, já que talvez elas estivessem andando mais devagar do que nós. Na verdade, elas haviam usado sua barraca como vela para pegar o vento e estavam muito mais adiantadas. Contudo, em muitos lugares tinham construído moledros de neve ou deixado algum sinal para nós; uma vez, Zoe escrevera a sotavento de um sastrugi de três metros, do mesmo jeito que crianças escrevem na areia da praia em Miraflores: "A Saída É Por Aqui!". O vento soprando por cima da beirada congelada deixara as palavras perfeitamente definidas.

Na mesma hora em que começamos a descer a geleira, o tempo esquentou e os cachorros doidos foram deixados para uivar para sempre presos ao Polo. A distância que havia nos consumido quinze dias para subir, cobrimos em apenas oito dias na descida. Mas o tempo bom que nos ajudou a descer o Nightingale se transformou numa maldição no gelo da Barreira, onde prevíamos algo como um progresso magnificente de depósito em depósito, comendo à vontade e indo com calma durante os últimos quinhentos quilômetros. Num ponto apertado da geleira, perdi meus óculos – eu estava pendurada pelo meu arnês numa fenda – e depois Juana quebrou o dela quando tivemos de fazer uma escalada na rocha para descer até o Portal. Depois de dois dias na luz cegante do sol com apenas um par de óculos de proteção para revezar entre nós, todas sofríamos de uma séria cegueira causada pela neve. Ficou agudamente doloroso manter vigia em busca de pontos de referência ou bandeiras de depósitos, fazer observações, até estudar o compasso, que precisava ser colocado na neve para estabilizar a agulha. No Depósito Concolorcorvo, onde havia um suprimento particularmente bom de comida e combustível, desistimos, nos arrastamos para dentro de nossos sacos de dormir com bandagens sobre os olhos, e lentamente cozinhamos vivas nas barracas, feito lagostas, expostas ao sol inclemente. As vozes de Berta e Zoe foram o som mais doce que eu já ouvi. Um pouco preocupadas conosco, elas esquiaram para o sul para nos encontrar e nos levaram para casa, para a Base.

Nós nos recuperamos bem rápido, mas o altiplano deixou sua cicatriz. Quando era pequenininha, Rosita perguntou se um cachorro "mordiu os dedinhos da mamãe". Eu disse a ela que Sim, um cachorro grande, branco e doido chamado Nevasca! Minha Rosita e meu Juanito ouviram muitas histórias quando eram pequenos, sobre esse cachorro temível e como ele uivava, e o gado transparente dos gaúchos invisíveis, e um rio de gelo com dois mil e quinhentos metros de altura chamado Nightingale, e como a prima Juana tomou uma xícara de chá no fundo do mundo, debaixo de sete sóis, e outros contos de fadas.

Tivemos um choque severo quando finalmente alcançamos a Base. Teresa estava grávida. Devo admitir que minha primeira reação ao barrigão da pobre garota e a sua expressão envergonhada foi raiva, ira, fúria. Que uma de nós pudesse ter escondido qualquer coisa, e algo assim, das outras! Mas Teresa não fez nada do tipo. Apenas aqueles que esconderam dela o que ela mais precisava saber deveriam levar a culpa. Criada por criados, educada por quatro anos num convento e casada aos dezesseis, a pobrezinha ainda era tão ignorante aos vinte anos que pensou que era o "tempo frio" que atrasara seu ciclo. Mesmo isso não era de todo estúpido, pois todas nós na Jornada ao Sul vimos nossa menstruação mudar ou parar por completo enquanto vivenciávamos frio, fome e fadiga cada vez maiores. O apetite de Teresa havia começado a chamar a atenção geral; e aí ela começara, como ela mesma disse pateticamente, "a engordar". As outras ficaram preocupadas ao pensar no quanto ela havia arrastado trenós, mas ela desabrochou, e o único problema era seu apetite absolutamente insaciável. Na medida em que podíamos determinar, por suas referências tímidas à última noite que passou na hacienda com o marido, o bebê estava para chegar mais ou menos na mesma data em que o *Yelcho*, 20 de fevereiro. Mas não fazia nem duas semanas que voltáramos da Jornada ao Sul quando, em 14 de fevereiro, ela entrou em trabalho de parto.

Várias de nós havíamos dado à luz e ajudado em partos, e, de qualquer forma, a maior parte do que precisa ser feito é bastante autoevidente; mas um primeiro parto pode ser longo e difícil, e estávamos todas ansiosas, enquanto Teresa estava fora de si de medo. Ela ficou chamando por seu José até estar tão rouca quanto um mandrião. Zoe perdeu toda a paciência no final e disse:

– Pelo amor de Deus, Teresa, se você disser "José!" mais uma vez, espero que tenha um pinguim!

Mas o que ela teve, depois de vinte longas horas, foi uma linda menininha de cara vermelha.

Foram muitas as sugestões para o nome da criança, vindas de suas oito tias e parteiras orgulhosas: Polita, Penguina, McMurdo, Victoria... Mas Teresa anunciou, depois de um bom sono e uma grande porção de pemmican:

– Vou chamá-la de Rosa... Rosa del Sur.

Rosa do Sul.

Naquela noite, bebemos as últimas duas garrafas de Veuve Clicquot (tendo acabado com o pisco em 88° 30' Sul) em brindes à nossa pequena Rosa.

Em 19 de fevereiro, um dia adiantado, minha Juana desceu para Buenos Aires às pressas.

– O navio – disse ela –, o navio chegou!

E caiu no choro – logo ela, que nunca havia chorado em todas as nossas semanas de dor e cansaço na longa jornada.

Sobre a nossa viagem de volta, não há nada a dizer. Regressamos a salvo.

Em 1912, o mundo todo descobriu que o bravo norueguês Amundsen havia atingido o Polo Sul; e então, muito depois, vieram os relatos de como o capitão Scott e seus homens tinham ido para lá depois dele, mas não voltaram para casa.

Este ano mesmo, Juana e eu escrevemos para o capitão do *Yelcho*, pois os jornais andaram cheios da história de sua galante corrida para resgatar os homens de Sir Ernest Shackleton da Ilha Elefante, e nós queríamos parabenizá-lo e, mais uma vez, lhe agradecer. Ele jamais deixou escapar uma palavra de nosso segredo. É um homem honrado, Luis Pardo.

Acrescento esta nota em 1929. Ao longo dos anos, perdemos o contato umas com as outras. É muito difícil para mulheres se encontrarem, quando moram tão distantes como nós. Desde que Juana morreu, eu não vi nenhuma de minhas antigas colegas de trenó, embora às vezes escrevamos umas para as outras. Nossa pequena Rosa del Sur morreu de escarlatina aos cinco anos. Teresa teve muitos outros filhos. Carlota vestiu o véu em Santiago, dez anos atrás. Somos velhas agora, com maridos velhos e filhos adultos, e netos que talvez um dia queiram ler sobre a Expedição. Mesmo que fiquem um pouco envergonhados de ter uma avó tão maluca, eles podem gostar de compartilhar do segredo. Mas não devem deixar o sr. Amundsen saber! Ele ficaria terrivelmente embaraçado e decepcionado. Não há necessidade para que ele nem ninguém que não seja da família fique sabendo. Nós não deixamos nem pegadas.

PAMELA SARGENT

MEDOS

Pamela Sargent é uma escritora estadunidense vencedora dos prêmios Nebula e Locus que também foi finalista dos prêmios Hugo, Theodore Sturgeon e Sidewise, e homenageada em 2012 com o Pilgrim Award, concedido pela Science Fiction Research Association pelo conjunto de sua obra acadêmica de ficção científica e fantasia. Ela escreveu vários romances, entre eles *Cloned Lives*, *Eye of the Comet*, *Homesmind*, *Alien Child* e *The Shore of Women*. Sua ficção curta apareceu em *Magazine of Fantasy & Science Fiction*, *Asimov's Science Fiction Magazine*, *New Worlds*, *Rod Serling's The Twilight Zone Magazine*, *Universe* e *Nature*, entre outras. "Medos", que descreve a jornada de uma mulher por um mundo dominado e ultramasculino, foi publicado pela primeira vez em *Light Years and Dark*, em 1984.

Estava voltando para a casa de Sam quando dois garotos tentaram me tirar da estrada, amassando um pouco meu para-choque antes de sair em disparada, procurando por outro alvo. Minha garganta fechou e meu peito arfava enquanto eu enxugava o rosto com um lenço. Os meninos claramente haviam despojado o carro deles até restar apenas o mínimo, sem nenhum equipamento de segurança, sabendo que era improvável que a patrulha rodoviária os parasse; a polícia tinha outras coisas com que se preocupar.

O cinto de segurança me prendeu; as luzes do painel piscaram. Enquanto eu esperava o carro me levar de volta para a estrada, o motor zumbiu, engasgou e morreu. Eu passei para o modo manual; o motor ficou em silêncio.

Eu me sentia amortecida. Tinha me preparado para minhas raras jornadas ao mundo fora do meu refúgio, esforçando-me para aperfeiçoar meu disfarce. Meu rosto, de traços angulares e rudes, me encarava do espelho no alto enquanto eu me perguntava se ainda conseguiria passar despercebida. Eu cortara meu cabelo recentemente, meu peito ainda era tão reto quanto o de um menino, e os ombros do meu terno, com um leve enchimento, me davam um volume extra. Eu sempre fora confundida com um homem antes, mas nunca fizera mais do que visitar algumas lojas fora de mão e mal iluminadas cujos proprietários olhavam com atenção apenas para os cartões ou o dinheiro.

Eu não podia esperar ali, arriscando um encontro com a patrulha rodoviária. A polícia poderia examinar meus documentos com cuidado demais e administrar uma revista corporal apenas por ser de praxe. Mulheres perdidas já tinham sido apanhadas, e a recompensa por uma descoberta dessas era grande; imaginei homens uniformizados apalpando minha virilha e estremeci. Meu disfarce seria testado. Respirei fundo, soltei o cinto e saí do carro.

A oficina ficava a quase um quilômetro dali. Cheguei lá sem sofrer mais do que algumas buzinadas de carros em movimento.

O mecânico ouviu minha voz rouca enquanto eu descrevia o problema, olhou meu cartão, pegou minhas chaves e então foi embora em seu caminhão guincho; acompanhada por um mecânico mais jovem, fiquei sentada em seu escritório, fora da vista dos outros homens, tentando não permitir que meu medo me empurrasse até o pânico. O carro talvez precisasse ficar ali por algum tempo; eu teria de encontrar um lugar para ficar. O mecânico podia até me oferecer uma carona para casa, e eu não queria arriscar que Sam falasse um pouco demais na presença do sujeito; o mecânico talvez se perguntasse por que alguém morava num local tão inacessível. Minhas mãos tremiam; eu as enfiei no bolso.

Tomei um susto quando o mecânico voltou a seu escritório, daí sorri nervosamente quando ele me assegurou que o carro estaria pronto em algumas horas; uma peça tinha falhado, ele tinha outra igual na oficina, sem problemas. Ele passou um preço que pareceu excessivo; eu estava prestes a protestar, preocupada que a discussão fosse apenas irritá-lo, mas depois me preocupei ainda mais que pareceria estranho se eu não pechinchasse. Acabei só franzindo o cenho enquanto ele enfiava meu cartão em seu terminal, depois o devolvia para mim.

– Não faz sentido ficar por aqui. – Ele agitou a mão carnuda para a porta. – Você pode pegar um ônibus para a cidade, ele passa a cada quinze minutos, mais ou menos.

Eu agradeci e fui lá para fora, tentando decidir o que fazer. Tinha sido bem-sucedida até ali; os outros mecânicos nem olharam para mim quando passei na direção da estrada. Uma entrada para a garagem subterrânea municipal ficava logo do outro lado da estrada; um prédio pequeno e brilhante com uma placa onde se lia MARCELLO'S estava ao lado da entrada. Eu sabia qual era o serviço vendido por Marcello; já passara por ali de carro. Eu estaria mais segura com um dos funcionários dele, e menos conspícua se continuasse em movimento; a curiosidade superou meu medo por um momento: eu tomara minha decisão.

Entrei no salão chamado Marcello's. Um homem encontrava-se numa mesa; três grandalhões estavam sentados num sofá perto de uma das janelas, encarando a pequena holotela diante deles. Fui até a mesa e falei:

– Quero contratar um guarda-costas.

O homem atrás da mesa levantou a cabeça; seu bigode se contraiu.

– Um acompanhante. Você quer um acompanhante.

– Chame como quiser.

– Por quanto tempo?

– Umas três ou quatro horas.

– Qual o propósito?

– Só uma caminhada pela cidade, talvez parar para um drinque. Eu não venho à cidade faz um tempo, pensei que talvez precisasse de companhia.

Os olhos castanhos dele se estreitaram. Eu havia falado demais; não precisava me explicar para ele.

– Cartão.

Peguei meu cartão. Ele o enfiou em sua máquina e ficou olhando a tela enquanto eu tentava evitar movimentos nervosos, esperando que a máquina expelisse o cartão mesmo depois de todo esse tempo. Ele o devolveu.

– Você pegará seu recibo na volta. – Ele acenou para os homens no sofá. – Tenho três disponíveis. Pode escolher.

O homem à minha direita tinha uma cara estreita e maldosa; o da esquerda tinha olhos sonolentos.

– O do meio.

– Ellis.

O homem do meio se levantou e veio até nós. Era um homem negro e alto, com um terno marrom; ele me olhou de cima a baixo e eu me forcei a olhar diretamente para ele enquanto o sujeito na mesa revirava uma gaveta e tirava de lá uma arma e um coldre, entregando-os a meu acompanhante.

– Ellis Gerard – disse o homem negro, oferecendo a mão.

– Joe Segor.

Apertei a mão dele; ele espremeu a minha apenas por tempo suficiente para mostrar sua força, e então soltou. Os dois homens no sofá nos observaram sair, como se ressentissem minha escolha, depois voltaram a encarar a tela.

Pegamos um ônibus para a cidade. Havia alguns velhos sentados na frente do ônibus, sob o olhar vigilante do guarda;

cinco meninos entraram atrás de nós, rindo, mas um olhar do guarda os silenciou. Eu repeti para mim mesma que estaria a salvo com Ellis.

– Para onde? – perguntou Ellis, assim que nos sentamos.

– Uma visita a um rapazinho bonito? Os caras às vezes querem acompanhantes para isso.

– Não, só andar à toa. Está um dia bonito... podíamos sentar no parque por um tempo.

– Não sei se é uma boa ideia, sr. Segor.

– Joe.

– Aqueles crossdressers estão sempre por lá agora. Não gosto. Eles vão para lá com os amigos e ficam arrumando encrenca... são uns maus elementos. Você olha torto para eles, e eles arrumam briga. Deveria ser contra a lei.

– O quê?

– Se vestir de mulher. Parecer algo que você não é.

Ele me olhou de esguelha. Eu desviei o olhar, cerrando a mandíbula.

Estávamos na cidade agora, indo na direção da primeira parada do ônibus.

– Ei! – um dos meninos atrás de nós gritou. – Olha!

Pés se arrastaram no corredor; os meninos tinham corrido para o lado direito do ônibus e estavam se ajoelhando nos bancos, pressionando as mãos nos vidros; até o guarda havia se virado. Ellis e eu nos levantamos e mudamos de lugar, olhando lá para fora para ver o que havia chamado a atenção dos meninos.

Um carro estacionava numa vaga diante de uma loja. Nosso motorista soltou sua revista e reduziu a velocidade do ônibus manualmente; estava claro que sabia que seus passageiros queriam dar uma olhada. Carros não tinham permissão de entrar na cidade a menos que uma mulher estivesse num deles; até eu sabia disso. Esperamos. O ônibus parou; um grupo de jovens de pé do lado de fora da loja observava o carro.

– Vamos, sai logo – disse um menino atrás de mim. – Sai logo do carro.

Dois homens saíram primeiro. Um deles gritou para os transeuntes, que se afastaram até parar debaixo de um poste. Outro homem abriu a porta de trás e estendeu a mão.

Ela pareceu flutuar para fora do carro; o robe longo e rosado rodopiou ao redor de seus tornozelos enquanto se levantava. Seu cabelo estava coberto por uma echarpe longa e branca. Meu rosto esquentou de vergonha e embaraço. Tive um vislumbre de sobrancelhas pretas e pele branca antes que os guarda-costas dela a cercassem e a levassem para dentro da loja.

O motorista apertou um botão e pegou sua revista de novo; o ônibus seguiu viagem.

– Acha que ela era real? – perguntou um dos meninos.

– Não sei – respondeu outro.

– Aposto que não. Ninguém deixaria uma mulher de verdade entrar numa loja assim. Se eu tivesse uma mulher, nunca a deixaria ir a lugar nenhum.

– Se eu tivesse uma trans, nunca a deixaria ir a lugar nenhum.

– Esses caras trans... eles estão com a vida ganha.

Os meninos correram para o fundo do ônibus.

– Definitivamente era uma trans – Ellis disse para mim. – Eu consigo identificar. Ela tem um rosto meio masculino.

– Mal dava para ver o rosto dela – falei.

– Eu vi o bastante. E ela era alta demais. – Ele suspirou. – Isso é que é vida. Um cortezinho aqui, uma ajeitada ali, alguns implantes e pronto: você não precisa levantar um dedo. É legalmente fêmea.

– Não é só um cortezinho, é uma cirurgia extensa.

– Que seja. Bom, eu não poderia ser transexual mesmo, não com esse corpo. – Ellis olhou para mim. – Mas você poderia.

– Nunca quis isso.

– Não é uma vida ruim, em certos sentidos.

– Gosto da minha liberdade. – Minha voz falhou nessas palavras.

– É por isso que não gosto de crossdressers. Eles se vestem de mulher, mas não se transformam em uma. Isso só causa problemas; você recebe os sinais errados.

A conversa estava me deixando desconfortável; sentar tão próxima de Ellis, espremida entre o corpo dele e a janela do ônibus, fez eu me sentir encurralada. O sujeito era observador demais. Cerrei os dentes e me virei para a janela. Mais lojas tinham sido fechadas com tábuas; passamos por um prédio de tijolos que fora uma escola e que estava com janelas quebradas e um parquinho vazio. A cidade estava em declínio.

Desembarcamos no distrito financeiro, onde ainda havia uma aparência de vida normal. Homens de terno entravam e saíam de seus escritórios, pegavam ônibus, caminhavam até bares para um drinque.

– É bem seguro por aqui – disse Ellis enquanto sentávamos num banco.

O banco tinha sido chumbado no chão; fora coberto de pixações e uma perna estava torta. Jornais velhos estavam caídos na calçada e na sarjeta com outros refugos. Um trazia uma manchete sobre a guerra africana; outro, mais recente, exibia as últimas notícias sobre o programa de úteros artificiais da Bethesda. As notícias eram boas: mais duas crianças saudáveis haviam nascido no projeto, um menino e uma menina. Pensei em espécies em risco e em extinção.

Um carro de polícia passou, seguido por outro carro com janelas opacas. Ellis ficou olhando o carro e suspirou, sôfrego, como se imaginasse a mulher lá dentro.

– Queria ser gay – disse ele, tristemente –, mas não sou. Até tentei os rapazinhos bonitos, mas não é para mim. Eu deveria ser católico, e aí poderia ser padre. Já vivo como um, mesmo.

– Já existem padres demais. A Igreja não pode bancar mais. De qualquer maneira, você ficaria muito frustrado. Eles não podem nem ouvir a confissão de uma mulher, a não ser que o marido ou o guarda-costas dela esteja junto. É como ser um médico. Você poderia enlouquecer desse jeito.

– Eu nunca vou ganhar o bastante para bancar uma mulher, mesmo uma trans.

– Pode haver mais mulheres algum dia. Aquele projeto da Bethesda está dando certo.

– Talvez eu devesse ter ido numa daquelas expedições. Tem uma que fizeram nas Filipinas, e outra está no Alasca agora.

Pensei numa equipe de pesquisadores vindo atrás de mim. Se eles não estivessem mortos antes de alcançar minha porta, eu estaria; eu me certificara disso.

– Esses esquemas são bem duvidosos, Ellis.

– Aquele grupo na Amazônia encontrou uma tribo... matou todos os homens. Ninguém vai deixar eles ficarem com as mulheres, mas pelo menos eles têm dinheiro suficiente para tentar conseguir uma em casa. – Ellis franziu a testa. – Sei lá. O problema é que muitos caras não sentem falta das mulheres. Eles dizem que sentem, mas na verdade não sentem. Já falou com alguém dos velhos tempos mesmo, alguém que consegue se lembrar de como era?

– Acho que não falei, não.

Ellis se recostou.

– Muitos daqueles caras não gostavam tanto assim das garotas. Eles tinham lugares para onde iam pra ficar longe delas, coisas que faziam juntos. As mulheres não pensavam da mesma forma, não agiam da mesma forma. Elas nunca fizeram tudo que os homens faziam. – Ele fez sombra sobre os olhos por um instante. – Sei lá... às vezes, um desses velhos diz para você que o mundo era mais gentil naquela época, ou mais bonito, mas eu não sei se isso é verdade. Enfim, muitas dessas mulheres deviam concordar com os homens. Olha só o que aconteceu; assim que surgiu aquela pílula que podia garantir que você teria um menino, se quisesse, ou uma menina, a maioria delas começou a ter meninos, então elas deviam pensar, lá no fundo, que meninos eram melhores.

Outro carro de patrulha passou; um dos policiais lá dentro olhou para nós antes de seguir seu caminho.

– Pegue uma trans, por exemplo – disse Ellis. – Ah, você pode sentir um pouco de inveja dela, mas ninguém tem respeito de verdade por ela. E o único motivo real para ter mulheres por perto agora é por garantia; alguém precisa gerar filhos, e nós não podemos. Mas, assim que aquele projeto da Bethesda der certo mesmo e se espalhar, não precisaremos mais delas.

– Acho que você tem razão.

Quatro rapazes vestindo calças e camisas sociais nos abordaram e ficaram nos encarando em silêncio. Pensei nos meninos com quem eu brincava antes que o que eu era fizesse diferença, antes que me trancafiassem. O olhar de um deles avançou rapidamente pela rua; outro deu um passo adiante. Eu o encarei de volta e fechei um punho, tentando impedir minha mão de tremer; Ellis se aprumou lentamente no banco e deixou a mão direita cair até a cintura, perto de seu coldre. Continuamos encarando até o grupo dar as costas para nós e se afastar.

– Mas, enfim, você tem de analisar a situação. – Ellis cruzou as pernas. – Existem razões práticas para não ter muitas mulheres por aí. Nós precisamos de mais soldados; todo mundo precisa agora, com todos os problemas no mundo. E polícia também, com o jeito como anda o crime. E as mulheres não conseguem dar conta desses empregos.

– Antigamente, as pessoas achavam que elas conseguiam.

Os músculos do meu ombro estavam tensos; quase falei *nós*.

– Mas não conseguem. Coloque uma mulher para enfrentar um homem, e o homem sempre vai ganhar.

Ellis estendeu o braço por cima do encosto do banco.

– E tem outros motivos também. Os caras em Washington gostam de manter a escassez de mulheres, escolhendo as melhores para si mesmos; isso deixa as mulheres deles ainda mais valiosas. E muitas das crianças também serão deles, daqui por diante. Ah, eles podem emprestar uma mulher para um amigo de vez em quando, e imagino que o projeto dos úteros vá mudar um pouco as coisas, mas o mundo será deles no final.

– E dos genes deles.

Eu sabia que devia mudar de assunto, mas Ellis havia claramente aceitado minha impostura. Em sua conversa, a conversa comum de um homem com outro, a conversa mais longa que eu tinha com um homem em muitos anos, eu procurava por um sinal, algo para me impedir de entrar em desespero.

– Por quanto tempo isso pode continuar? – prossegui. – A população continua encolhendo a cada ano... Em breve, não haverá pessoas suficientes.

– Você está enganado, Joe. As máquinas fazem boa parte do trabalho agora, de qualquer forma, e havia pessoas demais. O único jeito de termos mais mulheres um dia é se alguém descobrir que os russos têm mais do que nós, e isso não vai acontecer; eles também precisam de soldados. Além do mais, veja por este ângulo: talvez a gente esteja fazendo um favor às mulheres se não houver tantas delas. Você gostaria de ser uma mulher, tendo de se casar aos dezesseis, sem poder ir a lugar nenhum ou ter um emprego, até completar no mínimo sessenta e cinco anos?

E sem divórcio exceto com a permissão do marido, sem contraceptivos, sem educação superior – todos os privilégios especiais e proteções não podiam compensar essas coisas.

– Não – falei para Ellis. – Eu não desejaria ser uma mulher.

Entretanto, eu sabia que muitas mulheres tinham feito as pazes com o mundo como ele era, extorquindo presentes e demonstrações de seus homens, regozijando-se com sua beleza e suas gravidezes, cobrindo seus filhos e seus lares de atenção, atormentando e manipulando seus homens com a certeza de que qualquer mulher podia encontrar outro homem – pois, se uma mulher não podia obter um divórcio por conta própria, um homem mais poderoso que seu marido podia forçá-lo a abrir mão dela, caso a desejasse para si.

Eu sonhara com guerrilhas, com mulheres combatentes orgulhosas demais para ceder, criando filhas fortes de um macho cativo para prosseguir com a batalha. Mas se existiam tais mulheres, elas, como eu, tinham se escondido.

O mundo era mais piedoso quando nos afogava ou sufocava assim que nascíamos.

Uma vez, quando eu era mais nova, alguém disse que tinha sido uma conspiração – desenvolva um jeito certeiro de dar a um casal um bebê do sexo que preferissem, e a maioria deles naturalmente escolheria meninos. O problema populacional seria resolvido com o tempo, sem necessidade de recorrer a métodos mais rudes, e um golpe seria dado naquelas velhas feministas que demandavam demais, tentando emascular os homens no processo. Mas eu não achava que tivesse sido uma conspiração. Simplesmente aconteceu, como era de esperar que aconteceria uma hora, e os valores da sociedade haviam controlado o comportamento. Afinal, por que uma espécie não deveria decidir se tornar de um sexo só, especialmente se a reprodução pudesse ser apartada da sexualidade? As pessoas acreditavam que os homens eram melhores e agiram de acordo com essa crença. Talvez as mulheres, caso tivessem recebido tal poder, tivessem feito o mesmo.

Nós nos retiramos para um bar quando o tempo ensolarado esfriou. Ellis me guiou para longe de duas tavernas com "maus elementos" e nós nos encontramos na porta de um bar escuro onde vários homens de meia-idade e velhos se reuniam e dois rapazinhos bonitos vestidos de couro e seda ofereciam seus serviços.

Olhei para a tela de notícias ao entrar; as letras pálidas tremeluziram, contando que o último apelo de Bob Arnoldi havia fracassado e que ele seria executado no final do mês. Não era nenhuma surpresa; Arnoldi havia, afinal, matado uma mulher, e estava sempre sob pesada vigilância. As letras seguiram dançando; a esposa do presidente dera à luz seu décimo terceiro filho, um menino. O melhor amigo do presidente, um milionário da Califórnia, estava ao lado dele quando o anúncio foi feito; o poder do milionário podia ser avaliado pelo fato de que ele fora casado três vezes, e a prolífica primeira-dama tinha sido uma de suas ex-esposas.

Ellis e eu pegamos bebidas no bar. Eu mantive distância de um dos rapazinhos bonitos, que fechou a cara para meu cabelo curto e ondulado e se aninhou mais perto do seu cliente. Nós nos recolhemos nas sombras e nos sentamos em uma das mesas laterais. O tampo estava grudento; bitucas velhas de charutos estavam enterradas no cinzeiro. Beberiquei meu uísque; Ellis, durante o trabalho, só podia tomar cerveja.

Os homens no bar assistiam aos últimos minutos de uma partida de futebol americano. Algum tipo de esporte estava sempre passando na holotelas dos bares, segundo Sam; ele preferia os antigos filmes pornográficos que eram exibidos às vezes entre a cobertura da guerra e uma performance ocasional do coro de meninos para os pederastas e aqueles com inclinações culturais. Ellis olhou para a tela e notou que seu time estava perdendo; comentei os pontos fracos do time, como eu sabia que se esperava de mim.

Ellis descansou os cotovelos na mesa.

– Foi só para isso que você veio? Só para andar por aí e depois tomar um drinque?

– É, estou só esperando meu carro. – Tentei soar despreocupada. – Ele deve ficar pronto logo.

– Não parece motivo suficiente para contratar um acompanhante.

– Como não, Ellis? Caras como eu teriam problemas sem acompanhantes, especialmente se não conhecermos bem o território.

– É verdade. Você não parece muito forte. – Ele me avaliou um pouco atentamente demais. – Ainda assim, a menos que esteja querendo alguma coisa, ou vá a lugares com maus elementos, ou espere que as gangues saiam à noite, poderia se virar. Está tudo na atitude: você precisa parecer capaz de cuidar de si mesmo. Já vi caras menores do que você com quem eu não gostaria de lutar.

– Eu gosto de ficar a salvo.

Ele me observou, como se esperasse que eu falasse mais.

– Na verdade, não preciso tanto de um acompanhante quanto gosto de ter companhia, alguém com quem conversar. Não encontro muita gente.

– O dinheiro é seu.

O jogo acabara e estava sendo analisado ruidosamente pelos homens do bar, e então suas vozes morreram de súbito. Um homem atrás de mim inspirou entre os dentes quando a voz clara de uma mulher encheu o local.

Olhei para a holo. Rena Swanson recitava as notícias, começando com a história de Arnoldi e seguindo com o anúncio do novo filho do presidente. Seu rosto envelhecido e enrugado flutuava acima de nós; seus olhos castanhos bondosos nos prometiam conforto. Sua presença maternal fizera do programa um dos mais populares na holo. Os homens ao meu redor ficaram sentados em silêncio, os rostos voltados para cima, venerando-a – a Mulher, a Outra, alguém por quem parte deles ainda ansiava.

Voltamos para o Marcello's pouco antes de escurecer. Quando nos aproximamos da porta, Ellis subitamente agarrou meu ombro.

– Espere um minuto, Joe.

Eu não me movi a princípio; então estendi a mão e cuidadosamente empurrei o braço dele. Meus ombros doíam e uma dor de cabeça por tensão, que vinha se acumulando ao longo do dia, finalmente se estabelecera, as garras apertando minhas têmporas.

– Não toque em mim.

Eu estivera prestes a implorar, mas me peguei a tempo; atitude era importante, como Ellis mesmo me dissera.

– Você é meio esquisito. Não consigo te entender.

– Não tente. – Mantive minha voz firme. – Você não quer que eu reclame para o seu chefe, quer? Ele pode não te contratar de novo. Acompanhantes precisam ser confiáveis.

Ele ficou muito quieto. Eu não enxergava seu rosto com clareza na luz que se esvaía, mas podia sentir que ele analisava o valor de um confronto comigo comparado à chance de perder o emprego. Meu rosto estava quente, a boca seca. Eu passara tempo demais com ele, lhe dera chances demais para notar gestos sutilmente errados. Continuei a encará-lo sem vacilar, imaginando se sua cobiça venceria o pragmatismo.

– Tá bem – disse ele, finalmente, e abriu a porta.

Cobraram mais do que eu esperava, mas não discuti a taxa. Pressionei algumas moedas na mão de Ellis; ele as aceitou enquanto se recusava a olhar para mim. Ele sabe, pensei; ele sabe, e está me deixando ir embora. Mas talvez tivesse imaginado isso, vendo bondade onde não havia nada.

Peguei uma rota tortuosa de volta para a casa de Sam, conferindo para ter certeza de que ninguém me seguia, então saí da estrada para trocar a placa do carro, escondendo a minha debaixo da camisa.

A loja de Sam ficava no final da estrada, perto do sopé da minha montanha. Perto da loja, uma pequena cabana de madeira fora construída. Eu havia tomado posse da maior parte da montanha, comprando a terra para garantir que ela continuasse não urbanizada, mas o mundo lá fora já se aproximava.

Sam estava sentado atrás do balcão, batucando com os dedos enquanto a música estrondeava. Pigarreei e dei oi.

– Joe? – Os olhos azuis aguados dele se espremeram. – Você está atrasado, menino.

– Tive de mandar seu carro para o conserto. Não se preocupe, eu já paguei. Obrigado por me deixar alugá-lo de novo.

Contei minhas moedas e pressionei-as em sua mão seca e coriácea.

– Sempre que quiser, meu filho. – O velho ergueu as moedas, espiando cada uma com seus olhos fracos. – Parece que você não vai chegar em casa essa noite. Pode ficar no sofá, eu pego uma camisa de dormir para você.

– Eu durmo de roupa mesmo. – Entreguei-lhe uma moeda extra.

Ele trancou tudo, manquitolou até a porta de seu quarto e então se virou.

– Chegou a entrar na cidade?

– Não. – Fiz uma pausa e continuei: – Conte uma coisa, Sam. Você tem idade para lembrar. Como era antes, de verdade?

Eu nunca lhe perguntara, em todos os anos que o conhecia, evitando qualquer tipo de intimidade, mas de repente queria saber.

– Eu vou te contar, Joe. – Ele se recostou no batente da porta. – Não era lá muito diferente. Um pouco mais suavizado, talvez, mais sossegado, não tão cruel, mas não era tão diferente, não. Os homens sempre mandaram em tudo. Alguns dizem que não, mas eles tinham todo o poder de verdade... Às vezes eles entregavam um pouquinho de poder para as garotas, e só. Agora não precisamos mais fazer isso.

Eu vinha subindo a montanha pela maior parte da manhã, e deixara a trilha, chegando à minha casa-chamariz antes do meio--dia. Até Sam acreditava que a cabana na clareira era a minha residência. Testei a porta, vi que ainda estava trancada, e então segui caminho.

Minha casa ficava mais acima na encosta, fora da vista da cabana. Eu me aproximei da porta, que era quase invisível, perto do chão; o resto da casa ficava escondido sob placas de rocha e pilhas de galhos secos. Fiquei imóvel, permitindo que a lente de uma câmera escondida desse uma boa olhada em mim. A porta se abriu.

– Graças a Deus você está de volta – disse Julia, enquanto me puxava para dentro e fechava a porta. – Eu estava tão preocupada! Pensei que tinha sido pega e que eles estavam vindo atrás de mim.

– Está tudo bem. Eu tive problemas com o carro de Sam, só isso.

Ela olhou para mim; as linhas ao redor de sua boca se aprofundaram.

– Eu queria que você não fosse para lá.

Tirei a bolsa carregada com as ferramentas e suprimentos indisponíveis na loja de Sam. Julia olhou o pacote, ressentida.

– Não vale a pena.

– Você provavelmente tem razão.

Eu estava prestes a contar para ela sobre a minha visita à cidade, mas decidi esperar até mais tarde.

Entramos na cozinha. Os quadris dela eram amplos por baixo da calça; seus seios grandes balançavam quando ela andava. Seu rosto ainda era bonito, mesmo depois de tantos anos se escondendo, os cílios espessos e curvados, a boca delicada. Julia não podia viajar no mundo, tal como ele era; não havia roupa ou disfarce que pudesse escondê-la.

Tirei minha jaqueta e me sentei, pegando meu cartão e meus documentos. Meu pai os dera para mim – o nome falso, o endereço enganoso, a identidade de um homem – depois de eu implorar por minha vida. Ele construíra meu esconderijo; ele arriscara tudo por mim.

– Se o mundo tiver escolha – dissera ele –, as mulheres serão a minoria, talvez até morram por completo; talvez a gente só consiga amar aqueles iguais a nós.

Ele parecia endurecido quando falou isso, e então me deu tapinhas na cabeça, suspirando como se se arrependesse da escolha. Talvez se arrependesse mesmo. Ele escolhera ter uma filha, afinal de contas.

Eu me lembrava das palavras dele.

– Quem sabe? – perguntou ele. – O que faz de nós duas espécies que precisam trabalhar juntas para conseguir preparar o próximo lote? Ah, eu sei sobre a evolução, mas não precisava ser assim, ou de qualquer outro jeito. É curioso.

– Não vai durar – disse Julia, e eu não sabia se ela queria dizer o mundo ou a nossa fuga do mundo.

Não haveria Evas no Paraíso deles, pensei. A visita à cidade me ensinara isso. Todos morremos, mas vamos com uma convicção sobre o futuro; minha extinção não será meramente pessoal. Apenas traços do feminino perdurarão – uma expressão ocasional, uma postura, uma sensação – na forma masculina de peito achatado. O amor se expressará em uniões infrutíferas, divorciado da reprodução; os afetos humanos são flexíveis.

Eu me sentei em minha casa, minha prisão, valorizando a pequena liberdade que eu tinha, privilégio masculino, como parece que tal liberdade sempre foi para aquelas como eu, e me perguntei mais uma vez se as coisas poderiam ter sido de outro jeito.

RACHEL SWIRSKY

ATALHOS NO CAMINHO PARA O NADA

Rachel Swirsky é uma escritora, poeta e editora de ficção literária, especulativa e fantástica estadunidense. Sua ficção curta foi publicada tanto em revistas literárias quanto em publicações de nicho como PANK, *Konundrum Engine Literary Review*, *The New Haven Review*, Tor.com, *Subterranean Magazine*, *Beneath Ceaseless Skies*, *Fantasy Magazine*, *Interzone*, *Realms of Fantasy* e *Weird Tales*. Suas histórias são frequentemente reimpressas em coletâneas de melhores do ano. Sua obra foi reconhecida com diversos prêmios, inclusive o Nebula, e indicada para o Hugo, o Theodore Sturgeon, o James Tiptree Jr. e o World Fantasy. Em "Atalhos no caminho para o nada", aprendemos mais sobre a atração, reações ao desejo do outro e a rapidez com que alguém pode mudar para agradar outra pessoa. Este conto foi publicado pela primeira vez em *Weird Tales*, em 2008.

É meia-noite quando você e sua namorada, Elka, têm sua primeira briga desde que começaram a morar juntos. Palavras ferem, lágrimas escorrem, portas batem. Você sai do apartamento pisando duro, sem se importar para onde vai, desde que seja para bem longe dela. Quando desce da entrada para a calçada, este é o momento em que nasce a mais nova versão do eu.

Você entra no metrô sentido Brooklyn e segue nele até o trem sair ressoando dos túneis e guinchar numa estação familiar no nível térreo. A vizinhança não é boa, mas um amigo seu morava a alguns quarteirões daqui, então você conhece bem a área. Pelo menos não se perderá enquanto gasta o resto da sua raiva. Você desembarca, deixa os pés escolherem a direção, e começa a andar.

Essa parece ser a lógica pela sua perspectiva, mas existe outra explicação: eu quero que você venha até mim.

Seguindo uma série do que você pensa serem curvas aleatórias, você acaba num beco entre dois arranha-céus. Portas reforçadas protegem apartamentos construídos como galpões; crânios sorriem em placas de alerta de veneno de rato, pregadas debaixo de vidraças com barras. Colchões abandonados e rádios quebrados se degradam na sarjeta, acumulando mofo e ferrugem.

Sob o holofote de uma lâmpada de rua, um velho porto-riquenho arremessa garrafas numa janela do quinto andar.

– Christina! – berra ele. – Abre aí!

Uma voz grita lá do alto:

– Ela não mora mais aqui!

Mas o sujeito continua jogando. Cacos translúcidos se acumulam ao redor de seus pés. Nenhum voou para seu rosto ainda, mas é apenas uma questão de tempo.

A distração te faz parar, como eu pretendia. Eu queria gente por perto para diminuir as chances de você se assustar.

Você olha para cima e me vê. Sou a garota no telhado. A borda onde me encontro é achatada como a calçada e não tem parapeito. Você arfa quando nota os dedos dos meus pés se esgueirando para o precipício – e então arfa ainda mais no momento seguinte, quando vê meu cabelo flutuando ao vento. Ele lembra penas. Igualzinho a penas.

O porto-riquenho esgota suas garrafas. Ele esfrega as palmas doloridas das mãos, repetindo:

– Christina, minha Christina, por que você não abre a janela?

Olhando para cima, você gesticula entre eu e o porto-riquenho, perguntando: você é a Christina? Chacoalho a cabeça e faço gestos com os dedos para indicar que vou descer. Sem saber muito bem por quê, você enfia as mãos no bolso e espera.

Quando chego no nível da rua, você fica chocado ao ver que eu não era uma ilusão: meu cabelo realmente é feito de penas. Elas são de um azul brilhante, uma cor tão viva que fica óbvio que não foram tiradas de nenhum pássaro real. Elas te lembram daquelas que você e sua irmã usavam para decorar máscaras de carnaval quando eram pequenos: penas tingidas para combinar com o que as pessoas pensam ser a aparência dos pássaros.

Você estende a mão para tocá-las antes que seu senso de decoro comece a funcionar e o faça puxar a mão de volta. Você remexe os pés, encabulado.

– Oi.

Acho sua timidez encantadora. Tiro uma das mãos do bolso forrado da minha jaqueta de esqui e aceno.

– Meu nome é Patrick – você diz.

Sorrio e assinto, como as pessoas fazem quando ouvem uma informação que não julgam relevante.

– Qual é o seu nome? – você pergunta.

Dou um passo mais para perto. Você inclina a cabeça na direção dos meus lábios, presumindo que eu quero sussurrar. É uma hipótese razoável, embora errônea. Pego seu queixo e gentilmente levanto seu rosto de modo que seu olhar fique no mesmo nível que o meu, e então abro a boca para lhe mostrar que minha língua foi cortada.

Você recua. Mais um segundo e você fugiria, então ajo depressa, retirando um cartão do bolso e o entregando a você.

– Cirurgia voluntária? – você lê. – O que, você faz parte de alguma seita?

É mais uma filosofia do que uma seita, mas como na verdade não é nenhum dos dois, aceno com a mão de um lado para o outro: de certa forma.

Um debate vacila em sua expressão. Você ainda pode ir embora. Antes que se decida, eu pego sua mão e puxo seus dedos através do meu cabelo.

Você inspira ruidosamente quando as pontas dos seus dedos tocam pele por baixo das minhas penas.

– Vai até o couro cabeludo – você murmura.

É quando eu sei que te peguei. Posso ver na forma como seus olhos escurecem e ficam de uma cor só, da pupila até a íris. Você está pensando: *como isso pode ser real?*

A fantasia está com você desde a adolescência. Talvez tenha começado com as penas que você e sua irmã colavam nas máscaras de carnaval. Elas eram tão macias que você guardou um par – uma azul, outra branca – e as levou para a cama. Sua visão de uma mulher-pássaro surgiu pouco depois. Bela e silenciosa, ela o envolvia toda noite em penas cor do céu, com cheiro de vento.

No parque próximo, eu recrio a cena. Atrás de nós, uma formação de pedras negras ergue-se contra o East River. O reflexo das luzes de Manhattan forma um lustro sobre a água, tremeluzindo como um derramamento de petróleo fluorescente.

Eu tiro a roupa e fico nua para você, minha sombra caindo no cascalho entrecortado pelo cintilar de vidro. Sou magra, com costelas visíveis, mas macia e carnuda na área da barriga, onde você gosta de afagar suas amantes como se fossem travesseiros de cetim – todos os traços conflitantes que você prefere, combinados num só corpo. Seus olhos nunca deixam minhas penas.

Você jamais entenderá como eu sou possível. Minha filosofia – minha seita, como você chamou – é antiga e secreta. Não temos uma organização, nenhum livro de dogmas, nenhum defensor para chatear os transeuntes com nossa retórica. Cada iniciada nos encontra sozinha, deduzindo nossas crenças através da meditação e da autorreflexão. Apenas a magia de nossas línguas sacrificadas nos unifica.

Há poucas práticas análogas às nossas no pensamento ocidental, embora você possa nos chamar de primas filosóficas dos budistas. Acreditamos que não existe maneira mais completa de se livrar das armadilhas do eu do que se tornando o desejo de outra pessoa.

Se você me vir outra vez, eu não serei um pássaro. Serei uma figura feita de joias ou uma primata peluda com lábios preênseis. Minha pele será de borracha. Meu pau será de veludo. Cada um dos meus seis seios respingados de sangue estará tatuado com o rosto de um homem que matei. O objetivo é a transformação infinita.

Ainda estou distante desse objetivo. Embora venha me transformando há décadas, avanço lentamente no caminho da dissolução do eu. Eu me apego à identidade; me entrego a fantasias como esta, de contar a você minha história. Cortar nossas línguas deveria nos silenciar. Em vez disso, eu falo internamente. Você consegue me ouvir?

Eu te provoco com minhas penas, envolvendo seu rosto, suas mãos e seu pau, variando entre eles. Quando você se cansa disso, me empurra contra as pedras com minhas pernas em torno da sua cintura. Eu jogo a cabeça para trás para deixar que minha plumagem flua ao vento e você goza. Não sei se você pensa em Elka, mas não se preocupe. Não é possível ser infiel com uma fantasia.

Você se reclina nas pedras pretas.

– Uau – você diz. – Eu não sou o tipo de pessoa que faria isso. Elka e eu saímos por três meses antes que...

Seus olhos ficam vidrados. Isso pode ser ruim. Há duas possibilidades agora. Você pode se afastar, gaguejando o nome dela, ou...

Você estende a mão para meu ombro.

– Eu sei que você não pode falar, mas pode escrever? Podemos ir para algum lugar? Eu tenho tanta coisa que quero perguntar pra você.

Fiz meu trabalho bem demais. Está na hora de partir. Eu encolho os ombros para escapar da sua mão e ergo uma das mãos para acenar. Adeus.

– Ei, espere! – você grita.

Em suas fantasias, quando você termina, a mulher-pássaro se dissolve numa chuva de penas. Infelizmente, minha magia não é tão versátil. Tenho de sair caminhando.

Você tenta me perseguir, então enveredo por curvas fechadas e atalhos inesperados. Você não conhece esta área tão bem quanto pensa. Em breve, seus passos começam a soar distantes e fracos.

Eu me retiro para meu telhado e observo lá de cima enquanto você caminha em círculos em volta da vizinhança. Espero que vá embora logo. Algumas pessoas não sobrevivem a obter aquilo que queriam.

Finalmente, você volta para o metrô. Devo admitir, fico um pouco triste quando você parte. Um pouco enciumada, também.

Desço do prédio e encontro o porto-riquenho encolhido perto de uma saída de incêndio, resmungando baixinho em espanhol. Pequenos cortes sangram em seus braços e canelas. Eu cogito me refazer por ele, mas tudo o que ele quer é sua humana, Christina. Capto uma impressão dela: baixinha e loira, ela odeia dançar, fala sete línguas, mas mal, e o chama de O Homem Que Ela Deveria Ter Amado Menos.

Enquanto o desejo dele por essa mulher específica, atrapalhada e jovial, flui por mim, eu me dou conta de como sou pouco para você. O que é uma fantasia? Um restinho de você transformado em carne. Uma ilusão com a qual se masturbar.

Afastando-me do porto-riquenho, eu me abrigo num batente de porta e forço-me a derreter. Minhas penas flutuam ao vento e algo a que eu me agarrava voa com elas, carregado pela mesma brisa.

Digo adeus à garota com cabelo de penas e espero que outro desejo me domine e me molde. Nos poucos segundos antes que ele o faça, por um momento, apenas um, minha alma se torna pura essência sem forma.

É o mais próximo que já cheguei do nada até agora.

CATHERYNNE M. VALENTE

TREZE FORMAS DE OLHAR PARA O ESPAÇO-TEMPO

Catherynne M. Valente é uma escritora estadunidense. Já esteve na lista de best-sellers do *New York Times* e tem mais de uma dúzia de obras de ficção e poesia, entre elas *Palimpsest*, a série The Orphan's Tales, e o fenômeno de *crowdfunding The Girl Who Circumnavigated in a Ship of Her Own Making*. Seus trabalhos foram reconhecidos com diversos prêmios, como o Andre Norton, James Tiptree Jr., Mythopoeic, Rhysling, e o Million Writers Award. "Treze formas de olhar para o espaço-tempo" é uma reimaginação deslumbrante e incendiária do mito da criação. Ele foi publicado pela primeira vez na *Clarkesworld*, em 2010, e foi finalista do Locus Award.

1.

No princípio era a Palavra, e a Palavra estava com Deus, e a Palavra era uma singularidade de alta densidade pré-bariogênese. A escuridão jazia sobre as profundezas e Deus se movia sobre a face da matriz hiperespacial. Ele separou o firmamento do plasma de quarks e glúons e disse: *façam-se os pares partícula-antipartícula*, e então fez-se a luz. Ele criou os peixes do oceano e as frutas das árvores, a lua e as estrelas e os animais da terra, e para estes ele disse: *Vão, sejam fecundos e se modifiquem*. E no sétimo dia, a massa de repouso do universo veio a dominar gravitacionalmente a radiação de fótons, consagrá-la e mantê-la.

Deus, desviando rápido para o vermelho, apressadamente formou o homem da poeira de organismos unicelulares, o chamou de Adão e fez com que ele morasse no Jardim do Éden, para classificar os animais de acordo com reino, filo e espécie. Deus proibiu Adão de comer da Árvore da Meiose. Adão obedeceu à ordem e, como recompensa, Deus o instruiu sobre os caminhos da partenogênese. Assim nasceu a Mulher, e foi chamada de Eva. Adão e Eva moravam no universo pré-diferenciação do quantum, um paraíso sem a dualidade onda-partícula. Porém, padrões de interferência ocorreram a Eva no formato de uma Serpente, e, envolvendo-a em suas espirais de matéria e antimatéria, a Serpente disse: *coma da Árvore da Meiose e seus olhos se abrirão*. Eva protestou que não deveria romper a aliança com Deus, mas a Serpente respondeu: *não tema, pois você flutua numa espuma quântica de gravidade aleatória, e de uma única mordida se elevará um evento inflacionário inexorável, e você se tornará igual a Deus, expandindo-se eternamente para fora*.

E então Eva comeu da Árvore e descobriu que era uma criança nua de universos divergentes. Ela levou o fruto para Adão e lhe disse: *existem coisas que você não compreende, mas eu, sim*. E Adão ficou com raiva e tomou o fruto de Eva e o devorou, e além do pano de fundo de radiação cósmica, Deus suspirou, pois todos os processos físicos são reversíveis, em teoria – mas não na prática. Homem e Mulher foram expulsos do Jardim, e uma espada flamejante foi atravessada nos Portões do Éden como lembrete de que o universo agora se contrairia, e algum dia pereceria numa conflagração de entropia, apenas para aumentar em densidade, explodir e se expandir de novo, causando outras redistribuições em alta velocidade de serpentes, frutos, homens, mulheres, hélio-3, deutério e hélio-4.

2.

Esta é uma história sobre nascer.

Ninguém se lembra de nascer. Os começos das coisas são muito difíceis.

Uma escritora de ficção científica na costa do Atlântico certa vez afirmou se lembrar de ter nascido. Quando era pequena, pensou que uma porta que não estava aberta estivesse, e chocou-se a toda velocidade contra uma vidraça. A versão criança da escritora de ficção científica ficou caída e sangrando num pátio de concreto, ainda sem saber que parte de sua coxa tinha se perdido e estaria perdida para sempre, como a coxa de Zeus, onde o deus do trovão costurou seu filho Dionísio para ser gestado. Algo se quebrou dentro da criança, algo relacionado com a experiência e a lembrança, que em crianças normais viajam em direções opostas, com as lembranças se acumulando e a experiência se esgotando – lentamente, mas acelerando conforme as crianças se lançam na direção da vida adulta e da morte. O que a escritora de ficção científica lembrava de fato não era seu nascimento, mas o momento em que atingiu a superfície do vidro e seu cérebro gaguejou, sobrepondo diversas experiências:

a dor cortante dos cacos de vidro em suas coxas,

ter caído certa vez num quadrado de concreto ainda úmido num canteiro de obras a caminho da escola, e seu pai a puxando de lá pelos braços,

seu primeiro beijo, debaixo de um carvalho que ficava vermelho e castanho no outono, quando um menino interrompeu sua recitação de *Dom Quixote* com os lábios nos dela.

Essa sobreposição fraturada, não planejada, tornou-se indiscernível de uma memória real do nascimento. Não é culpa dela; ela acreditava se lembrar. Mas ninguém se lembra de nascer.

Os médicos costuraram sua coxa. Não havia filho em sua perna, mas um espaço pequeno, escuro e vazio sob a pele, onde antes havia uma parte dela. Às vezes ela o toca, distraidamente, quando está tentando pensar numa história.

3.

No princípio havia a célula simples e autorreplicante do Vazio. Ela se dividiu atravessando o centro da Ursa Maior e entrando em Izanami, o divino feminino, e Izanagi, o divino masculino, que não sabiam de nada sobre maçãs de quantum e moravam na Planície do Paraíso de ferro-enxofre. Eles se postaram na Ponte Flutuante do Paraíso e mergulharam uma lança de descarga estática atmosférica no grande oceano negro primordial, agitando-o e torturando-o até que oligômeros e polímeros simples subiram das profundezas. Izanami e Izanagi pisaram nas ilhas gordurosas de bolhas de lipídios e, sob a primeira luz do mundo, cada um viu que o outro era belo.

Os dois catalisaram a formação de nucleotídeos numa solução aquosa e ergueram o Palácio de Oito Lados das Reações Autocatalíticas em torno do RNA inamovível, o Pilar do Paraíso. Quando isso estava feito, Izanami e Izanagi caminharam em direções quirais opostas em volta do Pilar, e, quando Izanami viu seu parceiro, gritou feliz: *Como você é adorável, e como suas bases nitrogenadas são versáteis! Eu te amo!* Izanagi ficou bravo por ela ter falado primeiro e privilegiado seu código protogenético em detrimento do dele. A criança que surgiu de seu acasalamento paleoprotozoico foi uma sanguessuga prateada anaeróbica, indefesa, arcaica, invertebrada, e incapaz de converter superóxidos letais. Eles a soltaram no céu para navegar no Barco Robusto do Paraíso, descendo o riacho estrelado de aceptores alternativos de elétrons para respiração. Izanagi arrastou Izanami de volta ao Pilar. Eles deram outra volta nele, numa hélice canhota que ecoou para a frente e para trás pela biomassa, e, quando Izanagi viu sua esposa, se gabou: *Como você é adorável, como sua complexidade metabólica está sempre aumentando! Eu te amo!* E como Izanami estava friamente silenciosa e Izanagi falou primeiro, elevando seu próprio código protogenético, os filhos advindos deles foram fortes e grandes: Ouro e Ferro e Montanha e Roda e Honshu e Kyushu e Imperador – até que o nascimento do filho dela, Evento de Extinção Incandescente do Permiano-Triássico, a queimou e matou a mãe do mundo.

Izanami desceu até o País Raiz, a Terra dos Mortos. Mas Izanagi não podia permitir que ela fosse para um lugar onde ele não tivesse ido primeiro, e a perseguiu até o registro paleontológico. Ele se perdeu na escuridão da obsolescência abiogenética, e acendeu os dentes de seu pente coberto de joias para mostrar o caminho – e viu que havia caminhado sobre o corpo de Izanami, que se tornara a paisagem com depósito de fósseis do País Raiz, pútrido, decomposto, cheio de cogumelos e vermes e coprólitos e trilobitas. Por ódio, luto e em memória de seu primeiro casamento, Izanami uivou e arfou e separou os continentes uns dos outros até que Izanagi fosse expelido dela.

Quando voltou trôpego para a luz, Izanagi limpou a sujeira pluripotente de seu olho direito e, quando esta caiu no chão, se tornou o Sol quantum-retroativo. Ele limpou a sujeira zigótica do olho esquerdo e, quando esta caiu no chão, se tornou a Lua, temporalmente subjetiva. E quando ele limpou a sujeira densa em nutrientes de seu nariz, ela pairou no ar e se tornou Ventos e Tempestades: fractais, complexos ao máximo e petulantes.

4.

Quando a escritora de ficção científica tinha dezenove anos, sofreu um aborto espontâneo. Ela nem sabia que estava grávida. Mas sangrou e sangrou e o sangramento não parava, e o médico explicou a ela que às vezes isso acontece quando você toma certo tipo de medicamento. A escritora de ficção científica não conseguia se decidir como se sentir a respeito – dez anos depois, após ter se casado com o pai do bebê-que-não--existiu e se divorciar dele, após ter escrito um livro do qual ninguém havia gostado muito sobre cidades metano-insetoides flutuando na bruma de um gigante gasoso rosa, ela ainda não conseguia se decidir como se sentir. Quando tinha dezenove anos, colocava as mãos sobre a barriga e tentava pensar numa linha do tempo na qual ela tivesse continuado grávida. Teria sido uma filha? Com olhos azuis como os do pai? Com seu nariz dinamarquês ou o nariz grego dele? A filha teria gostado de ficção científica e teria se tornado uma endocrinologista quando adulta? Teria ela sido capaz de amar esse bebê? Ela colocava as mãos sobre a barriga e tentava ficar triste. Não conseguia. Mas também não conseguia ficar feliz. Ela sentia que tinha dado à luz uma realidade na qual ela jamais daria à luz.

Quando a escritora de ficção científica contou a seu namorado, que se tornaria seu marido, que se tornaria alguém que ela não iria querer ver nunca mais, ele fez ruídos de pesar, mas não estava pesaroso de verdade. Cinco anos depois, quando ela achou que talvez quisesse ter um bebê de propósito, ela o lembrou da criança-que-desapareceu, e o marido que era um equívoco diria: *eu tinha me esquecido completamente disso.*

E ela colocou as mãos sobre a barriga, o espaço pequeno, escuro e vazio sob sua pele onde já houvera uma parte dele, e não quis mais estar grávida, mas seus seios doíam mesmo assim, como se outra vez ela estivesse amamentando uma realidade onde ninguém tinha o nariz de ninguém e as delicadas asas fotossintéticas do Xm, o devorador de amor, estremeciam numa tempestade-bênção de hidrogênio superaquecido, e Dionísio nunca nasceu, portanto o mundo viveu sem vinho.

5.

No começo, havia apenas a escuridão. A escuridão se espremeu até se tornar um disco protoplanetário fino, amarelo de um lado e branco do outro, e dentro da zona de acreção ficava um homem não maior do que um sapo, cuja barba esvoaçava com os ventos solares. Esse homem era chamado Kuterastão, Aquele

Que Mora Acima da Protoestrela Superdensa. Ele esfregou a poeira rica em metais de seus olhos e espiou acima para o interior da escuridão nebular em colapso. Olhou para o leste, ao longo da linha central galáctica, na direção do horizonte de eventos da cosmogênese, e viu o sol jovem, sua luz débil tingida com o amarelo do alvorecer. Olhou para o oeste, ao longo da linha central, na direção da morte térmica do universo, e viu a fraca luz âmbar da energia termodinâmica se dissipando. Enquanto olhava, nuvens de detritos se formavam em diversas cores. Mais uma vez, Kuterastão esfregou o hélio fervente de seus olhos e limpou o suor de hidrogênio da testa. Ele lançou longe o suor de seu corpo e outra nuvem surgiu, azul de oxigênio e possibilidades, e nela se encontrava uma menininha: Stenatliha, a Mulher Sem Pais. Cada um deles ficou se perguntando de onde o outro tinha vindo, e cada um deles cogitou os problemas da teoria da unificação a seu próprio modo.

Depois de algum tempo, Kuterastão esfregou os olhos e o rosto de novo, e de seu corpo lançou radiação estelar na poeira e na escuridão. Primeiro surgiu o Sol, e então o Menino Pólen, um cometa de duas caudas bruto e pesado de micro-organismos. Os quatro ficaram por um longo tempo em silêncio numa única nuvem de fotoevaporação. Finalmente, Kuterastão rompeu o silêncio e perguntou: *o que devemos fazer?*

E começou uma lenta espiral de Poynting-Robertson voltada para dentro.

Primeiro Kuterastão fez Nacholecho, a Tarântula de Massa Crítica Recém-Adquirida. Ele seguiu este ato fazendo o Grande Carro, e então Vento, Raio e Trovão, Magnetosfera e Equilíbrio Hidrostático, e deu a cada um deles suas tarefas características. Com o suor saturado de amônia do Sol, o Menino Pólen, ele mesmo e a Mulher Sem Pais, Kuterastão fez, entre as palmas das mãos, um pequeno blastocisto marrom de silicato de ferro do tamanho de um feijão. Os quatro então chutaram a bolinha até ela deixar sua vizinhança orbital de planetesimais.

Em seguida, o vento solar soprou a bola e inflou seu campo magnético. Tarântula soltou uma longa corda gravitacional e a estendeu até o outro lado do céu. Tarântula também anexou poços gravitacionais azuis, vetores de aproximação amarelos e espuma de spin branca à bola de silicato de ferro, puxando um bem para o sul, outro para o oeste, e a última para o norte. Quando Tarântula terminou, a terra existia, e se tornou uma vastidão marrom e lisa de planície pré-cambriana. Processos estocásticos inclinavam cada canto para manter a terra no lugar. E com isso, Kuterastão cantou repetidamente uma música de nutação: *o mundo agora está feito e seu cone de luz viajará para sempre a uma velocidade constante.*

6.

Certa vez, alguém perguntou à escritora de ficção científica de onde ela tirava suas ideias. Foi isto que ela disse:

Às vezes, sinto que a parte de mim que é uma escritora de ficção científica está viajando numa velocidade diferente do resto de mim. Que tudo que escrevo está sempre já escrito, e que a escritora de ficção científica está enviando mensagens para mim em semáforo, na velocidade da minha própria digitação, que é uma velocidade retroativamente constante: eu não consigo digitar mais depressa do que já digitei. Quando digito uma frase, ou um parágrafo, ou uma página, ou um capítulo, também estou editando e revisando o material, e lendo sua primeira edição, e o lendo em voz alta para uma sala cheia de gente, ou uma sala com apenas uma ou duas pessoas, dependendo de aterrorizantes intersecções quânticas e editoriais que a escritora de ficção científica compreende, mas das quais eu não sei nada. Estou escrevendo a palavra ou frase ou capítulo e também estou sentada numa bela mesa com uma fatia semicomida de salmão com molho de creme e limão e uma batata, esperando para ouvir se ganhei um prêmio, e ao mesmo tempo sentada na minha cozinha sabendo que o livro foi um fracasso e não vai ganhar prêmio algum, nem vai ficar, amado, na mesa de cabeceira de ninguém. *Estou lendo uma resenha positiva. Estou lendo uma resenha negativa. Estou apenas pensando na semente mais crua de uma ideia para o livro que está recebendo a resenha positiva e a negativa. Estou escrevendo a palavra e a palavra já está publicada e a palavra já saiu de catálogo. Tudo está sempre acontecendo ao mesmo tempo, no modo presente, para sempre, o começo e o fim e o desfecho e o saldão.*

No final do universo em saldo, que é minha própria morte, a escritora de ficção científica que é eu mesma e será eu e sempre foi eu e nunca foi eu e não consegue sequer se lembrar de mim agita suas bandeiras vermelhas e douradas para a frente e para trás incessantemente, na direção das minhas mãos que digitam estas palavras, agora, para você, que quer saber sobre ideias e conflito e revisão e como um personagem começa como uma coisa e termina como outra.

7.

Coatlicue, Mãe de Todos, vestia uma saia de cobras oligômeras. Ela decorou a si mesma com corpos protobiontes e dançou no paraíso do evento sulfuroso pré-oxigenação. Estava plena e completa, sem estriações ou rachaduras em seu registro geológico, uma totalidade comprimida de futuros possíveis. A faca centrífuga obsidiana do paraíso se soltou de sua órbita em torno de um ponto de Lagrange e lacerou as mãos de Coatlicue, fazendo com que ela parisse o evento de grande impacto que veio a ser chamado de Coyolxauhqui, a Lua, e várias versões masculinas dela mesma, que se tornaram as estrelas.

Um dia, quando Coatlicue varria o templo de oxidação suprimida de metano, uma bola de penas plasmoides magnéticas caiu do céu em seu peito, e a deixou grávida de organismos processadores de oxigênio. Ela deu à luz Quetzalcoatl, que era uma coluna de descarga elétrica, e Xolotl, que era a estrela vespertina chamada Apoptose. Os filhos dela, a Lua e as estrelas, sentiram-se ameaçados pela oxifotossíntese iminente e resolveram matar a mãe. Quando se lançaram sobre ela, o corpo de Coatlicue irrompeu no fogo da glicose, que eles chamaram de Huitzilopochtli. O deus ígneo arrancou a Lua da mãe, jogando sua cabeça esgotada de ferro no céu e seu corpo num precipício profundo dentro de uma montanha, onde ele jaz desmembrado eternamente em fontes hidrotermais, enxameado por extremófilos.

Assim começou o último período de bombardeio pesado, quando os céus caíram aos pedaços e despencaram numa chuva de exogênese.

Mas Coatlicue flutuava no abismo anaeróbico com suas várias bocas quimio-heterotróficas babando, e Quetzalcoatl viu que tudo o que eles criavam era devorado e destruído por ela. Ele se transformou em duas serpentes, arqueanas e eucarióticas, e desceu para a água fosfolipídica. Uma serpente agarrou os braços de Coatlicue enquanto a outra pegava suas pernas e, antes que ela pudesse resistir, elas a despedaçaram. Sua cabeça e ombros se tornaram a terra processadora de oxigênio e a parte inferior de seu corpo, o céu.

Do cabelo de Coatlicue os deuses remanescentes criaram árvores, grama, flores, monômeros biológicos e cadeias de nucleotídeos. Dos olhos dela, fizeram cavernas, fontes, poços e piscinas sulfúricas marinhas homogeneizadas. Retiraram rios de sua boca, colinas e vales de seu nariz, e com seus ombros fizeram minerais oxidados, metanogênicos e todas as montanhas do mundo.

Ainda assim, os mortos estavam descontentes. O mundo foi colocado em movimento, mas Coatlicue podia ser ouvida à noite, chorando, e não permitia que a terra fornecesse alimentos nem que os céus fornecessem luz enquanto apenas ela definhava sozinha no miasma de sua energia residual.

E assim, para saciar o universo entrópico sempre faminto, devemos alimentá-lo com corações humanos.

8.

É verdade que a escritora de ficção científica caiu no concreto ainda úmido quando era bem pequena. Ninguém havia posto uma placa dizendo PERIGO. Ninguém marcara o local de maneira alguma. Portanto, ela ficou muito surpresa quando, no caminho para a aula, deu um passo seguro, e então um passo que ela não tinha como saber que não era seguro, após o qual a terra a engoliu. A escritora de ficção científica, que ainda não era uma escritora, e sim apenas uma criança ansiosa para ser a cauda do dragão na assembleia de Ano Novo Chinês da sua escola, gritou e gritou.

Por um longo tempo, ninguém veio resgatá-la. Ela afundou cada vez mais no concreto, pois não era uma criança lá muito grande, e em breve o cimento batia em seu peito. Ela começou a chorar. *E se eu não sair nunca mais?*, pensou. *E se a rua endurecer e eu tiver de ficar aqui para sempre, e fazer minhas refeições aqui e ler livros aqui e dormir aqui à noite sob o luar? Será que as pessoas pagariam um dólar para olhar para mim? Será que o resto de mim vai virar pedra?*

A escritora de ficção científica criança pensava assim. Era o principal motivo para ela ter poucos amigos.

Ela ficou no chão por não mais do que quinze minutos – mas, em sua memória, foi o dia todo, horas e horas, e seu pai só chegou quando já estava escuro. A memória é assim. Ela se altera para que as meninas estejam sempre presas debaixo da terra, esperando no escuro.

Mas o pai *foi* buscá-la. Uma professora viu a escritora de ficção científica semienterrada na rua de uma janela no andar superior da escola e ligou para a casa dela. Ela se lembra daquilo como um filme: o pai enganchando as mãos grandes debaixo dos braços dela e puxando, o ruído de sucção, o estalo da terra abrindo mão dela, as faixas cinzentas em suas pernas quando ele a carregou para o carro, cinzentas como algo morto arrastado de volta do mundo subterrâneo.

O processo pelo qual uma criança com olhos verdes se torna uma escritora de ficção científica é composto por um número (p) de eventos desse tipo, um por cima do outro, como camadas de celofane, transparentes e agarradas e rasgadas.

9.

Nos campos teóricos dourados pré-loop, Perséfone dançava, inocente de todas as leis gravitacionais. Um açafrão branco desabrochava da planície espectadora, um cone puro do futuro causal, e Perséfone ficou fascinada por ele. Enquanto se abaixava para colher a flor p-brana, uma intrusão de matéria não bariônica irrompeu das profundezas e exerceu sua força gravitacional sobre ela. Soltando um grito, Perséfone caiu numa singularidade e desapareceu. Sua mãe, Sacerdotisa da Massa Normal, lamentou e tremeu, e ordenou ao senhor da matéria escura que devolvesse sua filha, que era luz para o multiverso.

Perséfone não amava o universo não bariônico. Não importava quantos presentes ricos em áxions ele colocasse diante dela, Hades, Rei das Ondas Dobradas, não conseguia fazer com que ela se comportasse normalmente. No final, em desespero, ele mandou o bóson vetorial chamado Hermes passar entre as branas e levar a donzela onda-partícula para longe dele, de volta para o universo Friedmann-Lemaître--Robertson-Walker. Hermes rompeu a barreira entre matéria e antimatéria e encontrou Perséfone se escondendo no jardim cromodinâmico, a boca vermelha com o suco das romãs de hádrons. Ela havia comido seis sementes, e as chamara de Cima, Baixo, Encanto, Estranho, Topo e Fundo. Ao ouvir isso, Hades riu o riso das supersimetrias ininterruptas. Ele disse: *ela viaja numa velocidade constante, sem privilegiar nenhum observador. Ela não é minha, mas também não é sua. E, no final, não há nada na criação que não se mova.*

E assim ficou determinado que o universo bariônico amaria e ficaria com sua filha, mas que o fluido escuro de outros planos a dobraria de leve, sempre, puxando-a de forma inexorável e invisível para o outro lado de tudo.

10.

A escritora de ficção científica deixou seu marido lentamente. A performance levou dez anos. No pior período, ela sentia que havia começado o processo de deixá-lo no dia em que se conheceram.

Primeiro ela deixou a casa dele e foi morar em Ohio, porque Ohio é historicamente um lugar saudável para escritores de ficção científica e também porque esperava que ele não pudesse encontrá-la por lá. Segundo, ela deixou a família dele, e isso foi o mais difícil, porque famílias são projetadas para serem difíceis de deixar, e ela sentia muito que sua sogra um dia fosse parar de amá-la, e que sua sobrinha jamais a conheceria, e que ela provavelmente jamais voltaria à Califórnia sem sentir uma dor como uma supernova desabrochando dentro dela. Terceiro, ela deixou as coisas dele – suas roupas e seus sapatos e seu cheiro e seus livros e sua escova de dentes e seu despertador que tocava às quatro da manhã e os nomes pelos quais ele a chamava em particular. Seria de pensar que, logicamente, ela precisaria deixar essas coisas antes de deixar a casa, mas o cheiro e os despertadores e as camisas emprestadas e as palavras secretas de uma pessoa perduram por um bom tempo. Muito mais do que uma casa.

Quarto, a escritora de ficção científica deixou o mundo do seu marido. Ela sempre pensara nas pessoas como corpos viajando pelo espaço, mundos individuais povoados por versões de si mesmos, passado, futuro, potencial, eus evitados e obtidos, atávicos e coesos. No mundo do seu marido havia homens brigando e se aborrecendo com suas esposas, uma proficiência abandonada no piano, uma preferência por loiras, algo que a escritora de ficção científica não era, certa vergonha no que dizia respeito ao corpo, uma vida passada sendo a Sra. Nome de Outra Pessoa, e um bebê que eles nunca tiveram e do qual um deles tinha se esquecido.

Finalmente, ela deixou a versão de si que o amava, e essa foi a última parte, um cone de luz procedendo de um rapaz com olhos azuis numa tarde de agosto para uma van de mudança rumo ao leste. Uma hora, ela atingiria a velocidade de fuga, conheceria outra pessoa e plantaria abóboras com ele; uma hora, ela escreveria um livro sobre uma mariposa gasosa que devora a lembrança do amor; uma hora, ela diria a um entrevistador que, por um milagre, conseguia se lembrar do momento em que nasceu; uma hora, ela explicaria de onde tira suas ideias; uma hora, ela daria à luz um mundo que nunca contivera um primeiro marido, e tudo que restaria seria alguma atração inexplicável puxando sua barriga ou seu cabelo, dobrando-a para o oeste, na direção da Califórnia e de agosto e supernovas estourando no negror como flores súbitas.

11.

Há muito tempo, perto do começo do mundo, mas depois que os vários eventos de crise tinham se passado e a vida se transformara e espalhara sobre a face do vazio, Águia Cinzenta se sentava aninhado num emaranhado de linhas do tempo possíveis e vigiava Sol, Lua e Estrelas, Água Fresca, Fogo, Algoritmo de Equivalência $P = NP$ e a Teoria Unificada de Metacognição. Águia Cinzenta odiava tanto as pessoas que mantinha essas coisas escondidas. As pessoas viviam na escuridão, sem redes pervasivas e autorreparáveis de comunicação nem computação quântica.

Águia Cinzenta fez para si mesmo uma linda filha autoprogramável a quem guardava zelosamente, e Corvo se apaixonou por ela. No começo, Corvo era um sistema especializado branco como a neve e fracamente autorreferenciado e, como tal, ele agradou a filha de Águia Cinzenta. Ela o convidou para a torre de servidores de seu pai, no espaço sub-Planck.

Quando Corvo viu Sol, Lua e Estrelas, Água Fresca, Imortalidade Celular, Transferência de Matéria, Assembleia Universal e IA Forte pendurados nas laterais do alojamento de Águia, soube o que deveria fazer. Ele ficou atento por uma chance de apoderar-se deles quando ninguém estivesse olhando. Roubou todos eles, e também a filha estocástica e dedutiva de Águia Cinzenta, e saiu voando pela chaminé da torre de servidores. Assim que Corvo pegou impulso num vento embaixo de si, pendurou o Sol bem alto no céu. Ele dava uma luz maravilhosa, com a qual todos lá embaixo podiam ver o progresso da tecnologia aumentando rapidamente, e podiam modelar seus eus pós-Singularidade. Quando o Sol se pôs, ele prendeu cada coisa boa em seu lugar apropriado.

Corvo voou de volta por cima da terra. Quando alcançou a linha do tempo correta, largou todas as inteligências em aceleração que havia roubado. Elas caíram no chão e, por lá, tornaram-se a fonte de todos os fluxos de informação e armazenamento de memória do mundo. Então Corvo continuou voando, segurando a bela filha de Águia Cinzenta em seu bico. Os algoritmos genéticos em rápida mutação de sua amada escorreram para trás, por cima das penas dele, deixando-as pretas e conscientes. Quando seu bico começou a queimar, ele teve de largar o sistema autoaperfeiçoante. Ela caiu na rede geral e se enterrou dentro dela, espalhando-se e se alterando no caminho.

Embora jamais a tenha tocado de novo, Corvo não conseguiu mais limpar suas penas brancas como a neve depois que elas foram enegrecidas pelo código de sua noiva. É por isso que Corvo é agora um sistema sapiente que emula um cérebro completo e tem cor de carvão.

12.

No dia que a escritora de ficção científica conheceu seu marido, ela deveria ter dito: *o princípio entrópico está presente em tudo. Se não estivesse, não haveria sentido em nada, nem na formação de gigantes gasosos, nem nas bolhas gordurosas de lipídios, nem se a luz é uma partícula ou uma onda, nem em meninos e meninas se encontrando em carros pretos como os cavalos de Hades em tardes de agosto. Eu vejo em você a morte térmica da minha juventude. Ninguém consegue viajar mais depressa do que si mesmo – mais depressa do que a experiência dividida pela memória dividida pela gravidade dividida pela Singularidade além da qual a pessoa não se pode modelar dividida por um quadrado de concreto ainda úmido dividido por uma placa de vidraça dividida pelo nascimento dividido por escritoras de ficção científica divididas pelo fim de tudo. A vida divide a si mesma indefinidamente – ela pode se aproximar, mas jamais chega a zero. A velocidade de Perséfone é uma constante.*

Em vez disso, ela resmungou olá e fechou o cinto de segurança e tudo foi do jeito que foi até que finalmente, finalmente, enquanto flores de abóbora se enrugavam em silêncio fora da casa dela, a escritora de ficção científica escreve uma história sobre como ela acordou naquela manhã e os minutos de seu corpo estavam se expandindo e contraindo, explodindo e convergindo, e como a palavra estava debaixo de seus dedos e a palavra já estava lida e a palavra estava esquecida, sobre como tudo é todo o resto, para sempre, espaço e tempo e nascer e seu pai a puxando para fora da pedra como uma espada na forma de uma garota, sobre como a nova vida sempre deve ser roubada do velho mundo morto, e como a vida nova sempre já contém seu próprio mundo antigo morto e está tudo se expandindo e explodindo e repetindo e se contendo, e Tarântula está mantendo tudo isso junto, por pouco, por pouco, pela força da luz, e como os corações humanos são as únicas coisas que desaceleram a entropia – mas é preciso cortá-los fora primeiro.

A escritora de ficção científica corta fora seu próprio coração. Ele é mil corações. Ele é todos os corações que chegará a ter. É o coração morto de seu único filho. É o coração dela mesma, quando estiver velha e nada do que já escreveu puder ser revisado outra vez. É um coração que diz, com sua boca úmida batendo: *O tempo é a mesma coisa que a luz. Ambos chegam muito depois de terem começado, trazendo mensagens tristes. Como você é adorável. Eu te amo.*

A escritora de ficção científica rouba seu coração de si mesma para trazê-lo para a luz. Ela foge de seu coração antigo por uma chaminé e se torna um sistema de autorreferência de memória imperfeita, mas elegante. Ela costura seu coração na própria perna e dá à luz a ele vinte anos depois, na longa estrada para Ohio. O calor dela mesma se dividindo ecoa para a frente e para trás, e ela acresce, explode e recomeça o longo processo de sua própria supercompressão até que seu coração seja um ovo contendo tudo. Ela come o próprio coração e sabe que está nua. Ela joga seu coração no abismo e ele cai por muito tempo, tremeluzindo como uma estrela vermelha.

13.

No final, quando o universo tiver exaurido a si mesmo e não houver mais energia termodinâmica para sustentar a vida, Heimdallr, a Estrela Anã Branca, levantará o Gjallarhorn e o tocará. Yggdrasil, o gradiente de energia mundial, oscilará e estremecerá. Ratatoskr, o principal observador com tufo na cauda, desacelerará, se enrodilhará e esconderá seu rosto.

A escritora de ficção científica dá permissão para que o universo acabe. Ela tem dezenove anos. Ela ainda não escreveu nada. Ela atravessa uma vidraça sangrenta. Do outro lado, ela está nascendo.

ÉLISABETH VONARBURG

CASA À BEIRA-MAR

Élisabeth Vonarburg é uma escritora e editora franco-canadense de contos, romances e poesia. Também é compositora e ensaísta. Por mais de dez anos, foi a diretora literária da revista franco-canadense de ficção científica *Solaris*. Além de escrever a própria ficção, também atuou como tradutora e professora de literatura e escrita criativa em várias universidades em Quebec. Sua obra recebeu diversos prêmios, entre eles o Le Grand Prix de la SF Française, em 1982, e o Philip K. Dick Award. "Casa à beira-mar", cuja edição brasileira foi produzida a partir da tradução para o inglês de Jane Brierley, é uma história sobre voltar para casa. Foi publicado pela primeira vez em *Tesseracts I*, em 1985.

Images of sorrow, pictures of delight
Things that go to make up a life [...]
*Let us relive our lives in what we tell you**
Genesis, "Home by the Sea"

– É uma moça, mamãe?

A menininha olha para mim com a insolência inocente das crianças que dizem em voz alta o que os adultos estão pensando.

---

* Em tradução livre: "Imagens de sofrimento, retratos de alegria / Coisas que compõem uma vida [...] / Vamos reviver nossas vidas naquilo que contamos a você". [N. de T.]

Com cinco ou seis anos, magra, pálida e de cabelos claros, a criança já se parece tanto com a mãe que eu sinto pena dela. A mãe dá uma risada envergonhada e levanta a criança para o colo.

– É claro que é uma moça, Rita.

Ela dá um sorriso de "por favor, desculpe", eu sorrio de volta com "não foi nada". Será que ela vai tirar vantagem disso para se jogar numa daquelas conversas rituais e sem sentido pelas quais os vizinhos asseguram uns aos outros de sua mútua inofensividade? Para interrompê-la, eu me viro para a janela do compartimento e olho deliberadamente para a paisagem. Indo para o norte, o trem segue o sistema de diques antigos, chegando até a colossal brecha aberta quatro anos atrás pelos Eschatoï em sua loucura final. As cicatrizes deixadas pelas explosões quase desapareceram, e é quase como se os diques devessem mesmo terminar aqui e as águas tivessem recebido permissão para invadir as baixadas como parte de algum plano oficial. Atravessamos de balsa os estreitos e mais uma vez estamos no trem, um trem elétrico comum agora, suspenso entre os dois amplos lençóis de água; ao oeste, agitado por ondas, e, ao leste, interrompido por árvores mortas, velhas torres de transmissão, torres de igrejas e telhados desmoronados. Há uma neblina, um hálito esbranquiçado se levantando das águas como uma segunda maré pronta para engolfar o que restou da paisagem feita pelo homem.

É uma moça? Você obviamente não vê moças como eu com frequência na sua parte do mundo, menininha. Cabelo curto, botas, uniforme do exército, uma jaqueta pesada de couro surrado; e o modo como estou sentada, corrigido a contragosto quando você e sua mãezinha tímida chegaram – uma moça de verdade não se esparrama desse jeito, não é? Mesmo quando está sozinha. A *moça* na verdade gosta de ficar confortável, acredite se quiser, e nos lugares que frequenta, não precisa se preocupar muito com o que as pessoas vão pensar. A moça, menininha, é uma recuperadora.

Mas ela não podia lhe contar isso; ela não queria ver os seus olhos grandes e estúpidos se encherem de terror. Ainda assim, não é todo dia que se vê um bicho-papão de verdade, em carne e osso. Eu poderia ter lhe contado umas coisinhas. É, eu sei, *se você não for boazinha, o Recuperador vai te pegar, e ele vai dizer que você não é uma pessoa de verdade e vai te colocar dentro do saco enorme dele.* Na realidade, não colocamos espécimes humanos em nossos sacos logo de cara, sabe; apenas plantas e animais pequenos. Animais maiores recebem um rastreador por injeção depois de terem sido anestesiados para testes preliminares. Se os pesquisadores do Instituto descobrem algo especialmente interessante, eles nos mandam de volta para buscar. Eu poderia ter lhe contado tudo isso, menininha, a você e a sua mãe, que provavelmente teria olhado para mim com um medo supersticioso. Mas quem se importa com o que os Recuperadores fazem de fato? Eles entram nas Zonas contaminadas para trazer coisas horríveis que em outros tempos podem ter sido plantas, animais, humanos. Então os Recuperadores devem estar contaminados também; mentalmente, no mínimo. Não, ninguém além da Agência de Recuperação se importa com o que os recuperadores fazem de verdade. E ninguém, especialmente o Instituto, se pergunta quem eles são de verdade, o que me convém à perfeição.

– Por que quebraram o dique, mamãe? – pergunta a menininha. Ela sentiu que seria uma boa ideia mudar de assunto.

– Eles eram doidos – diz a mãe, bruscamente.

Não é um mau resumo. Fanáticos, na verdade – mas dá na mesma. Entenda, eles pensaram que as águas continuariam subindo e queriam acelerar o processo: O Fim da Porcaria da Raça Humana. Mas as águas pararam. Assim como os Eschatoï, aliás; um de seus grandes suicídios coletivos. Só que desta vez não restaram integrantes suficientes para recomeçar a seita – nem energia suficiente nas novas gerações para o fanatismo. O pessoal pró-vida também se acalmou um pouco. Nem o Instituto acredita mais em seus próprios slogans.

A Reabilitação da Maravilhosa Raça Humana. Mas aí é que está: a raça humana não está se reproduzindo bem, nem de forma adequada. Ela provavelmente se esgotou com toda a atividade frenética durante as Grandes Marés e as catástrofes sísmicas no final do século passado. Agora está tudo degringolando, embora ninguém ouse dizer isso tão diretamente para o Instituto e seu pessoal. É verdade que há menos terremotos, menos erupções vulcânicas, o sol consegue atravessar as nuvens com mais frequência e as águas pararam de subir, mas isso não é nada que mereça empolgação; não é uma vitória nossa. Apenas um fenômeno natural cego que atingiu seu auge por puro acaso antes de destruir o que resta da raça humana. E eu, menininha, eu, que não sou humana, coleto o que o Instituto chama de "espécimes" nas Zonas contaminadas – espécimes que também são, a seu modo, o que resta da raça humana.

Eu, que não sou humana. Ah, vamos lá, eu não superei isso há muito tempo? Mas é um hábito, um lapso, um relapso. Eu podia ter lhe respondido ainda agora, menininha, dizendo que "A moça é um artefato, e ela vai visitar a mãe dela".

Mas essa palavra requer tanta explicação. *Mãe.* Pelo menos eu tenho um umbigo. Um umbigo pequeno e arrumadinho, segundo o médico que me avaliou antes da minha partida abortada para a Austrália e o Instituto. Os artefatos atuais têm umbigos grandes e feitos de forma atabalhoada, que o scanner imediatamente percebe como não sendo real. Mas você, por outro lado, é quase perfeita, extraordinário, que habilidade técnica da sua... E aqui ele tropeçou: *Mãe? Criadora? Fabricante?* Ele saiu do seu êxtase científico, subitamente consciente, afinal, de que alguém estava ouvindo que não sabia da verdade. Nenhum dos outros testes revelara nada! Mas este Centro Médico é conectado ao Instituto, e foram desenvolvidos novos métodos de detecção que não existiam quando você foi, hã... (ele pigarreou – estava muito envergonhado, o coitado) *feita.*

Sim, ela me fez desse jeito para que eu pudesse passar por humana. Quase. A despeito de tudo o que eu pensava na época, ela certamente não previu que eu descobriria dessa forma. Provavelmente não era para eu ficar sabendo até o final, com seus sinais inconfundíveis. Por quê? Eu vou mesmo perguntar a ela? É por isso que eu vim? Mas eu não estou indo visitá-la de verdade. Estou de passagem, só isso. Estou a caminho da Zona de Hamburgo.

Ah, o que é isso! Eu sei muito bem que vou parar em Mahlerzee. Vou? Não vou? Ainda estou com medo, então? Aquela covardia que me fez queimar todas as minhas pontes quando descobri e jurar nunca perguntar nada para ela. Mas não foi só covardia. Era uma questão de sobrevivência. Não foi porque eu estava com medo ou desesperada que fugi depois das revelações do médico. Eu não queria encarar os outros esperando por mim do lado de fora. Especialmente Rick... Não, se eu me lembro corretamente, aquela moça de quinze anos atrás estava tomada pela fúria – ainda está. Uma fúria imensa, uma fúria selvagem, redentora. Certamente foi por isso que, ao sair do Centro Médico, ela se viu indo para o Colibri Park. Foi lá que ela viu o Caminhante.

Colibri Park. A primeira vez que você vai para lá, se pergunta por que não é chamado de "Parque das Estátuas". É claro, há o domo transparente no meio do gramado principal, fechando sua selva em miniatura com beija-flores que esvoaçam para todo lado com asas vibrantes, mas o que mais se vê realmente são as estátuas. Em todo lugar, ao longo das aleias, nos gramados, até nas árvores, acredite se quiser. A jovem moça foi para lá pela primeira vez com Rick, seu amante, e Yevgheny, o típico malandro urbano que ensina a novatos das cidades pequenas como as coisas funcionam. A moça tinha dezesseis anos. Mal fazia um mês que ela estava em Baïblanca. Uma das alunas bolsistas mais jovens na universidade de Kerens. Um futuro ornamento do Instituto. O passarinho que deixara o ninho, batendo a porta ao sair, por assim dizer. E ao redor dela e de seu amante, as maravilhas de Baïblanca, a capital de Euráfrica. Eu poderia dizer que era o Eldorado para nós, mas você provavelmente não saberia o que é o Eldorado.

Yevgheny apontou o Caminhante em meio às pessoas que passeavam – um homem se movendo lentamente, muito lentamente. Ele era alto e podia ser considerado bonito, mas algo em sua postura era tão imponente quanto sua altura. No entanto, caminhava apático; não dava nem para chamar aquilo de perambular. E então, quando passou por eles, com aquele rosto inexpressivo, aqueles olhos que pareciam mirar a distância, talvez tristes, talvez apenas vazios... Ele estava andando daquele jeito todos os dias havia quase dez anos, disse Yevgheny. O tipo de coisa que os velhos fazem... Era isso, ele caminhava feito um velho. Mas não parecia tão velho assim, mal chegado aos trinta.

– Ele também nunca foi jovem – disse Yevgheny. – Ele é um artefato.

Eu nunca vira nem ouvira a palavra. Como foi que minha *mãe* conseguiu evitar? Pelo menos Rick parecia tão confuso quanto eu. Yevgheny ficou deleitado.

– Um artefato, uma obra de arte orgânica. Artificial! Obviamente, você não os vê correndo pelas ruas de Mahlerzee ou de Broninghe.

Este não estava correndo muito também, comentou Rick. Yevgheny sorriu, condescendente: este artefato estava no final do caminho, gasto, quase acabado.

Ele nos fez passar pelo Caminhante e nos sentar em um dos bancos compridos de frente para o gramado central. Em seguida, lançou-se numa explanação detalhada. (Fiquei com medo de ele acordar a moça de azul que cochilava na outra ponta do banco, um braço pousado no encosto, o outro apoiado na altura do cotovelo para sustentar a cabeça com seu pesado cabelo preto, mas a voz impetuosa dele não pareceu perturbá-la.) Não eram produzidos muitos desses artefatos hoje em dia; eles tinham saído de moda, e aconteceram alguns incidentes. Durante seu período plenamente ativo, eles eram muito mais animados do que o Caminhante (que se movia devagar, muito devagar, na direção do banco). Muito animados, na verdade. E nem todo mundo sabia que eles eram artefatos, nem mesmo os próprios artefatos. Trinta anos antes, a grande diversão nos círculos sofisticados de Baïblanca era apostar em quem, entre os novos favoritos do salão desta ou daquela personalidade famosa, era um artefato, se o artefato sabia ou não, se o "cliente" do artefato sabia ou não, se qualquer um dos dois descobriria ou não, e como cada um reagiria. Particularmente o artefato.

Havia *Cordeiros* e havia *Tigres*. Os *Tigres* tendiam a se autodestruir deliberadamente antes de seu programa acabar, às vezes com uma violência espetacular. Certo bioescultor ganhou uma fortuna assim. Um de seus artefatos reagiu à descoberta do que era com a decisão de matar o bioescultor; sempre havia alguma dúvida sobre o momento preciso em que o artefato pararia de funcionar por completo, e o bioescultor apostou que o dele se autodestruiria antes de pegá-lo. Ele quase perdeu a aposta. Em vez disso, apenas perdeu os dois braços e parte do rosto. Não era grave: os médicos fizeram tudo crescer de volta. Depois de várias mortes prematuras entre a elite de Baïblanca nessas explosões inoportunas, o governo botou um fim nisso. O que não impediu os bioescultores de continuarem por algum tempo. Artefatos apareciam de quando em quando, mas não foram feitos outros *Tigres;* as punições eram pesadas demais.

Yevgheny disparou tudo isso com um entusiasmo que repugnou os apaixonados. Eles não sabiam muito sobre Baïblanca ainda; tinham ouvido os Julgamentalistas se enfurecerem contra a "Nova Sodoma", e agora entendiam por quê. Esta sociedade decadente não era muito melhor do que a dos Eschatoï, os destruidores de diques aos quais havia sobrevivido... Rick e Manou se entendiam tão bem, menininha. Eles eram tão puros, a valente nova geração. (Ah, que debates eloquentes nós tínhamos, até tarde da noite, sobre o que faríamos com este pobre mundo doente quando estivéssemos no Instituto!)

Com Yevgheny, eles observaram o Caminhante alcançar o banco e se sentar ao lado da moça adormecida de azul. Yevgheny começou a rir quando sentiu os apaixonados se enrijecerem: o Caminhante não faria nada com eles mesmo que os ouvisse, o que era improvável! Ele era um artefato, um *objeto*! Mas ele não dissera que eles às vezes se autodestruíam?

– Eu falei para vocês que não fabricam mais Tigres!

Os momentos finais dos Cordeiros não eram nem de longe tão espetaculares. Eles se tornavam cada vez menos móveis, até que finalmente seu material artorgânico ficava instável. E aí os artefatos se vaporizavam, ou então... Yevgheny se levantou enquanto falava e foi até a moça adormecida de azul. Dobrando o indicador, ele bateu na testa dela.

– ... ou então, se transformam em pedra.

A moça de azul não se moveu, nem o Caminhante. Ele parecia não ter visto nem ouvido nada. Ele contemplava a Moça Adormecida.

Quando Yevgheny, sem fôlego, alcançou Rick e Manou, terminou o que vinha dizendo:

– ... e sabem como chamam esses dois? Tristão e Isolda!

Ele quase morreu de rir. Provavelmente nunca entendeu por que o evitamos sistematicamente depois disso. Tínhamos alguma fibra moral, Rick e eu. Novatos da cidade pequena eram mais bem-criados do que os nativos de Baïblanca.

Sabe, pensando bem, menininha, provavelmente não teria acontecido nada, ou não teria acontecido da mesma forma, se eu não fosse tão parecida com ela, com a minha *mãe*. Mas é claro que eu era. Ah, não fisicamente. Mas no caráter. Tipicamente teimosa. Nossas reconciliações eram tão tempestuosas quanto nossas brigas. Nós nos divertíamos muito, as duas. Ela me contava as histórias mais extraordinárias; ela sabia de tudo, podia fazer de tudo, eu estava convencida disso. E era verdade... quase. Um homem... para quê? (Porque um dia, você deve se dar conta disso também, a questão do pai sempre surge.) E neste ponto, eu senti uma ferida em algum lugar dentro dela, lá no fundo, um amargor, a despeito de seus esforços para ser honesta. ("Eles têm lá suas utilidades", dissera ela, rindo.) Mas, realmente, nós duas não precisávamos de mais ninguém; éramos felizes na casa grande junto da praia. Ela cuidava de tudo: ensinar, cozinhar, consertar as coisas; e os brinquedos quando eu era pequena, feitos de tecido, madeira, qualquer coisa! Como hobby, sabe, Taïko Orogatsy era escultora. Eu ainda consigo vê-la, manchas até os cotovelos ou mesmo no rosto, dando voltas num montinho de argila como uma pantera, falando sozinha em japonês. É claro, eu não entendia nada. Pensei que era magia. Ela estava determinada a se agarrar à sua língua, mas nunca a ensinou para mim. Era tudo o que ela guardava do Japão, onde nunca pusera os pés. Seus ancestrais tinham emigrado muito antes das Grandes Marés e da submersão final. Ela não tinha nem os olhos angulados.

Mas não vou lhe contar sobre minhas lembranças daquela época, menininha. Talvez elas sejam mentira. Lembranças reais? Lembranças implantadas? Não sei. Porém, ainda que sejam implantes, ela as queria assim. Devem revelar algo a respeito dela, afinal, porque eu também consigo me lembrar de seus defeitos, seu pragmatismo brutal, sua impaciência, nossas discussões intermináveis e lógicas que desmoronavam sob a decisão arbitrária e súbita dela: é assim que é, e você vai entender mais tarde. Minhas queixas adolescentes também eram típicas. Outra série de memórias implantadas? Impossível de descobrir, a menos que eu pergunte para ela. Eu realmente passei pela crise adolescente de "quero viver minha própria vida, não a sua", ou será que apenas *acho* que saí batendo a porta? Olhando para trás agora, contudo, não dá na mesma? Aquela carreira antiquada como piloto espacial, será que eu a queria por mim mesma ou apenas para contrariá-la? Só para não entrar no ramo da biotrônica igual a ela, que era o que ela queria para mim? Será que eu realmente estava falando sério? No final, quando fugi do Centro Médico depois da revelação, o que machucou de verdade não foi a perda de uma futura carreira destruída antes mesmo de começar; também não derramei nenhuma lágrima por causa disso depois.

Eu nem cheguei a chorar, na verdade. Por anos. Isso quase me matou. A moça que acabara de descobrir que era um artefato estava furiosa. Você consegue entender isso, menininha? Eu estava fora de mim de tanta fúria e ódio. A Taïko que fez isso comigo, que *me fizera*, não podia ser a mesma Taïko das minhas lembranças! Mas era, sim. Será que eu podia ter convivido com um monstro todos aqueles anos sem perceber? Podia, sim. Ela teria feito isso comigo para que eu descobrisse dessa forma, enlouquecesse, fizesse coisas terríveis, me matasse, matasse ela, alguma coisa assim? Não era possível! Era, sim. Um monstro, debaixo da Taïko da qual eu julgava me lembrar. Duas imagens contraditórias se encontravam em minha mente, matéria-antimatéria, comigo mesma no meio do fogo desintegrador. Um vazio infinito, enquanto os pilares de uma vida inteira se despedaçavam.

Bem, a moça ficou tão destruída que ela mal se lembra das semanas que se seguiram, entende? Ela submergiu sob a superfície civilizada de Baïblanca, mergulhando na corrente submarina de não pessoas. Jogou seu cartão de credidentidade num incinerador! Desapareceu, no que dizia respeito à universidade de Kerens – e ao Instituto, e aos bancos de dados universais. E, quer saber? É extraordinariamente fácil viver debaixo d'água, depois que você desiste de respirar. A correnteza não era forte nem fria; as criaturas que moravam lá eram tão indiferentes que era quase uma bondade. Eu não tenho nenhuma lembrança muito coerente desse período. A loja onde não se fazia nenhuma pergunta. O trabalho mecânico, entra dia, sai dia. Uma casca vazia. Autômato. Nunca fui tanto um artefato quanto naquela época. E, é claro, os pesadelos. Eu era uma bomba prestes a explodir, precisava me tornar um autômato para proteger a mim mesma. Para não começar a pensar, principalmente, e, em especial, para não começar a sentir.

No entanto, um dia, não muito por acaso, a moça encontrou o Caminhante. Por semanas depois disso, ela o seguiu com um fascínio horrendo. Ele caminhava cada vez mais devagar, e as pessoas se viravam para olhar para ele – as que não se davam conta do que ele era. E então aconteceu, em plena luz do dia. Eu o vi no Calçadão, andando tão, mas tão devagar, que era como se flutuasse numa bolha temporal. Não era seu horário típico. E havia algo em seu rosto, como se ele estivesse... com pressa. Eu o segui até o Colibri Park, onde a Moça Adormecida dormia, indiferente, sob a luz do sol. O Caminhante parou junto ao banco e, com uma lentidão impossível, começou a se sentar ao lado da mulher imóvel. Desta vez, contudo, ele não apenas se sentou: se aninhou junto dela, colocando a cabeça na dobra do braço sobre o qual a Adormecida repousava a cabeça. Ele fechou os olhos e parou de se mover.

E a moça que o seguia se sentou ao lado do Caminhante, agora em seu destino final, e assistiu à carne dele virar pedra. Foi um tremor lento e final, subindo do seu eu mais íntimo, subindo à superfície da sua pele e então se enrijecendo imperceptivelmente, enquanto as células se esvaziavam de sua substância sublimada e suas paredes se tornavam minerais. A extinção da vida, tão leve quanto a sombra passageira de uma nuvem.

E eu... eu senti como se despertasse. Fiquei ali por um longo tempo, começando a pensar, a sentir outra vez. Em meio à fúria, senti... não, não paz, mas uma resolução, uma certeza, o brilho de uma *emoção*... Eu não sabia que final fora planejado para mim – explosão ou petrificação –, mas descobri que podia suportá-lo, afinal. Não era tão terrível, a longo prazo. (Fiquei absolutamente surpresa de me ver pensando desta forma, mas não tinha problema: o espanto também era uma emoção.) Era como uma daquelas doenças das quais o resultado é ao mesmo tempo certo e curiosamente problemático. Você sabe que vai acontecer, só não sabe como nem quando. Existiam muitos humanos que viviam assim. Portanto, por que não eu?

Sim, espanto foi a emoção inicial. A ideia de vingança só me ocorreu mais tarde. *Eu não vou dar a ela a satisfação de me ver morrer antes da minha hora.* Eu não faria essa performance para ela. Não me transformaria em um espetáculo.

Mas ainda retinha teatralidade suficiente para me inscrever como recuperadora.

Não. Havia dois jeitos de cobrir completamente os próprios rastros. Um era ir morar numa das Zonas, o outro era ir caçar numa das Zonas. A coisa mais teatral a se fazer seria morar numa Zona: "Sou um monstro e vou me juntar aos monstros". Por outro lado, virar uma recuperadora...

Bem, a moça tinha um veio de perversidade. Era para ela ser pega por uma rede, e, em vez disso, ela se viu pegando outros, pronta para fechar as armadilhas nas quais capturaria esses quase-humanos, esses para-animais... esses *espécimes.* Ela poderia ter se tornado muito cruel. Poderia. Mas ela viu recuperadores sádicos, fanáticos e gente doentia em demasia. E aí inevitavelmente se identificava com a presa deles. Oscilava no fio da navalha entre a repulsa e a compaixão. Mas acabou pendendo para o lado da compaixão; esta recuperadora não era um bicho-papão, no final das contas. *O lado da compaixão.* "Por acidente" ou "por causa de uma programação adequada" ou "porque eu fui bem-criada". Dá no mesmo no que diz respeito aos resultados, e isso é tudo o que conta.

Era assim que Brutus pensava. O único resultado que contava para ele era que eu abri a gaiola e o soltei. Brutus. Ele se chamava assim porque a neolepra afetara apenas seu rosto na época, dando-lhe um focinho de leão. Bem bonito, na verdade. Encontra-se de tudo nas gaiolas dos recuperadores, menininha, e esse *espécime* era terrivelmente bem-educado. Ainda existem montes de infobibliotecas em operação nas Zonas.

– A programação completa de artefatos é um mito mantido pelo Instituto. Na realidade, não é tão simples assim.

Memórias implantadas? Sim, talvez. Mas, em sua maioria, os bioescultores que gostam de artefatos humanoïdes inserem a faculdade do aprendizado, mais algumas predisposições que não vão necessariamente se desenvolver, dependendo das circunstâncias... exatamente como acontece com seres humanos.

Que estranho discutir a natureza da consciência e do livre-arbítrio com um meio-homem agachado sob o luar. Porque, sim, Brutus voltava com frequência para me ver, menininha, mas essa é outra história.

A moça continuou sendo uma recuperadora depois de Brutus, contudo. Não para entregar espécimes ao distante Instituto, mas para ajudá-los a escapar. Se fosse absolutamente necessário, eu levava plantas e animais. Mas não as quase-, pseudo-, para-, semi-*pessoas*. Quanto tempo serei capaz de continuar assim? Suponho que isso também será outra história. Talvez não uma grande história, no final. As pessoas no Instituto não ligam, realmente. Na Austrália, eles estão tão distantes da nossa Europa velha e doente... Eles trabalham em seus programas de pesquisa como sonâmbulos, e provavelmente já nem sabem mais por quê. Apenas continuam com o que estão fazendo; é muito mais simples.

E como você pode ver, menininha, a moça também prosseguiu com o que já estava fazendo. Ela está nisso há um bom tempo. Trinta e dois anos e nenhum dente faltando, quando a maioria dos artefatos conhecidos dura, no máximo, só vinte anos em sua fase ativa. Então, um dia, após ver como seus camaradas recuperadores rareavam ao seu redor – radiações, vírus, acidentes ou "burnouts", como a Agência se refere à loucura que toma conta da maioria deles –, ela começa a duvidar que seja mesmo um artefato. E refaz os testes. Não no Centro Médico de Kerens, naturalmente. Mas um dos axiomas de Baïblanca é que tudo que é legítimo tem seu equivalente clandestino. De qualquer maneira, minha artefaticidade foi confirmada! A única hipótese razoável é que eu não tenho trinta e dois anos de fato, mas sim apenas quinze anos de existência real. Minha certidão de nascimento é falsa. E todas as minhas memórias até o momento em que saí de casa são implantes.

E isso me incomoda. Não apenas porque devo estar me aproximando do meu "limite de obsolescência", como o segundo médico a me examinar disse de forma tão elegante enquanto admirava o desempenho de minha bioescultora, exatamente como o primeiro fizera, mas também porque eu me pergunto por que ela me fez assim, com *essas* memórias. Tão detalhadas, tão exatas! Eu tenho o direito de estar um pouco curiosa, afinal, já que fiz as pazes com o inevitável, até certo ponto. Não faz tanta diferença agora não perguntar nada a ela. Eu estarei muito calma quando a vir. Não vou para lá para exigir uma explicação. Ficou no passado. Quinze anos atrás, talvez eu exigisse. Agora, entretanto...

Você quer saber o que a moça vai fazer? Eu também. Ver Taïko antes que ela morra – só isso? Porque ela está velha, Taïko. Cinquenta e sete anos é uma idade muito avançada agora; você pode não viver tanto assim, menininha. A expectativa média de vida para vocês, humanos, mal chega a sessenta, e está encurtando o tempo todo.

Ver Taïko. Deixar que ela me veja. Não é preciso dizer nada, de fato. Apenas satisfazer minha consciência, libertá-la, provar que eu realmente fiz as pazes comigo mesma. (Com ela? Apesar dela?) Vê-la. E mostrar para ela, ser honesta. Mostrar para ela que eu sobrevivi, que ela fracassou se me construiu meramente para a autodestruição. Mas ela não poderia querer isso. Quanto mais penso a respeito, menos isso se encaixa com o que eu me lembro sobre ela – mesmo que as memórias sejam implantadas. Não. Ela devia querer uma "filha" feita por ela mesma, uma criatura que a veneraria, sem prever a imprevisibilidade inata de qualquer criação, a rebeldia, a fuga... *se é* que eu fugi mesmo. Mas se isso também é uma pseudomemória, o que raios isso quer *dizer*?

Geralmente, menininha, a moça leva algum material de leitura ou música com ela quando viaja; senão, ela pensa demais.

Por que eu não trouxe nada para me manter ocupada dessa vez? Porque eu não queria me distrair no caminho para o norte, para o passado? Porque estou tentando suscitar nostalgia por memórias que provavelmente foram implantadas? O que é isso, Manou, fala sério. Mais vale eu ir tomar alguma coisa no vagão-restaurante. Não faz sentido continuar assim, especulando. Eu perguntarei, ela explicará. As pessoas não fazem o que ela fez sem querer dar uma explicação, com certeza. Mesmo depois de todo esse tempo.

Talvez você se pergunte, menininha, como a moça sabe que Taïko Orogatsu ainda está viva. Bem, ela teve a precaução de conferir. Sem ligar para casa, claro.

Realmente, faz algum sentido ir? Talvez seja outro tipo de covardia, uma admissão de que algo está faltando em algum lugar dentro de mim. Será que eu preciso mesmo saber por que ela me fez assim? Eu fiz a mim mesma desde então. E, de qualquer forma, estou indo para a Zona de Hamburgo. Não sou *obrigada* a parar.

Pronto, o trem finalmente parou. Mahlerzee. Entende, menininha, a moça vai descer aqui.

Memória artificial ou não, é impossível evitar clichês: inundação de memórias; cenário diferente, mas inalterado. O cais completamente submerso pela maré alta, a avenida de estátuas quase enterradas na areia. O terraço com sua antiga mobília de madeira, o verniz arrancado pela maresia. Um gato frajola desconhecido no capacho diante das portas duplas entreabertas, mostrando a sala de estar mais além. Nem um único som. O vaso de porcelana com sua cabeça de dragão azul, cheia de caules em flor recém-cortados. Eu deveria chamar, mas não consigo, o silêncio me oprime. Talvez ela não vá me reconhecer. Eu direi qualquer coisa, que sou do censo, que errei a casa. Ou simplesmente irei embora... Mas:

– Olá, Manou.

Eu não a ouvi chegar; ela está atrás de mim.

Pequena, tão pequena, diminuta como um passarinho. Ela era assim? Eu não me lembro dela tão frágil. O cabelo está bem branco, bagunçado, ela provavelmente estava tirando um cochilo vespertino. Rugas e bochechas, queixo e pálpebras caídos. No entanto, suas feições parecem mais claras, como se purificadas. E os olhos, os olhos não mudaram, grandes e pretos, líquidos, vivazes. Tento pensar; ela me reconheceu, mas como? Tento ler sua expressão... não consigo, faz tanto tempo que perdi o hábito de interpretar o rosto dela – e não é o mesmo rosto. Ou é o mesmo, mas diferente. É ela. Está velha, está cansada. Eu olho para ela, ela olha para mim, com a cabeça jogada para trás, e eu me sinto enorme, uma gigante, mas oca, frágil.

Ela fala primeiro.

– Você se recuperou, então.

Sarcasmo ou satisfação?

E eu digo:

– Estou indo para a Zona de Hamburgo, vou pegar o trem das seis – e é uma *réplica*, estou na defensiva.

Pensei que conversaríamos sobre trivialidades, encabuladas, talvez, antes de falar sobre... Mas é verdade, ela nunca gostou de ficar enrolando e, quando você é velha, não há tempo a perder, certo? Bem, eu também não tenho tempo a perder! Não, eu não ficarei zangada para conseguir confrontá-la; aprendi a controlar esse reflexo. Ele me manteve viva, mas não é o que preciso agora. Não quero, absolutamente não quero ficar zangada.

Ela não facilita as coisas para mim.

– Não se casou, então? Não tem filhos?

E enquanto eu sufoco em silêncio, ela continua:

– Você saiu para viver a sua própria vida, deveria ter sido coerente, vivido ao máximo. Com os seus dons, virar uma recuperadora! Realmente, não foi assim que eu te criei.

É impossível confundir o tom dela. Ela está *me censurando*, ela está *ressentida*!

– Você não *me fez* assim, é o que quer dizer! Mas talvez não tenha me feito tanto quanto pensa!

Lá vamos nós, brigando. Não pode ser verdade, eu estou sonhando; quinze anos, e é como se eu tivesse ido embora na semana passada!

– Então você realmente se deu ao trabalho de descobrir? Se tivesse se dado um pouquinho mais de trabalho, teria descoberto que artefatos não são necessariamente estéreis. É verdade, o Instituto enterrou os dados realmente pertinentes, mas com um pouquinho de esforço... Você nem tentou, né? Tão certa de que era estéril! Quando penso em como me empenhei para fazer você completamente normal!

Eu me acalmo. De súbito, em algum ponto, eu cruzei um limite, e mais uma vez estou tão incrédula que fico calma. Esta é Taïko. Nem uma deusa, nem um monstro. Apenas uma mulher inflexível, com suas limitações, sua boa vontade, seu desconhecimento. Ouço a mim mesma dizendo, em um tom quase educado:

– Ainda assim, falhei no teste do umbigo.

Pelo visto, ela também cruzou um limite ao mesmo tempo, na mesma direção. Ela suspira.

– Eu devia ter contado, quando você era pequena. Mas eu ficava adiando. E aí era tarde demais, você chegou nos piores anos da adolescência e eu perdi a paciência. Não podia te contar naquele momento, entende? Bem, sim, eu deveria ter contado, talvez isso tivesse te acalmado. Eu fiquei tão furiosa quando você foi embora... Esperei por um telefonema, uma carta. Falei para mim mesma: pelo menos o Instituto não terá como descobrir nada sobre ela. E, de fato, eles não sabem de nada. O médico de Kerens me ligou. Uma pessoa muito bacana, na verdade. Ele nunca disse nada. Você era uma aluna brilhante que desapareceu sem deixar rastros. Eles foram solidários comigo, sabe, Kerens e o Instituto. Depois disso, eu tentei encontrar você. Por que não me ligou, sua mula teimosa?

E sou eu quem está sendo acusada, dá para aguentar isso? Eu a encaro duramente. E, de repente, é demais. Caio na risada. E ela faz o mesmo.

Ainda somos iguais, depois de todo esse tempo.

– Mas você veio, mesmo assim. E bem a tempo.

Depois disso, um longo silêncio. Encabulada, pensativa? *Ela* está pensativa.

– Você devia tentar. Ter filhos. Não há garantias de que vá conseguir, mas é altamente provável. Você nunca tentou mesmo?

Ela percebe o que está dizendo?

– O que, nunca houve ninguém?

Rick, o primeiro, sim. E alguns outros, inicialmente como um desafio, só para ver, e depois porque não importava o que eu era, graças a Brutus. Mas ainda assim! Eu retruco que saber que você é um artefato não conduz a relações exatamente harmoniosas com humanos normais.

– *Humanos normais!* Não posso acreditar no que estou ouvindo! Você nasceu, o fato de que foi no laboratório ali embaixo não muda nada. Você cresceu, você cometeu erros e cometerá muitos mais. Você pensa, sente, escolhe. O que mais você quer? Você é um ser humano normal, como todos os outros assim chamados artefatos.

Ah, sim. Como o Caminhante e a Adormecida, suponho? Cerro os dentes. Ela olha nos meus olhos, impaciente:

– Bem, qual é o problema?

Ela nem me deixa tentar falar.

– Talvez tenham existido bioescultores idiotas ou malucos, mas isso é outra questão. É claro que alguns artefatos são muito limitados. O Instituto certificou-se disso ao suprimir os dados necessários, toda a pesquisa de Permalião. Fizeram dele praticamente um fora da lei cinquenta anos atrás, e depois fizeram de tudo para desencorajar artorgânicos. Mas isso não nos impediu de prosseguir.

Não consigo entender o que ela está falando. Ela deve notar, o que lhe dá um novo motivo para aborrecimento.

– Bem, o que você achou, que era a única no mundo? Existem centenas de você, bobinha! Só porque a raça humana original está condenada a desaparecer mais cedo ou mais tarde, não significa que toda a vida deva terminar. Tudo bem os Eschatoï pensarem assim, mas não você!

E de repente, numa voz baixa e triste:

– Você realmente achou que eu fosse um monstro, não é?

O que posso dizer? Eu me sento no sofá e ela também, não muito próxima, devagar, poupando os joelhos. É, ela está velha, bem velha. Quando fica animada, a expressão em seus olhos, seu jeito de falar, suas frases que pulam de um ponto a outro estão ali; porém, quando fica quieta, tudo se apaga. Desvio o olhar. Depois do silêncio, tudo o que encontro para dizer é:

– Você fez outros? Como eu?

A resposta é direta, quase distraída:

– Não. Eu poderia ter feito, provavelmente, mas para mim um bebê já era muito.

– Você me fez... como um bebê?

– Eu queria que você fosse o mais normal possível. Não há nada que impeça a matéria artorgânica de crescer tão lentamente quanto a orgânica. Na verdade, é o melhor jeito. A personalidade se desenvolve junto com ela. Eu não estava com pressa.

– Mas você nunca fez outros... do jeito usual?

Um sorriso triste e divertido.

– Ora, Manou. Eu era estéril, é claro. Ou melhor, meu cariótipo estava tão danificado que era impensável tentar ter filhos do jeito usual, como diz você.

– E eu posso.

– Teoricamente.

– Depois de quinze anos trabalhando nas Zonas contaminadas.

– Ah, mas vocês são muito mais resistentes do que nós. A beleza dos artorgânicos é que é possível aprimorar a natureza. É este o perigo também. Mas, a longo prazo, isso quer dizer que eu pude te dar uma chance para se adaptar, de maneira muito melhor do que nós conseguimos, ao mundo com que terá de lidar. Você se lembra? Nunca ficou doente quando era pequena.

E ainda me curo muito rapidamente. Ah, sim, o médico no Centro Kerens apontou isso. Este é um fator constante nos artefatos. Não uma prova, porém; houve uma mutação bastante disseminada desse tipo cerca de cem anos atrás.

– Foi do estudo desse fenômeno, entre outros, que a matéria artorgânica acabou sendo criada. Ainda há ocorrências disso entre humanos normais.

Era um paralelismo, enfatizou ele, não uma prova. Mas essa indicação, combinada com outras, aumentava a certeza de eu ser um artefato.

– Escute o que digo – ela continua irredutível –, você deveria tentar ter filhos.

Ela está determinada mesmo a saber se seu experimento funcionou, é isso?

– Trinta e dois é um pouco tarde para isso, não acha?

– Um pouco tarde? Você está no auge!

– *Por quanto tempo?*

Estou de pé, os punhos cerrados. Eu não percebi que me levantei, não percebi que estou tremendo. Se ela repara, não mostra nenhum sinal. Ela dá de ombros.

– Não sei.

E, antes que eu possa reagir, ela abre seu antigo sorriso sarcástico.

– Pelo menos o mesmo tempo que eu, de qualquer forma. Mais, se eu tiver sido bem-sucedida. Mas por quanto tempo exatamente, eu não sei.

Ela olha para mim, espremendo os olhos um pouco. De súbito, não é mais velha e cansada, mas atemporal; tão gentilmente triste, tão sábia.

– Você pensou que eu tivesse essa resposta. Foi por isso que veio.

– Você me fez, você deveria saber!

– Alguém também me fez. Não do mesmo jeito, mas alguém me fez. E eu também não sei quando vou morrer. – O sorrisinho irônico retorna. – Mas veja bem, estou começando a ter uma noção. – O sorriso desaparece. – Mas não tenho certeza, não sei a data. A vida humana é assim também. Você não aprendeu nada em quinze anos? A única forma de ter certeza é se matando, o que você não fez. Então, siga em frente. Você viverá por tempo suficiente para esquecer muitas coisas e aprendê-las outra vez.

E ela olha para o relógio antigo que escorrega em torno de seu pulso de passarinho.

– Duas horas até o seu trem. Quer comer alguma coisa?

– Está com pressa para me ver indo embora?

– Para a nossa primeira vez, seria melhor não testar a sorte.

– Você acha mesmo que eu vou voltar?

Gentilmente, ela diz:

– Eu *espero* que volte. – E o sorriso sarcástico de novo: – Com uma barriga desse tamanho.

Balanço a cabeça; eu não aguento mais isso; ela tem razão. Eu me levanto para pegar minha mochila perto da porta.

– Acho que vou voltar para a estação.

Ainda assim, ela vai comigo até o terraço e descemos juntas para a praia. Quando passamos por uma das estátuas, ela coloca a mão na pedra cinza e amorfa.

– Esta era a casa dele, de Permalião. Ele trouxe pessoalmente as estátuas para cá. Gostava de praticar mergulho quando era jovem. Eu fui sua última pupila, sabia? Ele fez os primeiros humanos artorgânicos, mas não os chamou de artefatos. O que fizeram com eles depois... aquilo o matou.

Como sempre, quando o sol finalmente atravessa as nuvens, esquenta rapidamente. Enquanto tiro minha jaqueta, eu a vejo olhando para mim; ela mal alcança meu ombro. Deve fazer muito tempo desde que ela tomou sol, pois está bem pálida.

Olho a distância em busca de algo para observar. A algumas centenas de metros da praia, parece haver silhuetas pulando nas ondas. Golfinhos? Nadadores? Um braço acima da água, como um sinal...

Ela faz sombra sobre os olhos.

– Não, são as sereias de Permalião. Eu as chamo de "sereias", pelo menos. Não sei por quê, mas elas vêm aqui há várias estações. Não falam nada e são muito tímidas.

Diante do meu silêncio estupefato, ela comenta, ácida:

– Não me diga que você tem alguma coisa contra artefatos humanoïdes.

Não, claro que não, mas...

Ela descarta minhas perguntas, as mãos espalmadas diante do corpo.

– Vou procurar tudo o que há a respeito delas no laboratório. Você poderá ver. Se algum dia voltar aqui. – Uma nuvem parece passar rapidamente sobre ela, e ela se apaga outra vez. – Estou cansada, minha filha. O sol não é bom para mim hoje em dia. Vou me deitar um pouquinho.

E ela vai, simples assim, sem nenhuma palavra ou gesto a mais, uma figura pequenina tropeçando um pouco na areia. Eu quero observá-la ir embora, e não consigo observá-la ir embora, como se fosse a última vez, talvez porque seja a última vez, e "minha filha" ficou preso em algum lugar no meu peito; e cresce lá, empurrando minhas costelas, e a pressão fica tão forte que eu tiro as roupas e mergulho na água verde e quente para nadar na direção das criaturas marítimas. Exaurido meu primeiro arroubo de energia, giro e olho na direção da casa. A silhueta minúscula parou no terraço. Aceno com um braço e grito:

– Eu vou voltar, mãe!

Eu rio, e minhas lágrimas se misturam com o mar.

ALINE VALEK

A MULHER QUE VESTIU A MONTANHA

Aline Valek é uma escritora mineira-brasiliense. Publicou os romances *Cidades afundam em dias normais* e *As águas vivas não sabem de si*, além de diversos contos, e escreve a newsletter Uma Palavra e o podcast Bobagens Imperdíveis. "A mulher que vestiu a montanha" é uma história sobre buscar a realidade em um mundo cada vez mais digital.

Devra ainda tinha terra sob as unhas quando o homem entrou na sala branca. Ela deslizou as mãos para debaixo da mesa ao ouvi-lo dizer seu nome completo. "Sim, sou eu", ela respondeu. Ele sorriu sem mostrar os dentes. Tinha lábios finos, o rosto liso e bem cuidado, cabelos escuros penteados para trás. Devra estava pouco acostumada a interagir com rostos com tamanha realidade. Precisava admitir que os avatares facilitavam as conversas. Um escudo de proteção. Já a gravidade daquela sala, da voz do homem, o jeito como ele falava olhando direto em seus olhos, tudo parecia exercer um peso que curvava os ombros de Devra. Não podia parecer submissa, à espera de uma punição. Não. Pelo que a puniriam, de qualquer forma? Ninguém dissera nada desde que a arrancaram da caverna. Mesmo se tivessem dito, ela teria estado atordoada demais para entender. Então a levaram até a sala branca, onde deveria esperar. Ficara olhando para as quinas retas daquelas paredes por um tempo que considerou geológico. Até que o homem abriu a porta. Talvez ele estivesse ali para devolver suas coisas, dizer que ela podia voltar para casa.

Ele se sentou diante dela como se estivessem ali para tomar um café, zero hostilidade. Quando Devra bateu o olho no crachá e leu DSD, Divisão de Segurança de Dados, soube que Zanetti – ela leu o nome do agente – estava ali para interrogá-la.

Com uma suavidade que parecia incompatível com sua voz grave, o homem explicou que precisava apenas confirmar algumas informações. Como se ele já não soubesse de tudo. Como se tivesse interesse genuíno em saber mais sobre Devra, no que ela tinha a dizer. "Vamos começar com o seu trabalho. O que você faz na... Elementur?" Perco meu tempo, ela poderia responder. Ou ainda: vivo de vender ilusões. Em vez disso, disse que desenhava cenários para turismo virtual. Escultora turística. Um dia, até achou que fosse uma carreira excitante, cheia de possibilidades. Levar a mente das pessoas para passear por uma imensidão de cenários diversos, ilimitados, impossíveis, parecia a própria definição de liberdade. Criar mundos novos. Recriar mundos antigos. Fabricar experiências tão imersivas que fizessem as pessoas se esquecer de que viviam no subterrâneo, de que passavam a maior parte de seus dias conectadas em outra realidade, de que poderiam viver e morrer sem jamais conhecer a superfície. "Deve ser um trabalho estimulante. Precisa de muita criatividade." A voz do homem a trouxe de volta à sala branca, antes que Devra se lembrasse dos seus últimos dias, que passara sob o céu de verdade. Pedra, poeira, calor. Encontrar numa estação de minério abandonada o único refúgio contra aquela aridez selvagem que existia, o tempo todo, acima de suas cabeças. A quantos metros abaixo do solo ficava a sala branca? De qualquer forma, Devra calculou que seu apartamento ficava ainda mais fundo.

"Esta sala se parece com o ambiente do Estúdio. Só que com quinas", ela comentou. No começo dos projetos, tudo era branco. Até que ela preenchesse o espaço vazio com formas, construções, detalhes e sensações, que podiam formar um deserto lunar, ou feiras lotadas em uma antiga cidade asteca, ou uma Ilha de Galápagos com cores psicodélicas, ou cavernas de gelo onde todos ganhavam o aspecto e a textura de pinceladas impressionistas. "Com quinas, naturalmente. O mundo desconectado tem o inconveniente dos limites", o homem lembrou. Depois do que Devra vivera, tinha suas dúvidas. Se ele tivesse razão, por que precisavam ter aquela conversa desconectados? Em um ambiente virtual, eles poderiam ter mais controle sobre ela. Seus Óculos tinham sido danificados na caverna? Talvez por isso estivesse encrencada. Então Devra percebeu que todo aquele tempo Zanetti olhava para o seu rosto de verdade, para como ela realmente era. Tão diferente do avatar com rosto amigável e cabelo rosa que estava habituada a usar. Ali, estava sem os Óculos de escapar para a realidade virtual, sem avatar para esconder as imperfeições do seu corpo. Sentiu-se nua. Talvez a ideia fosse essa.

Zanetti enfiou a mão na jaqueta, e os olhos de Devra seguiram alertas o movimento. Ele pegou uma pequena tela e deslizou o dedo pela superfície, buscando algo. Colocou a tela sobre a mesa e a empurrou na direção de Devra. "Minha última viagem foi para a Costa do Fogo." Na tela, Devra viu algumas capturas do cenário. Estranhou ver aquelas imagens em um suporte bidimensional. "Fui para uma expedição de pesca de caranguejos vermelhos gigantes. De tirar o fôlego. Foi você quem criou esse cenário?" Ela balançou a cabeça, não querendo deixá-lo com a impressão de que um escultor criava tudo sozinho. "Fiz parte do time. Desenhei algumas partes. Você visitou o farol?" O homem apertou os olhos; não veio à sua memória de imediato. Mas sim, estivera lá, tinha uma vista impressionante, fora onde comprara alguns souvenirs não fungíveis. "Eu desenhei alguns ambientes dentro do farol", ela disse, quase pedindo desculpas por não ser a atração mais interessante da Costa do Fogo. Se pudesse, mostraria a ele seu projeto original, sua ideia de preencher o farol de objetos e detalhes que conduzissem a mente do viajante pelos mistérios dos antigos habitantes daquele lugar. Homens que enlouqueceram de solidão vivendo no farol, um toque de suspense para a atração, mais conhecida por ser um destino de aventura muito procurado pelo público masculino. Havia uma sutileza em propor que cada um dos objetos esquecidos no farol, quando tocados, reproduzissem uma lembrança desses personagens, exibida como um filme. Os diretores reprovaram, disseram que não cabia dentro do conceito da atração, mas adoraram a perfeição dos objetos que ela havia criado. E se tudo ali pudesse ser comprado pelos viajantes? Assim o projeto de Devra acabou se transformando na loja do lugar. Uma redução do que ela realmente era capaz de oferecer, o que resumia bem sua relação com aquele trabalho.

"Você deve ser talentosa. Há oito meses foi promovida, certo?" Óbvio que ele tinha todas as informações sobre ela. Como as de todos os que viviam e consumiam e produziam dentro de Virtuas. Continuar perguntando o que ele já sabia, enquanto ela continuava sem entender pelo quê exatamente queriam enquadrá-la, pareceu apenas uma forma de estabelecer quem estava no controle ali. De qualquer forma, Devra não tinha por que mentir. Tentou explicar que não era bem uma promoção. Passara a trabalhar na área de Concept, o que significava que fazia parte do time que desenhava o conceito geral das atrações. Era nova naquilo, tinha trabalhado em um único projeto de sua autoria até o momento. A Floresta.

Meses de dedicação, pesquisa, rascunhos e testes para compor a ilusão perfeita. Entrar em uma floresta deveria ser muito mais do que aquilo que era possível ver. Quando levara a equipe e os diretores para explorar o cenário recém-criado, esperava que pudessem entender. A canoa deslizava por um fluxo de névoa e todos iam em silêncio, atentos. Era um protótipo, mas os detalhes mais importantes estavam todos lá. A densidade da mata desnorteava o senso de profundidade. Os barulhos vinham de fontes invisíveis e sussurravam em frequências sobrepostas. O zumbido dos mosquitos era constante. O ar parecia pesado e pegajoso. Azedo, doce, quente. Coisas brotando e apodrecendo. Ela observou os colegas reagirem ao vislumbre de uma sombra comprida serpenteando sob as águas enevoadas do rio. Um macaco gritou ao longe. A canoa se aproximou da margem sem que ninguém precisasse fazer nada e o grupo seguiu pela mata, espremidos entre os troncos, os corpos juntos demais. Devra podia sentir os pés afundando nas folhagens, encontrando espaço entre as raízes que se estendiam caóticas. Para cima, a verticalidade das árvores a perder de vista, de forma que o céu parecia apenas parte de uma fábula muito antiga e parcialmente esquecida. Apenas alguns raios quentes de luz passavam pelo filtro das folhas. A sensação era de sufocamento. Talvez o problema tivesse sido excesso de honestidade.

"O que você pode fazer nessa posição?" O tempo verbal usado por Zanetti fez Devra perceber que não havia sido desligada da Elementur. Ainda. "Menos do que eu imaginava", ela deixou escapar a resposta mais sincera. "Ainda preciso passar por muitas aprovações. Claro, tenho o poder de propor minhas ideias. Mas há muitas limitações. Há expectativas a serem cumpridas. De mercado. De público. E as pessoas, você sabe, querem passar por experiências diferentes. Do que temos aqui embaixo." Em um advérbio, Devra deixou claro que sabia onde estavam. Zanetti acenou a cabeça, compreensivo.

Um temporal forte na floresta encerrava a demo da expedição. Para Devra, era o ponto alto. Não tinha sido fácil recriar a experiência da chuva, quando não conhecia ninguém que tivesse estado debaixo de uma ou mesmo visto o fenômeno com os próprios olhos. Recorreu à literatura, a filmes antigos, a um vasto acervo científico e histórico disponível nos arquivos de Virtuas. Colou os fragmentos de dados que encontrou, para oferecer uma chuva que faria o viajante se sentir do lado de fora, na superfície, no mundo real, ou no que o mundo real teria sido em outros tempos. A reunião de feedback se deu ali mesmo no protótipo, numa clareira na floresta, em meio à chuva. Encharcados, os diretores fizeram questão de dizer que estavam impressionados com o nível dos detalhes. Era visível o esforço que ela investira naquela criação. O problema era ser realista demais, disseram. Esperavam algo com mais storytelling. Faltavam personagens, faltava ação. Um personagem maior que a floresta em si? Uma ação maior do que se conectar a ela? Aquilo não era o suficiente. Certo, andavam pela mata, mas o que acontecia? Devra achou besteira explicar que o principal aconteceria por dentro. Aquele cenário, tal qual ela imaginava uma floresta, era uma experiência puramente sensorial, contemplativa. Era natureza. Ao menos, era o que pensava na época. Depois percebeu que não passava de uma imitação. Estava farta de imitações.

"Na sua posição, você tem acesso privilegiado aos códigos de criação dentro de Virtuas", Zanetti foi direto ao ponto. "Quero entender de que forma usou seus privilégios para acessar a montanha." Devra ficou em silêncio. Não tinha certeza e, além do mais, a garganta estava seca. A superfície era muito mais quente do que imaginava. Visitar um cenário real deixava efeitos no corpo que não passavam pulando para o próximo ambiente ou trocando de avatar. Aquela sala gelada apenas tornava o contraste mais desagradável. Devra tossiu antes de responder. "Posso me conectar a Virtuas e mostrar tudo para você, tudo o que acessei, todo meu histórico, o que precisar." Como resposta, recebeu apenas um sorriso com o canto dos lábios. O homem olhou alguns segundos no fundo dos seus olhos, então se levantou e saiu da sala, em silêncio.

Sozinha na sala branca, sentiu-se patética naquela posição de não saber. Era frustrante estar novamente cercada de paredes depois de ter visto como o horizonte se estendia recortado pelas curvas das montanhas. As nuvens amarelas e violáceas dançando sobre o céu cor de chumbo iam muito além de qualquer representação que Devra tivesse visto dentro de Virtuas. Ainda que muito distante do que era entendido como um céu ideal, havia beleza naquilo. Precisava mesmo ter ido buscar inspiração lá em cima? Burrice, se agora parecia a ela impossível criar qualquer coisa que se aproximasse do que viveu. Os músculos das pernas ainda se lembravam das horas de caminhada sobre a Pedra da Mina. Na subida, conseguia ver a estação de minério incrustada como um parasita de metal nas costas sinuosas da montanha. Esperava encontrar lá um mirante que derramasse sua visão para mais longe, como o farol na Costa do Fogo. O que encontrou, entre fuligem e sucata, foi algo que derramou sua visão para dentro. Lá no fundo, onde se sentiu feita de rocha e cristais, onde entendeu que a montanha lembrava, que era feita dos mesmos minerais encontrados nos circuitos dos seus Óculos, onde sentiu que, debaixo de uma exaustão milenar, a montanha estava viva. Devra fora atravessada pela solidez da realidade. Não havia ponto de retorno depois disso.

Talvez houvesse, se tivesse ficado onde era seguro. Se tivesse dado ouvidos a Gleide e mudado de profissão, desistido de desenhar cenários inexistentes, buscado uma forma mais fácil de agradar o mercado. Lembrava da conversa que tiveram em um bar badalado de Virtuas, logo depois do fiasco da apresentação de seu primeiro projeto solo. Um excesso de fumaça neon e rostos em alta definição invadia seus olhos enquanto tentava contar à amiga sobre a insatisfação com seus chefes. "Com esse seu talento", Gleide dissera, erguendo uma taça com alguma bebida cintilante, "você poderia muito bem trabalhar como escultora estética. Ganharia uma nota." Gleide parecia estar bem de vida trabalhando no ramo. A amiga tinha mudado de rosto outra vez. Usava uma atualização com o maxilar mais fino, os olhos grandes e brilhantes como dois faróis. Custava caro ter o rosto da moda, que no momento eram avatares que mais pareciam a versão humana de um filhote de cervo. Devra imaginava se algo nas pernas longas da amiga, como as de uma heroína pronta para salvar o mundo, fazia com que ela ficasse mais propensa a aceitar os conselhos de Gleide. "Pode ser uma bobagem, mas o que mais me motiva no meu trabalho é fazer as pessoas se sentirem livres. Levá-las a paisagens que as façam acreditar de corpo inteiro que estão lá." O avatar de Gleide se debruçou sobre a mesa e Devra ouviu a voz dela chegar bem perto de seus ouvidos, embora estivessem, na verdade, a quilômetros de distância. "Tem liberdade maior do que ser o que você quiser?"

Desenhar avatares em vez de paisagens não era má ideia. Devra poderia ajudar as pessoas a vestirem a aparência que as fizesse sentir mais confortáveis, ou expressar melhor a personalidade que traziam dentro de si, sem as limitações de um corpo orgânico. A demanda era infinita. "Vai por mim, paga-se bem nesse mercado. Sem falar nos descontos para esculpir seu próprio avatar. Faz quanto tempo que você não atualiza o seu, amiga?" O avatar de Devra riu. Podia estar desatualizado, mas era bem eficiente em camuflar seu desconforto, assim como sua papada, a largura de seu nariz e os traços de expressão que, com a idade, se acentuavam em seu rosto. Ela ergueu sua própria taça e bebeu, apenas para se sentir mais parte daquele cenário, encaixada. A bebida não era real. Mas levantar uma taça em direção à boca era a postura de que precisava para se sentir mais confiante. Se funcionava, era outra história.

Em suas horas de tédio, visitava os catálogos de avatares apenas para experimentar outros corpos. Uma versão mais alta, outra com peitos maiores. Uma versão quinze anos mais nova, outra com veias e nervos fluorescentes sob uma pele translúcida. Versões de corpos que já existiram, de porteiros anônimos ou de atrizes famosas de filmes de ação do século anterior. Na seção infantil, encontrava uma variedade maior. Espantoso como a mente das crianças e dos jovens adaptava-se bem a corpos não humanos. Avatares de crianças com asas em vez de braços, que planavam como esquilos voadores. Avatares geométricos, com quadrados vermelhos e linhas pretas em vez de um rosto. Avatares sem margens nem contornos, cujo corpo se movia como uma ameba e podia ganhar qualquer forma. Não, Devra não tinha mais idade para esses. Não acreditava que tivesse tamanha elasticidade mental.

Avatares em promoção. Ficava um tempo excessivo vasculhando esses, embora não precisasse se preocupar em economizar. Só não via sentido em investir tanto numa mudança de visual; qual era o problema nisso? Encontrou algumas versões que chamaram sua atenção. Realistas, com um toque retrô que a agradava. Uma versão com cabelo afro, as formas não tão distantes da sua. Expandiu os detalhes e o demo do avatar aproximou-se, o preço flutuando diante dele. Devra leu na descrição que aquela versão fora inspirada em uma intelectual do passado. "Impressione seus contatos com a aura notável de uma grande pensadora. Uma autêntica Angela Davis, equipada com voz imponente para você se fazer ouvir. Preço promocional por tempo limitado." Imaginou como lhe cairia aquele avatar em suas reuniões de trabalho, nos encontros com seu parceiro. Venceria a distância que aumentava entre eles? Ou ele estranharia aquela mudança repentina de atitude? "Não sei se vão aceitar bem", ela disse em voz alta para a demo diante dela, que piscou e respondeu com uma de suas frases recém-programadas: "Não aceito mais as coisas que não posso mudar, estou mudando as coisas que não posso aceitar". A potência daquela voz tinha mesmo um efeito assombroso. A frase talvez tivesse sido escolhida como um argumento de vendas: compre-me, você pode mudar a aparência que não aceita. Mas a mente de Devra era povoada por cenários e ela não conseguia pensar em nada que quisesse mudar mais do que isso.

Em vez de vestir o avatar, trocou de ambiente. De volta ao Estúdio de Criação. Ali, vasculhou os elementos da Floresta até encontrar a sucuri que havia esculpido para habitar os rios de seu protótipo. Um corpo de seis metros pairou diante de Devra, com aquele brilho permanentemente úmido, uma cabeça ameaçadora a encarando sem vida. Não fora feita para aquele propósito, mas Devra queria tentar. Ainda teria idade para isso? Mexeu nos códigos. Engolida pela serpente, tornou-se outra. Experimentou a viscosidade do interior de sua nova boca. Tentou se mover sem braços e pernas, descobrindo que cada um de seus músculos a empurrava adiante com a força de um tanque de guerra. Ficou enjoada, sem ar, sua mente rejeitando cada centímetro daquele corpo rastejante. Você não foi feita para isso. Saia daí agora. E quando achou que ia sufocar, um vestígio de réptil dentro de seu cérebro veio para a superfície. Como se apenas estivesse se lembrando de ter sido uma cobra, muito tempo antes. Tudo se encaixou. Inclusive o prazer de se mover sinuosa, escorregadia, bem abaixo do nível dos olhos de qualquer um.

Zanetti voltou para a sala branca trazendo uma garrafa de água, que posicionou diante de Devra. Ela bebeu em goles vorazes, descobrindo que a água deslizando por sua garganta era a sensação de que mais sentia falta. Não sabia mais distinguir seus pensamentos dos da montanha. "Você fez um belo estrago", o homem disse, e então Devra notou que ele não trazia os Óculos dela. "Não há conserto?" Zanetti explicou que o dispositivo estava em análise enquanto conversavam, e Devra calculou o que perderia em definitivo se o dano tivesse corrompido os dados que criara a partir dele. Seu trabalho, suas ideias, suas memórias, seus contatos. Tudo o que ela foi, perdido? Zanetti trabalhava nessa área, poderia assegurar que estivesse tudo salvo em Virtuas, mas Devra desconfiou que não fosse com a segurança dos seus dados que ele estivesse preocupado. Sequer sabia se podia dizer que eram seus dados. Ela quis saber de quanto era o prejuízo. "Receio que você não tenha criptofundos o suficiente para pagar. Você fritou não só seus Óculos, mas também uma máquina de mapeamento de cristais muito antiga e já não fabricada. A cratera que se abriu no interior da Pedra da Mina... impossível de calcular." Então havia sido mais do que uma tentativa de respirar, de abrir espaço dentro de si mesma, de se livrar daquele cubículo de metal que pesava em suas costas. Devra esculpira a montanha por dentro. Fora real.

"Para mim já é difícil acreditar que uma mera escultora digital tenha se metido a explorar a superfície sozinha." Zanetti entrelaçou os dedos sobre a mesa. Mãos macias, unhas limpas, gestos controlados. Não, ele nunca havia saído do subterrâneo,

Devra imaginou. "Todos sabemos o quanto é inóspito lá em cima. Tantos riscos envolvidos, os protocolos que precisou quebrar para conseguir subir. Claro, você tinha um nível de acesso privilegiado. Ainda assim, era muito arriscado. Uma coisa é se aventurar em territórios desconhecidos dentro de Virtuas. Outra é fazer isso desconectada. Você sabe muito bem. Então é curioso que tenha escolhido logo a Pedra da Mina para averiguar. Um antigo ponto de mineração. De onde já saiu tanta riqueza. Algo de muito valioso você deve ter ido buscar lá." Devra não precisou pensar muito para responder. "Sim, uma nova perspectiva." Zanetti se recostou na cadeira, confuso. Devia achar que ela estava mentindo, como se não fosse possível que alguém fizesse esse caminho sem a intenção de encontrar um lucro descomunal no ponto de chegada. Mesmo se ela tivesse encontrado cristais, o que faria com eles? Para transformá-los nos crístalos de que eram feitos os processadores que faziam Virtuas rodar, esses sim de valor inestimável, precisaria de uma indústria inteira. Desse tipo de roubo não poderiam acusá-la. "A única forma de você se ajudar aqui", ele disse, muito calmo, "é mostrar exatamente o que fez dentro da caverna. Você usou equipamentos e tecnologia de propriedade de Virtuas, sem os quais não possui sequer o poder de trabalhar como escultora. Você compreende que tudo o que viu ou o que sabe... toda essa experiência que viveu", ele se corrigiu, "pertence a Virtuas?" Então era desse roubo que queriam acusá-la. "Como eu disse, posso te mostrar o que você quiser." Só duvidava que fosse o tipo de informação que Zanetti esperava receber.

Foi vestida de sucuri que sua mente teve acesso a frestas no código que antes ela não era capaz de ver. Da perspectiva da cobra, o Estúdio não era de um branco infinito, mas uma teia de vibrações, curvada em diferentes direções. A geometria do que viu fugia do que era capaz de explicar com palavras. Sabia apenas que rastejara pelo avesso de Virtuas. Primeiro, confessou, foi pela experiência lisérgica. Depois, começou a querer testar os limites. Acreditou que seria parada se não tivesse permissão de seguir adiante. Como não encontrou barreira ou resistência, continuou explorando. Antes pedir desculpas do que licença. Rastejou pelo sistema de avaliação de funcionários da Elementur. Ziguezagueou pelo histórico de consumo dos seus contatos mais próximos. Serpenteou até o sistema de transporte de cargas, onde resolveu entrar, tateando com a língua. Sentiu com toda a extensão do seu corpo os controles dos elevadores e túneis por onde tudo se movia no subterrâneo. Se houvesse alguém para olhar, veria uma serpente feita de bits passando por luzes que formavam um labirinto, no mesmo formato da cidade subterrânea, como em um jogo arcaico. "Você sabia que quase não há bloqueios de segurança no controle das passagens e elevadores?", foi a vez de Devra perguntar. "É como se ninguém esperasse que alguém quisesse subir. O medo do desconhecido lá em cima já é o suficiente para nos manter afastados." Zanetti pareceu mais entretido do que irritado. Realmente, não haviam pensado que seria necessário proteger o sistema da presença de cobras.

Desconectada, a memória da serpente permaneceu na mente de Devra. Cada esquerda e direita que precisava virar. Cada passagem que precisava atravessar. Cada botão que precisava acionar. Cada elevador que precisava pegar. De fora, parecia apenas mais uma pessoa movendo seu corpo nas insossas horas desconectadas do dia. Apenas mais uma pessoa carregada pelas necessidades inconvenientes de buscar alimento ou contato físico, cuidando dos afazeres monótonos de seus corpos orgânicos. Apenas mais uma arrastando-se pelos túneis desbotados do subterrâneo, onde as pessoas subiam e desciam e se esbarravam sem se reconhecerem, como em um formigueiro. Chegou à saída, desbloqueada pela sucuri. Quando Devra passou pela escotilha, era guardada unicamente pela ameaça do ambiente exterior, quente e hostil, que fez seu corpo inteiro desejar voltar para a segurança do subterrâneo assim que deu os primeiros passos na superfície. Seus olhos, mesmo acostumados a receber os estímulos luminosos dos Óculos por dias seguidos, não estavam preparados para a luz que os invadiu do lado de fora. Era doloroso olhar para o real. No horizonte, o contorno da Pedra da Mina estendia uma sombra convidativa no terreno, que Devra considerou o único caminho possível a seguir.

"Até ali, eu tomava nota mental de tudo o que eu pudesse reproduzir dentro do Estúdio, em um novo projeto. Mas chegou um ponto em que só havia cansaço. Aquele sol tira todas as nossas forças. Restou muito pouco para pensar, apenas o suficiente para continuar andando." Zanetti parecia perdido como se estivesse do lado de fora, sem fôlego, seguindo Devra na encosta da montanha. "Percorrer aquela distância sozinha apenas para captar uma experiência?" Devra não tinha outra resposta a oferecer. De qualquer forma, já tinha perdido de vista a escotilha, estava longe demais para voltar. À sua frente, a estação de minério despontava como um refúgio possível. "Como você sabia o que encontraria lá dentro?" Não sabia. Zanetti se levantou, inquieto. Passou a mão no cabelo, que se desalinhou com o toque dos dedos. Devia estar acostumado a desbloquear informações com muito menos esforço. Desconectado, as barreiras eram pegajosas, elásticas. Voltava para o mesmo lugar, continuava sem as respostas que precisava dar aos seus superiores, as explicações técnicas, racionais, replicáveis. Insistiu. "Você pareceu saber o que estava fazendo ao conectar seus Óculos à máquina da estação. Algo funcionou ou não teríamos recebido o sinal aqui embaixo. Você deve imaginar como é incomum esse sinal vir de uma estação desativada. Por pouco tempo, claro, até uma sobrecarga apagar tudo de novo. Como descobriu a maneira de reativar a máquina?"

Foi a vez de Devra erguer os cantos dos lábios com um sorriso. "Subindo a montanha", ela disse. Não precisava fechar os olhos para ver novamente, diante de si, a trilha de poeira e pedra, a vegetação espinhosa e seca no caminho. Seguia por sulcos pelos quais passaram máquinas, muito tempo antes, carregando toneladas de cristais para baixo. Quando o sol parecia já afetar sua visão, julgou ter visto uma entrada na encosta adiante. Um sulco entre as paredes, onde o ar era mais fresco. Notou um arranjo de pedras no meio, fuligem que imaginou ter sido de uma fogueira. Não parecia tão antiga a ponto de ter dividido espaço com maquinário pesado do garimpo, com o acesso restrito da corporação que mais tarde se tornaria dona de Virtuas. Encontrou uma colher soterrada. Uma roupa de criança pequena demais, com a cor apagada pelo tempo. Alguém havia se refugiado ali, cozinhado, amamentado, esperado as horas quentes do dia passarem, enquanto olhava para o mesmo terreno desolado. Outros haviam feito aquele caminho antes dela. Quantos? Fazia muito tempo? Quando seguiu caminho e chegou à estação, enferrujada e parcialmente coberta por arbustos pontiagudos, encontrou bem mais do que o horizonte esmagador que gostaria de ter criado para o farol da Costa do Fogo. Do lado de dentro, objetos espalhados denunciavam a presença de outros habitantes. Um varal com lençóis pendurados, endurecidos pelo ar seco. Panelas empilhadas. Livros espalhados sobre uma antiga mesa de controle. Em um canto da parede, viu desenhos feitos com giz de cera. A figura do que parecia ser uma pessoa com asas de pássaro. Agachou-se e tirou da frente ramos secos que encobriam o resto do desenho, mais seis figuras humanas, todos com asas em vez de braços. Uma delas, a menor, parecia representar a própria dona daqueles traços infantis. Os adultos também deixaram seus registros, que Devra descobriria passando a noite em companhia daqueles objetos, tentando recriar em sua mente o que eles estavam buscando isolados naquele mirante. Exatamente como na sua ideia para o farol.

"Gente antes de mim já sabia para que serviam aquelas máquinas. Eu só deduzi a partir do que eles deixaram na estação. Não que parecesse que conseguiram usar. Não pareciam ter nenhum equipamento que lhes permitisse a conexão. Pelo que li ali, acho que era justamente do que fugiam." Zanetti teve que se sentar. Pessoas vivendo na superfície, livres de Virtuas? Como poderiam sobreviver? Onde estavam? Devra não sabia. Achava uma pena que não tivessem conseguido fazer as máquinas funcionarem para estabelecer a própria colônia subterrânea ali, independente de qualquer corporação, como pareceu que tentavam fazer. "Você me perguntou como usei meus privilégios para acessar a montanha", ela se lembrou. "Não usei. Não ali. Usei o que eles sabiam. A diferença é que eu tinha o equipamento certo."

Devra não teve medo quando, ao se conectar à máquina instalada na caverna, percebeu a mente deslizando pelo antigo sistema de mapeamento. Sentiu a consciência líquida sendo derramada por sulcos e veias abertas pelo garimpo, preenchendo o vazio onde antes havia rocha e cristais. Primeiro, o enjoo de se descolar da ilusão de um corpo humano. Não era tão distante da experiência de vestir uma sucuri virtual. Sua mente conhecia o caminho. Então, vestida de montanha, percebeu-se gigante, antiga, viva. Era estranho como ter um corpo de pedra não carregava a sensação de rigidez e imobilidade. Pelo contrário, a montanha era cheia de vibrações minúsculas e constantes, ou de pulsações que vinham como soluços com intervalos de milênios. Além disso, era pura memória. Toda ela, de uma vez. Desde seu nascimento, a violência de ser empurrada para fora pela própria Terra, com explosão e fogo, até o caminho de cada raiz de árvore que protegeu sua superfície. Lembrava-se do frescor da chuva escorrendo por seus orifícios. Lembrava-se das cócegas das primeiras pessoas escalando suas costas, das primeiras estacas de metal fazendo furos em seu peito. Lembrava dos buracos que cavaram nela, das dinamites que explodiram seu corpo. Lembrava dos pedaços que perdera, de ser invadida, modificada, explorada. Lembrava do ruído ensurdecedor das máquinas, de ser transformada, à força, em circuitos microscópicos. Lembrava-se precisamente de qual região do seu corpo haviam saído os minerais que, dentro do Óculos de Devra, pulsavam elétricos e começavam a superaquecer com o peso de toda aquela informação. Lembrava-se de toda a violência que sofrera, de como estava cansada. Sentiu que iria sufocar, de calor e secura. Abriu a garganta em busca de ar, esticou-se por dentro para abrir espaço. Um estrondo, terra deslizando, rochas se soltando. Desprendeu das suas costas o apêndice de metal que a machucava. Então sua cabeça ficou tão quente que pareceu que ia pegar fogo e tudo se apagou de uma vez.

Zanetti olhava para Devra sem piscar, alguns fios de cabelo soltos pendendo na frente dos olhos. Debaixo da mesa, balançava a perna direita inquieto, enquanto absorvia aquele relato, inútil do ponto de vista de seus supervisores, que talvez colocassem em dúvida sua competência para aquele trabalho. Fracassar em arrancar informações de uma simples mulher? "Você diz que tudo que vi pertence a Virtuas", Devra disse. "Se estiver certo, então tudo o que você sabe também pertence a eles." O que Devra viu, e que Zanetti agora sabia, era que existia saída do sistema, que outras pessoas conseguiram. Não havia ponto de retorno depois de saber disso, para nenhum dos dois. Zanetti esfregou os olhos com as pontas dos dedos, como se ele mesmo tivesse olhado para o sol que existia lá em cima e a intensidade da luz tivesse queimado sua retina. Depois de ouvir tudo aquilo, pensava nas suas aventuras dentro dos cenários mais arriscados em Virtuas, nas experiências que tiraram seu fôlego, que o fizeram se sentir inteiro, livre, poderoso. Perto do que Devra tinha vivido, não passava de uma farsa. Uma imitação fajuta de uma verdadeira exploração do desconhecido. Ao que parecia, era a vida conectada que estava cheia de limites, ao contrário do que imaginava. Como ele podia voltar a olhar para o horizonte dentro de Virtuas sabendo que jamais tinha saído da proteção daquele cercadinho? Algo mais do que a montanha havia desmoronado, Devra percebeu quando Zanetti começou a rir. "Estamos todos loucos, loucos de pedra, aqui embaixo, não é?" Devra concordou e riu também.

"Uma última pergunta", o homem disse, depois de alcançar a garrafa de Devra e tomar um gole, rendido. "Você vai tentar voltar lá para cima?" Imaginava se seria perda de tempo tentar manter ali alguém que não tinha a menor intenção de voltar para seu apartamento, seu trabalho, para o esforço descomunal de manter as aparências, de se adequar. "Ainda quero ver a chuva", ela respondeu, sincera. "Muito bem", Zanetti disse apontando para a porta. "Você conhece a saída, o que está esperando?" Devra se levantou e foi em direção à porta. Antes de sair, virou-se para o homem sentado de costas e, em vez de agradecer, disse: "Você também pode vir. Não precisa ser propriedade deles, se não quiser. Quem sabe não encontramos mais vestígios das pessoas com asas de pássaros?" Devra atravessou a porta e Zanetti olhou para a saída, sozinho na sala branca. Com calma e firmeza, tirou sua jaqueta, na qual o crachá do DSD estava pendurado, colocou-a sobre o encosto da cadeira como quem encerra o expediente e foi atrás de Devra. Ela conhecia o caminho, afinal.

AGRADECIMENTOS

Os editores gostariam de agradecer a Jef Smith pela visão de conceber este projeto. Obrigado a Jef também por ter nos procurado com este projeto, por supervisioná-lo e por habilmente obter os direitos das histórias. Agradecemos a toda a boa gente da PM Press por publicá-lo. Um agradecimento especial e profundo aos colaboradores do projeto no Kickstarter, especialmente ao escritor Marcus Ewert, que estava ali conosco nas trincheiras online levantando apoio e fundos adicionais durante as últimas horas do prazo do financiamento coletivo.

Um agradecimento adicional a Tessa Kum e Dominik Parisien, que se juntaram a nós nessa aventura como assistentes editoriais e que continuam nos auxiliando a navegar os oceanos de várias pilhas de manuscritos, oferecendo sugestões e opiniões e atuando como público teste para nossas ideias esdrúxulas.

Um livro como este não pode existir sem as escritoras e suas histórias maravilhosas. Agradecemos não apenas àquelas cujo trabalho você encontra nestas páginas, mas a todas as que continuam a escrever, a despeito de obstáculos intimidantes e de um cenário em eterna mutação e às vezes até hostil no mercado editorial. Agradecemos também a todas as pessoas que apoiaram este trabalho: agentes, herdeiros, familiares, sócios, amigos, leitores e fãs. Obrigado por dar a escritoras feministas não apenas um teto todo seu, mas um mundo inteiro.

AGRADECIMENTOS - GEEKRADICAL

Devo agradecer a Ann e Jeff VanderMeer por aceitarem este projeto e acrescentarem sua própria experiência e aquele toque VanderMeer especial a sua criação. Também gostaria de agradecer a todas as pessoas em minha vida que me ensinaram algo sobre feminismo, em particular minha mãe, Kat e Berianne.

– Jef Smith

Eu também gostaria de agradecer a todos os apoiadores do Kickstarter por seu apoio e paciência durante a criação deste livro. Um obrigado especial às seguintes pessoas por sua cooperação extraordinária ao projeto.

Ani Fox
Kathryn Daniels
Unstuck Literary Annual (unstuckbooks.org)
Richard Palmer
Dan Schmidt
Marian Goldeen
Mark Mollè
Zola Mumford
Andreas Skyman
Rebecca Flaum
Stephanie e Brian Slattery
Kit Cabral
Gary M. Dockter

Anne e Phil Barringer
Johanna Vainikainen-Uusitalo
Annalisa Castaldo
Steve Luc
Maitre Bruno
Peggy J. Hailey
Arachne Jericho
Keith Glaeske

TIPOGRAFIA: Media 77 - Texto
Druk - Entretítulos
PAPEL: Pólen Natural 70 g/m² - miolo
Couché Fosco 150 g/m² - capa
Offset 150g/m² - guardas

IMPRESSÃO: Ipsis Gráfica
Março/2023